Das Lied des Feuers

SERIE PIPER
Band 900

Zu diesem Buch

Lateinamerika – und seine Literatur – ist uns in den letzten zwanzig Jahren erheblich nähergerückt. Denn auch hierzulande haben wir, die »letzten Entdecker Lateinamerikas, begriffen, daß lateinamerikanische Literatur moderne Weltliteratur ist, daß wir es nicht nur mit einem kurzlebigen *Boom* zu tun haben, der sich an wenige Namen knüpft, sondern mit einem literarisch außergewöhnlich kreativen hochentwickelten und vielfältigen Kontinent.« *Hans Magnus Enzensberger*

Die Erzählkunst Lateinamerikas schöpft aus den verschiedensten Quellen; der »klassischen« europäischen Novellistik, der amerikanischen Short story und der überaus vitalen mündlichen Tradition sowie aus den unglaublichen Geschichten, wie sie die Großmutter von García Márquez ihren Enkeln erzählt hat, den indianischen Märchen. Für harmlose Idyllen, privates Glück ist auf diesem Kontinent, der seit Beginn der spanischen Eroberung, der Conquista, im Zeichen der Gewalt stand, wenig Raum. Die Opfer dieser Gewalt, viele Erzählungen gehen darauf ein, sind die kleinen Leute, die Nachfahren der Urbevölkerung und der afrikanischen Sklaven, vor allem die Frauen, oft auch die Kinder.

Die vorliegende Auswahl zeigt das Spektrum der lateinamerikanischen Erzählkunst dieses Jahrhunderts und läßt neben den großen Erzählern auch jüngere Autoren zu Wort kommen, die hier dem deutschen Lesepublikum erstmals vorgestellt werden.

Wolfgang Eitel, geboren 1945 in Isny/Allgäu, studierte Germanistik, Romanistik und Vergleichende Literaturwissenschaft. Lehrbeauftragter der Universität Augsburg und freier Lektor.

Das Lied des Feuers

Lateinamerikanisches Lesebuch

Herausgegeben von
Wolfgang Eitel

Piper
München Zürich

ISBN 3-492-10900-4
Originalausgabe
April 1988

Umschlag: Federico Luci,
unter Verwendung des Gemäldes »Carnaval« (1967)
von Rufino Tamayo, Coll. John Taylor Pool,
Laguna Beach, USA
Gesamtherstellung: Clausen & Bosse, Leck
Printed in Germany

Inhalt

Vorwort

Die Erzählungen dieses lateinamerikanischen Lesebuchs umspannen die letzten hundert Jahre, hundert Jahre leidvoller Abhängigkeit eines ganzen Kontinents von alten und neuen Machtzentren, aber auch hundert Jahre des Kampfes um Freiheit und politische Selbstbestimmung, hundert Jahre dynamischer, wenn auch einseitiger Entwicklung. Die erste Erzählung, aus der Feder des brasilianischen »Klassikers« Machado de Assis, erschien 1882 in Rio de Janeiro, der Hauptstadt des damaligen Kaiserreichs Brasilien, das noch nicht einmal die Sklaverei abgeschafft hatte, aber doch frei war von der Vorherrschaft des portugiesischen Mutterlands, während Kuba damals immer noch eine spanische Kolonie war. Die jüngsten Erzählungen stammen aus den frühen 80er Jahren. Lateinamerika steckt wirtschaftlich tiefer in der Krise denn je, in Paraguay und Chile sitzen die Diktatoren immer noch fest im Sattel, die vielgepriesene und vielgescholtene kubanische Revolution ist in die Jahre gekommen und hat trotz aller Anstrengungen die hochgespannten Erwartungen nicht erfüllen können. An der historischen Abhängigkeit Lateinamerikas von den großen Metropolen hat sich wenig geändert. Die »offenen Adern« Lateinamerikas werden weiterhin geplündert, die Rohstoffe exportiert, die Wälder abgeholzt. Einen Sieg jedoch haben die Lateinamerikaner davongetragen: schon längst nicht mehr ist die Literatur dieses Kontinents ein bloßer Ableger der europäischen, ein literarischer Annex der Mutterländer Spanien und Portugal.

Die lateinamerikanische Literatur ist Weltliteratur, und nicht erst seit zwanzig Jahren. Wir haben das hierzulande lange nicht zur Kenntnis nehmen wollen, trotz der an Gabriela Mistral, an Asturias und Pablo Neruda verliehenen Nobelpreise, aber schließlich haben es doch alle begriffen, Verlage, Leser und Kritik. Werk und Persönlichkeit des Kolumbianers Gabriel García Márquez, der 1982 den Nobelpreis erhielt, mögen das ihre dazu beigetragen haben. Die Befreiung von geistiger Abhängigkeit, von sklavischer Nachahmung europäischer Vorbilder und die Durchbrechung provinzieller Isolation hat schon früh stattgefunden, nicht nur im kosmopolitischen Buenos Aires, wo um die Jahrhundertwende mehr Italiener lebten als in Rom. Seit jeher sind die lateinamerikanischen Schriftsteller viel gereist, haben die verschiedensten literarischen Anregungen verarbeitet, ihre Wirklichkeit aus einer freiwilligen oder erzwungenen geographischen Distanz neu erlebt und literarisch gestaltet. Horacio Quiroga hat seine düsteren Urwaldgeschichten geschrieben, nachdem er im Jahr 1900 nach Paris gereist war, der 1947 geborene Mempo Giardinelli hat die Erzählungen aus dem wilden Chaco, seiner unwirtlichen nordargentinischen Heimat, im mexikanischen Exil verfaßt. Im Exil entstanden auch die Erzählungen der beiden Uruguayer Mario Benedetti und Cristina Peri Rossi, die Erzählungen des Argentiniers Antonio Di Benedetto und des Chilenen Antonio Skármeta.

Sie waren sich der geographischen Distanz von den abendländischen Kulturzentren stets bewußt, die Autoren aus dem »fernen Westen« Lateinamerika, und haben dafür umso mehr gelesen, nicht nur die Franzosen, die frühen Meister der Kurzgeschichte von Edgar Allan Poe bis Maupassant und Tschechow; auch die amerikanische Literatur war ihnen schon vertraut, als sie bei uns noch ein Geheimtip war. García Márquez, Sohn eines Telegraphisten aus dem trostlosen tropischen Provinznest Aracataca, fühlte sich zum Schriftsteller berufen, als er in jungen Jahren *Die Verwandlung* von Kafka las. Die meisten lateinamerikanischen Schriftsteller verfügen über eine profunde Belesenheit und auch die neuesten Verfahren zeitgenössischer Erzählkunst sind ihnen vertraut.

Aus dem Reichtum an eigenen Erfahrungen und Beobachtungen, der Fülle des Selbsterlebten allein entsteht noch keine Literatur von Rang. Und dennoch, was wären diese Schriftsteller bei aller Phantasieentfaltung und subtiler Beherrschung des literarischen Handwerks ohne den unerschöpflichen Fundus eigener Erfahrungen, welche die engen Grenzen einer geordneten Bürgerwelt weit hinter sich lassen? Der Mexikaner Juan Rulfo, neben Onetti und Borges einer der Väter der »neuen«, in Stil, Struktur und Realitätsvermittlung überaus komplexen lateinamerikanischen Literatur der 60er Jahre, reiste als Kontrolleur der Einwanderungsbehörde jahrelang durch das ganze Land, García Márquez zog Anfang der 50er Jahre, damals noch »glücklich und undokumentiert«, als ambulanter Buchverkäufer durch Dörfer und Städte der heimatlichen Karibikküste. Jesús Díaz agitierte als linker Studentenführer im revolutionären Havanna von 1960. Felisberto Hernández schlug sich in Montevideo zeitweilig mit Klavierbegleitung zu den Stummfilmen von damals durch. Rubem Fonseca, früher Spitzenmanager eines Großunternehmens, wohl Brasiliens derzeit berühmtester Erzähler, pirscht noch heute tagelang durch die labyrinthische Millionenstadt Rio de Janeiro und ihre elenden Vororte, wie einst der junge Cabrera Infante durch die Bars und Bordelle von Havanna.

Zunächst als konzentrierte Zuhörer, registrieren die Schriftsteller alle Nuancen der Umgangssprache, vom modernen Großstadtslang bis zum archaischen Tonfall von Magie und Mythos auf dem Lande.

Eine »Galerie von Stimmen« hat Cabrera Infante seinen Roman *Drei traurige Tiger* genannt. Als Sequenz von ganz unterschiedlichen Stimmen versteht sich auch dieses Lesebuch.

Es sind »Geschichten von Liebe, Irrsinn und Tod«, wie Horacio Quiroga einst einen Erzählband betitelte, vor allem vom Tod, einem gewaltsam zugefügten oder erlittenen Tod, so in den Geschichten von Borges, Onetti, García Márquez oder Carlos Fuentes. »Violencia«, nackte, todbringende Gewalt, ist noch immer Grundbestandteil der lateinamerikanischen Wirklichkeit, eine zentrale Erfahrung im Leben des Einzelnen. Sie ist auch eines der großen Themen der lateinamerikanischen Literatur. Ob sich die Faszination des europäischen Lesepublikums nicht zum Teil auch aus einer geheimen Sehnsucht nach Unmittelbarkeit, Ursprünglichkeit und großen Gesten, nach einem direkten, unsublimierten, von keinerlei Affektkontrolle gebremsten Ausleben von Haß und Liebe erklären läßt? Zivilisationsmüdigkeit, Aufbruch ins Unbekannte oder längst Verdrängte?

Die Geschichte der Neuen Welt ist seit der »Entdeckung« Amerikas, die in Wirklichkeit eine blutige Eroberung im Namen der katholischen Königreiche Spaniens und Portugals war, von Gewalt geprägt. Die Conquista führte zur Ausrottung ganzer Völkerstämme, zur Zerschlagung hochentwickelter indianischer Kulturen. Millionen von Sklaven wurden im Lauf der Kolonialgeschichte von Westafrika nach Amerika verschleppt, vor allem nach Brasilien und in die Karibik; von ihrer eigenen Kultur konnten sie nur ihre Götter, ihre Mythen und ihre Musik hinüberretten. – Auch die Natur, die ungebändigte tropische Natur mit ihren undurchdringlichen Urwäldern und grenzenlosen Sumpflandschaften, wird in der Neuen Welt meist als bedrohendes, feindliches Element erlebt. Die Träume vom Eldorado und vom irdischen Paradies, mit denen die Eroberer einst in See stachen, waren bald verflogen. In der Lebenspraxis bedeutet Natur, die fremde Natur der Neuen Welt mit all ihren unvorhersehbaren Tücken, in erster Linie Gefahr, Bedrohung des Lebens. Der Kampf gegen die Naturgewalten fordert den Menschen äußerste Anstrengung ab und fast immer herrscht ein Moment des Schreckens vor, wie die dramatischen Erzählungen von Horacio Quiroga, Roa Bastos und Onelio Jorge Cardoso belegen.

Wo sich die Gewalt nicht unmittelbar manifestiert, scheinbar zufällig oder auch eindeutig politisch motiviert, wie in den Erzählungen von Mario Benedetti und Carlos Fuentes, ist sie doch oft latent gegenwärtig in der übermächtigen Bedrückung durch Armut und Hunger, in den Erzählungen der Mexikaner Juan Rulfo und José Revueltas ebenso wie bei García Márquez, Uslar Pietri oder dem Brasilianer José Louzeiro. Nicht zufällig handeln viele dieser Geschichten von Kindern, und nicht nur wegen des literarisch ergiebigen naiv-verfremdenden Blicks auf eine oft grausame Erwachsenenwelt. Die Kinder sind die ersten Opfer der inhumanen Verhältnisse, die jede stabile Familienstruktur zerstören, zu einer umfassenden Verwahrlosung führen und zu jener bodenlosen Einsamkeit, deren extremster Ausdruck der Wahnsinn ist.

Trotz mancherlei thematischer Konstanten zeigen die Texte, wie vielfältig, wie heterogen, also ganz verschiedenen Ursprungs, dieses Lateinamerika heute noch ist, von dem der große mexikanische Essayist und Dichter Octavio Paz behauptet hat, es sei *eine* Kultur. Man kann das Gemeinsame betonen: die Sprache, das Erbe des Katholizismus und der iberischen Kulturen, aber auch das Trennende. Weiter hilft uns hier sicher Darcy Ribeiros Einteilung von Lateinamerika in drei Bereiche, die moderne, fortschrittliche Region der »verpflanzten«, aus Europa eingewanderten Völker in Uruguay und Argentinien, die »Zeugenvölker« in Mexiko oder Peru, wo die indianischen Ureinwohner neben oder in der gesellschaftlichen Hierarchie unter den einstigen Kolonialherren leben, und die »neuen Völker« in Brasilien, Chile, Kolumbien und im karibischen Raum, wo eine umfassende Vermischung der Rassen und Kulturen stattgefunden hat. Doch im Einzelfall bleiben die Gegensätze oft fast unüberbrückbar. Was verbindet die Welt der Brasilianerin Clarice Lispector, Tochter jüdischer Einwanderer aus der Ukraine, mit der Welt des im brasilianischen Bahia praktizierten Candomblé, dem traditionsreichen religiösen Kult, dem die Nachfahren der afrikanischen Sklaven noch heute anhängen, wie uns João Antônio berichtet. Was hat ein mexikanischer Intellektueller mit einem Campesino aus den Anden gemein?

Auch in der Sprache findet diese Vielfalt unterschiedlichster Traditionen ihren Niederschlag: In der Erzählung *El Caruguá* von Augusto Roa Bastos wird im Dialog bisweilen Guaraní geredet, die Sprache der indianischen Ureinwohner Paraguays, und die Priester in João Antônios Erzählung *Eguns* verwenden noch Ausdrücke aus ihrer alten afrikanischen Heimat, neben dem Portugiesischen. Noch längst ist der Prozeß der kulturellen Anpassung und der gegenseitigen Durchdringung der Kulturen nicht abgeschlossen, wenn auch die synkretistische Vermischung der Kulturen immer weiter fortschreitet. Auf der schwierigen Suche nach der eigenen Identität, nach dem, was sie eigentlich sind und wie sie es geworden sind, richtet sich der Blick der lateinamerikanischen Autoren immer wieder auch in die Vergangenheit, zurück zum eigenen Ursprungsland, zur alten Heimat, so in der Erzählung *Finisterre* der Brasilianerin Nélida Piñon.

Der Schwerpunkt der Auswahl liegt auf den großen Literaturen Lateinamerikas, zunächst der Literatur der Rio de la Plata-Staaten Argentinien und Uruguay, des kleinen, aber literarisch unerhört produktiven einstigen »Musterlands«, das mit Juan Carlos Onetti einen der bedeutendsten Autoren Lateinamerikas hervorgebracht hat. Wie stark besonders in Argentinien die aus der europäischen Literatur des 19. Jahrhunderts stammende Tradition der phantastischen Erzählung fortwirkt, die von Borges und Bioy Casares über Julio Cortázar bis zu Antonio Di Benedetto, Marco Denevi und Silvina Ocampo reicht, wird auch in dieser Auswahl deutlich und ebenso, daß es sich hier um eine vorwiegend urbane Literatur handelt, ein thematischer Schwerpunkt, auf den sich die Literatur anderer Länder mit einer traditionell überwiegend ländlichen Bevölkerung erst sehr viel später zubewegen.

Gleich nach Argentinien käme dann Mexiko, das zweite große literarische Zentrum in Lateinamerika mit einer ebenfalls langen, kontinuierlichen literarischen Tradition und einer Vielzahl erstklassiger Autoren, von denen jedoch noch längst nicht alle dem deutschen Lesepublikum ein Begriff sind. Erst jetzt wird beispielsweise damit begonnen, einen so wichtigen Autor wie José Revueltas zu übersetzen. Mit gutem Grund sehr stark vertreten sind auch die kubanischen Autoren, nicht nur inzwischen im Exil lebende Schriftsteller wie Guillermo Cabrera Infante und Reinaldo Arenas, sondern auch solche, die trotz mancher Probleme in der Vergangenheit weiterhin auf der Insel leben und schreiben, wie Jesús Díaz, César López und Norberto Fuentes, was dem Vorurteil, die wirklich gute kubanische Literatur werde hauptsächlich außerhalb des Landes geschrieben, entgegenwirken könnte. Auch der brasilianischen Literatur, die sich fast unabhängig von den spanischsprachigen Literaturen Lateinamerikas entwickelt hat, kommt naturgemäß ein wichtiger Platz zu. Von der kolumbianischen Literatur wurden außer García Márquez nur der um fast eine Generation jüngere Luis Fayad berücksichtigt, der inzwischen als einer der wichtigsten Autoren einer realistischen Großstadtliteratur gilt. Venezuela ist mit drei Autoren vertreten: Guillermo Morón, Salvador Garmendia und Arturo Uslar Pietri, dessen historischer Roman *Die roten Lanzen* in einer frühen Übersetzung vom Anfang der 30er Jahre vorliegt, der aber dann in Vergessenheit geriet, so wie die lateinamerikanische Literatur insgesamt in den darauffolgenden zwei Jahrzehnten kaum rezipiert wurde.

Einen historischen Aufriß lateinamerikanischer Erzählkunst kann und will dieses Lesebuch nicht bieten, nur eine Auswahl von Geschichten überwiegend zeitgenössischer Autoren – aber auch Erzählungen, die lebendig geblieben sind über die Zeit hinweg. Machado de Assis, Horacio Quiroga und Felisberto Hernández sind immer noch Zeitgenossen, in einem literarischen, nicht im chronologischen Sinn. Bevorzugt wurden ausgesprochene Erzähler, Meister ihres Fachs, aus deren Gesamtwerk die Gattung der »cuento«, der Erzählung, nicht wegzudenken ist. Andere berühmte Autoren, die auch einmal ein paar Erzählungen geschrieben haben, wurden dagegen nicht berücksichtigt.

Manche Erzählungen werden den Leser auch neugierig machen können auf die Lektüre der großen Romane: so weist die Erzählung *Dienstag mittag* schon voraus auf García Márquez' Roman *Hundert Jahre Einsamkeit*, die Erzählung *Diosito* von Jesús Díaz auf den zwanzig Jahre später erschienenen Roman *Las iniciales de la tierra* oder Cabrera Infantes Erzählung *Die feine Gesellschaft* auf seinen Roman *Drei traurige Tiger*.

Wenn diese Anthologie, die nur eine unter vielen anderen bereits vorliegenden oder hoffentlich noch zu erwartenden sein kann, dem Leser Lust macht, sich selbständig auf literarische Entdeckungsreisen durch die lateinamerikanische Literatur zu begeben und die Freude an der kleinen Form der Erzählung neu belebt, dann hat sie ihren Zweck erfüllt.

Freiburg, im Januar 1988 — Wolfgang Eitel

Machado de Assis

Lob des Durchschnittsmenschen

Ein Zwiegespräch

»Bist du müde?«

»Nein, Senhor.«

»Ich auch nicht. Laß uns ein Weilchen plaudern. Mach das Fenster auf! Wieviel Uhr ist es?«

»Elf.«

»Unser kleines Abendessen ist vorbei, der letzte Gast ist fort. Und damit, junger Herr, hast du das einundzwanzigste Lebensjahr erreicht. Vor einundzwanzig Jahren, am 5. August 1854, bist du als winziges Etwas auf die Welt gekommen, und schon bist du ein Mann, hast einen beachtlichen Schnurrbart und Liebesabenteuer...«

»Aber Papa...«

»Du brauchst dich nicht zu zieren. Wir wollen wie zwei echte Freunde reden. Mach die Tür zu, ich habe dir wichtige Dinge zu sagen. Setz dich, wir wollen uns unterhalten. Einundzwanzig Jahre, ein kleines Aktienpaket, ein akademischer Grad, damit findest du Eingang ins Parlament, in die Stadtverwaltung, in die Presse, in die Landwirtschaft, in die Industrie, in den Handel, in Kunst und Wissenschaft. Jede erdenkliche Laufbahn steht dir offen. Einundzwanzig Jahre, mein Junge, sind nur die erste Silbe unseres Schicksals. Selbst Pitt und Napoleon waren trotz ihrer Frühreife mit einundzwanzig Jahren noch nicht alles. Aber wie auch deine Wahl ausfallen mag, jedenfalls wünsche ich, daß du groß und berühmt oder zumindest bekannt wirst und dich über die graue Masse erhebst. Das Leben, Janjão, ist eine riesige Lotterie; es gibt nur wenige Treffer, aber zahllose Nieten, und aus den Seufzern einer Generation entstehen die Hoffnungen der nächsten. So sieht das Leben aus. Jammern und Fluchen nutzt nichts, es gibt nur eines: die Dinge hinzunehmen wie sie sind, mit ihrer Last und ihren Launen, mit ihren Höhepunkten und Rückschlägen – und vorwärtszustreben.«

»Ja, Senhor.«

»Allein, so wie es weise ist, einen Zehrpfennig fürs Alter beiseite zu legen, so empfiehlt es sich auch, aus sozialer Umsicht einen Beruf zu erlernen für den Fall, daß ein anderer ausfällt oder die Bemühungen unseres Ehrgeizes nicht genügend belohnt werden. Das ist es, was ich dir heute, am Tage deiner Volljährigkeit, raten möchte.«

»Ich bin Ihnen sehr dankbar, mein Vater, glauben Sie mir. Aber sagen Sie bitte, welchen Beruf haben Sie im Auge?«

»Kein Beruf scheint mir so nützlich und passend zu sein wie der des Durchschnittsmenschen. Ein Durchschnittsmensch zu sein, war der Traum meiner Jugend. Dazu fehlte mir freilich die Unterweisung eines Vaters, und so bleibt mir am Ende meines Lebens, wie du siehst, keine andere Tröstung und seelische Aufrichtung als die Hoffnung, die ich auf dich setze. Deshalb spitze die Ohren, mein Sohn, hör gut zu und nimm dir zu Herzen, was ich dir zu sagen habe. Du bist jung und hast das Feuer, den Überschwang und die Ungebundenheit deines Alters. Entziehe dich ihnen nicht, aber mäßige sie so, daß es dir im Alter von fünfundvierzig Jahren nicht schwerfällt, in einen Lebensabschnitt der Gesetztheit und Gelassenheit einzutreten. Der Weise, der gesagt hat: ›Die Schwerkraft ist ein Mysterium des Körpers‹, hat damit das Verhalten des Durchschnittsmenschen umrissen. Verwechsle aber nicht diese Schwerkraft mit jener anderen, die, wiewohl äußerlich sichtbar, reiner Reflex oder bloße Ausstrahlung des Geistes ist. Die ich meine, gehört dem Körper und nur dem Körper an und ist angeboren oder angenommen. Was nun das Alter von fünfundvierzig Jahren betrifft...«

»Warum gerade fünfundvierzig Jahre?«

»... so ist das nicht, wie du vielleicht meinst, willkürlich oder wahllos festgesetzt; es ist jenes Alter, in dem das Phänomen sich gewöhnlich voll entfaltet. Im allgemeinen kündigt sich der echte Durchschnittsmensch zwischen dem fünfundvierzigsten und fünfzigsten Lebensjahr an; die Fälle, wo er zwischen dem fünfundfünfzigsten und sechzigsten Jahr auftritt, sind seltener; und vollends Ausnahmen sind die Durchschnittsmenschen von vierzig und noch jüngeren Jahren, etwa fünfunddreißig oder dreißig Jahren. Von den Zwanzig- und Fünfundzwanzigjährigen will ich nicht reden: ein so frühes Erwachen ist das Vorrecht des Genies.«

»Ich verstehe.«

»Aber nun zur Hauptsache. Sobald du deine Laufbahn begonnen hast, mußt du bei der Wahl der Ideen, die du zum fremden und eigenen Gebrauch nähren willst, größte Vorsicht üben. Das Beste ist, überhaupt keine Ideen zu haben – was du sogleich begreifen wirst, wenn du dir zum Beispiel einen Schauspieler vorstellst, der des Gebrauchs eines Armes beraubt ist. Er kann seinen Mangel vor den Augen der Zuschauer durch außergewöhnliche Geschicklichkeit verbergen, wäre jedoch weit besser daran, wenn er zwei Arme hätte. Das gleiche trifft auf die Ideen zu. Man kann sie bis zum Tode gewaltsam verdrängen, verstecken, aber einmal ist eine derartige Fähigkeit nicht alltäglich, zum zweiten wäre eine solche unaufhörliche Anstrengung dem Leben höchst unzuträglich.«

»Aber wer sagt Ihnen denn, Papa, daß ich...«

»Wenn ich mich nicht täusche, bist du, mein Sohn, mit der völligen geistigen Unzulänglichkeit begabt, die zur Ausübung dieses edlen Berufes notwendig ist. Ich meine damit nicht die Zuverlässigkeit, mit der du die an irgendeiner Straßenecke aufgeschnappten Meinungen in einem Salon weitergibst und umgekehrt, denn wenngleich dieser Umstand auf einen gewissen Mangel an eigenen Ideen schließen läßt, so kann er unter Umständen nur eine vorübergehende Gedächtnisschwäche sein. Nein. Ich beziehe mich auf die korrekte und unmißverständliche Art, mit der du stets unverhohlen deine Sympathie oder Antipathie über den Schnitt einer Weste, die Form eines Hutes oder das Knarren oder Nichtknarren neuer Schuhe äußerst. Das ist ein vielversprechendes Anzeichen und berechtigt zu Hoffnungen. Da es aber ohne weiteres möglich ist, daß du im Alter von ein paar eigenen Ideen heimgesucht wirst, gilt es, den Geist rechtzeitig zu schulen. Ideen treten ihrer Natur nach spontan und plötzlich auf; wir mögen sie noch so sehr einzudämmen suchen, sie überfallen, sie überrumpeln uns. Daher auch die Sicherheit, mit der das Volk dank seiner feinen Spürnase den vollkommenen Durchschnittsmenschen vom unvollkommenen leicht unterscheidet.«

»Sicherlich hast du recht, aber dieses Hindernis ist unüberwindlich.«

»Das ist es nicht. Es gibt ein Mittel. Man muß nur ein schwächendes Mittel zu Hilfe nehmen, man muß Lehrbücher über die Rhetorik studieren, bestimmte Reden anhören und so weiter. Rommé, Domino, Whist sind bewährte Heilmittel. Whist hat überdies noch den seltenen Vorzug, daß er zum Stillschweigen erzieht – die vollendetste Form der Umsicht. Dasselbe gilt nicht vom Schwimmen, vom Reiten und Turnen, wenn diese Leibesübungen auch den Geist zur Ruhe bringen; aber gerade weil sie ihn einschläfern, schenken sie ihm die verlorene Kraft und Energie wieder. Billard ist dagegen ein ausgezeichnetes Spiel.«

»Wieso, da es doch auch eine Leibesübung ist?«

»Ich will nicht widersprechen. Es gibt aber Dinge, bei denen die Beobachtung die Theorie widerlegt. Wenn ich dir ausnahmsweise das Billardspiel empfehle, so deshalb, weil die genauesten Statistiken beweisen, daß drei Viertel der Liebhaber des Billardstocks die Meinungen eben dieses Billardstockes teilen. Ein Spaziergang durch die Stadt, zumal auf Straßen, in denen sich die große Welt ein Stelldichein gibt, ist von großem Nutzen, vorausgesetzt, daß du nicht unbegleitet flanierst, denn die Einsamkeit ist die Werkstatt der Ideen, und der sich selbst überlassene Geist kann noch im größten Menschengewühl in Tätigkeit geraten.«

»Wenn ich aber keinen Freund zur Hand habe, der Lust und Zeit zu einem Bummel hat?«

»Das macht nichts. Du hast den höchst wirksamen Ausweg, dich unter die Müßigänger zu mischen, in deren Gesellschaft sich das letzte Stäubchen von Einsamkeit verflüchtigt. Die Buchläden sind wegen ihrer besonderen Atmosphäre oder aus irgendeinem anderen Grund, der mir entfallen ist, für unseren Zweck ungeeignet, doch ist es empfehlenswert, sie dann und wann zu besuchen, und zwar keineswegs verstohlen, sondern auffällig. Alle etwa auftretenden Schwierigkeiten räumst du auf folgende Weise leicht aus dem Weg: du sprichst über das Gerücht des Tages, über die Anekdote der Woche, ein Schmuggelgeschäft, eine Verleumdung, einen Kometen, über irgendeine beliebige Lappalie, sofern du nicht vorziehst, die Stammleser von Mazades' interessanten Chroniken auszufragen. Fünfundsiebzig Prozent dieser ehrenwerten Herren werden dir haargenau die gleichen Ansichten auftischen, und eine derartige Eintönigkeit ist höchst bekömmlich. Eine solche Lebensweise acht, zehn, achtzehn Monate, sagen wir zwei Jahre lang, beschränkt den Geist, und mag er noch so erfinderisch sein, auf Nüchternheit, auf Selbstzucht, auf eine alltägliche Ausgeglichenheit. Über den Wortschatz darf ich beruhigt hinweggehen, weil er Hand in Hand geht mit den Ideen; natürlich muß er einfach, fade, dürftig sein, ohne grelle Farbtöne, ohne Fanfarenstöße...«

»Aber das ist doch grauenvoll! Nicht hin und wieder ein Zierwort einzuflechten...«

»Das kannst du tun. Du kannst dich jeder Menge bildhafter Ausdrücke bedienen, wie die Hydra von Lerna, das Medusenhaupt, das Sieb der Danaiden, die Flügel des Ikarus, und x-beliebige andere, die Romantiker, Klassiker und Realisten ohne Einbuße für ihr Ansehen gebrauchen, falls sie ihrer bedürfen. Lateinische Redensarten, historische Aussprüche, berühmte Verse, juristische Sprichwörter, Lebensregeln – all das sollte man für Festreden, Danksagungen und Gratulationen stets bereit haben. *Videant consules* ist ein ausgezeichneter Schluß für einen politischen Artikel, dasselbe behaupte ich von *Si vis pacem para bellum.* Es gibt Redner, die das Aroma eines Zitats mit einem neuen, originellen und wohlklingenden Satz aufzufrischen suchen, aber von diesem Kunstgriff rate ich dir ab, denn er entkräftet nur den alten Zauber des Wortes. Besser als all das, was im Grunde nicht mehr ist als bloßes Beiwerk, sind die stehenden Redewendungen, die üblichen Sprüche, die bewährten Floskeln, die sich im Laufe der Jahre im Gedächtnis des einzelnen und der Allgemeinheit festgesetzt haben. Diese Wortformeln haben den Vorteil, daß sie dem Zuhörer keine unnötige geistige Anstrengung abverlangen. Ich will sie jetzt nicht im einzelnen aufführen, sondern hole es später schriftlich nach. Im übrigen wird dieser Beruf dich nach und nach auch die schwierige Kunst lehren, bereits Gedachtes zu denken. Was die Nützlichkeit eines solchen Systems betrifft, so brauchen wir nur einen beliebigen Fall anzunehmen. Sagen wir: ein Gesetz wird entworfen und verabschiedet; es bleibt jedoch wirkungslos, und das Übel grassiert weiter. Hier hast du eine Frage, die müßige Neugierde anstachelt, die zu einer langwierigen Untersuchung führen kann, zu einer langweiligen Anhäufung von Schriftstücken und Beobachtungen, zur Analyse mutmaßlicher Ursachen, sicherer Ursachen, möglicher Ursachen; zu einem tiefschürfenden Studium der Fähigkeiten des gebesserten Menschen, der Natur des Übels, der Vorbereitung des Heilmittels und schließlich der Umstände seiner Anwendung. Kurzum: hier hast du Stoff für ein ganzes Gerüst von Worten, Begriffen und Torheiten. Du ersparst deinen Zeitgenossen endlose Salbadereien, indem du einfach sagst: ›Wir wollen lieber unsere Bräuche als unsere Gesetze reformieren!‹ Und dieser bündige, durchsichtige, klare Satz, dem gemeinsamen Geistesgut entnommen, löst das Problem viel rascher und durchdringt die Geister wie ein jäher Sonnenstrahl.«

»Ich sehe daraus, mein Vater, daß Sie jegliche Anwendung moderner Verfahren ablehnen.«

»Versteh mich recht. Ich verurteile zwar die Anwendung moderner Verfahren, lobe sie jedoch dem Namen nach. Ich sage das gleiche von der gesamten jüngsten wissenschaftlichen Terminologie; du solltest sie unbedingt auswendig lernen. Da das Hauptmerkmal des Durchschnittsmenschen eine bestimmte Haltung des Gottes Terminus ist und die Wissenschaften das Werk der menschlichen Betriebsamkeit sind, so empfehle ich dir im Hinblick auf deinen künftigen Stand als Durchschnittsmensch, dich der Waffen deiner Zeit zu bedienen. Denn eines von zwei Dingen wird eintreten: entweder sie werden in dreißig Jahren verbraucht und Gemeingut sein, oder sie werden sich frisch und neu erhalten. Im ersten Fall werden sie dir rechtmäßig gehören; im zweiten Fall kannst du dir die Koketterie leisten, sie zu tragen, um zu zeigen, daß ›auch du Maler bist‹. Vom Hörensagen wirst du dir mit der Zeit diese ganze Terminologie aneignen, denn die Methode, die eigentlichen Meister und Jünger der Wissenschaft in ihren Büchern, Forschungsarbeiten und Erinnerungen zu befragen, bringt außer Ermüdung und Langweile auch die Gefahr mit sich, daß du dir neue Ideen einimpfen läßt, und das ist durchaus vom Übel. Hinzu kommt, daß, sobald du dich von dem Geist jener Gesetze und Formeln durchdringen läßt, du versucht bist, sie in Maßen anzuwenden, wie es jene gerissene, kundenreiche Schneiderin tat, von der ein klassischer Dichter sagt:

Je mehr Stoff sie hat, desto knapper schneidet sie zu,
desto weniger Reste bleiben übrig . . .

Ein derartiges Vorgehen wäre bei einem Durchschnittsmenschen nicht wissenschaftlich.«

»Donnerwetter! Der Beruf ist aber schwierig!«

»Dabei sind wir noch längst nicht am Ende.«

»Dann also weiter!«

»Ich habe dir noch nicht von den Wohltaten der Publizität gesprochen. Die Publizität ist eine herrschsüchtige, anspruchsvolle Herrin, die du mit kleinen Geschenken, Konfekt, Schlummerrollen und Kleinigkeiten umschwärmen mußt, mit Geschenken also, die weniger die Kühnheit deines Ehrgeizes als die Beständigkeit deiner Zuneigung bezeugen sollen. Wenn Don Quichote ihre Gunst mittels heldenhafter oder kostspieliger Taten umwirbt, so ist das ein Laster, welches dem berühmten Narren gut zu Gesicht steht. Der echte Durchschnittsmensch hingegen verfolgt eine völlig andere Politik. Anstatt eine wissenschaftliche Abhandlung über die Schafzucht zu Papier zu bringen, kauft er ein Schaf und schenkt es seinen Freunden in Form eines Abendessens – eine Gesellschaftsnotiz in der Tagespresse kann seinen Mitbürgern nicht gleichgültig sein. Eine derartige Notiz führt zu einer anderen; fünf-, zehn-, zwanzigmal tritt dein Name vor die Augen der Welt. Ausschüsse oder Abordnungen, dazu bestimmt, einen Mitbürger, der mit einem Orden ausgezeichnet worden ist, zu beglückwünschen, einen hochverdienten Wohltäter, einen fremden Gast zu hofieren, sind von unschätzbarem Wert, desgleichen Bruderschaften und die verschiedensten Vereinigungen, gleichgültig, ob sie sich mit Mythologie, Jagd oder Tanzkunst befassen. Ereignisse einer bestimmten Ordnung, und mögen sie noch so unbedeutend sein, dürfen unbesorgt in den Mittelpunkt des Interesses gerückt werden, vorausgesetzt, daß sie deine Persönlichkeit in ein günstiges Licht stellen. Ich möchte dies näher ausführen. Wenn du zum Beispiel vom Wagen fällst, ohne außer dem Schrecken irgendwelchen Schaden davongetragen zu haben, so empfiehlt es sich, die Neuigkeit in alle Winde auszuposaunen, nicht wegen des Tatbestandes als solchem, der belanglos ist, sondern um einen Namen in Erinnerung zu bringen, der sich allgemeiner Zuneigung erfreuen darf. Verstehst du mich?«

»Ich verstehe.«

»Das ist die anhaltende, billige, leichte Publizität aller Tage; es gibt aber noch eine zweite. Wie auch die Theorie über die Künste lauten mag, so steht außer Zweifel, daß Familiensinn, persönliche Freundschaft und öffentliche Wertschätzung die Nachbildung der Gesichtszüge eines geliebten und verdienten Mannes fordern und fördern. Nichts steht der Möglichkeit im Wege, daß du der Gegenstand einer derartigen Auszeichnung wirst, besonders wenn dein scharfsinniger Freund nichts Abstoßendes an dir findet. In einem derartigen Fall verlangen einerseits die Regeln landläufiger Höflichkeit, daß du das Porträt oder die Büste annimmst, andrerseits wäre es unangebracht, wenn du dich gegen die Aufstellung deines Konterfeis in einem öffentlichen Gebäude zur Wehr setztest. Auf diese Weise bleibt dein Name mit deiner Person verknüpft. Die Leute, die – sagen wir – deine in der Eröffnungssitzung der ›Vereinigung der Friseure‹ gehaltene Rede gelesen haben, werden an der Festigkeit deiner Gesichtszüge den Verfasser des tiefschürfenden Werkes erkennen, in dem ›die Spitzhacke des Fortschritts‹ und ›der Schweiß der Arbeit‹ ›das gähnende Maul des Elends‹ überwinden. Falls ein Ausschuß dir das Bildwerk nach Hause bringt, mußt du dich für diese Liebenswürdigkeit mit einer schwungvollen Rede und einem Glas Wasser bedanken; das ist ein alter, vernünftiger und ehrbarer Brauch. Dann lädst du deine besten Freunde und Verwandten ein und auch ein oder zwei Honoratioren. Wenn der betreffende Tag überdies ein Ehren- oder Freudentag für dich ist, sehe ich kaum eine

Möglichkeit, wie du den Zeitungsreportern einen Platz an deiner Festtafel verweigern kannst. Sollten diese Herren durch anderweitige Verpflichtungen von der Teilnahme an deinem Abendessen abgehalten sein, so kannst du dich ihnen auf jeden Fall dadurch behilflich zeigen, daß du die Festchronik selber verfaßt. Solltest du aus – übrigens verzeihlicher – Skrupelhaftigkeit deinen Namen nicht eigenhändig mit den Attributen auszeichnen wollen, deren er würdig ist, so beauftrage einen Freund oder Verwandten mit der Abfassung der Notiz.«

»Was Sie mir eröffnen, Senhor, ist offen gestanden gar nicht leicht zu lernen.«

»Das behaupte ich auch nicht. All das ist schwierig, es verschlingt Zeit, viel Zeit. Es braucht Jahre an Geduld und Mühe. Glücklich, wer das gelobte Land gewinnt! Wer es nicht erreicht, den verschluckt die Nacht! Wer aber triumphiert – und du wirst triumphieren, glaub mir! –, wird die Mauern Jerichos fallen sehen zum Schall der heiligen Drommeten! Erst dann wirst du sagen können: ›Ich habe es geschafft!‹ An diesem Tag wird deine Zeit als unerläßliche Stütze und Zierde, als obligate Persönlichkeit, als notwendige Signatur der Gesellschaft beginnen. Du wirst es nicht mehr nötig haben, Gelegenheiten aufzuspüren und dich zu Ausschüssen und Bruderschaften zu drängen. Von nun an werden diese dich aufsuchen, schwerfällig und roh wirkend wie Hauptwörter, denen kein Eigenschaftswort zur Seite steht, fortan wirst du das Eigenschaftswort dieser glanzlosen Ansprachen sein: das *Duftige* der Blumen, das *Lichtblau* des Himmels, das *Hilfsbereite* der Bürger, das *Aufschlußreiche, Würzige* der Berichte. Und das zu sein, ist die Hauptsache, weil das Eigenschaftswort die Seele der Sprache ist, ihr ideeller, metaphysischer Bestandteil. Das Hauptwort ist die nackte, rohe Wirklichkeit, der Naturalismus unseres Wortschatzes!«

»Wollen Sie damit sagen, daß dieser ganze Beruf nur eine Rücklage für das Defizit des Lebens ist?«

»Gewiß. Keine andere Tätigkeit ist dir verwehrt.«

»Auch nicht die Politik?«

»Auch nicht die Politik. Es kommt nur darauf an, nicht die Hauptregeln und Verpflichtungen zu verletzen. Du kannst jeder beliebigen Partei angehören, der liberalen wie der konservativen, der republikanischen wie der ultramontanen, unter der einzigen Bedingung, daß du diesen Bezeichnungen keinen besonderen Wert beimißt und ihnen nur die Nützlichkeit des biblischen *Schibboleth* zuerkennst.«

»Wenn ich ins Parlament komme, kann ich dann die Rednertribüne betreten?«

»Du kannst es und sollst es. Es ist eine Form, um die öffentliche Aufmerksamkeit auf dich zu lenken. Was den Stoff der Ansprachen angeht, so stehen dir zur Wahl: entweder die Tagesfragen oder die politische Theorie; an deiner Stelle würde ich die Theorie vorziehen. Zwar sind praktische, untergeordnete Fragen – ich muß es zugeben – für die guterzogene Langweiligkeit, die ein Merkmal des vollkommenen Durchschnittsmenschen ist, nicht unangebracht; trotzdem rate ich dir, dich möglichst der politischen Theorie zuzuwenden; sie ist leichter zugänglich und anziehender. Angenommen, du willst wissen, aus welchem Anlaß die Siebte Infanterie-Kompanie von Uruguaiana nach Cangaçu versetzt wurde, so wird dich nur der Kriegsminister anhören, der dir in zehn Minuten die Gründe dafür auseinandersetzen wird. Bei der Politik ist es etwas anderes. Eine Rede über ein politisches Thema entzündet natürlich die Geister der Parteien und des Publikums, sie löst Zwischenrufe von der Galerie und Antworten von der Rednertribüne aus. Außerdem zwingt sie hinterher nicht zum Nachdenken und Erforschen der Wahrheit. In diesem Zweig der menschlichen Erkenntnisse ist bereits alles gefunden, ausgesprochen, etikettiert, klassifiziert: man muß nur den Rucksack des Gedächtnisses aufschnüren. Versuche auf keinen Fall, die Grenzen einer beneidenswerten Gewöhnlichkeit zu überschreiten.«

»Ich werde mein möglichstes tun. Und wie steht es mit der Phantasie?«

»Lasse die Hände davon! Verbreite lieber das Gerücht, eine derartige Gabe sei das allerletzte.«

»Und was hältst du von der Philosophie?«

»Wir wollen uns nichts vormachen: in Büchern und im Gespräch lasse ich mir die Philosophie gefallen, aber in Wirklichkeit halte ich nichts davon. ›Geschichtsphilosophie‹ hingegen ist ein Ausdruck, den du häufig einstreuen solltest, aber ich verbiete dir, Schlußfolgerungen zu ziehen, die nicht andere schon vor dir gezogen haben. Gehe allem aus dem Wege, was nach Denken und Nachdenken, nach Originalität oder Ähnlichem riecht.«

»Auch dem Lachen?«

»Wie meinst du das, dem Lachen?«

»Soll ich ernst, todernst bleiben...?«

»Das kommt darauf an. Du neigst zu Müßigang und bist lebenslustig. Du brauchst dein Temperament weder einzudämmen noch völlig zu unterdrücken; du kannst dich amüsieren und auch dann und wann lachen. Durchschnittsmensch sein, heißt nicht, Melancholiker sein. Auch ein ernster Mensch hat seine Augenblicke froher Laune. Nur – und dieser Punkt ist heikel...«

»Sprich es aus, bitte...!«

»Nur Ironie darfst du nicht üben, jenes Verziehen des Mundwinkels, das so voller Geheimnisse ist und von irgendeinem Griechen der Verfallszeit erfunden, von Lukian übernommen und an Swift und Voltaire weitergereicht wurde, ein Zug, der zu Skeptikern und aufgeklärten Geistern paßt. Nein. Halte dich lieber an den deftigen Witz, an unseren guten alten Witz, der saftig ist, derb und rund, frei von jeder Zweideutigkeit und Prüderie, den man dem anderen ins Gesicht knallt, der wie ein Faustschlag sitzt, der dem Zuhörer das Blut in den Kopf jagt und die Hosenträger vor Lachen reißen läßt. Halte dich an den Witz! Was läutet es?«

»Mitternacht.«

»Mitternacht? In diesem Augenblick, junger Herr, trittst du in dein zweiundzwanzigstes Lebensjahr ein. Nun bist du endgültig volljährig. Wir wollen schlafengehen, denn es ist spät geworden. Denke gut nach über alles, was ich dir gesagt habe, mein Sohn. Alles in allem wiegt unsere Unterhaltung vom heutigen Abend Machiavells *Fürst* auf. Gehen wir schlafen!«

Horacio Quiroga
Wilder Honig

Ich habe in Salto Oriental zwei Vettern – heute sind sie bereits zu Männern herangewachsen –, die sich infolge gründlicher Lektüre von Jules Verne im Alter von zwölf Jahren zu dem aufwendigen Unternehmen veranlaßt sahen, aus ihrem Elternhaus fortzulaufen und im Gebirge zu hausen, das zwei Meilen von der Stadt entfernt liegt. Hier wollten sie in aller Ursprünglichkeit von der Jagd und vom Fischfang leben. Ganz gewiß hatten die beiden Jungen keinen Gedanken daran verschwendet, sich mit Flinten und Angelzeug zu versehen, aber auf jeden Fall war der Wald da – mit seiner Freiheit als Quelle der Glückseligkeit und mit seinen reizvollen Gefahren.

Leider wurden sie nach zwei Tagen von denen, die sich auf die Suche nach ihnen gemacht hatten, gefunden. Sie waren ziemlich erschöpft, nicht wenig geschwächt, und zum großen Erstaunen ihrer jüngeren Brüder, die ebenfalls Jules-Verne-Jünger waren, konnten sie noch auf beiden Beinen gehen und sich an die menschliche Sprache erinnern.

Das Abenteuer der beiden Robinsons wäre vielleicht weniger harmlos ausgegangen, wenn es sich in einem anderen Wald – in einem, der nicht als Ziel für Sonntagsausflüge dient – abgespielt hätte. Derartige Jungenstreiche haben hier in Misiones unvorhergesehene Folgen, und Gabriel Benincasa wurde durch den Stolz auf sein Stromboot ins Verderben gestürzt.

Benincasa, der gerade seine Lehre als Buchhalter abgeschlossen hatte, spürte in sich das brennende Verlangen, das Leben im Urwald kennenzulernen. Er wurde nicht etwa von seinem Temperament dazu verleitet, denn Benincasa war ein eher friedfertiger, etwas dickleibiger Mensch mit rosigem Gesicht, das eine blühende Gesundheit verriet. Er war also an sich vernünftig genug, einen Tee mit Milch und Keks wer weiß welch teuflischer Gelegenheitsmahlzeit im Busch vorzuziehen. Aber so wie der Junggeselle, der stets ein nüchternes Leben geführt hat, es am Vorabend seiner Hochzeit für seine Pflicht hält, sich vom ungebundenen Dasein mit einer ausschweifenden Nacht im Freundeskreis zu verabschieden, genauso wollte Benincasa sein wie ein gut geöltes Uhrwerk ablaufendes Leben durch zwei oder drei Stöße intensiven Lebens bereichern. Und aus diesem Grunde fuhr er mit seinem berühmten Stromboot den Paraná bis zu einem Holzschlag hinauf.

Kaum hatte er Carientes verlassen, zog er seine derben Stiefel an, denn die Kaimane am Ufer belebten bereits die Landschaft. Aber trotzdem gab der Buchhalter sehr auf sein Schuhwerk acht und vermied Kratzer und Berührungen mit Schmutz.

So langte er am Holzschlag an, der seinem Patenonkel gehörte, und dieser mußte zunächst einmal die maßlose Unternehmungslust seines Schützlings bremsen.

»Wohin willst du jetzt?« fragte er ihn überrascht.

»Ins Gebirge, ich will es ein wenig durchstreifen«, antwortete Benincasa, der sich gerade die Winchesterbüchse um die Schulter gehängt hatte.

»Aber, Unglücksrabe, du wirst nicht einen einzigen Schritt vorwärts kommen. Geh den Gebirgspfad entlang, wenn du magst... aber am besten läßt du diese Waffe zu Hause, und morgen werde ich dir einen Peon als Begleiter mitgeben.«

Benincasa verzichtete auf seinen Ausflug, aber er ging bis zum Waldrand und hielt dort inne. Aufs Geratewohl versuchte er, einen Schritt hineinzutun, und blieb wieder stehen. Er schob die Hände in die Hosentaschen und besah sich angelegentlich das undurchdringliche Dickicht, wobei er einige Melodienfolgen vor sich hin pfiff. Nach einem neuerlichen Blick auf den Wald zur einen und zur anderen Seite kehrte er ziemlich enttäuscht zurück.

Am nächsten Tag ging er jedoch auf dem Hauptweg etwa eine Meile tief in den Busch hinein, und obgleich er sein Gewehr in tiefer Ruhe schlafen ließ, bereute Benincasa den Spaziergang nicht. Das Raubzeug würde schon noch kommen.

Und es kam in der zweiten Nacht – wenngleich auf eine etwas ungewohnte Art.

Benincasa lag in tiefem Schlaf, als er von seinem Onkel geweckt wurde.

»He, Schlafmütze! Steh auf, bevor sie dich lebendigen Leibes fressen!«

Benincasa richtete sich mit einem Ruck im Bett auf – geblendet vom Schein der drei Windlichter, die von einer Seite des Zimmers zur anderen hin- und herschwankten. Sein Onkel und zwei Peone besprengten den Fußboden.

»Was gibt's? Was gibt's?« fragte er und sprang aus dem Bett.

»Nichts... Gib auf deine Füße acht... Die Corrección.«

Benincasa hatte bereits von den merkwürdigen Ameisen gehört, die wir Corrección nennen. Sie sind klein, glänzend schwarz und bewegen sich schnell in mehr oder minder breiten Strömen vorwärts. Sie sind vor allem Fleischfresser. Auf ihrem Vormarsch vertilgen sie alles, was sie unterwegs antreffen: Spinnen, Grillen, Skorpione, Kröten, Nattern und alle Lebewesen, die ihnen keinen Widerstand leisten können. Es gibt kein Tier, so groß und stark es auch sein mag, das nicht vor ihnen flieht. Wenn sie in ein Haus eindringen, bedeutet das die völlige Ausrottung aller Lebewesen, denn es gibt keine Ecke und kein noch so tiefes Loch, in das sich der alles verschlingende Strom nicht ergießt. Die Hunde heulen, die Rinder brüllen, und man ist gezwungen, vor ihnen das Haus zu verlassen, sonst wird man innerhalb von zehn Stunden bis auf das Skelett abgenagt. Sie bleiben ein oder zwei oder sogar fünf Tage an einem Ort, je nach der vorhandenen Menge an Insekten, Fleisch oder Fett. Wenn sie alles leer gefressen haben, ziehen sie weiter.

Sie vertragen jedoch kein Kreolin oder ähnliche Substanzen; und da man im Holzschlag mehr als genug davon hatte, war das Anwesen in weniger als einer Stunde von der Corrección befreit.

Benincasa betrachtete sich sehr genau eine blasse Stelle in seinem Bein, die von einem Biß herrührte.

»Wahrhaftig, sie beißen sehr stark zu!« sagte er überrascht, den Kopf seinem Onkel zuwendend.

Dieser antwortete nicht, da diese Beobachtung für ihn völlig wertlos war, sondern beglückwünschte sich dazu, die Invasion rechtzeitig gestoppt zu haben. Benincasa versank wieder in Schlaf, aber noch die ganze Nacht hindurch wurde er von tropischen Alpträumen geschüttelt.

Am nächsten Morgen ging er ins Gebirge, diesmal mit einer Machete, denn soviel hatte er schließlich begriffen: solch ein Werkzeug würde ihm im Gebirge viel nützlicher sein als das Gewehr. Auch war seine Hand nicht die ruhigste und seine Treffsicherheit nicht die beste. Auf jeden Fall brachte er es fertig, derart gegen die Zweige anzurennen, daß sie ihm das Gesicht zerkratzten und die Stiefel zerrissen, und das alles auf einmal!

Das dämmrige, schweigende Gebirge ermüdete ihn bald. Es machte auf ihn den übrigens zutreffenden Eindruck einer Theaterkulisse bei Tageslicht. Vom wimmelnden Leben der Tropen bleibt zu dieser Stunde nichts weiter als der erstarrte Schauplatz übrig: kein Tier, kein Vogel, kaum ein Geräusch.

Benincasa war auf dem Rückweg, als ein dumpfes Summen seine Aufmerksamkeit erregte. Zehn Meter von ihm entfernt, in einem hohlen Baumstamm, umschwirrten winzige Bienen den Eingang einer Höhle. Er näherte sich vorsichtig und sah im Innern der Öffnung zehn oder zwölf dunkelgefärbte Kugeln von der Größe eines Hühnereies.

Das ist Honig, sagte sich der Buchhalter genießerisch. Das müssen Wachskügelchen sein, voll von Honig...

Aber zwischen ihm, Benincasa, und den Kügelchen waren die Bienen. Nachdem er einen Augenblick verschnauft hatte, dachte er daran, Feuer zu machen; das würde eine schöne Rauchwolke ergeben. Der Zufall wollte es, daß sich, als der Dieb vorsichtig feuchtes Laub zusammentrug, vier oder fünf Bienen auf seiner Hand niederließen, ohne ihn zu stechen. Sofort griff sich Benincasa eine, drückte ihr den Unterleib zusammen und stellte fest, daß sie keinen Stachel hatte. Da verwandelte sich der Speichel, der ihm bereits im Munde zusammengelaufen war, in süßen Seim. Welch wunderhübsche und brave Tierlein!

Einen Augenblick später brach der Buchhalter die kleinen Wachstäschchen ab, entfernte sich ein gutes Stück, um der klebrigen Berührung der Bienen zu entgehen, und setzte sich auf eine Baumwurzel. Von den zwölf Kugeln enthielten sieben Blütenstaub. Aber die übrigen waren voller Honig – ein dunkelfarbiger, dunkel-durchsichtiger Honig, den Benincasa genießerisch kostete. Sein Geschmack erinnerte entfernt an irgend etwas – woran nur? Der Buchhalter kam nicht darauf. Vielleicht an Harz von Obstbäumen oder von Eukalyptus. Und aus dem gleichen Grunde hatte der dickflüssige Honig einen leicht bitteren Nachgeschmack. Aber trotzdem: welch ein Aroma!

Nachdem sich Benincasa vergewissert hatte, daß nur fünf Wachstäschchen für seine Zwecke brauchbar waren, begann er. Sein Plan war einfach: er wollte die tropfende Wabe über seinen Mund halten. Aber da der Honig dick war, mußte er erst die Öffnung erweitern, nachdem er eine halbe Minute vergeblich mit geöffnetem Mund dagesessen hatte. Nun trat der Honig heraus und floß in dickflüssigem Strahl auf die Zunge des Buchhalters.

Eine nach der anderen entleerten sich so die fünf Waben in den Mund Benincasas. Vergeblich hielt dieser sie noch länger über sein Gesicht, und noch nutzloser war es, die geleerten Kugeln noch einmal auszupressen: er mußte sich zufriedengeben.

Mittlerweile hatte ihn das ständige Hochhalten des Kopfes ein wenig schwindlig gemacht. Vollgestopft mit Honig, gelassen und mit weit geöffneten Augen betrachtete Benincasa von neuem das in der Dämmerung liegende Gebirge. Die Bäume und der Erdboden standen übrigens ganz schief, und sein Kopf ging mit der hin- und herschwankenden Landschaft mit.

Was für ein merkwürdiges Schwindelgefühl, dachte der Buchhalter, und was das schlimmste ist...

Als er sich erhob und einen Schritt tun wollte, sank er sogleich wieder auf den Baumstamm zurück. Sein Körper war wie aus Blei, vor allem die Beine, als ob sie riesenhaft angeschwollen wären. Und an den Füßen und Händen spürte er tausend Ameisen.

»Das ist sehr merkwürdig, sehr merkwürdig, sehr merkwürdig«, wiederholte Benincasa blöde, ohne jedoch der Ursache dieser Merkwürdigkeiten nachzugehen.

»Als wenn ich Ameisen hätte... Die Corrección«, schloß er.

Und plötzlich wurde sein Atem trocken und kurz vor Schrekken.

Das muß der Honig sein! ... Er ist giftig! ... Ich bin vergiftet! Und nach einem zweiten Versuch, aufzustehen, sträubten sich ihm vor Furcht die Haare: er vermochte sich nicht einmal zu rühren. Jetzt stiegen das bleierne Gefühl und das Ameisengekribbel bis zum Gürtel. Eine Weile verhinderte der Schrekken, hier, in elender Einsamkeit, fern von der Mutter und den Freunden zu sterben, jede Verteidigungsmaßnahme.

Ich werde jetzt sterben! Eine Weile noch, und ich werde sterben! ... Ich kann schon nicht mehr die Hand bewegen!

Trotz seiner Panik stellte er jedoch fest, daß er weder Fieber noch Angina hatte und Herz und Lunge im normalen Rhythmus arbeiteten. Seine Angst nahm eine andere Form an.

Ich bin gelähmt, es ist die Paralyse! Und sie werden mich nicht finden!

Eine unwiderstehliche Schläfrigkeit begann sich seiner zu bemächtigen, die jedoch seine geistigen Fähigkeiten nicht einschränkte, während das Schwindelgefühl schnell stärker wurde. So glaubte er zu bemerken, daß der wogende Erdboden schwarz wurde und sich verwirrend belebte. Ein weiteres Mal drang die Erinnerung an die Corrección in sein Gedächtnis, und in seine Gedanken nistete sich als größte Angst die Möglichkeit ein, daß dieses Schwarz, das sich über den Erdboden verbreitete ...

Er hatte noch die Kraft, sich von diesem letzten Schrecken frei zu machen, doch bald stieß er einen Schrei aus, einen richtigen Angstschrei, in dem die Stimme des Mannes wieder den Tonfall des erschreckten Kindes annimmt: über seine Beine ergoß sich ein reißender Strom schwarzer Ameisen. Um ihn herum verdunkelte die alles zerfressende Corrección den Boden, und der Buchhalter spürte unter der Unterhose, wie die Flut fleischfressender Ameisen anstieg.

Sein Onkel fand schließlich zwei Tage später das mit Benincasas Kleidung bedeckte Skelett – ohne die geringste Spur von Fleisch daran. Die Corrección, die immer noch in der Umgebung ihr Unwesen trieb, und die kleinen Wachstaschen waren Erklärung genug.

Gemeinhin hat freilich der wilde Honig nicht diese narkotisierenden oder lähmenden Eigenschaften, aber solchen Honig kann man finden. Blumen nämlich, welche eben diese Wirkung zeitigen, gibt es mehr als genug in den Tropen, und bereits der Geschmack des Honigs, der von diesen Blüten stammt, verrät in der Mehrzahl der Fälle seine Beschaffenheit. Es war der Nachgeschmack von Eukalyptusharz, den Benincasa zu spüren glaubte.

Jorge Luis Borges

Mann von Esquina Rosada

Für Enrique Amorim

Ausgerechnet ich soll Ihnen etwas über den toten Francisco Real erzählen. Ich habe ihn gekannt, obwohl er nicht von hier war; er war eine große Nummer im Norden, so in der Gegend der Lagune von Guadalupe und Batería. Ich habe mit ihm nicht mehr als dreimal zu tun gehabt, und die drei Male alle in derselben Nacht, aber das ist eine Nacht, die ich nicht vergesse, weil da die Lujanera, einfach so, in meine Hütte schlafen kam, und in der Nacht ist Rosendo Juárez für immer aus dem Viertel am Bach verschwunden. Natürlich fehlt Ihnen die Erfahrung, deshalb können sie mit dem Namen nichts anfangen, aber in Villa Santa Rita war Rosendo Juárez, Der Schläger, einer der härtesten Burschen. Er war einer der Leute von Don Nicolás Paredes, so wie Paredes einer aus der Truppe von Morel war, und er war berühmt dafür, daß er gut mit dem Messer umgehen konnte. Er kriegte es fertig, tipptopp geschniegelt zum Puff zu reiten, auf einem Rappen, mit silbernem Zaumzeug. Die Männer und die Hunde hatten Respekt vor ihm, und die Frauen auch. Alle wußten,daß er zwei Männer erledigt hatte. Er hatte auf seiner dicken Mähne immer einen von diesen weichen hohen Hüten mit feiner Krempe. Er war ein Glückspilz, wie man so sagt. Wir Jungs von Villa machten ihm alles nach, sogar, wie er spuckte. Eine Nacht hat uns dann aber gezeigt, was für ein Kerl Rosendo wirklich war.

Klingt wie ein Märchen, aber die Geschichte dieser einmaligen Nacht fing damit an, daß eine laute Kutsche mit knallbunten Rädern, vollgepfropft mit Männern, diese harten Lehmgassen runtergeschlingert kam, zwischen den Ziegelbrennereien und den leeren Grundstücken; zwei Mann in Schwarz, mit Gitarren, daß einem die Ohren sausten, und auf dem Bock einer, der den Hunden eins mit der Peitsche überzog, wenn sie dem Pferd an die Beine gingen. Einer im Poncho saß ganz still in der Mitte; das war der berühmte Corralero, der Schlächter, und der war zum Kämpfen und zum Töten gekommen. Die Nacht war richtig angenehm kühl. Zwei von den Männern hockten auf dem umgeklappten Kutschdach, als wenn diese tote Ecke eine Promenade wäre. In der Nacht sind noch viele andere Dinge passiert, aber von diesem Anfang haben wir erst später erfahren. Wir Jungs waren alle schon ziemlich früh in Julias Salon; das war ein Schuppen aus Zinkblech, zwischen der Straße nach Gauna und dem Maldonado. Das Lokal konnte man schon von weitem sehen und hören, wegen der roten Laterne und dem Krach. Die Julia war ein bißchen dunkelhäutig; trotzdem gab sie sich Mühe, daß immer alles in Ordnung war; es gab immer Musiker, genug zu trinken und Mädchen, die lange tanzen konnten. Aber gegen die Lujanera, die Frau von Rosendo, kam keine an. Sie ist tot, und manchmal denke ich jahrelang nicht mehr an sie, aber damals hätten Sie sie sehen sollen, was die für Augen hatte. Sie sehen und nicht schlafen können war eins.

Der Schnaps, die Musik, die Weiber, ein paar herablassende Schimpfworte von Rosendo und ein Klaps, den er mir auf den Buckel gab und den ich als freundschaftlich genommen habe: also – ich war richtig glücklich. Ich hatte eine Tänzerin erwischt, die sich so bewegte, als ob sie meine Gedanken erraten könnte. Der Tango hat mit uns gemacht, was er wollte, uns herumgetrieben und auseinandergebracht und dann wieder zusammen. Alle Männer waren voll dabei, wie im Traum, da kommt mir plötzlich die Musik irgendwie lauter vor. Das war, weil jetzt die beiden im Wagen, mit den Gitarren, immer näher kamen, und weil deren Musik sich mit unserer mischte. Dann hat sich der Wind gedreht, der die Musik hergeweht hatte, und ich habe wieder auf meinen Körper aufgepaßt und auf den meiner Partnerin und auf die Tanzfiguren. Eine ganze Weile später war etwas an der Tür zu hören, laut und irgendwie mit Macht, ein Schlag und eine Stimme. Allgemeines Schweigen, dann ein heftiger Stoß gegen die Tür, und der Mann war drin. Der Mann war wie die Stimme.

Für uns war er noch nicht Francisco Real, aber wohl ein langer, stämmiger Typ, ganz in Schwarz, mit einem braunroten Halstuch über einer Schulter. Ich erinnerte mich an das Gesicht, es war irgendwie indianisch und eckig.

Als die Tür aufsprang, kriegte ich einen mit dem Türflügel ab. Ich war so überrascht, daß ich mich auf den Kerl gestürzt und ihm die Linke in die Visage gesetzt habe, und dabei will ich mit der Rechten schon das Messer aus der Jacke holen, hier unter der linken Achsel. War aber schnell zu Ende mit mir. Um geradezustehen streckt der Mann einfach die Arme aus und wischt mich weg, wie man einfach irgendwas aus dem Weg schiebt. Hat mich hinter sich auf dem Boden gelassen, und ich immer noch mit der Hand in der Jacke, am nutzlosen Messer. Er ist einfach so weitergegangen. Immer weiter, und immer größer als jeder von denen, die er wegschubst, als wenn er sie gar nicht sieht. Die ersten, Schlappschwänze mit großen Augen, haben ihm ängstlich den Weg freigemacht, das ging auf wie ein Fächer. Aber das hat nicht lange gedauert. Im nächsten Haufen war schon der Engländer, der auf ihn gewartet hat, und bevor der Fremde ihm die Hand auf die Schulter legen kann, hat er ihm schon eins mit einem Knüppel übergezogen, den er in der Hand hatte. Als die anderen das sehen, haben sie sich alle auf ihn gestürzt. Das Lokal war ganz schön tief, und sie sind über ihn hergefallen wie über den Heiland, mit Faustschlägen von oben bis unten, und Pfiffen und Spucksalven. Erst sind sie mit den Fäusten rangegangen, und dann, als sie gesehen haben, daß er sich nicht wehrt, gab's Ohrfeigen mit der offenen Hand und Gewedel mit Halstuchfransen, um sich über ihn lustig zu machen. Und dabei haben sie ihn für Rosendo reserviert, der die ganze Zeit mit dem Rücken an der Wand am Ende stand, ohne sich zu rühren und still. Er hat hastig seine Zigarette geraucht, als hätte er schon gewußt, was wir anderen erst später kapiert haben. Den Corralero haben sie bis zu ihm hingeschoben, aufrecht und blutig, mit diesem ganzen spottenden Geschmeiß hinter ihm. Ausgepfiffen, ausgelacht, angespuckt, und er hat erst angefangen zu reden, als er genau vor Rosendo war.

Dann hat er ihn angesehen, sich mit dem Unterarm das Gesicht abgewischt und ungefähr das gesagt: »Ich bin Francisco Real, ich komme aus dem Norden. Ich bin Francisco Real, und die Leute nennen mich den Corralero. Ich habe mich von diesen Jammerlappen anfassen lassen, weil ich einen Mann suche. Ein paar Bolawerfer behaupten, daß es hier in diesen traurigen Lehmgruben einen gibt, der mit dem Messer umgehen kann und ein harter Bursche ist, und den nennen sie den Schläger. Ich möchte ihn treffen, damit er einem Niemand wie mir zeigt, was ein berühmter Mann mit Mut ist.«

Das hat er gesagt und dabei Rosendo nicht aus den Augen gelassen. Plötzlich blinkt ihm ein Messer in der rechten Hand; das muß er im Ärmel gehabt haben. Die, die eben noch gedrängelt hatten, machen jetzt Platz, und wir alle stehen da und starren die beiden an. Sie hätten eine Stecknadel fallen hören können. Sogar der blinde Mulatte mit der Geige hatte seine Wulstlippen in die Richtung gedreht.

In dem Moment höre ich, wie sich hinten was bewegt, und sehe im Türrahmen sechs oder sieben Männer stehen, wohl Anhang vom Corralero. Der Älteste, so ein Ledergesicht mit grauem Schnauzer, sah aus wie ein Bauer, ist ein paar Schritte reingekommen, kriegte Glupschaugen bei so viel Weibern und Licht und nahm dann respektvoll den Hut ab. Die anderen sind stehengeblieben, um aufzupassen, daß das Spiel sauber bleibt, und notfalls mitzumischen.

Was war die ganze Zeit mit Rosendo los, daß er dieses Großmaul nicht mit ein paar Tritten fertiggemacht hat? Er war immer noch still und hatte die Augen am Boden. Ich weiß nicht, ob er die Zigarette ausgespuckt hat, oder ob sie ihm aus dem Gesicht gefallen ist. Endlich hat er ein paar Wörter gesagt, aber so leise, daß wir am anderen Ende des Lokals nichts verstehen konnten. Francisco Real hat ihn noch mal herausgefordert, und er hat sich wieder geweigert. Da fing der Jüngste von den Fremden an zu pfeifen. Die Lujanera hat ihn angesehen, als wenn sie ihn ermorden wollte; dann schiebt sie sich mit zurückgeworfener Mähne durch die Frauen und das Fuhrmannsvolk, hin zu ihrem Mann, legt ihm die Hand auf die Brust, zieht sein Messer raus und gibt es ihm.

Dabei sagt sie: »Rosendo, ich glaube, du wirst es brauchen.«

Oben unter dem Dach gab es so ein langes Fenster, das zum Fluß ging. Rosendo hat das Messer genommen und hin und her gedreht, als wenn er es noch nie gesehen hätte. Plötzlich lehnt er sich zurück und schleudert das Messer raus durch das Fenster in den Maldonado. Mir war irgendwie kalt.

»Wenn ich dich nicht in Stücke schneide, dann nur, weil du mich ankotzt«, sagt der Corralero und holt aus, um ihm eine zu kleben. Genau in dem Moment schnappt sich die Lujanera den Corralero, wirft ihm die Arme um den Hals, sieht ihn mit ihren schönen Augen an und sagt wütend: »Laß den da, der uns weisgemacht hat, daß er ein Mann ist.«

Francisco Real brauchte einen Augenblick, um dahinterzukommen, dann hat er sie umarmt, als wenn er sie nie wieder loslassen wollte, und den Musikanten zugerufen, sie sollten ihm Tangos und Milongas spielen, und uns anderen, daß wir tanzen sollten. Die Milonga ging wie ein Feuer von einer Ecke zur anderen. Real tanzte ziemlich steif, ohne sich viel Mühe zu geben, er hatte sie ja schon hingekriegt. Sie sind zur Tür gekommen, und er hat gerufen »Platz da, die Herren, sie schläft ja schon«, und weg waren sie, Wange an Wange, als wenn der Tango eine Sturzflut wäre und sie weggespült hätte.

Ich muß wohl schamrot geworden sein. Ich habe ein paar Runden mit irgendeiner Frau getanzt und sie dann stehenlassen, wegen der Hitze und der Enge, habe ich ihr gesagt. Dann habe ich mich an der Wand entlang nach draußen verzogen. Schöne Nacht, bloß für wen? An der Straßenecke war die Kutsche, mit den beiden Gitarren aufrecht auf dem Sitz wie zwei Leute. Überkam mich ganz schön bitter, daß sie sie so sorglos rumstehen ließen, als wenn wir nicht mal imstande wären, Klimperkästen zu klauen. Ich habe versucht, mir einzureden, daß wir keine Nullen wären. Dann habe ich die Nelke hinter meinem Ohr genommen, zerdrückt, in eine Pfütze geschmissen und sie eine Weile angestarrt, um an nichts anderes mehr zu denken. Ich wäre gern mitten im nächsten Tag gewesen, ich wollte raus aus dieser Nacht. Dann kriegte ich einen Stoß von einem Ellbogen, fast eine Erlösung. Das war Rosendo, allein, der sich dünn machte.

»Immer stehst du im Weg, Trottel«, knurrt er mich an, vielleicht um sich Luft zu machen, oder geistesabwesend. Er verdrückt sich in die Dunkelheit am Maldonado; ich habe ihn nie wiedergesehen.

Da stand ich und starrte auf all das, was ich mein ganzes Leben lang gesehen hatte – Himmel bis zum Überdruß, der Fluß einsam und verloren, ein dösendes Pferd, die Lehmgasse, die Ziegelbrennereien – und dachte, daß ich nichts war als noch so ein Vorstadtgewächs, aufgewachsen zwischen anderem Unkraut und Dreck. Was sollte aus diesem Unrat entstehen wenn nicht Leute wie wir, schlappe Großschnauzen, Maulhelden, die sich nicht wehren? Dann dachte ich nein, je mieser die Umgebung, um so härter muß man werden. Dreck? Die Milonga tobte noch immer, in den Häusern war ein Getuschel, und der Wind brachte einen Duft von Geißblatt. Die Nacht war schön und klar. So viele Sterne waren am Himmel, einer über dem anderen, daß einem vom Hinsehen schwindlig werden konnte. Ich wollte mir einreden, daß die Geschichte mich nichts anging, aber ich wurde nicht mit Rosendos Feigheit und dem unerträglichen Mut des Fremden fertig. Der große Kerl hatte sogar eine Frau für diese Nacht aufgerissen. Für diese und für viele, dachte ich, vielleicht für alle, denn die Lujanera war schon was. Weiß Gott wo sie steckten. Weit konnten sie nicht sein. Wahrscheinlich trieben sie es schon in irgendeinem Graben.

Als ich zurückkam, war die Tanzerei immer noch im Gang. Ich drückte mich so unauffällig wie möglich durch das Gedränge und merkte, daß einige von unseren Leuten sich verzogen hatten, und daß die Leute aus dem Norden mit den übrigen Tango tanzten. Rempeleien oder Zusammenstöße gab es nicht, aber alle paßten auf und benahmen sich steif. Die Musik war schläfrig; die Frauen, die mit denen aus dem Norden tanzten, sagten kein Wort.

Ich erwartete etwas, aber nicht das, was geschah. Draußen hörten wir eine Frau weinen und dann die Stimme, die wir schon kannten, aber ruhig, fast zu ruhig, als wenn sie schon keinem mehr gehörte, und die Stimme sagte: »Geh rein, Schatz« – dann neues Schluchzen. Und dann wieder die

Stimme, schon fast verzweifelt: »Mach die Tür auf, sag ich, mach auf, du miese Schlunze. Mach auf, Hündin!«

Da geht die wacklige Tür auf, und die Lujanera kommt rein, allein. Wie auf Befehl, als wenn sie von jemand geschoben würde.

»Die schickt eine arme Seele«, sagte der Engländer.

»Ein toter Mann, mein Freund«, sagte da der Corralero.

Sein Gesicht sah aus wie bei einem Betrunkenen. Er kam rein und machte, wie vorher, ein paar Schritte in dem Gang, den wir freigaben – groß, ohne zu sehen –, und dann fiel er plötzlich um wie ein Baumstamm. Einer von seinen Leuten hat ihn auf den Rücken gelegt und ihm den Poncho als Kissen untergeschoben. Dabei hat er sich mit Blut besudelt. Dann haben wir gesehen, daß der Mann eine tiefe Wunde in der Brust hatte; das gab eine Blutpfütze um ihn herum, und seine hellrote Halsbinde wurde schwarz von Blut. Vorher hatte ich die Binde nicht gesehen, weil das große Halstuch sie verdeckt hatte. Eine der Frauen hat, als Erste Hilfe, Schnaps und ein paar halbverbrannte Tuchfetzen geholt. Der Mann konnte nichts mehr erklären. Die Lujanera hat ihn nur wie verloren angestarrt, mit hängenden Armen. Alle hatten die eine Frage im Gesicht, und schließlich hat sie eine Antwort rausgebracht. Nachdem sie mit dem Corralero rausgegangen war, wären sie zu einem kleinen Feld gegangen, und da platzt ein Unbekannter dazwischen und fordert ihn wie verrückt zum Kampf auf und setzt ihm diesen Messerstich, und sie weiß nicht, wer es war, aber Rosendo war es nicht. Wer sollte ihr das glauben?

Der Mann lag vor unseren Füßen und starb. Ich dachte bei mir: dem hat die Hand nicht gezittert, der ihn erledigt hat. Aber trotz allem war der Mann zäh. Als er das zweite Mal geklopft hatte, war Julia gerade dabei gewesen, Mate zu kochen, und der Mate ging einmal rum und war wieder bei mir gelandet, bevor der Mann starb. »Bedeckt mein Gesicht«, hat er leise gesagt, als er nicht mehr konnte. Ihm war nur der Stolz geblieben, und er wollte nicht, daß wir neugierig zusehen, wie sich sein Gesicht im Todeskampf verzerrt. Irgendwer hat ihm diesen hohen schwarzen Hut aufs Gesicht gesetzt. Unter dem Hut ist er gestorben, ohne einen Ton. Erst als die Brust aufgehört hatte zu steigen und zu fallen, haben sie den Mut aufgebracht, ihn aufzudecken. Er sah so müde aus wie alle Toten; in seiner Zeit war er einer der mutigsten Kerle von Batería bis zum Süden gewesen; als ich begriff, daß er tot war und nicht mehr reden konnte, habe ich aufgehört, ihn zu hassen.

»Zum Sterben braucht man nur lebendig zu sein«, hat eine aus dem Haufen gesagt, und eine andere, nachdenklich: »So überheblich ist der Mensch, und am Ende doch nur Tummelplatz für Fliegen.«

Dann fingen die Nordleute an, leise miteinander zu reden. Zwei haben es dann laut wiederholt: »Den hat die Frau umgebracht.«

Einer hat ihr ins Gesicht geschrien, ob sie es war, und alle haben um sie herumgestanden. Da habe ich vergessen, daß ich vorsichtig sein muß, und bin wie ein Blitz dazwischen. Aus Leichtsinn ziehe ich fast das Messer. Ich spüre, daß mich viele ansehen, um nicht zu sagen: alle. Um ihnen das Maul zu stopfen, sage ich: »Seht euch die Hände von der Frau an. Wo soll sie die Kraft oder die Courage für 'nen Messerstich hernehmen?«

Dann habe ich, als wäre ich beinahe enttäuscht, hinzugefügt: »Wer hätte das gedacht, daß der Tote da, der angeblich in seiner Gegend so'n toller Kerl gewesen ist, so häßlich endet, und dann auch noch in so 'nem toten Nest wie dem hier, wo nichts passiert, wenn nicht gerade einer von auswärts kommt, um uns zu zeigen, was Sache ist, und am Ende wird er für seine Mühe nur angespuckt?«

Keinem hat das Fell nach Hieben gejuckt.

In dem Moment wurde draußen in der Einsamkeit der Lärm von Reitern laut. Das war die Polizei. Der eine mehr, der andere weniger, jedenfalls hatten alle Gründe, sich nicht um diese Gesellschaft zu reißen, deshalb wurde beschlossen, daß es das beste wäre, den Toten in den Bach zu werfen. Sie werden sich noch an das lange Fenster erinnern, durch das das Messer geflogen ist. Da ging dann auch der Mann in Schwarz durch. Sie haben ihn mit vielen aufgehoben, und was er an Kleingeld und sonstigem Kram hatte, darum haben ihn diese vielen Hände erleichtert, und einer hat ihm einen Finger abgehackt, um den Ring abzustauben. Nutznießer, mein Herr, und sehr mutig einem armen wehrlosen Leichnam gegenüber, den ein anderer geschafft hatte, der mehr Manns war als sie. Ein guter Schwung, und das reißende und geduldige Wasser hat ihn mitgenommen. Kann sein, daß sie ihm, damit er nicht auftaucht, die Eingeweide rausgerissen haben; ich weiß es nicht, ich hatte keine Lust, hinzusehen. Der mit dem grauen Schnauzer hat mich die ganze Zeit beobachtet. Die Lujanera hat den Trubel genutzt, um abzuhauen.

Als die Gesetzeshüter reinkamen, um sich umzusehen, war der Tanz wieder im Gang. Der Blinde mit der Geige konnte ein paar Habaneras spielen, wie man sie heute nicht mehr hört. Draußen wollte es schon hell werden. Ein paar Pfosten auf einem Hügel sahen einsam und verlassen aus, weil man so früh die feinen Drähte nicht erkennen konnte.

Ich bin ruhig die drei Blocks zu meiner Hütte gegangen. Im Fenster brannte eine Kerze, die dann plötzlich ausging. Als mir klar wurde, was das hieß, habe ich mich natürlich beeilt. Und dann, Borges, habe ich noch einmal das kurze, scharfe Messer herausgezogen, das ich immer hier, in der Weste, unter der linken Achsel getragen habe, und ich habe es noch einmal langsam untersucht, und es war wie neu, unschuldig, und nicht die kleinste Spur von Blut war daran.

Carlos Drummond de Andrade
Mädchen, Blume, Telephon

»Nein, nein, das ist kein Conto!«

Ich bin ein Mensch, der nur gelegentlich zuhört, meistens aber nicht achtgibt und vieles übersieht. Doch an jenem Tag hörte ich zu. Bestimmt weil es eine Freundin war, die gerade erzählte. Es ist ja so schön, Freunden zuzuhören. Und echte Freunde verstehen sich ohne Worte, ohne Blicke, ja ohne jedes Zeichen.

Sprach sie von Friedhöfen, von einem Telephon? Ich kann mich nicht genau erinnern. Jedenfalls wurde die Freundin – ah, jetzt fällt mir wieder ein, daß wir von Blumen sprachen! – plötzlich sehr ernst und senkte die Stimme: »Ich weiß eine Geschichte von einer Blume, eine sehr traurige!«

Sie lächelte und fuhr fort: »Aber ich wette, du glaubst sie mir doch nicht!«

»Wer weiß, das hängt vom Erzähler ab.«

An Tagen, an denen eine absolute Leichtgläubigkeit uns beherrscht, gilt auch das nicht. Für den Augenblick aber war die Versicherung der Freundin, ihre Geschichte sei nicht erfunden, das wichtigste Argument.

»Es war einmal ein Mädchen, das wohnte in der General-Polidoro-Straße, nahe dem Friedhof São João Batista. Wie du weißt, macht jeder, der dort wohnt, ob er will oder nicht, Bekanntschaft mit dem Tod. Fast stündlich kommen Leichenzüge vorbei, so daß man sich allmählich dafür interessieren muß. Das ist nicht so spannend, wie wenn Schiffe einlaufen, Hochzeiten oder königliche Kutschen vorbeifahren, aber einen Blick ist es schon wert. Das Mädchen wollte immer noch lieber einen Leichenzug als gar nichts sehen. Wenn auf diese Weise ihr Wesen immer trauriger wurde, ist das ganz natürlich. Kam wirklich einmal ein besonders schöner Trauerzug für einen verstorbenen Bischof oder General, so stellte sich das Mädchen hinter das Friedhoftor und guckte neugierig hervor.

Hast du schon gemerkt, wie ein Kranz die Leute beeindrukken kann? Jedermann will lesen, was auf dem Band geschrieben steht. Traurig ist es immer, wenn jemand ohne Blumen begraben wird, ganz gleich, ob das dem Wunsch der Familie entspricht oder seinen Grund darin hat, daß die Mittel fehlen. Kränze bringen dem Verstorbenen nicht nur Ansehen, sie dekken ihn auch zu.

Manchmal kam die Kleine auf den Friedhof und folgte dem Leichenzug bis ans Grab. So muß ihre Gewohnheit entstanden sein, dort spazierenzugehn. Mein Gott, wo es doch so viele Wege in Rio gibt! Auch hätte sie, wenn sie traurig war, bloß die Straßenbahn zum Strand nehmen, in Mourisco aussteigen und sich ans Geländer lehnen brauchen. Nur fünf Minuten von ihrem Haus entfernt lag das Meer. Das Meer, ganze Reisen, die Koralleninseln, alles kostenlos! Aber weil sie bequem war und sich nur für Trauerzüge interessierte – oder was weiß ich, warum! – machte es ihr Spaß, nach São João Batista zu gehen, um Gräber zu betrachten. Die Ärmste!«

»Im Landesinnern ist so etwas nicht selten!« sagte ich.

»Aber sie kam doch aus Botafogo!«

»Ging sie arbeiten?« wollte ich wissen.

»Als Dienstmädchen! Aber unterbrich mich nicht dauernd! Frage mich nicht nach ihrer Geburtsurkunde oder nach einer genauen Personenbeschreibung. Für unseren Zweck ist das nicht wichtig!

Tatsache ist, daß sie am späten Nachmittag immer durch die weißen Ruinen des Friedhofes spazierte oder, besser gesagt, schlich und dabei in Gedanken versunken schien. Sie entzifferte eine Inschrift oder auch nicht, entdeckte eine Engelsfigur, eine geborstene Säule, einen Adler, verglich die reichen Gräber mit den ärmlichen, rechnete sich das Lebensalter der Verstorbenen aus und betrachtete die Porträts auf den Medaillons. Solche Dinge muß sie wohl getrieben haben. Was hätte sie sonst dort tun können? Vielleicht war sie auch den Hang hinauf zum neuen Teil des Friedhofes gegangen, wo die einfachsten

Gräber zu finden sind. Ja, dort mußte es gewesen sein, wo sie eines Nachmittags die Blume pflückte.«

»Was für eine Blume?«

»Irgendeine Margerite oder Nelke. Für mich war's eine Margerite. Aber das ist reine Vermutung. Genau habe ich es nie erfahren können. Sie pflückte sie mit jener bekannten, unwillkürlichen Geste, mit der man eben Blumen pflückt, und hielt sie unter die Nase. Die Blume duftete nicht, wie man ohne weiteres annehmen darf. Das Mädchen zerdrückte sie, warf sie gedankenlos weg.

Ob das Mädchen die Margerite schon innerhalb des Friedhofes auf den Boden geworfen hat oder erst auf dem Heimweg, kann ich nicht sagen. Sie selbst wollte es später herausfinden. Es gelang ihr aber nicht. Sicher ist nur, daß sie kaum zu Hause war, als das Telephon läutete. Sie nahm den Hörer ab: ›Halloooo!‹

›Wo ist die Blume, die du von meinem Grab gerissen hast?‹

Es war eine weither kommende, zurückhaltende, gedämpfte Stimme. Das Mädchen lachte zuerst und antwortete, als habe es nur halb verstanden: ›Was für . . .?‹

Sie legte wieder auf und ging in ihr Zimmer an die Arbeit. Fünf Minuten später läutete wieder das Telephon: ›Halloooo!‹

›Wo ist die Blume, die du von meinem Grab gerissen hast?‹

Fünf Minuten kann der phantasieloseste Mensch einen Scherz ertragen. Das Mädchen lachte wieder und gab, diesmal schon darauf vorbereitet, zurück: ›Da ist sie, bei mir, hol sie dir ab!‹

Im gleichen gemessenen, strengen, traurigen Ton erwiderte die Stimme: ›Ich will die Blume, die du mir gestohlen hast! Gib mir mein Blümchen zurück!‹

War es ein Mann? Eine Frau? Man konnte die Stimme gut verstehen, obgleich sie aus weiter Ferne zu kommen schien, aber zu erkennen war sie nicht. Diesmal ließ sich das Mädchen auf ein Gespräch ein: ›Hol sie doch bei mir ab!‹

›Du weißt doch, meine Liebe, daß ich nichts holen kann. Ich will meine Blume! Du mußt sie mir zurückgeben!‹

›Aber mit wem spreche ich denn?‹

›Gib mir meine Blume zurück, ich bitte dich!‹

›Sag mir zuerst, wer du bist, sonst kann ich sie nicht zurückgeben!‹

›Gib mir meine Blume zurück! Du brauchst sie ja nicht, aber ich brauche sie! Ich will die Blume haben, die auf meinem Grab gewachsen ist!‹

Immer derselbe dumme Scherz. Das Mädchen bekam ihn schnell satt und legte auf.

An jenem Tag tat sich nichts mehr. Aber am nächsten läutete zur gleichen Stunde wieder das Telephon. Ahnungslos nahm die Kleine den Hörer ab: ›Halloooo!‹

›Wo ist die Blume?‹

Mehr hörte sie sich nicht an, sondern legte wütend den Hörer auf. Was soll das für ein Scherz sein? Zornig machte sie sich wieder an ihre Näharbeit. Es dauerte aber nicht lange, bis das Telephon wieder läutete. Und bevor die Stimme erneut zu lamentieren begann, sagte das Mädchen: ›Lege endlich eine andere Platte auf! Die alte ödet mich an!‹

›Du mußt dich um meine Blume kümmern!‹ sagte klagend die Stimme. ›Warum hast du die Finger nicht von meinem Grab gelassen? Du hast doch alles auf der Welt. Aber ich? Für mich ist alles zu Ende! Ich brauche dringend meine Blume!‹

›Jetzt wird's aber faul! Weißt du nichts Besseres?‹ Und legte auf.

Als sie diesmal auf ihr Zimmer zurückkam, war sie nicht mehr allein. Der Gedanke an die Blume und an jene idiotische Person, die gesehen haben wollte, wie sie auf dem Friedhof eine Blume pflückte, und die sie jetzt in Wut gebracht hatte, ließ sie nicht mehr los. Wer mochte das sein? Da die Kleine sehr zerstreut war, konnte sie sich nicht erinnern, damals einen Bekannten auf dem Friedhof gesehen zu haben. Und aus der Stimme konnte sie nichts entnehmen. Die war sicher verstellt, und zwar so geschickt, daß nicht zu unterscheiden war, ob sie von einer männlichen oder weiblichen Person kam. Eine sonderbar kalte Stimme, wie bei einem Ferngespräch, vielleicht von noch viel weiter her.

Siehst du, Carlos, das Mädchen bekam's mit der Angst zu tun.«

»Mir geht's genauso!« bestätigte ich der Freundin.

»Aber sei nicht so einfältig!

Wahr ist, daß die Kleine in jener Nacht kaum schlief. Und in den folgenden Nächten gar nicht mehr. Die telephonische Verfolgung nahm kein Ende. Immer zur gleichen Stunde und im gleichen Ton. Auch wurde die Stimme nicht drohender, lauter oder flehender. Als ob diese verteufelte Blume ihr das Wertvollste auf der Welt wäre und ihre ewige Ruhe – wenn es sich wirklich um die eines Toten handelte – von der Rückgabe abhinge. Absurd, sich auf so etwas einzulassen und sich alle Freuden zu verderben!

Am fünften oder sechsten Tag hörte sie sich die alte Leier zunächst in aller Ruhe an, dann erteilte sie der Stimme eine zünftige Abfuhr: Sie solle ihr den Buckel hinaufsteigen und mit dem Blödsinn aufhören. Und wenn sie nicht endlich schweige, werde man sich zu Gegenmaßnahmen entschließen.

Diese Gegenmaßnahmen bestanden darin, daß sie zuerst den Bruder, dann den Vater verständigte, nachdem es auch der Mutter nicht gelungen war, die Stimme zum Verstummen zu bringen. Vater und Bruder warfen am Telephon der Stimme die schlimmsten Grobheiten hin. Sie waren überzeugt, daß es sich um irgendeinen üblen Kerl handelte, der nur schlechte Witze zu machen verstand. Sonderbar, daß sie immer nur ›die Stimme‹ sagten, wenn von ihm die Rede war.

›Hat die Stimme heute schon gerufen?‹ fragte der Vater, als er von der Stadt heimkam.

›Natürlich! Wie sollte sie nicht!‹ antwortete mutlos die Mutter.

Abfuhren nützten nichts. Man mußte der Sache auf den Grund gehen, mußte überlegen, die Nachbarschaft beobachten, die öffentlichen Fernsprecher abhören. Vater und Sohn teilten sich in die Aufgabe. Sie gingen in die Warenhäuser, in die nächsten Cafés, in die Blumenläden, zu den Grabsteinmachern. Kam jemand herein, um das Telephon zu benützen, spitzten die beiden Spione die Ohren. Doch niemand bestellte Blumen für ein Grab. Blieb noch das private Telephonnetz, in jedem Appartement eines, zehn bis zwölf in jedem Gebäude. Wie sollte man da etwas herausfinden?

Schließlich rief ihr Bruder alle Telephonnummern der General-Polidoro-Straße, dann alle Nummern der Seitenstraßen, endlich alle Nummern der Linie 2½ an. Er wählte, hörte ein ›Halloooo‹, prüfte die Stimme: Sie war es nicht, und legte wieder auf.

Vergebliche Mühe! Die Person, die sich hinter der Stimme verbarg, mußte in der Nähe wohnen oder war doch nicht weiter gekommen als bis zum nächsten Telephonanschluß. Wie gut sie sich tarnte! Und sie ließ nur dann von sich hören, wenn sie wollte, zu einer bestimmten Stunde am Nachmittag. Dieser fixe Zeitpunkt gab der Familie zwar einen Indiz, brachte sie aber auch nicht weiter.

Klar, daß das Mädchen den Hörer selbst nicht mehr abnahm. Es sprach nicht mehr davon, auch mit ihren Freundinnen nicht. Die unerbittliche Stimme sagte jetzt nicht mehr: ›Gib mir meine Blume!‹ sondern: ›Ich will meine Blume haben! Wer meine Blume gestohlen hat, muß sie zurückgeben!‹ Auf ein längeres Gespräch ließ sich die Stimme mit den andern nicht ein. Sie habe nur mit dem Mädchen zu reden. Sonst gab sie keine weiteren Erklärungen ab.

Wenn so etwas vierzehn Tage oder gar einen Monat andauert, kann es einen Heiligen verrückt machen. Die Familie wollte zwar keinen Skandal provozieren, konnte aber schließlich von einer Anzeige bei der Polizei nicht länger absehen.

Ob sie zu sehr mit der Festnahme von Kommunisten beschäftigt war, oder ob eine geheime Telephonüberwachung nicht zu ihren Aufgaben gehörte, die Polizei konnte jedenfalls nicht zur Klärung des Falles beitragen. Daher lief der Vater zur Telephongesellschaft, wo er von einem liebenswürdigen Herrn empfangen wurde, der sich, als er die Meldung angehört hatte, den Bart strich und auf technische Probleme hinwies.

›Aber ich bitte Sie, geben Sie meinem Haus den Frieden zurück! Die Ruhe meiner Tochter wie die meiner Familie ist dahin. Sollten wir nicht besser auf das Telefon verzichten?‹

›Tun Sie das nicht, mein Herr! Das wäre Wahnsinn! Auf diese Weise kann überhaupt nichts geklärt werden. Heutzutage kann man doch nicht ohne Telephon, Radio und Kühlschrank leben! Wenn ich Ihnen einen freundlichen Rat geben darf, gehen Sie nach Hause, beruhigen Sie Ihre Familie und warten Sie das Weitere ab. Wir werden unser möglichstes tun!‹ empfahl der Herr von der Telephongesellschaft dem Vater des Mädchens.

Du siehst also, Carlos, es nützte nichts!

Die Stimme verlangte weiterhin nach der Blume. Die Kleine verlor den Appetit und den Mut, wurde bleich und spürte keinerlei Lust mehr, auszugehen oder zu arbeiten. Wie sollte sie noch Interesse für Trauerzüge haben? Sie war der elende Sklave einer Stimme, einer Blume, irgendeines Toten, den sie nicht einmal gekannt hatte.

Ich sagte dir ja, Carlos, sie war so zerstreut, daß sie sich nicht einmal an das Grab erinnerte, von dem sie die Blume gepflückt hatte. Wenn sie wenigstens das gewußt hätte!

Der Bruder kehrte vom Friedhof São João Batista zurück und meldete, daß auf der Seite, auf der sie an jenem Nachmittag gegangen sein mußte, fünf frisch bepflanzte Gräber seien.

Die Mutter verließ ohne ein Wort das Haus, trat in ein nahes Blumengeschäft, kaufte fünf riesige Sträuße, überquerte die Straße wie ein Garten auf Beinen und verteilte sie, ein Gelübde murmelnd, auf die fünf Gräber. Dann kehrte sie nach Hause zurück und wartete auf die unerträgliche Stunde. Ihr Innerstes sagte ihr, daß diese wohlgemeinte Geste den Schmerz der Stimme besänftigen mußte, wenn es überhaupt stimmte, daß Tote etwas empfinden und von denen, die sie beleidigt haben, getröstet werden wollen.

Doch die Stimme ließ sich weder trösten noch bestechen. Keine andere Blume wollte sie haben als jene kleine, zerknüllte, vergessene und in den Staub geworfene, die jetzt nicht mehr existierte. Alle andern kamen aus anderer Erde, waren nicht von ihr genährt. Das sagte die Stimme nicht. Man konnte sich's aber denken. Die Mutter verzichtete schließlich auf die weiteren Opfergaben, die sie schon geplant hatte. Blumen, Messen, nichts nützte.

Jetzt spielte der Vater die letzte Karte aus: Spiritismus. Er entdeckte ein einflußreiches Medium, dem er den Fall ausführlich erklärte. Schließlich bat er um einen Kontakt mit der Seele selbst, der die Blume entrissen worden war. Er kam zu unzähligen Sitzungen und betonte jedesmal, die Sache sei dringend. Doch die übernatürlichen Mächte versagten ihren Beistand.

Sie seien machtlos, wenn jemand mit aller Gewalt etwas durchsetzen wolle.

Immer wieder meldete sich die Stimme: gedämpft, traurig, konsequent. War es die eines Lebenden, dem jede Spur von Mitleid fehlte, wie man in der Familie zuweilen vermutete, obwohl man sich von Tag zu Tag mehr mit der entmutigenden Erklärung abfand, daß es keinen logischen Grund dafür gebe? War es die eines Toten? Aber wie sollte man denn einen Toten richten oder besiegen? Wie dem auch sei, in dem Anruf lag eine solch abgründige Traurigkeit, ein so tiefes Leid, daß man vergaß, was sie grausam und unaufhörlich begehrte, und zu der Erkenntnis kam, auch die Bosheit habe ihre traurige Seite. Genaueres war nicht zu erfahren.

Stelle dir vor, Carlos, jemand verlangt ständig nach einer bestimmten Blume, und diese Blume kann man ihm nicht geben, weil sie nicht mehr existiert. Ist das nicht ein hoffnungsloser Fall?«

»Ja, und das Mädchen?« fragte ich neugierig.

»Ich habe dir ja gesagt, daß meine Geschichte von der Blume sehr traurig ist: Das Mädchen starb nach einigen Monaten an Erschöpfung. Aber sei beruhigt, für alles gibt es eine Hoffnung: die Stimme wurde nie wieder gehört.«

Felisberto Hernández
Das Krokodil

Eines Nachts, im Oktober, herrschte feuchte Hitze, und ich kam in eine Stadt, die mir fast unbekannt war; das wenige Licht in den Straßen war abgeschwächt durch die Feuchtigkeit und einiges Laub an den Bäumen. Ich betrat ein Café nahe einer Kirche, setzte mich hinten an einen Tisch und dachte an mein Leben. Ich verstand es, Glücksstunden abzusondern und mich in ihnen einzuschließen; zuerst stahl ich mit den Augen irgend etwas Unscheinbares auf der Straße oder in einem der Häuser und nahm es dann in meine Einsamkeit mit. Es bereitete mir so großen Genuß, es wieder hervorzuholen, daß mich die Leute gehaßt haben würden, wenn sie es gewußt hätten. Vielleicht blieb mir nicht viel Glückszeit. Früher kam ich durch diese Städte, um Konzerte zu geben. Der Glücksstunden waren nicht viele gewesen, denn ich lebte in der ängstlichen Sorge, Leute zusammenzubringen, die bereit waren, der Veranstaltung eines Konzerts zuzustimmen; ich mußte sie aufeinander abstimmen, wechselweise beeinflussen und versuchen, einen Mann zu finden, der tatkräftig war. Fast immer war das wie ein Kampf mit langsamen und zerstreuten Betrunkenen: wenn ich den einen da hatte, lief mir der andere fort. Außerdem mußte ich üben und meine Konzertkritiken für die Zeitungen schreiben.

Seit einiger Zeit hatte ich diese Sorge nicht mehr: es gelang mir, in eine große Firma für Damenstrümpfe einzutreten. Ich hatte gedacht, Strümpfe seien notwendiger als Konzerte und ließen sich leichter anbringen. Einer meiner Freunde sagte dem Geschäftsführer, ich hätte viele Damenbekanntschaften, weil ich Konzertpianist und durch viele Städte gekommen sei: folglich könne ich den Einfluß der Konzerte ausnützen, um Strümpfe abzusetzen.

Der Geschäftsführer zog das Gesicht schief; aber er willigte ein, nicht nur unter dem Einfluß meines Freundes, sondern weil ich mit einem Werbespruch für diese Strümpfe den zweiten Preis bekommen hatte. Die Marke hieß »Illusion«. Und mein Satz lautete: »Wer liebkost heute nicht ein Paar Illusionen?« Indes, auch Strümpfe zu verkaufen fiel mir schwer, und ich erwartete, daß ich von einem Moment auf den andern ins Haupthaus gerufen und mir mein Viatikum, das Reisegeld, gestrichen würde. Am Anfang hatte ich mich ungeheuer angestrengt. (Der Verkauf von Strümpfen hatte nichts mit meinen Konzerten zu tun, ich mußte nur mit den Geschäftsleuten zurechtkommen.) Wenn ich alte Bekannte traf, sagte ich ihnen, die Vertretung eines großen Handelshauses erlaube es mir, unabhängig zu reisen; ich brauchte meine Freunde nicht mehr zu zwingen, Konzerte zu arrangieren, wenn sie nicht gelegen kamen. Meine Konzerte kamen nie gelegen. In eben dieser Stadt hatten sie recht ungewöhnliche Vorwände vorgebracht: Der Präsident des Klubs war schlechter Laune, weil er meinetwegen vom Spieltisch aufstehen mußte, und er sagte zu mir, jemand sei gestorben, der viele Verwandte habe, die halbe Stadt trage Trauer. Jetzt sagte ich zu ihnen: »Ich bleibe ein paar Tage, um zu sehen, ob spontan der Wunsch nach einem Konzert entsteht«, aber der Umstand, daß ein Konzertpianist Damenstrümpfe verkaufte, machte einen schlechten Eindruck auf sie. Und was das Absetzen von Strümpfen betraf, so ermutigte ich mich jeden Morgen und entmutigte mich jeden Abend: es war wie sich anziehen und ausziehen. Es strengte mich an, jeden Augenblick diese rohe Kraft zu erneuern, die notwendig war, um bei stets eiligen Geschäftsleuten nicht locker zu lassen. Aber nun erwartete ich, daß ich hinausgeworfen würde, und versuchte zu genießen, solange das Reisegeld reichte.

Plötzlich bemerkte ich, daß ein Blinder mit einer Harfe das Café betrat; ich hatte ihn schon am Abend gesehen. Ich beschloß zu gehen, ehe ich den Willen, das Leben zu genießen, verlor; aber als ich nah an ihm vorbeiging, sah ich ihn wieder mit seinem verbeulten Schlapphut: er verdrehte die Augen zum Himmel, während er angestrengt spielte; einige Saiten der Harfe waren neu, und das helle Holz des Instruments und der ganze Mann waren mit einem Grind überzogen, wie ich ihn nie gesehen hatte. Ich dachte an mich und fühlte mich deprimiert.

Als ich in meinem Hotelzimmer Licht machte, sah ich mein Bett jener Tage. Es war offen, und seine Nickelstäbe ließen mich an eine junge Verrückte denken, die sich jedem hingab. Nachdem ich mich gelegt hatte, löschte ich das Licht, konnte aber nicht schlafen. Ich machte es wieder an, und die Birne sah unter dem Lampenschirm hervor wie ein Augapfel unter einem dunklen Lid. Ich löschte es sogleich und wollte an das Geschäft mit den Strümpfen denken, aber für einen Augenblick sah ich in der Dunkelheit immer noch den Lichtschirm. Er hatte sich in Helle verwandelt; danach begann seine Form, als wäre sie die unerlöste Seele des Lampenschirms, nach einer Seite zu gehen und im Dunkel zu schmelzen. Das alles geschah in der Zeit, die ein Löschpapier zum Aufsaugen verschütteter Tinte braucht.

Am nächsten Tag, morgens, nachdem ich mich angezogen und ermutigt hatte, ging ich nachsehen, ob mir der Nachtzug schlechte Nachrichten gebracht hatte. Ich fand keinen Brief und kein Telegramm. Ich beschloß, die Geschäfte einer der Hauptstraßen aufzusuchen. Am Anfang dieser Straße war ein Laden. Als ich ihn betrat, stand ich in einem Raum, der bis an die Decke mit Stoffresten und Flitter vollgestopft war. Niemand war da, außer einer nackten Schaufensterpuppe aus rotem Stoff, die anstatt des Kopfes eine schwarze Birne hatte. Ich klatschte in die Hände, und sofort verschluckten alle Stoffe das Geräusch. Hinter der Puppe erschien ein Mädchen von ungefähr zehn Jahren und sagte unfreundlich: »Was wollen Sie?«

»Ist der Inhaber da?«

»Es gibt keinen Inhaber. Hier schafft meine Mutter an.«

»Ist sie nicht da?«

»Sie ist zu Doña Vicenta gegangen und kommt gleich.«

Ein Bub von ungefähr drei Jahren erschien. Er hängte sich an den Rock seiner Schwester, und für eine Weile bildeten sie eine Reihe: die Puppe, das Mädchen und der Bub. Ich sagte: »Ich werde warten.«

Das Mädchen gab keine Antwort. Ich setzte mich auf eine Kiste und begann mit dem kleinen Bruder zu spielen. Mir fiel ein, daß ich noch ein Stück im Kino gekaufter Schokolade hatte, und holte es aus der Tasche. Schnell kam der Kleine her und nahm es mir weg. Da schlug ich die Hände vors Gesicht und tat, als weinte ich schluchzend. Ich hatte die Augen verdeckt, und im Dunkel, das in der Höhle der Handflächen herrschte, öffnete ich eine Spalte und beobachtete den Bub. Er sah mich regungslos an, und ich weinte immer stärker. Endlich entschloß er sich, mir das Stück Schokolade aufs Knie zu legen. Ich lachte und gab es ihm. Aber gleichzeitig merkte ich, daß mein Gesicht naß war.

Ich verließ den Laden, ehe die Inhaberin kam. Als ich an einem Juweliergeschäft vorbeikam, sah ich mich in einem Spiegel und hatte trockene Augen. Nach dem Mittagessen war ich im Café; aber ich sah den Blinden mit der Harfe die Augen zum Himmel drehen und verließ es sofort. Dann ging ich auf einen menschenleeren Platz in einem wenig bewohnten Viertel und setzte mich auf eine Bank gegenüber einer mit Efeu bewachsenen Wand. Dort dachte ich an die morgendlichen Tränen. Daß sie mir gekommen waren, gab mir zu denken. Ich wollte allein sein, so als ob ich mich versteckte, um ein Spielzeug in Gang zu setzen, von dem ich vor einigen Stunden unbeabsichtigt herausgefunden hatte, wie es funktionierte. Ich schämte mich ein wenig, daß ich grundlos geweint hatte, und sei es auch nur, wie heute morgen, zum Spaß. Mit einiger Scheu krauste ich die Nase und kniff die Augen zu, um zu sehen, ob Tränen kamen, aber dann fand ich, daß ich das Weinen nicht ins Werk setzen sollte wie jemand, der einen Lappen auswringt; ich müßte mit mehr Aufrichtigkeit an die Sache herangehen; also schlug ich die Hände vors Gesicht. Diese Haltung hatte etwas Ernstes; unverhofft überkam mich Rührung; ich fühlte ein gewisses Selbstmitleid, und die Tränen begannen zu fließen.

Ich weinte schon eine ganze Weile, als ich sah, daß oben von der Mauer zwei Frauenbeine in mattglänzenden Strümpfen Marke »Illusion« herabkamen. Und gleich darauf bemerkte ich einen grünen Rock, der mit dem Efeu verschmolz. Ich hatte das Anlegen der Leiter nicht gehört. Die Frau stand auf der untersten Sprosse, und ich trocknete mir rasch die Tränen; aber ich ließ den Kopf wieder sinken, als dächte ich nach. Die Frau trat langsam heran und setzte sich neben mich. Sie war mit dem Rücken zu mir heruntergekommen, und ich wußte nicht, wie ihr Gesicht war. Endlich sagte sie: »Was ist mit Ihnen? Ich bin ein Mensch, dem Sie sich anvertrauen können.«

Einige Zeit verging. Ich runzelte die Haut zwischen den Augenbrauen, wie um mich zu verstecken und weiter zu warten. Nie zuvor hatte ich das getan, und meine Augenbrauen zitterten. Dann machte ich eine Handbewegung, als wollte ich anfangen zu sprechen, und noch war mir nicht eingefallen, was ich ihr hätte sagen können. Sie nahm wieder das Wort: »Sprechen Sie! Sprechen Sie ruhig. Ich habe Kinder gehabt und weiß, was Kummer ist.«

Ich hatte mir schon ein Gesicht zu dieser Frau und diesem grünen Rock vorgestellt, aber als sie das von den Kindern und dem Kummer sagte, stellte ich mir ein anderes vor. Gleichzeitig sagte ich: »Ich muß ein wenig nachdenken.«

Sie erwiderte: »Je mehr man über solche Dinge nachdenkt, desto schlimmer.«

Plötzlich fühlte ich einen nassen Lappen neben mir herunterfallen. Aber dann zeigte sich, daß es ein großes, von Nässe schweres Platanenblatt war. Nach einer kleinen Weile fragte sie wieder: »Sagen Sie mir die Wahrheit, wie ist sie?«

Am Anfang machte es mir Spaß. Dann kam mir eine Freundin in den Sinn, die ich früher gehabt hatte. Wenn ich sie nicht entlang dem Ufer eines Bachs begleiten wollte – wo sie mit dem Vater spazierengegangen war, als er noch lebte –, weinte dieses Mädchen still. Also gab ich nach, obwohl es mich langweilte, immer denselben Weg zu gehen. Und in Gedanken daran sagte ich unwillkürlich zu der Frau, die ich jetzt neben mir hatte: »Sie war eine Frau, die oft weinte.«

Die Frau legte ihre großen, ein wenig geröteten Hände auf den grünen Rock und lachte, während sie sagte: »Ihr Männer glaubt immer an die Tränen der Frauen.«

Ich dachte an die meinen; ich fühlte mich ein wenig verwirrt, stand von der Bank auf und sagte: »Ich glaube, Sie täuschen sich. Trotzdem danke ich Ihnen für den Trost.«

Und ich ging, ohne sie anzusehen.

Den andern Tag, ziemlich spät am Morgen, betrat ich eins der besten Geschäfte. Der Inhaber breitete meine Strümpfe auf dem Ladentisch aus und liebkoste sie eine Weile mit seinen klobigen Fingern. Meine Worte schien er nicht zu hören. Sein Backenbart war graumeliert, als hätte er den Rasierschaum darin gelassen. Unterdessen traten ein paar Frauen ein; und ehe er ging, machte er mir mit einem der Finger, mit denen er die Strümpfe liebkost hatte, ein Zeichen, daß er nichts kaufen werde. Ich blieb ruhig stehen, ich gedachte, nicht locker zu lassen; vielleicht würde ich später mit ihm ins Gespräch kommen, wenn keine Leute mehr da waren; dann würde ich ihm von einem Kraut sprechen, das, in Wasser gelöst, seinen Backenbart färben würde. Die Leute gingen nicht, und mich befiel eine ungewohnte Ungeduld; ich hätte fortlaufen mögen aus diesem Laden, aus dieser Stadt, aus diesem Leben. Ich dachte an mein Land und vieles andere mehr. Und plötzlich, als ich mich schon beruhigte, kam mir eine Idee: ›Was würde geschehen, wenn ich hier, vor allen Leuten, losweinen würde?‹ Das erschien mir ziemlich brutal, aber ich wünschte mir schon seit einiger Zeit, die Welt mit etwas Ungewohntem auf die Probe zu stellen; außerdem mußte ich mir selbst beweisen, daß ich einer Gewalttat fähig war. Und ehe ich es mir anders überlegen konnte, setzte ich mich auf ein Stühlchen, das am Ladentisch lehnte; und inmitten der Leute schlug ich die Hände vors Gesicht und begann Schluchzlaute auszustoßen. Fast gleichzeitig schrie eine Frau auf und sagte: »Ein Mann weint.« Und danach hörte ich aufgeregtes Gemurmel und ein paar Gesprächsfetzen: »Geh nicht hin, Nena« ... »Vielleicht hat er eine schlechte Nachricht bekommen« ... »Der Zug ist eben angekommen, die Post kann noch nicht« ... »Vielleicht hat er die Nachricht telegraphisch erhalten« ... Zwischen den Fingern durch sah ich eine Dicke, die sagte: »So ist die Welt nun mal. Wenn mich meine Kinder nicht besuchen würden, würde ich auch weinen.« Anfangs war ich verzweifelt, weil mir keine Tränen kamen, und ich dachte sogar, daß man es mir als schlechten Scherz auslegen und mich verhaften lassen würde. Aber die Angst und die ungeheure Kraftanstrengung bewirkten einen Blutandrang und ermöglichten die ersten Tränen. Ich fühlte, daß sich eine schwere Hand auf meine Schulter legte, und als ich die Stimme des Inhabers hörte, erkannte ich die Finger, die meine Strümpfe liebkost hatten. Er sagte: »Aber, mein Bester, ein Mann darf doch nicht verzagen.«

Da erhob ich mich wie auf Knopfdruck; ich nahm meine Hände vom Gesicht und die dritte von der Schulter und sagte mit noch nassem Gesicht: »Aber es geht mir ja gut! Ich bin nicht verzagt. Das überkommt mich nur manchmal so; es ist wie eine Erinnerung ...«

Trotz der Erwartung und des Schweigens, das die Leute meinen Worten entgegenbrachten, hörte ich eine Frau sagen: »Ach, er weint wegen einer Erinnerung.«

Danach verkündete der Ladeninhaber: »Meine Damen, alles ist schon wieder gut.«

Ich lächelte für mich und wischte mir das Gesicht ab. Sogleich kam Bewegung in den Menschenhaufen, und es erschien eine kleine Frau mit den Augen einer Irren und sagte: »Ich kenne Sie. Ich glaube, ich habe Sie schon mal gesehen, und Sie waren sehr erregt.«

Ich dachte, daß sie mich vielleicht in einem Konzert gesehen hatte, in vollem Schwung am Ende eines Programms; aber ich hielt den Mund. Das Gerede der Frauen brach los, und einige wandten sich zum Gehen. Bei mir blieb die, die mich kannte. Und eine andere kam zu mir und sagte: »Ich weiß, daß Sie Strümpfe verkaufen. Zufällig haben ich und einige meiner Freundinnen ...«

Der Inhaber unterbrach sie: »Seien Sie unbesorgt, Señora«, und, zu mir gewandt: »Kommen Sie heute abend.«

»Nach dem Mittagessen fahre ich. Wollen Sie zwei Dutzend?«

»Nein, ein halbes Dutzend.«

»Unter einem Dutzend verkauft das Haus nicht.«

Ich zog das Auftragsbuch heraus und begann den Bestellschein auszufüllen. Ich schrieb gegen die Glasscheibe einer Tür und ohne mich dem Inhaber zu nähern. Laut sprechende Frauen standen um mich herum. Ich hatte Angst, der Inhaber könnte es sich anders überlegen. Zuletzt unterschrieb er die Bestellung, und ich ging zwischen den anderen Leuten hinaus.

Bald wußte man, daß mich »das« überkam, was am Anfang wie eine Erinnerung war. Ich weinte in anderen Geschäften und verkaufte mehr Strümpfe als sonst. Als ich in mehreren Städten geweint hatte, war mein Absatz wie der jedes anderen Vertreters.

Einmal – ich hatte mich schon durch den ganzen Norden des Landes geweint – wurde ich ins Stammhaus gerufen. Ich wartete darauf, daß ich an der Reihe war, mit dem Geschäftsführer zu sprechen, und da hörte ich aus dem Zimmer nebenan, was ein anderer Vertreter sagte: »Ich tue, was ich kann; aber ich fange doch nicht zu weinen an, nur damit man mir etwas abkauft.«

Und die kranke Stimme des Geschäftsführers antwortete ihm: »Man muß schlechterdings alles tun; auch ihnen was vorweinen.«

Der Vertreter unterbrach ihn: »Aber mir kommen keine Tränen.«

Und, nach einer Pause, der Geschäftsführer: »Ach, und wer hat Ihnen das gesagt?«

»Ja! Da ist einer, der weint in Strömen.«

Die kranke Stimme begann angestrengt und Hustenpausen einlegend zu lachen. Dann hörte ich Getuschel und Schritte, die sich entfernten.

Gleich darauf wurde ich gerufen, und ich sollte vor dem Geschäftsführer, den Abteilungsleitern und anderen Angestellten weinen. Zuerst, als mich der Geschäftsführer hereinbat und die Sache aufgeklärt wurde, lachte er unter Schmerzen, und es kamen ihm Tränen. Er bat mich sehr freundlich um eine Vorführung; und kaum hatte ich eingewilligt, kamen mehrere Angestellte herein, die hinter der Tür gestanden hatten. Es wurde laut, und sie baten mich, noch nicht zu weinen. Hinter einem Wandschirm hörte ich: »Beeil dich, einer der Vertreter wird gleich weinen.«

»Und weshalb?«

»Was weiß ich?«

Ich saß neben dem Geschäftsführer an dessen großem

Schreibtisch; einer der Firmeninhaber war gerufen worden, konnte aber nicht kommen. Die jungen Leute schwiegen nicht still, und einer hatte gerufen: »Soll er an seine Mama denken, da weint er schneller.«

Da sagte ich zum Geschäftsführer: »Wenn alle still sind, werde ich weinen.«

Mit seiner kranken Stimme drohte er ihnen, und nach ein paar Augenblicken relativer Stille sah ich durchs Fenster auf die Krone eines Baums – wir befanden uns im ersten Stock –, schlug die Hände vors Gesicht und versuchte zu weinen. Ich fühlte einen gewissen Widerwillen. Jedesmal, wenn ich geweint hatte, waren die anderen in Unkenntnis meiner Gefühle gewesen; aber diese hier wußten, daß ich weinen würde, und das hemmte mich. Als mir endlich Tränen kamen, nahm ich eine Hand vom Gesicht, um das Taschentuch herauszuziehen und damit sie mein nasses Gesicht sahen. Einige lachten, andere blieben ernst; da schüttelte ich heftig das Gesicht, und alle lachten. Aber sogleich verstummten sie. Ich trocknete mir die Tränen ab, während die kranke Stimme wiederholte: »Sehr gut, sehr gut.« Vielleicht waren alle enttäuscht. Und ich fühlte mich wie eine bekleckerte leere Flasche. Ich wollte reagieren, ich hatte schlechte Laune und Lust, etwas Böses zu tun. Da wandte ich mich an den Geschäftsführer und sagte: »Ich möchte nicht, daß ein anderer diese Methode beim Verkauf von Strümpfen benützt, und hätte gern, daß die Firma meine... Initiative anerkennt und mir für einige Zeit Exklusivität einräumt.«

»Kommen Sie morgen, und wir reden darüber.«

Am nächsten Tag hatte der Sekretär das Dokument schon vorbereitet und las es vor: »Die Firma verpflichtet sich zum Verzicht auf Nutzung sowie zum Schutze des Werbesystems, das darin besteht zu weinen« ... Hier lachten beide, und der Geschäftsführer sagte, das sei schlecht. Während sie den Text redigierten, schlenderte ich zum Ladentisch. Dahinter stand ein Mädchen, das mich ansprach und mich dabei fest ansah. Ihre Augen sahen aus wie von innen gemalt.

»Sie weinen also, weil es Ihnen Spaß macht?«

»Stimmt.«

»Dann weiß ich mehr als Sie. Sie selbst wissen nicht, daß Sie einen Kummer haben.«

Zuerst stand ich nachdenklich da, dann sagte ich: »Wissen Sie, ich gehöre sicher nicht zu den Glücklichsten, aber ich komme mit meinem Unglück aus und bin fast glücklich.«

Als ich wegging – der Geschäftsführer rief mich –, sah ich ihren Blick: sie heftete ihn auf mich, als hätte sie eine Hand auf meine Schulter gelegt.

Als ich den Verkauf wieder aufnahm, war ich in einer kleinen Stadt. Es war ein trüber Tag, und ich hatte keine Lust zu weinen. Ich wäre gern allein gewesen, in meinem Zimmer, und hätte dem Regen zugehört und gedacht, daß mich das Wasser von jedermann trennte. Ich reiste versteckt hinter einer Tränenmaske, aber mein Gesicht war sehr müde.

Plötzlich hörte ich jemanden kommen, der fragte: »Was ist mit Ihnen?«

Und wie ein beim Nichtstun ertappter Angestellter wollte ich meine Arbeit wieder aufnehmen; ich schlug die Hände vors Gesicht und begann die Schluchzlaute zu erzeugen.

Dieses Jahr weinte ich bis Dezember, hörte im Januar und einem Teil des Februar mit Weinen auf und begann nach dem Karneval wieder zu weinen. Die Ruhepause tat mir gut, und ich weinte erneut mit Lust. In der Zwischenzeit hatte mir der Erfolg der Tränen gefehlt, und so etwas wie Stolz auf das Weinen war in mir aufgekommen. Vertreter gab es viele, aber ein Schauspieler, der ohne Vorankündigung auftritt und das Publikum durch Weinen überzeugt...

In diesem Jahr begann ich mich durch den Westen zu weinen und kam in eine Stadt, in der meine Konzerte Erfolg gehabt hatten; als ich zum zweiten Mal dort war, hatte mich das Publikum mit einer langen, freundlichen Ovation empfangen; ich dankte neben dem Klavier stehend, und sie hinderten mich daran, mich hinzusetzen und das Konzert zu beginnen. Sicherlich würde ich nun mindestens eine Vorstellung geben. Ich weinte dort das erstemal im elegantesten Hotel; ich war zur Mittagszeit hingegangen, bei strahlendem Wetter. Ich hatte schon gegessen und Kaffee getrunken, als ich, die Ellenbogen auf den Tisch gestützt, mein Gesicht mit den Händen bedeckte.

Gleich darauf kamen ein paar Freunde, die ich begrüßt hatte; ich ließ sie einige Zeit stehen, und unterdessen setzte sich eine alte Frau, die ich weiß nicht woher gekommen war, an meinen Tisch, und zwischen den schon nassen Fingern hindurch sah ich sie an. Sie hielt den Kopf gesenkt und sagte nichts; aber sie hatte ein so trauriges Gesicht, daß man Lust bekam, in Weinen auszubrechen.

An dem Tag, an dem ich mein Konzert gab, spürte ich eine gewisse Nervosität, die von der Müdigkeit herkam; ich spielte das letzte Werk des ersten Programmteils; ich nahm einen der Sätze zu schnell. Ich hatte schon versucht, mich zurückzunehmen, aber dadurch wurde ich schwerfällig und hatte nicht genug Ausgewogenheit und Kraft; es blieb mir nichts übrig, als weiterzuspielen, aber meine Hände ermüdeten, ich fing an zu schlampen, und ich begriff, daß ich nicht bis zum Ende würde durchhalten können. Da hatte ich schon, noch ehe ich es dachte, die Hände von den Tasten genommen und vors Gesicht geschlagen; es war das erstemal, daß ich auf der Bühne weinte.

Am Anfang entstand ein erstauntes Gemurmel, und irgend jemand versuchte, ich weiß nicht warum, zu klatschen, aber andere murrten, und ich stand auf. Mit einer Hand hielt ich mir die Augen zu, und mit der anderen tastete ich mich am Klavier entlang und versuchte die Bühne zu verlassen. Ein paar Frauen schrien auf, weil sie glaubten, ich würde ins Parkett fallen. Ich ging schon durch die Tür, als jemand von der Galerie herunter schrie:

»Krokodiiil!«

Ich hörte Lachen; aber ich ging in die Garderobe, wusch mir das Gesicht und erschien sogleich wieder, und mit frischen Händen beendete ich den ersten Teil. Am Ende kamen viele Leute mich begrüßen, und das mit dem Krokodil wurde besprochen. Ich sagte: »Ich finde, daß der, der das gerufen hat, recht hat: in Wirklichkeit weiß ich nicht, warum ich weine; das Weinen kommt mir, und ich kann nichts dagegen machen; vielleicht ist es mir genauso natürlich wie dem Krokodil. Ich weiß ja auch nicht, warum das Krokodil weint.«

Einer von denen, die mir vorgestellt wurden, hatte einen

langgezogenen Schädel, und da bei seiner Frisur das Haar aufrecht stand, erinnerte der Kopf an eine Bürste. Ein anderer aus dem Kreis deutete auf ihn und sagte: »Mein Freund hier ist Arzt. Was sagen Sie, Doktor?«

Ich wurde blaß. Er sah mich mit den Augen eines Ermittlungsbeamten der Polizei an und fragte mich: »Sagen Sie mir eins: Weinen Sie mehr am Tage oder in der Nacht?«

Ich erinnerte mich, daß ich nachts niemals weinte, weil ich zu dieser Zeit nichts verkaufte, und antwortete: »Ich weine nur am Tag.«

An die anderen Fragen erinnere ich mich nicht mehr. Aber am Ende riet er mir: »Essen Sie kein Fleisch. Sie haben eine alte Vergiftung.«

Wenige Tage später gaben sie mir ein Fest im größten Klub. Ich lieh mir einen Frack mit makelloser weißer Weste, und als ich mich im Spiegel sah, dachte ich: »Sie werden nicht behaupten können, daß dieses Krokodil keinen weißen Bauch hat. Caramba! Ich glaube, dieses Tier hat ein Doppelkinn wie das meine. Und es ist gefräßig...«

Als ich im Klub ankam, fand ich kaum Leute vor. Da wurde mir klar, daß ich zu früh gekommen war. Ich sah einen Herrn vom Komitee und sagte zu ihm, ich würde gern ein wenig auf dem Klavier spielen. Auf diese Weise konnte ich vertuschen, daß ich zu früh gekommen war. Wir gingen durch einen grünen Vorhang, und ich befand mich in einem großen, leeren, zum Tanzen ausgeräumten Saal. Dem Vorhang gegenüber, am anderen Ende des Saals, stand das Klavier. Der Herr vom Komitee und der Hausmeister begleiteten mich hin; und während sie das Klavier aufschlugen, sagte der Herr, der schwarze Augenbrauen und weißes Haar hatte, das Fest werde sicher ein großer Erfolg werden, der Direktor des Literaturvereins – mein Freund – werde eine sehr schöne Rede halten, er habe sie schon gehört; er versuchte sich einiger Sätze zu erinnern, aber dann hielt er es für besser, mir nichts zu sagen. Ich legte die Hände auf die Tasten, und sie liefen los. Während ich spielte, dachte ich: »Heute abend werde ich nicht weinen... das würde sehr häßlich aussehen... der Direktor des Literaturvereins ist imstande und erwartet, daß ich weine, um den

Erfolg seiner Rede zu beweisen. Aber ich werde um nichts auf der Welt weinen.«

Seit einer Weile sah ich, daß sich der grüne Vorhang bewegte; und plötzlich trat aus seinen Falten ein hochgewachsenes Mädchen mit offenem Haar hervor; sie kniff die Augen zusammen, wie um in die Ferne zu sehen; sie schaute mich an und ging auf mich zu; sie hielt etwas in der Hand; hinter ihr erschien ein Dienstmädchen, das sie einholte und aus nächster Nähe mit ihr zu reden begann. Ich nützte es aus, um auf die Beine der Hochgewachsenen zu sehen, und bemerkte, daß sie nur einen Strumpf anhatte; jeden Augenblick machte sie Bewegungen, die auf das Ende der Unterhaltung hindeuteten; aber das Dienstmädchen redete weiter, und beide kamen darauf zurück wie zu einem Naschwerk. Ich fuhr fort, Klavier zu spielen, und während sie sich unterhielten, hatte ich Zeit zu denken: »Was will sie nur mit dem Strumpf? ... Hat sie Ärger damit gehabt, und da sie weiß, daß ich Vertreter bin ...? Und ausgerechnet auf diesem Fest!«

Endlich kam sie und sagte: »Verzeihen Sie, Señor, ich möchte Sie bitten, mir ein Autogramm auf den Strumpf zu geben.«

Zuerst lachte ich; und sogleich versuchte ich so zu ihr zu sprechen, als wäre diese Bitte schon mehrmals an mich gerichtet worden. Ich setzte ihr auseinander, daß der Strumpf der Feder nicht standhalten würde; ich hätte das schon so gelöst, daß ich meinen Namen auf ein Etikett geschrieben und die Empfängerin es sich auf den Strumpf geklebt hätte. Aber während ich diese Erklärung gab, legte ich die Erfahrenheit eines alten Geschäftsmannes an den Tag, der später Pianist geworden wäre. Ich fühlte schon die Angst in mir aufsteigen, als sie sich auf den Klavierhocker setzte und, während sie den Strumpf anzog, zu mir sagte: »Schade, daß ich an jemand so Verlogenen geraten bin ... Sie hätten mir für diese Idee dankbar sein müssen.«

Ich hatte die Augen auf ihren Beinen; danach nahm ich sie weg, und meine Gedanken verwirrten sich. Ein peinliches Schweigen entstand. Sie ließ, bei gesenktem Kopf, das Haar nach vorne fallen, und unter diesem blonden Vorhang bewegten sich die Hände, als wären sie auf der Flucht. Ich fuhr fort zu schweigen, und sie wurde und wurde nicht fertig. Endlich machte das Bein eine Tanzbewegung, und der gespitzte Fuß schlüpfte im selben Moment, in welchem sie aufstand, in den Schuh, die Hände strichen das Haar zurück, und sie grüßte mich stumm und ging.

Als die ersten Leute kamen, ging ich an die Bar. Ich hatte die Idee, Whisky zu bestellen. Der Kellner nannte mir viele Marken, und da ich keine einzige kannte, sagte ich: »Bringen Sie mir von dieser letzten.«

Ich kletterte auf einen Hocker an der Theke und versuchte, die Frackschöße nicht zu zerknittern. Statt wie ein Krokodil muß ich wie ein schwarzer Papagei ausgesehen haben. Ich schwieg, ich dachte an das Mädchen mit dem Strumpf, und die Erinnerung an ihre eiligen Hände machte mich verrückt.

Ich fühlte mich vom Direktor des Literaturvereins in den Salon gezogen. Der Tanz wurde für einen Augenblick unterbrochen, und er hielt seine Rede. Er sprach mehrere Male die Wörter »Gestaltwerdung« und »inneres Bedürfnis« aus. Als Beifall geklatscht wurde, hob ich die Arme wie ein Dirigent vor dem Einsatz, und sobald es still war, sagte ich: »Jetzt, wo ich weinen sollte, kann ich es nicht. Ich kann auch keine Rede halten. Außerdem möchte ich die Paare nicht länger getrennt halten, die beisammen sein müssen, um tanzen zu können.«

Und ich schloß mit einer Verbeugung.

Nach meinem Auftritt umarmte ich den Direktor des Literaturvereins, und über seine Schulter hinweg sah ich das Mädchen mit dem Strumpf. Sie lächelte mich an, hob den Rock auf der linken Seite und deutete auf die Stelle, wo sie ein kleines, aus einem Programm ausgeschnittenes Bild von mir auf den Strumpf geklebt hatte. Ich lächelte hocherfreut, sagte aber eine Dummheit, die jedermann wiederholte: »Sehr gut, sehr gut, das Herzbein.«

Dennoch fühlte ich mich glücklich und ging an die Bar. Ich stieg wieder auf einen Hocker, und der Kellner fragte: »Whisky White Horse?«

Und ich, mit der Gebärde eines Musketiers, der ein Schwert zieht: »Weißes Pferd oder Schwarzer Papagei.«

Kurz darauf sah ich einen jungen Mann, der eine Hand auf

dem Rücken versteckt hielt: »Der Pocho hat mir gesagt, daß es Ihnen nichts ausmacht, wenn man Sie Krokodil nennt.«

»Stimmt. Es gefällt mir.«

Da zog er die Hand hinter dem Rücken hervor und zeigte mir eine Karikatur. Es war ein großes Krokodil, mir sehr ähnlich; ein Händchen hatte es im Maul, dessen Zähne eine Klaviatur bildeten, und von der andern Hand hing ein Strumpf herab; damit trocknete es seine Tränen.

Als mich die Freunde ins Hotel brachten, dachte ich an alles, was ich in diesem Land zusammengeweint hatte, und fühlte ein boshaftes Vergnügen, sie getäuscht zu haben; ich hielt mich für einen Bourgeois der Angst. Aber als ich allein in meinem Zimmer war, widerfuhr mir etwas Unerwartetes: zuerste betrachtete ich mich im Spiegel; ich hielt die Karikatur in der Hand und schaute abwechselnd auf das Krokodil und auf mein Gesicht. Plötzlich, und ohne daß ich mir vorgenommen hätte, das Krokodil zu imitieren, brach mein Gesicht von allein in Weinen aus. Ich sah es an wie einen Bruder, dessen Kummer ich nicht kannte. Es hatte neue Falten, und dazwischen liefen die Tränen. Ich löschte das Licht und legte mich hin. Mein Gesicht fuhr fort zu weinen; die Tränen rutschten über die Nase und fielen auf das Kissen. Und so schlief ich ein. Als ich aufwachte, spürte ich das Jucken der eingetrockneten Tränen. Ich wollte aufstehen und mir die Augen waschen, aber ich hatte Angst, das Gesicht würde wieder anfangen zu weinen. Ich blieb ruhig liegen und ließ in der Dunkelheit die Augen kreisen wie jener Blinde, der die Harfe spielte.

Silvina Ocampo

Die Symphonie

Ihre Liebe zur Musik erwachte, als sie im Alter von vier Jahren zu Tränen gerührt Schumanns *Carnaval* hörte, gespielt auf einem alten, verstimmten Klavier, dessen Klänge aus tiefem Wasser aufzusteigen schienen. Die anderen glaubten, sie weine wegen eines orangefarbenen Bonbons, der auf dem Tisch glitzerte. Sie gaben ihn ihr, aber sie weinte weiter. Ach, welch einen Zauber hat ein verstimmtes Piano für ein empfindliches Gehör! Das weiß niemand außer einem Kind. Nach einiger Zeit kam man zu dem Schluß, an ihrem Greinen sei die Abneigung schuld, die sie gegen Musik aus verstimmten Instrumenten empfand, denn auf die Frage: »Warum weinst du, Kleine?«, wies sie mit dem Zeigefinger auf die Tastatur. Damit stand ihre Berufung zur Musik fest.

Sie studierte am *Collegium Musicum* von Buenos Aires. Stets tat sie sich in der Harmonielehre, in Kontrapunkt, Fuge und Orchestrierung hervor. Sie interessierte sich für die konkrete Musik. In Italien erhielt sie für ihre Lieder ein paar Preise, in Frankreich einen für eine Sonate, die in der Salle Pleyel uraufgeführt wurde. Sie steuerte einen Kurs zwischen zwei Welten: der klassischen und der modernen Musik.

Im Sommer 1970, von dem ich jetzt berichten werde, befand sie sich mitten drin im schöpferischen Prozeß: Erstmals war ihr das Thema für eine Symphonie eingefallen. Die Eingebung kam ihr, als zwei Ringe zu Boden fielen und aneinanderstießen: Melodie, Rhythmus und Stimmführung hatte sie schon im Kopf, und sie mußte nur noch alles niederschreiben, als der Tod sie ereilte. Sie bemerkte sein Kommen nicht, denn sie erfreute sich bester Gesundheit. Während sie, ganz in Gedanken an die Symphonie versunken, in ihrem Zimmer in den Spiegel blickte, ohne sich zu sehen, überkam sie totale Finsternis, und blitzartig begriff sie, daß ihr Leben ans unvermeidliche Ende gelangt war. Gemäß den Konventionen unserer Gesellschaft legte man sie in eine Kiste, umgeben von Blumen, Kerzen und Wehklagen, und dann defilierten viele dem Anschein nach tief betrübte Personen an dem Sarg vorbei. Sie waren schwarzgekleidet und preßten sich weiße Taschentücher vor den Mund, um Schluchzer vorzutäuschen, die sich manch einem nicht entringen wollten. »Wenn ich sterben muß, dann in einem weiten Raum. Laßt nicht zu, daß ich in dieser engen Welt der Krämer ersticke!« Gern und oft hatte sie dieses Gebet aufgesagt, und jetzt schien Gott sie zu erhören, denn sie erwachte zu neuem Leben.

Das ist nicht so angenehm, wie man vermuten könnte, doch ist es interessant.

Es war ihre persönliche Erfahrung, und ich glaube nicht, daß vielen Menschen ein solches Privileg beschieden ist.

»Ich tot? Unglaublich!« wiederholte sie in jenem Winkel ihres Geistes, wo die Träume entstehen.

Sie vernahm das Flattern von Tauben, das Quieken von Ferkeln oder Katzen, das ungehörige Summen von Schmeißfliegen. Durch ihre unbeschreiblich transparenten und himmlischen Lieder hindurch sah sie Szenen wie diese: Ab und zu kam ein vergoldetes Wägelchen mit Tassen voll Kaffee vorbei, nach dem Münder lechzten, den Kehlen gierig schluckten. Ihr Gehör war geschärft: Die Schlucke klangen wie Instrumente eines großen Orchesters. Auch ihr Sehvermögen war geschärft: Sie sah eine nie zuvor gesehene Farbe, die sie nicht beschreiben konnte. Gut möglich, daß sie, wollte sie diese Farbe noch einmal sehen, wieder sterben müßte. Ab und zu verließ jemand schluchzend den Raum: Es war eine ihrer Töchter oder ihre Schneiderin, einer der Menschen, die sie am meisten geliebt hatten. »Manchmal vergeß ich dich, aber wenn ich an dich denke, dann ach! Chuleta«, wiederholte sie wie einen Refrain. Egal ob man tot ist oder nicht – es gibt Spitznamen, die einen umbringen. Ihrer wirkte in diesem Augenblick wie ein Schlag vors Brustbein. Kein Boxer hätte sie so wuchtig getroffen. Sie spürte, wie eine Röte von der Farbe der Dahlien ihr Gesicht und ihren Hals überzog: wenig fehlte, damit sie ihren eigenen Tod wieder einholte. All dies geschah am hellichten Tage.

Es kam die Nacht, und die Stille erglänzte. Bis zu diesem Augenblick war die Rede gewesen von Tod durch Ersticken, durch Ergebenheit, Ungehorsam und Überdruß, von natürlichem Tod, von Freitod und von Herzversagen, ähnlich wie man bei Mahlzeiten von verschiedenen Gängen redet, die bei den Tischgenossen sehnsüchtige Erinnerungen wecken. Da vollbrachte die Stille das unvermutete Wunder, und in der Stille erklang, wie über schwarzem Samt, eine vage Musik, so vage wie eine Erinnerung. Anfänglich mutmaßte sie, es handele sich um ein Kofferradio, das ein respektloses Mädchen unter dem Mantel versteckt trug, aber da war kein Mädchen. Und wer würde schon sein Radio im Sterbezimmer einschalten? Sie begann zu argwöhnen, daß die Musik ihr selbst aus dem Kopf oder aus der Brust drang. Sie versuchte, sie zu unterdrücken, um ihre Angehörigen nicht zu stören. Es dauerte eine Weile, bis sie die Symphonie erkannte. Ein Toter entfernt sich eben von seinen Besitztümern. *Nichts* ist sein wahrer Besitz, und dieses *Nichts* ist zugleich sein Vorrecht, sein letztes Gut. Sie hätte lieber Musik von Mendelssohn oder Liszt oder Brahms, ja sogar von Wagner von sich gegeben, obwohl der sie ermüdete, nicht jedoch diese Symphonie, denn alles, was ihr weit entrückt war, empfand sie als um so beglückender, und irgendwie gehörte es ihr um so mehr, je weniger sie es besaß.

»Wie seltsam. Was es nicht alles gibt! Diese Musik von nebenan klingt wie von ihr komponiert«, sagte jemand und wies mit dem Kinn auf sie, denn ihr Taufname durfte nicht mehr genannt werden.

»Die Musik kommt nicht von nebenan«, protestierte sie in ihrem Inneren, »sie dringt mir aus dem Kopf oder dem Herzen oder Gott weiß woher, vielleicht aus der Leber. Ich müßte Platon lesen, um mich zu bilden. Immerhin erinnere ich mich vage an einige seiner Sätze. Ich bin eine Spieldose.«

Zugegeben, ihre Gedanken, in Worte umgesetzt, hatten nicht die Kraft der Musik, und nur deren Noten erklangen in ihr mit mathematischer Präzision.

Jemand – es war Arnoldo White mit seinem langen Haar, das

sie kitzelte, und mit seinem Duft nach Kölnisch Wasser –, beugte sich lange über ihr Gesicht. Am meisten fiel ihr an ihm auf, daß er dabei die Augen geschlossen hielt, als lauschte er einem Konzert. Eine andere Person, Sergio Sift, mit seiner Eleganz, seinem dunklen Bart und seiner scheuen Zurückhaltung, schloß sich ihm an. Es schmerzte die beiden derartig, sie dort tot liegen zu sehen, daß sie sich bei der Hand nahmen. Sie war sich nicht sicher, ob sie wünschte, von ihnen gehört zu werden.

Nachdem alle zusammen mit den Mädchen vom *Collegium Musicum*, ihren ehemaligen Schülerinnen, einen Rosenkranz gebetet hatten, wies jemand voller Entsetzen auf die Kränze, Palmen und Sträuße. Alle spürten die Atemnot, die unausweichliche Allergie, die jene Düfte hervorriefen, und sie beschlossen, die Fenster zu öffnen, Aspirin zu nehmen und sich in die Nebenzimmer zurückzuziehen – die einen, um etwas zu stehlen, die anderen, um auszuruhen, die wenigsten, um zu weinen, denn die Frauen hatten sich die Augen stark geschminkt und befürchteten schwarze Tränen zu vergießen, während die Männer, von ihren Gesprächen über Politik, Gewalttaten und Geschäfte abgelenkt, die Mißverständnisse fürchteten, die solch eine Aufwallung erzeugen könnte. Niemand kann sich ausmalen, wie schön es ist, tot zu sein, solange er es nicht ist.

Eine Frau blieb an ihrer Seite. Sie schwitzte ausgiebig. Auf ihrer Stirn glänzten Schweißtropfen und liefen ihr über beide Wangen. Nie zuvor hatte sie dieses bleiche und zugleich so verquollene Gesicht erblickt, das ihr Argwohn einflößte. Wer war das? Die Frau kniete sich hin, stand wieder auf und wurde allmählich ruhiger. Es dauerte eine Weile, bis sie beschloß, der Toten die Ringe zu stehlen, doch gerade als sie ihr diese abstreifen wollte, mußte sie von ihrem Vorhaben ablassen: Zwei Sträuße wurden hereingetragen, und dies vereitelte die Tat – wie die Bäume in *Macbeth*, die sich, wenn ich mich nicht täusche, von allein vorwärtsbewegen.

Endlich allein, ließ sie der Melodie und dem Rhythmus des sich in ihr erneut entfalteten musikalischen Werkes bis zum Ende freien Lauf. Jemand zischte nebenan, um sie zum Schweigen zu bringen, ohne jedoch zu ahnen, daß seine Aufforderung einer Toten galt. Verstohlen kam eine Unbekannte gelaufen, um nachzusehen, was da vor sich ging. Im zittrigen Licht der Kerzen mußte sie wohl ein Lächeln auf den Lippen der Leiche gesehen haben, denn es entfuhr ihr: »Sie sieht ja aus, als lächle sie!« Schleunigst verließ sie das Zimmer, um jenes Lächeln nicht erlöschen zu sehen und um ihren Freundinnen davon zu erzählen.

»Es sind die Kerzen, die das Licht zittern lassen«, sagte eine phantasiebegabte Freundin.

Kaum daß sie sich selbst wieder sehen konnte, spürte sie auf ihrer Haut sengend heiß die weiße und harte Spitze, die ihr Gesicht umrahmte. Sie mußte an die Pappkartons in einem Laden denken, der *Die Engelein* hieß, mit ordinären Puppen darin, deren Kleider von Stecknadeln zusammengehalten wurden und die von Spitze aus Papier umhüllt waren. Wenn sie welche geschenkt bekam, zog sie ihnen immer gleich die Nadeln heraus, damit sie nicht leiden mußten. Sie richtete sich ein ganz klein wenig auf und sah weit unten ihre Füße, so weit weg, daß sie nicht fühlte, wie kalt sie waren. Langsam setzte sie sich auf. Noch nie war sie so sorgfältig gekämmt gewesen. Sie löste ihr Haar, das sie zum Glück erst kürzlich gewaschen hatte. Es war mühsam, aus dem Wirrwarr von Tüchern herauszukommen, in die sie gewickelt war, und sie sagte sich, daß sie es nie schaffen würde, die Bänder aufzuknoten und die Orchideen loszuwerden. Welche Schande, hätten die anderen gesehen, wie sie, eine Tote, sich bewegte! Ein Toter, dachte sie, hat seine Pflichten. Hastig löste sie die letzten Schleifen des nach Blumen duftenden Leichentuches. Aus dem Sarg kletterte sie mit der Behendigkeit, die die Gefahr verleiht. Die Leute nahe der Haustür schnarchten. Sie hörten und sahen sie nicht. Mit der wundersamen Bewußtlosigkeit des Todes trat sie hinaus. Ein nach Kampfer riechender Pelzmantel bedeckte ihren Leib. Seltsam, die Dinge kamen ihr entgegen, sie suchte sie nicht. Ein Paar Hausschuhe verschmähte sie, weil auf den Etiketten das Wort »Pantoffeln« stand. Zum Glück verhüllte die Pelzmütze ihr Haar, aber sie war barfuß. An ihrem Körper gab es etwas sehr Schönes: die Füße. Da sie schön waren, machte es nichts aus, daß sie nackt waren, eher war es ihr sogar recht. Sie ging die Straße hinunter, fasziniert von ihren Füßen. »Was für eine wunderbare Erfindung«, dachte sie. Sterben zu müssen, um dies zu erfahren! Auf der Straße drängten sich die Gaffer. Was, brachten sie schon den Sarg herunter? Sie begriff, daß die Scham stärker als alles andere gewesen war. Wie konnte man zugeben, daß eine Tote nicht tot war, sondern daß sie sich davongemacht hatte? Außerdem war in dieser an Gewalttaten so reichen Zeit der Nachweis gefährlich, daß es so leicht ist, nicht zu sterben. Voller Ernst hoben sie den Sarg auf den Leichenwagen. Sie empfand große Erleichterung, aber etwas fehlte ihr: Die Symphonie erklang nicht mehr aus ihrem Inneren wie aus einer Spieldose. Etwas schmerzte sie: die Einsamkeit, sich ohne Musik zu wissen. Ihr war kalt, sie hörte die Vögel singen, sie rannte los, sie flüchtete sich in den nächsten Bahnhof, um nicht ihrem eigenen Begräbnis beizuwohnen. Eine nach Orangen duftende Frau erschreckte sie. An ihrem riesigen Strohhut glänzten neun Kirschen. Die Zeit ging dahin. Wie sie sich wieder ins Leben einfügte? Das sind Abläufe, die keiner je begreifen wird. In einem Automobil hörte sie wenig später im Radio einen Teil der Symphonie als Klavierfassung, komponiert von Arnoldo White. Sie hatte mit ihm nie über diese Symphonie gesprochen oder sie ihm vorgeträllert. Einen anderen Teil derselben Symphonie hörte sie in einem Konzert, es war ein inniges Andante, interpretiert – und entstellt – vom Komponisten Sergio Sift. Da fragte sie sich, wozu eine Auferstehung gut sein sollte, wenn es doch fast genauso war, als hätte sie einfach weitergelebt. Und damit sie zu irgendeinem Schluß gelangte, kamen ihr ein paar Zeilen von Plato in den Sinn: »In Wahrheit hört die uns umgebende Welt nicht auf, uns zu zerstören und zu spalten und die sich von uns ablösenden Teile den Massen derselben Gattung entgegenzuschleudern.« Da wußte sie, daß sie nie wieder die Symphonie der Ringe zurückerlangen würde. Etwas rief nach ihr. Es war kein ängstlicher Ruf hinter einem leeren Himmel, es war ein unsägliches Glück, das aus dem Paradies zu kommen schien, von dem Glück, das die Symphonie ihr schenkte, so verschieden, wie sich Mantegnas posaunenblasender Erzengel von Bellinis süßem, ernstem, scharlachrot gewandetem und Laute spielendem Engel unterscheidet. Doch sie begriff, daß alle ihre Gedanken von anderen gedacht worden waren, und daß alles, was sie jetzt dachte, schon den anderen gehörte.

Arturo Uslar Pietri

Die blaue Fliege

Die Jungen kamen pfeifend den Weg entlang, der durch die Viehweide führte. Der, der voranging, biß an einer Guajave herum.

Sie näherten sich einem ausladenden dunklen Mangobaum, der sich wie ein Schattenhügel aus dem besonnten Grün der Weide erhob.

»Sieh mal, wer da schläft. Seht euch den roten Zinken an.«

»Sieh mal, José Gabino.«

An den Stamm gelehnt schlief José Gabino. Er war ein Bündel dreckiger, zerrissener Lumpen. Unter dem zerfledderten Hut schauten das bärtige Gesicht und die rote Nase hervor.

Der Junge warf die Guajave nach ihm. Die gelbe Frucht zerplatzte am Stamm neben dem Kopf. Der Schlafende riß erschreckt die Augen auf.

»José Gabino, Strauchdieb, Strauchdieb!«

»José Gabino, Strauchdieb, Strauchdieb!«

Kreischten die Jungen von weitem. Der Mann stand wütend auf und suchte nach einem Stein.

»Eure Mutter. Das ist so eine.«

Er suchte Steine, stieß Verwünschungen aus, und sein ganzes Gesicht war schon so rot wie die Nase geworden.

Die Schreie der Jungen entfernten sich, die durch das hohe Gras auf der Weide davonrannten. José Gabino warf mit verzweifelter Heftigkeit zwei oder drei Steine. Er spuckte aus. Sein Mund war trocken. Er streckte sich grummelnd wieder aus.

»Demnächst werde ich mir einen dieser Taugenichtse schnappen und ihm den Kopf mit einem Stein zerquetschen wie eine Guajave. Damit sie endlich Respekt lernen. Denen fehlen Väter und Prügel. Streunerbande!«

Er zog den Hut wieder über die Augen. Er besaß weder eine bestimmte Farbe noch eine bestimmte Form. Er war erd- und schattenfarben, und deshalb sah es manchmal so aus, als habe er keinen Kopf, sondern ein dunkles, schmutziges Loch, und manchmal schien es, als trüge er einen schlafenden Geier auf den Schultern.

»Mmm! Aber den tausche ich gegen keinen anderen ein. Hüte wie diesen macht heute niemand mehr.«

Der speckige Dreck und das Wetter hatten ihn rauh gemacht wie die Oberfläche eines Steins.

Das war der Zirkushut.

»Ich hab es ihnen gesagt. Aber diese Jungen haben keinen Respekt. Sie glauben, alle wären gleich. Ich habe es ihnen schon gesagt. Das ist der Zirkushut. José Gabino, der Seiltänzer. Der doppelte Salto Mortale. José Gabino der König des Drahtseils. Wenn sie das gesehen hätten, würden sie schon Respekt haben. Mister Pérez stand in der Manege mit seinem Zylinder und seiner Peitsche. Und die Musik fing an zu spielen. Und das glatte, lange Seil.«

»Alles Lüge, José Gabino. Lüge. Lüg doch nicht so viel, José Gabino. Du warst doch nur Clown. An zwei Abenden. Als der Clown bei seiner Ankunft im Dorf Bauchschmerzen bekam. Wenn du Jongleur gewesen wärest...«

Er war wieder aufgewacht. Die Sonne war gelb geworden. Es wurde Abend. Als er die Augen halb öffnet, sieht er einen blauen Fleck auf seiner Nase. Er versucht, ihn deutlicher zu erkennen.

Es ist eine blaue Fliege. Groß, metallisch, glänzend. Sie sieht wie eine Glasperle aus. Sie putzt sich ihre Vorderbeine. José Gabino holt zum Schlag aus. Die Fliege schwirrt mit einem tiefen Summen davon.

Das sind die Fliegen, die auf den toten Tieren sitzen. Sie glänzen auf den riesigen Bäuchen der toten Pferde.

José Gabino betrachtet wieder seine Nase. Der blaue Fleck ist immer noch da. Er schlägt noch einmal zu. Das ist nicht die Fliege. Es verschwindet nicht. Es ist ein Fleck. Man kann ihn reiben und er bleibt.

»Verfluchtes Biest. Sie hat mir was getan.«

Er fühlt sich unwohl und schwer. Wie lange hatte diese blaue Fliege ihn durch die Adern in der Nase mit bösem Zeug vergiftet?

Er steht schwerfällig auf. Er fühlt, wie die Krankheit in ihm rumort. Er steckt das Lumpenbündel mit seinen Habseligkeiten auf den Stock und schultert ihn. Er schiebt den Hut in den Nacken. Tritt aus dem Schatten des Baumes in die Sonne hinaus und geht etwas schlurfend den Weg entlang.

Er war langsamer als gewöhnlich marschiert. Jedesmal, wenn er einen Baum sah, hielt er an, um den kühlen Schatten zu genießen. Er fühlte sich müde und fiebrig.

In den Ohren hatte er ein Summen, das dem Flug der blauen Fliege ähnelte. In der Ferne sah er die Hütte von Maria Chucena und das Weiß der Hühner im Hof.

»Maria Chucena kann mir etwas zu trinken geben. Wenn sie einen Buschwurzelschnaps hätte, würde ich im Nu wieder gesund werden. Im Handumdrehen.

Er war im Hof angelangt und blieb unter einem dichtbelaubten Kürbisbaum erneut stehen. Die Hühner scharrten und pickten auf dem Boden. Ein Truthahn plusterte sich mehrfach geräuschvoll auf. José Gabino spuckte den zähen Schleim aus, den er im Mund hatte.

Hunger kitzelte ihm das Zahnfleisch. Dieses weiße Huhn in einer guten Brühe mit vielen Fettaugen. Der Truthahn da gebraten. Von ihnen würden nur säuberlich abgenagte Knochen übrigbleiben.

Früher hätte er dies Huhn mit einem Satz gepackt, das da neben ihm an der Wurzel des Kürbisbaumes pickte. Aber jetzt war er dazu nicht imstande. Er war zu schwerfällig. Das Huhn hätte geflattert, im Hof Lärm gemacht.

Aber wer gibt schon auf. Beinahe ohne es selbst zu merken, hockte er sich nieder. Streckte die Hand ganz langsam nach dem Huhn aus, gleich dem Kopf einer Schlange. Noch etwas weiter und er würde die richtige Position haben, um zuzugreifen und es am Hals zu packen.

»Heh, José Gabino, was machst du denn da so still?«

Das war Maria Chucenas Stimme, die aus der Hütte kam. Er verbarg schnell die Hand, tat, als ginge es ihm noch schlechter und sagte: »Ich habe mich bis hierhergeschleppt, um euch um einen kleinen Schnaps zu bitten.« Die Indiofrau Maria Chucena kannte ihn gut.

»Ist in Ordnung. Aber komm mir nicht zu nahe an die Hühner ran, José Gabino. Vor euch und den Füchsen ist kein Huhn auf dem Feld hier sicher.«

Er lächelte verstohlen. Er sah die dunkle, dralle Indiofrau, die mit spöttischem, mißtrauischem Gesicht näherkam.

Während er aufstand, sagte er etwas zu ihr, das er häufig in solchen Fällen sagte und von dem er nicht wußte, ob er es erfunden oder von anderen gehört hatte.

»Das stimmt nicht, Maria Chucena. Das behaupten böse Zungen. Ich stehle weder Truthähne noch Hühner. In Wirklichkeit gehen sie aus freien Stücken mit mir mit.«

»Aus freien Stücken, José Gabino?«

Sie gingen zur Hütte.

»Ja. Ich spreche mit ihnen und wir verstehen uns.«

Er begann zu lächeln während er redete und sah Maria Chucena von der Seite an, die auch lächelte.

»Ich sage nur zu ihnen: ›Ihr kleinen Truthähne, gehn wir?‹ Und sie antworten auf der Stellte: ›Ja, ja, ja.‹«

Maria Chucena schüttete sich vor Lachen aus.

»Was nehmen wir als Vorrat mit?« »Schau, schau, schau.« »Und wenn man uns greifen will?« »Schnell weg, schnell weg, schnell weg...«

Maria Chucena ging lachend in die Hütte, um den Schnaps zu holen. Er setzte sich auf die Schwelle.

»Also dieser José Gabino! Mit seinen Geschichten und Schwindeleien.«

Als sie mit dem Schnaps zurückkam, putzte José Gabino einen Ring aus gelbem Metall, der auf der dunklen Haut eines Fingers glänzte.

»Ist der Ring da aus Gold?«

»Woraus denn sonst?« antwortete er ausweichend.

»Warum verkaufst du ihn nicht, José Gabino, statt soviel Hunger und Mühsal zu erleiden?«

Während er das heiße Getränk in kleinen Schlucken trank, sprach der Mann: »Diesen Ring verkaufen, Maria Chucena?

Das ist unmöglich. Vorher sterbe ich lieber zehnmal vor Hunger. Den hat mir nämlich niemand geringeres als der General Portañuelo geschenkt. Jawohl. Nach dem Kampf in der Schlucht.«

Er hatte die Augen fast geschlossen, als sei er ganz in die Erinnerung versunken.

»An diesem Tag wurde hart gekämpft. Ich führte einen Kriegstrupp an. Ihr hättet mich mal im Kugelhagel sehen sollen. Ich sage gar nichts, aber der General Portañuelo selbst sagte allen, als er mir den Ring gab: ›Ich habe tapfere Männer gesehen, aber vor diesem José Gabino, da muß man den Hut ziehen.‹«

Maria Chucena glaubte ihm kein Wort.

»Ich habe gar nicht gewußt, daß du auch Soldat gewesen bist. Ich wußte, daß du im Dorf Polizist warst. Ich weiß auch noch, wie du mit einem Koffer voller Waren von Haus zu Haus gegangen bist und sie an der Tür verkauft hast.«

»Ich bin eben ein Allerweltskerl. Ich habe eigentlich alles mal ausprobiert.«

Das Unwohlsein und das Summen waren wieder da. Er trank den Schnaps aus.

»Es geht mir schlecht. Heute mittag hat mich auf der Viehweide eine blaue Fliege gestochen. Ich bekam gleich einen Fleck auf der Nase. Mein Körper ist ganz zerschlagen, als hätte ich Fieber.«

Aber Maria Chucena antwortete schon nicht mehr und sprach auch nicht mehr mit ihm. Sie hatte die leere Schale wieder an sich genommen und schien darauf zu warten, daß er wieder ginge.

»Es wird wohl Zeit, daß ich weiterziehe«, sagte der Mann, während er aufstand. »Wenn ich schenll gehe, komme ich noch in das Dorf, bevor mich die Nacht erwischt. Aber wie soll ich das mit dieser Bleischwere machen, die in mich gefahren ist. Mich wird die Nacht erreichen, wo es Gott gefällt. Auf geht's, José Gabino, der Weg ist frei und ein Schiff vor Anker bringt nichts ein.«

Einen Abschied gab es nicht. Die Frau sah ihn zwischen den Hühnern hindurchgehen und trat nicht eher ins Haus, bis sie gesehen hatte, daß er sich auf seinen Weg gemacht hatte und sich entfernte.

Während er ging, fühlte er eine schmerzhafte Kälte in den Knochen. Er wickelte sich in die Jacke ein und versenkte die Hände in den Taschen. Sie waren tief, unförmig und nahmen das ganze Innenfutter ein. Die Hände stießen auf harte und weiche Gegenstände in den verschiedensten Formen. Alte Schlüssel, Papier, Samen, Speisereste, Korken.

Das war die Kramladenjacke. Sie hatte ebenfalls weder Farbe noch Form. Der Türke Simón hatte sie ihm mit dem Hausiererkasten gegeben. Man konnte in die Häuser gehen, mit den Frauen sprechen, einen Blick auf die guten Sachen werfen, die da vielleicht frei herumlagen, die Geschichten von allen Leuten im Viertel erfahren.

Manchmal klingelten diese Taschen voller Münzen. Er erschien im Hof, stellte den Kasten auf den Boden, streichelte den Hund, bis die Pantoffeln der Frau zu hören waren, die aus der Küche kam.

Dann begann die lange Diskussion, das Feilschen und die komplizierten Berechnungen, die man mit dem Bleistift auf einem Ziegelstein machen mußte.

Plötzlich hörte er eine Glocke. Es war die Glocke eines Gespannes, das den Weg entlangkam. Sechs Esel und zwei Maultiertreiber. Sie erreichten ihn.

»Guten Tag.«

»Guten Tag.«

»Fahrt ihr ins Dorf?«

»Wir fahren ins Dorf, um Ladung zu holen und morgen früh, wenn es noch kühl ist, wieder zurückzukehren.«

»Ach so. Und woher kommt ihr?«

»Wir sind aus La Cortada.«

»Oh, ja. Den Ort kenne ich gut. Da haben wir während der Miguelera kampiert.«

José Gabinos Zunge begann schon, sich zu lösen.

Aber das Unwohlsein beherrschte ihn.

»Aber das war in meiner Jugend. Jetzt gehör ich schon zum alten Eisen und bin zu nichts mehr nütze.«

Die Maultiertreiber sprachen kaum.

»Heute morgen hat mich eine blaue Fliege gestochen und dieser Körper ist nicht mehr zu gebrauchen. Wenn ihr mich auf einen dieser Esel steigen laßt, bis zum Dorf, tätet ihr mir einen Gefallen, den Gott euch lohnen wird.«

Er setzte sich unter einigen Schwierigkeiten seitlich auf den Saumsattel.

Die Maultiertreiber halfen ihm, auf den Esel mit der Glocke zu steigen. Als er versuchte, sich sicher hinzusetzen, stieß seine Hand auf eine kleine Flasche, die an einem Ende des Saumsattels festgebunden war. Er nahm die Hand dort nicht mehr weg und befühlte den Knoten von allen Seiten.

Der Tag neigte sich dem Ende zu, der Abend war heller, höher und durchsichtiger geworden. José Gabino hatte begonnen, sich manchmal zu beklagen, redete jedoch unablässig.

»Ich weiß nicht, wie mich dieses Viech hat stechen können. Und dieser Stich wird sicher ein Würmergeschwür. Wenn ich einen Buschwurzelschnaps hätte trinken können ...«

Einer der Maultiertreiber antwortete ihm: »Genau, die Buschwurzel ist ausgezeichnet bei Stichen. Aber das Gebet des Heiligen Joachim ist auch sehr gut. Ich habe gesehen, wie manches stinkende Wurmgeschwür damit geheilt wurde.«

José Gabino wiegte sich schwer auf dem Esel. Die Hand befühlte weiter den Knoten und die Flasche. Der Daumen drückte auf die frischen Blätter, die den Flaschenhals verschlossen.

»Passen Sie gut mit dem Mond auf«, sagte der andere Maultiertreiber. »Bedecken Sie sich gut. Denn wenn der Mond auf Sie scheint, verschlimmert sich das Übel.«

Schon steckt er den Finger in den Flaschenhals.

José Gabino führte die Hand an die Nase. Es roch nach Branntwein. In der Flasche war Branntwein.

Sie näherten sich dem Dorf. Man sah die dunklen Baumreihen und man hörte das Bellen der Hunde in den ersten Hütten. Und es war fast schon Nacht.

José Gabinos Hand arbeitete rasch daran, die Flasche loszubinden.

»Ich kannte einen Gutsbesitzer in La Cortada sehr gut. Das war der Mann, bei dem ich die schönsten Maulesel gesehen habe. Und ich versteh was von Tieren. Er hatte eine rötliche Mauleselin, die hatte einen Gang wie ein Fräulein. Was für ein edles Tier!«

Und schon hatte er die Flasche losgebunden und sie heimlich in die tiefe Tasche seiner Jacke gesteckt.

Sie waren bei den ersten Häusern angelangt.

»Hier bleibe ich. Vielen Dank für die Gefälligkeit und möge Gott Sie behüten.«

Die Maultiertreiber halfen ihm beim Absteigen und zogen mit ihren Lasttieren weiter.

Es war noch dunkler geworden. Aber der aufgehende Mond beleuchtete das Dorf. José Gabino holte die Flasche hervor und nahm drei große Schlucke. Mehr gab es nicht. Er räusperte sich laut, spuckte aus und warf die Flasche weit weg. Man sah die Lichter des Platzes.

Und man erkannte Leute an der Tür der Kneipe. Dort würden die Jungen herumlaufen.

Sobald sie ihn sehen, würde das Geschrei wieder losgehen: »José Gabino! Strauchdieb, Strauchdieb!«

Er fühlte sich nicht stark genug, um sich zu verteidigen. Er hatte nur Lust, sich auszuruhen. Lust, sich hinzulegen. Der leichte Wind trug den schweren Geruch nach Melasse mit sich. Er kam von der Zuckersiederei am Fluß. Dort würde das ausgepreßte Zuckerrohr ausgebreitet sein.

Er begann den Marsch dorthin auf einem tief eingeschnittenen Weg, der einsam war wie ein trockener Bewässerungsgraben. Er schlurfte schweren Schrittes, und das Unwohlsein hüllte ihn wie Nebel ein.

»Ach, du großes Elend. Mein Panzer wird mir einfach zu schwer.«

Im Mondlicht sah er den dicken Turm der Zuckersiederei und die dunklen flachen Dächer. Eine Lampe schien aus einer weit entfernten Tür. Man hörte Hundegebell. Im Schatten eines Vordachs lag weiß das ausgepreßte Zuckerrohr.

Dorthin kam José Gabino und streckte sich aus. Er legte den Stock neben sich. Er nahm das Bündel, das daran gehangen hatte, und wühlte darin eine Weile herum. Das Kalte, Runde da war eine Medaille vom Carmel. Er bekreuzigte sich. Das

Harte, Glatte, Spitze war der Eckzahn eines Kaimans. Sehr gut gegen den bösen Blick und den Unglücksschatten. Da waren auch die Würfel. Sie hatten einem Franzosen aus Cayenne gehört, der sie sehr gut präparieren konnte. Diese kleine dicke Scheibe war ein Stein aus einem Geiermagen. Einen besseren Talisman gab es nicht. Die Hexe von Cerro Quemado hatte ihn für ihn besprochen. Das waren trockene Borretschblätter. Dies hier Rohtabak. Die Spielkarten. Er hatte den Kreuzbuben verloren. Das kleine Messer. Der kleine Spiegel.

»Wenn dich im Wald die Schlange beißt, such dir sofort die Wurzel, beiß hinein und es wird dir nichts passieren.«

Aber er hatte keine Buschwurzel.

Er lag ganz ausgestreckt da und wühlte nicht mehr im Bündel herum. Das lauwarme Aroma des gemahlenen Zuckerrohrs verstärkte seine Benommenheit.

»José Gabino wird an seinem Elend sterben. José Gabino hat's erwischt. Ihn hat die blaue Fliege gestochen. José Gabino, der Strauchdieb. Ihnen fehlt der Respekt. Ein Mann wie ich. Erfahren und reif. Auf dem ausgepreßten Zuckerrohr herumliegend. Und so viele wohlversorgte Landstreicher. Ach, Welt. Ein Mann, der zu allem bereit ist. Ein anstelliger Mensch.

»Das ist eine Lüge, José Gabino. Das ist eine Lüge. Du taugst zu gar nichts. Du bist nur ein alter Säufer. Ein Feind fremder Habe. Ein Dieb. Ein Strauchdieb. Dieser Ring ist nicht aus Gold. Diesen Ring hat dir kein General in irgendeinem Krieg gegeben. Er ist aus Kupfer, und du hast ihn im Glauben gestohlen, er sei aus Gold. Aber er ist aus Kupfer. Aus stinkendem Kupfer. Riech nur, dann merkst du es. Du taugst zu überhaupt nichts, José Gabino. Zum Stehlen und zum Lügen.«

»Er wird an seinem Elend sterben. Sie werden ihn steif wie einen Hund im ausgepreßten Zuckerrohr finden. So stirbt kein Mann. Derartig frierend. Derartig zitternd. Jungfrau vom Carmel, verlaß mich nicht.«

Das Rumpeln eines Ochsenkarrens weckte ihn. Der Morgen war hell. Die Hähne krähten.

José Gabino setzte sich zwischen dem ausgepreßten Zuckerrohr auf. Er fühlte sich noch immer etwas schwer. Er erinnerte sich vage an die Nacht und den vorigen Tag.

Er fühlte sich leicht und so, als hätte er wenig Kraft.

»Gestern abend ging es mir ziemlich schlecht.«

Alles schien ihm wie neu und frisch.

»Der Zirkushut, José Gabino.«

Ganz in der Nähe lag schwarz der Hut.

Er erinnerte sich an die blaue Fliege.

»Das war diese blaue Fliege.«

Er schielte, um seine Nase zu betrachten. Der Fleck war nicht zu sehen. Sie war ganz rot und glänzte. Er atmete tief ein und hielt die Luft an.

Er griff nach einem Stück abgeschlagenen Zuckerrohrs. Er holte das Messer aus dem Bündel, schälte die Rinde ab und begann, gierig das weiße, saftige Mark zu kauen. Der süße Saft rann ihm in den trockenen Schlund.

Er kaute eine geraume Weile. Dann stand er auf, zog seine Kleider zurecht, setzte den Hut auf, schulterte den Stock mit dem Bündel und machte sich auf den Weg.

Der neue Morgen dehnte sich über die endlosen Zuckerrohrfelder, über die baumbestandenen Alleen, über die Hügel.

Ein Ochsenkarren kam vorbei.

»Darf ich mitfahren, Chef?«

Der Bursche half ihm auf den Wagen.

Er setzte sich mit dem Rücken zu ihm an die äußerste hintere Kante, ließ die Beine baumeln. Er sah den Weg langsam unter dem Wagen herauskommen, unter seinen Füßen. Sein Schatten fiel über den Rand des Wagengevierts und schleifte den Weg entlang.

Er fuhr gleichsam beruhigt und friedlich.

Bald erhob er die Stimme zwischen dem Rumpeln der Räder: »Ist das nicht der Weg nach La Quebrada?«

Im Dorf La Quebrada sollten die Feiern des Schutzpatrons stattfinden. Feuerwerk. Glocken. Gebackenes. Gedränge.

»Nein, das ist der Weg nach La Concepción.«

Er schwieg eine Weile. Auf einer Seite tauchte eine Hütte auf. Der Zaun eines Hühnerhofes. Viele Hühner. Es war niemand zu sehen. Seine Augen begannen zu leuchten. Mit einer geschickten Bewegung ließ sich José Gabino vom Rand des Wagens gleiten und blieb mitten auf dem Weg stehen.

Juan Carlos Onetti

Auch für den Hund kommt der Tag

Für meinen Lehrer Enrico Cicogna

Der Vorarbeiter, respektvoll den Kopf entblößt, gab dem Mann mit dem Zylinder und dem Überrock, von Hand zu Hand, die Stücke blutigen Fleisches. Am Ende des Nachmittages und schweigend. Der Mann im Überrock beschrieb mit den Armen einen Kreis über dem Hundegehege, und sofort erhob sich der dunkle Windstoß der vier Dobermanns, fast dürr, knochig und flechsig, die blinde Gier der Schnauzen, die unzähligen Zähne.

Der Mann im Überrock sah ihnen eine Weile zu, wie sie fraßen, und sah dann, wie sie um mehr Fleisch bettelten.

»Gut«, sagte er zum Vorarbeiter, »was ich Ihnen befohlen habe. Soviel Wasser wie sie wollen, aber nichts zu fressen. Heute ist Donnerstag. Sie lassen sie am Samstag ungefähr um diese Zeit los, mehr oder weniger, wenn die Sonne untergeht. Und alle sollen schlafen gehen. Am Samstag: taub, auch wenn Sie etwas vom Schuppen her hören.«

»Patron«, stimmte der Vorarbeiter zu.

Jetzt gab der Mann im Überrock dem anderen fleischfarbene Geldscheine, ohne auf die Worte des Dankes zu hören. Er drückte den grauen Zylinder in die Stirn und redete, wobei er auf die Hunde blickte. Die vier Dobermanns waren durch Drahtgeflecht voneinander getrennt; es waren Rüden.

»Ich gehe in einer halben Stunde zum Haus hinauf. Man soll den Wagen bereithalten. Ich fahre in die Hauptstadt. Geschäfte. Ich weiß nicht, wie viele Tage ich dort bleiben werde. Und vergiß nicht: man muß seine ganze Wäsche wechseln, nachher. Verbrenne die Dokumente. Das Geld gehört dir und alles, was du haben willst, Ringe, Manschettenknöpfe, Uhr. Aber benütze nichts, ehe nicht *Monate* vergangen sind. Ich werde dir sagen, wann. Das Geld gehört dir«, wiederholte er. »Die feinen Burschen aus Buenos Aires haben's immer. Und die Hände: vergiß nicht die Hände.«

Damals war er klein und stark, in graue Stickerei gekleidet, großer breiter Gürtel, schwer von Pfunden, dunkler Poncho und eine schwarze Krawatte, deren Farbe ihm mit dreizehn Jahren bestimmt worden war; er hatte bereits vergessen, warum und durch wen. Das lange spitze Messer, manchmal aus Prahlerei oder zum Schmuck, und der Hut mit der nach hinten gedrückten Krempe. Seine Augen hatten wie sein Schnurrbart die Farbe neuen Drahtes und waren ebenso hart.

Er blickte ohne wirklichen Haß oder Schmerz, unveränderlich für die übrigen, als ob er sicher wäre, daß das Leben, das seine, angenehme Gewohnheiten bis ans Ende anhäufen würde. Aber er heuchelte. An den Kamin gestützt sah er heuchelnd das Zimmer, die seidenen und vergoldeten Stühle, in die er sich nicht setzen wollte, die Möbel mit den geschwungenen Füßen, mit Glastüren, voll von Tee-, Kaffee- oder Schokoladenservices, die vielleicht nie benutzt werden würden. Die riesige Volière mit ihrem schrecklichen Lärm, die Kurven des Plaudersofas, die niederen zerbrechlichen Tischchen ohne bekannten Zweck. Die schweren weinroten Vorhänge unterdrückten den ruhigen Abend; da war nur erstickender Trödel.

»Ich fahre nach Buenos Aires«, wiederholte der Mann, wie jeden Freitag, mit seiner langsamen, ernsten Stimme. »Das Schiff geht um zehn Uhr ab. Geschäfte, der Betrug: sie wollen mich mit deinen Gütern im Norden hereinlegen.«

Er sah die Süßigkeiten an, die Schinkenblätter, die kleinen dreieckigen Käsestücke, die Frau, die sich am Teekessel zu schaffen machte: jung, blond, immer bleich, jetzt unsicher, was ihre unmittelbare Zukunft anging.

Er sah auf den nervösen, verstummten Sechsjährigen, weißer als seine Mutter, von ihr immer in weibisches Gewand gekleidet, das zu sehr aus Samt und Spitzen bestand. Er sagte nichts, denn es war seit langem schon alles gesagt worden. Der Ekel der Frau, der wachsende Haß des Mannes, entstanden in derselben verrückten Hochzeitsnacht, in der das Knaben-Mädchen gezeugt wurde, das sich jetzt mit offenem Mund auf dem Oberschenkel seiner Mutter hielt, während es die schweren gelben Locken, die bis auf den Hals fielen, bis auf das Halsband mit den Medaillen, um die unruhigen Finger wickelte.

Der Mylord war schwarz und glänzte immer wie neu lackiert; er hatte zwei riesige Wagenlaternen, um die viele Jahre später die Reichen aus Santa María streiten würden, um Portale mit der elektrischen Birne an Stelle von Kerzen zu verzieren. Er wurde von einem Apfelschimmel aus Silber oder Zinn gezogen. Und den Wagen hatte nicht Daglio gebaut; er kam aus England.

Manchmal maß er mit Neid und fast mit Haß das Ungestüm, die blinde Jugend des Tieres; dann wieder stellte er sich vor, diese Gesundheit, diese Unwissenheit angesichts der Zukunft könne ansteckend sein.

Aber auch diesen Freitag – und weniger denn je diesen Freitag – fuhr er nicht nach Buenos Aires. Er war in der Tat nicht einmal in Santa María; denn als er an den Anfang von Enduro kam, ließ er den jungen Apfelschimmel, der den offenen Halbwagen zog, nach links abbiegen, und Erdschollen flogen auf dem trockenen Lehmweg hoch, den er fuhr, und er durchquerte Landschaften mit verbrannter Weide und mit einigen einsam stehenden Bäumen, dem schmutzigen Strand zu, der viele Jahre später, in ein Seebad verwandelt, besetzt von Chalets und Geschäften, seinen Namen tragen und der zu einem winzigen Teil dazu beitragen würde, seinen Ehrgeiz zu befriedigen.

Vorne, in übertriebener Ausdehnung, trabte das Pferd, von sanften Getreidefeldern flankiert, von Landgütern, die verödet zu sein schienen, schüchtern weißlich hervorschimmernd, eingesunken in der wachsenden Hitze des Nachmittags.

Er ließ den Wagen vor dem größten Gebäude der Ranch stehen und, ohne auf die Grüße zu antworten, streckte er zehn Geldscheine dem dunklen Mann hin, der herausgekommen war, ihn zu empfangen. Er zahlte das Futter für das Tier, für die Unterbringung im Stall, für das Geheimnis, das Schweigen, das, wie beide wußten, Lüge war.

Dann ging er bis zum neuen getünchten Häuschen, das von Yuyus umgeben war und das sich fast auf eine gerade, gigantische Pinie stützte, die vor einem halben Jahrhundert von niemandem gepflanzt worden war.

Aus Gewohnheit, gebieterisch, mürrisch, klopft er dreimal mit dem Stiel des Ochsenziemers gegen die schwache Tür. Vielleicht bildete auch dies einen miteinbegriffenen Teil des Ritus: die schweigende Frau, vielleicht abwesend, zögernd. Der Mann klopfte nicht wieder. Er wartete unbeweglich, er trank im Keuchen diesen ersten Teil der wöchentlichen Tortur, womit sie, *Josephine*, ihm gehorsam und großmütig diente.

Das Mädchen öffnete unterwürfig die Tür, verhehlte Überdruß und Ekel, der Mitleid gewesen war, zog den Schlafrock aus, ließ ihn zu Boden fallen und ging nackt ins Bett zurück.

An einem fernen Freitag, unruhig, weil sie einen anderen Mann fürchtete, hatte sie auf die kleine Uhr gesehen: sie wußte so, daß der ganze Vorgang zwei Stunden dauerte. Er zog den Sakko aus, nahm es mit Ochsenziemer und Hut zusammen und legte alles, nun schon zitternd, auf einen Stuhl. Dann näherte er sich und begann, wie immer, bei den Füßen des Mädchens: mit rauher Stimme schluchzend bat er, unverständlich stöhnend, um Verzeihung für eine uralte, nicht zu vergebende Schuld, während sein fallender Speichel die rotlackierten Zehennägel benetzte.

Fast drei Tage lang sah das Mädchen seinen Rücken: er rollte schweigend Zigaretten, leerte ohne Eile, ohne Rausch die Tonkrüge mit dem Wacholderbranntwein, er stand auf, um ins Bad zu gehen oder um sich wütend und gefügig der Folter des Bettes zu nähern.

Hergetragen von Samenkörnern, die in weiße Seidenhaare gehüllt waren, auf die launische Luft gestützt fliegend, so kam die Nachricht nach Santa María, nach Enduro, ins weiße Häuschen nahe der Küste. Als der Mann sie empfing – der andere, der das Pferd wartete, faßte Mut, kratzte an der Tür und kam mit der Neuigkeit herein, wobei seine Augen abirrten und seine großen dunklen Hände die Baskenmütze drehten –, da begriff er, daß die nackte und im Bett gefangene Frau sie unglaublicherweise schon wußte.

Aufrecht, draußen, über das servile und mutlose Murmeln gebeugt, sprach der Herr mit dem seidigen Schnurrbart, der Herr des Mylord, des Silberpferdchens, Herr über mehr als die Hälfte des Bodens der Gemeinde, langsam, und sprach zuviel: »Obstdiebe. Dagegen habe ich die besten Hunde, die mörderischsten Hunde. Sie greifen nicht an. Sie verteidigen.« Er blickte einen Augenblick zum unbeweglichen Himmel auf, ohne Lächeln, ohne Trauer, er zog Geldscheine aus dem Gürtel. »Aber ich weiß von nichts, vergessen Sie es nicht. Ich bin in Buenos Aires.«

Es war Sonntagmittag; aber der Mann verließ das Häuschen erst Montagmorgen. Jetzt fiel das Pferdchen in Trab, es brauchte nicht gelenkt zu werden; rhythmisch kehrte es zum Lieblingsstall zurück, es hatte etwas von einem mechanischen Pferd, einem Ringelspielpferd an sich.

»Ein Milizsoldat«, dachte der Mann unbekümmert, als er einen jungen und sich langweilenden Polizisten sah, an die Wand gelehnt, in der Nähe des großen Eisentores mit dem prächtig ineinander verschlungenen *J* und *P*, in einer Uniform, die blau gewesen war und einem dickeren und größeren Verschwundenen gehört hatte.

»Der erste Milizsoldat«, dachte der Mann fast lächelnd, und füllte sich langsam mit Begeisterung, dem beginnenden Vergnügen.

»Sie entschuldigen, Señor«, sagte die Uniform, jedesmal jünger und schüchterner, je näher er kam; am Ende fast ein Kind. »Der Kommissar Medina sagte mir, ich solle Sie ersuchen, im Kommissariat vorbeizusehen. Ganz nach Belieben.«

»Noch einer von der Miliz«, murmelte der Mann, verstrickt in Dunst und Geruch des Pferdes. »Aber Sie können nichts dafür. Sagen Sie Medina, daß ich in meinem Haus bin. Den ganzen Tag. Wenn er mich aufsuchen will.«

Er schüttelte leicht die Zügel, und das Tier zog ihn frohlockend fort, über den Garten und die Baumallee hinaus, bis in den Halbmond gestampfter Erde, wo die Wagenschuppen standen.

Mit gesenkten Köpfen und geschickt sprach keiner der Männer, die sich näherten, um ihn zu empfangen und abzusatteln, von der Samstagnacht oder dem Sonntagmorgen.

Petrus lächelte nicht, denn er hatte den Spott vor Jahren, und vielleicht für immer, auf den Schnurrbart aus Stahlwolle entladen. Er erinnerte sich vage, daß er sich den Fünfzigern näherte; er wußte alles, was ihm noch zu tun oder zu versuchen blieb, an jenem merkwürdigen Ort der Welt, der noch nicht auf den Landkarten existierte; er meinte, daß er nie einem zäheren und schleimigeren Hindernis gegenüberstehen würde als der Dummheit und dem Unverständnis, unter allen anderen Dingen, mit denen er notwendigerweise zusammenstoßen würde.

Und so kam also, als die Nachmittagshitze unter den Bäumen zu weichen begann, Medina daher, der Kommissar, unzeitlich, gewichtig und lässig; er fuhr das erste Auto des Modells T, das Henry Ford 1907 verkaufen konnte.

Der Vorarbeiter grüßte ihn und machte eine allzu langsame und übertriebene Verbeugung. Medina maß ihn mit einem spöttischen Lächeln und sagte sanft zu ihm: »Ich erwarte dich um sieben auf dem Kommissariat, Petrus oder nicht Petrus. Es wäre gut für dich zu kommen. Ich schwöre dir, es wird dir nicht gut bekommen, wenn du mich zwingst, dich holen zu lassen.«

Der Mann ließ den Arm fallen und willigte mit einer Kopfbewegung ein. Er war nicht eingeschüchtert.

»Der Patron sagt: Sollten Sie kommen, er ist im Haus.«

Medina stöckelte über die trockene Erde und stieg die Granittreppe empor, allzu lang und breit. »Ein Palast; der Gringo glaubt, in einem Palast zu leben, hier, in Santa María.«

Alle Türen waren der Hitze verschlossen. Medina klatschte in die Hände, zur Ankündigung, und ging in den großen Saal mit den Vitrinen, den Fächern und Blumen. In einem Anzug, verschieden von dem am Morgen, aber so sorgfältig, als habe er sich für einen unmittelbar bevorstehenden Spaziergang gekleidet, den Hut auf dem Kopf, im einzigen Stuhl rauchend, der das Gewicht eines Mannes auszuhalten schien, ließ Jeremías Petrus das Buch auf dem Teppich liegen, das er gelesen hatte, und hob zwei Finger zum Gruß und Willkommen.

»Setzen Sie sich, Kommissar.«

»Danke. Das letzte Mal, als wir uns sahen, da hieß ich Medina.«

»Aber heute habe ich beschlossen, Sie zu befördern. Ich weiß schon, weshalb Sie kommen.«

Medina blickte zweifelnd auf die Überfülle der kleinen, vergoldeten Stühle.

»Setzen Sie sich in irgendeinen«, sagte Petrus beharrlich »Wenn Sie ihn zerbrechen, tun Sie mir einen Gefallen. Und vor allem – was trinken wir? Ich habe vom Gin genug.«

»Ich bin nicht gekommen, um etwas zu trinken.«

»Aber auch nicht, um mir zu erzählen, daß in der Dienstzeit nicht getrunken wird. Seit Monaten schon bekomme ich keine Flaschen mehr aus Frankreich. Irgendein Milizsoldat wird meinen Moët Chandon wohl in einer Runde von Mestizinnen versaufen. Aber ich habe einen Campari Bitter, der mir für diese Zeit angemessen erscheint.«

Er schüttelte ein Glöckchen und es kam ein Diener, der hinter einem Vorhang zugehört hatte. Jung, dunkel, das Haar glattgestrichen und eingeölt. Medina kannte ihn: als Futter einer Besserungsanstalt, als Bote für Geheimprostituierte – und welche Frau ist das nicht? –, als Dieb, bei Unachtsamkeit. Er erinnerte sich, indem er ohne Triumph ihm in die Augen zu blicken versuchte, an die bereits klassiche, entstellte Frage: »Ich kenne dich, Mirabelles.« Es war komisch, ihn im weißen Rock und mit Smokingmasche zu sehen. »Aus Europa hat er Möbelgarnituren mitgebracht, eine Frau, eine Hure, einen kleinen Wagen und ein Pferdchen. Aber es ist ihm nicht gelungen, einen exportierbaren Bedienten zu erhalten; er mußte ihn auf dem Müllplatz von Santa María suchen.«

Erinnerungen an mißglückte Ernten waren vorübergezogen, an erstaunliche Ernten, an Preissteigerung und Preisverfall für Vieh; es waren ferne Sommer und Winter ausgespielt worden, die von der Zeit so verwüstet waren, bis sie irreal wurden, als die Flasche anzeigte, daß nur noch zwei Gläser der roten Flüssigkeit blieben, sanft wie süßes Wasser. Keiner der beiden

Männer hatte sich verändert, keiner enthüllte Spott oder Herrschaft.

»Die Señora und der Kleine fuhren nach Santa María. Vielleicht noch weiter. Das weiß man nie. Ich will sagen: das weiß man nie bei Frauen«, sagte Petrus.

»Ich bitte um Vergebung, ich habe nicht nach der Gesundheit der Señora gefragt«, sagte Medina.

»Das ist nicht wichtig. Sie sind kein Arzt. Sie sind gekommen, weil meine Hunde einen Hühnerdieb zerrissen haben.«

»Sie entschuldigen, Don Jeremías. Ich bin gekommen, Sie wegen zweierlei zu belästigen. Wir haben den Verblichenen maskiert weggeführt. Ihre Viehknechte beschmierten ihm Gesicht und Hände mit Kot, bekleideten ihn mit dem Gewand des Vorarbeiters, raubten ihm das, was er hatte. Ringe: es genügt, sich die Druckstellen an den Fingern anzusehen. Es genügte, ihn zu waschen, um zu wissen, daß er rein und gebadet hierherkam. Aber sie haben das Parfüm vergessen, so fein und weibisch wie das, welches Ihre Señora, Madame, benützt. Ungeschickt die Falle, die die Viehknechte aufstellten. Das genügt mir, denn ich kenne bereits seinen Namen. Es ist leicht möglich, daß Sie nicht wußten, wer er war; und es ist möglich, daß Sie es für sich behalten, wenn ich Ihnen den Namen sagen will oder wenn Sie, falls Sie die Belästigung auf sich nehmen, auf dem Kommissariat das Protokoll sehen wollen. Die Hunde zerfraßen ihm Kehle, Hände und die Hälfte des Gesichtes. Aber der Verstorbene kam nicht her, um Hühner zu stehlen. Er kam aus Buenos Aires, und Sie sind am Freitag nicht nach Buenos Aires gefahren.«

Eine Pause, von beiden zerbissen, eine geteilte Frucht.

Petrus roch eine Gefahr, aber keine Angst. Seine Viehknechte waren ungeschickt gewesen, und auch er, denn er hatte ihnen vertraut, auch der grotesken Komödie.

»Medina oder Kommissar: ich fuhr nach Buenos Aires am Freitag. Fast jeden Freitag fahre ich. Ich zahlte viel Geld, damit alle es beschwören können.«

»Und alle haben es beschworen, Don Jeremías. Niemand hat Sie betrogen, nicht einmal um einen Peso. Sie schworen aus Angst, auf die Bibel und die Asche ihrer Hurenmutter. Obwohl nicht alle Waisen waren. Aber – ich möchte nicht schmeicheln – ich spürte, daß sie durch etwas anderes verpflichtet waren, durch etwas mehr als Geld.«

»Danke«, sagte Petrus, ohne den Kopf zu bewegen, mit einer spöttischen Linie, die den harten Schnurrbart bewegte. »Geschichte beendet, Protokoll abgeschlossen. Ich war in Buenos Aires.«

»Protokoll abgeschlossen, denn der Tote war in Ihrem Haus, auf Ihrem Grund, Ihrem geheiligten Privatbesitz. Und Sie haben den Mord nicht begangen. Das erledigten die Hunde. Ich habe es untersucht, Don Jeremías. Aber Ihre Hunde verweigern die Aussage.«

»Dobermanns«, bestätigte Petrus. »Intelligente Rasse. Sie reden nicht mit Polizeihunden.«

»Danke! Vielleicht geschieht es nicht aus Verachtung. Einfach Verschwiegenheit. Noch einmal, die Sache ist archiviert. Aber ein paar Dinge sollten klar sein. Sie waren in der Samstagnacht nicht hier. Sie waren auch nicht in Buenos Aires. Sie waren nicht hier, lebten nicht hier, sind nicht weg: von Freitag auf Montag. Merkwürdig! Eine Geschichte von einem verschwundenen Gespenst. Das hat noch nie jemand geschrieben, und niemand hat es mir erzählt.«

Da stand Jeremías Petrus vom Sessel auf und blieb unbeweglich stehen; er blickte Medina starr ins Gesicht, die unnütze Peitsche hing an seinem Unterarm.

»Ich hatte Geduld«, sagte er langsam, als ob er zu sich spräche, als ob er vor dem Vergrößerungsspiegel, den er zum Rasieren jeden Morgen benützte, murmelte: »Das alles langweilt mich, lähmt mich, stiehlt mir die Zeit. Ich will, ich habe so viele Dinge zu tun, daß sie vielleicht im Leben eines Menschen nicht Platz haben können. Denn bei dieser Aufgabe bin ich allein.« Er unterbrach sich auf Minuten, im großen Salon, der mit Dingen und Gegenständen überladen war, entstanden und aufgezwungen von und durch die niemals zerstörte Geschichte der Frau; seine Stimme hatte leicht wie Flehen und ein Geständnis geklungen. Jetzt wurde er wieder kalt, er wandte sich wieder dem stupiden Tag zu, und fragte ohne Neugier, ohne beleidigen zu wollen: »Wieviel?«

Medina lachte sanft, paßte seine armselige Freude der Umgebung unerträglicher Vitrinen, Chinoiserien, Fächer, vergoldet, toter, aufgespießter Schmetterlinge an.

»Geld? Nichts für mich. Wenn Sie die Hypothek liquidieren wollen, ist das eine Angelegenheit anderer, Don Jeremías. Sache der Bank, sonst niemandes. Mir bleibt das Feldbett im Kommissariat.«

»Gemacht«, sagte Petrus.

»Wie Sie wünschen. Dafür will ich Ihnen etwas sagen, daß Sie vielleicht anfänglich stören wird, von dieser Nacht an oder morgen, sagen wir...«

»Sie verlieren nie gern Ihre Zeit. Ich auch nicht. Vielleicht habe ich Sie deswegen so viele Jahre lang ertragen. Reden Sie!«

»Wie Sie befehlen. Ich glaube, etwas zur Einleitung, unter zwei Caballeros, die reine Hände haben... Die Sache ist die, daß Mamuasel Josefina nichts sagen, nichts hören wollte. Entschuldigung, sie sagte etwas wie, und nur einmal: ›Se petígarsón.‹ Sie weinte ein wenig. Dann streute sie Pfunde über dem Bett aus. Sie sind noch im Kommissariat, beim Protokoll, und warten auf den Richter, der wegfuhr, um sich eine gute Stute auszusuchen, und vielleicht hier hereinschaut, im Vorübergehen.«

»Das ist recht«, sagte Petrus. »Wenn Sie sie angehört haben – es bleibt sich gleich. Die Pfunde – nicht ganz hundertsiebenunddreißig – sind auch nicht wichtig und stehen in keiner Beziehung zur Angelegenheit.«

»Nochmals Verzeihung«, sagte Medina und versuchte, sehr sanft zu sprechen, »nicht ganz die Hälfte von hundert.«

»Ich verstehe, immer gibt es Unkosten.«

»Natürlich. Und besonders bei Reisen. Denn Mamuasel fragte um Rat, telephonisch, von der Eisenbahnstation aus. Sie kennen den armen Masiota und wissen, wie der arme Masiota alle Frauen behandelt, vorausgesetzt, es ist nicht seine eigene, natürlich, wie wir alle wissen – es genügt, sein linkes Auge am Montag anzusehen, nach dem ehelichen Besäufnis am Samstag. Alle Frauen außer der, die er erträgt, und der, die das Glück hatte, ihn halbwach an diesem Montagmorgen in der Station anzutreffen. Ihr genügte ein Geldstück, ein Lächeln, ein ›Mesié le chef‹, und der Kerl hätte ihr alle Telephonleitungen geschenkt, alle mit Säcken und Kühen beladenen Waggons, die an der Haltestelle warteten, all die unendlichen Geleise, die irgendwohin gehen, die zur Rechten und die zur Linken.«

»Und?« unterbrach Petrus und trieb, mit einem Peitschenhieb auf seine Stiefel, zur Eile an.

»Ich zögerte, weil ich von Caballeros sprach. Sie entschuldigen. Ich weiß schon, daß wir nicht gern unsere Zeit vergeuden. Es war so: Mamuasel muß die Batterien unseres Stationschefs verbraucht haben. Aber in ein oder zwei Stunden erreichte sie, was sie wollte. Zug, Hotel, Schiff nach Europa. Ich erfuhr es vor einigen Minuten; nie fehlt ein Betrunkener oder ein Landstreicher auf den Bänken der Station.«

Petrus hatte in das Silber des Peitschenstiels gebissen, nachdenklich, ohne Lust, damit zuzuschlagen, während Medina, weder sicher noch achtlos, den Daumen über den Hahn im Gürtel gleiten ließ. Ohne vorhergehende Übereinstimmung verlängerten Zähne und Daumen langsam die Pause; so sehr, daß es für diese Geschichte nicht mehr brauchbar ist. Zuletzt redete Petrus; er hatte eine gemächliche, rauhe Stimme, die Stimme einer Frau, die vom Klimakterium gequält wird. Er war zu stolz, zu fragen.

»Josefina wußte den Namen. Sie kannte den Namen des Hühnerdiebes und, da bin ich sicher, viel mehr. Ich sehe keinen anderen Grund, daß sie verschwindet.«

»Das mag sein, Don Jeremías«, sagte Medina Silbe um Silbe und achtete dabei auf die senkrechte Peitsche. »Warum wohl mag sie verschwunden sein?«

Petrus hatte lange nicht gelacht, sein offener und schwarzer Mund begann mit langem Brüllen, und erlosch, wie ein verlaufenes Kalb.

»Wozu das erklären, Kommissar? Alle Frauen sind Huren. Schlimmer als wir. Besser gesagt: Stuten. Ich habe ein paar gekannt, vor denen es mir richtig erschien, den Hut zu ziehen. Es waren Damen, es waren Señoras. Aber die jetzt kommen über Hürchen nicht hinaus, kleine Hürchen.«

»Gewiß, Don Jeremías«, wich der andere angesichts der fernen Erinnerung zurück, daß die Señora Petrus ihm Tee und

Torten in diesem Zimmer gereicht hatte. »Fast alle. Arme, die nur dafür geboren sind. Sie, Don Jeremías, kämpfen darum, eine Werft zu bauen. Ich kämpfe darum, an den Samstagen betrunken einzuschlafen, manchmal auch, um draufzukommen, wer der Besitzer der gestohlenen Schafe war. Ich brauche auch Zeit, um zu malen. Den Fluß zu malen, Sie beide zu malen.«

»Ich habe Ihnen zwei Bilder abgekauft«, sagte Petrus, »zwei oder drei.«

»Gewiß, Don Jeremías, und Sie haben sie gut bezahlt. Aber sie sind nicht in diesem Salon. Sie sind in der Hütte der Viehknechte. Es ist nicht wichtig. Sie hatten recht mit dem, was sie eben sagten. Um etwas mehr zu sein als was sie sagte, haben sie kein Hirn.«

Der Ochsenziemer fiel zwischen die Beine, dann auf den Boden; Petrus setzte sich hin und lud ein: »Und wenn wir noch eines trinken würden, Kommissar?«

Als Medina wegging, sah er, daß eine der Bestien einen langen Schlaf hielt, vor der Sonne geschützt.

Virgilio Piñera

Angelegenheiten Einbeiniger

Die Einbeinigen kommen und gehen trotz ihrer Humpelei durch die Straßen. Es gibt Einbeinige mit einer Krücke und welche mit zwei Krücken, aber alle beide bringen es kaum fertig, daß die Allgemeinheit nebenbei auf ihre Humpelei achtet. Sie könnten größeres Interesse erwecken, wenn sie sich entschlössen, in Schwärmen daherzumarschieren und darauf bestünden, daß man ihnen das verlorene Bein zurückgäbe. Aber nein, es ist bekannt, daß ein Einbeiniger die Begleitung eines anderen Einbeinigen meidet; nicht so die Blinden, die gewöhnlich zusammen gehen und Krach mit ihren Stöcken machen...

Trotz und ungeachtet dieser Einsamkeit und Scheu, bedingt durch ihre Humpelei, begegneten sich vor nicht langer Zeit um ein Haar zwei Einbeinige.

Weil einer dieser Einbeinigen (auf dem rechten Bein humpelnd) sich für sein gesundes Bein einen Schuh kaufen mußte, entschloß er sich, in Erwartung eines anderen Einbeinigen, der einen Schuh für sein rechtes Bein benötigte, vor einem Schuhladen – selbstverständlich mit höchster Diskretion – Stellung zu beziehen.

Seine Überlegung war vortrefflich: warum sollte er zwei Schuhe kaufen, wenn er mit einem genug hatte? Nehmen wir an, daß diese Schuhe zweihundert Pesos kosten würden: warum sollte er auf so blöde Weise die Hälfte dieser Summe verlieren? Es besteht kein Zweifel, daß die Einbeinigen über eine schonungslose Logik verfügen.

Nun gut, da das Leben nicht so einfach ist wie es scheint, geschah es, daß dieser Einbeinige, den er so sehnlichst erwartete, den gleichen Einfall gehabt hatte, aber nicht den gleichen Schuhladen ausgewählt hatte.

Die Ausdauer der Einbeinigen ist sprichwörtlich. Die Jahre gingen vorüber, die unglückliche Begegnung fand nicht statt, aber deswegen gaben sie ihren Vorsatz nicht auf. Die Menge, die sich nur blutige und gräßliche Szenen vorstellen kann, vermutete sogar, daß diese beiden Einbeinigen internationale Agenten seien, aber weil sie nur melancholisch Schuhe anguckten, hielt sie es nicht für erforderlich, bei der Polizei Anzeige zu erstatten.

Trotz alledem besteht das Leben nicht nur aus Unbill und Tragödien. Eines schönen Tages hatten zwei weibliche Einbeinige (nicht aus Geiz, sondern aus bedauernswerter Sparsamkeit) den gleichen Einfall wie unsere beiden Einbeinigen, und wie es der Zufall wollte, bezogen sie Stellung vor den Schuhläden, wo die beiden Einbeinigen unserer Geschichte schon seit Jahren standen.

Anfänglich schauten diese sie mit offenkundiger Gleichgültigkeit an. Wenn ein Damenschuh nicht zu einem Herrenschuh paßt, welche Rolle spielten dann diese beiden weiblichen Einbeinigen dort? Denn es stimmt, daß die Gegenwart einer Einbeinigen bei einem Einbeinigen überall gerechtfertigt ist, außer in einem Schuhladen.

Aber die Anziehungskraft der Geschlechter ist mächtig. Eines Tages sahen die männlichen Einbeinigen die weiblichen Einbeinigen verliebt an, stützten sich auf ihre Krücken, schmiegten sich aneinander, um dem Pochen ihrer Herzen zu lauschen.

Adolfo Bioy Casares
Eine Reise oder Der unsterbliche Zauberer

Das Wie oder Warum er uns verzauberte,
weiß niemand
Don Quijote, II, 22

Es gibt, um den Tod zu erreichen, kein so schnelles Fahrzeug wie die Gewohnheit, das süße Einerlei. Wenn Sie aber Leben und Erinnerungen haben wollen, so reisen Sie. Allerdings, reisen Sie allein. Für zu einfältig halte ich den, der mit seiner Familie auf Abenteuer auszieht. Innerhalb der Republik (wir sind da einer Meinung) *gibt es alles*, aber wenn Sie können, fahren Sie über das Wasser, in ein anderes Land. Wer Mut hat, mache es mir nach; wie ich küsse er vorgestern seine Dicke und die Kinder, und unter dem Vorwand, die Firma schicke ihn, breche er auf ins unendliche Blau...

Sobald ich an Bord des Routendampfers gegangen war, entdeckte ich eine Balletteuse, Señorita Zucotti, die in Jugendjahren meine Hoffnungen entflammt hatte. Obwohl sie nun weniger schön war – ich schätze, daß ihr Gesicht um ein Viertel breiter geworden ist –, nahm ich mir das Vergnügen vor, sie noch diese Nacht in ihrer Einzelkabine zu besuchen. Wie für Ballettänzerinnen war dann aber die Überfahrt. Der Fluß war aufgewühlt, die Pille gegen Seekrankheit wollte nicht in den Magen hinunter; mehr als einmal beklagte ich mich stöhnend, keinen festen Boden unter den Füßen zu haben, und da ich mich schon einmal wiegte: warum nicht in den Armen der Ballettänzerin oder meiner Dicken? Ich versuchte zu lesen. In meinem Gepäck entdeckte ich außer dem Fehlen von Illustrierten den *Hinkenden Teufel*. Zu was für Listen meine arme Dicke in ihrem Eifer Zuflucht nimmt, etwas für meine Bildung zu tun! Ich brauchte keine Zeile zu lesen, um zu begreifen, daß ich über diesem Juwel der Literatur niemals die ausgelassene Polka vergessen würde, die Fluß und Schiff tanzten. Als ich endlich aufstand – ich weiß nicht, ob ich in der ganzen Nacht auch nur einmal ein Auge zugemacht habe, um zu blinzeln –, weckte ich meine Lebensgeister mit Kaffee und warmer Milch und einem guten Dutzend Hörnchen vom Vortag. Mit weichen Knien betrat ich den Boden Uruguays.

Ich könnte schwören, daß ich dem Taxifahrer auftrug: »Zum Hotel Cervantes.« Wie oft werde ich wohl mit kummervoller Seele durch das Fenster des Badezimmers, das nach innen geht, in der Morgenfrühe einen einsamen Baum betrachtet haben, eine Pinie, die im Gebäudeviereck des Hotels steht. Sie sehen selbst, ich kenne es. Aber der Starrkopf von einem Taxifahrer setzte mich vor dem Hotel La Alhambra ab. Ich war ihm dankbar für den Irrtum, denn mir gefallen die geräumigen Zimmer des Alhambra mit diesem Luxus von ehedem. Man könnte sagen, daß sich in ihnen ein magisches Abenteuer erleben ließe. Dazu muß ich rasch erklären, daß ich nicht an Zauberer, mit oder ohne spitzen Hut, glaube, wohl aber an die Magie der Welt. Wir begegnen ihr auf Schritt und Tritt: beim Öffnen einer Tür oder mitten in der Nacht, wenn wir aus dem einen Traum auftauchen, um, wach, in einen anderen zu versinken. Dennoch, da das Leben vergeht und ich nicht sterben will, ohne wenigstens einen Zipfel des Übernatürlichen zu sehen, suche ich geeignete Orte auf und reise. Auf Reisen geschieht alles! Ich wandte mich also beherzt an den Herrn an der Rezeption, der mir sagte: »Es tut mir leid, aber wegen des Kongresses der Hersteller von Marionetten für Bauchredner, Puppenspieler und ähnliche Berufe habe ich nicht ein einziges armseliges Zimmer mehr frei.«

Es blieb mir nichts anderes übrig, als mit meinem Köfferchen über den Platz zu gehen und mir wie ein Fürst das Nogaró zu gönnen, wo man mir, nicht ohne allerlei Machenschaften und mit der größten Gutwilligkeit, ein Doppelzimmer zuwies, weil die vollzählige Truppe des Berliner Balletts im Hotel logierte. Wenn ich im fünften Stock den Gang nach links ging, war mein

Zimmer das letzte, das heißt, daß es noch ein Zimmer auf der rechten Seite gab und links die Zwischenwand und die Leere. Ich bat um Zeitungen. So, wie ich sie durchblätterte, ließ ich die Seiten auf den Boden fallen. Durch das Fenster sah ich den Platz, das Denkmal, die Menschen, die Tauben. Plötzlich fühlte ich mich bedrückt. Durch die Fahrt von da unten herauf, das Symbol sinnlosen Eifers? Durch das Zeitungspapier, das unordentlich in meinem Zimmer verstreut lag? Durch die Kälte in den Füßen und in den Schultern? Durch die Müdigkeit der durchwachten Nacht? Tun wir etwas dagegen, sagte ich mir, und ohne über die Ursache des Kummers nachzudenken, verließ ich das Hotel, befand mich auf dem Platz, um neun Uhr morgens, zu früh, um die Büros der Firma, ihrer uruguayischen Zweigstelle, aufzusuchen. Ich schlenderte durch die Straßen der Altstadt, dachte, daß ich nicht zu spät zu Mittag essen, daß ich um Punkt zwölf im Stradella sein wollte. Bei all dem ging ich auf der Schattenseite, und mir wurde wieder kalt. Ich wechselte auf den anderen Gehsteig hinüber, gerade auf der Höhe einer Negerin, die in einem grün gekachelten Hausflur lehnte. Da ich auf meine Gesundheit achte und schüchtern bin, ging ich rasch vorbei. Um zehn suchte ich die Firma auf. Die Leute nahmen mich so freundlich auf, wie es ihre Art ist, bis mich der Chef der Werbeabteilung um zehn Uhr dreizehn verabschiedete. Mein guter Stern wollte es, daß man mir an der Drehtür einen Herrn vorstellte, einen Wichtigtuer, der Baugründe verkauft und mit dem ich mich zwanzig Minuten lang in einem Café sozusagen über die passive Handelsbilanz unterhielt. Ich beschwatzte ihn hinterhältig, und wir vereinbarten, daß er mich am nächsten Morgen um Punkt acht im Hotel abholen sollte, um mich mit dem Auto den ganzen Tag lang Baugründe in Colonia Suiza besichtigen zu lassen. Vor elf war ich wieder auf der Straße, mehr tot als lebendig.

Während ich zusah, wie die Tauben und einige Flittchen, die man für Bettlerinnen hätte halten können, umherschwirrten, ruhte ich mich auf der Plaza Matriz ein wenig auf einer Bank in der Sonne aus. Im Stradella stellte ich mir ein Menü mit Aji-Paprika, Pfeffer, anderen pikanten Gewürzen und Senf, viel Fleisch, Muscheln, Rotwein und Kaffee zusammen. Ich aß wie ein Wolf. Da es noch früh war, wurde ich rasch bedient, und um halb eins hatte ich noch den ganzen Tag vor mir. Um mein Essen besser zu verdauen, trank ich noch mehr Kaffee in der Bar des Nogaró. Dort sah ich zum ersten- und zum letztenmal in meinem Leben zwei hochgewachsene Mädchen des Berliner Balletts: eine mit einem Katzengesicht, ein wenig vulgär und sehr schön, die andere blond, feingliedrig, eine Sylphide mit einer großen, geraden Nase und kleinen, aufrecht stehenden Brüsten.

Obwohl ich beinahe umfiel vor Schläfrigkeit, ging ich nicht nach oben, um meine Siesta zu halten, denn die Erinnerung an die beiden Mädchen war zu lebhaft. In der *Hall*, wo ich eine lange Stunde in einem Wildledersessel sitzen blieb, hatte ich Gelegenheit, eine ganze Anzahl von Brasilianern zu beobachten, die meisten Kinder oder alte Leute und dazu drei oder vier junge Damen mit allem, was dazugehört, um einem den Kopf zu verdrehen. Eine von ihnen, sicherlich verheiratet, blickte in meine Richtung und fragte: »Wollen wir zusammen Siesta halten?«

Ich fragte mich, ob ich träumte – was sehr wahrscheinlich war, denn die Müdigkeit drückte mir den Schädel zusammen –, als hinter meinem Rücken ein Riesenkerl aus einem Sessel aufstand.

Ich wäre auch hinaufgegangen, um mich hinzulegen, aber in meiner Verfassung, überlegte ich, war es besser, das Blut abzukühlen. Ich riß mich los, um auf diesen gottgesegneten Straßen Luft zu schöpfen, durch die ich schon am Vormittag gegangen war. Aus reiner Neugier wollte ich den grün gekachelten Hausflur noch einmal sehen. Anfangs fand ich ihn nicht, und als ich endlich zufällig auf ihn stieß, fehlte die junge und wohlgestaltete ebenholzschwarze Eva, die, als ich vor Stunden vorbeikam, ihren Spruch murmelte. Ich sage das nicht aus Eitelkeit. Ich ging zur Plaza Matriz. Die Tauben waren noch da, aber kaum Kinder und Schuhputzer. Die Wahrheit ist, daß ich ebenso müde wie ruhelos war. Da ich mich daran erinnerte, daß uns der im Bett so spröde Schlaf gern an öffentlichen Orten überfällt, betrat ich ein drittrangiges Kino, wo man einen schwedischen oder vielmehr deutschen Film gab, der unter der Verkleidung von prachtvollen Aufnahmen und Langerweile eine einzige Aufforderung zur Lüsternheit war. Als ich das Kino verließ, ging ich nur über die Straße, um mich in eine kleine Bar zu setzen. Während ich meinen Maraschinolikör trank und Stücke von einem bemerkenswert scharfen Käse kaute, erschienen an der Theke zwei luxuriös herausgeputzte Dämchen in violetten und blauen Samtkleidern, die hinten unter dem Gürtel hochgerafft und gebunden waren wie ein Theatervorhang. Sie fingen an, mit dem Barmixer zu plaudern und lächelten ihm zu wie große Katzen. Als sie gegangen waren, beglückwünschte ich ihn. Er antwortete: »Was mir gehört, gehört auch Ihnen, mein Herr.«

Mein Gelächter klang hohl, ich wagte nicht, um eine Erklärung zu bitten, und ich kehrte ins Hotel zurück. Kaum war ich eingetreten, als man mich auch schon ins Speisezimmer führte, wo ich sofort das Menü zu mir nahm. Dann schleppte ich mich, so gut ich konnte, im Fahrstuhl in den fünften Stock hinauf. Es schlug noch nicht zehn von der Kathedrale, als mich in der Riesigkeit meines Bettes der Schlaf überkam.

Einige Minuten nach Mitternacht weckten mich Stimmen im Nebenzimmer. Ich unterschied zwei, eine weibliche und eine männliche. Von Anfang an horchte ich nur auf die weibliche, die sehr sanft klang. Ich stellte mir eine zarte, dunkle Frau vor, eine Peruanerin vielleicht. Die Frauen, die ich vorziehe, entsprechen einem anderen Typ, aber diese gefiel mir. Manche werden mich für albern halten, weil ich so von einer Frau spreche, die ich gar nicht sah. Fest steht, daß ich sie mir vollkommen vorstellte. Worüber sprachen sie? Ich weiß es nicht. Es interessiert mich auch nicht. Ich weiß auch nicht, warum ich nicht wieder einschlief. Ich lag wach, als wartete ich auf etwas.

Und, ach, um eins fing es an. Meine ersten Reaktionen waren Unruhe, Unbehagen, der Wunsch zu fliehen. Ich wollte nicht da sein, denn ich darf mich rühmen, nicht die Gewohnheit zu haben, anderen nachzuspionieren. Werden Sie es mir glauben? Ich war verlegen, so als schämte ich mich in einer solchen Lage meiner selbst. Ich sprang aus dem Bett, um mit den Knöcheln an die Wand zu klopfen, vielleicht aus allgemeinem Schamgefühl, vielleicht mit dem boshaften Vergnügen, sie zu unterbrechen. Ich wollte ihnen zurufen: »Barmherzigkeit! Einen Augenblick! Ich gehe ja schon!«, als mir einfiel, daß ich nirgendhin gehen konnte, da das Hotel voll besetzt war. Ich erinnerte mich auch an die Vulgarität unserer Zeitgenossen und sah ein, daß ich mich nur wer weiß was für Verhöhnungen aussetzte.

Ich mußte das Paar vergessen, wenn ich nicht um den Schlaf gebracht werden wollte, was unerträglich war: die vorausgegangene Nacht und ebenso der Tag waren hart gewesen; das Programm des nächsten Tages, das um acht Uhr morgens begann und Colonia Suiza betraf, durfte ich nicht auf die leichte Schulter nehmen. Ich war erschöpft. Ich beschloß vernünftigerweise, wieder ins Bett zu gehen, nicht ohne ein letztes Mal das Ohr an die Wand zu legen. Die so sanfte Peruanerin war rauher geworden. In einem endlosen Satz, in dem es keine Pausen gab und der ein Seufzer war, wiederholte sie: »Ich schwöre dir ich schwöre dir ich schwöre dir ich schwöre dir.« Mit einer sardonischen Grimasse murmelte ich: »Nie wird ein so inniger Schwur so schnell vergessen werden.« Die Angst, man könnte mich gehört haben, lähmte mich. Hatte ich laut gesprochen? Einen Augenblick lang herrschte im Nebenzimmer Stille. Ich möchte jedenfalls behaupten, daß es still war, aber dann ging der Streit weiter, und schlimmer als zuvor.

Dann bemerkte ich einen seltsamen Umstand: die Peruanerin schrie, seufzte, keuchte, schnaubte – ja, schnaubte wie eine Robbe im Wasserbecken im Zoo –, und ihr galt mein Mitgefühl, niemals ihrem schweigsamen Gefährten, der sich nur von Zeit zu Zeit bemerkbar machte, und dann auf eine widerwärtige Art, wie ein fetter Schwachsinniger, der geifernd im Todeskampf liegt.

Die Lage, wer will das bezweifeln, war überreich an Einzelheiten, die dazu angetan waren, einen zutiefst humanen Menschen in Aufregung zu versetzen. Es war noch ein Glück, als ich witzig wurde: ich nahm mir mit einem verrückten Gelächter den Scherz vor, unter der Tür eine Visitenkarte durchzuschieben, auf der nicht nur mein Vor- und Zuname stand, sondern auch meine Stellung in der Fabrik, und auf die ich schreiben wollte: *Señor, wenn Sie ihrer müde werden – geben Sie sie mir?*

Schlimm war es, als ich mich ärgerte. Wenn Sie sich das Ausmaß meines Zorns vorstellen könnten, würden Sie erschrekken. In meiner Wut wünschte ich mir mit düsterem Frohlocken den augenblicklichen Triumph des Kommunismus, ich nannte meinen Nachbarn einen Schurken und wollte ihm die Frau wegnehmen. Ich schluckte meinen Zorn und murmelte: »Ich habe doch auch meine Dicke«, was nicht dasselbe und dazu in diesem Augenblick so fern war, daß es sich in eine reine Vermutung verwandelte. Dann verglich ich mich mit der armen Pelusa – aus einem Kinderbuch, das mir meine Dicke genehmigt hatte, mehr oder weniger als Schmuggelware –, ich verglich mich mit der armen Pelusa, als sie vor den hohen Palastmauern ankommt, die für sie aus durchsichtigem Glas sind, das Festgelage betrachtet, ruft und nicht gehört wird. Ich hielt es nicht mehr aus, warf mich ins Bett und zog mir die Decken über, die viel zu dick waren.

Die Anstrengung, Luft zu bekommen, und die Hitze ließen mir so sehr das Blut in den Kopf steigen, daß ich, als ich Licht machte und mich im Spiegel betrachtete, an Röteln oder Masern erkrankt zu sein glaubte, eine Hypothese, die sich zum Glück nicht bewahrheitete.

Ohne die Decken atmete ich frei, aber dafür hörte ich wieder das Paar. Was murmelte jetzt die Peruanerin? Sie seufzte mit ihrer sehr rauhen Stimme: »Ich sterbe ich sterbe ich sterbe ich sterbe.« Beinahe hätte ich ihr zugerufen: »Wenn Sie es nur, bitte, einmal tun wollten!« Ich suchte Zuflucht im *Hinkenden Teufel*, aber ich hörte sie noch. Ich suchte Zuflucht im Schlaf. Ich löschte das Licht, schloß die Augen, versuchte zu meditieren; ich hörte sie immer noch. In gerade dem Augenblick, in dem ich den Nachbarn leise meine Schlaflosigkeit vorhalten wollte, bemerkte ich, daß sie, wie ihr abwechselndes Schnarchen verriet, endlich schliefen. Voll Widerwillen sagte ich mir: »Das müssen animalische Subjekte sein«, um sogleich hinzuzufügen: »Schweine.«

Weit davon, erleichtert zu sein, war ich gereizt über die beinahe vollkommene Stille, die im Nebenzimmer eintrat. Warum soll ich es leugnen? Jetzt vermißte ich diesen so fein abgetönten Lärm. Ich fühlte mich wach und seltsam allein. Ich dachte an meine Dicke, dachte außer mir an die Nachbarin. Ich grübelte. Ich haßte den Mann wieder; durch seine jetzige Ruhe reizte er mich mehr als zuvor.

Ich wollte meiner Passivität eine Ende machen. Wenn ich handeln will, sagte ich mir, will ich zu meinem Vorteil handeln. Ich arbeitete also einen Plan aus, den Mann nach unten zu schicken und in der Zwischenzeit seine Frau zu besuchen. Es war nicht möglich, die Gefahr eines mehr oder minder unangenehmen Skandals auszuschließen, aber die Beute war wohl den Einsatz wert.

Als ich die letzten Einzelheiten meines Plans ausfeilte, hörte ich im anderen Zimmer das gebieterische Rasseln eines Weckers. Ich sah auf meiner Uhr, daß es halb acht war. Bald mußte die übliche Geschäftigkeit der aufstehenden Gäste beginnen. Geistesgegenwärtig stand ich mit den beiden zugleich auf, ohne die Geräusche nebenan außer acht zu lassen, denn ich hatte eine Absicht, die ich nicht aufgeben wollte. Es war kein so wahnwitziger Plan mehr wie der nächtliche, nur ein bescheidener Vorsatz, wie er dem nüchternen Tageslicht entsprach. Ich beeilte mich, gewann einen Vorsprung vor meinen Nachbarn, stellte mich an der Zimmertür auf. Ich gebe zu: der Plan war auf eine absurde Weise verharmlost worden. Er bestand jetzt darin, einen möglichst vorteilhaften Beobachtungsposten zu finden. Mein Ehrgeiz war bescheiden, mein Wille übermächtig. Ich wollte die Peruanerin sehen. Niemand soll sich darüber lustig machen: nur wer wenig erwartet, achtet auf das Unglaubliche. Das ist es, was unleugbar mir widerfuhr.

Ich wartete, wie schon gesagt, in meiner strategischen Position. Ich hörte die Schritte; sie kamen schon mit raschem Getrippel durch den engen Innenkorridor, der vom Schlafzimmer zur Ausgangstür führt. Die Tür ging auf. Was sahen meine verblüfften Augen? Einen winzigen Greis, dürr und grauhaarig, bartlos vor Alter, der tausend Jahre alt sein mußte und vollkommen allein war.

»Kann ich das Zimmer machen?« fragte unvermutet einer dieser Diener, die sich mit einer Bürste unter dem Arm auf den Korridoren aller Hotels herumtreiben.

»Warum nicht?« antwortete der Greis sehr lebhaft, und ich

glaubte in seinen funkelnden Augen, die mich einen Augenblick lang musterten, eine Spur von Spott zu entdecken.

Sobald sich der Alte entfernte, sagte ich: »Erlauben Sie, darf ich vorbeigehen?«

Unter dem Vorwand nachzusehen, wie lange die Wäscherei noch brauchte, um mir ein Hemd zurückzuschicken, das es gar nicht gab, schlich ich in das Zimmer. Während der Alte mit dem Diener ging, untersuchte ich alles. Es gab dort keine Peruanerinnen.

In meinem Zimmer läutete das Telephon. Ich hob ab. Man sagte mir, ein Herr erwarte mich. »Um diese Zeit?« fragte ich ärgerlich. Verzweifelt erinnerte ich mich an den Wichtigtuer mit den Grundstücken in Colonia Suiza. Ich hätte gewollt, daß mich, oder besser ihn, der Erdboden verschlang. Ich hätte Zauberer sein und ihn glauben machen wollen, daß ich ihn begleitete, während ich ihn allein zu seinen Baugründen schickte. Ich fügte mich in mein Schicksal. Als ich den Schlüssel ablieferte, fragte ich: »Wie heißt der Herr, der in dem Zimmer neben mir wohnt?«

Sie sahen in ihrem Gästebuch nach und antworteten:

»Merlin.«

Der Name kommt mir bekannt vor, aber ich habe den Mann weder vor noch nach diesem Morgen je gesehen.

Julio Cortázar

Eine gelbe Blume

Es scheint ein Scherz, aber wir sind unsterblich. Ich weiß es nicht positiv, weiß es, weil ich den einzigen Sterblichen kenne. Er erzählte mir seine Geschichte in einem Bistro an der rue Cambronne, derartig blau, daß es ihm nichts ausmachte, die Wahrheit zu sagen, obgleich der Wirt und die alten Stammkunden an der Theke lachten, bis ihnen der Wein zu den Augen herauskam. Auf meinem Gesicht dagegen stand wohl ein gewisses Interesse geschrieben, denn er heftete sich fest an mich, und wir leisteten uns endlich den Luxus eines Tisches, in einem Winkel, wo man trinken und in Frieden reden konnte. Er erzählte mir, daß er pensionierter Stadtbeamter und seine Frau für einige Zeit zu ihren Eltern gefahren sei – auch eine Art, zuzugeben, daß sie ihn verlassen hatte. Er war nicht alt, nicht dumm, ein Mann mit ausgemergeltem Gesicht und den Augen eines Schwindsüchtigen. Eigentlich trank er – das verkündete er vom fünften Glase Rotwein an –, weil er vergessen wollte. Ich nahm an ihm nicht jenen Geruch wahr, der Paris eigentümlich ist, aber den offenbar nur wir Ausländer riechen. Und er hatte gepflegte Fingernägel, und keine Schuppen.

Er erzählte, daß er in einem Autobus der Linie 95 einen Jungen von etwa dreizehn Jahren gesehen und auf den ersten Blick entdeckt habe, daß der Knabe ihm ungemein ähnlich sah, zumindest in der Erinnerung, die er an sich selbst aus diesem Alter bewahrte. Nach und nach mußte er sich sogar sagen, daß er ihm aufs Haar glich, Gesicht, die Hände, die in die Stirn fallende Locke, die weit auseinanderstehenden Augen, und noch mehr seine Schüchternheit, die Art, wie er sich in ein Heft mit Geschichtchen flüchtete, die Gebärde, mit der er das Haar nach hinten warf, das hoffnungslos Linkische der Bewegungen.

Er ähnelte ihm so sehr, daß er beinahe lachen mußte, aber als der Knabe an der rue de Rennes ausstieg, stieg auch er aus und versetzte einen Freund, der in Montparnasse auf ihn wartete. Er suchte einen Vorwand, um mit dem Jungen zu reden, fragte ihn nach einer Straße und vernahm – ohne Überraschung schon – eine Stimme, die seine Stimme war, als Kind. Der Junge ging in Richtung dieser Straße, schüchtern legten sie zusammen ein paar Häuserblocks zurück. Dann kam ihm eine Art Erleuchtung. Es war nichts Erklärtes, sondern etwas, das eine Erklärung erübrigte, das verschwommen oder töricht wurde, wenn man es – wie jetzt – zu erklären suchte.

Kurz und gut, er half sich aus der Verlegenheit, wie er das Haus des Jungen kennenlernen könnte, und mit dem Ansehen, das er als ehemaliger Pfadfinder genoß, verschaffte er sich Eingang in jene Festung aller Festungen – ein französisches Heim. Er fand ein wohlanständiges Elend und eine alt aussehende Mutter vor, einen Onkel im Ruhestand, zwei Katzen. Danach fiel es ihm nicht allzu schwer, daß einer seiner Brüder ihm seinen Sohn anvertraute, der an die vierzehn ging, und die beiden Jungen wurden Freunde. Von nun an besuchte er jede Woche Luc zu Hause; die Mutter setzte ihm aufgekochten Kaffee vor; sie redeten vom Krieg, von der Besatzung, auch von Luc. Was zunächst wie eine Erleuchtung gewesen war, gliederte sich allmählich geometrisch exakt, nahm mehr und mehr jenes demonstrative Profil an, das die Leute gern Schicksal nennen. Es war sogar möglich, es mit den alltäglichen Worten zu formulieren: Luc war abermals er, den Tod gab es nicht, wir waren alle unsterblich.

»Allesamt unsterblich, mein Lieber. Stellen Sie sich vor, niemand hatte es beweisen können, und mir passiert es in einem Omnibus der Linie 95. Ein kleiner Fehler in dem Mechanismus, ein Bruch in der Zeit, eine Verkörperung, die gegen jede Regel gleichzeitig erfolgt. Luc hätte nach meinem Tode geboren sein müssen, und statt dessen... Ganz zu schweigen von dem phantastischen Zufall, daß ich ihn in dem Autobus traf. Ich glaube, ich sagte es schon, es war eine Art vollkommener, wortloser Sicherheit. So war es und damit basta. Danach aber regten sich die Zweifel, denn in solchen Fällen hält man sich selbst für verrückt oder man nimmt Beruhigungstabletten. Und während man die Zweifel einen um den anderen abtötet, sucht man zu beweisen, daß man sich nicht geirrt habe und grundlos zweifelte. Was ich Ihnen sagen will, ist etwas, worüber diese Idioten, wenn ich es ihnen bisweilen erzähle, am lautesten lachen. Luc war nicht nur abermals ich, sondern wurde langsam wie ich, wie dieser Pechvogel, der zu Ihnen spricht. Man mußte ihn nur sehen, wie er spielte und regelmäßig unglücklich fiel, sich einen Fuß verrenkte oder ein Schlüsselbein auskugelte, diese dünnhäutigen Gefühle, diese Röte, die ihm zu Kopf stieg, sobald man ihn irgend etwas fragte. Die Mutter hingegen, wie die Leute eben sind: redet gern, erzählt einem, während der Knabe hier vor Scham stirbt, gern sonstwas, die unglaublichsten Intimitäten, die Anekdoten vom ersten Zahn, die Zeichnungen des Achtjährigen, die Krankheiten... Die gute Frau ahnte natürlich nichts, und der Onkel spielte mit mir Schach, ich gehörte beinah zur Familie, schoß ihnen sogar Geld vor, damit sie bis zum Monatsende durchkamen. Unschwer lernte ich die Verlegenheit Lucs kennen, ich brauchte nur zwischen die Themen, die die Alten interessierten: Onkels Rheuma, die Bosheiten der Portiersfrau, die Politik, Fragen einzuwerfen. So lernte ich nach und nach zwischen Schach dem König und Reflexionen über den Fleischpreis Lucs Kindheit kennen, und ich erhielt so den unfehlbarsten Beweis. Aber verstehen Sie, während wir ein anderes Glas bestellen: Luc war ich, so wie ich als Kind gewesen war, aber beileibe kein genauer Abklatsch von mir. Vielmehr eine analoge Figur, begreifen Sie, das heißt, daß ich mir mit sieben Jahren einen Daumen und Luc sich das Schlüsselbein ausgerenkt hatte, daß wir mit neun jeweils die Masern und Scharlach gehabt hatten, und außerdem spielte hier die Geschichte herein, bei mir hatten die Masern vierzehn Tage gedauert, während sie Luc in vier Tagen kuriert hatten, die Fortschritte der Medizin und dergleichen mehr. Alles war analog, und deshalb könnte es zum Beispiel wohl geschehen, daß der Bäcker an der Ecke eine Inkarnation Napoleons wäre und weiß es nicht, weil die Ordnung sich nicht verändert hat, weil er niemals der Wahrheit in einem Omnibus begegnen wird; aber würde er sich auf irgendeine Weise dieser Wahrheit bewußt werden, so könnte er begreifen, daß er Napoleon wiederholt hat und noch wiederholt; daß es das gleiche ist, ob man von einem Tellerwäscher zum Inhaber einer guten Bäckerei in Montparnasse aufsteigt oder von Korsika auf den Thron von Frankreich springt, und daß er, falls er langsam in der Geschichte seines Lebens stocherte, die Momente fände, die dem Feldzug in Ägypten, dem Konsulat und Austerlitz entsprächen, und sogar gewahr würde, daß mit seiner Bäckerei in einigen Jahren etwas passieren und er auf einem Sankt Helena enden wird, das vielleicht ein Zimmerchen in einem sechsten Stock ist, aber auch besiegt, auch umgeben von dem Wasser der Einsamkeit, stolz auf seine Bäckerei, als wäre sie ein Flug von Adlern. Sie begreifen das, nicht wahr?«

Ich begriff es, meinte jedoch, daß wir alle in der Kindheit typische Krankheiten haben, die so und so lange dauern, und daß wir uns fast alle beim Fußballspiel irgend etwas brechen.

»Gewiß, aber ich habe Ihnen auch nur von den sichtbaren Koinzidenzien erzählt. Daß Luc mir beispielsweise ähnelte, hatte keine Bedeutung, es sei denn für die Erleuchtung im Bus. Das eigentlich Bedeutsame waren die Entsprechungen, und das ist schwierig zu erklären, weil sie den Charakter, die unscharfen Erinnerungen, die Fabeln aus der Kindheit betreffen. Ich hatte damals, ich meine, als ich in Lucs Alter war, eine bittere Epoche durchgemacht; sie begann mit einer Krankheit, die kein Ende nahm; als ich dann wieder ganz gesund war, ging ich mit Freunden spielen und brach mir einen Arm, und kaum hatte ich das hinter mir, verliebte ich mich in die Schwester eines Mitschülers und litt, wie man leidet, wenn man unfähig ist, einem Mädchen in die Augen zu sehen, das sich über einen lustig macht. Luc erkrankte ebenfalls; kaum genesen, lud man ihn in den Zirkus ein, und als er die Stufen der Ränge herabstieg, glitt er aus und verstauchte sich einen Knöchel. Kurz darauf überraschte ihn seine Mutter eines Abends weinend am Fenster, er zerknüllte ein kleines blaues Tuch in der Hand, ein Tuch, das nicht aus dem Hause stammte.«

Da es im Leben immer einen geben muß, der widerspricht, sagte ich, daß die Jugendliebe die unvermeidliche Ergänzung von Keuchhusten und Brustfellentzündungen ist. Aber ich gab zu, daß die Sache mit dem Flugzeug etwas anderes war. Ein Flugzeug mit Propellerantrieb, das er ihm zum Geburtstag mitgebracht hatte.

»Als ich es ihm gab, erinnerte ich mich wieder des Stabilbaukastens, den mir meine Mutter mit vierzehn Jahren geschenkt hatte, und daran, was mir passierte. Ich war nämlich im Garten, obwohl ein Sommergewitter aufzog und man schon den Donner hörte, und ich hatte mir vorgenommen, auf dem Tisch der Laube nahe der Tür zur Straße einen Kran zu bauen. Jemand aus dem Haus rief mich, und ich mußte für eine Minute hinein. Als ich zurückkam, war der Kasten verschwunden und das Tor stand offen. Ich schrie verzweifelt und lief auf die Straße, wo kein Mensch zu sehen war, und in eben diesem Augenblick schlug ein Blitz in die Villa gegenüber ein. Alles das ereignete sich wie auf einen Streich, und ich erinnerte mich daran, während ich Luc das Flugzeug gab und er es unverwandt betrachtete, ebenso glücklich, wie ich den Stabilbaukasten betrachtet hatte. Die Mutter kam und brachte mir eine Tasse Kaffee, und wir wechselten die üblichen Worte und Sätze, als wir plötzlich einen Schrei hörten. Luc war ans Fenster gelaufen, als wollte er sich ins Leere stürzen. Sein Gesicht war weiß und die Augen voller Tränen, endlich stammelte er, daß das Flugzeug in seinem Fluge abgedreht habe und genau durch das Loch des halb geöffneten Fensters entwichen sei. ›Man kann es nicht mehr sehen, man kann es nicht mehr sehen‹, wiederholte er heulend. Wir hörten weiter unten Geschrei, der Onkel trat eilends ein und verkündete, daß es im Haus gegenüber brenne. Begreifen Sie jetzt? Ja, besser, wir bestellen noch was.«

Danach – ich schwieg mich aus – sagte der Mann, habe er begonnen, nur noch an Luc, an das Schicksal Lucs zu denken. Seine Mutter bestimmte ihn für eine Kunstgewerbeschule, damit er sich bescheiden seinen – wie sie es nannte – Weg ins Leben bahne, aber dieser Weg lag ja schon offen, und er allein, der nicht reden durfte, ohne daß man ihn für verrückt gehalten und auf immer von Luc getrennt hätte, konnte der Mutter und dem Onkel sagen, daß alles zwecklos war, daß, gleichgültig was sie taten, das Ergebnis immer gleich bliebe, die Demütigung, der jämmerliche Alltag, die eintönigen Jahre, die Mißerfolge, die an der Kleidung und der Seele nagen würden, die Flucht in eine grollende Einsamkeit, in die Stammkneipe. Aber das Allerschlimmste war nicht Lucs Schicksal; schlimmer war, daß Luc seinerseits sterben und ein anderer die Rolle Lucs und seine eigene wiederholen würde, bis er starb und ein anderer seinerseits in den Reigen treten würde. Luc war ihm fast schon nicht mehr wichtig; des Nachts, wenn er schlaflos lag, standen ihm über Luc hinaus andere vor Augen, mochten sie Robert oder Claude oder Michel heißen, eine endlose Reihe armer Teufel, welche ahnungslos die Rolle wiederholten, überzeugt von ihrer Freiheit und Willensentscheidung. Der Mann hatte zu tief ins Glas geschaut, da war nichts zu machen.

»Jetzt lachen sie über mich, wenn ich ihnen sage, daß Luc einige Monate später starb, die sind zu dumm, um zu begreifen, daß... Jetzt fangen Sie nicht auch noch an, mich mit solchen Augen anzuschauen. Er starb einige Monate später, mit einer Art Bronchitis fing es an, so, wie ich im gleichen Alter die Gelbsucht hatte. Mich brachte man ins Krankenhaus, aber Lucs Mutter wollte ihn unbedingt zu Hause pflegen, und ich kam fast täglich, und zuweilen brachte ich meinen Neffen mit, damit Luc einen Spielgefährten hatte. Es herrschte so viel Elend in diesem Haus, daß meine Besuche in jeder Hinsicht ein Trost waren: Gesellschaft für Luc, das Paket Heringe oder die Aprikosentorte. Sie gewöhnten sich daran, daß ich es übernahm, die Medikamente zu kaufen, seitdem ich ihnen von einer Apotheke erzählt hatte, wo ich sie billiger bekam. Schließlich hatten sie nichts dagegen, daß ich den Krankenwärter Lucs machte, und Sie können sich vorstellen, daß in einem Hause wie diesem, in das der Doktor ohne besondere Anteilnahme kommt und geht, niemand groß darauf achtet, ob am Ende die Symptome überhaupt mit der ersten Diagnose übereinstimmen... Warum sehen Sie mich so an? Habe ich etwas Unrechtes gesagt?«

Nein, nein, er hatte nichts gesagt, was unrecht gewesen wäre, noch dazu bei dieser Menge Wein. Ganz im Gegenteil, sofern man sich den Tod des armen Luc nicht einigermaßen schrecklich vorstellte, bewies er vielmehr, daß ein phantasiebegabter Mensch in einem Omnibus in der Linie 95 eine phantastische Vorstellung anspinnen und sie neben dem Bett beenden kann, in dem stumm ein Kind stirbt. Zu seiner Beruhigung sagte ich ihm das. Er starrte einen Augenblick in die Luft, ehe er fortfuhr.

»Gut, wie Sie meinen. Tatsache ist, daß ich in den Wochen nach der Beerdigung zum ersten Mal so etwas wie Glück fühlte. Noch ging ich alle Augenblicke die Mutter Lucs besuchen, brachte ihr eine Schachtel Kekse mit, aber sie oder das Haus bedeuteten mir nur noch wenig, ich war wie überschwemmt von der wundersamen Gewißheit, der erste Sterbliche zu sein, zu fühlen, daß sich mein Leben immer weiter Tag für Tag, Schluck um Schluck, abnutzte, und daß es schließlich irgendwo zu irgendeiner Stunde enden würde, das Schicksal irgendeines Unbekannten, verstorben, wer weiß wo und wann, bis zuletzt wiederholend, aber ich würde wirklich tot sein, ohne einen Luc, der in den Reigen träte, um stumpfsinnig ein dummes Leben zu wiederholen. Begreifen Sie diese Fülle, Mann, beneiden Sie mich um so viel Glück, auch wenn es kurz war!«

Denn augenscheinlich hatte es nicht gedauert. Das Bistro und der billige Wein bewiesen es, und diese Augen, in denen ein Fieber glänzte, das nicht körperlich war. Und trotzdem hatte er einige Monate erlebt, in denen er jeden Augenblick ausgekostet hatte – sein tagtägliches Mittelmaß, den Zusammenbruch seiner Ehe, den Ruin seiner fünfzig Jahre –, da er seiner Sterblichkeit unabdingbar sicher war. Eines Nachmittags, als er den Jardin de Luxembourg durchquerte, sah er eine Blume.

»Sie stand am Rand eines Beetes, eine ganz beliebige gelbe Blume. Ich war stehengeblieben, um eine Zigarette anzuzünden, und betrachtete sie zerstreut. Beinahe kam es mir so vor, als ob auch die Blume mich betrachtete, diese Kontakte, bisweilen... Sie wissen, jedermann fühlt sie, was man so Schönheit nennt. Genau das, die Blume war schön, sie war eine wunderhübsche Blume. Und ich war verdammt, ich würde eines Tages für immer sterben. Die Blume war schön, immer würde es Blumen geben, für Menschen, die in Zukunft lebten. Mit einem Mal begriff ich das Nichts, das, was ich für den Frieden, das Ende der Kette gehalten hatte. Ich würde sterben, und Luc war schon tot, für unsereinen gab es nie mehr eine Blume, nichts gäbe es, absolut nichts, und das Nichts war, daß es keine Blume mehr geben würde. Das brennende Zündholz versengte mir die Finger. Auf dem Platz sprang ich in einen Autobus, der in irgendeiner Richtung fuhr, und ich begann, absurd genug, Ausschau zu halten, alles anzuschauen, was man auf der Straße sah, alles, was es im Omnibus zu sehen gab. Als wir zur Endstation kamen, stieg ich aus und in einen anderen Omnibus, der in die Vororte fuhr. Den ganzen Nachmittag über bis zum Einbruch der Dunkelheit stieg ich aus einem Omnibus in den andern, dachte unablässig an die Blume und an Luc und suchte unter den Fahrgästen einen, der Luc ähnlich sah, der mit mir oder mit Luc Ähnlichkeit hatte, jemanden, der abermals ich hätte sein können, den man nur anzusehen brauchte, um zu wissen, daß er ich war, und ihn davongehen zu lassen, ohne ein Wort zu sagen, ihn gewissermaßen schützend, damit er sein armes törichtes Leben fortsetzte, sein idiotisches gescheitertes Leben fort in einem anderen idiotischen gescheiterten Leben fort in einem anderen idiotischen gescheiterten Leben fort in einem anderen ...«

Ich zahlte.

Augusto Roa Bastos
El Caruguá

Langsam ritten wir im Schritt unserer Pferde voran. Der Klepper des Siedlers hinkte stark. Er hatte am Kniegelenk ein eitriges Geschwür, um das eine grüne Fliege summte.

Vor drei Stunden waren wir aufgebrochen. Gleichmütig ritt der polnische Siedler dahin. Wenn ich versuchte, ihn in ein Gespräch zu ziehen, sagte er zwar einige Worte, aber es war ihm sichtlich lieber zu schweigen. Er machte den Eindruck, als wäre er völlig mit seiner Umgebung verschmolzen. Schon seit langem hatte er aufgehört, ein Fremder zu sein. Nur die seidigen, platinfarbenen Haarsträhnen, die unter seinem schmutzigen Hut aus Caranday hervorsahen, und seine blauen, pfiffigen kleinen Augen, die einem inneren Traumbild zugewandt schienen, verrieten, daß er kein Eingeborener war. Abgesehen davon gehörte er schon hierher, zu diesem Land. Die Passivität des Alten glich einer Art unbewußter, primitiver Glückseligkeit: einem teilnahmslosen und doch ekstatischen Zustand, der die Erinnerungen zunichte macht und den von der widerspenstigen Erde entkräfteten Menschen daran hindert, sich ihr entgegenzustellen.

In diesem Augenblick zum Beispiel schien die Aufmerksamkeit des Alten sich völlig auf den Mamangá zu konzentrieren, der die Kniekehle seines Kleppers umkreiste. Aber diese Sorge war nur ein Ausdruck seines beschaulichen, müßigen Gebarens; ein momentanes Aufblitzen der aufgehaltenen Zeit, das ihm flüchtig anhaftete.

Unvermutet erklang hinter uns das Zirpen einer Zikade. Mit einem scharfen, metallischen Pfiff flog ein Rebhuhn über unseren Weg. Aber unversehens hörten Pfiff und Zirpen wieder auf. Sie hinterließen den Eindruck, daß die Mittagsstille gespannter und elastischer zugleich geworden sei. Um mich ihrem Einfluß zu entziehen, fragte ich: »Sind wir bald am Ziel?«

Mein Begleiter schien mich nicht zu hören. Seine Aufmerksamkeit gehörte immer noch der Fliege, die versuchte, sich am Eitergeschwür festzusetzen. Er bückte sich und schwenkte seinen Strohhut, um sie zu verscheuchen. Die grüne Fliege beschrieb eine schillernde Spirale und begleitete uns weiterhin mit ihrem kreisenden Gesumm.

Automatisch fragte ich noch einmal: »Brauchen wir noch lange, Señor Miscowsky?«

»Wenn wir uns nicht beeilen«, antwortete er mir und deutete auf das verletzte Bein seiner Mähre. »Wir steigen bereits zum Caruguá hinab.«

Nach und nach wechselte die Vegetation ihre Farben. An dem lebhafteren, dunkleren Grün, das man in der Ferne sah, konnte man erkennen, wo das Sumpfland begann. Die typischen Morastdünste kamen auf mich zu: ein scharfer, saurer Geruch, wie von Myriaden zermalmter Insekten, der Nase und Kehle kratzte und mir anfänglich Schwindel und Übelkeit verursachte.

Unerbittlich herrschte dort die zerstörende und schöpferische Feuchtigkeit, die ständig den Tod in Leben und das Leben in Tod verwandelt. Phantastische Wirbel aus Farnkraut und dornigem Gestrüpp, die sich in der schwarzen Gallerte des Morastes verdichteten und einem anderen geologischen Zeitalter anzugehören schienen; ein chaotisches, vibrierendes Reich von gefräßigem Getier, von Schlangen und Raubvögeln. Unvorstellbar, daß Menschen hier existieren sollten.

Der Caruguá von Yvyrá-Caigüé genoß in der ganzen Zone einen geheimnisumwitterten, bösen Ruhm. Allein die Erwähnung seines Namens gab den Gesprächen einen anderen Tonfall. Wenn die Dörfler mit einem Neuankömmling sprachen und das Thema berührten, wurden ihre Stimmen auf einmal boshaft. Und wenn der Fremde es hören wollte, erzählten sie ihm die Geschichte von Sergio Miscowsky und seiner Nichte. Ein jeder erzählte sie auf seine Weise, aber alle sprachen sie in dem gleichen Ton verräterischer Zweideutigkeit über diese beiden und mit abergläubischer Furcht über den Caruguá.

Es war das Übliche. Ohne den Ort zu kennen, erriet man, daß diese beiden Geschichten, die im Grunde eine einzige waren, viel von dem vergifteten Atem des Sumpflandes hatten.

Im Wirtshaus der Bahnstation hörte ich sie beide. Es war die wirre, mit Groll und Bosheit vermischte Erzählung der Wirtin, die mich dazu veranlaßte, Sergio Miscowsky zu bitten, er möge mich zu seiner Pflanzung führen.

Sergio Miscowsky, der letzte und unbekannte Nachkomme eines polnischen Technikers, den Marschall López kurz vor dem Dreibund-Kriege für das Arsenal von Asunción in seinen Dienst genommen hatte, war jetzt der einzige Reispflanzer des Sumpflandes von Yvyrá-Caigüé. Sein Besitz war nicht groß, aber sein Reis der beste der Zone. Kein anderer Ansiedler hatte es gewagt, seinem Beispiel in dieser verlassenen und ungesunden Gegend zu folgen.

Sergio Miscowsky hatte bereits mit seiner Schwester dort gelebt, noch bevor das Drama des Caruguá begann. Niemand erinnerte sich, wie und wann sie gekommen waren. Man sprach nur von der außerordentlichen Schönheit des polnischen Bauernmädchens. Die Wirtsfrau sagte nichts davon, aber ihre schändlichen Beschuldigungen und ihr geheimer Groll waren der beste Beweis, daß die Schwester Sergio Miscowskys ihr gerade wegen ihrer Schönheit verhaßt gewesen war.

»Es war alles das Werk des Teufels«, sagte mir meine dicke Gastgeberin und spuckte einen Klumpen schwarzen Kautabak gegen die Wand. »Die Polin kam mit ihrem Bruder ins Dorf, als die Geschichte in Yvyrá-Caigüé unangenehm wurde. Sie war schwanger und starb bei der Geburt des Kindes, fast zur gleichen Zeit, als all das im Sumpfland passierte. Ein Jahr später ging der Gringo wieder ins Tiefland und nahm das Kind mit. Seitdem lebt er dort, der schamlose Kerl, als ob nichts geschehen wäre.«

Darum also mochte man ihn nicht; weil er ein Fremder war und weil er mit friedlicher Beharrlichkeit sich seit vielen Jahren dem tragischen Tabu des Dorfes widersetzte und dort seinen Reis pflanzte.

Aber es gab noch einen anderen triftigen Grund, weshalb der Ansiedler von Yvyrá-Caigüé im Dorf scheel angesehen wurde:

seine Nichte Isabel Miscowsky. Mit diesem Namen hatte man sie bei ihrer Geburt auf dem Standesamt des Dorfes eingetragen.

»Als guter Ketzer hat der Gringo seine Nichte natürlich niemals taufen lassen. Niemand wußte, wer der Vater war. Wir haben es auch nie erfahren können...«

Die Giftdämpfe des Sumpfes quollen aus dem Mund der Frau. Sie rollte ihren Kautabak von einer Backe in die andere und senkte die Stimme, so daß ihre Worte mit einem seltsam pfeifenden Ton herauskamen. Mit tückischem Gesichtsausdruck beugte sie sich zu meinem Ohr.

»Aber ich weiß es!« Ein triumphierendes Lächeln, beinahe unschuldig durch die Gewohnheit, verzerrte ihre aufgeschwemmten Wangen. Sie versenkte den Daumen zwischen ihren gewaltigen Brüsten und fuhr mit einer kurzen, aber kategorischen Kopfbewegung fort: »Der Vater der Mitacuña ist natürlich der Onkel. Früher oder später kommt alles ans Licht, che caraí. Und wenn das wenigstens alles wäre. Aber nein! Dieser Ketzer sündigt noch immer weiter dort im Caruguá. Dieses Sumpfland ist verwünscht. Paí González sagt es immer in der Kirche.«

»Er sündigt weiter?« Mehr als die Neugier trieb mich der Wunsch zu sehen, wozu der rundliche Basilisk fähig war. Diese stereotype, durch hundertfache Wiederholung ihrer Sprüche schon unschädliche Bosheit bereitete mir ein bitteres Vergnügen. Die Stimme dieser Frau gab wie eine Schallplatte die Gesinnung der Dorfbewohner wieder. Dort, an Ort und Stelle, hörte man sie schon nicht mehr. Nur jemand von draußen konnte die ganze düstere Armseligkeit dieser bedauernswerten Menschen wahrnehmen, die das trostlose Leben dieses Ortes zu dumpf dahinvegetierenden Wesen gemacht hatte.

»Jhee!« zischte die Frau. Ihre Gebärde wurde grotesk. Kleine rote Äderchen überzogen das Weiße ihrer plötzlich hervorstehenden Augen. Der Tabakklumpen prallte von der von Speichel befleckten Wand ab.

»Nicht genug damit, daß vorher der Bruder mit der Schwester geschlafen hat. Jetzt leben auch noch Vater und Tochter zusammen. Das schreit zum Himmel!«

»Aña memby! Zum Teufel!« stammelte Sergio Miscowsky neben mir. Mühsam verscheuchte ich aus meinen Gedanken das Bild der Wirtsfrau, das zwischen zwei Pfiffen eines Güterzuges fixiert war. Blitzartig wurde es vor meinen Augen vom strohfarbenen Hut des Polen überdeckt und zerfloß im Widerschein der mittäglichen Sonne. Ich war nicht im Wirtshaus neben der Bahnstation, sondern im Tiefland, in der Nähe der Sümpfe des Caruguá. Die grüne Fliege hatte es erreicht, in das Eitergeschwür einzudringen. Miscowsky hob den mit Eiter beschmierten Hut auf und setzte ihn wieder auf den Kopf.

»Mbernäi tepotí«, murmelte er, gewann aber sofort wieder seinen Gleichmut. »Jetzt hat sie mir die Eier in die Wunde des Pferdes gelegt, und das Geschwür wird bald von Maden wimmeln.«

Die Landschaft, die Dinge, die Tatsachen berührten schon kaum mehr die Seele Sergio Miscowskys. Sie lagen tief in seinem Inneren verankert, und er war unwiederbringlich der Außenwelt zugekehrt. Unter der gebräunten, runzeligen Haut lag eine Welt, die ebenso unveränderlich war wie die rauhe, elementare Welt, die uns umgab. Diese Haarsträhne von der Platinfarbe der Steppen, diese fahlen, blauen Augen waren etwas Unverhofftes, etwa wie Schmetterlinge eines fremden Landes, die nach einem phantastischen Wanderzug durch den Gestank des Sumpfes flogen. Und dort ebenfalls unveränderlich verharrten.

Ich dachte an Isabel Miscowsky. Wie mochte sie sein? Die Wirtsfrau hatte sie mir nicht zu beschreiben gewußt, ebensowenig, wie sie ihre Mutter hatte beschreiben können. Ihr rätselhaftes und schönes Gesicht, dem der Mutter gleich, schwebte mir – über die boshaften Andeutungen der Wirtsfrau, über die fremden blauen und platinfarbenen Schmetterlinge der Augen und Schläfen von Sergio Miscowsky hinweg – wie eine bevorstehende Offenbarung entgegen.

Niemand kannte sie. Sie war niemals ins Dorf gekommen. In den fünfzehn Jahren hatte sie nicht ein einziges Mal den Rancho aus Lehm und Brettern verlassen, den Sergio Miscowsky auf einer Anhöhe in einer Lichtung des Tieflandes gebaut hatte.

Ihre unsichtbare Gegenwart lag in der Luft des Caruguá wie die Geschichte und die schattenhafte Gegenwart des seltsamen Messias, aus der sie erstanden und deren lebendiger Beweis sie war; eine unbefleckte Blume auf dem ausgedehnten Moor, das sie wie ein Tempel, aber auch wie ein Grab umgab.

Dem menschlichen Grammophon des Wirtshauses waren einige schlichte und rührende Daten entgangen. Sergio Miscowsky ging zuweilen ins Dorf, um die Geschäfte mit dem Aufkäufer abzuschließen. Bei diesen Gelegenheiten versorgte er sich mit dem Proviant, den er dann in einem Sack auf der Kruppe seiner Mähre nach Hause brachte. Manchmal erstand er auch Stoffe und sogar Schmuck für das Mädchen. Neugierig beobachteten die alten Weiber das unbegreifliche Tun des Siedlers. Im Wirtshaus des Bahnhofes wußte man genau, wieviel Kattun, wieviel Bindfaden, wieviel Spitze, wieviel von diesem und jenem der Alte während seines Besuches gekauft hatte. Und es waren die Angaben des fetten Grammophons, die mir Isabel Miscowsky näher brachten. Der Kattun, die Spitzen, der Bindfaden, der Schmuck machten die geheimnisvolle Figur des jungen Mädchens vom Sumpfland in gewisser Weise greifbar.

Ich entsann mich eines Gespräches mit dem Aufkäufer, den ich um Rat gefragt hatte, bevor ich Sergio Miscowsky bat, mir seine Pflanzung zu zeigen.

»Glauben Sie, er wird einwilligen?«

»Ich weiß nicht, es scheint mir sehr fraglich. Einige haben es versucht, aber er hat sich immer geweigert. Er ist außerordentlich mißtrauisch. Bitten Sie ihn, aber bieten Sie ihm kein Geld. Damit hat bisher noch niemand Erfolg gehabt. Vielleicht haben Sie mehr Glück als die anderen. Aber ich kann Ihnen schon in voraus sagen, daß Sie das Mädchen nicht zu Gesicht bekommen werden. Wenn es das ist, was Sie nach Yvyrá-Caigüé zieht, schlagen Sie es sich schon jetzt aus dem Kopf. Niemand hat sie jemals gesehen.«

»Aber arbeitet sie denn nicht auf der Pflanzung?«

»Bewahre! Sie lebt anscheinend eingeschlossen im Rancho, oder sie geht aus, wenn niemand sie sieht. Außerdem leben auf der Pflanzung nur noch die taubstummen Alten, die für den Polen arbeiten.«

»Und die Stoffe und der Schmuck, die der Alte ihr bringt?«

Der Aufkäufer hob in einer komischen Geste der Unwissenheit die Schultern bis zu den Ohren hinauf.

»Werden Sie doch aus den Dingen klug, mein Freund, die diese Gringos tun!«

Am Morgen darauf traf ich ihn im Büro des Aufkäufers. Leicht schwankend, mit schlurfenden Schritten kam er herein. Er nahm den Hut ab, und eine Strähne der platinfarbenen Haare, die ich anfangs für weiß gehalten hatte, fiel über seine Stirn. Der Alte gefiel mir vom ersten Augenblick an. Der giftige Qualm der Wirtsfrau umschwebte ihn, ohne ihn zu berühren.

Fast unvermittelt sagte ich ihm: »Da Ihre Ladung noch nicht fertig ist, werde ich ein paar Tage warten müssen. Wollen Sie mir während dieser Zeit nicht Ihre Pflanzung zeigen? Es würde mich interessieren, Yvyrá-Caigüé kennenzulernen.«

Sein verschlossenes, stolzes Gesicht wandte sich mir zu. Die Legende des Caruguá hatte ihm einen düsteren Ausdruck verliehen. Er suchte meine Gedanken zu erraten. Es wurde mir sofort klar, daß es nicht leicht war, diese scharfen kleinen Augen zu täuschen, die sein Gegenüber mit einem forschenden, bläulichen Blitz durchbohrten. Dann drehte er sich um und sagte, als ob er in die Luft spräche: »Gut. Besorgen Sie sich ein Pferd, dann können wir aufbrechen.«

So stiegen wir nun im lahmen Schritt der Mähre des Siedlers zum Caruguá hinab. Hier und dort waren Gruppen von magerem Vieh wie Tupfen im Grün der Landschaft. In gemächlichem Flug, auf den Wind und die Zeit gestützt, schwebten über ihnen die Geier, die von Aas träumten. Das Gras der Felder war gelblich, trocken und versengt von der sommerlichen Dürre. So mangelte es den Geiern nicht an Nahrung. Einige schwächliche Guajavebäume, Reste ehemaliger Pflanzungen, erhoben sich am Rande des Weges, von dem der Staub aufstieg wie der Rauch von einem unterirdischen Brand.

Weiter unten, an einer Wegbiegung, begegneten wir einem mit Reissäcken beladenen Karren. Es war ein Teil der Ladung des Siedlers, die ins Dorf gebracht wurde. Miscowsky grüßte seine Leute mit einer Geste. Sie schienen so zu sein, wie der Aufkäufer sie mir beschrieben und die Wirtin selbst es mir bestätigt hatte: »Der Gringo weiß, was er tut. Niemals hat er andere Leute als diese taubstummen Alten auf seinem Reisfeld arbeiten lassen. Und alle, die bei ihm arbeiten, sterben dort. Sie sind dem Gringo fanatisch ergeben und dienen ihm mit Leib und Seele.«

Unversehens gerieten wir in einen Staubwirbel, der mich zwang, die Augen zu schließen. Als ich sie wieder öffnete, sah ich, daß Miscowsky nur ein wenig die Nase gekräuselt hatte. Sogar die Elemente schienen den Alten zu respektieren.

Es war sonderbar: Je mehr wir uns dem geheimnisvollen Zufluchtsort des Caruguá näherten, um so unverwundbarer schien der Siedler meiner Mißbilligung oder meiner Kritik gegenüber zu werden. Sein einzigartiger Glaube, dunkel und nackt, aber undurchdringlich, gehörte gewissermaßen zu dem sonderbaren Licht dieser Landschaft. Er drängte sich mir von außen her auf und bewog mich von vornherein zu einer stillschweigenden Anerkennung von allem, was sich auf den Siedler und das Mädchen bezog. Was immer der Grund oder das Ergebnis dessen sein mochte, was Sergio Miscowsky tat, er diente einem Zweck, der wichtiger war als sein eigenes Leben. Das war es, was ich zu verstehen begann und was mich zwang, ihn zu respektieren. Er mochte sich irren, aber sein Irrtum war für ihn die höchste Wahrheit. Und dem Kult dieser Wahrheit hatte er alles untergeordnet. Hatte er vielleicht auch in mir die seelische Bereitschaft erkannt und mich eben deswegen auserwählt, um mir zu bieten, was er niemandem geboten hatte und niemandem sonst bieten würde? In diesem Augenblick dachte ich nicht daran. Ebensowenig dachte ich daran, daß der Alte, mit einem Scharfsinn und einem Feingefühl, die mir hinterher verblüffend erschienen, mich in sein Vorhaben verwickelt haben könnte, indem er mich zu dem scheinbar zufälligen und spontanen Zeugen seines Geheimnisses machte; freilich nicht des ganzen Geheimnisses, sondern nur des Teiles davon, den er lüften wollte. Indem ich dies sage, entstelle ich jedoch meine eigenen Gedanken. Ich glaube nicht, daß irgendeine Berechnung in der Handlungsweise des Alten lag. Er hatte nur mit unbewußter Schlauheit genommen, was sich ihm bot. Denn er nahm alles auf diese Weise und benutzte es für seine Zwecke, so etwa, wie das Chlorophyll *unbewußt* die Elemente seiner grünen Substanz auswählt und aufnimmt.

Wir näherten uns bereits der hufeisenförmigen Fläche des Caruguá. Der Sumpf stößt weit in das Buschland, in die niedrigen Teile des Geländes vor und lauert dort unter seiner Hülle von Zweigen und riesigen Blättern. Niemand kennt die Tiefe dieser Sümpfe aus schwarzem, stinkendem Schlamm.

In dieses dickflüssige Grab aus Erdpech hatten sich vor fünfzehn Jahren zwanzig oder dreißig Familien gestürzt – mehr als einhundert Männer, Frauen und Kinder –, die dem Mann gefolgt waren, der sie mit dem Glanz seines sonderbaren Wahnsinns betört und irregemacht hatte. Zu jener Zeit war Yvyrá-Caigüé ein kleines Nest, primitiv und elend. Ich versuchte mir vorzustellen, wo die Ranchos gestanden haben mochten; es war nicht leicht zu sagen. Keinerlei Spuren waren zurückgeblieben. Flora und Fauna hatten alles geschluckt und verdaut, und der Regen hatte die Überreste hinweggespült. So war Yvyrá-Caigüé auf natürlichem Wege in seinen ursprünglichen Zustand zurückgekehrt. Die einzigen Überlebenden waren jetzt Sergio und Isabel Miscowsky.

Als ich den Schauplatz des Dramas erblickte, bemächtigte sich die Geschichte des Messias vom Caruguá meiner Phantasie. Die verworrene Erzählung der Wirtsfrau nahm langsam Gestalt an und wurde lebendig. Ich vermeinte, zwischen den baumartigen Farnkräutern die hagere, aber magnetische Gestalt von Aparicio Ojeda zu sehen, der gleich einem irrsinnigen Vampir nicht nur das Blut, sondern auch die Seele der unglückseligen Bewohner aussaugte, bis er ihre leeren Hüllen in den nassen, schwarzen Tod des Caruguá trieb.

»In seinen Augen stand der Wahnsinn, tatá resaicha voí – es war ein Blick des Feuers«, hatte mir die Wirtsfrau gesagt. »Unter seinem Teufelsblick sanken die Menschen zu Boden. Er war groß und mager, hatte die Stimme eines Affen. Aber er konnte das Gekreisch des Uhus nachmachen. Bevor er ganz und gar den Verstand verlor, kam er noch ein paarmal ins Dorf. Er quartierte sich hier bei uns ein und wollte, daß ich ihn persönlich bediente. Er mißtraute allen und jedem ...« Sie unterbrach sich, um einen Klumpen Tabak auszuspucken.

»Er kam, um neue Leute zu holen«, fuhr sie fort und biß mit den Zähnen ein neues Stück von der schwarzen Tabakschnur ab. »Aber der einzige, der mit ihm ging, war Pánfila Nuñe, ein junger Mann, der noch nicht einmal seinen Militärdienst gemacht hatte. Das letzte Mal kam er, um das Dorf mit seinen Pferdedieben und Straßenräubern, seinem Heer, wie er es nannte, anzugreifen. Eines der wenigen Häuser, die er verschonte, war das meinige. Er haßte das Dorf wie die Pest.«

»Aber – stammte er denn nicht von hier?«

»Ja, Aparicio Ojeda ist hier im Dorf geboren worden. Sehen Sie pa jhina den Bergrücken?« – durch das Fenster deutete sie auf eine von Bäumen umringte Anhöhe. »Das ist San Miguel-I'la. Dort wurde Aparicio Ojeda geboren. Aber als er verrückt aus dem Chaco-Krieg heimkehrte, mit seiner teuflischen Wahnidee, da hat das Dorf ihm den Rücken gekehrt, mbegüécatú. Am Anfang nicht, am Anfang haben wir ihn angehört. Er kam auf den Marktplatz, stieg auf einen Stuhl und fing an zu predigen. Er sagte, er sei im Chaco gestorben. Und das stimmte gewissermaßen, denn erst drei Tage nach einer Schlacht haben sie ihn zufällig aus einem Berg von Leichen gezogen, die in einem Massengrab lagen. Ein kleiner Sanitätssoldat hörte ihn stöhnen und rettete ihn. Darum hat Aparicio Ojeda sicherlich behauptet, er sei gestorben. Er sagte, er sei für drei Tage in den Himmel aufgestiegen, und dort habe Gott ihm befohlen, die Welt zu retten. Darum habe er ihn wie Jesus Christus von den Toten auferstehen lassen. Er erzählte uns mit allen Einzelheiten, wie es im Paradies aussieht. Nach seinen Erzählungen liegt es auf dem Mond auf dem Gipfel eines Hügels aus Gold und Silber. Anfangs hörten wir ihm mit Verwunderung zu. Er sagte, der Ewige Vater trage keinen Bart, wie es im Katechismus steht, sondern er sei ein fast ebenso junger Mann wie Jesus Christus, ein ›Mann genau wie ich‹, sagte er, indem er die Augen schloß und das Gesicht mit ausgestreckten Armen gen Himmel wandte. Dann seufzte er ein paarmal tief. So blieb er eine Zeitlang stehen, während wir beteten. Er sagte auch, die Jungfrau Maria habe ihm ein Stück ihres Schutzmantels geschenkt und der Gekreuzigte einen Dorn seiner Krone. Er zog aus seiner Jackentasche das Stück des Mantels jhovy, und darin eingewickelt lag der lange und schwarze Dorn der Krone. Mit gekreuzten Armen hielt er die Reliquien in die Höhe. Aber wir wollten sie vor Angst kaum ansehen. Dann verfluchte und bedrohte er uns wegen unserer Schlechtigkeit, wegen unserer Gleichgültigkeit Gott gegenüber. Viele, die ihn reden hörten, weinten verzweifelt.«

»Sie auch, nicht wahr?« fragte ich ganz bewußt.

»Ja«, sagte die Wirtsfrau, ohne darauf zu achten. »Denn anfangs glaubte ich ihm auch. Aparicio Ojeda hätte jeden verrückt machen können. Er sagte, Gott habe ihn beauftragt, einen Fehler im ursprünglichen Plan wiedergutzumachen. ›Bei der Schöpfung der Welt‹, sagte Aparicio Ojeda, ›hat Gott nur an die Glückseligkeit der Menschen im Himmel gedacht. Jetzt will er nicht, daß die Menschen so lange warten müssen. Er will, daß sie schon hier, im Tränental, glücklich sein sollen. Er hat mir ein vollständiges politisches System gegeben, um euer Glück zu erreichen. Und darum bin ich nicht nur ein religiöser Erlöser, sondern auch euer politischer Retter. Ihr müßt mich alle anhören und mir folgen, wenn ihr nicht wollt, daß ein schreckliches Strafgericht über dieses Dorf und über die ganze Erde hereinbricht. Ich bringe euch die Erlösung, aber ich bringe euch auch die Strafe...‹ Aparicio Ojeda versengte uns mit seinen Blicken. Er ließ sich schon Ñandeyara'í nennen.«

»Caramba! Und wie habt ihr es dann gewagt, ihm nicht zu gehorchen?«

»Nach und nach gewöhnte sich das Dorf an seine Reden. Aber sie hätten weiter auf ihn gehört, wenn nicht etwas geschehen wäre, was seinem Ruf sehr geschadet hat.«

»Was ist geschehen? Ist er bei einer seiner Reden vom Stuhl gefallen?«

»Nein, etwas viel Schlimmeres. Ein hergelaufener Bursche, ein Karussellbesitzer namens Mano Cruel, der durchs Dorf kam, legte ihm ein Wespennest unter seinen Stuhl. Wie er das fertiggebracht hat, haben wir nie erfahren. Aber in dem Augenblick, als Aparicio Ojeda uns wie immer mit einer schrecklichen Strafe drohte, wenn wir nicht auf ihn hörten, begannen die Wespen ihn anzugreifen, klebten an seinem Körper fest, wie ein Regen von geschmolzenem Wachs, der in umgekehrter Richtung, von unten, heraufkam. Der Auferstandene sprang wie ein Affe davon, schrie verzweifelt um Hilfe, zerknittert und verkrümmt von Wespenstichen und Wut. Wir konnten vor Angst nicht einmal lachen. Zuerst begriffen wir gar nicht, was geschehen war.«

»Der Arme, was für ein Ende!«

»Seitdem wollte ihm niemand mehr glauben. Wir liefen weg, oder wir lachten ihn aus. Er verkroch sich in sein Haus. Kurz danach zog er ins Sumpfland von Yvyrá-Caigüé.«

Die Wirtsfrau ließ einen Wind fahren, der dumpf unter ihrer Kleidung hervortönte. Verlegen rutschte sie auf dem Stuhl hin und her, scharrte mit den Füßen auf dem Boden, um das Geräusch zu vertuschen. Der Gestank breitete sich im Zimmer aus, als wäre der üble Geruch des Sumpfes hereingedrungen, um die Erzählung noch anschaulicher zu machen.

Von diesem Augenblick an wurde der Bericht noch unklarer und verworrener. Ich versuchte, mir auf meine Art das Leben Aparicio Ojedas im Caruguá vorzustellen.

Augenscheinlich hatte sein ausgeprägter Mystizismus ihn nicht daran gehindert, ein praktischer und findiger Idealist zu sein. Er stand mit einem Fuß im Himmel, mit dem anderen auf der Erde, und das gab ihm eine schreckliche Kraft. Er war ein Prophet und ein geborener Staatsmann, besonders im Sinne der modernen Auffassung von Religion und Politik. Seine theologischen Lücken waren kaum zu bemerken. Seine politischen Fehler lagen vielleicht nur in einem Übermaß von Aufrichtigkeit und einem Mangel an Nachgiebigkeit begründet. Diese beiden Dinge brachten ihn zu Fall, aber sie gestatteten ihm dafür, während seines kurzen Gastspieles gewisse Methoden wieder aufleben zu lassen, die ungerechterweise im Arsenal der politischen und religiösen Ideen seiner Zeit dahinwelkten.

Voll des Zornes auf die Dorfbewohner, welche die göttliche Wesenheit in ihm verspottet hatten, floh Aparicio Ojeda mitsamt seinem Glauben in den kotigen Tempel des Caruguá und bereitete sich nicht nur auf die Rache vor, mit der er Gott sühnen wollte, sondern auch auf die Erfüllung der praktischen Aufgabe, die er ihm gestellt hatte.

Er organisierte eine Miliz, deren Angehörigen er eine energische Überzeugung seiner Sache einprägte. Die Viehdiebstähle, die bewaffneten Überfälle, Schändungen und andere, kleinere Vergehen nahmen zu. Das Siegel des Propheten war unverkennbar. Er hatte ungeheuerliche Strafen angekündigt und begann, seine Ankündigungen wahr zu machen. Binnen kurzem war das kleine Polizeikommissariat des Dorfes nicht mehr fähig, seinen wilden, blitzartigen Rachezügen Einhalt zu gebieten. Sein rasender Zorn nahm zu: Während des letzten Überfalls beschoß der rachsüchtige Apostel des Caruguá an der Spitze seiner Jünger die Polizeistation und setzte sie in Flammen, tötete oder verwundete sämtliche Polizisten, bemächtigte sich ihrer Waffen und fuhr fort, den größten Teil des Dorfes zu beschießen und in Brand zu stecken, bis er schließlich müde wurde.

»Eines der wenigen Häuser, die er verschonte, war das meinige«, hatte die Wirtsfrau mir berichtet.

Aber nicht alles war Gewalt im Sitz der eigenwilligen Lehre. Gewisse Anspielungen der Wirtsfrau hatten mich verstehen lassen, daß der hagere, aber blutvolle Prophet trotz seines göttlichen Hasses die menschliche Liebe nicht verschmähte. Im Gegenteil, sein Prophetentum verpflichtete ihn zu den intimen Verrichtungen des Geschlechts, ließ ihn sogar über den natürlichen Grenzen stehen. Er wünschte, daß nicht nur die Frauen, sondern auch die Männer seiner Schar an dem Gnadenbeweis teilhaben sollten, den nur er erteilen konnte. Außer dem Reigen der Jungfrauen (die nach und nach durch neue ersetzt wurden, wenn sie nicht mehr als solche betrachtet werden konnten) bildete er ferner eine auserlesene Gruppe von jungen Aposteln.

»Jeweils einer, und das dreimal in der Woche«, lautete der sibyllinische Bericht der Wirtsfrau, »stieg mit ihm zum ›schwarzen Loch des Mondes‹ hinauf.«

Diejenigen, die sich dieser »Annäherung der Göttlichkeit« widersetzten, verschwanden im Sumpf oder wurden zu einer Ruhekur im »Gefängnis« des Caruguá verurteilt. Aparicio Ojeda war unerbittlich seinen Anhängern gegenüber.

Besonders mit zwei von ihnen: dem Gringo Sergio Miscowsky und dem Mulatten Eusebio Zumé. Er beschuldigte sie der Kezterei und der Rebellion und bestrafte sie erbarmungslos, als warnendes Beispiel für die anderen. Sie wurden zu langer, läuternder Gefangenschaft in dem schrecklichen Lehmkäfig verurteilt, der einem großen Backofen glich und dem Propheten als Gefängnis diente. Aus diesem Käfig wurde man nur befreit, um lebendig in das flüssige Grab des Sumpfes geworfen zu werden.

Unter Mithilfe seiner Schwester gelang es Sergio Miscowsky, aus dem Gefängnis zu entweichen und mit ihr ins Dorf zu fliehen. Der Mulatte Zumé konnte oder wollte nicht entkommen und blieb dort bis zum Ende.

Und das Ende kam, als Aparicio Ojeda eines Tages gewahr wurde, daß ein Heeresregiment den Caruguá mit Maschinengewehren und Mörsern belagerte. Die Ironie des Schicksals wollte es, daß es ausgerechnet dasselbe Regiment war, bei dem er während des Chaco-Krieges gedient hatte. Sofort – und doch ein wenig zu spät, in Anbetracht der Tatsache, daß er ja ein Prophet war – erkannte Aparicio Ojeda, daß sein flüchtiger irdischer Ruhm beendet war. Während die Truppen sich zum Angriff anschickten, versammelte er seine Getreuen am Caruguá. Er übermittelte ihnen die letzte Botschaft Gottes und sagte ihnen, der schwarze Schlamm sei die Himmelspforte, sei nur von außen schwarz, aber strahlend im Inneren. Dann reichten sie sich die Hände und verschwanden – Aparicio Ojeda an der Spitze – zwischen den großen Blättern, gleich einer Riesenschlange, die sich aufrollte und langsam im Sumpf versank.

»Die ersten Truppen kamen in die ausgestorbene Siedlung und fanden alle Hütten leer. Aus dem Schlamm stiegen noch hin und wieder große Luftblasen auf. Sie fanden nur den Mulatten Zumé im Gefängnis. Als sie ihm die Fesseln aus Lianen lösten, begann Zumé laut zu lachen...«

Die Wirtsfrau hielt inne, um die Wand neuerlich mit ihrem Kügelchen aus Tabak und Spucke zu bombardieren.

»Der Arme«, sagte sie zu seiner Verteidigung, »er schien glücklich über seine unerwartete Befreiung.

Die Soldaten glaubten anfangs, er wäre froh. Aber bald merkten sie, daß auch der arme Zumé übergeschnappt war. Er wiederholte die Worte des Ñandeyara'í, mit der gleichen Stimme, im gleichen Ton und sagte, er sei der Erlöser der Menschheit. Es war wie ein Wunder: Die Seele und die Stimme von Aparicio Ojeda waren in den Körper des Mulatten gedrungen, der nur noch aus Knochen bestand, mit einer dünnen Haut wie schmutzige Leinwand. Die Worte von Aparicio Ojeda kamen aus seinem geifernden Maul. Es war wie ein Wunder!«

Die Schwere der düsteren Landschaft offenbarte mir mit ihrer ganzen unmenschlichen Gewalt die Geschichte des Messias vom Caruguá. Sie schien mir fern, unwirklich, wie ein Alptraum angesichts einer mondbeschienenen Sumpflandschaft. Und doch ritt an meiner Seite, lebendig und gleichmütig, auf dem Rücken seines lahmen Gauls, eine der wichtigsten Figuren jenes Dramas, welches nicht dort begonnen hatte, das aber auch noch nicht beendet war. Im Wirtshaus hatte ich der Erzählung mit ironischem Lächeln lauschen können. Jetzt aber war es etwas anderes.

Wir näherten uns dem Ziel. Unwillkürlich griff ich nach der Feldflasche mit Schnaps, die ich im Schultergehänge trug. Mit einer Geste bot ich sie meinem Begleiter an. Kopfschüttelnd wies er sie zurück: »Ich trinke nicht.«

»Ich schon«, antwortete ich, »bei gewissen Gelegenheiten.« Und ich nahm einen kräftigen Schluck.

Sergio Miscowskys Gaul hinkte stark.

»Der Arme, ich werde ihn verarzten müssen.« Die Stimme des Alten zeugte von keinerlei Gemütsbewegung. Mit unpersönlicher Leidenschaft nahm er die Dinge des Lebens und des Todes, die großen und die kleinen Probleme hin. Nur so konnte man verstehen, daß er ein siebzehnjähriges Mädchen fast seit ihrer Geburt in dem Rancho aus Brettern und Lehm gefangenhielt. Für ihn zählte nichts als der Anfang; ein Ende gab es nicht. Die Zeit war jetzt für ihn eine unbegrenzte Verlängerung, eine unbewegliche Folge, oder höchstens eine Folge, die sich um einen Punkt drehte, die von keinem der Dinge gekennzeichnet wurde, die geschehen und mit rasender

Geschwindigkeit zurückgleiten: Ein Gruß, eine Musik, die zu Ende geht, Menschen, die sich kennen und wieder trennen; Worte wie »Polen« und »Paraguay«.

Das Dasein selbst von Sergio und Isabel Miscowsky war nichts weiter als zwei Bilder im schwarzen Spiegel des Sumpfes. Von ihm hatten sie ihre Unbeweglichkeit übernommen, ihre geheimnisvoll glückliche Stagnation, deren Tiefe unergründlich war. In diesem Augenblick fühlte ich die Gewißheit, daß Isabel Miscowsky glücklich war in ihrer Gefangenschaft und sie für nichts in der Welt eintauschen wollte oder *konnte*. Die bunten Kattune, die Spitzen, die kleinen Glasperlen waren die harmlosen Säuren, die der Alte benutzte, um dieses Entsagen zu fördern. Er hätte nicht ein einziges Reiskorn für etwas Überflüssiges verkauft. Aber er lebte so intensiv für das Seinige, daß das Leben um ihn herum zweifellos immer unbedeutender werden mußte – bis zum nicht mehr Menschlichen, bis zum Gespenstischen, bis es nichts weiter war als ein Schatten des Traums dieses über den Sumpf gebeugten Alten.

Als wir an einem Wäldchen von Akazien und Pakuríes vorüberritten, sah ich den Rancho; oder, besser gesagt, ich sah das Dach des Ranchos, der auf der entgegengesetzten Seite der Anhöhe lag. Eine merkwürdige Erregung bemächtigte sich meiner. Bald würde ich das seltsame Mädchen zu Gesicht bekommen. Der Alte merkte sofort, was mit mir geschah. Ich sagte schon, daß das rohe, nackte Licht dieser Landschaft gewissermaßen sein Gedanke war. So konnte kein fremder Schatten sie trüben, ohne daß der Alte seiner sofort gewahr wurde. Er stieg vom Gaul und näherte sich mir. Ich brachte mein Pferd zum Stehen. Seine Hand legte sich auf meinen Arm, und ich fühlte den leichten Druck seiner stahlharten Finger. Seine kleinen blauen Augen, die fahler denn je, fast ausdruckslos waren, blickten mich starr an, als er sagte: »Sie sind gekommen, um etwas herauszubekommen, nicht wahr?« Sein Blick war nicht feindlich; im Gegenteil, er war sanft geworden wie die Rückseite eines trockenen Blumenblattes.

»Ja, ich bin gekommen, um etwas zu erfahren.«

»Gut, aber auch Sie werden sie nicht sehen können. Kein Mensch wird sie sehen, nicht einmal nach ihrem Tod.«

In seinem Tonfall lag eine Sicherheit, die unerbittlich und gleichzeitig sanft und verständnisvoll war. Der sonderbare Ton, mit dem er die Worte »nicht einmal nach ihrem Tod« aussprach, weckte in mir das Gefühl, daß auch der Alte auf seine Art die Zukunft kennen oder zumindest ahnen mochte. Seine Stimme schien von weit her zu kommen, als er hinzusetzte: »Sie ist *geweiht.* Sie wird keinen Menschen sehen. Kein Mensch wird sie sehen, weil sie geweiht ist.«

»Geweiht...?« fragte ich, bemüht, den Sinn seiner Worte zu erfassen.

Das Antlitz Sergio Miscowskys war ernst und schattenlos. Er sprach gelassen.

»Ja. Meine Nichte Isabel ist die Tochter von Aparicio Ojeda, dem Gesandten Gottes. Meine Schwester liebte ihn noch, als sie starb. Nur um mich zu retten, verließ sie ihn. Ich haßte ihn, aber nachdem ich mit seiner Tochter hierher gekommen war, wußte ich, wer er gewesen ist, und da begann auch ich, Aparicio Ojeda zu lieben und zu verehren. Verstehen Sie es jetzt? Ich bin nur der Wächter seiner Tochter. Reicua'á ma pa coänga? ...«

Überwältigt ließ ich mich auf einen Ameisenhügel fallen. Das Dach des Ranchos entschwand aus meinem Blickfeld. Versponnen und fern drang von neuem die Stimme Miscowskys an mein Ohr. Aber ich mochte ihn nicht mehr ansehen.

»Als sie noch klein war, taufte ich sie im schwarzen Gewässer des Caruguá, durch das ihr Vater zu Gott zurückgekehrt ist. In den Mondnächten gehen wir dorthin, und dann kommt er, um mit seiner Tochter zu sprechen.«

Ich hob die Augen zum fahlen Sommerhimmel empor. Ich stellte mir Isabel Miscowsky vor, wie sie beim Lichte des Mondes im Sumpf nach den schwarzen Augen ihres Vaters spähte, sie mit irgendeinem Stern verwechselte, der sich in der schwarzen, schimmernden Brühe spiegelte. Ich stellte sie mir vor, eingehüllt von den ekelhaften Ausdünstungen, wie ein gespenstisches Wesen, das eines Nachts ebenfalls in dieses bodenlose Grab sinken würde. Aber ich wollte nicht weiter denken, denn in diesem Augenblick erklang in meinem Inneren von neuem das Gemurmel der bösen Lästerzunge aus dem Wirtshaus, und ich sah wiederum den gräßlichen Mund, der seine Tabakkügelchen gegen ein unerreichbares Ziel schleuderte.

In dieser Nacht teilte ich mit den fanatischen, taubstummen Tagelöhnern ihren verpesteten Stall am Rande des Moores. Einer nach dem anderen standen sie abwechselnd zwei Stunden Wache an der Tür der Hütte. Ich sah den Wächter, wie er, quer vor der Tür liegend, ruhig und gleichgültig seine Zigarre rauchte. Grau mischte sich der Zigarrenrauch mit dem dunklen, summenden Rauch der Mücken und Mbariguíes. Drohend blitzte die lange Klinge des Buschmessers am Gurt des Wächters im Mondschein. Beim ersten Versuch, aus der Hütte zu entweichen, hätten die vier Männer mich erbarmungslos zerstückelt. In irgendeiner mir unverständlichen Weise hatte der Alte ihnen diesen Befehl erteilt. Er wußte, daß eine verzweifelte Neugier mich zum Ufer des Caruguá ziehen würde. Und er konnte seinen Kult nicht unterbrechen, nur weil es einem Fremden eingefallen war, unbedingt die »Wahrheit erfahren zu wollen«. Die Tür lag auf der vom Moor abgewandten Seite der Hütte. Durch sie sah man nur die unendliche und tiefe, in weißes Mondlicht gehüllte Nacht.

Sergio Miscowsky war schlau. Er hatte meine Neugier vorausgesehen und hatte sich gegen sie gefeit, indem er mich seinen treuen menschlichen Hunden anvertraute. Nur zwei Kleinigkeiten waren ihm entgangen: meine große, mit Schnaps gefüllte Feldflasche und der Durst meiner Wächter.

Es kostete mich einige Überredung, sie zum ersten Schluck zu bewegen. Aber sehr bald war die Flasche leer, und meine taubstummen Gendarmen begannen, die Wirkung des starken Gebräus, das »einen Stier umwerfen konnte«, zu spüren. Die Nachtwache wurde unterbrochen. Die schlaflose Zigarre rauchte nicht mehr an der Hüttentür. Der Schimmer des Buschmessers neben dem betrunkenen, schnarchenden Wächter war nun harmlos geworden. Wie über einen unschuldigen Spiegel konnte ich nun über ihn hinwegspringen. Ich sprang und schlich mich vorsichtig zum Caruguá.

Aber Sergio Miscowsky war viel gerissener, als ich gedacht

hatte. Augenscheinlich hatte er selbst die entfernte Möglichkeit in Betracht gezogen, daß ich – in der Verzweiflung meiner Neugier – einen Weg finden würde, meinen Wächtern zu entkommen.

In dieser Nacht war Isabel nicht am Caruguá. Am Rande des schwarzen Schlammes sah ich nur den Alten. Tief gebeugt, von seinem leuchtenden, platinfarbenen Haar gekrönt, glich er dem Schatten eines Betenden.

Onelio Jorge Cardoso
Ruderer in der Nacht

»Wie sehr tun dem Armen doch vier Hände not.«
El Gallego

Sie hätte von überallher kommen können, von jedem Punkt des kreisrunden, schilfbedeckten Horizonts. Woher sie tatsächlich kam und welche Bewandtnis es mit ihr hatte, merkte der Spanier erst, als sie unmittelbar vor ihm stand, eine magere kleine Frau, die ein Kind auf dem Arm trug und mit leiser, demütiger Stimme erklärte: »Ich muß den Kleinen nach Jagüey Grande bringen.«

Der Spanier betrachtete zuerst seine Hand mit dem blutigen, verschmutzten Verband, dann antwortete er: »Nach Jagüey Grande kann jetzt nicht einmal der liebe Gott. Es hat neun Tage geregnet.«

Die Frau wickelte das Kind noch fester in den alten Mehlsack, den sie sich um die Schultern gelegt hatte, und erwiderte: »Er fiebert seit zwölf Tagen, morgen sind es dreizehn.«

Da verließ der Spanier den Entwässerungsgraben, in dem er mit aufgekrempelten Hosenbeinen gestanden hatte, und brummte, während ihm das Wasser an den kräftigen, weißen Beinen herunterlief: »Und was habe ich damit zu tun? Bin ich vielleicht der Vater?«

Die Frau antwortete nicht, sie blickte nur auf die Hülle, unter der das Kind lag. Es war so viel kleiner als der Himmel, viel kleiner auch als die Ciénaga, kaum so groß wie der Unterarm des Köhlers, der vor ihr stand und sie ansah. Aber es war ein lebendiges Wesen, ihr Kind, das seit Tagen fieberte. Als die Frau noch immer nichts sagte, wandte sich der Kohlenbrenner ab, beugte sich über den Graben und tauchte den verletzten

Finger in das schlammige Wasser. Vier Tage zuvor hatte er sich den Finger verletzt, als er noch unbedingt den Yamabaum hatte fällen wollen, obgleich er schon genug Holz beisammen hatte. Warum hatte er ihn also umgehauen? Er wußte es selbst nicht. Vielleicht weil ihm der Baum so gut gefiel, vielleicht weil man aus seinem Holz die beste Kohle gewann. Jedenfalls hatte er sich die Wunde aus reinem Übermut beigebracht, ohne daß es notwendig gewesen wäre, denn der Holzstoß war bereits fix und fertig. Er war sogar schon dabei, das Kreuz auf den Meiler zu stellen. Endlich machte die Frau den Mund auf. »Pedro ist aufs Meer hinaus, fischen.« Der Spanier tat, als hätte er sie nicht gehört, blickte aber zum Ufer hinüber, wo sein Boot lag und sich auf den Wellen schaukelte.

»Als er wegging, war der Kleine noch gesund, zumindest hat Pedro es geglaubt«.

Da zog der Kohlenbrenner die Hand aus dem Wasser und wandte ihr das gebräunte Gesicht zu. Er wollte schon fragen, wer denn dieser Pedro sei, aber die Frage schien ihm ebenso überflüssig wie der Ast, den er abgehackt hatte. So sagte er nur: »Leute, die Kinder haben, müssen mit einem Fuß im Boot sein und mit dem anderen zu Hause.« Da die Frau stumm blieb, fügte er hinzu: »Und wie wollen Sie jetzt nach Jagüey Grande? Alle Wege sind überschwemmt, das Wasser reicht einem bis an den Hals. Der Kleine würde naß werden.«

Die Frau nickte, denn sie wußte, daß der Köhler recht hatte. Alles, was mit der Ciénaga, dem trostlosen Sumpfland, zusammenhing, war ihr vertraut. Hier war sie geboren und aufgewachsen, mitten im Morast, wo weder die Pflanzen noch die Menschen gedeihen konnten, wo sie verkümmerten, weil sie in stickigem Moder wurzelten. Aber sie schwieg auch, weil sie fühlte, daß es den Mann hart ankam, einen Entschluß zu fassen. Das erboste den Spanier, er fuchtelte mit den Händen und schrie gereizt: »So ist es richtig, bei einem anderen Hilfe suchen, weil der eigene Mann Gott weiß wo ... Warum ist er denn aufs Meer hinausgefahren? Weiß er nicht, daß man bei diesem Wetter besser zu Hause bleibt? Und hat er nicht ein Pferd, um mit Frau und Kind in die Stadt zu reiten, oder eine Machete, um einen Weg zu bahnen, wenn es not tut? Aber nein, er verläßt sich lieber auf andere... Schön, wenn man glaubt, irgendein Dummer wird sich schon finden, der einem beisteht.«

Da flüsterte die Frau kaum hörbar: »Aber was soll ich denn tun?«

Der Spanier schnaubte unwillig und stieß mit dem bloßen breiten Fuß gegen eine leere Konservenbüchse, die in den Graben rollte. Dann ging er dem Strand zu, ohne sich nach der Frau umzusehen. Er hatte zwei Nächte nicht geschlafen, weil er auf Servando, seinen Arbeitskameraden, wartete. Servando mußte jeden Augenblick mit dem Boot eintreffen, er würde für vierzehn Tage Lebensmittel bringen und das Geld, das er beim Verkauf der letzten Kohle eingenommen hatte. Wie konnte er da wegfahren, obendrein mit dem kleinen Kahn, der außer dem langen, morschen Ruder nur noch die zwei kurzen hatte? Aber vor allem – was gingen ihn Leute an, die sich in der Ciénaga herumtrieben? Sollten sie doch keine Kinder in die Welt setzen; aber wenn sie schon welche hatten, überdies kranke, dann sollten sie sich auch gefälligst um sie kümmern. Und wie kam er dazu, den Meiler im Stich zu lassen, der knisternd brannte unter seiner Schicht aus Kohlengrus? In so einem Meiler steckt ein Haufen Arbeit, erst hackt man Holz, dann schichtet man es auf, und wenn der Meiler glücklich angezündet ist, muß man ihn Tag und Nacht hüten, denn wenn er erst das Maul aufsperrt und Feuer speit, ist die ganze Mühe umsonst, und das Geld, mit dem man gerechnet hat, ist zum Teufel. Er hatte den Meiler auch nicht etwa allein gebaut, zur Hälfte war er das Werk Servandos, dem auch die Hälfte von dem gebührte, was sie einnehmen würden. Nein, nein, ich darf nicht weg, dachte er und war drauf und dran, es laut auszusprechen, als er ein Wimmern hörte. Er wandte sich um und stieß beinahe gegen die Frau. »Ausgerechnet hier müssen Sie sich hinstellen mit dem kranken Wurm!« schrie er aufgebracht. Sie sah erst das Bündel in ihrem Arm, dann ihn an und fragte mit einer Stimme, in der Zweifel und Hoffnung lagen: »Nicht wahr, es ist doch ein gutes Zeichen, daß er weint?« Der Köhler zuckte die Achseln. »Was weiß ich! Ich weiß nur, daß ich hier nicht weg kann. Es geht einfach nicht. Ich habe meine eigenen Sorgen und kann mir nicht noch fremde aufhalsen.« Er wollte hinzufügen, daß er den Meiler nicht allein lassen könne. Eine Frau aus der Ciénaga verstand das, sie wußte, daß sogar zwischen der Milch in ihrer Brust und dem sanft aufsteigenden Rauch des Meilers ein Zusammenhang war. Aber er brachte es nicht über die Lippen. Plötzlich schwankte die Frau, als wäre ihr schlecht geworden, und beinahe hätte er den Arm ausgestreckt, um sie zu stützen. Aber er sagte nur: »Weit werden wir mit der Nußschale nicht kommen«, und stapfte durch das Wasser zu seinem Boot.

Eine halbe Stunde später saß die Frau im Heck des Fahrzeugs, und er ruderte, die Füße gegen die schmutzigen Spanten gestemmt, in den leuchtenden Spätnachmittag hinein, auf eine dunkle Wolke am Horizont zu. Von den Mangroven am Ufer flogen schreiend weiße und graue Fischreiher auf, die sich nach ein paar Flügelschlägen wieder niederließen. Pelikane, die beinahe die Wasserfläche streiften, zogen vor dem Bug hin. Manchmal blieben sie zurück, dann holten sie das Boot von neuem ein, kamen ihm aber nie zu nahe. Die Frau saß still auf ihrem Platz, drückte das Kind an sich und beobachtete die kleinen Wirbel, die sich bildeten, wenn der Spanier die Ruder in das trübe Wasser tauchte.

»Beten Sie zu Gott, daß uns die Wolke dort keinen Wind beschert. Wenn der zu blasen beginnt, bringe ich den Kahn nicht von der Stelle.« Der Mann unterbrach sich und horchte auf das trockene Knarren der Tauschlingen, in denen die Ruder saßen. Dann sagte er: »Sechs Stunden brauchen wir bestimmt. Aber dann muß uns die Jungfrau vom Kupfer gnädig sein und darf keinen Wind aufkommen lassen.« Er blickte die Frau an, um zu ergründen, wie seine Worte wirkten. Da sie nicht reagierte, fragte er: »Sie sind wohl müde, was?« Sie schüttelte den Kopf, und er dachte, daß es zwecklos sei, ein Gespräch zu beginnen. Er blickte auf seine Füße, die wie dunkle, knorrige Wurzeln aussahen. Sie schmerzten ihn nie. Nur wenn er Schuhe anzog, weil er in die Stadt mußte, spürte er sie.

Schließlich hatte er das Schweigen satt und hielt seiner Begleiterin die Wasserflasche hin. »Wollen Sie etwas trinken?« Die Frau erwachte aus ihrer Starrheit und griff nach dem Tongefäß. Sie schob die Finger durch die Ringe, legte den Kopf in den Nacken und ließ sich vorsichtig den Wasserstrahl in den

Mund laufen, ohne daß das Kind naß wurde. Der Spanier, der ihr zusah, bemerkte, wie ihr dünner Arm zitterte. Er wollte schon das Ruder loslassen, um ihr zu helfen, besann sich aber anders, spuckte ins Wasser und blickte dann prüfend zum Himmel auf. Vom Meer her wehte ein sanfter Wind, den der Köhler kaum beachtete. Um ihn aufzuhalten, mußte es ganz anders blasen. Kritisch wurde es für ihn höchstens, wenn die hartnäkkige dunkle Wolke am Horizont sich vergrößerte. Ohne sich beirren zu lassen, ruderte er die Fahrrinne entlang, ein ehemaliges Flußbett auf dem Meeresgrund, das die Fischer benutzten, wenn sie auf Fang fuhren, und von dem sie nicht abirren durften, damit sie nicht im Morast steckenblieben wie Fliegen im Leim. Dem Kohlenbrenner war die Rinne vertraut wie die eigenen Hände, er hätte sie im Schlaf befahren können. Der einzige, der ihm einen Streich spielen und ihn von seiner Route hätte abbringen können, war der Wind. Doch der benahm sich so, wie sich der Wind am Spätnachmittag zu benehmen hat. Er wurde schwächer und würde bei Anbruch der Nacht dem Landwind weichen. Aber was auch immer geschehen mochte, hilflos preisgegeben war das Boot nie, denn überall an der Küste arbeiteten die Köhler bei ihren Meilern, wie der alte Lima, wie Fajardo oder die Brüder Benítez und Cheo.

Dem Spanier wurde leichter ums Herz, und er blickte zu der Frau hin, die hinter dem vorgehaltenen Tuch den Kleinen zu stillen versuchte. Ihrer Miene sah er an, daß das Kind die Brust nicht nehmen wollte. »Lassen Sie ihn, wenn er nicht will«, sagte er, und die Frau gehorchte, als hätte Pedro zu ihr gesprochen.

In weiter Ferne versank die Sonne am Horizont. Die Reiher waren zur Ruhe gegangen, nur die Caracateyes lärmten in den Mangrovenbüschen. Alles schien zu klappen. Da ließ der Köhler die Ruder sinken und lauschte angespannt aufs Meer hinaus. Nur er wußte, was es zu bedeuten hatte, wenn der Wind plötzlich den Atem anhielt, als heckte er etwas Teuflisches aus. »Das hat mir gerade noch gefehlt«, murmelte er vor sich hin, »aber vielleicht schlägt er nur um, und es gibt Landwind.«

Er wandte das Gesicht der Küste zu und wartete. Aber der Wind, der tief Luft geholt hatte, blies ihm heftig in den Nacken, und zugleich fielen schwere, kalte Tropfen. Anfangs glaubte der Mann, es seien Spritzer vom Ruder, aber die Tropfen kamen immer dichter, und bald war das Boot eingehüllt in Regenschleier.

Der Spanier fluchte nicht. Weshalb auch? Fluchen war jetzt genauso überflüssig wie einen Ast abschlagen, den man nicht brauchte. Er konnte nur eins tun: gegen Wind und Wetter anrudern, und sei es auch nur, um zu verhüten, daß der Kahn aus der Fahrrinne abgetrieben wurde und im Morast steckenblieb wie eine Fliege im Leim.

Bald wußte er nicht mehr, ob er das Ruder in die Nacht oder ins Meer tauchte. Hatte die Frau gesprochen, oder war es nur der Wind, der heulte? Er beachtete es nicht, stemmte die Füße gegen die Spanten und ruderte. Unter der rechten Sohle spürte er einen Nagelkopf. Es tat weh, aber er konnte nicht nachsehen, durfte nicht einen Augenblick lang aufhören zu rudern. Der Nagel würde ihm auch schwerlich in die Haut eindringen. Um die harte Sohle eines Köhlerfußes zu durchbohren, hätte es eines Messers oder einer Kugel bedurft, alles andere prallte ab. Das Boot glich jetzt einem Vogel im Sturm, der mit den Flügeln schlägt, sich aber weder vorwärts noch rückwärts bewegt. Er mußte es ebenso machen, an einer Stelle verharren. Vielleicht glückte es ihm, und er konnte den Weg in der Fahrrinne fortsetzen, wenn der Sturm verbraust war, und die verlorene Zeit einholen. Aber der verletzte Finger, den er beinahe vergessen hatte, begann zu schmerzen. Teufel noch einmal, dachte er, man muß sich doch bei allem vorsehen, selbst beim Holzhakken. Er hätte den Gedanken noch weitergesponnen, wenn er nicht gemerkt hätte, daß das Boot plötzlich in etwas Weiches und Zähes hineinfuhr. Zugleich hörte er ein wohlbekanntes schmatzendes Geräusch. Er packte das lange Ruder und tauchte es ins Wasser, bis es den dicken Schlamm berührte. »Verdammt!« entfuhr es ihm, und er bemühte sich verzweifelt, das Boot aus dem Morast zu befreien, ehe es sich ganz festgefahren hatte. Seine Anstrengung war nicht vergeblich, denn das Boot ließ sich bald wieder bewegen, nur daß es jetzt zwei Wunden gab, die dem Köhler zu schaffen machten, eine an seinem Finger, die er vergessen hatte, und ein klaffender Riß im

Schaft des Ruders, das er zu stark beansprucht hatte und das knirschend brach. Nun war alles aus, er konnte nichts tun, als auf den nächsten Tag warten und hoffen, daß der Himmel ein Einsehen hatte.

Pausenlos rauschte der Regen. Dreimal mußte er das Boot ausschöpfen, das sich immer wieder füllte, da auch Wellen über Bord spülten. Aber dann ließ der Wind nach, der Regen fiel sachter, und die Nacht war wie ein großer, schwarzer, lecker Topf, aus dem es unablässig tröpfelte.

»Was nun?« fragte die Frau schüchtern.

»Jetzt holen wir uns einen Patabánstamm vom Ufer.«

»Für eine Stange zum Abstoßen?«

»Ja«, antwortete der Spanier und fügte hinzu: »Unter Ihrem Sitz muß ein Messer liegen. Werfen Sie es mal herüber.« Die Frau, die nach dem Messer tastete, sah nicht seine sorgenvolle Miene, die sich aber sofort glättete, als sie ausrief: »Hier ist es. Vorsicht!«

Das Messer fiel dem Kohlenbrenner vor die Füße. Er nahm es und sagte: »Sie warten jetzt, bis ich zurückkomme. Haben Sie keine Angst, das Boot kann nicht abtreiben.« Dann stieg er ins Wasser, das ihm bis an die Brust reichte, und watete dem Ufer zu. Die Frau, die ihm nachschaute, wußte nicht, daß er bis an die Knie in den Schlamm einsank.

Wer einen Patabán kennt, weiß, was es heißt, ihm mit dem Messer zu Leibe zu rücken. Schon mit der Machete muß man dreimal zuschlagen, ehe er fällt, aber mit dem Messer ist es ein fast aussichtsloses Beginnen. Auch ist es nicht dasselbe, ob man den Patabán am Tage umhackt, wenn es hell ist und der Wind weht, oder in stockdunkler Nacht, wenn sich kein Lüftchen rührt und einem ein Schwarm Jejenes um die Ohren summt. Eine Mücke kann man sehen, einen Jejé nicht; der ist nichts als ein feines Surren, gegen das man wehrlos ist. Darum läßt man sich stechen und arbeitet einfach weiter. Aber man muß schon ein Pferd sein, um eine gelbe Wolke summender Jejenes zu ertragen.

Anfangs versuchte der Spanier, den Patabán mit dem Messer umzuhauen, aber ein Messer ist keine Machete, deshalb begann er, ihn ringsherum einzukerben, so gut er es vermochte in der Dunkelheit und mit der Wunde am Finger, die jetzt wie Feuer brannte. Endlos lange stand er so im Sumpf, machte Einschnitt um Einschnitt, bis der Stamm zu knirschen anfing. Aber er brach ihn nicht gleich um, sondern schlug sich erst einigemal heftig auf den Nacken und ins Gesicht. Damit machte er zwar seinem Zorn gegen die Jejenes Luft, aber der quälende Juckreiz blieb. Schließlich fällte er den Patabán, entfernte die störenden Zweige und kehrte zum Boot zurück. Durch das kalte, schlammige Wasser zu waten war kein Vergnügen, aber immer noch besser, als von Schwärmen surrender Jejenes geplagt zu werden.

Über und über schlammbedeckt, stieg er in den Kahn und legte den Stamm auf die Bodenplanken. »Jetzt ist es wenigstens windstill«, sagte er und setzte sich hin, um ein wenig zu verschnaufen. Seine Begleiterin zitterte vor Kälte, aber er merkte es nicht. Er tastete nach seinen Zigaretten, die er im Bug an einem trockenen Platz aufbewahrte, und begann zu rauchen. Die Frau sah aufmerksam zu, wie die Zigarette aufglühte und verglomm, und ihr war, als wäre der schwache Schein das einzige Licht auf der Welt. Als der Köhler zu Ende geraucht hatte, warf er den Stummel ins Wasser, erhob sich und sagte: »So, jetzt müssen wir die Fahrrinne suchen.« Die Frau preßte die Lippen aufeinander, weil ihr die Zähne klapperten. »Wenn das Ruder nicht gebrochen wäre, hätten wir es längst geschafft. Nun werden wir erst gegen Morgen ankommen«, fuhr der Mann fort. Wieder wartete er vergebens auf eine Antwort. Er dachte, sie sei mit dem Kind auf dem Schoß eingeschlafen, und fragte: »Ist das Fieber zurückgegangen?«

»Nein«, sagte die Frau, und da merkte er, daß sie vor Kälte zitterte.

»Ich hätte Schnaps mitnehmen sollen, aber wenn man es so eilig hat, vergißt man die Hälfte.«

»Ja«, sagte sie, und er sah sich rasch nach einem Stück Segeltuch, nach einem trockenen Fetzen um, der ihr dienlich sein konnte. Als er nichts fand, stieg er aus dem Fahrzeug, um es flottzumachen. Mit beiden Händen umklammerte er den Bootsrand und begann aus Leibeskräften zu schieben, so daß sich alle seine Muskeln spannten. Langsam, fast unmerklich, setzte sich das Boot in Bewegung. Wenn er es erst in der Fahrrinne hatte, dann war alles gut. Aber noch stak es tief im Schlick und ließ sich kaum von der Stelle bringen. Sooft es ein paar Zentimeter weiterrutschte, stützte er sich auf den Rand und zog die Beine aus dem Morast. So ging es eine ganze Weile. Plötzlich glitt der Kahn fort. Der Mann fiel längelang ins Wasser, seine Hände gruben sich in den Schlamm. Triefend vor Schmutz und Nässe raffte er sich auf und lächelte beinahe, als er das Boot sah, das munter auf dem Wasser schwamm. Mit ein paar Schwimmstößen war er heran und kletterte hinein. Aber er war völlig erschöpft und hätte sich am liebsten hingeworfen und nicht mehr gerührt. Nur noch ausruhen wollte er, in der dunklen Welt des Schlafs versinken, wo nichts ihn erreichen konnte. Aber das Boot hätte abtreiben und sich von neuem im Schlamm festsetzen können. Deshalb erhob er sich, ergriff die Stange und stieß energisch ab. Mühelos glitt das Fahrzeug dahin, und er stieß wieder ab, kurz und kräftig, mit geübter Hand. So würde es nun weitergehen, stundenlang, bis zum Morgengrauen, bis sie die kleine Siedlung erreichten und den Strand, wo der Autobus wartete, zu dem er die Frau und das Kind bringen wollte. Zwei Nächte hatte er kein Auge zugetan, und nun hatte er sich eine dritte Nacht um die Ohren geschlagen und sich vom Wind zausen lassen. Was mochte wohl aus diesem Pedro geworden sein, der auf Fischfang war? Ihn hatte es draußen auf dem Meer gewiß noch ärger erwischt als sie. Und woran dachte die Frau, die so stumm dort saß? Warum zum Teufel sagte sie nie etwas? Ein abscheuliches Gefühl, stundenlang mit einem Menschen beisammen zu sein, von dem man so gut wie nichts wußte, und dabei hatte man seine Anwesenheit nicht einmal gesucht! Ihr Schweigen störte ihn mehr denn je, und er hatte große Lust, umzukehren und ihr unumwunden zu sagen, daß man einen brennenden Meiler nicht allein lassen durfte. Aber dann schämte er sich und dachte, daß das Kind, dessen Gesichtchen er noch nicht gesehen hatte, ebenfalls glühte, aber vom Fieber. Er seufzte, wandte sich um und sah, daß die Frau die Füße gegen die Bootswand stemmte, weil sich unter ihrem Sitz Wasser angesammelt hatte. Er stieß den Patabánstamm fest in den Grund und machte das Fahrzeug daran fest. Dann kniete er nieder, griff nach der leeren Konservenbüchse, die auf der Lache trieb, und begann zu schöpfen. Die Frau hörte die Büchse über die Planken scharren und das Wasser klatschen, aber sie sagte kein Wort. Als der Köhler fertig war, richtete er sich auf und starrte sinnend in die Nacht. Aber nicht lange, dann sagte er sich, daß ein Mann, der über das nachzudenken beginnt, was ihm zu tun bleibt, schon halb verloren hat. Er machte das Boot los und schwor sich, lieber sterben zu wollen, als noch eine Sekunde mit dem Ausschöpfen zu verlieren.

Über ihm stand seit Stunden derselbe Stern. Dreimal hörte er die Frau husten, aber er stellte keine Frage mehr, und als sich der Himmel über den Mangroven heller färbte, entdeckten seine roten, entzündeten Augen die Siedlung und den Strand, an dem der Autobus wartete. Seine Hände waren geschwollen, und dort, wo der Verband gesessen hatte, war eine dicke Kruste geronnenen Blutes. Aber vor ihm war die Siedlung, und am Ufer lag ein großes Boot, dessen Insassen sich zum Fischfang rüsteten. Er schwieg noch immer, denn nun war es an der Frau zu sprechen, sie hatte ja Anlaß, glücklich zu sein. Aber sie saß stumm auf ihrem Platz, wie seit Stunden; die Lust zu reden schien ihr endgültig vergangen. Als sie die Siedlung erreichten, stieg der Köhler ins Wasser und schob das Boot ans Ufer, damit die Frau aussteigen konnte, ohne daß das dunkle Bündel auf ihrem Arm naß wurde. Aber sie blieb sitzen und sah ihn an, und an Bord des großen Bootes stand ein Mann im Sporthemd, trank eine Flasche Bier und starrte die beiden an. »Wir sind da, Sie können aussteigen«, sagte der Köhler zu ihr.

Sie bewegte die Lippen und stammelte etwas. In ihren Augen war keine Träne, aber in ihrer Stimme zitterte unendliches Weh.

»Es ist tot«, hauchte sie.

Der Mann stand wie versteinert. Dann schlug er mit der geballten Faust auf den Bootsrand und schrie: »Zum Teufel, Sie hätten es ins Meer werfen sollen!«

Kaum war es heraus, da schämte er sich bereits. Die Frau

aber sah ihn verständnisvoll an, denn schließlich war er ein Sohn der Ciénaga, der grausamen Ciénaga, in der weder die Pflanzen noch die Menschen gedeihen konnten, in der sie verkümmerten, weil sie in stickigem Moder wurzelten.

José Revueltas

Grün ist die Farbe der Hoffnung

Vom Bett aus und den Kopf nach vorn gebeugt, den Körper auf den Unterarm gestützt, betrachtete er seine Frau, die in diesem Augenblick, wie immer, an jedem Morgen, die Kleinen anzog. Die Kleinen, beide so erstaunlich ernst, mit ihren Augen und ihrer Vernunft und ihrem Geist.

Dort saßen sie ganz still, und das Schreckliche war, daß er die beruhigenden Bahnen von vor einem Moment noch verlassen hatte, den zerbrochenen Apfel und jenes Weiche, Schwarze, das ihm, ohne zu wissen warum, entglitten war, allein durch die erneute Rückkehr in die helle, verletzende Wachheit des Zimmers, seiner Kinder, des langersehnten, des wundersamen Briefes. Seine Frau wurde zunehmend häßlicher. Gestern freilich war sie weniger häßlich und rätselhaft, und obwohl sie heute ihre Häßlichkeit und Rätselhaftigkeit nicht zur Schau trug, hatte sie noch dazu schmutzige, graue Haare, die sie gestern freilich nicht hatte. Vielleicht weil der Brief noch nicht angekommen war oder vielleicht nichts weiter als ein Lichteffekt des sanften, irdischen Sonnenlichtes.

»Ich versichere dir«, sagte er, um sie zu beruhigen, »heute kommt er an. Später als heute kann er nicht kommen.«

Obwohl er diese gleichen Worte schon an anderen Tagen gesprochen hatte, nur war da der Himmel bewölkt gewesen, zitterte seine Stimme etwas, als ob er ebensowenig an diesen Brief glauben würde.

Die Briefträger irren sich niemals: Sie sind wie Engel aus Fleisch und Blut und kommen mit Schluchzen, mit Lügen, mit Ehrungen, mit Ernennungen, mit Toten an die Türen. Trotzdem könnte ja seine Frau schlecht hören, sich täuschen, dem Briefträger sagen, hier nicht oder sonst etwas.

»Sieh mal. Der Umschlag wird amtliches Format haben. Mit Siegel.«

Er sprang mit beiden Beinen aus dem Bett und betrachtete seine Füße und die Nägel.

Dann könnte er einen Mantel kaufen, die Kinder in der Schule anmelden, seine Frau zum Arzt schicken und noch so viele andere Dinge, Gardinen, Schuhe, Bettücher.

Schon seit langer Zeit weinten sie nicht, und in ihrer Kleinheit waren sie wie zwei reife Wesen, alt und gedankenvoll.

»Was soll ich euch mitbringen?« fragte er sie und betrog sich selbst wie jeden Morgen.

Wenn sie weinen würden, wären sie wie richtige Kinder. »Ein Brot mit Butter«, sagte er.

Der Ältere preßte die Lippen zusammen:

Sie waren wie zwei Bäumchen ohne Blätter, ernst für immer. »Ja. Ja. Alles. Bald schon. Brot. Auch eine Spielzeugeisenbahn.«

Das Kind schüttelte sehr ernst den Kopf: »Nein. Nur ein Brot. Ein Brot mit Butter.«

Als sich die Frau umdrehte, hatte ihr Mann schon die Schuhe angezogen. Der Mann konnte nicht anders, als erneut das Gesicht anschauen, das vor zwei Monaten so nicht war und das in der Tat niemals so gewesen war, nur daß die Dinge anders liefen.

»Zieh dich fertig an, damit wir frühstücken können.« Er gehorchte mit unendlicher Fügsamkeit und zog sich die Hose über.

»Wie würdest du es finden«, fragte er, »wenn wir das Grundstück in Mixcoac oder San Ángel zwischen den großen Bäumen kaufen und dort ein Haus bauen, mit einem Garten für die Kinder?«

Sie taten so, als ob sie stritten, ob es anderswo mit gesünderer und klarerer Luft besser sei, und es hatte den Anschein, als ob sie tatsächlich stritten, aber ihre Augen glänzten mit viel zu zärtlichem und hoffnungsvollem Leuchten, als daß es eine Diskussion hätte sein können, eher das Gegenteil, vielleicht eine neuerwachte Zuneigung, die tiefer war, als beide glaubten.

Die beiden Jungen liefen zum Tisch, um den Tee, aus dem

das ganze Frühstück bestand, zu trinken, während sich ihr Vater mit größter Verwunderung im Spiegel betrachtete und seinen düsteren Blick, seine Wangen, die ungepflegten Zähne begutachtete.

Der Brief würde von der Regierung oder dem Ministerium kommen, er war nicht ganz sicher, mit amtlichem Siegel. Vielleicht in einem gelben, langen Umschlag, in denen die Ämter Mitteilungen, Ernennungen verschicken. Die Briefträger sind sehr emsig, unermüdlich tun sie in Straßen, Ortsteilen, Städten ihre Pflicht.

»Gut«, schloß er, überzeugt von seiner Entscheidung, »wir kaufen endgültig das in San Ángel.«

Wer weiß, ob er verlorengegangen oder falsch adressiert war? Schließlich herrscht in den Büros eine entsetzliche Schlamperei. Haufenweise liegen dort Gesuche, Aktenstöße, eine Sammlung von Dokumenten. In den Augen des schlichten, herzlosen Bürokraten entbehrt ein Brief jeglicher Individualität, jeden Lebens. So ist das. Auch wenn dieser Brief ungeheuerlich und bedeutungsvoll ist.

Zuerst rückte er seinen Schreibtisch zurecht, um sich dann mit der Feder zwischen den Fingern hinzusetzen, stolz darauf, einer der besten Schreiber der Welt zu sein. Jeden Tag, genau in diesem Moment, schlug es neun.

Sie würden ihn nicht vergessen, nach zwanzig Jahren. »Ich werde Spaß daran haben«, sagte er vom Spiegel aus zu seiner Frau, »sonntags einen Ausflug zu machen und ein Brathuhn und Äpfel mitzunehmen ...«

Die Frau warf ihm rechtzeitig einen tadelnden Blick zu, der vielsagend auf die Kleinen wies.

Er zuckte die Achseln: »Schau«, sagte er sicher, »heute kommt der Brief an. Ich weiß es genau. Bei den anderen ist er auch angekommen. Ich kann keine Ausnahme sein. Dann werden wir Hühner, Obst und alles, was wir uns wünschen, haben.«

Einen der besten Schreiber der Welt, mit einer der schönsten Handschriften, die man je gesehen hat, könnten sie auf keinen Fall vergessen, genauso wenig wie seine zwanzigjährige Arbeit.

Zunächst konnte er kaum begreifen, daß auf einmal diese zwanzig Jahre für immer zu Ende sein sollten.

Wie von Sinnen sah er in das Gesicht seines Chefs. Schon an der Bürotür fühlte er sich am nächsten Tag fremd, einsam und tot, als ob niemand auf der Welt die geringste Zuneigung zu ihm habe. Er gehörte nun nicht mehr in jenes wunderbare System aus Papier, Ziffern und Hierarchien, und alles war leer, endgültig traurig.

Er sollte den Briefträger freundlich behandeln, denn es kann vorkommen, daß sie, obgleich sie verpflichtet sind, Briefe auszuteilen, Abneigung gegen irgendeinen Adressaten hegen und ihm unter diesem oder jenem Vorwand seine Korrespondenz nicht aushändigen.

»Paß gut auf! Es wird ein großer Umschlag sein und darauf mein Name, maschinengeschrieben!«

Wenn wenigstens die Kinder weinten, wären sie wie lebendige Wesen und weniger leidvoll. Aber sie waren alt, ohne Stimme, voll mit Gedanken und Lebenserfahrung.

»Trink den Tee. Es ist das einzige, was da ist. So bekommst du wenigstens etwas Warmes in den Magen.«

Er betrachtete den an manchen Stellen angeschlagenen Blechnapf und er begann, an viele Dinge zu denken, die er früher gar nicht wahrgenommen hatte. Er erinnerte sich, daß seine Frau, mit ihrem besonders weichen Kinn, einst feine und warmherzige Züge hatte, während ihre Backenknochen heute wütend hervortraten und das Gesicht breit, wie größer geworden, aussah. Es wuchs auf asymmetrische Art, unharmonisch, so als ob die Konturen in einem feindlichen, abweisenden Raum unter dem Wachstum litten, trauriger in jeder Minute.

Sie wußte nichts von dem, was im Büro vorgefallen war und daß der Mann unfähig zu irgendeiner Arbeit war, weil er nichts außer der schönsten, bestausgeführten Handschrift der Welt besaß. Sie sah ihn an wie immer, nur mit einem Gefühl in der Brust, das sie selbst nie begreifen würde.

»Sicherlich wird es ein sehr ausführlicher und umfangreicher Brief sein«, sagte der Mann, der mitten im Zimmer stand, während ihm seine Hosenträger nach hinten herunterhingen.

Das Erstaunlichste war, daß die beiden Kinder nicht ein einziges Mal klagten, obwohl ihnen der Hunger, der immer größer wurde, auf den Leib geschrieben stand.

Weil jene Mitteilung nicht zu Hause eintraf, würde er zweifellos die Liste bei der Post durchsehen, denn dort hatte alles seine Ordnung; es gibt nichts, was besser und leistungsfähiger organisiert wäre als die Post, wo man weiß, wie du heißt, ob du arbeitest oder nicht und sogar, ob du Kinder hast.

Täglich lächelte ihm der Mann hinter dem Schalter zu.

»Nein, mein Herr. Es ist kein Brief für Sie gekommen.«

Es ist unmöglich, daß ein Brief verlorengeht, obgleich er gewiß durch viele Hände geht und vom Briefkasten bis zu seinem Bestimmungsort umherschweift wie in einem magischen Traum. Im Postgebäude hatte er eine Eingeborenenfamilie kennengelernt: Der Mann, die Frau und die Kinder saßen neben dem Schalter für postlagernde Sendungen, um auf einen Brief zu warten, der für sie ankommen sollte. Es war viel sicherer, dort zu sein, damit er nicht entwischen könnte und jeden Augenblick darauf zu achten, ob nicht auf wundersame Weise, wie alles bei der Post, der Name plötzlich zwischen den anderen, fröhlich, unergründlich, auftauchen würde.

Der Chef und sein Stellvertreter sahen ihn so niedergeschlagen, wie er mit tränenverschwommenem Lächeln stumpf und unterwürfig vor ihnen stand und nicht wußte, was er sagen sollte, daß der Stellvertreter ihm die Hand auf die Schulter legte: »Machen Sie sich keine Sorgen. Eines Tages wird die Regierung erneut Ihre Dienste in Anspruch nehmen. Seien Sie sicher, daß man Sie wieder rufen wird.«

Und es waren Worte des Stellvertreters, wie immer nobel, ernst und würdevoll, denen man Glauben schenken mußte.

Er fing an, die Angst zu spüren, gerade als er frühstücken wollte. Die Hosenträger hingen nicht mehr über seinem Rükken herunter, sondern waren gut befestigt und hielten die schwarze, alte Hose.

Ihm zitterten die Hände, und er wollte nicht von seinem Teenapf aufblicken. Jetzt begriff er, warum sie so häßlich geworden war und ihre Züge langsam schärfer wurden.

»Diesen Brief gibt es gar nicht, nicht wahr?« fragte sie, als ob ihre Stimme ein kläglicher Windstoß sei.

Da sagte er nichts mehr, spürte nur, daß sein Herz voller Entsetzen und Einsamkeit war, denn wenn er sagen würde, wie die Dinge stünden, dann bliebe ihm nichts mehr in der Welt.

Juan Rulfo

Macario

Ich sitze neben dem Abflußgraben und warte darauf, daß die Frösche herauskommen. Gestern, als wir beim Abendessen saßen, haben sie angefangen, großen Radau zu machen, und haben bis zum Morgen weitergequakt. Meine Patin sagt, das Froschgequake hat ihr den Schlaf verscheucht. Und heute möchte sie gerne schlafen. Darum hat sie mir befohlen, mich hier neben den Graben hinzusetzen und ein Brett in der Hand zu halten, damit soll ich jeden Frosch plattquetschen, der rauskommt, um hier draußen herumzuhüpfen.

Die Frösche sind ganz und gar grün, nur am Bauch nicht. Die Kröten sind schwarz. Mit den Fröschen kann man Essen machen. Die Kröten ißt man nicht, aber ich habe sie doch gegessen, und sie schmecken genauso wie die Frösche. Felipa sagt, daß es schädlich ist, Kröten zu essen.

Felipa hat grüne Augen, wie Katzenaugen. Felipa, die gibt mir in der Küche zu essen, wenn ich dran bin. Sie will nicht, daß ich den Fröschen was tue. Aber wenn auch! Was ich tun soll, das befiehlt mir meine Patin... Felipa hab ich lieber als meine Patin. Aber meine Patin, die nimmt das Geld aus ihrer Tasche, damit Felipa alles zum Essen einkauft. Felipa ist immer nur in der Küche und macht das Essen für uns drei. Sie tut gar nichts anderes, seitdem ich sie kenne. Geschirr abwaschen ist meine Sache, Brennholz holen, um Feuer im Herd zu machen, das ist auch meine Sache. Nachher teilt meine Patin das Essen aus. Wenn sie selber gegessen hat, macht sie mit den Händen zwei Häufchen, eines für Felipa und das andere für mich. Aber manchmal hat Felipa keinen Appetit, und dann sind beide Häufchen für mich. Darum hab ich Felipa lieb, weil ich immer Hunger hab und nie satt werde, nicht mal wenn ich ihr Essen auch mit aufesse. Wenn es auch heißt, daß man vom Essen satt wird – ich weiß wohl, daß ich nicht satt werde, selbst wenn ich alles aufesse, was man mir gibt. Und Felipa weiß das auch... Die Leute auf der Straße sagen, daß ich verrückt bin, weil ich immer Hunger habe. Meine Patin hat gehört, daß sie das sagen. Ich hab's nicht gehört. Meine Patin läßt mich nicht alleine auf die Straße. Wenn sie mich zum Spazierengehen rausläßt, dann geht sie mit mir in die Kirche, damit ich die Messe höre. Da setzt sie mich ganz dicht neben sich und bindet mir die Hände mit den Fransen ihres Umschlagetuchs zusammen. Ich weiß nicht, warum sie mir die Hände zusammenbindet, aber sie sagt, daß ich sonst verrückte Sachen anstelle. Einmal haben die Leute sich ausgedacht, daß ich jemanden erwürgen wollte; daß ich einer Frau die Kehle zugedrückt habe, ohne Grund, nur so. Ich erinnere mich nicht daran. Aber wenn auch, meine Patin sagt ja, daß ich das tue, und die lügt nicht. Wenn sie mich zum Essen ruft, dann gibt sie mir mein Teil Essen. Nicht wie andere Leute, die mich rufen, ich soll mit ihnen essen, und wenn ich dann näher komme, schmeißen sie Steine nach mir, und ich muß weglaufen und kriege kein Essen noch sonst was. Nein, meine Patin behandelt mich gut. Darum bin ich gerne bei ihr. Außerdem wohnt Felipa hier, und Felipa ist sehr gut zu mir. Darum hab ich sie lieb... Felipas Milch ist süß wie Hibiscusblüten. Ich hab schon Ziegenmilch getrunken und Milch von Säuen, die eben geworfen hatten, aber die ist nicht so gut wie Felipas Milch... Jetzt ist es schon lange her, daß sie mir nicht mehr diese Dinger zum Lutschen gibt, die sie da hat, wo wir nur Rippen haben. Wenn man das richtig anstellt, dann kommt da eine Milch raus, die ist noch besser als die, die uns meine Patin am Sonntag zum Frühstück gibt... Früher ist Felipa jeden Abend in das Zimmer gekommen, wo ich schlafe, und hat sich zu mir gelegt. Sie hat sich auf mich gelegt oder ganz dicht neben mich. Dann hat sie es so eingerichtet, daß ich diese süße, warme Milch saugen konnte, die in Strömen über meine Zunge geflossen kam... Sehr oft, wenn ich Hunger hab, esse ich Hibiscusblüten. Und Felipas Milch, die hatte genau denselben Geschmack, nur mochte ich sie noch lieber.

Denn wenn Felipa mich hat trinken lassen, hat sie mich währenddessen überall gekitzelt. Hinterher ist sie fast immer eingeschlafen und ist bis zum Morgen bei mir geblieben. Und das hat mir sehr gut getan, weil mir dann die Kälte nichts mehr ausmachte und ich keine Angst mehr hatte, in die Hölle zu kommen, wenn ich mal in der Nacht sterbe und ganz alleine bin... Manchmal hab ich keine solche Angst vor der Hölle. Aber manchmal doch. Manchmal macht es mir auch Spaß, mich selber damit zu erschrecken, daß ich nachts einmal plötzlich in die Hölle kommen werde, weil ich solch einen harten Schädel hab und so gern mit dem Kopf gegen irgendwas bumsen mag, was ich gerade finde. Aber dann kommt Felipa und vertreibt mir die Angst. Sie kitzelt mich mit den Händen, wie nur sie es kann, und verscheucht mir diese Angst zu sterben, die ich immer hab. Und eine Zeitlang vergeß ich sogar darauf... Wenn Felipa Lust hat, zu mir zu kommen, sagt sie, daß sie dem Herrn all meine Sünden erzählen wird. Daß sie bald in den Himmel kommt und mit ihm sprechen und ihn bitten wird, mir all meine Schlechtigkeit zu verzeihen, mit der ich vollgestopft bin, von oben bis unten. Sie wird ihm sagen, daß er mir verzeihen soll, damit ich nicht mehr in Sorge zu sein brauche. Deshalb geht sie jeden Tag zur Beichte. Nicht weil sie selber schlecht ist, sondern um mich, weil ich innen drin voller Teufel stecke. Und damit sie mir diese Kerle austreiben kann, darum beichtet sie für mich. Alle Tage beichtet sie. Jeden Nachmittag an jedem Tag. Ihr ganzes Leben lang wird sie das für mich tun. Das sagt Felipa. Darum hab ich sie so lieb... Aber großartig ist es doch, so einen harten Schädel zu haben. Da kann man stundenlang gegen die Pfeiler der Galerie stoßen, und dem Kopf, dem macht das gar nichts, der hält das aus und geht nicht kaputt. Und dann bumst man ihn gegen den Boden. Erst sachte, dann kräftiger, und das dröhnt wie eine Trommel. Ganz wie die Trommel, die mit dem Flötenspieler herumzieht, wenn der Flötenspieler zum Fest unseres Herrn Jesus herkommt. Und dann sitzt man in der Kirche und ist an die Patin festgebunden und hört von draußen das Tamtam der Trommel... Und meine Patin sagt, daß in meinem Zimmer Wanzen und Kakerlaken und Skorpione sind, weil ich in der Hölle schmoren werde, wenn ich diese Verrücktheit nicht lasse, immer mit dem Kopf auf den Boden zu hauen. Aber ich will ja nur die Trommel hören. Das müßte sie doch wissen. Möchte sie hören, wie wenn ich in der Kirche sitze und darauf warte, schnell auf die Straße rauszukommen, damit ich sehen kann, wieso man diese Trommel von so weit her hört, bis tief in die Kirche hinein und über die Zornpredigten des Herrn Pfarrers hinweg.

»Der Weg der guten Dinge ist voller Licht. Der Weg der bösen Dinge ist dunkel.« Das sagt der Herr Pfarrer... Wenn ich aufstehe und aus meinem Zimmer rausgehe, ist es noch dunkel. Ich fege die Straße und gehe wieder in mein Zimmer zurück, bevor mich das Tageslicht erwischt. Auf der Straße geschieht allerhand. Da gibt es Leute, mehr als genug, die einem Steine an den Kopf werfen, sobald sie einen nur zu sehen bekommen. Da regnet es große und spitze Steine von allen Seiten. Und hinterher muß man sein Hemd ausbessern und viele Tage warten, bis die Risse im Gesicht oder an den Knien wieder ausgebessert sind, und muß es wieder aushalten, daß einem die Hände zusammengebunden werden, weil sie sonst flink dabei sind, den Schorf von den Flicken abzureißen, und dann kommt wieder Blut heraus. Obwohl das Blut ja auch gut schmeckt, aber doch nicht so gut wie Felipas Milch, das nicht... Deshalb bin ich immer im Haus drinnen, damit die Leute keine Steine nach mir schmeißen.

Gleich wenn ich zu essen bekommen hab, schließ ich mich in meinem Zimmer ein und verriegle die Tür gut, damit die Sünden mich nicht finden, wenn sie sehen, daß da alles dunkel ist. Und ich zünde den Kienspan nicht mal an, um zu sehen, wo die Kakerlaken an mir raufkrabbeln. Ich lieg dann ganz still. Und wenn ich fühle, daß ein Kakerlak mit seinen rauhen Beinen auf meinem Hals rumläuft, dann schlag ich zu und zerdrück ihn. Aber den Kienspan steck ich nicht an. Sonst könnte es ja geschehen, daß die Sünden mich überraschen, wenn ich gerade mit dem brennenden Kienspan all die Kakerlaken suche, die unter meine Decke gekrochen sind... Die Kakerlaken knallen wie Knallerbsen, wenn man sie zerquetscht. Die Grillen, daß weiß ich nicht, ob die auch knallen. Die Grillen schlag ich nie tot. Felipa sagt, die Grillen machen immer Lärm, nicht mal zum Atmen hören sie auf zu zirpen, damit man die Schreie der

Seelen im Fegefeuer nicht hört. Wenn es mal keine Grillen mehr gibt, dann wird die Welt von den Schreien der armen Seelen voll sein, und wir alle werden vor Schreck davonlaufen. Außerdem mag ich auch sehr gerne mit gespitztem Ohr daliegen und auf das Grillengezirpe hören. In meinem Zimmer sind viele. Vielleicht sind mehr Grillen als Kakerlaken in den Falten der Säcke, auf denen ich schlafe. Es sind auch Skorpione da. Jeden Augenblick lassen sie sich von der Decke runterfallen, und dann darf man nicht mucksen, bis sie über einen weggelaufen und auf dem Boden angekommen sind. Wenn nämlich ein Arm sich bewegt oder die Knochen fangen einem an zu zittern, dann fühlt man gleich das Brennen des Stichs. Das tut weh. Felipa ist mal von einem in den Hintern gestochen worden. Sie hat geweint und ganz leise geschrien und zur Heiligen Jungfrau gebetet, daß ihr Hintern nicht zu Schaden kommt. Ich hab ihr Spucke drauf gerieben. Die ganze Nacht hab ich sie mit Spucke eingerieben, und eine Zeitlang, als ich gesehen hab, daß ihr von meinem Mittel nicht besser wurde, hab ich ihr beim Weinen mit meinen eigenen Augen geholfen, soviel ich konnte... Auf jeden Fall mag ich lieber in meinem Zimmer sein als auf der Straße herumlaufen und den Leuten auffallen, die gerne andere verhauen. Hier tut mir niemand was. Meine Patin schilt mich nicht aus, wenn sie sieht, daß ich ihre Hibiscusblüten esse oder ihre Arrayánbeeren oder Granatäpfel. Sie weiß, wie scharf ich immer aufs Essen bin. Sie weiß, daß mein Hunger nie alle wird. Daß kein Essen ausreicht, mir meinen Bauch voll zu machen, auch wenn ich jeden Augenblick, hier und dort, von den Eßsachen nasche. Sie weiß, daß ich die eingeweichten Kichererbsen esse, die ich den fetten Schweinen gebe, und den trockenen Mais, den die mageren kriegen. Also weiß sie ja, was für Hunger ich immer habe, vom frühen Morgen an, bis es dunkel wird. Und solange ich hier im Haus zu essen bekomme, so lange bleibe ich hier. Ich glaube nämlich, wenn ich mal nicht mehr esse, dann sterbe ich, und dann komme ich ganz sicher schnurstracks in die Hölle. Und von dort wird mich niemand mehr herausholen, nicht mal Felipa, die doch so gut zu mir ist, auch nicht das Skapulier, das meine Patin mir geschenkt hat und das ich um den Hals gebunden trage... Jetzt sitze ich hier neben dem Abfluß und warte, daß die Frösche rauskommen. Und in der ganzen Zeit, die ich geredet hab, ist noch keiner rausgekommen. Wenn sie noch lange machen, schlaf ich vielleicht ein, und nachher wird es ganz unmöglich sein, sie totzuschlagen, und wenn meine Patin sie quaken hört, wird sie überhaupt nicht einschlafen können und wütend werden. Dann wird sie einen Heiligen bitten, irgendeinen aus der langen Reihe, die sie in ihrem Zimmer stehen hat, daß er die Teufel zu mir schickt, damit sie mich in die ewige Verdammnis schleifen, schnurstracks, ohne auch nur am Fegefeuer vorbeizukommen, und dann kann ich weder meinen Vater noch meine Mutter sehen, die sind nämlich dort... Lieber will ich weiterreden... Am meisten Lust hätte ich, mal wieder ein paar Schluck von Felipas Milch zu probieren, von dieser guten Milch, die so süß ist wie der Honig, der unter den Hibiscusblüten heraussickert.

Juan José Arreola

Dorfgeschichte

Als Don Fulgencio am Morgen im letzten, kargen Dämmerschlaf den Kopf zur anderen Seite drehte, mußte er sich mächtig anstrengen und spießte dabei sein Kopfkissen auf. Er öffnete die Augen. Was bis dahin nur eine vage Vermutung war, wurde zur messerscharfen Gewißheit.

Mit einer kräftigen Nackenbewegung hob Don Fulgencio den Kopf, und das Kopfkissen wirbelte durch die Luft. Als er im Spiegel sah, daß er sich in ein prachtvolles Exemplar mit gekräuseltem Stirnhaar und herrlichen Hörnern verwandelt hatte, konnte er seine Bewunderung nicht unterdrücken. Tief in der Stirn waren die Hörner verwurzelt, sie waren weißlich an ihrem Ansatz, gesprenkelt in der Mitte und liefen an den Enden schwarz und spitz zu.

Das erste, was Don Fulgencio in den Sinn kam, war, seinen Hut aufzusetzen. Verdrießlich mußte er ihn im Nacken tragen: Das gab ihm ein gewisses prahlerisches Aussehen.

Für einen gewissenhaften Menschen wie Don Fulgencio ist das Hörnertragen an sich noch kein hinreichender Grund, um den Lauf seiner Geschäfte zu unterbrechen. Mit äußerster Sorgfalt widmete sich Don Fulgencio der Pflege seiner gesamten Person, vom Scheitel bis zur Sohle. Nachdem er die Schuhe poliert hatte, bürstete Don Fulgencio leicht über seine Hörner, die ohnehin schon glänzten.

Mit feinstem Zartgefühl bereitete ihm seine Frau das Frühstück. Nicht eine einzige Geste des Erstaunens, nicht die geringste Anspielung, die den edlen und gutmütigen Ehemann hätten verletzen können; nur ein sanfter, furchtsamer Blick flatterte umher, als wage er nicht, auf den scharfen Hornenden zu verweilen.

Der Abschiedskuß in der Tür war wie der Stich des Brandeisens. Don Fulgencio trat schnaubend auf die Straße hinaus, bereit, den Kampf mit seinem neuen Leben aufzunehmen.

Die Leute grüßten ihn wie gewohnt; aber als ein junger Bursche ihm den Bürgersteig überließ, erriet Don Fulgencio an der ausweichenden Körperbewegung eine Anspielung auf den Stierkampf. Und eine Alte, die gerade aus der Messe kam, warf ihm einen jener fabelhaften Blicke zu, die hinterhältig und zusammengerollt wie eine Schlange sind. Als der Beleidigte auf sie losgehen wollte, verschwand die alte Vettel in ihrem Haus wie der Matador hinter der Schutzwand. Don Fulgencio stieß so heftig gegen die eiligst verriegelte Tür, daß er Sterne sah. Diese Hörner waren ganz und gar nicht Schein, sondern standen noch mit den letzten Verästelungen seines Knochengerüsts in Verbindung. Er spürte den Stoß und die Demütigung bis in die Zehenspitzen.

Gottlob brachte das seinem Geschäft weder Schimpf noch Schaden. Begeistert strömten die Mandanten herbei, denn seine Angriffslust als Ankläger und als Verteidiger wurde immer offenbarer. Die streitenden Parteien kamen von weit her, um den Beistand eines Rechtsanwalts mit Hörnern zu suchen.

Aber das beschauliche Leben des kleinen Ortes nahm rings um ihn herum den Charakter einer nervenaufreibenden, wilden Belustigung an, voll derber, grobschlächtiger Späße. Für nichts und wieder nichts teilte Don Fulgencio nach rechts und links Hiebe aus. Um die Wahrheit zu sagen, niemand spielte offen auf seine Hörner an; vielleicht nahm man sie nicht einmal wahr. Aber bei der geringsten Unachtsamkeit waren alle zur Stelle, um ihm ein paar schöne Banderillas aufzustecken. Wenn er es am wenigsten erwartete, waren selbst die Schüchternsten noch dabei, wenn es galt, sich über ihn lustig zu machen oder ihm eins auszuwischen. Einige Caballeros, deren Geschlecht bis ins Mittelalter zurückreicht, ließen sich die Gelegenheit nicht entgehen, Don Fulgencio von ihren stolzen und ehrbaren Höhen herab einige treffliche Seitenhiebe zu verpassen. Die Serenaden an Sonntagabenden und an Nationalfeiertagen dienten immer wieder dazu, im Handumdrehen lautstarke Amateurkämpfe zu improvisieren, bei denen Don

Fulgencio blind vor Wut auf die frechsten Stierkämpfer losrannte.

Wildgemacht vom roten Tuch, von den Stichen mit den Banderillas, aufgestachelt von den Dreistigkeiten und benommen vom Losrennen auf die Muleta erlebte Don Fulgencio, inzwischen ein wutschnaubendes Tier, die Stunde der Wahrheit in all ihrer Bitterkeit und mit all ihren gefährlichen Niederlagen. Schon lud man ihn zu keiner öffentlichen Veranstaltung und zu keinem Fest mehr ein; und seine Frau beklagte sich bitterlich über ihr Ausgeschlossensein, das sie wegen des schlechten Charakters ihres Mannes erleiden müsse.

Die vielen Degenstiche, Lanzenhiebe und Banderillas bedeuteten für Don Fulgencio einen täglichen Aderlaß, und an Sonntagen sogar gewaltige Blutstürze. Doch der ganze Blutverlust ging nach innen und ließ ihm das Herz vor Verdruß anschwellen.

Sein dicker Miurastiernacken deutete auf das plötzlich eintretende Ende der Vollblüter. Rundlich und hochrot rannte er immer noch maßlos und ohne Rast noch Ruhe gegen alle und jeden an. Eines Tages, als Don Fulgencio gerade im gemächlichen Trott den Exerzierplatz überqueren wollte, hielt er inne und hob gereizt den Kopf, weil er den entfernten Klang einer hellen Trompete gehört hatte. Der Ton kam näher und drang wie eine alles betäubende Posaune in seine Ohren. Es wurde ihm schwarz vor Augen, und er sah, wie sich rings um ihn herum eine riesige Stierkampfarena auftat, vergleichbar etwa dem Tal des Josaphat, in dem sich die in Lichtgewänder gehüllten Auserwählten drängen. Die Blutstauung drang bis in sein Rückenmark vor wie der Degen eines Stierkämpfers bis zum Kreuz. Don Fulgencio fiel zu Boden und streckte alle viere von sich.

Obwohl von Beruf Rechtsanwalt, hinterließ er nur ein unvollständiges Testament. Darin hatte er seinem letzten Willen in einem unerwartet bittenden Ton Ausdruck gegeben: Man möge ihm nach seinem Tode die Hörner entfernen, sei es mit Säge oder mit Meißel und Hammer. Aber die Erfüllung seiner rührenden Bitte wurde durch den Eifer eines beflissenen Zimmermanns vereitelt, der ihm einen Spezialsarg schenkte, der seitlich mit zwei gut sichtbaren Ausbuchtungen versehen war.

Als Don Fulgencio zu Grabe getragen wurde, begleitete ihn

das ganze Dorf; die Erinnerung an seinen Kampfgeist bewegte sie zutiefst. Trotz des Witwenschleiers, der unübersehbaren Blumen- und Kranzspenden und der außergewöhnlichen Totenfeier hatte das Begräbnis etwas von einer heiteren, fröhlichen Maskerade an sich.

Mario Benedetti

Pequebú

Manchmal schien es ihm, als kämen seine eigenen Schreie aus einer anderen Kehle, und nur dann schaffte er es, auf die andere Seite des wütenden ohnmächtigen Schmerzes zu gelangen. Auch wenn sein Körper sich zusammenkrümmte und auseinanderbog (wie ein Spielzeug-Bandoneon, fuhr es ihm durch den Kopf), spürte er ihn fast wie ein Ding außerhalb seiner selbst. Im Unterschied zu anderen, die sagten, ich weiß nicht und nicht redeten, und vor allem im Unterschied zu den wenigen, die sagten, ich weiß nicht und dann doch redeten, hatte er es vorgezogen, eine neue Kategorie einzuführen: derer, die sagten, ja, ich weiß, aber nicht redeten. Jetzt, da der Typ scheinbar die Maschine losläßt und die Maschine seinen Körper freigibt, weiß er, daß noch ein Tritt in die Eier kommt. Das ist das Ritual. Und der Tritt kommt. Noch hat er nicht erreicht, sich so von seinem armen Körper zu lösen, daß er den rituellen Tritt nicht spürt. In diesem Augenblick fühlt er seine Hoden nicht wie etwas Fremdes, sondern als unrettbar zu ihm gehörend. Er hat keine andere Wahl als sich zusammenzukrümmen. »Pequebú also, was?« sagt der Typ mit einem Lachen, das gleichzeitig ein Gähnen ist. Sogar das wissen sie also. Pequebú. Der Spitzname war an einem Abend in der Kneipe des Galiciers Soler entstanden, als Eladio die beiden Bücher sah, die er mitgebracht hatte, und ihn fragte, was er da lese. Der Kellner hatte das Tablett mit dem Sandwich daraufgestellt, und er hatte es statt einer Antwort beiseite geschoben, damit der andere die Titel lesen konnte: Hesse und Machado. »Pequebú also, was? Als Deckname gar nicht schlecht«, freute sich der Typ von neuem, vielleicht mit einer Grimasse in Richtung seiner schweigsamen Kumpane, und er begann, sich zu entspannen, weil er wußte, daß jetzt eine Atempause kam. »Ich weiß nicht, wie es mit dir ist, ich jedenfalls bin geschafft. Ruhen wir uns also ein Stündchen aus und machen uns dann wieder an die Arbeit, einverstanden?« Er wartete, bis die Tür zuschlug und sich die Schritte der fünf entfernt hatten. Erst dann streckte er sich auf dem schmierigen Fußboden aus, wo sich der Geruch von Blut, seinem eigenen und fremdem, mit dem Gestank von Schweiß und Erbrochenem aus der Kapuze vermischten. »Kleinbürgerliteratur«, hatte Raul geurteilt, und er hatte die Schultern hochgezogen. Schon möglich, aber ihm gefiel sie. Eladio hatte die Asche in eine Tasse geschnippt und einen Löffel genommen, um sie gegen den ausgelaugten Teebeutel auszudrücken. Dann hatte er überlegen gelächelt. »Was du noch nicht gemerkt hast, Raul, ist, daß Vicente nicht nur der kleinbürgerlichen Lektüre frönt, sondern selbst ein Kleinbürger ist, ein *pequeño burgués*.« »Pequebú«, hatte Raul geantwortet, und alle hatten gelacht. Von diesem Abend an nannte ihn die ganze Clique so. Nur ein paar der Mädchen, mit ihrer typisch weiblichen Vorliebe für Abkürzungen, riefen ihn Peque. Sie studierten Jura im ersten Semester, aber er war der einzige, der außerdem schrieb. Nicht nur Gedichte, wie jeder Anfänger; er schrieb auch Erzählungen. Er sprach wenig, aber es machte ihm Spaß zuzuhören. Jetzt, wo der Schmerz einen Millimeter nachzulassen scheint, erinnert er sich daran, wie gern er immer zuhörte. Und während er zuhörte, stellte er Beobachtungen über die Redenden an, beschrieb sie im Geiste, stellte Prognosen und Diagnosen auf. Er war so schüchtern, daß er nie jemandem zeigte, was er schrieb. Sie mußten ihm die Manuskripte sozusagen aus der Hand reißen, und dann (meist war es eins der Mädchen) las jemand den anderen daraus vor. Danach kam die Kritik. »Pequebú, da bist du zu weit gegangen. Du ergötzt dich zu sehr an den schönen Dingen.« Er fragte, ob sie damit die Mädchen meinten. Die Mädchen applaudierten. »Nein, das ist schon richtig so. Sie sind wirklich das einzig Schöne, und außerdem sind sie unentbehrlich.« Schmeichler. Demagoge. »Nein, ich meine die Dinge an sich, die Objekte. In deinen Erzählungen, wenn du ein Bild beschreibst, einen Sessel oder einen Schrank, merkt man einfach, auch wenn du nicht mit Adjektiven um dich wirfst, daß das schöne Dinge sind.« »Was willst du denn? Mir gefallen schöne Dinge, dir etwa nicht?«

Diesmal haben sie es fast geschafft, verdammt. Wie lange wird er noch aushalten, nicht nur ohne zu reden (er weiß, daß er nicht reden wird), sondern ohne draufzugehen?

»Darum geht es nicht. Ob sie mir gefallen oder nicht gefallen, das ist Subjektivismus. Tatsache ist, daß es auf der Welt auch häßliche Dinge gibt, oder etwa nicht?« Er hatte zurückgefragt, ob ihm diese häßlichen Dinge gefielen. »Das ist gar nicht die Frage, sage ich dir. Das Problem ist, daß es sie gibt und du sie einfach ignorierst.« Wer hatte gesagt, er ignoriere sie? Sie kamen auch vor, aber sie achteten nicht darauf. Sie regten sich nur über die schönen Dinge auf. »Pequebú, du hast ideologische Lagunen, die schon fast Ozeane sind.« Schon möglich, gab er zu, aber gleichzeitig forderte er sie auf, genauer hinzusehen. Eine Lagune ist für gewöhnlich still, aber ein Ozean bewegt sich, und wie!

Er würde höchstens noch zweimal die Maschine überstehen. Der rechte Arm fühlt sich an als ob er nicht existiere. Aber der linke, verdammt, wie der weh tut.

Als sie die Gruppe gründeten, wollte er mitmachen, aber sie ließen ihn nicht. »Wir haben dich alle gern, Alter, aber in Zeiten wie diesen ist Gernhaben oder Nichtgernhaben zweitrangig, verstehst du?« Eladio war der erste, der merkte, daß dieses Argument nicht zog. »Sieh mal, Pequebú, ich will da ganz ehrlich sein. Der politische Kampf ist kein Kinderspiel, ist dir das klar?« Er war also nicht astrein, war es das? »Ich kann mich irren, ich bin nicht unfehlbar. Aber du klebst noch an zu vielem: in deinem Geschmack, in deinen Gewohnheiten, in deinem Lesestoff, selbst in dem, was du schreibst.« Weil er über schöne Dinge schrieb? »Nicht nur darum. In deinen Erzählungen kommen zum Beispiel nie Arbeiter vor.« Das stimmte. »Und das ist falsch. Wenn du wüßtest, daß die Arbeiterklasse...« Er wußte es, er wußte es. »Also dann?« Er versuchte ihnen klarzumachen, daß in seinen Erzählungen keine Arbeiter vorkamen, weil er die Arbeiter achtete. Und noch etwas: »Ihr wißt, daß ich aus einer Familie der Mittelschicht komme, nicht?« »Genau das merkt man dir an.« »Ich habe nie in einem

Arbeitermilieu gelebt. Mehrmals habe ich versucht, Arbeiter in meine Sachen zu bringen. Es geht einfach nicht. Hinterher lese ich mir den Abschnitt durch, und er klingt falsch. Ich habe es noch nicht geschafft, sie zum Sprechen zu bringen, versteht ihr? In dem, was ich schreibe, kommen keine Arbeiter vor, weil sie hohl klingen. Und ich weiß, daß sie, wenn sie reden und noch viel weniger, wenn sie handeln, keinesfalls hohl sind.« Hier führte der andere als Beispiel die Erzählungen von Rossi an, der schon zwei Bücher veröffentlicht hatte. »Der ist auch aus der Mittelschicht und schreibt trotzdem über Arbeiter.« Gefielen ihm die Erzählungen von Rossi tatsächlich? »Das ist eine andere Frage. Du siehst immer alles zu subjektiv. Gefällt es dir, gefällt es dir nicht? Diese Frage ist auch kleinbürgerlich.« Er hatte recht, subjektiv war die Frage schon. »Also eins zu null für dich.« Aber gefielen sie ihm tatsächlich? »Schon wieder die gleiche Leier. Von Literatur verstehe ich nichts.« Natürlich nicht, aber... gefielen sie ihm? Endlich das Geständnis: »Sie langweilen mich ein bißchen. Aber natürlich verstehe ich nichts davon.« Sie langweilten ihn, nicht weil er nichts davon verstand, sondern weil sie hohl klangen, weil diese Personen keine Arbeiter waren, sondern Stereotypen. Ausgedachte Schablonen.

Der Schmerz hingegen war keine Fiktion, sondern eine Realität, aus der es keinen Ausweg gab. War es vielleicht auch kleinbürgerlich, diesen verdammten Scheißschmerz zu spüren? Allerdings mußte er Kritik an sich üben: Er hatte gesagt, er wüßte etwas. Wozu? Alles in allem wußte er selbst nicht genau, ob das, was er jetzt so hartnäckig verschwieg, viel oder wenig, wichtig oder unwichtig war. Hatte er gesagt, er wüßte etwas, nur um sich auf die Probe zu stellen, nur um sich selbst zu beweisen, daß er bis zum Schluß aushalten könne, ohne jemand zu verraten?

Damals hatten sie ihn nicht aufgenommen. Wegen seiner »ideologischen Lagunen« natürlich. Abgesehen davon wünschte die Gruppe keine Zusammenarbeit mit dem Kleinbürgertum. Aber er hatte sich weiter an ihren Tisch in der kleinen Kneipe gesetzt. Halb machten sie sich über ihn lustig, halb respektierten sie ihn. Vor allem erkannten sie an, daß er nicht nachtragend war. Einmal geschah es sogar, als sie beide zu früh gekommen waren, daß Martita, eins der nettesten Mädchen der Gruppe, ihn mit schuldbewußtem Gesicht fragte, wovon die Bücher eigentlich handelten, die er immer las. Und er hatte ein Gedicht von Machado rezitiert: »Plötzlich ist der Frühling da./Keiner weiß, wie es geschah.« Und: »Ich dachte, mein Herd sei erloschen . . ./als in der Asche ich rührte,/ein Brennen ich spürte.« Und als Martita zögernd fragte: »Ist Machado so ein Kleinbürger wie du?«, hatte er sich gezwungen gesehen, klarzustellen, wenn schon, sei er ein Kleinbürger wie Machado. Ehre wem Ehre gebühre. Da war Martita rot geworden, hatte ihre riesigen schwarzen Augen niedergeschlagen und gesagt: »Sag es nicht Eladio und auch nicht Raul, aber mir gefallen diese Gedichte, Vicente.« Sie hatte ihn nicht Pequebú genannt, noch nicht einmal Peque, sondern einfach Vicente. Er hatte gelächelt wie ein Idiot, aber im Grunde war er schrecklich gerührt gewesen. Seiner selbst wegen und auch wegen Machado. Mehr war nicht geschehen. Denn gleich darauf war Raul gekommen, fast im Laufschritt. Die Dinge standen schlecht. Die Repression hatte ihren Höhepunkt erreicht. Die Bullen hatten Eladio geschnappt, direkt vor der Uni. Die Parole war: Verschwinden. Und sie waren verschwunden. Martita hatte er nie wiedergesehen. Eine Woche später ging das Gerücht um, Eladio hätte gesungen, was er nicht geglaubt hatte. Nicht einmal jetzt glaubte er es. In den offiziellen Berichten heißt es immer, früher oder später geständen sie alle. Aber in Wirklichkeit singt höchstens einer von hundert. Und wenn sie ihm noch so verflucht mitspielten (und war er nicht wirklich verflucht? – Früher hatte er nie über dergleichen Ausdrücke nachgedacht und noch viel weniger daran geglaubt, daß sie einmal Wirklichkeit werden konnten), im Grunde ist er ganz ruhig, weil er sich zweier Dinge vollkommen sicher ist: daß er nicht dieser eine unter hundert sein wird, und daß er sterben muß. »Und stirbt denn mit dir deine Welt?/Das alte Leben deiner Ordnung und die neue?/Ambos und Tiegel deiner Seele/Schaffen sie denn nur für den Staub und den Wind?« Selbst jetzt kommt er von seinem alten Machado nicht los.

Er war gefaßt worden, ohne zu wissen, warum. Er hatte nicht

politisch gearbeitet, im Grunde, weil sie ihn nicht gelassen hatten. Es ist ungefähr zwanzig Tage her, daß sie ihn geschnappt haben, vielleicht auch zwei Monate oder vier Tage. Unter der Kapuze fällt es schwer, die Zeit zu schätzen. Er hat mit keinem gesprochen, das heißt, außer mit diesem Typ, der ihn täglich die Engel im Himmel singen hören läßt. Auch so ein Ausdruck, der plötzlich wahr geworden ist. Wenn die Maschine anfängt zu funktionieren, hört er tatsächlich so etwas wie ein fernes hohes Singen. Genaugenommen ist es nur der andere, der spricht, Fragen stellt und ihn beschimpft. Am Anfang sagte er nein, dann beschränkte er sich darauf, den Kopf zu schütteln. Jetzt schweigt er einfach. Er weiß, daß das den anderen noch wütender macht, aber das ist ihm gleichgültig. Zuerst schämte er sich zu weinen, aber jetzt nicht mehr; es wäre unsinnig, Kraft daran zu verschwenden, die Tränen zurückzuhalten. Außerdem lästert und flucht er nicht. Er weiß, daß auch das den anderen auf die Palme bringt, aber auch das ist ihm egal. Wenigstens hat er sich einen winzigen Bereich geschaffen, in dem er es ist, der die Spielregeln diktiert. Und eine dieser Spielregeln (die nicht in die Pläne des anderen paßt) ist zu sterben. Und er ist sicher, daß er sich durchsetzen wird. Er wird ihnen die Hölle heiß machen, auch wenn er dabei draufgeht. Er hat schon keine Muskeln mehr, keine Nerven, keine Sehnen, keine Adern, keine Haut. Er ist nur ein einziger großer Schmerz, etwas wie eine riesige Übelkeit. Und er weiß, daß er sonstwas auskotzen wird (von dem ekelerregenden Fraß, den sie ihm vorwerfen, bis zu seinen malträtierten Lungen), außer den Namen, Adressen und Telephonnummern, die der andere von ihm hören will. Sie sind die Herren der Elektroschocks, der Fußtritte, des U-Boots (des nassen und des trokkenen), der Folterbank und aller Grausamkeiten der Erde. Aber er ist der Herr seines Schweigens. Warum hört man die Schritte so deutlich auf dem Gang? »Meine Herren, es beginnt die dritte Sitzung des Tages.« Wird er in dieser krepieren? Wenn es hochkommt, hält er noch bis morgen aus.

Die letzten beiden Male ist er ohnmächtig geworden, und nach dem, was er hörte, als er langsam wieder zu sich kam, war es nicht leicht gewesen, ihn wieder ins Leben zurückzubefördern. Das ist es, was ihn sich im Grunde mächtig fühlen läßt.

Alle seine Sinne sind darauf konzentriert, diese letzte Schlacht zu gewinnen. Manchmal sieht er unter der Kapuze wie ein Aufleuchten die Gesichter seiner Eltern, die Dachkammer, in der er zu studieren pflegte, die Bäume seiner Straße, das Fenster der Kneipe. Aber es ist kein Platz mehr für Traurigkeit. Nur eins läßt ihn manchmal eine leichte Bitterkeit spüren, vielleicht die letzte seines Lebens, und das ist die Gewißheit, daß seine Freunde nie erfahren werden, daß Pequebú (Vicente für Martita) sterben wird, ohne sie zu verraten. Weder sie noch Machado.

Augusto Monterroso

Huldigung an Dylan Thomas

Alejandro Pareja aus Ecuador, Julio Alberto Restrepo aus Kolumbien, Julio Alberto Murena aus Argentinien, Carlos Rodríguez aus Venezuela, die sich alle aus politischen Gründen außerhalb ihrer Heimat befanden, sowie Federico Larraín aus Chile, der aus purer Reiselust unterwegs war, trafen einander am 22. Januar 1964 in der Stadt Panamá in einem Bierlokal, in dem sie zufällig herausfanden, daß sie allesamt Dichter waren, daß sie alle Dylan Thomas bewunderten und daß sie ihn praktisch von Anfang bis Ende auswendig kannten. In der Hitze, nach einigen Glas Bier von der schlechtesten Sorte, kamen sie auch noch auf ein paar andere Dinge: nämlich daß im April die Weltausstellung in New York eröffnet werden sollte, daß (gegen drei Uhr morgens) sie zu fünft eigentlich das nötige Geld zusammenkratzen könnten, um einen Gebrauchtwagen zu kaufen, und schließlich (gegen Morgengrauen), daß sie sich damit auf den Weg nach New York machen müßten, um unter allen Umständen am Tag der Eröffnung in dieser Stadt einzutreffen.

Dann gingen sie schlafen.

Eine Woche später waren sie – trotz ihrer undurchsichtigen politischen Vergangenheit und ihrer Berufsbezeichnung Dichter – im Besitz der erforderlichen Visa sowie eines Autos, um sich jener Stadt zuzuwenden, die nachmals der nicaraguanische Soldat, der sie anhielt, seiner Zeit vorauseilend als das Eiserne Babel bezeichnen sollte.

In Costa Rica blieben sie nur kurz wegen des Aschenregens, den der Irazú in jenen Tagen ausspie.

In Nicaragua wurden sie, wie nicht anders zu erwarten, von ein paar Freunden des Dichters Ernesto Cardenal geräuschvoll empfangen, mit größerer Zurückhaltung dagegen vom Kommandeur eines der vielen Polizeikorps, General Chamorro Lugo, der sie nach viereinhalbstündigem Dialog über seinen hochfliegenden Landsmann und – fast könnte man sagen – Schützling seines Vaters, Rubén Darío, den er nachweislich auswendig kannte, mit einiger Brutalität und militärischer Eskorte an die Grenze von Honduras schickte, nicht ohne ihnen zu versichern, daß er sich als Landsmann des großen Dichters stets als Freund Platons und der Poesie betrachte, darüber aber nicht seine heikle Aufgabe vernachlässigen dürfe.

In Honduras passierte ihnen etwas Ähnliches, jedoch rettete Restrepo mit viel Geschick die Situation, indem er sich als naher Verwandter und Bewunderer Porfirio Barba Jacobs ausgab und unablässig die Fichten lobte, zwei Dinge, auf die die Polizeichefs dieses Landes stets mit Begeisterung und Feingefühl reagieren.

In El Salvador wurden sie erstaunlicherweise von keinerlei Polizei belästigt, erhielten aber statt dessen den überraschenden Besuch eines sonderbaren Kauzes, der sowohl von den Behörden als auch der Mehrzahl der freien Schriftsteller mit Hingabe verfolgt wurde, nachdem ihm ebendiese Behörden und Schriftsteller einen Preis für das beste Buch Erzählungen seit Salarrué zuerkannt hatten; indessen, mochten sie ihm auch Sympathie entgegenbringen, so fanden sie doch nie heraus, ob ihr seltsamer und begeisterter Besucher verrückt war, da er nichts anderes tat, als über seine Verfolger zu lachen.

Selbstverständlich hielt sie die Polizei auch in Guatemala an, wenn auch – die Wahrheit zu sagen – aus keinem anderen Grund als dem, daß ein paar Guerrilleros soeben auf der Straße, auf der sie fuhren, einen blutrünstigen Häscher erschossen hatten, nur daß sie hier der Chef der Guardia im Anschluß an die scharfen Verhöre mit der heuchlerischen Erklärung weiterziehen ließ, er sei einer der größten Freunde der Poesie und Platons und hasse aus ganzer Seele das Kreuz (sein Amt, versteht sich), mit dem Gott und die Regierung ihn gestraft hätten.

In Mexico wohnten sie einem kontinentalen Dichtertreffen bei, das dort gerade veranstaltet wurde und bei dem sich alle als

Freunde Platons und der Poesie ausgaben (ohne es allerdings untereinander zu sein), bei dem sie sich jedoch mit Diskussionen im prunkvollen Journalistenclub und mit gegenseitigem Vorlesen ihrer Werke in der schönsten Parkanlage der Stadt aufs angenehmste die Zeit vertrieben.

In New York endlich, wo sie glückselig am 21. April, dem Eröffnungstag der Ausstellung, eintrafen, begaben sie sich, ohne eine Minute zu verlieren, ins Greenwich Village, und zwar in die Hudson Street Nummer 557, wo sich The White Horse Tavern befindet, in der sich Dylan Thomas Tag für Tag zu betrinken pflegte (nicht zu verwechseln mit Woody's Bar und Grill, wo er jene achtzehn letzten Whisky pur trank, die ihn geradewegs ins Delirium tremens beförderten, von da in die Elfte Straße / Siebte Avenue, St. Vincent's Hospital, und von da ins Grab; eine Bar, nebenbei gesagt, die heute abgerissen ist, die sich aber in ihrer glorreichen Zeit an der Ecke Sechste Avenue / Neunte Straße befand), doch vor der feierlichen Trinkspende zu Ehren des Dichters baten sie den Geschäftsführer, der sich als Freund Platons, der Poesie und – natürlich – des *poor Dylan* herausstellte, um die Erlaubnis, in einer Ecke des Lokals eine kleine Lederplakette zur Erinnerung an diese Begebenheit anbringen zu dürfen, worauf sie, nachdem die Erlaubnis erteilt und der Akt vollzogen war, ihre Gläser austranken und die Stadt verließen, nicht ohne vorher in unzweideutiger Form dem Reporter Benny Albert von der *New York Times* und dem Fotografen Don Mulligan von der Associated Press, die immer gerade im rechten Augenblick zur Stelle sind, die Erklärung abzugeben, daß die Huldigung nicht allein hierin bestehe, sondern außerdem im schleunigen Verlassen der Stadt und des Landes, mit der ausdrücklichen Weigerung, den Fuß in etwas zu setzen, das auch nur entfernt irgendeiner Weltausstellung ähnlich sehen könne. Dies alles kann man illustriert mit zwei Photographien noch ausführlicher in der Nummer 32, Mai bis Juni 1964, S. 14ff. der literarischen Zeitschrift *Endymion* nachlesen, die Walter Alcott und Louis Uppermeyer, Freunde Platons, der Poesie und der Wahrheit, mit nicht geringer Mühe seit acht Jahren in St. Louis, Missouri, USA, herausgeben ($ 5.80).

Antonio Di Benedetto

Begegnung

Die Weite der Welt ist unbarmherzig: Sie verhindert nicht, daß sie und er sich an einer Ecke begegnen.

Jeder erkennt im anderen eine Erinnerung wieder, deshalb sehen sie sich so unbestimmt an, und er hält inne, als ob er die Jahre an sich vorüberziehen lasse.

Sie entwischt über den Gehsteig, eng an die Mauer gedrückt.

Er bleibt an der Ecke, sieht sie fliehen.

Sie fühlt sich beobachtet, und es tut ihr weh, denn sie möchte für ihn sein wie sie war.

Mit Macht drängt es sie, sich dem Blick aller Männer, die auf der Straße sind, zu entziehen.

In der Nähe ist ein Kino, und sie vertraut sich dem Halbdunkel an, das die Sitze einhüllt. Aber von der Vorstellung nimmt sie nichts auf, versteht nichts. Sie hat nur ihn vor Augen, ihn, der sie an jener Ecke noch überrascht oder verlegen anschaut, wie ein Leid, das man nicht abweisen kann.

Sie fühlt, daß sie im Begriff ist, zu weinen. Sie sucht es mit dem Taschentüchlein zu vertuschen, aber es ist so klein für so viele Tränen...

Sie läuft davon, um in der Toilette Zuflucht zu suchen. Sie lehnt den Arm an die glänzende Fliesenverkleidung, und weinend und kopfschüttelnd überläßt sie sich dieser Stütze, so, als verleugne sie, was? Daß sie ihn gesehen hat? Daß er entdeckt hat, wie sie gegenwärtig ist?

Eine andere Frau kommt durch die Pendeltür herein. Sie sieht sie aufmerksam an, wortlos, einen Weg suchend, sie aus dieser Verzweiflung zu reißen. Sie legt ihre zarten Finger auf ihren Nacken, um sie ihre Gegenwart und einen Trost fühlen zu lassen.

Ihr Schluchzen beruhigt sich. Sie hört auf zu weinen. Zaghaft und verschämt öffnet sie die Augen, noch wehrt sie sich leise mit einer Kopfbewegung dagegen. »Rauchen Sie eine Zigarette, das wird Ihnen guttun.« Sie seufzt und atmet so tief ein wie sie kann. Sie entschuldigt sich schüchtern: »Ich habe noch nie geraucht. Ich weiß gar nicht, wie es geht.«

»Versuchen Sie, nehmen Sie eine, ich zünde sie Ihnen an.«

»Nein, bitte. Sagen Sie mir lieber, wie spät es ist.«

»Müssen Sie nach Hause? Ich begleite Sie.«

Aber sie verneint mit ergebener Stirn. Versunken in ihre Trostlosigkeit, findet sie eine Rechtfertigung: »Mein Mann erwartet mich um sieben im Zentrum.«

Marco Denevi

Eintagsfliege, die Gelbe Gefahr

Ach, Ephemera, Eintagsfliege. Ich erwähne ihren Namen und noch immer überkommt mich das Gefühl der Eile. Ihr richtiger Name war María del Sagrario, aber sie ließ sich Eintagsfliege nennen. Sie selbst erklärte mir, warum: »Weil ich wie die Eintagsfliegen bin. Ich lebe in einer rascheren Zeit als der Rest der Sterblichen. Was für euch ein Tag ist, sind für mich viele Tage. Obwohl ich aussehe wie ein Mädchen, bin ich doch eine reife Frau. Vielleicht sterbe ich hundertjährig, und alle wähnen mich in der Blüte meiner Jahre. Aber eines müßt ihr verstehen: Ich werde ein langes Leben gelebt haben, nur in schnellerem Rhythmus, als ihn gemeinhin die Leute haben. Ich sage es dir noch einmal, Juan Cristóbal: Wenn sich von den gewöhnlichen Kalendern ein Blatt löst, sind von meinem bereits Hunderte von Blättern herabgefallen. Während die Zeiger deiner Uhr sich einmal gedreht haben, sind diejenigen einer Uhr, die meiner Zeit angepaßt sind, ich weiß nicht wie oft gekreist. Aber bitte, irr dich nicht. Meine Zeitrechnung ist ein aus Erfahrung so zusammengepreßter Blätterteig wie deiner. Mit dem Unterschied, daß ich das, was du in einen Tag speicherst, in eine Stunde stopfe.«

Ja, sie hatte etwas von einer Eintagsfliege, einer Libelle. Oder von einem Vogel, von jenen Vögeln, die einen einzigen Sommer lang zwischen Blumen herumflattern und mit den ersten Kälteeinbrüchen sterben. So zart, so leicht, daß es schien, als sei sie aus Karamel und könne bei der geringsten Berührung in zwanzigtausend Stücke springen und so flattrig, so unruhig, so (scheinbar) nervös. Mit spitziger Zunge redete sie mit Volldampf, so, als sage sie einen auswendig gelernten Text auf und wolle ihn so rasch wie möglich zu Ende bringen, weil sie ihn sonst vergessen hätte. Sie ging nicht, sie lief auch nicht: Sie glitt wie ein beflügeltes Wesen, das Schwung nimmt, um gleich zum Flug abzuheben. Ihre Gebärden waren das Abbild eines Tremolos. Sogar im Ruhezustand war sie niemals ruhig: Ihr Köpfchen drehte sich von einer Seite zur anderen, als ob sie jemanden suche, den sie verloren hatte oder der ihr im Dunkeln, ohne sich sehen zu lassen, etwas zuflüsterte; mit den Händen verscheuchte sie einen imaginären Fliegenschwarm oder sie bekämpfte die Ohrfeigen eines unsichtbaren Gegners; während sie las oder Musik hörte, mußte sie mit den Füßen wippen, irgendein Wort in die Luft malen, eine Hieroglyphe zeichnen. Kurz und gut: denkt an einen Kolibri.

Und sie war so wunderschön, daß ich sie heiratete.

Mein Leben an ihrer Seite war der Wettlauf zweier Fliehender, die alle Züge verpassen, überall zu spät hinkommen, vor einem Feind, der sie verfolgt, weglaufen. Noch heute hält sich in mir der Eindruck, mich beeilen zu müssen, weil mich irgend jemand irgendwo erwartet. Ich erzähle einige Einzelheiten, stellt euch den Rest vor.

Wir hörten ein Stück von Wagner, der damals mein Idol war. Es waren kaum vier Töne erklungen, und Eintagsfliege stand auf: »Aber warum wiederholt er immer das gleiche? Er hat doch bereits im Anfangsakkord alles gesagt. Dein Wagner ist mir ein schöner Langeweiler.«

Ich spielte ihr von Webern vor.

»Siehst du? Das gefällt mir schon besser. Aber warum hat er bloß so viele Stücke zusammengefügt? Ich würde lieber eins nach dem anderen hören und zwischendurch mal eine Pause machen. So auf einmal ermüden sie mich. Davon bekomme ich Völlegefühl.«

Mir war von Weberns Musik immer vorgekommen wie eine Reihe einzelner Noten, isolierter Laute ohne Verbindung untereinander. Ich gebe zu, daß Eintagsfliege mich anregte, jeden dieser kurzen Blitze zu genießen, und ich fand, daß sie wunderschön waren und vollkommen in ihrer Kürze. Gewöhnt an andere Dimensionen, hatte ich mich zu dem Fehler hinreißen lassen, sie aneinanderzureihen, und selbstverständlich hatte ich sie zusammenhanglos gefunden.

Aber zurück zu Eintagsfliege. Ich gab ihr ein Buch zu lesen. Sie las zwei Seiten und knallte es mit trockenem Schlag zu.

»So ein Geschwafel! Das ist mir viel zu lang! Oder glaubt der Autor, daß wir Leser dämlich sind und es nötig haben, alles von A bis Z erzählt zu bekommen?«

Ein anderes Mal aber rief sie: »Juan Cristóbal, ich wußte gar nicht, daß du Dichter bist! Du hast ein herrliches Gedicht geschrieben.«

Und sie zeigte auf ein einziges Wort, das Wort *antruejo*, das ich auf ein Papier gekritzelt hatte, weil ich nicht wußte, was es bedeutete und später im Wörterbuch nachschauen wollte.

Dank Eintagsfliege, ich leugne es nicht, lernte ich den verborgenen Reichtum im Mikrokosmos der Sprache zu entdekken. Es eröffneten sich mir verborgene Landschaften in jedem Wort, so wunderbar wie die, die in ihrem Inneren die Moleküle der Kristalle bewahren oder die Zellen der Protozoen. Aber wegen Eintagsfliege fingen mir die langen Tiraden Faulkners und Prousts an, unerträglich zu werden.

Es gab andere Aufregungen, andere Dringlichkeiten.

Meistens hatte Eintagsfliege Hunger. Sie aß einen Bissen ohne hinzusehen, was sie aß, schluckte ihn ohne zu kauen herunter und lockerte sich seufzend das Korsett: »Ich bin so voll!«

Und weil ich mir dagegen mehrere Gerichte schmecken ließ, seufzte sie erneut, diesmal allerdings verärgert: »Mein Gott, Juan Cristóbal. Du verbringst Stunden, ganze Stunden, festgeschraubt am Tisch. Abgesehen von der Völlerei, findest du nicht, daß du wertvolle Zeit auf bedauerliche Weise vergeudest, die du anderweitig nutzen könntest?«

Ich erhob Einspruch: »Warum diese Eile?«

Und sie: »Ich, Eile? Aber du bist doch die Trägheit und Langeweile in Person. Du frißt wie Pantagruel und verdaust wie eine Boa, wie gräßlich.«

Nachdem sie gegessen hatte, ob morgens um zehn oder fünf Uhr nachmittags, ging sie im Nachthemd schlafen, hatte den Nachttopf unterm Bett und schlief kaum ein paar Minuten. Beim Wachwerden jammerte sie: »Ich hätte nicht wie ein Murmeltier schlafen dürfen. Wenn ich daran denke, was mir in der Zwischenzeit nicht alles hätte widerfahren können.«

Tagsüber war das halb so schlimm. Aber nachts ging es mir auf die Nerven, daß sie ein und zwei und tausend Mal aufstand, sich anzog, krachmachend und türenschlagend durch die Zimmer ging, Geschirr wegräumte oder daß sie im Morgengrauen versuchte, mir irgendeinen Nachbarschaftsklatsch zu erzählen.

Und wenn ich stöhnte: »Ich will schlafen!«

Wurde sie wütend: »Schlafen! Schlafen! Willst du die ganze Nacht schlafen?«

»Dafür ist die Nacht da. Zum Schlafen.«

»Du Faulpelz. Ich ertrage es nicht, so viele Stunden untätig zu sein.«

Und sie ging hinaus in den Patio, um zu fegen oder die Blumen zu gießen, wenn es ihr nicht gerade in den Sinn kam, Klavier zu spielen.

Wir gingen auf ein Fest. Kaum waren wir angekommen, als Eintagsfliege mir zuraunte: »Wo führst du mich hinterher hin? Denn hier geht den Gästen schon der Gesprächsstoff aus.«

Im Theater murrte sie: »Los! Los! Das wissen wir doch schon alles zur Genüge.«

Mich packte Entsetzen, daß die Schauspieler sie hören könnten. Oft stand sie mitten im ersten Akt auf und verließ wutschnaubend und aufstampfend den Saal. Wenn ich ihr hinterher ihre Flegeleien vorwarf, entgegnete sie zornig: »Und du, du hast kein Blut in den Adern! Du müßtest darauf bestehen, daß man dir dein Geld zurückgibt. Sieh doch: eine Eintrittskarte zu bezahlen, um so ein blödsinniges Geschwätz zu hören, das dann obendrein nie aufhört. Theater ist Aktion, keine Konversation.«

Ich vermute, daß sie Aktion mit Veitstanz verwechselte. Kino, ja das faszinierte sie, aber der Stummfilm aus den Anfangszeiten, diese Filme mit Ben Turpin oder Charlie Chaplin, in denen sich die Personen wie Epileptiker schütteln.

Reisen war für sie eine Aneinanderreihung von Froschhüpfern von einem Ort zum anderen. Sie kam an, guckte sich um, wendete sich sofort zu mir: »Nun gut? Wie lange wollen wir hierbleiben und uns immerfort das gleiche angucken?«

Das Meer ertrug sie nicht: »Das ist übertrieben, ein Exzeß.

Man müßte es in Seen und Archipele aufteilen und mit Brunnen schmücken.«

Das Gebirge flößte ihr Entsetzen ein: »Welch ein Alptraum, das Abbild der Ewigkeit. Wenn bloß ein Erdbeben käme und es durcheinanderschütteln würde!«

Ich verkaufte das Auto, um nicht in diesem Blechkäfig zu sterben, denn Eintagsfliege, die an meiner Seite saß, tobte: »Wann willst du dich entschließen, Gas zu geben?«

Und wir fuhren hundert Stundenkilometer.

Mein *tempo* war für sie so langsam, so monoton, daß es sie zur Verzweiflung brachte.

»Es ist zwecklos, Juan Cristóbal. Ich gucke dich an und sehe dich wie eine Riesenschildkröte, wie ein Krokodil, das sich sonnt.«

Um diese kränkenden Metaphern zu widerlegen, täuschte ich den Schwung eines Jünglings vor, der nicht weiß, was er mit seinen überschüssigen Energien anstellen soll. Offensichtlich untergruben diese Prahlereien meine Gesundheit, ließen mich frühzeitig altern. Sie hingegen hielt sich immer so jung. Vielleicht würde sie mit hundert sterben, wie sie mir gesagt hatte, denn anscheinend bestimmten ihr rasender Kalender und ihre beschleunigte Uhr nicht ihre physische Entwicklung. Oder vielleicht bleiben die Eintagsfliegen von der Geburt bis zum Tode unverändert.

Eines, ja, das muß ich anerkennen: wie intelligent sie war, mit welcher Schnelligkeit sie auf einen einzigen Blick die winzigsten Details wahrnahm, sie irgendeine Anspielung erhaschte oder sich in eine Gesellschaft einfügte, ohne Verwirrung zu stiften. Alles war für sie sonnenklar.

Behutsam fing ich an: »Ich glaube, morgen gehe ich nicht nach...«

Eintagsfliege unterbrach mich: »Einverstanden. Du gehst nicht. Ich sage telephonisch Bescheid.«

Oder sie entschied, als wir von einem Cocktail zurückkamen, wo wir zehn Minuten geblieben waren: »Pedro hat sich in Carmen verliebt. Luis machte sich Sorgen wegen finanzieller Probleme. Die Gastgeberin haßt mich.«

Die Tatsachen würden ihr unveränderlich recht geben.

Sie warf mir vor, alte Freundschaften aufrechtzuerhalten: »Wie kann man sich nur von ausgedrückten Zitronen ernähren?«

Die ihren begannen leidenschaftlich und erloschen nach kurzer Zeit aufgrund beidseitigen Überdrusses (und trotzdem, wenn ich sie ihr ins Gedächtnis rief, sagte sie: »Wir waren Freunde über Jahrhunderte!«). Die Liebe maß sie mit gleicher Elle. In den ersten acht Tagen unserer Ehe forderte sie großartige Leistungen, um ihre messalinische Liebesglut zu besänftigen. Danach fing sie an zu protestieren: »Immer das gleiche Repertoire!«

Danach gähnte sie: »Um Himmels willen, Juan Cristóbal, wir sind doch nicht mehr in den Flitterwochen.«

Nach einem Jahr ermahnte sie mich: »Juan Cristóbal, schämst du dich denn gar nicht!«

In den letzten Jahren unserer Ehe schliefen wir in getrennten Zimmern. Aber eine Sache ist, sich zu lieben oder nicht zu lieben, und eine andere ist das Vertrauen in die eheliche Treue. Ich überwachte sie, und sie verspottete mich: »Mach dich nicht lächerlich, Juan Cristóbal. Eine Frau in meinem Alter zu verdächtigen. Für so etwas ist die Zeit abgelaufen.«

Für die Liebe schon, aber nicht für die Koketterie: »Jahre!« schluchzte sie. »Es ist Jahre her, daß ich meine Garderobe nicht erneuert habe!«

Und dabei hatte sie erst vor kurzem ein Vermögen für Kleider ausgegeben (die ich bezahlt hatte).

Kurz und gut: jene Tarantelbißgebärden, jenes ständige Kommen und Gehen, Aufstehen, Herumflattern, sich Hinsetzen, wieder Aufstehen, Flügelschlagen und von Blume zu Blume Fliegen, jenes ununterbrochene Trillern María del Sagrarios fingen an, mir auf die Nerven zu gehen. Ich vermißte die Qual langer Erwartung, die schmerzliche Wollust bevorstehender Ereignisse. Ich sehnte mich danach, saumselig zu sein, nach Pausen, Ruhemomenten, Harmonie, Nachdenklichkeit, Genüssen, Trägheit, Behagen. Es verlangte mich, wenn auch nur ein einziges Mal, zurückzuschauen, in mich zu schauen. Ich fühlte eine unwiderstehliche Lust, mich in die Sonne (jawohl, wie ein Krokodil in die Sonne) zu legen.

Kaum gab sie mir zu verstehen, daß wir uns trennen sollten (»Juan Cristobal, meinst du nicht, daß auch unsere Liebe eine ausgedrückte Zitrone ist?«), eiferte ich ihrer Lebhaftigkeit nach und antwortete ihr: »Einverstanden, mein Liebes, reichen wir die Scheidung ein.«

Ich habe sie nie wiedergesehen. Aber ich bin nicht mehr so wie früher. Das Zusammenleben mit ihr hat mich verändert, ich glaube, für immer. Ich schreibe keine Romane mehr, ich schreibe Aphorismen. Bei Wagner kriege ich Wutanfälle. Und ich habe den *Reader's Digest* abonniert. Trotz alledem, nicht hier liegt die Gefahr. Ich bin lediglich ein Mensch, und meine Romane waren schrecklich, obgleich meine Epigramme auch nicht besser sind. Die Gefahr besteht darin, daß Eintagsfliege mir mit einer einzigen Geburt sechs Kinder schenkte und die sechs nach ihr geraten sind: sechs Kolibris. Die Rasse der menschlichen Eintagsfliegen hat angefangen sich auszubreiten, und das, ach, mit meiner Beihilfe. Meine Kinder werden größer werden und sich vermehren, ihre Gene werden sich durchsetzen, so wie sich die María del Sagrarios gegen meine durchgesetzt haben, aus den sechs Eintagsfliegen werden sechsunddreißig und dann zweihundertsechzehn und dann tausendfünfhundertsechsundneunzig und so weiter. Das ist die neue Gelbe Gefahr, die auf uns lauert.

Ich weiß: wenn wir alle Eintagsfliegen wären, hätte sich die Zeit vereinheitlicht, lebten die Schildkröten nicht mit den Libellen zusammen, würde niemand unter der fehlerhaften Synchronisation leiden, die ich an der Seite María del Sagrarios erduldet habe, die María del Sagrario in einer Welt erlitten hat (oder erleidet, falls sie noch lebt), die für sie nur aus schlafsüchtigen Alligatoren bestand. Aber was würde dann aus Beethoven oder Dostojewski? Vielleicht würden sie jede einzelne seiner Noten und jedes einzelne seiner Worte zerlegen und genössen jede Note und jedes Wort wie eine komplette Symphonie, wie jetzt ein ganzes Buch. Das im besten Fall. Denn das Wahrscheinlichste ist, daß die zukünftigen Eintagsfliegen diese Tieffrequenztöne nicht hören, nichts außer der Computerschnellsprache entschlüsseln.

Ich möchte nicht die Zukunft der Malerei voraussagen:

Zeichnungen, die in der Dunkelheit mit glühender Kohle gefertigt werden; Farbströme, die jemand in die Luft schleudert. Noch weniger die der Architektur: Papier- oder Gummihäuser für die weiblichen und männlichen Eintagsfliegen, die in der Hitze eines einzigen Sommers umherflattern.

Also, daß ihr es wißt, unsere ganze Kultur ist bedroht. Wie dem auch sei, ich werde diese Welt nicht kennenlernen. Ich möchte auch ihre Vorläufer nicht kennen: María del Sagrario hat ihre Kinder (ihre, denn ich weigere mich, sie als meine anzuerkennen) mitgenommen, und ich bin weggezogen, damit sie mich nicht finden können; ich lebe eingeschlossen in einem Zimmer, in dem die Zeit dehnbar ist und leer wird. Mehrere Eintagsfliegen in meiner Umgebung würden mich verrückt machen. Seid auch ihr vorsichtig.

Vielleicht täusche ich mich, wenn ich meine, daß die Zukunft einer Menschheit aus Eintagsfliegen schrecklich ist, weil ich von meiner eigenen Warte aus urteile. Ich stelle mir vor, daß ein Mann in mein Zimmer tritt. Meine Bewegungen bereiten ihm Schwindel, der Rhythmus meiner Worte bringt ihn aus der Fassung. Er blättert die tausend Seiten des *Quijote* durch. »Bah, Auszüge«, murmelt er geringschätzig. Er hört ein Scherzo von Beethoven und sagt: »Höchst kurz, höchst schnell, höchst unzusammenhängend.« Danach fragt er mich in einem Ton, von dem ich nicht weiß, ob es Ironie oder Argwohn ist: »Wie alt ist denn der ehrenwerte Jüngling?«

»Vierzig«, antworte ich ihm.

»Ich bedaure meine Prahlerei, aber ich muß Ihnen gestehen, daß ich dreimal so alt bin.«

Der Mann hat schrägstehende Augen und einen gelben Teint.

»Es ist zweitausendfünfhundert Jahre her«, murmelt er, »daß ich die Große Mauer gegen die fliehende Zeit errichten ließ.«

Lygia Fagundes Telles

Vor dem grünen Ball

Die blauweiße Sambagruppe zog vorbei, die Tänzer in Louis XV-Kostümen und ihre Standartenträgerin, mit einer silbernen, pyramidenförmigen Perücke, die Locken waren auf ihre Stirn gefallen, in einem Satinkleid, dessen schmutzige Schleppe über den Asphalt schleifte. Der Schwarze mit der großen Trommel machte eine tiefe Verbeugung vor zwei Frauen, die aus dem Fenster lehnten, und lief dann in seinem Dreispitz und einem verschwitzten, wehenden Umhang weiter.

»Du hast ihm gefallen«, sagte das junge Mädchen zu der Frau gedreht, die noch klatschte. »Er hat zu dir herüber gegrüßt, ist das nicht toll?«

Die Schwarze lachte leise.

»Mein Kerl ist tausendmal schöner, wenigstens finde ich das. Und er muß gleich da sein, er wollte mich um zehn an der Ecke abholen. Wenn ich zu spät komme, läßt er sich vollaufen, und dann spielt sich nichts mehr ab.«

Das junge Mädchen nahm sie am Arm und zog sie zum Nachttisch. Das Zimmer war durcheinander, als wäre ein Einbrecher da gewesen und hätte Schachteln und Schubladen ausgekippt.

»Ich bin schon so spät dran, Lu! Das Kostüm ist aber auch zum Verrücktwerden... Nur Geduld, du hilfst mir ja ein bißchen.«

»Ja, bist du denn noch nicht fertig?«

Das junge Mädchen setzte sich auf das Bett und breitete den grünen Unterrock auf ihren Knien aus. Sie trug einen Bikini und Spitzenstrümpfe, ebenfalls grün.

»Fertig, womit? Das hier muß ich alles noch aufkleben, hier schau mal... Was habe ich mir auch dies verflixt schwierige Pierrette-Kostüm ausgedacht!«

Die Schwarze kam näher, mit den Händen strich sie über den Kimono aus Seide. In ihrem krausen Haar trug sie eine Blume aus rotem Kreppapier. Sie setzte sich neben das Mädchen.

»Raimundo muß gleich da sein, der wird toben, wenn ich zu spät komme. Wir wollen die Karnevalsvereine sehen, alle will ich sie heute sehen.«

»Noch ist Zeit, immer mit der Ruhe«, fiel das junge Mädchen ihr ins Wort. Sie strich sich die Haare aus dem Gesicht. Sie stellte die Lampe, die auf dem Tischchen umgefallen war, wieder auf. »Ich weiß gar nicht, wieso ich so spät dran bin.«

»Ich darf aber nicht die Parade verpassen, hörst du, Tatisa? Alles, bloß nicht die Parade!«

»Ja, wer sagt denn, daß du sie verpaßt?«

Die Frau steckte den Finger in den Topf mit der Klebe und danach in den Flitter auf der Untertasse. Dann fuhr sie mit dem Finger über den Unterrock und drückte den Flitter, ohne ein besonderes Muster zu bilden, auf den Stoff.

»Aber wenn wir den Flitter auf dem ganzen Unterrock festmachen sollen...«

»Jetzt meckerst du schon? Ich dachte, es reicht noch, ich kann doch nicht mittendrin aufhören, das mußt du doch einsehen! Wenn du hilfst, geht es ganz schnell, schau her, ich habe mich schon angemalt, wie findest du mein Gesicht? Du hast gar nichts gesagt, alte Hexe! Na und?... Wie findest du es?«

Die Frau lächelte. »Es ist hübsch geworden, Tatisa. Mit dem grünen Haar siehst du wie eine Artischocke aus, wirklich komisch. Aber dies Grün auf den Fingernägeln, das finde ich nicht gut, es sieht merkwürdig aus.«

Mit einer abrupten Bewegung hob das junge Mädchen den Kopf, um besser atmen zu können. Sie fuhr sich mit dem Handrücken über das brennende Gesicht.

»Aber die Fingernägel geben dem Ganzen doch den Pfiff, Mensch! Es ist ein grüner Ball, die Kostüme sollen grün sein, alles in grün. Du brauchst mich nicht so anzusehen, los, nicht aufhören, du kannst ja reden, aber mach dabei weiter. Es fehlt noch mehr als die Hälfte, Lu!«

»Ich habe keine Brille auf, ich kann ohne Brille nicht gut sehen.«

»Macht nichts«, sagte das Mädchen und wischte die Klebe, die an ihrem Finger herabgelaufen war, am Bettlaken ab. »Kleb es irgendwie drauf, da drin sieht es keiner, es wird bruchvoll sein. Nur diese Hitze macht mich ganz verrückt, ich halte das nicht mehr aus, mir kommt es so vor, als würde ich schmelzen, dir nicht? Eine barbarische Hitze!«

Die Frau versuchte, die Sternblume, die auf den Hals gerutscht war, festzustecken. Sie runzelte die Stirn und sagte leiser: »Ich war drin.«

»Na und?«

»Er liegt im Sterben.«

Auf der Straße fuhr ein wild hupendes Auto vorbei. Einige Kinder gröhlten, begleitet von rhythmischen Schlägen auf eine Bratpfanne: *Die Krone des Königs ist nicht aus Gold und nicht aus Silber ...*

»Ich komme mir vor wie in einem Backofen«, stöhnte das Mädchen, ihre Nasenflügel voller Schweißperlen weiteten sich. »Hätte ich das gewußt, dann hätte ich mir ein leichteres Kostüm ausgedacht.«

»Noch leichter als dies hier? Du bist fast nackt, Tatisa. Ich wollte mein Hawaii-Kostüm anziehen, aber nur, weil ein Stück Schenkel rausguckt, ist Raimundo dagegen. Nun sieh dir dich erstmal an ...«

Mit der Fingernagelkante nahm Tatisa ein Flitterplättchen auf, das sich in der Spitze ihres Strumpfes verfangen hatte. Sie ließ es auf die Dekoration fallen, die am Rocksaum entstand, und kratzte nachdenklich ein wenig angetrocknete Klebe ab, die auf ihr Knie getropft war. Ihr Blick wanderte ruhelos von einem Gegenstand zum anderen. Mit düsterer Stimme fragte sie: »Glaubst du, Lu?«

»Ob ich was glaube?«

»Daß er im Sterben liegt?«

»Ach so, ja. Ich kenne das gut, ich habe schon eine Menge Leute sterben sehen, ich weiß, wie das geht. Er überlebt die Nacht nicht.«

»Aber du hast dich doch schon einmal geirrt, weißt du noch? Du hast gesagt, daß er sterben würde, daß er am Ende ist ... Und am nächsten Tag hat er strahlend um Milch gebeten.«

»Strahlend?« fragte die Hausangestellte entsetzt. Sie schürzte die dunkelrot geschminkten Lippen. »Und außerdem habe ich nicht gesagt, daß er sterben würde, nein, ich habe gesagt, es geht ihm schlecht, das habe ich gesagt. Aber heute ist es anders, Tatisa. Ich habe durch die Tür gelinst, ich brauchte nicht mal reinzugehen, um zu sehen, daß er stirbt.«

»Aber als ich drin war, da hat er so ruhig geschlafen, Lu.«

»Das ist kein Schlaf. Das ist was andres.«

Mit einem Ruck schob das Mädchen den über ihre Knie gebreiteten Unterrock beiseite und erhob sich. Sie trat an den Tisch, nahm die Whiskyflasche und suchte in dem Durcheinander aus Fläschchen und Schachteln ein Glas. Sie fand es. Sie pustete hinein, der Boden war voller Reispuder, dann trank sie in großen Zügen, dabei preßte sie die Backenzähne aufeinander. Sie atmete mit offenem Mund. Sie wandte sich an die Schwarze.

»Willst du auch was?«

»Ich habe schon so viel Bier getrunken, wenn ich durcheinandertrinke, wird mir übel.«

Das Mädchen schüttete mehr Whisky in das Glas.

»Zerfließt meine Schminke auch nicht? Schau mal, ob das Grün über den Augen nicht verwischt ist... Ich habe noch nie so geschwitzt, als würde mein Blut kochen.«

»Du trinkst zu viel. Und diese Hetzerei... Ich möchte mal wissen, warum es dieser gestickte Unterrock sein mußte, der ganze Flitter fällt bei der Berührung nachher ab. Und das schlimmste ist, daß ich es nicht richtig schön machen kann, weil ich dauernd an Raimundo da unten an der Ecke denken muß...«

»Ach, du bist ja so doof, Lu. Tausendmal wiederholst du dasselbe Zeug, tatatatata! Kann der Typ denn nicht ein bißchen warten?«

Die Frau antwortete nicht. Mit verzücktem Gesichtsausdruck hörte sie die Musik einer Sambagruppe in der Ferne vorüberziehen. Sie trällerte mit piepsiger Stimme: *und dann weinte sie... dann weinte sie...*

»Beim letzten Karneval, da war ich in einer Karnevalsgruppe mit Lumpenkostümen und habe mich vielleicht amüsiert. Meine Schuhe gingen sogar kaputt, so viel habe ich getanzt.«

»Und ich lag im Bett mit einer dicken Grippe, weißt du noch? Diesmal will ich aber feiern.«

»Und dein Vater?«

Langsam wischte das Mädchen ihre von der Klebe weißen Fingerspitzen am Taschentuch ab. Sie trank einen Schluck Whisky. Wieder tauchte sie den Finger in die Klebe.

»Du willst nur, daß ich hierbleibe und weine, ist es nicht so? Du willst, daß ich Asche auf mein Haupt streue und auf Knien bete, ist es nicht das, was du willst?« Sie betrachtete ihre mit Flitter besetzte Fingerkuppe. Dann drückte sie den glitzernden Fingerhut auf den Unterrock. »Was soll ich denn tun? Ich bin doch nicht der Herrgott, oder? Ja und? Wenn es ihm schlechter geht, ist das nicht meine Schuld.«

»Ich sage ja gar nicht, daß du schuld hast, Tatisa. Ich habe nichts damit zu tun, er ist dein Vater, nicht meiner. Tu, was du willst.«

»Aber jetzt sagst du, er liegt im Sterben!«

»Ja, genau.«

»Von wegen! Ich habe auch durch die Tür gelinst, er schläft, niemand stirbt im Schlaf, so wie er daliegt.«

»Dann eben nicht.«

Das Mädchen trat ans Fenster und hielt das Gesicht gegen den purpurnen Himmel. Auf dem Gehsteig spielte eine Horde von Jungen mit Plastiktuben in Bananenform, sie spritzten sich damit gegenseitig Wasser ins Gesicht. Sie unterbrachen ihr Spiel, um hinter einem Mann herzupfeifen, der als Frau verkleidet o-beinig in Schuhen mit sehr hohen Absätzen vorbeistakste. »Komm, meine Schöne, komm mit mir, meine Schöne!« rief der Älteste unter den Jungen und rannte hinter dem Mann her. Sie sah der Szene ungerührt zu. Sie zog kräftig an den Strümpfen, die am Gummiband ihres Bikinis festgemacht waren.

»Ich schwitze wie ein Pferd. Jede Wette, wenn ich nicht schon geschminkt wäre, würde ich mich jetzt unter die Dusche stellen. So ein Quatsch, sich vorher anzumalen.«

»Und ich komme um vor Durst«, murmelte die Hausangestellte und krempelte die Ärmel ihres Kimonos hoch. »Ach, so ein schön gekühltes Bier. Ich trinke Bier wirklich gerne, aber

Raimundo trinkt lieber Schnaps. Letztes Jahr war er drei Tage lang sternhagelblau, ich bin allein zur Parade gegangen. Da war ein Wagen, das war der schönste von allen. Das hättest du sehen sollen, alle diese Nymphen, ganz voller Perlen. Da gab es Fischer, Piraten, Tintenfische, alles gab's da! Und ganz oben in einer Muschel, die auf und zu ging, die Meereskönigin, voller Juwelen...«

»Du hast dich schon mal geirrt«, unterbrach das Mädchen sie. »Er kann nicht im Sterben liegen, wirklich nicht. Ich war doch auch drin, vor dir, er hat so ruhig geschlafen. Und heute morgen hat er mich sogar erkannt, er hat mich angesehen, angesehen, und dann hat er gelächelt. Geht's dir gut, Vater? habe ich gefragt, und er hat nicht geantwortet, aber ich habe gesehen, daß er ganz genau verstand, was ich gesagt hatte.«

»Er hat den Starken gespielt, der Ärmste.«

»Den Starken? Wieso?«

»Er weiß, daß du deinen Ball hast, er will dir nicht im Weg sein.«

»Mensch, ist das schwierig, mit dummen Leuten zu reden«, platzte das Mädchen heraus. Sie warf die Kleider, die auf dem Bett übereinanderlagen, auf den Boden. Sie durchsuchte die Taschen einer langen Hose. »Hast du meine Zigaretten genommen?«

»Ich habe meine eigene Marke, ich brauche deine nicht.«

»Hör zu, liebe Lu, hör mal her«, fing sie an und rückte die Sternblume auf dem Kraushaar der Frau zurecht. »Ich denke mir das nicht aus, ich bin sicher, daß er mich heute morgen noch erkannt hat. Ich glaube, daß er gerade Schmerzen hatte, denn über die gelähmte Seite lief eine Träne. Ich habe ihn noch nie auf der Seite weinen sehen, noch nie. Er hat nur auf der Seite geweint, die Träne war so dunkel...«

»Er wollte sich verabschieden...«

»Jetzt kommst du schon wieder damit, Scheiße! Hör doch auf mit deinen Unkenrufen, sieht aus, als wolltest du, daß es heute passiert. Warum sagst du das dauernd, warum?«

»Du fragst doch selbst, und dann willst du keine Antwort von mir hören. Lügen werde ich nicht, Tatisa.«

Das Mädchen sah vorsichtig unter das Bett. Sie holte einen

Schuh hervor. Sie machte sich noch flacher, ihr grünes Haar streifte den Boden. Sie richtete sich auf, sah umher. Und kniete langsam vor der Schwarzen hin. Sie nahm den Topf mit der Klebe.

»Und wenn du mal eben reingehst, bloß mal gucken?«

»Willst du, daß ich das hier fertig mache oder nicht?« Die Frau stöhnte erbittert, sie öffnete und schloß die von der Klebe ausgetrockneten Finger. »Raimundo findet Warten gräßlich, heute kriege ich noch die Hucke voll!«

Das Mädchen erhob sich. Sie schnaubte, während sie hastig auf und ab lief wie ein Tier im Käfig. Sie stieß einen Schuh, der ihr im Weg war, beiseite.

»Dieser elende Arzt. Der ist an allem schuld. Ich habe ja gesagt, daß ich ihn nicht hier zu Hause behalten kann, ich habe gesagt, daß ich nichts von Krankenpflege verstehe, das liegt mir nicht, ich kann das nicht! Wenn du lieb wärst, würdest du mir helfen, aber du bist so egoistisch, so gemein, dir ist das alles egal. Du Egoistin!«

»Aber Tatisa, er ist doch nicht mein Vater, ich habe nichts damit zu tun, ich habe sogar eine ganze Menge geholfen, jawohl, meine Liebe, und wie. Wer hat die ganzen Monate diese Belastung ausgehalten? Ich will mich nicht beklagen, denn er ist so gut, der Ärmste. Aber bei allen Heiligen, heute nicht! Eigentlich ist es sowieso schon zu viel, daß ich hier hocke, wo ich längst unten sein müßte.«

Mit einer müden Geste öffnete das Mädchen die Schranktür. Sie betrachtete sich im Spiegel. Kniff sich in die Taille.

»Ich bin dicker geworden, Lu.«

»Du und dick? Du bist doch nur Haut und Knochen, Kind. Dein Freund hat ja gar nichts zum Anfassen. Oder doch?«

Mit den Hüften probierte sie einen lasziven Schlenker. Sie lachte. Ihre Augen lebten auf: »Lu, Lu, um Himmels willen, so mach schon, um Mitternacht holt er mich ab. Er hat ein grünes Pierrot-Kostüm machen lassen.«

»Ich habe mich auch schon mal als Pierrot verkleidet. Aber das ist lange her.«

»Er kommt mit einem Alfa, toll, was?«

»Was ist das denn?«

»Ein Klasseauto, rot. Aber schau mich nicht so an, Lu, los doch, siehst du denn nicht...« Beklemmt fuhr sie sich mit der Hand an den Hals. »Lu, Lu, warum ist er denn nicht im Krankenhaus geblieben?! Da war er so gut versorgt...«

»Ein Krankenhaus, für das man nicht bezahlt, ist eben so, Tatisa. Die können nicht ewig einen Kranken dabehalten, dem nicht zu helfen ist. Die Kranken stehen ja Schlange bis auf die Straße.«

»Seit Monaten denke ich an diesen Ball. Er hat sechsundsechzig Jahre gelebt. Könnte er denn nicht noch einen Tag länger leben?«

Die Schwarze schüttelte den Unterrock und betrachtete ihn von weitem. Sie breitete ihn erneut aus und beugte sich wieder über die Untertasse mit dem Flitter.

»Es fehlt nur noch ein Stück...«

»Noch einen Tag länger...«

»Komm, hilf mir, Tatisa, wenn wir beide aufkleben, geht es ganz fix.«

Jetzt arbeiteten sie beide schneller, die Hände wanderten von dem Topf zur Untertasse und von der Untertasse auf den Rock, der sich wie ein grüner Flügel unter dem Gewicht des Flitters bog.

»Heute bringt Raimundo mich um«, fing die Frau wieder an und klebte den Flitter aufs Geratewohl auf. Mit dem Handrükken fuhr sie sich über die feuchte Stirn. Ihre Hand blieb in der Luft stehen. »Hast du nicht gehört?«

Das Mädchen antwortete nicht gleich.

»Was denn?«

»Ich glaube, ich habe ein Stöhnen gehört.«

Sie senkte den Blick.

»Das war auf der Straße.«

Sie neigten beide wie verschworen den Kopf in dem gelben Lampenlicht.

»Hör mal, Lu, wenn du heute hierbleiben könntest, nur heute«, fing sie in sanftem Ton an. Und fügte hastig hinzu: »Ich würde dir mein weißes Kleid geben, das weiße, du weißt, welches? Und die Schuhe auch, sie sind noch neu, du weißt ja, daß sie neu sind. Du kannst morgen ausgehen, du kannst jeden Tag ausgehen, aber heute, um Himmels willen, Lu, bleib heute hier!«

Triumphierend richtete sich die Hausangestellte kerzengerade auf.

»Das hat aber gedauert, Tatisa, wirklich. Von Anfang an habe ich darauf gewartet. Nee, selbst wenn du mich umbringen würdest, heute würde ich nicht bleiben. Heute nicht.«

Die Sternblume fiel herunter, als sie den Kopf schüttelte.

Sie steckte sie mit einer Haarklammer, die sie mit den Zähnen öffnete, wieder fest. »Die Parade verpassen? Niemals! Ich hab schon so viel getan«, fügte sie hinzu und schüttelte dabei den Unterrock. »Fertig. Du kannst ihn anziehen. Es ist schlampig gemacht, aber das sieht keiner.«

»Ich könnte dir den blauen Mantel geben«, murmelte das Mädchen und wischte sich die Finger am Bettuch ab.

»Nicht mal bei meinem eigenen Vater würde ich bleiben, hast du gehört, Tatisa? Nicht mal bei meinem Vater, heute nicht.«

Das Mädchen sprang auf, ging zu der Flasche und trank mit geschlossenen Augen noch ein paar Züge. Sie streifte den Rock über.

»Brrr! Dieser Whisky hat es in sich«, murmelte sie und trat vor den Spiegel. »Komm, mach ihn mir zu, steh doch nicht so da mit diesem Gesicht, du bist gemein.«

Die Frau tastete suchend über den Tüll.

»Ich finde die Haken nicht...«

Das Mädchen stand mit gespreizten Beinen und erhobenem Kopf vor dem Spiegel, durch den sie die Frau ansah.

»Von wegen im Sterben, Lu. Du hast keine Brille aufgehabt, als du im Zimmer warst, nicht wahr? Dann hast du es nicht richtig gesehen, er hat geschlafen.«

»Möglich, daß ich mich geirrt habe...«

»Klar, du hast dich geirrt. Er hat geschlafen.«

Die Frau runzelte die Stirn und trocknete sich mit dem Kimonoärmel den Schweiß vom Kinn. Wie ein Echo wiederholte sie: »Ja, er hat geschlafen.«

»Schnell, Lu, du fummelst schon eine Ewigkeit an diesen Haken herum!«

»Fertig«, sagte die andere leise und wich zur Tür zurück. »Du brauchst mich nicht mehr, oder?«

»Warte!« befahl das Mädchen und parfümierte sich hastig. Sie schminkte ihre Lippen nach und warf den Pinsel in ein offenes Glas daneben.

»Ich bin schon soweit. Laß uns zusammen runtergehen.«

»Ich muß los, Tatisa!«

»Warte, ich habe doch gesagt, daß ich schon fertig bin«, wiederholte sie leiser. »Ich hol nur noch meine Tasche ...«

»Läßt du das Licht brennen?«

»Ist besser, nicht? Das Haus wirkt dann fröhlicher.«

Oben an der Treppe standen sie dicht beieinander. Sie sahen beide in dieselbe Richtung: die Tür war geschlossen. Reglos, als seien sie auf der Flucht zu Stein erstarrt, hörten die beiden Frauen die Uhr im Wohnzimmer. Die Schwarze rührte sich als erste. Ihre Stimme war nur ein Hauch: »Willst du nicht mal vorsichtig reingucken, Tatisa?«

»Geh du lieber, Lu ...«

Sie wechselten einen raschen Blick. Schweißtropfen liefen über die grünen Schläfen des jungen Mädchens, ein trüber Schweiß, wie der Saft einer Zitronenschale. Von draußen hörte man immer wieder ein langes Hupen. Der Klang der Uhr ertönte mächtiger. Sanft machte die Hausangestellte sich von der Hand des Mädchens los. Sie lief auf Zehenspitzen die Treppe hinunter. Sie öffnete die Tür zur Straße.

»Lu! Lu!« rief das Mädchen entsetzt. Sie mußte sich beherrschen, um nicht zu schreien. »So warte doch, ich komm ja schon ...«

Und auf das Geländer gestützt, eng daran gelehnt, ging sie hastig hinunter. Als die Tür hinter ihr zuschlug, rollten einige Flitterplättchen die Treppe hinunter, als wollten sie sie noch erreichen.

Clarice Lispector

Familienbande

Endlich saßen die Mutter und die Frau bequem in dem Taxi, das sie zum Bahnhof bringen sollte. Die Mutter zählte und zählte die beiden Handkoffer, bemüht, sich zu überzeugen, daß beide im Wagen waren. Die Tochter mit ihren dunklen Augen, denen ein leichtes Schielen einen ständigen Anflug von Spott und Kälte gab, schaute zu.

»Hab ich auch nichts vergessen?« fragte die Mutter zum dritten Mal.

»Nein, nein, du hast nichts vergessen«, antwortete die Tochter amüsiert, aber geduldig.

Sie stand noch unter dem Eindruck der halb komischen Szene, die sich zwischen ihrer Mutter und ihrem Mann in der Abschiedsstunde abgespielt hatte. Während der zwei Besuchswochen der alten Dame hatten die beiden sich gegenseitig kaum ertragen; in ihrem ›Guten Morgen‹ und ›Guten Abend‹ hatte jedesmal ein behutsames Zartgefühl mitgeklungen, das zum Lachen reizte. Als sie jedoch beim Abschied ins Taxi stiegen, hatte ihre Mutter sich in die exemplarische Schwiegermutter und ihr Mann sich in den guten Schwiegersohn verwandelt. »Verzeih, wenn ich ein böses Wort gesagt habe«, hatte die alte Dame gesagt, und Catarina hatte zu ihrer Freude gesehen, daß Antônio, nicht wissend, was er mit den Koffern in der Hand machen sollte, verlegen stammelte – verwirrt, plötzlich der gute Schwiegersohn zu sein. Wenn ich lache, denken sie, ich bin verrückt geworden, hatte Catarina gedacht und hatte die Augenbrauen gerunzelt. »Wer einen Sohn verheiratet, verliert einen Sohn, wer eine Tochter verheiratet, gewinnt einen dazu«, hatte die Mutter hinzugefügt, und Antônio hatte seine Grippe ausgenutzt, um zu husten. Boshaft beobachtete Catarina ihren Mann, seine Sicherheit war verflogen und machte einem dunkelhäutigen kleingewachsenen Mann Platz, der gezwungen war, der Sohn jener grauhaarigen kleinen Frau zu sein... Die Lust zu lachen wurde noch stärker. Glücklicherweise mußte sie nie lachen, wenn sie Lust dazu verspürte; ihre Augen nahmen einen klugen, beherrschten Ausdruck an, sie schielten noch mehr – und das Lachen drang durch die Augen. Es schmerzte immer ein bißchen, lachen zu können. Doch sie konnte nichts dagegen tun: seit ihrer Kindheit lachte sie mit den Augen, seit eh und je schielte sie.

»Ich wiederhole: Der Kleine ist zu dünn«, sagte die Mutter, während sie sich gegen das Rütteln des Wagens wehrte. Und obgleich Antônio nicht dabei war, sagte sie es in demselben herausfordernden und anklagenden Ton, den sie ihm gegenüber anschlug. Mit dem Erfolg, daß Antônio eines Abends in Harnisch geraten war: »Nicht durch meine Schuld, Severina!« Er nannte die Schwiegermutter Severina, da er vor der Hochzeit vorgeschlagen hatte, sie wollten eine moderne Schwiegermutter und ein moderner Schwiegersohn sein. Gleich beim ersten Besuch, den die Mutter dem Paar machte, war der Name Severina nur mühsam über seine Lippen gekommen, und diesmal hatte die Tatsache, daß er sie so nannte, nicht verhindert, daß... Catarina sah die beiden an und lachte.

»Der Kleine ist immer dünn gewesen, Mama«, sagte sie.

Das Taxi fuhr eintönig weiter.

»Dünn und nervös«, fügte die Senhora mit Entschlossenheit hinzu.

»Dünn und nervös«, pflichtete Catarina geduldig bei.

Der Junge war ein nervöses, zerstreutes Kind. Während des Besuchs der Großmutter war er noch abwesender geworden, er hatte schlecht geschlafen, verstört von den übertriebenen Liebkosungen und den verliebten Tätscheleien der alten Dame. Antônio, der sich nie sonderlich um die Empfindsamkeit seines Sohnes gesorgt hatte, war so weit gegangen, Andeutungen vor seiner Schwiegermutter darüber zu machen, wie man »Kinder umhegen müsse«.

»Habe ich auch nichts vergessen...« fing die Mutter wieder an, als ein plötzliches Bremsen des Wagens die beiden gegeneinanderstieß und die Koffer übereinanderfielen. »Ah! Ah!« rief die Mutter aus wie vor einem nicht wieder gutzumachenden Unglück. »Ah!« sagte sie und schüttelte überrascht den Kopf, plötzlich alt und arm geworden. Und Catarina?

Catarina sah die Mutter an, die Mutter sah die Tochter an; war auch Catarina ein Unglück zugestoßen? Überrascht blinzelten ihre Augen, hastig stellte sie wieder die Gepäckstücke, die Tasche aufrecht hin, bemüht, das Unheil so rasch wie möglich gutzumachen. Denn es war tatsächlich etwas geschehen, es ließ sich nicht verbergen: Catarina war gegen Severina geschleudert worden, in eine längst vergessene Vertrautheit der Körper, die aus einer Zeit stammte, in der man Vater und Mutter hat. Obwohl sie sich nie wirklich umarmt oder geküßt hatten. Mit dem Vater, ja, mit ihm war Catarina immer zärtlicher gewesen. Wenn die Mutter ihnen die Teller füllte und sie zwang, zuviel zu essen, hatten die beiden sich angesehen wie Verschworene, und die Mutter hatte es nicht gemerkt. Doch jetzt, nach dem Zusammenstoß im Taxi und nachdem sie wieder richtig saßen, fanden sie nicht mehr zu ihrem Gespräch zurück – warum waren sie noch nicht am Bahnhof?

»Habe ich auch nichts vergessen?« fragte die Mutter mit entsagender Stimme.

Catarina wollte sie nicht mehr ansehen und ihr auch nicht antworten.

»Hier, deine Handschuhe!« sagte sie, hob sie vom Boden auf und hielt sie ihrer Mutter hin.

»Ah! Ah! Meine Handschuhe!« rief die Mutter verblüfft.

Sie sahen sich erst wieder mit lauernden Blicken an, als die Koffer im Zug verstaut waren, nachdem sie Küsse getauscht hatten: als der Kopf der Mutter im Fenster erschien.

Nun sah Catarina, daß ihre Mutter gealtert war und glänzende Augen hatte.

Der Zug fuhr nicht ab, und beide warteten, ohne etwas zu sagen zu haben. Die Mutter zog ihren Taschenspiegel hervor und musterte sich prüfend mit ihrem neuen Hut, den sie beim Hutmacher ihrer Tochter gekauft hatte. Sie betrachtete sich und machte dabei eine übertrieben strenge Miene, in der es nicht an Bewunderung für sich selbst fehlte. Die Tochter beobachtete sie belustigt. Niemand kann dich lieben außer mir, dachte die Frau, mit den Augen lachend; und das Gewicht der Verantwortung gab ihr einen Geschmack von Blut im Mund. Als seien »Mutter und Tochter« Leben und Ekel. Nein, sie konnte nicht sagen, daß sie ihre Mutter liebte. Ihre Mutter tat ihr weh, das war es. Die Alte hatte den Spiegel wieder in ihrer Tasche verwahrt und blickte sie lächelnd an. Ihr verbrauchtes und trotzdem noch schlaues Gesicht schien sich anzustrengen, den anderen irgendeinen Eindruck zu vermitteln, zu dem auch der Hut beitrug. Plötzlich schellte die Bahnhofsglocke, ein ängstliches Hin und Her entstand, mehrere Personen begannen zu rennen, weil sie glaubten, der Zug fahre ab: »Mama!« sagte die Frau. »Catarina!« sagte die Alte. Beide sahen einander überrascht an, der Koffer auf dem Kopf eines Gepäckträgers verstellte ihnen die Aussicht, ein junger Mann packte im Vorbeilaufen Catarina am Arm und brachte dabei den Kragen ihres Kleides in Unordnung. Als sie einander wieder sehen konnten, war Catarina drauf und dran, sie zu fragen, ob sie nichts vergessen hatte ...

»Habe ich auch nichts vergessen?« fragte die Mutter.

Auch Catarina kam es so vor, als hätten sie etwas vergessen, und beide starrten sich fassungslos an – denn wenn sie wirklich etwas vergessen hatten, jetzt war es zu spät. Eine Frau zerrte ein Kind hinter sich her, das Kind weinte, wieder läutete die Stationsglocke ... »Mama«, sagte die Frau. Was hatten sie nur einander zu sagen vergessen? Und jetzt war es zu spät. Es schien ihr, als hätten sie eines Tages folgendes sagen sollen: Ich bin deine Mutter, Catarina. Und sie hätte antworten sollen: Und ich bin deine Tochter.

»Paß auf, daß du keinen Zug bekommst!« rief Catarina.

»Na, hör mal, Kleines, ich bin doch kein Kind mehr«, sagte die Mutter, nicht ohne um ihre eigene Erscheinung besorgt zu sein. Die sommersprossige Hand, ein wenig zittrig, rückte vorsichtig den Hutrand zurecht, und Catarina verspürte plötzlich das Verlangen, sie zu fragen, ob sie mit ihrem Vater glücklich gewesen sei: »Viele Grüße an Tantchen!« rief sie.

»Ja, ja!«

»Mama«, sagte Catarina, weil ein langer Pfiff ertönt war und die Räder sich in dem Rauch schon drehten.

»Catarina!« sagte die Alte mit offenem Mund und verwunderten Augen; beim ersten Ruck sah die Tochter, wie sie die Hände zum Hut hob: Er war ihr auf die Nase gerutscht und ließ nur noch das neue Gebiß sehen. Schon fuhr der Zug, und Catarina winkte. Das Gesicht der Mutter verschwand einen Augenblick und tauchte wieder ohne Hut auf, ihr Haarknoten löste sich auf, und in weißen Strähnen fiel ihr Haar wie bei einem jungen Mädchen auf ihre Schultern – ihr Gesicht war vorgeneigt, ohne zu lächeln, vielleicht ohne die schon ferngerückte Tochter zu erkennen.

Vom Rauch umgeben machte Catarina sich auf den Heimweg, die Brauen gerunzelt und in den Augen die Verschmitztheit der Schielenden. Ohne die Begleitung der Mutter gewann sie ihren festen Gang wieder: Allein war es leichter. Einige Männer sahen ihr nach, sie war sanft, ein wenig füllig vielleicht. Sie ging ruhig, modern gekleidet, das kurzgeschnittene Haar mahagonirot gefärbt. Die Dinge hatten sich auf eine solche Art und Weise eingerichtet, daß die schmerzliche Liebe ihr vorkam wie Glück – alles war so lebendig und zärtlich ringsum, die schmutzige Straße, die uralten Straßenbahnen, Orangenschalen –, schwer und üppig floß die Kraft durch ihr Herz. Sie war sehr hübsch in diesem Augenblick, so elegant; in völliger Übereinstimmung mit ihrer Zeit und der Stadt, in der sie geboren worden war, als hätte sie es sich so ausgesucht. Jeder hätte in den schielenden Augen dieser Frau ihren Gefallen an den Dingen der Welt erraten. Eindringlich spähte sie nach den Menschen und versuchte ihre Freude, die noch feucht war von den um die Mutter geweinten Tränen, an jene austauschbaren Gestalten zu heften. Sie ging von den Wagen fort und schmuggelte sich spöttisch umherspähend durch die wartenden Schlangen an den Omnibus heran; nichts würde diese kleine Frau, die da mit wiegenden Hüften ging, daran hindern, in ihren Tagen noch eine geheimnisvolle Stufe zu erklimmen.

Der Aufzug summte in der Hitze, die vom Strande kam. Sie öffnete ihre Wohnungstür, während sie mit der anderen Hand das Hütchen abnahm; sie schien entschlossen, die Weite der ganzen Welt zu genießen, jenen durch ihre Mutter geöffneten Weg, der ihr in der Brust brannte. Antônio hob kaum die Augen von seinem Buch. Der Samstagnachmittag hatte stets ihm gehört, und gleich nach Severinas Abreise hatte er ihn am Schreibtisch wieder mit Vergnügen in Besitz genommen.

»Ist ›sie‹ fort?«

»Ja, sie ist fort«, antwortete Catarina und stieß die Türe zum Kinderzimmer auf. Ah, ja, da war der Kleine, dachte sie mit plötzlicher Erleichterung. Ihr Sohn. Dünn und nervös. Seit er stehen konnte, ging er stramm; doch obwohl er schon fast vier Jahre alt war, sprach er, als gäbe es keine Zeitwörter, er benannte die Dinge kaltblütig, ohne sie untereinander zu verbinden. Da stand er und spielte mit dem nassen Handtuch, genau und abwesend. Die Frau spürte eine gute Wärme und hätte den Kleinen am liebsten für immer an diesen Augenblick gefesselt; scheltend nahm sie ihm das Handtuch weg: dieses Kind! Doch der Junge blickte gleichgültig in die Luft, er war mit sich selbst beschäftigt. Er war immer zerstreut. Es war noch keinem gelungen, seine Aufmerksamkeit wirklich zu fesseln. Die Mutter schüttelte das Handtuch aus und verdeckte sich damit den Blick auf das Zimmer. »Mama«, sagte der Junge. Catarina drehte sich rasch um. Es war das erste Mal, daß er »Mama« in diesem Ton sagte und ohne um etwas zu bitten. Es war mehr als eine Feststellung: Mama! Die Frau schüttelte das Handtuch heftig weiter und überlegte, wem sie erzählen könnte, was geschehen war, aber sie wußte niemanden, der verstanden hätte, was sie nicht zu erklären vermochte. Kräftig glättete sie das Handtuch, bevor sie es zum Trocknen aufhängte. Vielleicht könnte sie es erzählen, wenn sie die Form veränderte. Sie würde erzählen, daß ihr Sohn gesagt hatte: Mama, wer ist Gott? Nein, vielleicht so: Mama, Junge will Gott. Vielleicht. Die Wahrheit paßte nur in Sinnbilder, nur in Sinnbildern konnte der Mensch sie empfangen. Lächelnd über ihre Notlüge und vor allem über ihre Torheit, vor Severina zu fliehen, lachte die Frau tatsächlich unerwartet das Kind an, und nicht nur mit den Augen: ihr ganzer Körper lachte gebrochen, gebrochen war eine Hülle, und eine Rauheit trat zutage wie Heiserkeit. »Häßlich«, sagte jetzt der Junge, der sie musterte.

»Wir wollen spazierengehen!« antwortete sie errötend und ergriff seine Hand.

Sie ging durchs Wohnzimmer, sagte im Vorbeigehen zu ihrem Mann: »Wir gehen aus!« und schlug die Wohnungstür hinter sich zu.

Antônio fand kaum Zeit, den Blick vom Buch zu heben – überrascht spähte er in den leeren Raum. »Catarina«, rief er, aber schon hörte er das Geräusch des abwärts fahrenden Aufzugs. Wohin gehen sie? fragte er sich unruhig, hustend und schnaubend. Denn der Samstag gehörte ihm, aber er wünschte, daß seine Frau und sein Sohn zu Hause blieben, wenn er seinen Samstag nahm. »Catarina!« rief er verärgert, obwohl er wußte, daß sie ihn nicht mehr hören konnte. Er stand auf, trat ans Fenster und sah eine Sekunde später seine Frau und seinen Sohn auf dem Gehsteig.

Die beiden waren stehengeblieben, vielleicht überlegte seine Frau, welchen Weg sie einschlagen sollten. Plötzlich gingen sie los.

Warum schritt sie so entschlossen aus und hielt dabei das Kind fest? Er sah vom Fenster aus, wie seine Frau die Hand des Kindes festhielt und rasch vorwärtsschritt, die Augen vorausgerichtet; und auch ohne sie zu sehen, sah der Mann ihren verhärteten Mund vor sich. Das Kind, man wußte nicht, aus welch dunklem Begreifen, blickte auch geradeaus, verwundert und einfältig. Von oben betrachtet, verloren die beiden Gestalten ihr vertrautes Aussehen, sie schienen auf den Boden gepreßt und dunkler im Licht des Meeres. Das Haar des Kindes flog...

Der Mann wiederholte sich die Frage, die ihn trotz ihrer unschuldigen Alltäglichkeit beunruhigte: Wohin gehen sie? Er sah besorgt, daß seine Frau das Kind führte, und fürchtete, sie könne in dem Augenblick, in dem die beiden außer Reichweite waren, seinem Sohn erklären, daß... Aber was? Catarina, dachte er. Catarina, das Kind ist noch unschuldig! In welchem Augenblick geschieht es, daß die Mutter, die ihr Kind an sich drückt, es in das Gefängnis der Liebe zwängt, die den künftigen Mann für immer beengen wird. Später einmal, als Mann, würde sein Sohn allein vor diesem Fenster hier stehen und mit dem Finger an die Scheibe klopfen: Gefangen. Gezwungen, einem Toten zu antworten. Wer würde je erfahren, in welchem Augenblick die Mutter dem Sohn ihre Erbschaft übergab. Und mit welchem düsteren Vergnügen. Nun verstanden Mutter und Sohn einander in dem geteilten Geheimnis. Später würde niemand mehr wissen, aus welch schwarzen Wurzeln sich die Freiheit eines Mannes nährte. Catarina, dachte er zornig, das Kind ist unschuldig! Aber sie waren schon am Strand verschwunden. Das geteilte Geheimnis.

Aber ich? Und ich? fragte er bestürzt. Die beiden waren allein fortgegangen. Und er war geblieben. »Mit seinem Samstag.« Und seiner Grippe. In der aufgeräumten Wohnung, wo »alles wie am Schnürchen lief«. Wer weiß, ob seine Frau mit seinem Sohn nicht vor dem Wohnzimmer mit seiner harmonischen Beleuchtung, mit seinen ausgesuchten Möbeln, mit seinen Vorhängen und Bildern floh? Das hatte er ihr geschenkt. Die Wohnung eines Ingenieurs. Und er wußte, wenn die Frau die Situation eines jungen, zukunftsreichen Mannes ausnutzte, so verachtete sie sie zugleich, mit ihren schlauen Augen: Sie floh mit seinem nervösen, mageren Sohn. Der Mann wurde unruhig. Weil er ihr auch in Zukunft nichts anderes bieten konnte als noch mehr Erfolg. Und weil er wußte, daß sie ihm dabei helfen würde und daß sie hassen würde, was sie zusammen erreichten. So war diese stille zweiunddreißigjährige Frau, die niemals eigentlich sprach, als hätte sie schon immer gelebt. Die Beziehungen zwischen beiden waren sehr ruhig.

Manchmal versuchte er sie zu demütigen und trat ins Zimmer, während sie sich umzog, weil er wußte, daß sie es haßte, nackt gesehen zu werden. Warum mußte er sie demütigen? Dennoch wußte er genau, daß sie nur einem Manne gehören würde, solange sie stolz war. Er hatte sich jedoch angewöhnt, sie auf diese Weise weiblich zu machen: Er demütigte sie mit Zärtlichkeit, und schon lächelte sie – ohne Groll? Vielleicht waren aus all dem ihre friedlichen Beziehungen entstanden und jene mit ruhiger Stimme geführten Gespräche, die eine häusliche Atmosphäre für das Kind geschaffen hatten. Oder war es manchmal gereizt? Manchmal war der Junge gereizt, er stampfte mit dem Fuß auf den Boden oder schrie in Alpträumen. War das hochgradig sensible kleine Geschöpf nicht das

Ergebnis dessen, was seine Frau und er im Alltag erfahren hatten? Sie lebten so ruhig dahin, daß sie sich, wenn ein Augenblick der Freude nahe war, nur rasch und fast spöttisch anblickten, und ihrer beiden Augen sagten: Wir wollen ihn nicht verbrauchen, wir wollen ihn nicht auf lächerliche Weise nutzen. Als lebten sie seit Urzeiten.

Nun hatte er ihr durchs Fenster nachgeblickt, hatte sie mit dem Jungen Hand in Hand davonlaufen sehen und hatte sich gesagt: Sie nimmt sich einen Augenblick der Freude – allein. Er fühlte sich gescheitert, weil er seit langem nicht mehr ohne sie leben konnte. Ihr aber gelang es, sich ihre eigenen Augenblicke zu nehmen – allein. Zum Beispiel: Was hatte sie zwischen Zug und Wohnung gemacht? Nicht, daß er sie verdächtigt hätte, aber es beunruhigte ihn.

Das letzte Licht des Nachmittags war schwer und legte sich ernst auf die Gegenstände. Der Sand knisterte trocken. Der ganze Tag hatte unter der Bedrohung der Ausstrahlung gelitten. Die in diesem Augenblick, wenn auch ohne auszubrechen, immer dumpfer wurde und in dem unablässig fahrenden Aufzug des Gebäudes summte. Wenn Catarina zurückgekehrt war, würden sie zu Abend essen und dabei die Nachtfalter verscheuchen. Der Junge würde im ersten Schlaf schreien, Catarina würde einen Augenblick die Mahlzeit unterbrechen ... und der Aufzug, würde er nicht einen einzigen Augenblick anhalten? Nein, der Aufzug würde keinen Augenblick anhalten.

Nach dem Abendessen gehen wir ins Kino, beschloß der Mann. Denn nach dem Kino würde es endlich Nacht sein, und dieser Tag würde sich mit den Wellen an den Felsen des *Arpoador* brechen.

Rubem Fonseca

Die Bitte

Zwei Tage lang schlich Amadeu Santos, Portugiese, verwitwet, Gelegenheitsarbeiter, um den Flaschenhandel von Joaquim Gonçalves und traute sich nicht hinein. Aber an diesem Tag regnete es in Strömen, und Amadeu war erschöpft und hatte Rheumaschmerzen im Bein. Außerdem mußte er wegen seiner chronischen Bronchitis ununterbrochen husten.

Amadeu ging zwischen Bergen verstaubter Flaschen ganz nach hinten in den Lagerraum, wo Joaquim an einem Tisch saß. Gemeinsam waren sie, damals noch Kinder, ausgewandert, und nun hatten sie sich fünf Jahre lang nicht gesehen, nachdem sie sich – warum, wußte Amadeu gar nicht mehr – überworfen hatten. Auf jeden Fall waren sie zerstritten, auch wenn Amadeu sich nicht mehr erinnern konnte, weshalb. Aber Joaquim wußte es bestimmt, und das machte den Besuch für Amadeu noch unangenehmer.

Joaquim saß an einem alten Schreibtisch und rechnete auf einem Stück braunem Packpapier. Er hatte eine Glatze, und die ihm noch verbliebenen Haare waren grau. Als Joaquim Amadeu sah, erkannte er ihn nicht sofort. In seiner Erinnerung war Amadeu ein kräftiger, ansehnlicher Mann, und vor ihm stand ein heruntergekommener, abgehärmter, magerer Mensch, sichtlich von Entbehrungen und Krankheit gezeichnet.

»Wie geht es dir, Joaquim?« fragte Amadeu, wagte aber nicht, ihm die Hand entgegenzustrecken.

»Es geht so, wie Gott will«, antwortete Joaquim trocken.

»Und die Geschäfte?«

»Ich kann mich nicht beklagen«, sagte Joaquim und ahnte schon, aus welchem Anlaß Amadeu ihn besuchen kam. Seine abgewetzte Kleidung, seine alten Schuhe ließen erkennen, daß es Amadeu nicht gutging. »Aber so wie früher läuft das Geschäft auch nicht mehr«, setzte Joaquim im Hinblick auf eine eventuelle Bitte um Geld vorsorglich hinzu. Ich glaube nicht, daß er es wagen wird, mich um irgend etwas zu bitten, dachte Joaquim, schließlich sind wir verfeindet und reden seit Jahren nicht mehr miteinander.

»Darf ich mich setzen?« fragte Amadeu, denn die Beine schmerzten ihm.

»Bitte«, sagte Joaquim.

Amadeu setzte sich und blickte stumm auf den Boden. Joaquim wandte sich wieder seinen Rechnereien auf dem Papier zu, hob aber von Zeit zu Zeit den Blick und beobachtete Amadeu. Wir sind gleichaltrig, aber ich bin noch nicht so verbraucht, dachte er mit einem bitteren Rachegefühl. Aber er spürte auch, daß sich tief in seinem Inneren Mitleid regte, und kämpfte dagegen an. Während der letzten fünf Jahre hatte er auf diese Stunde der Rache gewartet. Aber er empfand keinerlei Genugtuung.

Ohne den Blick zu heben, sagte Amadeu: »Könntest du mir vielleicht fünfhundert Cruzeiros leihen? Mir geht's gesundheitlich nicht gut, ich mußte aufhören zu arbeiten.«

Joaquim sah von seinen Zahlen auf und sagte: »Fünfhundert Cruzeiros? Vielleicht seh ich nicht so aus, aber für mich ist das viel Geld.«

»Ich weiß, aber ich hab sonst keinen, den ich fragen könnte«, sagte Amadeu kleinlaut. Seine Augen, umgeben von tiefen, Krankheit verratenden Ringen, waren matt vor Scham.

»Und was ist mit deinem Sohn, dem Doktor? Warum fragst du nicht den?« sagte Joaquim leicht hämisch.

»Mein Sohn ist tot.«

Amadeu erzählte, daß sein Sohn Carlos gleich nach seinem Examen eine Studienkollegin geheiratet hatte, ein Mädchen aus Bahia, und daß die beiden in ihre Heimatstadt gezogen waren, um dort eine Praxis zu betreiben. Anderthalb Jahre später, inzwischen schon Vater eines kleinen Jungen, war Carlos bei einem Autounfall gestorben.

»Ich hab mein Enkelkind noch nie gesehen«, sagte Amadeu.

Joaquim hatte sich mit Amadeu wegen dessen Sohn, dem Arzt, überworfen. Joaquim hatte auch einen Sohn, Manuel, aber der war ein Nichtsnutz, ein Dummkopf, der nichts vom Lernen hielt und nicht einmal das Gymnasium beendet hatte. Das Verhältnis zwischen den beiden hatte sich immer weiter vergiftet, während Carlos sein Studium absolvierte und Manuel sich die Zeit auf den Straßen vertrieb. Als Carlos seinen Titel erhielt, nahm Joaquim das als persönliche Beleidigung und sprach seitdem nicht mehr mit Amadeu.

»Geld wächst nicht auf Bäumen«, sagte Joaquim in etwas sanfterem Tonfall. Jahrelang bin ich auf einen Toten neidisch gewesen, dachte er. »Warum verkaufst du nicht deinen Handkarren?«

»Hab ich schon«, antwortete Amadeu. Er hätte hinzufügen können, daß er eines Tages, als er Möbel transportierte, mitten auf der Straße ohnmächtig geworden war und schnellstens ins Krankenhaus hatte gebracht werden müssen. Amadeu sagte auch nicht, daß er seit sechs Monaten die Miete für sein schäbiges Zimmer schuldig war und daß er nichts außer einer dünnen Suppe pro Tag zu sich nahm.

»Warum leihst du dir das Geld nicht von deiner Schwiegertochter?«

»Das wär mir peinlich«, sagte Amadeu. Er kam sich vor, als stünde er nackt und verdreckt mitten auf einem Platz. Aber er war entschlossen, die Demütigung bis zum Ende durchzustehen.

»Wofür willst du so viel Geld haben? Eine Busfahrkarte nach Bahia kostet weniger.«

»Ich wollte meinem Vermieter was geben«, sagte Amadeu. »Er ist sehr gut zu mir gewesen. Der Magalhães aus Covilhã, ich weiß nicht, ob du ihn kennst.«

Joaquim kannte ihn nicht.

Amadeus Elend und vor allem der Tod seines Sohnes, des Doktors, hatten seinen alten Groll zum Teil verfliegen lassen.

»Ich weiß nicht, ob ich so viel Geld hier habe«, sagte Joaquim, während er aufstand und zu einem alten Tresor in einer Ecke des Raumes ging. Amadeu begriff, daß Joaquim ihm das Geld leihen wollte, und in seinem Kopf begannen Bilder abzulaufen von seinem neuen Leben in Bahia bei seiner Schwiegertochter (die nicht wieder geheiratet hatte) und seinem Enkel. Seit Jahren hatten seinen müden Geist nicht mehr so glückliche Gedanken beschäftigt. Sein Bein, das entsetzlich schmerzte, seit er das Flaschenlager betreten hatte, hörte auf zu schmerzen. Liebevolle Zuneigung zu seinem Landsmann und Freund erfüllte sein Herz, und er dachte daran, wie sie, damals noch Kinder, auf dem Auswandererschiff herübergekommen waren, an ihre Jugend, die sie, ohne Geld, aber dafür gesund, gemeinsam verbracht hatten, und in kleinsten Einzelheiten, als hätte es gerade erst gestern stattgefunden, fiel ihm ein Fest bei der Penha-Kirche an einem Sonntag ein, bei dem sie beide, zusammen mit den Mädchen, die später ihre Frauen werden sollten, unter einem Baum gelegen und sich aus einer Korbflasche Wein einen herrlichen Rausch angetrunken hatten. Ich muß irgend etwas Nettes sagen, dachte Amadeu, bis jetzt habe ich ihm nur von meinem Elend erzählt und um Geld gebeten.

»Was macht der Manuel? Geht's ihm gut?« fragte Amadeu.

Joaquim stand über den Tresor gebeugt und zählte das Geld ab, als Amadeu die Frage aussprach. Wie von einem Schlag getroffen hielt er inne.

»Was?« stieß Joaquim hervor.

»Wie geht's dem Manuel?« fragte Amadeu noch einmal, verwundert über Joaquims Tonfall.

Joaquim warf das Geld in den Tresor zurück und knallte die Tür zu.

»Warum fragst du mich so was?« sagte Joaquim, und seine Verletztheit war größer als sein Ärger.

»Ich ... ich ...«, stotterte Amadeu.

»Du weißt genau, was dieser Schwachkopf macht!«

»Ich weiß gar nichts«, protestierte Amadeu. Aber Joaquim achtete nicht auf Amadeus Worte und schrie: »Gar nichts macht dieser Rumtreiber, nicht mal zum Flaschenkaufen taugt er. Er schläft den ganzen Tag, und abends geht er sich amüsieren. Ein erwachsener Mann, über dreißig, der sich von seinem Vater aushalten läßt, nein, nicht von seinem Vater, von seiner Mutter, die mir mit ihrer idiotischen Schlauheit Geld aus der

Tasche zieht und es ihm gibt. Ich bring den noch mal um, diesen Nichtsnutz, diesen Schmarotzer.«

»Das wußte ich nicht...«, sagte Amadeu bekümmert. Dann lieber ein toter Sohn, dachte er. Und eine trockene, fast nur aus Salz bestehende Träne rann ihm aus dem Auge, eine Träne für seinen Sohn und für den Sohn von Joaquim.

Als Joaquim die glitzernde Träne langsam über Amadeus Wange rollen sah, verstummte er verlegen. Amadeu stand langsam auf und sagte, ehe er mühsam gehend den Raum verließ: »Leb wohl«.

Joaquim blieb einen kurzen Moment sitzen. Das bin doch nicht ich, dachte er, beschämt über seine Knauserigkeit, dann lief er zur Eingangstür und rief: »Amadeu! Amadeu! Komm zurück, ich geb dir das Geld, komm zurück, Amadeu!«

Doch als er nach draußen kam, war die Straße leer. Joaquim rief noch ein paarmal den Namen seines Freundes, und dabei liefen ihm große nasse Tränen über das Gesicht, Tränen eines dicken, starken Mannes.

Guillermo Morón

Von Jelitzas Gewerbe ist die Rede

Jelitza erschien mit ungeheuerlicher Pünktlichkeit in der Schule. In dieser Schule wird an jedem Tag des lieben langen Jahres unterrichtet, einschließlich sonntags und an Festtagen. An Nationalfeiertagen ist die Schule besonders hübsch, weil der Salon zurechtgemacht wird, weil ein paar neue Garderoben vorgeführt werden, und ich kann eine Rede, zwei Reden, drei Reden halten. Im ersten Schuljahr erschien Jelitza mit stummer Pünktlichkeit zum Unterricht.

Nichts Herausragendes oder Rühmenswertes geschah mit Jelitza in ihrem ersten Schuljahr. Sehr früh schon, so gegen acht, betraten ein weißes Blüschen und ein paar Turnschuhe mit glattem Oberleder die Klasse. Jelitza, anwesend, Herr Lehrer.

Die Ferien an dieser Schule sind die gewohnten. Am 23. Dezember um vier Uhr nachmittags läßt man eine wilde Meute von Jungen und Mädchen frei. Am 7. Januar um halb neun in der Frühe werden die Mädchen, die immer eher kommen, in Empfang genommen und danach die Faulpelze, die Jungen. Der Dreikönigstag muß gefeiert werden mit seiner Holzkugel, angefüllt mit Süßigkeiten, ein Zuckerküchlein für die Mädchen, einen Pudding für die Jungen, Jelitza bekam weder etwas vom Jesuskind noch von den Heiligen Drei Königen.

Im zweiten Schuljahr trat bei Jelitza eine einzige wichtige Veränderung ein. Es war ein blaues Schleifchen, das man ihr links in den zerzausten Haarschopf gebunden hatte. Diese Schule feiert den Tag des Baumes mit einer allgemeinen Aussaat in allen Straßen des Dorfes, unter dem lächelnden Blick der alten Leute, man singt die Hymne, trinkt Bowle und bekommt Lust, sich zu betrinken.

Im dritten Schuljahr fanden erhebliche Veränderungen in der Persönlichkeit Jelitzas statt, die aufschlußreich für ihr Schicksal und weiteres Fortkommen waren. Die erste und wichtigste, Jelitza kämmte sich einen weißen Scheitel mit Kreide in die Mitte ihrer beiden Haarschöpfe, die keine Zöpfe waren. Zweitens und sehr wichtig, das blaue Schleifchen wuchs wie ein Schmetterling und veränderte seine Stellung in einem schwierigen Gleichgewicht zwischen der rechten Seite und der Stirn. Und an Jelitzas Hemdchen entstanden Falten, und grüner Flitterkram, mehr festgebunden als genäht, an einigen Stellen des Saumes. Eine beachtliche Veränderung an Jelitza!

Im vierten Schuljahr konnte man feststellen, wie sich Jelitzas einst flaches Bäuchlein wölbte. Es war der Beginn einer radikalen Verwandlung, die im fünften Schuljahr eintrat. Denn es passierte im fünften Schuljahr, daß Jelitza grün wurde und kein schwarzbraunes Mädchen; das Hemdchen zerriß, und der Flitterkram hing an ihr herunter. Jelitzas Bauch brachte bis zum Schluß die Ordnung der ganzen Schule durcheinander. In den Juliferien behandelte ich Jelitza wegen der Würmer, achtundsiebzig stieß sie aus ihrem Kürbisbauch aus.

Im sechsten Schuljahr nahm die Natur ihren Lauf. Gewisse Stellen bei Jelitza erfüllten mich mit sorgenvollem Erstaunen, und eine gewisse Unruhe bemächtigte sich der größeren Jungen der Schule.

Jelitzas Mama (es war wieder Dezember) war voll des Lobs. Die Würmer beunruhigten sie nicht mehr. Jetzt ist sie schon ganz anders. Jetzt hört sie nicht auf, mit Männern zu gehen, denn schon betreibt sie das Gewerbe. Hundert Jahre Falten runzelten meinen Körper.

Salvador Garmendia

Onkel Lencho

Ein großer Teil dessen, was wir einst als Onkel Lencho kannten, war ein so dürftiges und wenig geistiges Etwas wie ein großes I; ein Knochen, in den man mit dem Messer ein scharfgeschnittenes, schmales Gesicht geschnitzt hatte, das von vorn kaum zu sehen war, während seine spindeldürre Gestalt über das Mittelmaß deutlich hinausragte. Das zwang ihn dazu, in den Türen Verbeugungen zu machen; aber er mochte auch der einzige gewesen sein, der inmitten einer Menschenmenge reine Luft zu atmen vermochte.

Solange er unter uns weilte, trug er immer ein Hemd und eine Hose aus weißem Drill, wie es in einer wenig auffälligen dörflichen Welt üblich war; allein es gelang ihm jederzeit, das strenge Aussehen eines würdigen Herren zu wahren, das durch eine karge Ausstattung mit Fleisch noch verstärkt wurde; das graumelierte, gewellte Haar klebte ordentlich am Schädel, und vor allem verlieh ihm das Blau seiner Augen (sicherlich schlaftrunken, als würden sie ihm nicht ganz folgen) eine offenkundige Überlegenheit angesichts der undefinierbaren Farbpalette (ein gewöhnlich melassefarbener Ton), der bei allen übrigen Familienangehörigen vorherrschte.

Er hatte nie eine eigene Frau gehabt, noch wußten wir von irgendeiner längeren Affäre, die von sich reden machte. Auch verführten ihn weder das Spiel noch der Alkohol, wie dies bei den meisten unserer männlichen Familienmitglieder geschah; so blieb sein Junggesellentum knochentrocken und stellte vor aller Augen den gleichen Starrsinn wie sein gelber Spazierstock aus Eisenholz zur Schau, ein Attribut, das ihn fast sein ganzes Arbeitsleben über begleitet hat, als entstammten er und sein Stock demselben Schoß.

In der Tat gelang es dieser so wenig dekorativen Pflanze, die mein Onkel war, über die Familie einen Glanz von Eitelkeit und Exklusivität zu verbreiten, die uns mit Stolz erfüllten, und mit größter Diskretion schützten wir seine Person, darauf bedacht, ihn von allen schädlichen Kontakten fernzuhalten, vor allem von uns selbst, die wir stets erfolgreich eine kluge, respektvolle Distanz zu seiner Person wahrten.

Aber nun ergab es sich, daß die Jahre vergingen; sie vergingen und wirbelten Staub unter uns auf; und wie alles, was einmal kommen muß, eines Tages tatsächlich geschieht, begann unsere Familie, die auf fast unerklärliche Weise während eines guten Teils ihrer Geschichte unter ein und demselben Dach wohnte, Risse und Ablösungserscheinungen innerhalb ihres Mastwerks aufzuweisen, bis sie schließlich manchmal ruhig, häufiger aber unter großen Turbulenzen in Stücke brach.

Papa blieb, wie zu erwarten war, seinen acht Sprößlingen, mit Mama an der Spitze, verbunden, während seine Brüder in verschiedene Richtungen entwichen; anders Tío Lencho, der seinen Platz im Haus beibehielt dank seines störrischen Naturells, das ihn völlig unempfindlich für familiäre Erschütterungen machte. Ein Seitenzweig, der – unauflöslich mit der großen Nabelschnur verbunden, durch die sich Papa von uns ernährte – stoisch allen Unwettern widerstand. Ich glaube, daß Onkel Lencho genau wie sein älterer Bruder, Papa, niemals ernsthaft herausfinden wollte, wie es die Nahrungsmittel in unserem Haus fertigbrachten, pünktlich und unausweichlich dreimal am Tag in seinen Mund zu gelangen, wie Vögel, die, ohne darüber nachzudenken, wieder in ihre Nester zurückkehren; auch nicht wie sich seine Hemden, Hosen und Unterwäsche gestärkt und gehorsam jeden Morgen wieder mitten auf seinem Bett einfanden, als hätte sie die Heilige Luzia selbst auf ihren Armen durch das Fenster hineingetragen.

Freilich gab es die Schneiderwerkstatt von Mama, der einzige finanzielle Stützpfeiler der Familie, mit ihren beiden rachitischen Arbeiterinnen, die in einer Ecke der Küche auf Lederhockern aßen, dem Lärm der Welt gegenüber neutral und gleichgültig, wie Hoffmanns ärmliche Kleiderpuppen, die wir zu Haus mit dem wenigen, was zur Hand war, zusammenbastelten, so daß sie sich gerade so durchschlagen konnten; aber die Arbeit unserer Frauen (auch der beiden alten, nicht blutsverwandten, sondern dem Haus zugehörigen Tanten) interessierte die Männer in der Familie nie besonders. Wir, die Jüngsten, die acht Ergebnisse einer geheimen nächtlichen Tätigkeit, die anscheinend Jahre schönster Blüte erlebt hatte, beschränkten unsere Mitarbeit darauf, die Kundinnen der Schneiderwerkstatt durch ein Loch zu betrachten, wenn sie das Kleid hochhoben, um vor einem großen Spiegel das Neugeschneiderte anzuprobieren.

(Jahre später, als ich zum erstenmal Hoffmanns Erzählungen las, fühlte ich, daß ein Bild aus der Seite heraustrat und sich auf diese nicht greifbare Nähe der Erinnerung projizierte: ich sah mich selbst vor einem Loch des Nähzimmers hocken und in eine Realität spähen, die anders war als die gewöhnliche; eine andere verwirrende, unberechenbare, fiebrige Seite; denn alles was ich als Kind gewesen war und die verfälschte Welt, die mich umgab und nach dem Gutdünken von erwachsenen Köpfen mit zweifelhafter Intelligenz gestaltet war, hatten viel von einer überspannten, fast immer komischen Fiktion gehabt.)

Tatsächlich aber trugen weder Onkel Lencho noch Papa je etwas materiell zum Haushalt bei; und wenn es auch letzterem gelungen war, bei den Leuten als Hausmakler durchzugehen, so wußten wir alle, daß die Objekte, die er in diesem Beruf auf den Markt bringen wollte, alle seiner Phantasie entsprungen waren; derweil ertrugen wir hinter den Kulissen seine wahre Existenz, die eines chronisch Kranken: eine Kette von Leiden, alle lästig und langwierig, die ihn die meisten Tage seines Lebens in Pantoffeln durch das Haus schlurfen ließen.

Was Onkel Lenchos Beruf anbelangt, wußten wir, daß er vor seinem plötzlichen Verfall Parfümeur war.

Er bereitete seine Flüssigkeiten und Mixturen an einem Ort zu, den wir das Laboratorium nannten: eine geheimnisvolle Installation, versteckt in einem kleinen Zimmer, das er sich selbst ganz hinten auf dem Dach aus Brettern und Zinkdosen zusammengebaut hatte. Die Tür zu diesem engen Heiligtum war allen anderen Familienmitgliedern immer verschlossen.

Wenn die Tage, die sich Onkel Lencho im Inneren dieser Art

von Düfte verströmenden Muschel eingeschlossen hatte, herum waren, kam er erneut an die Sonne, als würde er aus den Kulissen eines Bühnenbildes hervortreten, das für eine Verwechslungskomödie geeignet war: breitkrempiger Strohhut, mit silbrig glitzerndem Lack überzogen; gestreifte Hosen, deren Bügelfalten messerscharf waren; die Krawatte wie ein Prunkstück von geblümtem Porzellangeschirr und ein biegsames Rohrstöckchen aus Hanf, das seinen Stock aus Eisenrohr ersetzte und in seiner rechten Hand wie ein lustiger Kobold zischte. In einem kleinen grünen Blechkoffer, von dem uns die vitaminstrahlenden Gebisse des Kinos jener Jahre zulächelten, führte mein Onkel seine Schönheitsprodukte mit sich (wie weit waren wir von der Wahrheit entfernt, wir armen Unvorsichtigen), die in den Nachbardörfern von Haus zu Haus verkauft werden sollten; sobald er durch die Tür auf die Straße getreten war, würden wir ihn mindestens drei bis vier Wochen nicht mehr sehen.

Auch Papa pflegte kurzfristig aus unserem Blickfeld zu verschwinden, wenn auch seine Eskapaden ihn nie über die Grenzen unserer Nachbarschaft hinausführten. Eines Tages erfuhren wir, daß er sich wieder stillschweigend davongemacht hatte. Sein alkoholischer Kobold hatte ihn erneut zu fassen gekriegt, ihn an der Nase gepackt und zu den Theken gezerrt; zu den Kneipen und kleinen Läden mit Ausschank, von woher uns sehr bald über die Dächer die ersten Berichte vom Kampfplatz zuflogen; Geschrei, Beschimpfungen, Spritzflecken aus zerschlagenen Nasen... Nun ja; eines schönen Morgens brachten sie ihn nach Haus zurück, kaputt und gealtert, wobei er in einer so furchterregenden Weise schnarchte, als wären ihm seine verbrannten Eingeweide im Hals steckengeblieben.

Er schlief dann eine überdimensionale Nacht lang, die eine Dauer von drei Tagen erreichen konnte; danach rappelte er sich mühelos wieder auf, verließ bald das Bett, faßte wieder Tritt und fügte sich schließlich wieder in die Normalität ein.

Und just am Ende einer dieser alkoholischen Zwischenspiele traf er auf eine unerwartete Nachricht.

»Was ist mit Lencho los?« fragte er erstaunt.

»Er ist krank«, antwortete Mama. »Er wird allmählich gelähmt.«

»Verdammt!«

Onkel Lencho wurde tatsächlich lahm. Am gleichen Tag, an dem Papa in seinen letzten zeitweiligen Wahnsinn verfiel, begann der Onkel leicht zu hinken. Zwei Tage später, in dem Maße wie zu Haus die ersten Nachrichten vom Kampfplatz eingingen, konnte sich der Onkel nicht vom Stuhl im Eßzimmer erheben und mußte auf einer Trage in sein Bett gebracht werden. Dort traf ihn sein Bruder an, als er ins Zimmer stürzte.

»Lencho, was hast du?« fragte er ihn, mit leicht erschrecktem Unterton.

Der Kranke wollte irgend etwas als Antwort stammeln, aber seine Zunge war schon zu dem geworden, was sie fortan bleiben würde: ein Stück Fleisch, das gekocht und dann abgekühlt an seinen alten Platz zurückgelegt worden war, um auf ewig zwischen seinen Zähnen zu schlafen.

Vor unseren bestürzten Blicken dauerten die Bemühungen des Mannes, die Lippen zu bewegen und den Kopf ein wenig zu heben, einige angstvolle Sekunden erfolglos an. Es gelang ihm nur, mit äußerster Anstrengung die Lippen einige Millimeter weit zu öffnen. Sein Gesicht war eine einzige, formlose Grimasse, und schließlich zitterte ein kaum hörbarer Ton in diesem trockenen Mund; ein Ton ohne mögliche Übersetzung, der, nachdem er einen Moment angedauert hatte, uns seine rührende Bedeutung offenbarte: Zum erstenmal in unserem Leben hörten wir ihn weinen.

In den darauf folgenden Tagen gelang es ihm, mit den Armen ein bißchen zu gestikulieren. Später war nur noch in den Augen etwas intelligente Vitalität, allerdings eine zittrige, verzweifelte Lebendigkeit, als würden sie allein versuchen, die Kraft zu sammeln, die sie nicht hatten und auch nicht würden finden können, um aus sich selbst zu sprechen.

Von nun an gelang es allein diesen Augen, den unbesiegten Willen, den Hunger nach Leben wiederzugeben, der erneut aus einer Ledermaske heraus, die in das Kissen versunken war, um Luft kämpfte.

»Syphilis?« schrie Papa, als er die Diagnose hörte, die der Arzt gerade verkündet hatte.

»Vier Kreuze, mein Herr. Ein kleiner Privatfriedhof. Die

Spirochäa pallida hat Ihren Bruder bei lebendigem Leibe aufgefressen. Ich kann Ihnen versichern, daß er das Bett niemals wieder verlassen wird, zumindest nicht auf eigenen Füßen.«

»Aber ... wie ...«

»Seine Krankheit ist das bedauerliche Ergebnis eines zügellosen Lebens, mein Herr. Dreißig Jahre Schnaps und Huren. Er muß ein ausschweifender Mensch gewesen sein; daran habe ich nicht den geringsten Zweifel.«

Von diesem Augenblick an kam das wahre Leben des Parfümeurs ans Tageslicht und verbreitete sich mitten unter uns, und ein geheimes Tagebuch voller Skandale und Perversionen verwandelte diesen Teil unseres Blutes in ein allgegenwärtiges Gespenst, das an hundert Stellen zugleich sein Unwesen treiben konnte. Die Chronik seiner Streifzüge bildete so allmählich ein dickes Buch aus mündlichen Berichten von Fremden, die eigens dazu aus benachbarten Dörfern zu uns kamen, oder aus Briefen und anonymen Botschaften, die jederzeit unter der Haustür oder in den Buchstaben auftauchen konnten, die eine geheimnisvolle Hand auf der Wand der Vorhalle geschrieben hatte.

So erfuhren wir, daß diese harmlose Parfümeurstätigkeit tatsächlich nichts anderes gewesen war als ein Theaterkostüm, das vor uns den umherstreunenden Scharlatan verbergen sollte, der mein Onkel gewesen war; ein Quacksalber, der Liebestränke, afrikanische Essenzen, Räucherwerk, abtreibende Infusionen und für die männliche Liebeskraft empfohlene Arzneien mischte; während seine ungestümen geschlechtlichen Begierden eine Kette von Skandalen auslöste, die die benachbarten Dörfer erschütterten, in denen er sich unter dem Schutz verschiedener Namen durchmogelte, die alle sowohl in den Hurenhäusern wie in den Spielhöllen und auf den Boulespielplätzen mit Ausrufezeichen ausgesprochen wurden.

Als Verführer und Erzeuger hätte er mit seinen Früchten die Bänke einer Grundschule bevölkern können. Er entthronte manch berühmten Alkoholiker, demütigte Falschspieler von Ruf und setzte Familienvätern prächtige Hörner auf.

Ich bin sicher, daß es in diesem Distrikt, vielleicht auf der Welt keinen dreisteren, hinter einer derartig diskreten und unauffälligen Tarnung geschützten Libertin gab noch geben wird.

Nun denn: eines Tages faßte unser Generalstab den Beschluß, das Laboratorium zu durchsuchen, einen Raum, den wir weiterhin in seiner Abgeschiedenheit voll verführerischem Mißtrauen in der Überzeugung betrachteten, daß in seinem Inneren irgendein klebriges, widerliches Geheimnis vor sich hinfaulte.

Nachdem wir das Schloß erbrochen und die Tür geöffnet hatten, schlug brüllend eine Woge von Parfüm und vermischtem Gestank, dessen Anwachsen schon das Fassungsvermögen der Örtlichkeit überstiegen hatte, über uns zusammen, ergoß sich in den Hof und stieg zu den Dächern auf, bis sie sich auch in den Nachbarhäusern bemerkbar machte. Gleichzeitig hatten wir Jungen uns schon zwischen den Beinen der Erwachsenen hindurchgeschlängelt und die Schwelle übertreten, als einige empörte Schreie Mamas uns im Nu wieder aus dem Raum herauskomplimentierten. Wir sind, wie man sich leicht vorstellen kann, wieder dorthin zurückgekehrt und sind heimlich durch ein Loch, das wir im Dach gemacht hatten, wieder hineingeschlüpft. Das erste und einzige Mal konnten wir den Blick auf eine phantastische Vision werfen, die uns alle gleichermaßen angewurzelt stehenbleiben ließ.

Die Wände bedeckte eine schamlose Kollektion von Zeitungsausschnitten, Farbdrucken und Photographien halbnackter oder ganz nackter weiblicher Modelle, allein oder in Gruppen, stehend oder sitzend, auf Kissen liegend, tanzend oder spielend, inmitten einer Unmenge angedeuteter Schamhaare, in willfährigen Posen überraschter Hintern, strotzender Brüste; und mitten in all diesem wie ein Gespenst die Hand Onkel Lenchos, die sich mit einem Bleistift bewaffnet von einer Stelle zur anderen bewegte, emporgerichtete gewaltige männliche Glieder mitspielen ließ, die mit anmaßender Selbstverständlichkeit in Stellen eindrangen, der die Natur eine andere Bestimmung zugedacht zu haben schien.

Während des ersten Jahres seiner Krankheit sorgten wir für Onkel Lencho, bis Mama eines Tages beschloß, ihn reihum gehen zu lassen. Von diesem Augenblick an war der halbtote Käfer gezwungen, das Familienterrain mehrfach in verschiedenen Richtungen zu durchmessen, wobei er mehr oder weniger freudig in einem oder dem anderen Haus empfangen wurde, sei es für wenige Wochen oder längere Zeit. Dann und wann landete er wieder bei uns.

Sein von einem immer schwächer werdenden gelben Schimmer umgebenes Skelett ragte kaum noch über das Bett hinaus.

Auf der letzten Etappe dieser abenteuerlichen Rundreise wurde Onkel Lencho in Barrioajuro abgesetzt, einer Siedlung, die einer der Brüder meiner Mutter, mein Onkel Julián, am Abhang eines Berges aus fahler Erde direkt am Karibischen Meer bauen und verteidigen half.

Die Art und Weise, wie diese Siedlung eine der vielen Sturzgeburten wurde, die ständig an den Felsvorsprüngen der Küste stattfinden, ist eine jener Geschichten, die innerhalb weniger Stunden ablaufen, aber gleichzeitig die Existenz vieler Menschen betreffen.

Mit Ihrer Erlaubnis werde ich innehalten und sie kurz erzählen:

Eines Morgens stellte sich Onkel Julián an die Spitze einer Bande Obdachloser, die sich in verschiedenen Orten an der Küste zusammengefunden hatte, und marschierte schweigend mit ihnen zu einem Platz, den er vorher in der Nähe von Catia la Mar ausgesucht hatte; eine salpeterhaltige Klippe, die ihre Nase ins Meer steckte. Der Felsen reckte sich steil bis zu den Wolken und beherbergte an seinen Wänden nichts als rachitische Kakteen und Akazien; aber die Aufständischen, die sich vom Anblick dieser Anhäufung von steingewordenem Durst nicht entmutigen ließen, machten sich an den Aufstieg, indem sie eine Schlangenlinie bildeten, auf der sich alle möglichen Haushaltsgegenstände, Bretter und Krimskrams unterschiedlichster Herkunft bewegten; wie Überlebende eines Schiffbruchs in einigen Abenteuerromanen, die von dem Stückchen der Welt Besitz ergreifen, an das sie zufällig gerieten.

So verteilten sie sich über das unzerfurchte Land, wo jeder (insgesamt eine größere Anzahl Bäuche als Erzeuger; letztere sollten sich dort verteilen und versuchen, neue Bienenstöcke voller Habenichtse zu gründen) im Namen seiner Abkömmlinge eine Parzelle nach Wahl aussuchen und sich daran machen konnte, sobald wie möglich dort sein Haus zu bauen.

Bald brach der Tag über dem Meer und den Bergen an, und als es Mittag wurde, füllte sich die Luft mit jener trockenen, leuchtenden Substanz der Karibik, in der die Zeit innezuhalten scheint.

Macheten und Äxte krachten, und bald erschienen die ersten Lichtungen in der trockenen Vegetation. Die Muskeln glänzten in der metallischen Sonne. Die halbnackten jungen Leute stoben inmitten des Geschreis der Frauen, der Gruppenanführerinnen, die erfolglos zur Ordnung riefen, aufgeregt in alle Richtungen davon.

Die Häusergruppe wurde allmählich von unten sichtbar.

Für einen Augenblick schien es, als hätte der erhitzte Boden begonnen, an mehreren Stellen gleichzeitig aufzuplatzen, aus denen aschefarbene Rauchspiralen und Wolken aufstiegen, als die Frauen Holzöfen anzündeten und man mit der Zubereitung des Mittagessens begann.

Es wurde bis nach Mitternacht gearbeitet, so daß die Siedler das erste Mal unter unsicheren, beinahe nur vorgegaukelten Dächern ausruhen konnten, die im Wind ächzten und zitterten.

Sie wachten in ihren luftigen Häusern auf, als es schon Tag war, und kamen alle heraus und trafen sich und sahen einander ratlos und vom Sonnenglast geblendet ins Gesicht, als erwachten sie aus einem Rausch; denn das Licht schien nicht aus den Wolken zu kommen, sondern zu ihnen aufzusteigen wie ein Energieschub, der sich aus einem schuppigen, blutroten Meer gelöst hatte, das dort unten funkelte.

Der Morgen war noch nicht weit fortgeschritten, als drei Patrouillen der Stadtpolizei am Rand der Straße hielten, die am Fuße des Berges vorbeiführt.

Die Uniformierten stiegen aus, rasselten mit den Säbeln, als wollten sie zu verstehen geben, daß sie bereit wären, sich sofort in die Schlacht zu stürzen; dennoch blieben sie dort stehen und warteten mit gereckten Hälsen und offenen Mündern und von der Sonnenhitze zugeschwollenen Augen auf die Befehle, wobei sie den Feind ungläubig beobachteten, der am Hang des Berges verteilt wartete: die Reste einer glücklosen Armee, die nur Niederlagen gekannt hatte.

Die Familien, kleine Grüppchen, schienen schweigend neben ihren Müllhaufen, den embryonalen Hütten, die der Wind hin und wieder schüttelte, für ein Photo für die Morgenzeitung zu posieren. Es überwogen Frauen, das Jüngste auf dem Arm und viele andere ringsum, die schon auf dem Boden krabbelten. Die Jugendlichen waren fast nackt in ihren Lumpen und zeigten die anmutigen Linien ihrer Muskeln, die unter der Feuchtigkeit der Haut wie neues Werkzeug glänzten.

Das Gesetz verharrte eine geraume Weile in derselben Stellung, bis der Offizier mit einer vagen Geste, die sofort von der Gruppe gedeutet wurde, den Rückzug der Patrouille befahl und sich diese gleich im Gänsemarsch in Bewegung setzte, finster und enttäuscht, als folgte sie einem Trauerzug.

Onkel Julián war immer noch der Herr des Viertels. In seinen besten Zeiten glänzte er unter seinen Nachbarn als Heilkünstler, manchmal als Winkeladvokat und Nachbarschaftsführer; und so sah er seinen Ruf in Frieden wachsen, in dem Maße wie die Gemeinschaft größer wurde und die Häuser, zumindest einige von ihnen, allmählich so etwas wie einen städtischen Charakter bekamen.

Nun ja; Onkel Julián war das einzige Familienoberhaupt, das den Auftrag, Onkel Lencho in seinem Haus zu beherbergen, begeistert übernahm.

»Ich werde ihn heilen!« rief er mehrfach und rannte gestikulierend im Zimmer hin und her. »Ich schwöre es bei meiner Mutter, daß ich ihn heilen werde!« wiederholte er noch hundertmal und lief wie ein Besessener vor dem Bett des Gelähmten auf und ab.

Onkel Lencho verfolgte ihn mit den Augen, dem einzigen Punkt seines Körpers, an dem sich das Leben wie mit Klauen festgekrallt hatte. Zweifellos gingen ihm böse Ahnungen durch den Kopf.

»Zieht ihn aus!«

Auf den plötzlichen Schrei hin stürzten sich seine vier Neffen, kräftige Kerle, sofort auf den Kranken, entledigten ihn seiner Lumpen und legten den Blicken ein Skelett frei, das von einer faserigen Haut überzogen war, die viele unzählige Falten und Runzeln bildete.

»Hebt ihn hoch!«

Sechs Arme hoben das Skelett auf eine Pritsche aus nacktem Metall. Tío Julián ging mit einem elektrischen Stecker zur Wand.

»Fertig! Los!«

Der Käfer fiel auf die Pritsche, und der erste Hundertzehn-Volt-Schlag, den er am ganzen Körper bekommen mußte, warf ihn erneut in die Luft, die Augen traten ihm aus den Höhlen, als würden sie vor Grauen aufschreien.

Der geknebelte Körper auf den Drähten wehrte sich weiter, und nur der Mund löste sich und öffnete sich einen Augenblick lang, ohne jedoch auch nur einen einzigen Laut hervorzubringen, nur wie ein Stück Papier, auf das mit der Faust geschlagen wurde.

»Er bewegt sich schon!« schrie sein Henker, während die Neffen und der Rest der Familie unter Freudengeschrei herumhüpften. »Er streckt sich schon. Seine Knochen lösen sich schon ab!«

Eine Gruppe von Nachbarn hatte sich in der Tür versammelt und beobachtete den Fortgang der Behandlung. Die papierne Haut des Gelähmten streckte sich tatsächlich unter den Stromstößen, und das Skelett hüpfte auf dem Bett, als würde ein Schwarm Raben es mit Schnabelhieben angreifen; aber als schließlich der Strom aus dem Draht wich, blieb der Körper des Gelähmten genauso steif und erstarrt wie immer.

Dieses Anfangsstadium der Behandlung wurde dann draußen mit Bädern im Meer weitergeführt, von denen mein Onkel sich wunderbare Ergebnisse erhoffte.

Die Söhne Juliáns warfen ihren Onkel auf einen Wagen, banden ihn vorsichtig fest, als befürchteten sie, er könnte seine Knochen bergabwärts aussäen, und zogen ihn so einen nahezu unbefahrbaren Hang hinunter, der dreihundert Meter weiter unten plötzlich mitten in der Brandung endete.

Es war eine wirklich teuflische Geländefahrt, die mindestens ein Dutzend kleiner kupferfarbener Dämonen aus der Umgebung mit sich riß, die heulten und Kapriolen schlugen, während der Wagen holperte, in den Hohlwegen steckenblieb, wie ein Wunder weiter unten wieder auftauchte, bis er sich schließlich ins Wasser geschleift sah, wo ihn ein weiterer Teil des wilden Tanzes erwartete.

Die jungen Leute sprangen, tauchten wie fremdartige Säugetiere aus dem Wasser auf, und Onkel Lencho konnte inmitten einer Explosion von Schreien und Schaum, von Panik geschüttelt kaum noch atmen.

Aber dann vergaßen die jungen Leute ihn etwas. Der Gelähmte fühlte sich in seiner Kiste wie in einer sanften Dünung. Eine beinahe lustvolle Erleichterung ließ ihn die Augen schließen und in eine rötliche Dunkelheit tauchen, die von tausenden Partikeln bevölkert war, und so schien in seiner Erinnerung ein Gefühl wie aus lang vergangenen Tagen wach zu werden und sich unter seine Haut zu schleichen; als wäre er im Begriff, den Verstand wiederzuerlangen, aus dem Alptraum aufzuwachen und erneut in eine schmerzfreie, sichere Welt zu gelangen.

Er trieb wie ein Haufen Algen allmählich ab, bis die jungen Leute zu ihm hinschwammen und ihn zum Strand zurückschleppten.

Schließlich geschah eines Morgens das, was keiner erwartet hatte.

Juliáns Söhne wollten den Krüppel gerade zur Folterbank bringen, als sie verblüfft zu sehen glaubten, daß sich der Knochenhaufen im Bett bewegte, aber auf eine unmerkliche Art, als handelte es sich um den Reflex irgendeiner inneren Erschütterung. Dann – sie wollten dem, was sie sahen, kaum mehr trauen – wurden die Augen des Gelähmten größer als gewöhnlich, und der Mund öffnete sich, wie die Erde rissig wird, und brachte einen Ton hervor. Es war eher die Annäherung an einen Ton, der auf geheimnisvolle Weise Form annahm und lauter wurde.

Tío Julián und die anderen erstarrten. Offenbar sollte sich vor ihren Augen gleich eine Art Wunder vollziehen.

Tatsächlich wurden diese ersten inneren Erschütterungen deutlich sichtbar. Die Knochen erzitterten wahrhaftig wild, und einen Augenblick lang schien es, als würde der Körper sich vom Bett lösen und auf sie zufliegen wie eine ungeheuerliche Ratte; aber in Wirklichkeit gelang es ihm gerade mit letzter Anstrengung, die seinen Totenschädel freilegte, den Kopf ein wenig vom Kissen zu heben; und dann konnten alle die Nachäffung einer menschlichen Stimme hören, einen körperlosen, nackten Ton, der, als käme er direkt aus dem Inneren des Kopfes, ohne die Stimmbänder zu passieren, schrie: »Laßt mich in Ruhe, ihr Hurensöhne!«

Darauf verfiel er in eine endgültige Erstarrung. Niemals mehr würden sie ihn eine Bewegung machen sehen.

Einige Tage später erschien ein Krankenwagen der Wohlfahrt auf der Straße. Von einer Prozession der Nachbarn begleitet wurde der Gelähmte zum Wagen gebracht, der ihn zum Altersheim brachte.

Dort habe ich ihn einige Jahre später besucht. Die Luft an diesem Ort roch nach alten Leuten. Tío Lencho verschwand zwischen den Armlehnen eines Rollstuhls, der in Reih und Glied mit denen anderer Kranker, die alle etwa so alt waren wie er, auf einem Korridor stand. Auf dem Boden glänzendes Bohnerwachs, die Einsamkeit des Gartens, der sich nach vorn erstreckte, pedantisch in Würfel und Kugeln getrimmtes, nicht welkendes Grün; alles an diesem Ort war mit einer trügerischen Reinlichkeit überzogen, wie in einer Friedhofskapelle.

Die Augen meines greisen Onkels ruhten nun vollkommen unbeweglich und kalt. Die Qual und die Wut, die einst aus ihnen flammten, hatten sich verflüchtigt.

Als ich ihm einen Augenblick lang ins Gesicht sah, begriff ich, daß der Tod (die Person und seine Sense) vollkommen vergessen hatte, diesen neutralen Geist einzufordern.

Ich begriff, daß er schon nicht einmal mehr auf ihn wartete. Vielleicht brauchte er ihn nicht mehr.

Gabriel García Márquez

Dienstag mittag

Der Zug verließ die zitternde Schlucht aus rostbraunen Felsen und fuhr durch die geometrisch angelegten, endlosen Bananenpflanzungen; die Luft wurde feucht, und der Seewind war nicht mehr zu spüren. Eine erstickende Rauchfahne drang durchs Wagenfenster herein. Auf dem schmalen Weg parallel zur Bahnlinie fuhren mit grünen Bananenbüscheln beladene Ochsenkarren. Jenseits des Weges waren auf unbebauten Flächen Bürogebäude mit elektrischen Ventilatoren zu sehen, Baracken aus rotem Backstein und Privathäuser mit weißen Stühlen und Tischchen auf den von staubigen Palmen und Rosenbüschen gesäumten Terrassen. Es war elf Uhr morgens, und die Hitze hatte noch nicht eingesetzt.

»Schieb lieber das Fenster hoch«, sagte die Frau. »Du kriegst sonst lauter Ruß ins Haar.«

Das kleine Mädchen versuchte es zu tun, aber das Schiebefenster war festgerostet.

Sie waren die einzigen Fahrgäste in dem kahlen Dritter-Klasse-Wagen. Da der Rauch der Lokomotive weiterhin durchs Fenster hereinwehte, stand die Kleine von ihrem Platz auf und legte ihre einzigen Habseligkeiten darauf: einen Plastikbeutel mit Essen und einen in Zeitungspapier gewickelten Blumenstrauß. Sie setzte sich auf den vom Fenster abgelegenen Sitz ihrer Mutter gegenüber. Beide trugen tiefe, ärmliche Trauerkleidung.

Das kleine Mädchen war zwölf Jahre alt und verreiste zum ersten Mal. Die Frau wirkte zu alt, um seine Mutter zu sein, mit ihren blaugeäderten Lidern und dem kleinen, zarten Körper ohne Formen in einem Kleid, das wie eine Soutane geschnitten war. Die ganze Fahrt preßte sie den Rücken gegen die Lehne und hielt mit beiden Händen eine Handtasche aus brüchigem Lackleder auf dem Schoß. Dabei stellte sie die ängstliche Gefaßtheit der an Armut gewohnten Leute zur Schau.

Um zwölf setzte die Hitze ein. Der Zug hielt zehn Minuten auf einer Station ohne Ortschaft, um Wasser aufzunehmen. Draußen, in der geheimnisvollen Stille der Pflanzungen, wirkte der Schatten frisch. Im Wagen roch die stickige Luft dagegen nach ungegerbtem Leder. Der Zug beschleunigte seine Fahrt nicht wieder. Er hielt in zwei gleich aussehenden Dörfern aus buntbemalten Holzhäusern. Die Frau neigte den Kopf und versank in Schlaftrunkenheit. Das kleine Mädchen zog die Schuhe aus. Dann ging es zum Waschraum und stellte den verwelkten Blumenstrauß ins Wasser.

Als es zu seinem Sitz zurückkehrte, wartete die Mutter mit dem Essen. Sie gab ihm ein Stück Käse, ein halbes Maisbrot und einen süßen Keks und nahm sich selbst die gleiche Ration aus dem Plastikbeutel. Während sie aßen, überquerte der Zug sehr langsam eine eiserne Brücke und fuhr an einem Dorf vorbei, das den vorigen glich, nur stand hier eine Menschenmenge auf dem Platz. Eine Musikkapelle spielte in der sengenden Hitze eine fröhliche Melodie. Am Ende des Dorfs, in dem von der Dürre rissigen Flachland, endeten die Pflanzungen.

Die Frau unterbrach ihre Mahlzeit.

»Zieh die Schuhe an«, sagte sie.

Das kleine Mädchen blickte hinaus. Es sah nichts als das leere Flachland, durch das der Zug wieder schneller fuhr, steckte aber das letzte Stück Keks in den Beutel und zog rasch die Schuhe an. Die Frau reichte ihm den Kamm.

»Kämm dich«, sagte sie.

Der Zug pfiff, während die Kleine sich kämmte. Die Frau trocknete sich den Schweiß vom Hals und wischte sich mit den Fingern das Fett aus dem Gesicht. Als die Kleine sich gekämmt hatte, fuhr der Zug an den ersten Häusern eines größeren Dorfes vorbei, noch trostloser als die vorigen.

»Wenn du was machen mußt, tu's jetzt«, sagte die Frau. »Nachher kannst du nirgends Wasser trinken, und wenn du vor Durst umkommst. Vor allem weine nicht.«

Die Kleine nickte. Durchs Fenster drang ein glühender, trokkener Wind, vermengt mit dem Pfeifen der Lokomotive und dem Ächzen der alten Wagen. Die Frau rollte den Beutel mit dem restlichen Proviant zusammen und steckte ihn in die Tasche. Einen Augenblick lang leuchtete im Fenster das ganze Bild des Dorfes in dem strahlenden Augustdienstag auf. Die Kleine wickelte die Blumen in das durchnäßte Zeitungspapier, trat einen Schritt vom Fenster und heftete einen starren Blick auf die Mutter. Diese blickte sanft zurück. Der Zug hörte auf zu pfeifen und verlangsamte seine Fahrt. Einen Augenblick später hielt er.

Es war niemand auf der Bahnstation. Jenseits der Straße, an dem von Mandelbäumen beschatteten Gehsteig, war nur der Billardsalon geöffnet. Das Dorf schwamm in der Hitze. Die Frau und die Kleine stiegen aus, überquerten die verlassene Bahnstation, deren Fliesen vom Druck des Unkrauts langsam aufbrachen, und gingen über die Straße auf den beschatteten Gehsteig.

Es war fast zwei. Zu dieser Stunde hielt das schlafbenommene Dorf Mittagsruhe. Die Läden, die öffentlichen Ämter, die Volksschule schlossen um elf und machten erst kurz vor vier wieder auf, wenn der Gegenzug durchkam. Nur das Hotel dem Bahnhof gegenüber blieb offen, seine Kantine und der Billardsalon sowie das Telegraphenamt auf der einen Seite des Platzes. An den vorwiegend nach dem Modell der Bananengesellschaft gebauten Häusern waren die Türen von innen verriegelt und die Läden heruntergelassen. In einigen Häusern war es so heiß, daß ihre Bewohner im Innenhof zu Mittag aßen. Andere rückten einen Stuhl in den Schatten der Mandelbäume und hielten ihren Mittagsschlummer sitzend auf offener Straße.

Sich im Schutz der Mandelbäume haltend, gingen Frau und Kind ins Dorf, ohne die Mittagsruhe zu stören. Sie strebten geradewegs auf das Pfarrhaus zu. Die Frau kratzte mit dem Fingernagel über das Drahtnetz der Tür, wartete einen Augenblick und kratzte von neuem. Drinnen summte ein elektrischer Ventilator. Schritte waren nicht zu hören. Nur das leichte Knarren einer Tür und gleich darauf eine behutsame Stimme dicht hinter dem Drahtnetz: »Wer ist da?« Die Frau versuchte, durch das Drahtnetz zu spähen.

»Ich brauche den Pater«, sagte sie.

»Er schläft jetzt.«

»Es ist dringend«, bestand die Frau.

In ihrer Stimme lag ruhige Hartnäckigkeit.

Die Tür öffnete sich geräuschlos einen Spalt, und es erschien eine reife, füllige Frau mit sehr blasser Haut und eisenfarbenem Haar. Ihre Augen wirkten zu klein hinter den dicken Brillengläsern.

»Kommen Sie herein«, sagte sie und öffnete vollends.

Sie betraten ein von altem Blumenduft getränktes Zimmer. Die Haushälterin führte sie zu einer Holzbank und hieß sie durch ein Zeichen Platz nehmen. Die Kleine tat es, aber ihre Mutter blieb nachdenklich stehen und hielt ihre Tasche umklammert. Hinter dem elektrischen Ventilator war kein Geräusch zu hören.

Die Haushälterin erschien in der Hintertür.

»Er sagt, Sie sollen nach drei wiederkommen«, sagte sie sehr leise. »Er hat sich erst vor fünf Minuten hingelegt.«

»Der Zug geht um drei Uhr dreißig«, sagte die Frau.

Ihre Antwort war kurz und selbstsicher, aber ihre Stimme blieb sanft und melodisch. Die Haushälterin lächelte zum ersten Mal.

»Gut«, sagte sie.

Als die Hintertür sich wieder geschlossen hatte, setzte die Frau sich neben ihre Tochter. Das schmale Wartezimmer war ärmlich, aufgeräumt und sauber. Auf der anderen Seite eines Holzgeländers, das den Raum teilte, stand ein einfacher wachstuchbedeckter Arbeitstisch, darauf eine primitive Schreibmaschine und eine Vase mit Blumen. Dahinter waren die Kirchenregister zu sehen. Man merkte, daß die Kanzlei von einer alleinstehenden Frau besorgt wurde.

Die Hintertür ging auf, und diesmal erschien der Priester, der seine Brille mit einem Taschentuch putzte. Erst als er sie aufsetzte, sah man, daß er der Bruder der Frau war, die aufgemacht hatte.

»Sie wünschen?« fragte er.

»Die Schlüssel zum Friedhof«, sagte die Frau.

Die Kleine saß da, die Blumen im Schoß und die Beine unter

der Bank übereinandergeschlagen. Der Priester sah sie an, dann sah er die Frau an und dann durch das Drahtnetz des Fensters den strahlenden wolkenlosen Himmel.

»Bei dieser Hitze«, sagte er. »Sie hätten warten sollen, bis die Sonne tiefer steht.«

Die Frau schüttelte schweigend den Kopf. Der Priester trat hinter das Geländer, holte aus dem Aktenschrank ein in Wachstuch gebundenes Heft, einen hölzernen Federhalter und ein Tintenfaß und setzte sich an den Tisch. Das Haar, das ihm auf dem Kopf fehlte, sproß um so üppiger auf seinen Händen.

»Welches Grab wollen Sie besuchen?« fragte er.

»Das von Carlos Centeno«, sagte die Frau.

»Wer?«

»Carlos Centeno«, wiederholte die Frau.

Noch immer verstand der Pater nicht.

»Der Dieb, der letzte Woche hier ermordet wurde«, sagte die Frau im gleichen Tonfall. »Ich bin seine Mutter.«

Der Priester musterte sie. Sie blickte ihn fest an, ruhig und selbstbeherrscht, und der Pater errötete. Senkte den Kopf und schrieb. Während er den Bogen ausfüllte, fragte er die Frau nach ihren Personalien, und sie antwortete ohne Zögern, mit präzisen Einzelheiten, als läse sie ab. Der Pater begann zu schwitzen. Die Kleine knöpfte sich die Schnalle ihres linken Schuhs auf, zog die Ferse heraus und stützte sie auf die Querleiste. Dann tat sie das gleiche mit dem rechten Schuh.

Alles hatte am Montag vergangener Woche begonnen, um drei Uhr früh und wenige Häuserblocks entfernt. Señora Rebeca, eine alleinstehende Witwe, die in einem mit Flitterkram vollgestopften Haus wohnte, hörte durch das Rieseln des Regens hindurch, daß jemand von außen die Haustür aufzubrechen versuchte. Sie stand auf, tastete im Kleiderschrank nach dem vorsintflutlichen Revolver, den seit den Zeiten des Oberst Aureliano Buendía niemand mehr abgedrückt hatte, und ging ins Wohnzimmer, ohne Licht zu machen. Weniger vom Geräusch am Türschloß gelenkt als von einer Schreckhaftigkeit, die sich in achtundzwanzig Jahren der Einsamkeit in ihr entwickelt hatte, fand sie mit Einfühlung nicht nur die Stelle der Tür, sondern auch die genaue Höhe des Schlüssellochs. Sie packte die Waffe mit beiden Händen, schloß die Augen und drückte ab. Es war das erste Mal in ihrem Leben, daß sie mit einem Revolver schoß. Unmittelbar nach dem Knall hörte sie nichts mehr als das Gemurmel des Rieselregens auf dem Zementfußsteig und eine ganz leise, sanfte, aber schrecklich müde Stimme: »Ach, Mutter.« Der Mann, der am Morgen mit zerfetzter Nase tot vor dem Haus lag, trug ein buntgestreiftes Flanellhemd, eine gewöhnliche Hose mit einem Strick statt eines Gürtels und war barfuß. Niemand im Dorf kannte ihn.

»Er hieß also Carlos Centeno«, murmelte der Pater, als er zu schreiben aufgehört hatte.

»Centano Ayala«, sagte die Frau. »Er war der einzige Sohn.«

Der Priester ging an den Schrank zurück. An der Innenseite der Tür hingen an einem Nagel zwei große verrostete Schlüssel – die Schlüssel Sankt Peters, stellte sich die Kleine vor, wie es sich die Mutter als Kind vorgestellt, wie wohl selbst der Priester es sich einmal vorgestellt hatte. Er holte die Schlüssel herunter, legte sie auf das auf dem Geländer aufgeschlagene Heft und deutete mit dem Zeigefinger auf eine Stelle der beschriebenen Seite, während er die Frau anblickte.

»Unterschreiben Sie hier.«

Die Frau kritzelte ihren Namen hin, während sie ihre Tasche unter den Arm klemmte. Die Kleine nahm ihre Blumen, ging, die Schuhe nachziehend, auf das Geländer zu und beobachtete aufmerksam ihre Mutter.

Der Pfarrer seufzte.

»Haben Sie nie versucht, ihn auf den rechten Weg zu bringen?«

Die Frau antwortete, als sie unterschrieben hatte.

»Er war ein guter Mensch.«

Der Priester blickte abwechselnd die Frau und die Kleine an und stellte mit einer Art mitleidiger Verwunderung fest, daß die beiden keineswegs den Tränen nahe waren. Die Frau fuhr unverwandt fort: »Ich habe immer zu ihm gesagt, er darf nie jemandem etwas vom Munde wegstehlen, und er hat auch auf mich gehört. Dagegen hat er früher, als er noch boxte, oftmals drei Tage lang übel zugerichtet im Bett gelegen.«

»Er hat sich alle Zähne ziehen lassen müssen«, warf die Kleine ein.

»So ist es«, bestätigte die Frau. »Jeder Bissen, den ich damals aß, schmeckte nach den Schlägen, die mein Sohn Samstag abends einstecken mußte.«

»Gottes Wille ist unerforschlich«, sagte der Pater.

Aber er sagte es ohne echte Überzeugung, teils weil die Erfahrung ihn etwas skeptisch gemacht hatte, teils wegen der Hitze. Er empfahl ihnen, einen Kopfschutz aufzusetzen, um keinen Sonnenstich zu bekommen. Er erklärte gähnend und schon fast schlafend, wie sie Carlos Centenos Grab finden würden. Bei ihrer Rückkehr bräuchten sie nicht zu klopfen. Sie sollten den Schlüssel unter der Türe durchschieben und möglichst ein Almosen für die Kirche dazulegen. Die Frau hörte den Erklärungen mit großer Aufmerksamkeit zu, dankte aber, ohne zu lächeln.

Noch bevor der Pater die Haustür öffnete, merkte er, daß von draußen jemand hereinspähte und sich dabei die Nasenflügel am Drahtnetz plattdrückte. Es war eine Schar Kinder. Als die Tür aufging, stoben die Kinder auseinander. Zu dieser Stunde war sonst niemand auf der Straße. Jetzt waren nicht nur die Kinder da. Gruppen von Leuten standen unter den Mandelbäumen. Der Pater betrachtete prüfend die vom grellen Widerschein verzerrte Straße und begriff. Behutsam schloß er die Tür.

»Warten Sie eine Minute«, sagte er, ohne die Frau anzublikken.

Seine Schwester erschien in der Hintertür mit einer schwarzen Jacke über dem Nachthemd und aufgelöstem schulterlangem Haar. Schweigend blickte sie den Pater an.

»Was war los?« fragte er.

»Die Leute haben was gemerkt«, murmelte die Schwester.

»Sie sollten lieber durch die Tür des Innenhofs hinausgehen«, sagte der Pater.

»Bleibt sich gleich«, sagte seine Schwester. »Alle stehen am Fenster.«

Die Frau schien bislang nicht begriffen zu haben. Sie suchte durch das Drahtnetz hinauszuspähen. Dann nahm sie der Kleinen den Blumenstrauß ab und ging auf die Tür zu. Die Kleine folgte.

»Warten Sie, bis die Sonne tiefer steht«, sagte der Pater.

»Sie kommen um in der Hitze«, sagte seine Schwester regungslos im Hintergrund des Raumes. »Warten Sie, ich leihe Ihnen einen Sonnenschirm.«

»Danke«, erwiderte die Frau. »Es geht auch so.«

Sie nahm die Kleine an die Hand und betrat die Straße.

Carlos Fuentes

Was das Leben kostet

Für Fernando Benítez

Salvador Rentería erhob sich sehr früh. Schnell lief er über die Dachterrasse. Den Warmwasserspeicher stellte er nicht an. Er streifte die Unterhosen ab, und der kalte Strahl tat ihm gut. Er rieb sich mit dem Handtuch ab und ging ins Zimmer zurück. Vom Bett her fragte Ana ihn, ob er nicht frühstücken wolle. Salvador meinte, er werde irgendwo einen Kaffee trinken. Seit zwei Wochen lag die Frau im Bett, und ihr wächsernes Gesicht war magerer geworden. Sie fragte Salvador, ob vom Büro keine Nachricht gekommen sei, und er steckte sich eine Zigarette zwischen die Lippen und erwiderte, sie müsse selber hingehen und unterschreiben. Ana seufzte und sagte: »Wie soll ich denn...?«

»Ich hab ihnen gesagt, daß du jetzt nicht könntest, aber du weißt ja, wie die sind.«

»Was hat der Doktor gesagt?«

Er warf die ungerauchte Zigarette durch die zerbrochene Fensterscheibe und fuhr sich mit den Fingern über Schnurrbart und Schläfen. Ana lächelte und lehnte sich an das Kopfende des Eisenbettes. Salvador setzte sich zu ihr, nahm ihre Hand und meinte, sie solle sich nicht sorgen, bald werde sie wieder arbeiten können. Dann schwiegen beide und blickten auf den hölzernen Kleiderschrank, die Kiste mit Kram und Lebensmitteln, die elektrische Kochplatte, die Waschschüssel und die Packen alter Zeitungen. Salvador küßte seiner Frau die Hand und ging aus dem Zimmer auf die Terrasse. Er stieg eine Treppe tiefer, überquerte die Terrassenhöfe des ersten Stockwerks und roch die Küchengerüche aus den Nachbarräumen.

Zwischen Rollern und Hunden hindurch trat er auf die Straße. Er ging in den Laden, die ehemalige Garage des Gebäudes, und der greise Inhaber sagte, *Life en español* sei nicht gekommen, während er zwischen seinen Regalen umherwanderte und die Vorhängeschlösser aufschloß. Er wies auf einen Posten Bildromane und meinte: »Vielleicht ist eine andere Zeitschrift dabei für deine Frau. Im Bett langweilt man sich ja.«

Salvador verließ den Laden. Auf der Straße kam eine Schar Kinder vorbei, die schossen mit Platzpatronen, und hinter ihnen trieb ein Mann seine Ziegen von der Weide in die Stadt. Salvador bestellte bei ihm einen Liter Milch, den er bitte nach Nummer zwölf hochbringen möchte. Er vergrub seine Hände in den Hosentaschen und trabte zurück, um den Omnibus nicht zu verpassen. Er sprang auf den fahrenden Bus auf und suchte dreißig Centavos aus der Tasche seines Kittels zusammen, setzte sich und sah auf die vorübergleitenden Zypressen, die Häuser, Gitter und die staubigen Straßen von San Francisco Xocotitla. Der Omnibus fuhr den Bahndamm entlang, über die Brücke von Nonoalco. Von den Gleisen stieg der Rauch hoch. Auf seiner Holzbank sitzend, sah er die Güterzüge, die in die Stadt einfuhren. Ein Kontrolleur stieg an der Ecke Manuel González auf und riß die Fahrkarten ein. An der nächsten Haltestelle stieg Salvador aus.

Er ging in Richtung Vallejo bis zum Haus seines Vaters, durch das Gärtchen voll gelbem Gras, und öffnete die Tür. Clemencia sagte guten Tag, und Salvador fragte, ob der Alte schon auf sei; Pedro Rentería sah hinter der Gardine hervor, die das Schlafzimmer vom Wohnzimmer trennte und sagte: »Na, bist du aber früh auf den Beinen! Warte, ich bin gleich fertig.«

Salvador strich über die Stuhllehnen. Clemencia wischte den rohen Kiefernholztisch ab und holte ein Tischtuch und Tonteller aus der Anrichte. Sie fragte nach Anita und schob sich den Busen unter dem geblümten Morgenmantel zurecht.

»Bißchen besser.«

»Müßte jemanden haben, der ihr hilft. Wenn sie nicht so pingelig wäre ...«

Beide sahen sich an, und dann betrachtete Salvador die Wände, die fleckig waren vom Wasser, das von der Dachterrasse durchgesickert war. Er schob die Gardine beiseite und trat in das unordentliche Schlafzimmer. Sein Vater wischte sich gerade die Seife vom Gesicht. Salvador legte ihm den Arm um die Schultern und gab ihm einen Kuß auf die Stirn. Pedro kniff ihn in den Bauch. Beide betrachteten sich im Spiegel. Sie ähnelten einander, aber der Vater war kahler und hatte krauseres Haar; er fragte ihn, was er um diese Zeit wollte, und Salvador sagte, später könnte er nicht kommen, Ana ginge es sehr schlecht, und sie würde den ganzen Monat nicht arbeiten können, und sie brauchten Moneten. Pedro zuckte mit den Achseln, und Salvador versicherte ihm, daß er sich nichts von ihm borgen wolle.

»Ich meine, du könntest mit deinem Chef sprechen; der könnte mir doch irgendwas geben. Irgend'n Job.«

»Na, also das weiß ich nicht. Hilf mir mal mit den Hosenträgern.«

»Ich komm einfach nicht aus.«

»Keine Sorge. Irgendwas wird sich schon finden lassen. Mal sehen, was mir einfällt.«

Pedro schnallte den Gürtel fest und nahm die Chauffeursmütze vom Nachttisch. Er legte den Arm um Salvador und zog ihn an den Tisch. Er schnupperte die Landeier, die Clemencia ihnen auf den Tisch stellte.

»Bedien dich, Chava. Möcht dir ja gerne helfen, aber du siehst, es reicht gerade für Clemencia und mich, und dabei spare ich Mittag- und Abendessen durch die Mahlzeiten beim Chef. Wenn das nicht wäre... arm geboren – werd auch arm sterben. Aber wenn ich nun anfange und um persönliche Gefälligkeiten bitte, so zugeknöpft, wie Don José ist, dann verlangt der die womöglich von mir zurück, und ade Gehaltserhöhung. Glaub mir, Chava, diese zweihundertfünfzig, die muß ich rausholen.«

Er stopfte sich Tortilla und Salsa in den Mund und sprach leiser: »Ich weiß ja, wie du die Erinnerung an deine Mama hochhältst, ich natürlich auch, aber so zwei Haushalte führen, wo wir alle zusammenwohnen und eine Miete sparen könnten... is ja gut, hab ja nichts gesagt. Aber sag mir, warum lebt ihr nicht bei deinen Schwiegereltern?«

«Du weißt doch, wie Doña Concha ist. Den ganzen Tag maulen, Ana sei für dies oder das geboren. Du weißt, daß wir deswegen ausgezogen sind.«

»Ja, wenn du deine Unabhängigkeit haben willst, dann heißt es natürlich: raus. Na, mach dir keine Sorgen. Irgendwas wird mir schon einfallen.»

Clemencia wischte sich die Augen mit der Schürze und setzte sich zwischen Vater und Sohn.

»Wo sind die Kinder?« fragte sie.

»Bei Anas Eltern«, antwortete Salvador. »Werden eine Weile da bleiben, bis sie sich erholt hat.«

Pedro warf ein, er würde den Patrón nach Acapulco fahren. »Wenn du was brauchst, bitte Clemencia... Na schön... Dann geh zu meinem Freund Juan Olmedo. Alter Kumpel, hat 'n Taxibetrieb. Ich ruf ihn an und sag Bescheid, daß du vorbeikommst.«

Er küßte seinem Vater die Hand und ging.

Er öffnete die Milchglastür und betrat einen Empfangsraum, in dem eine Sekretärin und ein Buchhaltergehilfe saßen; Stahlmöbel standen da, eine Schreibmaschine und eine Addiermaschine. Er stellte sich vor, und die Sekretärin ging ins Privatbüro Herrn Olmedos, dann ließ sie ihn eintreten. Ein magerer, sehr kleiner Mann – sie setzten sich in die Ledersessel, vor einen niedrigen Tisch mit Photos von Banketten und Festlichkeiten unter der Glasplatte. Salvador erklärte ihm, er brauche Arbeit, um sein Lehrergehalt aufzubessern, und Olmedo machte sich in ein paar großen schwarzen Heften zu schaffen.

»Hast Glück«, sagte er und kratzte sich ein spitzes haariges Ohr. »Hier gibt's eine sehr gute Route zwischen sieben und zwölf Uhr nachts. Hinter dem Job sind 'ne Menge her, denn ich kümmere mich um meine Arbeiter...« Er klappte die Schwarte zu. »Aber dem Sohn meines alten Kumpels Pedrito werd ich 'n geben. Kannst heute noch anfangen. Wenn du dich tummelst, kannst du bis zu zwanzig Pesos pro Tag rausholen.«

Ein paar Sekunden hörte man nur das Tack-tack-tack der Addiermaschine und den Motorenlärm auf der Avenida del 20 de Noviembre. Olmedo sagte, er müsse jetzt gehen, und lud

Salvador ein, mitzukommen. Schweigend fuhren sie im Aufzug nach unten, und als sie auf der Straße waren, wies ihn Olmedo an, den Taxameter jedesmal neu einzustellen, wenn der Kunde etwas erledigte, denn es gäbe jede Menge Trottel, die führen einen Kunden mit einer einzigen Fahrpreisanzeige eine Stunde lang durch Mexiko. Er nahm ihn beim Arm, sie betraten das Rathaus, gingen nach oben, und Olmedo schärfte ihm nochmals ein, nicht jeden mitzunehmen.

»Mal hier ausgestiegen, mal da... und ehe du's merkst, bist du durch die ganze Stadt gekarrt, von der Villa bis nach Pedregal, alles für einsfuffzig. Zum Abschießen, manche Leute...!«

Olmedo bot einer Sekretärin Gummibonbons an und bat sie, ihn zum Chef vorzulassen. Das Fräulein bedankte sich für die Bonbons und ging ins Privatbüro des Beamten; Olmedo scherzte mit den anderen Angestellten und lud sie ein, sonnabends mit ihm ein paar Bier zu trinken und nachher Domino zu spielen. Salvador bedankte sich, und Olmedo sagte: »Ist dein Führerschein in Ordnung? Hab keine Lust, mich mit der Verkehrspolizei anzulegen. Stell dich heute abend, gegen sieben, vor. Frag unten nach Toribio, der ist für die Nachtfahrten verantwortlich. Er wird dir deinen Wagen zeigen. Keine Klekkerfahrten für einen Peso, haste gehört? – leiert bloß die Türen aus. Und keine Einmalanzeige für mehrmals Halten. Der Kunde braucht bloß mal auszusteigen – und wenn er auf die Straße spucken will –, sofort neu einstellen. Grüß mir den Alten.«

Er sah auf die Uhr an der Kathedrale. Elf Uhr. Ein Weilchen spazierte er die Calle de la Merced entlang und besah sich die Kisten voller Tomaten, Orangen und Kürbisse. Ein Weilchen setzte er sich auf die Plaza und rauchte, neben die Lastträger, die Bier tranken und in Sportzeitungen blätterten. Dann wurde es ihm langweilig, und er ging bis San Juan de Letrán. Vor ihm ging ein junges Mädchen. Ein Paket fiel ihr hinunter, und Salvador beeilte sich, es aufzuheben; sie lächelte ihn an und bedankte sich. Der junge Mann faßte sie am Arm und fragte: »Trinken wir eine Limonade?«

»Entschuldigen Sie, eigentlich nicht...«

»Entschuldigen Sie. Ich wollte mich nicht aufdrängen.«

Das Mädchen ging mit kleinen eiligen Schritten weiter. Sie wiegte sich in den Hüften, trug einen weißen Rock. Verstohlen sah sie in die Schaufenster. Salvador folgte ihr von weitem. Dann blieb sie vor einem Eiswagen stehen und verlangte Erdbeereis am Stiel; Salvador kam ihr zuvor und bezahlte es ihr, und sie lächelte und sagte Dankeschön. Sie gingen in eine Erfrischungsbar, setzten sich in eine Box und bestellten zwei Sidral. Sie fragte ihn, was er mache, und er sagte, sie solle raten, und bewegte die Fäuste wie ein Boxer, und sie meinte, er sei Boxer, dann lachte er und erzählte ihr, daß er als Junge während des »Sechs-Jahres-Plans« viel trainiert habe – aber eigentlich sei er Lehrer. Sie erzählte ihm, sie sei Kassiererin in einem Kino. Als sie den Arm bewegte, warf sie die Sidral-Flasche um, und beide lachten sehr. Dann stiegen sie in einen Bus. Beide schwiegen. Er faßte ihre Hand, und am Park von Chapultepec stiegen sie aus. Die Autos fuhren langsam durch die Parkalleen, darunter viele offene Wagen voll junger Leute. Viele Frauen gingen vorbei, die Kinder hinter sich herzogen, sie liebkosten oder vor sich her stießen. Die Kinder lutschten Eis am Stiel und Zuckerwatte. Ballonverkäufer trillerten mit ihren Pfeifen, und in der Pergola spielte die Musik. Das Mädchen meinte, ihr mache es Spaß, die Berufe der Leute zu raten, die im Chapultepec spazierengingen. Sie lachte und zeigte mit dem Finger: schwarzes Jackett oder offenes Hemd, Lederschuhe oder Sandalen, Baumwollrock oder Paillettenbluse, gestreiftes T-Shirt, Lackabsatz: Dann sagte sie: Tischler, Elektriker, Angestellte, Bote, Lehrer, Dienstmädchen, Strichjunge. Am See angekommen, nahmen sie ein Boot. Salvador zog sich den Kittel aus und krempelte sich die Hemdsärmel auf. Das Mädchen ließ die Finger ins Wasser hängen und schloß die Augen. Salvador pfiff halblaut allerlei Melodien, während er ruderte. Er hielt an und berührte das Knie des Mädchens. Sie machte die Augen auf und zupfte den Rock zurecht. Dann ruderten sie zum Landungssteg zurück, und sie meinte, sie müsse zum Essen zu Hause sein. Für den nächsten Tag verabredeten sie sich auf elf, nach Schluß der Kinokasse.

Er ging ins Kiko und suchte an den Stahlrohr-und Linoleum-Tischen nach seinen Freunden. Von weitem sah er den blinden Macario, ging zu ihm und setzte sich. Macario bat ihn, zwanzig Centavos in den Musikautomaten zu stecken, nach einer Weile kam Alfredo, alle drei bestellten sich Tacos mit Huhn und Avocado, dazu Bier, und hörten dem Lied zu, das erzählte von der »Undankbaren, die mich verließ – um eines Flotteren gewiß«. Wie immer frischten sie Jugenderinnerungen auf, sprachen von Rosa und Remedios, den hübschesten Mädchen des Viertels. Macario stachelte sie zu immer neuen Geschichten an. Alfredo meinte, die Burschen von heute seien eiskalt, mit dem Messer und so. Sie nicht. Wenn man es so betrachte, seien sie doch eigentlich ziemlich blöd gewesen. Er erinnerte sie an die Geschichte, als die Bande vom Politécnico sie zu einem Fußballmatch herausforderte, bloß, um sie ins Schienbein zu treten, und die ganze Sache artete in einen Boxkampf auf dem leeren Grundstück in der Calle de Mirto aus – bis Macario mit einem Baseballschläger erschien: die vom Politécnico erstarrten, als sie merkten, wie der Blinde sie verdrosch. Macario meinte, damals hätten ihn alle als Kumpel akzeptiert, aber Salvador behauptete, das hätte er vor allem den Grimassen zu verdanken, die er schnitt: wie er die Augen verdrehte und die Ohren ganz nach hinten zog – zum Totlachen. Macario sagte, wer sich totgelacht habe, das sei er selber gewesen, denn seit seinem zehnten Lebensjahr habe sein Papa ihm immer gesagt, er brauche sich keine Sorgen zu machen, er werde nie arbeiten müssen, schließlich werfe seine Seifenkocherei genug ab; also konnte Macario sich körperlich ertüchtigen, zu seiner Verteidigung. Seine Welt, meinte er, sei die Schule gewesen, und von dort habe er seine Streiche und seine Ausdrücke. Dann sprachen sie von ihrem ehemaligen Kumpel Raimundo, schwiegen ein Weilchen, bestellten noch mehr Bier, Salvador blickte auf die Straße und erzählte, wie er und Raimundo während der Prüfungszeit immer nachts zusammen nach Hause gegangen wären und Raimundo ihn gebeten hätte, ihm doch mal diese verzwickte Algebra zu erklären, dann wäre man an der Ecke Sullivan und Ramón Guzmán eine Weile stehengeblieben, bevor man sich trennte, und Raimundo hätte gesagt: »Weißt du was? Irgendwie hab ich

Angst, über diesen Block hinaus weiterzugehen. Als ob hier unser Viertel aufhöre. Weiter weg weiß ich schon nicht mehr, was passiert. Du bist mein Kumpel, und deshalb erzähl ich dir das. Ehrlich, ich hab Angst, weiter als bis zu diesem Block zu gehen.«

Und Alfredo erinnerte sich, daß ihm die Familie das alte Auto schenkte, als er sein Examen bestanden hatte, und sie feierten alle zusammen ganz groß, indem sie in sämtlichen billigen Bordells der Stadt die Runde machten. Sie waren ziemlich blau, und Raimundo meinte, Alfredo könnte nicht richtig fahren, er fing an zu drängeln, Alfredo sollte ihn ans Steuer lassen, und fast hätte sich der Wagen an einer Kreuzung auf der Reforma überschlagen, Raimundo behauptete, er hätte nur Quatsch machen wollen, da ging der Wagenschlag auf, Raimundo stürzte auf die Straße und brach sich den Hals.

Sie zahlten und verabschiedeten sich.

Er gab seine drei Nachmittagsstunden und hatte am Schluß die Finger voller Kreide vom Aufzeichnen der Republik auf die Tafel. Als die Schule zu Ende war und die Kinder weggegangen, ging er zwischen den Bänken hindurch und setzte sich auf die letzte. An einem langen Kabel hing eine einzige Glühbirne. Er starrte auf die bunten Kreidestriche, die Gebirgskämme, waldige Abhänge, Wüsten und das Hochplateau darstellten. Ein guter Zeichner war er nie gewesen: Yucatán war zu groß geraten, Niederkalifornien zu kurz. Das Klassenzimmer roch nach Sägespänen und Lederranzen. Cristóbal, Lehrer der Fünften, schaute durch die Tür: »Was gibt's?«

Salvador ging an die Tafel und wischte die Zeichnung mit einem feuchten Lappen weg. Cristóbal holte eine Packung Zigaretten aus der Tasche, beide rauchten, und der Fußboden knarrte, während beide die Kreidestücke in die Schachtel einsammelten. Dann setzten sie sich und warteten, und bald kamen andere Lehrer, zuletzt der Direktor, Durán.

Der Direktor setzte sich auf den Stuhl auf dem Podium, die anderen auf die Bänke; er sah alle mit seinen schwarzen Augen an, und alle sahen ihn an, sein braunes Gesicht, das blaue Hemd und die lila Krawatte. Der Direktor meinte, niemand würde vor Hunger sterben, wenn auch alle es schwer hätten, da wurden die Lehrer böse, und einer sagte, er knipse Fahrscheine in einem Omnibus, nachdem er morgens und nachmittags Unterricht gegeben habe, eine Lehrerin, daß sie nachts in einer Imbißbar auf der Plaza Santa María de la Redonda arbeite, und noch ein anderer, er habe mit seinen Ersparnissen einen Kurzwarenladen aufgemacht und sei nur aus Solidarität gekommen. Durán warnte sie, sie könnten ihre Dienstjahre, ihre Pension, sogar ihre Posten verlieren, und bat sie, keinen Unsinn zu machen. Alle standen auf und gingen fort, Salvador sah, daß es schon halb sieben Uhr war, und lief auf die Straße, überquerte sie mitten durch den Verkehr und schwang sich auf einen Omnibus.

Am Zócalo stieg er aus und ging in Olmedos Büro. Toribio teilte ihm mit, um sieben Uhr werde ihm der Wagen, den er zu fahren habe, übergeben, er möge ein bißchen warten. Salvador lehnte sich an die Kontrollkabine und entfaltete einen Stadtplan von Mexiko. Er sah ihn sich genau an, legte ihn dann zusammen und korrigierte seine Rechenhefte.

»Wo ist es besser zu fahren, im Zentrum oder draußen?« fragte er Toribio.

»Also weiter draußen fährste schneller, aber verbrauchst auch mehr Benzin. Denk dran, den Treibstoff bezahlst du.«

Salvador lachte. »Na, vielleicht sind in den Hotels Gringos, die gute Trinkgelder geben.«

»Da kommt deine Karre«, sagte Toribio aus der Kabine.

»Bist du der Neue?« schrie der mollige Chauffeur. Mit einem Lappen wischte er sich den Schweiß von der Stirn und stieg aus. »Da hast 'n. Vorsicht mit dem ersten Gang, der klemmt manchmal. Schließ selber die Türen, sonst leiern die Fahrgäste sie dir aus. Ich leg 'n dir ans Herz.«

Salvador setzte sich hinter das Steuer und legte die Hefte unter den Sitz. Mit dem Lappen fuhr er über das fettige Lenkrad. Der Sitz war heiß. Er stieg aus und wischte die Windschutzscheibe sauber. Dann setzte er sich wieder hinein und stellte den Rückspiegel ein. Er startete, klappte das Freizeichen hoch. Seine Hände schwitzten. Er fuhr durch die Veinte de Noviembre. Gleich hielt ihn jemand an und wollte zum Kosmos-Kino. Vor dem Kino stieg der Mann aus, und durchs Fenster sah er Cristóbal und sagte: »Na, das ist ja ein Zufall.« Salvador fragte ihn, was er mache, und Cristóbal antwortete, er sei auf dem Weg zur Druckerei von Herrn Flores Carranza, in der Ribera de San Cosme, worauf Salvador ihm anbot, ihn hinzufahren; Cristóbal stieg ein, sagte aber, es solle keine Freundschaftsfahrt sein, er werde ihn bezahlen. Salvador lachte und meinte, das wäre ja noch schöner. Sie plauderten über Boxen und verabredeten sich auf Freitag in der Arena Mexiko. Salvador erzählte ihm von dem Mädchen, das er morgens getroffen hatte. Cristóbal erzählte von seinen Schülern, sie fuhren bei der Druckerei vor, Salvador parkte, und sie stiegen aus.

Sie gingen durch die enge Tür den langen dunklen Korridor entlang. Die Druckerei befand sich am anderen Ende; Herr Flores Carranza begrüßte sie, und Cristóbal fragte, ob die Blätter schon fertig seien. Der Drucker nahm den Augenschirm ab, nickte und zeigte ihm das Flugblatt mit roten und schwarzen Lettern, das zum Streik aufrief. Die Angestellten übergaben die vier Pakete. Salvador nahm zwei und ging voraus, während Cristóbal die Rechnung bezahlte.

Er ging durch den langen dunklen Gang. Von ferne hörte er das Geräusch der Autos, die durch die Ribera de San Cosme fuhren. Auf der Hälfte des Ganges spürte er eine Hand auf der Schulter, und jemand sagte: »Langsam, langsam.«

»Entschuldigen Sie«, sagte Salvador, »aber hier ist es reichlich dunkel.«

»Dunkel? Schwarz wird's hier werden.«

Der Mann steckte sich eine Zigarette zwischen die Lippen, lächelte, und Salvador sagte nur »Guten Abend«, aber die Hand legte sich wieder auf seine Schulter, und der Kerl sagte, er sei wohl der einzige Steißtrommler, der ihn nicht kenne, worauf Salvador wütend wurde und meinte, er habe es eilig, und der Kerl sagte: »Der M. S., weißte? Das bin ich.«

Salvador sah vier Zigaretten am Eingang des Korridors aufleuchten, er preßte die Pakete an die Brust und sah sich um, da glimmte noch eine Zigarette vor der Druckerei auf.

»Der M. S. – der Menschenschinder. Na, du hast doch bestimmt von mir reden hören.«

Salvador gewöhnte sich an die Dunkelheit, unterschied den Hut des Kerls und die Hand, die eines von den Paketen nahm.

»Das war die Vorstellung – und nun her mit den Blättern, Steißtrommler.«

Salvador gelang es, sich aus dem Griff zu befreien, er wich ein paar Schritte zurück. Die hintere Zigarette schob sich nach vorn. Ein feuchter Luftzug wehte in Wadenhöhe durch den Gang.

Salvador sah sich um.

»Laßt mich durch.«

»Her mit den Flugblättern.«

»Die behalte ich, Mensch.«

Er spürte die glühende Zigarette von hinten, sehr nahe am Nacken. Dann Cristóbals Schrei. Er warf ein Paket weg und schlug mit dem freien Arm in das Gesicht des Kerls. Er empfand den brennenden Schmerz, als die Zigarette auf seiner Faust ausgedrückt wurde. Und dann sah er, wie das Gesicht voll blutigem Speichel näherkam. Salvador fuhr herum, mit geballten Fäusten, sein Blick fiel auf das Messer, und schon spürte er es im Magen.

Der Mann zog langsam das Messer heraus und schnalzte mit den Fingern, und mit offenem Mund schlug Salvador auf den Boden.

Julio Ramón Ribeyro

Entfremdung

Obwohl er Mulatte war und López hieß, wollte er immer weniger wie ein Deckungsspieler von Alianza Lima und immer mehr wie ein Blondschopf aus Philadelphia aussehen. Das Leben selbst lehrte ihn, daß es, wollte er es in einer kolonialen Stadt zu etwas bringen, besser war, die Zwischenstufen zu überspringen und statt eines hiesigen Weißen lieber gleich ein dortiger Gringo zu werden. In den Jahren, in denen ich ihn kannte, verwandte er seine ganze Mühe darauf, sich so schnell wie möglich zu entlópezieren, zu entmulattisieren und zu amerikanisieren, bevor der große Erdrutsch kommen und aus ihm für immer beispielsweise einen Bankportier oder Taxichauffeur machen konnte. Zunächst einmal mußte er den Peruaner in sich abtöten und von jedem Gringo, den er kennenlernte, etwas übernehmen. Mit der Ausbeute setzte er sich eine neue Person zusammen, ein Wesen aus Bruchstücken, das weder Mulatte noch Gringo war, das Ergebnis einer widernatürlichen Kreuzung, etwas, das durch sein eigenes Ungestüm und zu seinem Verderben vom rosigen Traum zum höllischen Alptraum entartete.

Doch wir wollen nicht vorgreifen. Es sei nur noch gesagt, daß er Roberto hieß, Jahre später als Bobby bekannt war, in den letzten amtlichen Dokumenten jedoch unter dem Namen Bob geführt wird. Bei seinem schwindelerregenden Aufstieg ins Nichts verlor er auf jeder Stufe eine Silbe seines Namens.

Alles begann an jenem Nachmittag, als eine Gruppe von uns Weißen auf der Plaza Bolognesi Ball spielte. Es war die Zeit der Schulferien, und wir Kinder aus den umliegenden Einfamilienhäusern, Jungen und Mädchen, versammelten uns dort, um etwas mit diesen endlosen Sommernachmittagen anzustellen.

Roberto kam ebenfalls zur Plaza, obwohl er in eine staatliche Schule ging und nicht in einem Einfamilienhaus, sondern in der letzten Wohngasse des Stadtviertels lebte. Er kam, um den Mädchen beim Spielen zuzusehen, und damit ihn der eine oder andere Weiße grüßte, der ihn in diesen Straßen hatte aufwachsen sehen und wußte, daß er der Sohn der Wäscherin war.

Aber im Grunde kam er, wie wir alle, um Queca zu sehen. Wir alle waren in Queca verliebt, die nun schon zweimal hintereinander bei den Jahresabschlußfeiern zur Festkönigin gewählt worden war. Queca ging weder bei den deutschen Nonnen des Santa-Ursula-Gymnasiums noch bei den nordamerikanischen der Villa María, sondern bei den spanischen der Reparación zur Schule, doch das störte uns ebensowenig wie der Umstand, daß ihr Vater ein kleiner Angestellter war, der mit dem Omnibus zur Arbeit fuhr, oder daß ihr Haus nur ein Stockwerk und Geranien statt Rosen hatte. Damals zählten nur ihr mirabellenzarter Teint, ihre grünen Augen, ihre kastanienbraune Mähne, ihre Art zu laufen, zu lachen, zu springen, und ihre unschlagbaren Beine, die nie bedeckt und immer goldbraun waren und mit der Zeit zur Legende werden sollten.

Roberto kam nur, um ihr beim Spielen zuzusehen, denn es gelang nicht einmal den Jungen, die aus anderen Vierteln von Miraflores und später aus San Isidro und Barranco kamen, ihre Aufmerksamkeit auf sich zu ziehen. Peluca Rodríguez stürzte sich einmal vom höchsten Ast eines Ficus herab, Lucas de Tramontana kam auf einem blitzenden Motorrad mit acht Scheinwerfern, Schweinchen Gómez verwamste einen Eisverkäufer, der es gewagt hatte, uns nachzupfeifen, Armando Wolff weihte mehrere Anzüge aus feinem Wollstoff ein und band sich sogar eine Fliege um. Doch Queca erwies ihnen nicht die geringste Gunst. Queca schenkte keinem besondere Beachtung, sie hatte Freude daran, mit allen zu reden, zu laufen, herumzutollen, zu lachen, Volleyball zu spielen und bei Einbruch der Dunkelheit dann diese Bande von Halbwüchsigen in einem Zustand tiefster sexueller Betrübnis zurückzulassen, über den nur die wohltätige Hand in den weißen Bettlaken hinweghalf.

Es war ein unheilbringender Ball, den an jenem Nachmittag jemand so warf, daß ihn Queca nicht fangen konnte und er auf die Bank zurollte, von der aus Roberto einsam zuschaute. Das war die Gelegenheit, auf die er schon so lange gewartet hatte! Mit einem Satz ging er auf dem Rasen nieder, kroch zwischen den Blumenbeeten hindurch, sprang über die Passiflorahecke, landete mit den Füßen in einem Wassergraben und fing den Ball noch, kurz bevor er unter die Räder eines Autos rollen konnte. Doch als er ihn ihr reichte, war es, als hätte Queca, die ihm bereits die Hände entgegenstreckte, die Optik gewechselt, als nehme sie etwas wahr, das sie nie zuvor betrachtet hatte, ein gedrungenes, dunkles Wesen mit wulstigen Lippen und krausem Haar, etwas, das ihr auch nicht ganz unbekannt war, das sie vielleicht gesehen hatte, so wie sie jeden Tag die Bänke oder die Ficusbäume sah, und dann wandte sie sich schreckerfüllt ab.

Roberto vergaß nie mehr jenen Satz, den Queca im Davonlaufen ausrief: »Ich spiele nicht mit Mulatten.« Diese fünf Wörter entschieden sein Leben.

Jeder leidende Mensch wird zum scharfen Beobachter, und Roberto ging in den folgenden Jahren weiterhin zur Plaza, aber sein Blick hatte jegliche Einfalt verloren. Er war nicht mehr einfacher Abglanz der Welt, sondern das wachsame Organ, das durchdringt, auswählt, bewertet.

Queca war größer geworden, sie rannte nicht mehr so unbändig, ihre Röcke wurden länger, ihre Sprünge verloren an Unzüchtigkeit, und ihr Umgang mit der Clique wurde distanzierter und wählerischer. Dies alles fiel auch uns auf, doch Roberto sah noch etwas: daß Queca dazu neigte, durch schrittweise Vergleiche den Dunkelhäutigeren ihre Aufmerksamkeit zu entziehen, bis sie nur noch Chalo Sander Beachtung schenkte, dem Jungen, der in der Bande das hellste Haar und eine rosige Gesichtsfarbe hatte und der überdies in eine nordamerikanische Konfessionsschule ging. Als ihre Beine glorreicher und wohlgeformter denn je waren, redete sie bereits nur noch mit Chalo Sander, und als sie dann zum erstenmal händchenhaltend mit ihm zur Küstenpromenade ging, begriffen wir, daß unsere Göttin nicht mehr uns gehörte, und daß wir der Chor in der griechischen Tragödie sein konnten, gegenwärtig und sichtbar, den Göttern jedoch unwiderruflich entrückt.

Verachtet und verbittert versammelten wir uns nach dem Spielen an einer Straßenecke, wo wir unsere ersten Zigaretten rauchten, uns stolz über den keimenden Oberlippenflaum strichen und das Unabänderliche besprachen. Manchmal gingen wir in die Kneipe des Chinesen Manuel und genehmigten uns ein Bier. Roberto folgte uns wie ein Schatten, beobachtete uns von der Schwelle aus mit forschendem Blick und ließ sich nichts von unserem Geschwafel entgehen, manchmal sagten wir hallo, Mulatte, zu ihm, komm, trink einen mit, und er immer nein danke, vielleicht ein andermal, doch obwohl er abseits stand und lächelte, wußten wir, daß er auf seine Weise unsere Niedergeschlagenheit teilte.

Und natürlich war es auch Chalo Sander, der Queca zur Abschlußfeier führte, als die Schulzeit zu Ende ging. Schon früh morgens kamen wir in der Kneipe zusammen, tranken etwas über den Durst, schmiedeten unsinnige Pläne, von Entführung, von gemeinschaftlicher Vergewaltigung war die Rede. Aber es blieb bei den großen Sprüchen. Um acht Uhr abends standen wir vor dem Häuschen mit den Geranien und hatten uns damit abgefunden, Zeuge unserer eigenen Absetzung zu werden. Chalo kam mit dem Wagen seines Vaters, in einem eleganten weißen Smoking, und kurz darauf erschien er in Begleitung einer Queca mit langem Kleid und Hochfrisur, in der wir kaum noch unsere Spielgefährtin wiedererkannten. Queca sah uns nicht einmal an, lächelte nur und hielt ein Seidentäschchen in den Händen. Ein flüchtiges Traumbild, das letzte, denn nichts mehr würde wie früher sein, in diesem Augenblick starb alle Hoffnung, und gerade deshalb würden wir nie dieses Bild vergessen, das für immer einen Abschnitt unserer Jugend beschloß.

Fast alle blieben der Plaza fern, die einen, weil sie sich für die Aufnahme in die Universität vorbereiteten, die anderen, weil sie in anderen Stadtteilen nach Quecas undenkbarem Duplikat suchten. Nur Roberto, der bereits als Austräger einer Konditorei arbeitete, kreuzte abends an der Plaza auf, wo nun andere Jungen und Mädchen die alte Clique abgelöst hatten und mit der Unschuld derer, die glauben, sie erfunden zu haben, unsere

Spiele wiederholten. Auf seiner einsamen Bank verfolgte er zerstreut das wilde Treiben, doch mit verstohlenen Blicken sah er immer noch zu Quecas Haus hinüber. So konnte er als erster feststellen, daß Chalo in Quecas Leben nur eine Episode gewesen war, eine Art Generalprobe als Vorbereitung auf die Ankunft des Originals, von dem Chalo eine Kopie gewesen war: Billy Mulligan, Sohn eines Beamten am Konsulat der Vereinigten Staaten.

Billy war sommersprossig, rothaarig, trug geblümte Hemden, hatte riesige Füße, lachte durchdringend, die Sonne zog ihm die Haut ab, anstatt ihn zu bräunen, aber er besuchte Queca in seinem eigenen Wagen und nicht in dem seines Vaters. Niemand weiß, wo ihn Queca kennengelernt und wie es ihn hierher verschlagen hatte, aber man sah ihn immer öfter, bis man schließlich nur noch ihn sah, seine Tennisschläger, seine getönte Brille, seine Photoapparate, während Chalos Gestalt nach und nach verschwommener, kleiner und seltener wurde und schließlich ganz verschwand. Von der Gruppe zum Typ und vom Typ zum Individuum, Queca hatte endlich ihren Trumpf in der Hand. Nur Mulligan sollte sie mit allem Drum und Dran zum Altar führen, wie es dann später auch geschah, und nur ihm sollte es gestattet sein, jene Schenkel zu streicheln, von denen wir jahrelang so oft und so vergeblich geträumt hatten.

Enttäuschungen erträgt im allgemeinen niemand leicht, man hüllt sie in den Mantel des Vergessens, verkehrt ihre Ursachen ins Gegenteil, macht sie zum Gegenstand des Spotts und sogar zum Thema literarischer Kompositionen. So ging Schweinchen Gómez nach London, um dort zu studieren, Peluca Rodríguez schrieb ein wirklich bombiges Sonett, Armando Wolff kam zu dem Schluß, Queca sei eine affige Zicke, und Lucas de Tramontana brüstete sich mit der Lüge, er habe sie mehrmals an der Küstenpromenade vernascht. Nur Roberto zog aus alledem eine wahrhaftige und unumstößliche Lehre: entweder Mulligan oder nichts. Was konnte es ihm schon nützen, ein Weißer zu werden, wo es doch von großmäuligen, hoffnungslosen, abgestumpften und entmutigten Weißen nur so wimmelte? Es gab da einen höherrangigen Stand von Wesen, die, ohne sich zu beflecken, über der grauen Stadt schwebten und denen kampflos die besten Früchte der Erde überlassen wurden. Das Problem war nur, wie man als Mulatte ein Mulligan wurde. Doch das Leid schärft auch den Geist, wenn es nicht umbringt, und Roberto hatte ausgiebige Nachforschungen angestellt und einen Aktionsplan entworfen.

Zuallererst mußte er sich entmulattisieren. Die Sache mit dem Haar war nicht sonderlich schwierig: Er färbte es sich mit Wasserstoffsuperoxyd und ließ es entkrausen. Für die Hautfarbe probierte er Stärkemehl, Reispuder und Talkumpuder aus, bis er den idealen Zusatz gefunden hatte. Aber ein gefärbter und gepuderter Mulatte ist immer noch ein Mulatte. Er mußte noch wissen, wie sich die Gringos kleideten, was sie sagten, wie sie gingen, was sie dachten, kurzum, wer sie eigentlich waren.

Damals sahen wir ihn in seiner Freizeit an Orten herumlungern, zwischen denen scheinbar kein Zusammenhang bestand, die aber dennoch etwas gemeinsam hatten: sie wurden häufig von Gringos aufgesucht. Die einen sahen ihn am Tor des Country Clubs stehen, die anderen am Ausgang des Santa-Maria-Gymnasiums, Lucas de Tramontana beschwor, sein Gesicht hinter der Einfriedung eines Golfplatzes ausgemacht zu haben, jemand überraschte ihn auf dem Flughafen dabei, wie er einem Touristen den Koffer tragen wollte, manche sahen ihn sogar auf den Fluren der nordamerikanischen Botschaft wandeln.

Dieser Abschnitt seines Plans lief blendend. Er stellte zunächst einmal fest, daß sich die Gringos durch eine besondere Art der Bekleidung auszeichneten, die er, auf ihre Art, als sportlich, bequem und unkonventionell bezeichnete. Er entdeckte als einer der ersten die Vorzüge der Bluejeans, das cowboyhafte, männliche Flair der breiten, mit großen Schnallen versehenen Ledergürtel, die Bequemlichkeit der weißen Segeltuchschuhe mit Gummisohlen, den jungenhaften Charme, den die Schildmützen aus Segeltuch verliehen, die Frische der kurzärmeligen Hemden mit Blumenmuster oder breiten Längsstreifen, die Vielfalt der Nylonjacken, die man über der Brust mit einem Reißverschluß zuzog, oder die klüngelhafte, provozierende und lässige Note, die sich aus den weißen Shirts mit dem Emblem einer nordamerikanischen Universität ergab.

Alle diese Kleidungsstücke gab es in keinem Geschäft zu kaufen, man mußte sie sich in den Vereinigten Staaten besorgen lassen, was außerhalb seiner Möglichkeiten lag. Aber nach hartnäckigen Ermittlungen stieß er auf die Haushaltsauflösungen. Es gab Gringofamilien, die in ihr Land zurückkehren mußten und per Anzeige in den Tageszeitungen ihre ganze Habe verkauften. Roberto erschien immer als erster in diesen Häusern und kam so zu einer Garderobe, in die er die ganze Frucht seiner Arbeit und seiner Entbehrungen investierte.

Entkraustes und gefärbtes Haar, Bluejeans und grellbuntes Hemd: Roberto war drauf und dran, sich in Bobby zu verwandeln.

Das alles brachte ihm Schwierigkeiten ein. In der Wohngasse, sagte seine Mutter, als sie zu uns nach Hause kam, grüßte ihn keiner mehr, diesen Aufschneider. Sie machten höchstens Witze über ihn oder pfiffen ihm nach wie einem warmen Bruder. Er gab nie auch nur einen Centavo für das Essen ab, verweilte stundenlang vor dem Spiegel, gab sein ganzes Geld für Klamotten aus. Sein Vater, fügte die Negerin hinzu, war zwar ein räudiger Weißer, der sich, nachdem er sie gerade ein Jahr kannte, wie Fu Man Chu in Luft auflöste, doch der hatte sich nicht geschämt, mit ihr auszugehen und als Lotsenhelfer zu arbeiten.

Von uns hatte ihn zuerst Peluca Rodríguez auf dem Kieker. Er hatte bei einem Steward der Braniff Bluejeans bestellt, und als er sie bekam, zog er sie an, um damit zu glänzen, ging zur Plaza und traf unversehens auf Roberto, der genau die gleichen trug. Tagelang fluchte er nur noch auf den Mulatten, sagte, er habe ihm die Show vermasselt, er habe ihm bestimmt nachspioniert, um ihn zu kopieren, und er habe sehr wohl gemerkt, daß er Lucky Strike kaufte und sich eine Tolle über die Stirn kämmte.

Am schlimmsten aber war es an seinem Arbeitsplatz. Cahuide Morales, der Besitzer, war ein dickbäuchiger, finsterer und heimatverbundener Mestize, der Chicharrones und kreolische Walzer über alles liebte und sich zwanzig Jahre lang abgerackert hatte, um dieses Geschäft aufzubauen. Nichts brachte ihn mehr in Rage, als nicht das zu sein, was man war. Mischling oder Weißer, das war doch egal, wichtig war der *Koks*, das *Moos*, der *Kies*, er kannte Tausende von Bezeichnungen für Geld. Als er sah, daß sein Angestellter sich die Haare gefärbt hatte, ertrug er es mit einer weiteren Falte auf der Stirn, als er merkte, daß er sich puderte, schluckte er einen üblen Fluch hinunter, der ihm fast den Magen verdarb, doch als er dann als Gringo verkleidet zur Arbeit kam, brach diese Mischung aus Papa, Polizist, Obermacho und Kazike in ihm durch, und er zerrte ihn am Kragen in den Raum hinter dem Laden: die Konditorei der Gebrüder Morales sei eine anständige Firma, man müsse die Regeln des Hauses akzeptieren, er habe die Schminkerei schon übergangen, doch wenn er nicht wie die übrigen Austräger im Overall käme, würde er ihn mit einem Arschtritt hinausbefördern.

Roberto war schon zu sehr auf Touren, um noch den Rückwärtsgang einzulegen, und zog den Arschtritt vor.

Während er eine andere Arbeit suchte, waren die Tage endlos und trübselig. Es war sein sehnlichster Wunsch, als Hausdiener, Gärtner, Chauffeur oder sonst irgend etwas im Haus eines Gringos angenommen zu werden. Doch Tür um Tür blieb ihm verschlossen. Etwas hatte er bei seiner Strategie außer acht gelassen, nämlich Englisch zu lernen. Da er kein Geld hatte, um sich in einer Sprachenschule einzuschreiben, beschaffte er sich ein Wörterbuch, das er dann fleißig in ein Heft abzuschreiben begann. Doch als er bei dem Buchstaben C angelangt war, warf er die Flinte ins Korn, denn diese rein visuellen Kenntnisse des Englischen führten zu nichts. Doch es gab ja noch das Kino, eine Schule, die nicht nur lehrte, sondern auch Spaß machte.

Im Parkett der großen Kinos verbrachte er ganze Nachmittage damit, sich Western und Krimis im Originalton anzusehen. Die Geschichten waren ihm piepegal, er achtete nur darauf, wie die Personen sprachen. Die Wörter, die er verstehen konnte, notierte er und wiederholte sie, bis er sie sich für immer eingeprägt hatte. Indem er sich die Filme mehrmals ansah, lernte er vollständige Sätze und sogar ganze Reden. Vor dem Spiegel seines Zimmers war er bald der romantische Cowboy, der der Tänzerin aus der Bar eine unwiderstehliche Liebeserklärung machte, bald der wilde Gangster, der lapidare Sentenzen von sich gab, während er seine Gegner mit Kugeln durchsiebte. Außerdem nährte das Kino in ihm gewisse Mutmaßungen, die ihn mit Zuversicht erfüllten. So glaubte er zu entdekken, er habe eine leichte Ähnlichkeit mit Alan Ladd, der in einem Western in Bluejeans und rot-schwarz-karierter Jacke mitwirkte. Im Grunde hatte er mit ihm nur die Statur und die gelbe Haartolle gemein, die er sich über die Stirn fallen ließ. Doch er sah sich, genauso angezogen wie der Schauspieler, zehnmal hintereinander den Film an und blieb nach der Vorstellung am Eingang stehen, in der Hoffnung, die Zuschauer würden herauskommen und zueinander sagen, guck mal, ist das nicht irre, der Typ da sieht aus wie Alan Ladd. Was natürlich keiner sagte, denn als wir ihn zum erstenmal in dieser Pose sahen, lachten wir ihm nur dreckig ins Gesicht.

Eines Tages erzählte uns seine Mutter, Roberto habe endlich eine Arbeit gefunden, nicht im Hause eines Gringos, wie er gewollt hatte, aber vielleicht sogar etwas Besseres, im Bowling-Club von Miraflores. Er bediente von fünf Uhr nachmittags bis zwölf Uhr nachts in der Bar. Die paarmal, die wir dorthin gingen, sahen wir ihn strahlend und beflissen. Die Einheimischen bediente er in einer neutralen und durchaus untadeligen Weise, aber den Gringos gegenüber verhielt er sich schleimig und unterwürfig. Kaum war einer hereingekommen, da stand er auch schon bei ihm, nahm seine Bestellung auf, und Sekunden später hatte der Kunde seinen Hot-Dog und seine Coca-Cola vor sich stehen. Außerdem ermannte er sich, ein paar Brocken Englisch von sich zu geben, und da ihm in derselben Sprache geantwortet wurde, erweiterte sich allmählich auch sein Wortschatz. Bald verfügte er über ein beträchtliches Repertoire an Ausdrücken, mit deren Hilfe er sich die Sympathie der Gringos erwarb, denn die waren ganz glücklich, einmal einen Kreolen vor sich zu haben, der sie verstehen konnte. Da Roberto so schwer auszusprechen war, beschlossen sie schließlich, ihn Bobby zu nennen.

Und unter dem Namen Bobby López konnte er sich endlich auch am Peruanisch-Nordamerikanischen Institut einschreiben. Die ihn damals sahen, sagen, er sei der klassische Büffler gewesen, der nie eine Unterrichtsstunde verpaßte, immer alle Hausaufgaben machte und keine Gelegenheit ausließ, den Lehrer über eine grammatikalische Unklarheit auszufragen. Neben den Blütenweißen, die dort aus beruflichen Gründen Kurse belegten, lernte er andere López kennen, die, von anderen Horizonten und anderen Stadtteilen aus, und ohne daß es dabei einer Übereinkunft bedurft hätte, dieselben Träume nährten wie er und ein mit dem seinen deckungsgleiches Leben führten. Er freundete sich ganz besonders mit José María Cabanillas an, dem Sohn eines Schneiders aus Surquillo. Cabanillas, der dieselbe blinde Bewunderung für die Gringos hegte, hatte schon vor Jahren begonnen, den Mulatten in sich abzuwürgen und dabei wirklich ansehnliche Erfolge erzielt. Er hatte außerdem den Vorteil, größer zu sein und nicht so dunkel wie Bobby, und ähnelte nicht Alan Ladd, der ja trotz allem ein zweitrangiger, von einem Grüppchen versnobter Mädchen verehrter Schauspieler war, sondern dem unverwüstlichen John Wayne. Die beiden wurden damals ein unzertrennliches Paar. Sie schlossen das Jahr mit den besten Noten ab, und Mister Brown sagte den übrigen Schülern, sie sollten sich ein Beispiel an ihnen nehmen, und erwähnte dabei ihren »aufrichtigen Wunsch, sich zu verbessern«.

Das Paar erging sich damals wohl in langen, überaus anregenden Gesprächen. Man konnte sie jedenfalls ständig sehen, wie sie, die strammen Ärschchen in ihre ausgebleichten Jeans gequetscht, durch die Gegend zogen und sich auf Englisch unterhielten. Fest steht aber auch, daß die Stadt sie nicht aushielt, sie brachten alles in Unordnung, weder Verwandte noch Bekannte konnten sie ausstehen. Deshalb mieteten sie ein Zimmer in einem Gebäude des Jirón Mogollón und zogen zusammen. Dort errichteten sie eine unverletzliche Zufluchtsstätte, wo sie das Ausländische in das Einheimische einfügen und sich in dieser dunstverhangenen Stadt in einem kalifornischen Vorort fühlen konnten. Jeder steuerte bei, was er konnte, Bobby seine Plakate und Poster und José María, der ein Musikfan war, seine Platten von Frank Sinatra, Dean Martin und Tommy Dorsey. Was waren sie doch für Gringos, wenn sie auf dem Bettsofa lagen, ihre Lucky rauchten, »Strangers in the Night« hörten und die an der Wand befestigte Brücke über den Hudson River betrachteten! Noch eine kleine Anstrengung und hopp!, schon gingen sie über die Brücke.

Selbst für uns war es schwierig, in die Vereinigten Staaten zu reisen. Man mußte ein Stipendium oder Verwandte dort droben oder viel Geld haben. Weder auf López noch auf Cabanillas traf etwas davon zu. So sahen sie keinen anderen Ausweg als das Flohhüpfen, wie es schon von anderen Weißen dank ihrer Arbeit als Steward bei einer Fluggesellschaft praktiziert wurde. Jedes Jahr fand ein Auswahlverfahren statt, und beide bewarben sich. Sie konnten besser Englisch als alle anderen, hatten Freude am Bedienen, waren aufopferungsvoll und unermüdlich, aber niemand kannte sie, sie hatten keine Empfehlung, und für die Prüfer war offenkundig, daß es sich um talkumgepuderte Mulatten handelte. Sie wurden abgelehnt.

Es heißt, Bobby habe geweint und sich verzweifelt die Haare gerauft, und Cabanillas habe mit einem Sprung aus der bescheidenen Höhe eines zweiten Stockwerks einen Selbstmordversuch unternommen. In ihrem Refugium im Jirón Mogollón verbrachten sie die düstersten Tage ihres Lebens, die Stadt, die sie beherbergte, war schließlich ein einziger Kehrichthaufen, so sehr wurde sie von ihnen mit Beschimpfungen und Vorwürfen überhäuft. Doch sie faßten wieder Mut, und neue Pläne gewannen Gestalt. Da hier niemand etwas mit ihnen zu tun haben wollte, mußten sie eben weg, egal wie. Und der einzige Weg war noch der des als Tourist getarnten Einwanderers.

Es war ein Jahr harter Arbeit, in dem sie auf alles verzichten mußten, um für den Flugschein zu sparen und eine Gemeinschaftskasse anzulegen, die es ihnen ermöglichen sollte, sich im Ausland einigermaßen über Wasser zu halten. So konnten beide endlich die Koffer packen und für immer diese verhaßte

Stadt verlassen, in der sie so viel gelitten hatten und in die sie nie mehr zurückkehren wollten, und wenn kein Stein auf dem anderen bliebe.

Alles, was danach kommt, ist vorhersehbar, und man braucht nicht viel Phantasie, um diese Parabel zu vervollständigen. In unserem Viertel verfügten wir über direkte Informationen. Briefe von Bobby an seine Mutter, Berichte von Reisenden und schließlich die Schilderung eines Zeugen.

Zunächst einmal gaben Bobby und José María in einem Monat aus, womit sie geglaubt hatten, ein halbes Jahr auszukommen. Außerdem merkten sie, daß sich in New York alle López und Cabanillas der Welt ein Stelldichein gegeben hatten, Asiaten, Araber, Azteken, Afrikaner, Iberer, Mayas, Chibchas, Sizilianer, Kariben, Moslems, Quechuas, Polynesier, Eskimos, Exemplare jeder Herkunft, Sprache, Rasse und Pigmentierung, denen lediglich der Wunsch gemeinsam war, wie ein Yankee zu leben, nachdem sie ihm bereits ihre Seele abgetreten und versucht hatten, sein Äußeres zu usurpieren. Die Stadt duldete sie zuvorkommend einige Monate, bis sie sich ihre ersparten Dollars einverleibt hatte. Danach wurden sie von ihr wie durch ein Rohr dem Mechanismus der Ausweisung zugeleitet.

Mit Mühe und Not erhielten beide eine Verlängerung ihrer Visa und versuchten, eine feste Anstellung zu finden, die ihnen das Dableiben ermöglichen würde, während gleichzeitig die Quecas der Stadt, und die waren sehr zahlreich, an ihnen vorbeistolzierten, ohne ihnen auch nur die getrübte Aufmerksamkeit zu schenken, die eine Kakerlake zu wecken vermag. Ihre Kleider trugen sich ab, die Musik von Frank Sinatra fiel ihnen auf den Sack, schon der Gedanke daran, daß es zum Essen lediglich einen Hot-Dog gab, der in Lima eine Köstlichkeit war, verursachte ihnen Brechreiz. Von ihrem billigen Hotel wechselten sie in die katholische Herberge über und danach auf eine Parkbank. Bald lernten sie dieses weiße Zeug kennen, das vom Himmel fiel, ihnen die Farbe abwusch und sie wie Schwachsinnige auf vereisten Bürgersteigen herumschlittern ließ und das, seiner Farbe nach, eine rassistische Heimtücke der Natur war.

Es gab nur eine Lösung. Tausende von Kilometern entfernt,

in einem Land namens Korea, kämpften blonde Nordamerikaner gegen scheußliche Asiaten. Die Freiheit des Abendlandes stehe auf dem Spiel, meinten die Zeitungen, und die Staatsmänner sagten es wiederholt im Fernsehen. Aber es war so schmerzlich, die *Boys* in jene Gegend schicken zu müssen! Sie starben wie die Ratten, und zurück blieben bleiche untröstliche Mütter in kleinen Farmhäusern, deren Dachgeschoß ein Zimmer voll alter Spielsachen beherbergte. Demjenigen, der ein Jahr lang dort kämpfen wollte, wurde bei seiner Rückkehr alles garantiert: Staatsbürgerschaft, Arbeit, Sozialversicherung, Integration, Orden. Überall gab es Rekrutierungszentren. Jedem Freiwilligen öffnete das Land sein Herz.

Bobby und José María schrieben sich ein, um nicht ausgewiesen zu werden. Und nach dreimonatiger Ausbildung in einer Kaserne flogen sie in einem riesigen Flugzeug ab. Das Leben war ein wunderbares Abenteuer, die Reise war unvergeßlich. Geboren in einem mittelmäßigen, miserablen und melancholischen Land, hatten sie die geschäftigste Stadt der Welt kennengelernt, unter tausend Entbehrungen, gewiß, aber das lag schon weit zurück, und nun trugen sie eine grüne Uniform, flogen über Ebenen, Meere und schneebedeckte Berge, hielten verheerende Waffen in der Hand und näherten sich, jung noch und verheißungsvoll, dem Reich des Unbekannten.

Die Wäscherin María besitzt unzählige Postkarten mit Tempeln, Märkten und exotischen Straßen, die alle in einer sehr kleinen und sorgfältigen Handschrift geschrieben sind. Wo mag Seoul liegen? Es gibt viele Reklameschilder und Nachtlokale. Dann Briefe von der Front, die sie uns zeigte, als sie den ersten Anfall hatte und einige Tage nicht arbeiten konnte. Mit Hilfe dieser Dokumente konnten wir schlecht und recht rekonstruieren, was vor sich ging. Ganz allmählich näherte sich Bobby nach mehreren tastenden Versuchen jener Verabredung, die er getroffen hatte, als er zur Welt kam. Man mußte zu einem Breitengrad vordringen und sich dort einer wahren Flut von gelben Soldaten entgegenstellen, die wie Maiskörner vom Pol herabrieselten. Dafür waren die Freiwilligen da, die unbezwingbaren Hüter des Abendlandes.

José María kam wie durch ein Wunder mit dem Leben davon und zeigte stolz den Stumpf seines rechten Arms, als er Monate später nach Lima zurückkehrte. Sein Spähtrupp war ausgesandt worden, um ein Reisfeld zu erkunden, wo vermutlich ein koreanischer Vorposten im Hinterhalt lag. Bobby hat nicht gelitten, sagte José María, die erste Garbe riß ihm den Helm weg und sein Kopf flog mit dem wirren gefärbten Haarschopf nach unten in einen Bewässerungsgraben. Er hatte nur einen Arm verloren, aber er war hier, lebendig, erzählte diese Geschichten, trank sein eisgekühltes Bier, bereits entpudert und Mulatte wie nie zuvor, und lebte bequem von dem, was es ihn gekostet hatte, ein Krüppel zu sein.

Robertos Mutter hatte damals bereits ihren zweiten Anfall gehabt, der sie unter die Erde brachte. So konnte sie nicht einmal das amtliche Schreiben lesen, in dem man ihr mitteilte, Bob López sei im Gefecht gestorben und habe ein Anrecht auf eine ehrenvolle Erwähnung und eine Prämie für seine Familie. Niemand konnte sie kassieren.

Nachwort:

Und Queca? Wenn Bob ihre Geschichte gekannt hätte, wäre sein Leben vielleicht anders verlaufen, vielleicht aber auch nicht, das kann keiner wissen. Billy Mulligan nahm sie wie vereinbart in sein Land mit, in einen Ort in Kentucky, wo sein Vater ein Geschäft mit Schweinefleischkonserven aufgebaut hatte. Sie verbrachten einige Monate unendlichen Glücks in diesem hübschen Haus mit breiter Auffahrt, Gitterzaun, Garten und allen elektrischen Geräten, die der menschliche Erfindungsgeist hervorgebracht hat, eben eines der Häuser, wie es sie in hunderttausend Ortschaften dieses Kontinentstaates gibt. Bis bei Billy der durch seine puritanische Erziehung getarnte Ire durchbrach, während sich gleichzeitig Quecas Augen weiteten und einen limensischen Ausdruck der Schwermut annahmen. Billy kam immer später nach Hause, begeisterte sich für Spielautomaten und Autorennen, seine Füße wurden noch größer und bekamen zahlreiche Hühneraugen, im Nacken erwarb er ein bösartiges Muttermal, samstags pumpte er sich im Club der Freunde Kentuckys mit Bourbon voll, er bändelte mit einer Angestellten der Fabrik an, hatte zwei Autounfälle, sein Blick wurde starr und wäßrig, und schließlich traktierte er sonntags in der Früh seine Frau, die hübsche, unvergeßliche Queca, mit Faustschlägen, grinste dabei stupide und nannte sie Scheißmischlingsweib.

Guillermo Cabrera Infante

Die feine Gesellschaft

Also, wissen Sie, bei so einem Etablissemang muß man aufpassen wie 'n Luchs, denn wenn man erst mal was durchgehen läßt... Da ist zum Beispiel die Josefina. Ein tüchtiges Mädel, alles, was recht ist. Proper, adrett, fügsam. Außerdem wohnt sie hier, so daß man sie immer gleich bei der Hand hat. Sie mault auch nie wegen der Prozente und so, daß das Etablissemang alles kriegt und sie nichts oder daß ihr dies und jenes nicht paßt. Nee, nee, so ist die Josefina nicht. Aber daß man sie nicht aus dem Bett kriegt, ist ein großer Fehler. Da sag ich zu ihr: »Josefina«, sag ich, »erst tust du dies und hinterher das. Na los, Mädel, rühr dich, sei nicht traurig.« Aber die in Bewegung setzen ist gar nicht leicht. Dabei kann mir keiner nachsagen, daß ich nicht auf Draht bin. Wie hätte ich's denn sonst zu dem Etablissemang gebracht? Sich mit 'nem Kerl hinlegen kann jede. Aber ich hab geschuftet, und zwar feste, und nicht bloß horizontal. Denn mein Alter – Gott hab ihn selig – hat mir nur 'nen Haufen Schulden hinterlassen. Sie haben ja keine Ahnung, um was sich eine alleinstehende Frau alles kümmern muß, wenn sie vorankommen will. Nicht mal Zeit zum Schlafen hab ich gehabt! Das ist übrigens heute auch nicht viel anders. Um vier oder fünf, wenn der letzte Kunde weg war, hab ich mich hingesetzt und Kasse gemacht und jeder das ausgezahlt, was sie verdient hat, denn in sowas bin ich genau. Und dann hab ich den Burschen herausgeklopft, der bei mir sauber macht. Aber ich will Sie nicht weiter aufhalten. Also, ich selbst hab mich höchstens drei oder vier Stunden hingelegt. Um acht war ich schon wieder auf den Beinen und hab die Mädels geweckt, die vormittags dran sind, damit sie sich zurechtmachen für die Frühkundschaft, sauber und adrett, wie's sich gehört. Denn Sie wissen doch, die Kundschaft hat ihre Eigenheiten, und auf die muß man Rücksicht nehmen. Manche kommen gern morgens, weil die Mädels dann frisch und ausgeruht sind, andere, weil sie sich einbilden, daß sie sich morgens nicht so leicht anstecken. Als könnten ein paar Stunden Schlaf alles wegwischen! Aber, wie gesagt, man muß den Kunden entgegenkommen, und von mir kann keiner behaupten, daß ich das nicht tue. Bei mir hat der Kunde immer recht, dafür zahlt er ja. Und wenn mein Etablissemang auch 'n Puff ist, so kann sich doch keiner beklagen, daß er nicht anständig bedient wird. Aber, um es kurz zu machen, wo war ich eigentlich stehengeblieben? Ach so, daß ich schon immer um acht wieder auf den Beinen bin. Und dann hab ich hintereinanderweg zu tun. Zuerst geh ich auf den Markt, dann muß ich in die Küche, und nach dem Mittagessen, wenn die Mädels kommen, die auswärts wohnen, muß ich mich darum kümmern, daß sie sofort an die Arbeit gehen, denn wie Sie wissen, hat mein Etablissemang den Ruf, daß wir immer zur Verfügung stehen, ganz gleich, wann der Kunde kommt, und wenn es um zwei oder drei in der Früh ist. Also, wenn die Mädels zu arbeiten angefangen haben, sehe ich nach, wieviel Geld in den Musikautomaten in allen drei Stockwerken ist, dann kontrolliere ich die Bar, und wenn was fehlt, schicke ich den Jungen in den Keller, um noch ein paar Flaschen raufzuholen, und dann ist auch schon Zeit zum Abendessen, und wenn das vorbei ist, dann geht es erst richtig los, dann herrscht Hochbetrieb bei uns. Ich will Sie natürlich nicht weiter aufhalten, aber was glauben Sie, was die Josefina die ganze Zeit gemacht hat? Geschlafen! Stellen Sie sich das vor! Trotzdem hab ich sie gelassen, denn das einzige, was sich das Mädel ausbittet, ist, daß man sie schlafen läßt. Sonst ist sie ja mit allem zufrieden. Nicht mal wegen dem Essen streitet sie 'rum wie die andern, daß es schlecht ist oder zuwenig. Und da lasse ich sie eben schlafen, bloß damit sie zufrieden ist, denn die Josefina, müssen Sie wissen, ist sehr beliebt bei der besseren Kundschaft. Aber leicht hat man's mit dem Mädel nicht, das können Sie mir glauben. Ich weiß natürlich, daß sie schwere Sorgen hat, aber, mein Gott, wer hat die nicht! Also, ich rede ihr gut zu und sage: »Josefina, Kleine, komm doch mal runter, da ist ein Herr, der interessiert sich für dich.« Oder ich sage: »Aber Mädel, warum rekelst du dich auf dem Bett, statt in den Salon zu gehn und dich zu den Gästen zu setzen?« Aber meinen Sie, die rührt sich? Schließlich bleibt mir nichts übrig, als nach Bebo, ihrem Mann, zu schicken, dann steht sie nämlich auf, macht sich zurecht und fängt an zu arbeiten. Ich glaube, die weiß gar nicht, wie nett ich immer zu ihr bin, dabei hat sie doch eine Menge Vorteile bei mir. Arbeitet nicht in einem Tingeltangel, wo Krethi und Plethi hingehn, sondern in 'nem großen, respektablen Haus, das die Polizei zugelassen hat und wo es nie Schwierigkeiten gibt, wo es für Minderjährige verboten ist und wo sie anklopfen müssen, ehe sie reinkommen, und wo auch noch lange nicht jeder rein darf. Und in einer besseren Gegend ist es auch. War gar nicht so leicht, hier die Erlaubnis zu bekommen... Aber ich will Sie wirklich nicht weiter aufhalten mit der Josefina, ich bin gleich am Ende. Natürlich heißt sie nicht so. Aber im Etablissemang rufen wir sie Josefina, und jeder glaubt, es ist ihr richtiger Name, und das ist ganz gut so. Ich will natürlich nicht behaupten, daß ich ihr den Namen ausgesucht habe. Den hat sie sich selbst zugelegt, denn alle anderen, wie Berta, Siomara, Margó und so, gefielen ihr nicht. Na ja, und so heißt sie eben Josefina. Sie ist auch nicht von hier, nein, sie ist aus Pinar del Río. Zuerst war sie in Stellung in der Almendaresstraße, und sie war auch ganz zufrieden, obgleich sie nicht viel verdient hat, aber sie haben ihr das Zimmer, Essen und fünfundzwanzig in bar gegeben. Und dann fing sie mit dem Bebo an – in Wirklichkeit heißt er natürlich auch nicht so –, mit dem Bebo, der damals noch beim Militär war. In den verknallte sie sich, und schon nach einer Woche ließ sie ihn zu sich auf ihre Bude über der Garage. Na, und das Ende vom Lied können Sie sich ja denken. Bald war er seine Uniform und sie ihre Stelle los. Als sie sie herbrachten, wehrte sie sich und biß und sprach mit keinem. Sogar umbringen wollte sie sich. Haben Sie noch nie die Narben gesehen, die sie am Handgelenk hat? Aber dann gewöhnte sie sich, schließlich gewöhnt man sich ja an alles. Ich war ja anfangs auch so, und Sie sehen ja... Aber ich hab eben Glück gehabt, und die Josefina nicht. Eines Tages lief sie dem Bebo mit einem Zuhälter davon, so einem halbverrückten Kerl aus Caimanera, der fast genau so aussah wie Bebo. Cheo hieß er und hatte das ganze Maul voll goldner Zähne. Die Leute nannten ihn nur Cheo Goldzahn. Aber die Sache hat nicht lange gedauert. Als nämlich die Josefina in der Kutsche am Karnevalsumzug teilnahm und der Brand ausbrach – Sie wissen doch noch, nicht? –, da hat sie was abgekriegt, so daß sie ihr den Arm abnehmen mußten, und da hat der Kerl Schluß gemacht. Ich hab sie im Krankenhaus besucht, aus lauter Mitleid, und als sie rauskam, hat sie mich gefragt, ob sie wieder bei mir arbeiten darf. Na ja, und dann hat sie sich auch wieder mit dem Bebo eingelassen. Und stellen Sie sich vor, wie komisch die Männer sind, das mit dem Arm hat ihr nicht mal geschadet, ganz im Gegenteil. Die mit ihrem Armstumpf macht mehr als alle anderen. Ja, ja, Typen gibt's, sage ich Ihnen. Was ich schon alles gesehen hab in meinem Beruf, nicht zu sagen. Da war zum Beispiel einer, der gab sich am liebsten mit Schwangeren ab. Und ein anderer, der hatte es immer mit Mädels, die hinkten. Und wie er die bezahlt hat! Glauben Sie ja nicht, daß er mit denen ins Bett gegangen ist. Nee, nee, bloß ausgezogen und ihnen das Bein gestreichelt. Und wenn er genug gehabt hat, ist er fortgegangen, und er hat dabei nicht mal den Hut abgenommen. Und in Caimanera hab ich einen Johnny gekannt, einen englischen Matrosen, der war bloß scharf auf Schieläugige. Der sagte immer »Cokay, cokay«, und war nicht wieder wegzukriegen. Ich sage Ihnen ja, Typen gibt's... Aber ich will Sie nicht weiter aufhalten. Also, die Josefina, sag ich Ihnen – hübsch ist sie ja, Sie haben's ja selber gesehen –, also die Josefina ist eine richtige Perle. Ist doch klar, daß ich sie bei guter Laune halten will, nicht wahr, und daß sie bei mir kriegt, was sie will, denn wenn nicht... Aber glauben Sie ja nicht, daß sie anspruchsvoll ist. Nee, nee, so ist die Josefina nicht. Das einzige, worum sie mich bittet, sind Schlaftabletten. Seit sie das Pech mit dem Arm gehabt hat und sie wieder bei uns arbeitet, ist sie so. Ich lege ihr immer das Geld beiseite, damit sie sich Tabletten kaufen kann. Natürlich ohne daß Bebo es merkt. Scheint, daß sie sich im Krankenhaus dran gewöhnt hat, um die Schmerzen zu betäuben und um zu schlafen oder so, und jetzt kommt sie nicht mehr davon los. Dabei ist es ein Laster, sag ich Ihnen, genau wie Marihuana oder Kokain. Richtig böse wird sie – aber nur dann –, wenn sie das nicht hat oder wenn der Junge nicht schnell genug von der Apotheke zurückkommt. Als ob man nicht schon genug Last mit dem Kerl hat, den man sich auf den Hals lädt, und da muß sich das Mädel auch noch an die Misttabletten gewöhnen! Aber weil es nun mal das einzige ist, worum sie mich bittet, tue ich ihr den Gefallen. Es macht mir ja auch nichts aus, ihr das bißchen Geld beiseite zu legen und den Jungen in die Apotheke zu schicken. Aber es ist wirklich schade um so ein hübsches Mädel. Aber die Josefina ist nun mal ein Pechvogel, 'n richtiger Pechvogel! Jetzt ist ihr eben alles egal. Ist ja auch kein Wunder bei dem, was sie mitgemacht hat, erst die Sache mit dem Arm und dann das mit dem Kind. Wirklich, das mit dem Kind wünsche ich meiner ärgsten Feindin nicht. Was glauben Sie, wie man sich auf so was freut. Da denkt man, nun ist man aus allem raus und der Kerl wird endlich anständig und führt sich auf wie ein Mensch. Aber denkste! Alles bleibt beim alten. Das hat die Josefina natürlich schrecklich mitgenommen, genauso wie mich damals. Bloß daß ich, Gott sei Dank, Glück gehabt habe mit meiner Tochter. Der geht's nämlich viel besser als mir. Sie ist unten in Panamá, müssen Sie wissen, und verdient, soviel sie will. Und die Mädels, die die Kanalzone bearbeiten, Schwarze von Jamaica und die Französinnen, sind richtig neidisch auf sie. Aber um es kurz zu machen, was hab ich eben noch gesagt? Ach so, das mit dem Kind. Das war wirklich 'n Unglück, 'ne Strafe Gottes. Sie hatte sich so gefreut, und da mußte das Kind tot zur Welt kommen. Dabei war es noch ein Glück, denn das Kind, müssen Sie wissen, war ein Monstrum, ein regelrechtes Monstrum. Sie hätte es natürlich – Gott verzeih mir's – in einem Zirkus zeigen können. Jedenfalls hat sie das völlig fertiggemacht. Wie vor'n Kopf geschlagen war sie und ist die ganze Zeit nicht aus dem Zimmer gegangen. Aber zum Schluß kam sie drüber weg. Und seither ist sie eben scharf auf die Pillen, die helfen ihr, sagt sie. Also, um Sie nicht weiter aufzuhalten, die Kleine kann sich wirklich nicht beklagen, bei der Rücksicht, die ich nehme, richtig ans Herz gewachsen ist sie mir. Wenn sie anderswo wäre, ginge es ihr dreckig, sag ich Ihnen, denn ich verlange wirklich nur, daß sie ihre Pflicht tut. Mir kann keiner nachsagen, daß ich kein gutes Herz habe. Wir haben eben alle unser Päckchen zu tragen, und ich fühle wirklich mit jedem mit. Natürlich kann ich mich nicht selbst schädigen, mich und das Etablissemang, das geht nicht. Bisines ist bisines, sagen die Amerikaner, und die müssen's wissen. Aber, wie gesagt, die Josefina ist mir richtig ans Herz gewachsen, als wäre sie meine leibliche Tochter. Dabei ist meine Tochter viel hübscher und jünger. Ja, ja, jünger auch. Trotzdem sind die Leute immer ganz weg, wenn sie hören, daß ich eine zwanzigjährige Tochter habe. Und eine feine Erziehung hat sie genossen. Ich hab mir nämlich immer gesagt... Ach, entschuldigen Sie mich einen Moment, da kommt der Senator, und wie immer in Gesellschaft, in sehr guter Gesellschaft, der Herr Senator.

Was gibt's Neues, Herr Senator? Wie geht es Ihnen? Ich stehe Ihnen sofort zu Diensten... Nur noch eins, und ganz im Vertrauen: Der Senator ist mächtig scharf auf Josefina. Er sagt immer, die ist besser als jede andere. Diese kleine Einarmige, sagt er, ist ein wahres Juwel, verflucht noch mal. Wie ein Aal ist sie, die Kleine, sagt er. Dieser Senator ist ein Teufelskerl. Aber jetzt entschuldigen Sie mich, ich muß nämlich das Mädel rufen, sonst wird der Herr Senator ungehalten... Josefina, kümmere dich ein bißchen um die Herren!

José Louzeiro

Nacht der Sturmwinde

Raimundinho war vierzehn Jahre alt, sah aber aus wie sieben. So groß nur, und dünn.

Wenn er sich zum Duschen auszog, konnte man seine Rippen zählen.

Seine Haut war im Gesicht an manchen Stellen ganz rot und an anderen heller und schuppig.

Im Sommer, wenn die Sonne blendete, schirmte er sich immer die Augen mit den Händen ab, damit er die nächsten zwanzig Meter vor seiner Nase sehen konnte.

Von Zeit zu Zeit wurden ihm kreisrunde Flächen auf dem Rücken eingesalbt. Seine Haare fielen aus; dann schimmerte stellenweise die Kopfhaut durch.

Meistens lachte Raimundinho. Und wenn er etwas komisch fand, machte er das linke Auge zu und das rechte auf. Unter seiner Oberlippe stand ein großer gelber Zahn; er hatte sich über die Wurzel eines etwas kleineren geschoben.

Auf den ersten Blick hielten ihn alle schlicht für ein bedauernswertes Kind. Aber bei näherem Kennenlernen wurden sie erst hellhörig und bald darauf böse: »So ein verflixter Bengel, der hat ja vor nichts Respekt!«

Hörte er eine solche Bemerkung, machte er langsam das linke Auge zu, ließ das rechte hervorquellen und zeigte seinen großen Zahn. Dazu steckte er die Hände in die Hosentaschen und wippte auf einem Fuß.

Wenn ein Zirkus in die Stadt kam, setzte Raimundinho sich auf den Gehweg, stützte das Kinn auf die Knie und schaute. Irgendwann kam auch der letzte seiner Spielkameraden mit seinem Vater vorbei, sauber gekleidet, frisch geduscht, in Bügelfalten und knarrenden neuen Schuhen.

Raimundinho malte sich eine Weile lang die Zirkusvorstellung aus. Dann sprang er mit einem Satz auf, und da die Sonne nicht mehr schien, kam die Welt ihm klein vor, denn er konnte im Dunkeln besser sehen.

Er sprang auf die Stoßstange eines Wagens, der auf dem Stück mit den vielen Schlaglöchern langsam vorüberfuhr, und klopfte auf die Karosserie, wenn er fand, daß es Zeit zum Abspringen sei. Nicht selten hielt dann der Wagen an, und der Fahrer fluchte lauthals. Raimundinho, schon weit weg, lachte und hüpfte vor Freude.

An Abenden mit Mondschein hielt er sich in der Nähe der Leute auf, die ihre Stühle nach draußen stellten. Wer nicht acht gab, dem zog er hinterhältig den Stuhl weg, und prompt gab es einen Sturz. Dann liefen sie hinter Raimundinho her, aber keiner bekam ihn zu fassen.

Stellte er fest, daß die Familie des Friseurs Duarte an der Haustür Luft schnappte, brachte er es fertig, sich unbemerkt ins Haus zu schleichen. Dann nahm er Töpfe und Kleider aus den Schränken und trug sie auf das Grundstück des Schlachters Leonardo, mit dem der Friseur verfeindet war.

Am nächsten Morgen war der große Krach da. Immer neue Beleidigungen flogen hin und her. Raimundinho hockte sich auf den Gehweg, schirmte sich die Augen ab und beobachtete die Zankenden, als habe er nichts mit ihnen zu tun.

Sobald heraus war, wer den Streit verursacht hatte, verschwand er. Einer der beiden Nachbarn zog empört mit ein paar Familienangehörigen zu ihm nach Hause.

»Sind Sie die Mutter von Raimundinho?«

»Bringen Sie Ihrem Sohn Manieren bei!«

»Der kriegt von mir eins aufs Auge!«

»Ich schlag ihn kurz und klein!«

Die Frau schüttelte den Kopf, sagte dies und das, war bekümmert, bat um Entschuldigung. An einem solchen Tag beachtete sie ihren Sohn mit keinem Blick. Er schlief dann in irgendeinem Winkel im Schuppen.

Tauchte er wieder auf, war er beleidigt und erzählte Geschichten: Estefânios Tochter habe die ganze Nacht im Arm eines Seemannes an der Fabrikmauer verbracht; die Frau des

Webers Arquimedes habe frühmorgens mehrfach das Fenster aufgemacht und nach dem Markthändler gerufen, der ihr Geliebter sei.

»Kind!«

Das Gerücht verdichtete sich, gelangte zum Ladentisch beim Kaufmann und setzte sich beim Friseur Duarte fest, wo man es in den verschiedensten Schattierungen ausmalte und auf die erstaunlichsten Arten deutete.

Raimundinho hatte nie einen Vater gekannt. Selbst als er schon fünf war, sprach er dieses Wort noch nicht aus, und wenn es doch einmal geschah, wußte er nicht, was es bedeutete. Bis Inácio beim Kaufmann ihn beiseite nahm und sagte: »Deine Mutter, die hat das und das getan.«

Da erfuhr Raimundinho, daß sie ihn hatte umbringen wollen. Eine Menge Hausmittel hatte sie genommen, Tee aus wilden Kräutern getrunken, aber das alles hatte nichts geholfen.

Inácio trank schon seit dem Vortag. Als er merkte, daß Raimundinho ein wenig traurig wurde, fragte er, mühsam die Augen offen haltend: »Willst du nicht noch mehr wissen, Däumling?«

Inácio schüttelte sich vor Lachen.

»Paß auf: Gleich nachdem du zum erstenmal auf dieser Welt geschrien hast, ist dein lieber Papi Milch kaufen gegangen und bis heute... Weißt du irgendwas über ihn? Ich auch nicht.«

Als die Geschichte zu Ende war, hob Raimundinho den Zipfel seines schmutzigen Hemdes an die Augen. Eine Gruppe Jungen rannte hinter einem Feuerballon her. Er lief mit dazu. Unterwegs griff er nach einem Holz und spießte den Ballon, ehe er zur Erde fiel, an der Spitze auf.

Ein paar Tage später fing er an, die Geschichte, die er von Inácio gehört hatte, weiterzuerzählen. Und mit der Zeit bauschte er sie immer mehr auf. Bald wußten schon so viele Leute davon, daß seine Mutter nicht mehr aus dem Haus gehen konnte. Wenn sie die Straße überquerte, zeigten die Leute von weitem auf sie: »Die da wollte ihr Kind umbringen.«

Raimundinho hielt mit beiden Händen sein linkes Bein

hoch, hüpfte auf dem rechten und sah seine Mutter von der Seite an, Blick und Mund zu keiner Entschuldigung fähig.

In der Nacht, als es stürmte und mächtig donnerte, lief er schreiend und wild herumspringend auf die Straße.

Als reiche das noch nicht, die Nachbarn aufmerksam zu machen, griff er sich eine Blechdose und trommelte darauf herum.

»Das Luder hat sich erhängt. Meine Mami hat sich umgebracht.«

»Schnell, beeilt euch!«

»Seht euch das an!«

Von allen Seiten strömten Leute zu Dona Zezés Haus, bis sie sich auf dem Gehweg drängelten, weil im Haus kein Platz mehr war.

Der Apotheker Anacleto wollte Raimundinho nach dem Leichenwagen schicken. Aber der Kleine hörte nicht hin. Er tanzte und hüpfte und riß den Mund zu einem gequälten, grausigen Lachen auf. Sein rechtes Auge glänzte groß im Schein der Petroleumlampe; das linke kniff er zusammen, obwohl es schon spät abends war.

Seu Anacleto sagte es noch einmal. Da bekam er einen Anfall; schreiend wälzte er sich wild auf dem Boden. Zwei Männer nahmen ihn fest in den Griff. Raimundinho war verrückt.

César López
Wäschestücke

Sie kam zurückgerannt, genauso wie auf dem Hinweg. Immer rennen. War das ein Leben! Im Getümmel hatte sie einen Schuh verloren, ihr Kleid war zerrissen, und sie hatte ein blaues Auge; nicht zu fassen. Dabei hatte sie es rechtzeitig gemerkt. Sie merkte es immer rechtzeitig, aber von Mal zu Mal mußte sie sich mehr beeilen und es noch geschickter anstellen, und einige Leute hatten ihr Hexe nachgeschrien, alte Hexe. Die Situation war so schwierig gewesen, daß sie, obwohl sie so dringend welche brauchte, nur einen einzigen ergattert hatte. Natürlich war es nicht das erstemal, daß es Schwierigkeiten gab. Aber einen hatte sie wenigstens, manchmal kam ja nicht einmal das dabei heraus. Die mit ihrer Manie, daß alles ordentlich vonstatten gehen muß, schöne Ordnung das! Sie schaute sich immer nach allen Seiten um, nicht daß sie plötzlich unvermutet irgendwo auftauchen, und sie braucht doch so dringend welche.

Schwitzend und ganz außer sich ging sie nach Hause zurück. Obwohl sie schon so viel Zeit investiert hatte, beschloß sie, doch noch in eine Seitenstraße abzubiegen, nur mal sehen, ob es in dem Laden von neulich wieder welche zu kaufen gab. Dann preschte sie in ihrem bevorzugten Angriffsstil wie ein Tornado los. *Die Hexe, da kommt die Hexe.* Es war ein heilloses Geschrei, aber sie kümmerte sich weiter nicht darum. *Raus, raus, raus*, sie hatten einen Wall gebildet, den sie trotz aller Anstrengungen nicht durchbrechen konnte, *altes Tittenweib, Hamstervettel.* Da erst wurde ihr bewußt, daß sie gemeint war. *Laßt sie nicht rein. Bringt sie um.* Dutzende von Frauen schrien sie an, und Jungen, die weiß Gott woher auftauchten, bespuckten sie, was das Zeug hielt. Sie beschloß, sich davonzumachen. Doch zuvor unternahm sie noch eine letzte Anstrengung. Jemand zog ihr eins mit der Handtasche über. Sie rutschte aus. Eine Ladung Spucke traf sie auf dem rechten Auge. Gellendes Gekreische. Es gelang ihr zu entwischen. Sie rannte, so schnell sie konnte. Sie zog den Schuh aus, den einzigen, den sie noch hatte. *Hamstervettel, wofür willst du denn so viele. Wieviele Titten hast du denn, du alte Sau.* In diesem Augenblick ging ihr der Haarknoten auf.

»Warum verfolgt ihr mich und schreit mich an und rückt mir auf die Pelle hab ich denn nicht genauso ein Recht drauf wie die anderen ich brauch sie ja auch ich brauch sie und find nie welche und außerdem was kann denn ich dafür daß die Qualität so schlecht ist daß sie kaum halten sie sind so schlecht so furchtbar schlecht aber ihr seid alle noch viel schlechter von noch schlechterer Qualität und ihr werdet mich nicht daran hindern ich muß welche kaufen wenigstens einen ich kann ja schließlich nicht so auf der Straße rumlaufen und meine Titten raushängen lassen wie die andern wie ihr alle ihr Säue laßt mich ich brauch die Büstenhalter und ihr seid richtige Säue säuische Nutten seid ihr Nutten Nutten Nutten.« Zuerst blieben alle stehen, als sie anfing zu reden und zu schreien und zu gestikulieren, aber dann kamen sie näher und näher, und sie mußte wieder ganz schön rennen. Endlich hatte sie ihr Haus erreicht. *Hexe, Hexe, Hexe.* Sie war völlig außer Atem. *Was willst du denn damit. Wahrscheinlich brauchst du überhaupt keinen mehr. Die hängen bei dir doch sowieso schon längst.* Mit einem Satz war sie an der Haustür. *Nieder mit dem Tittenweib. Tod dem Tittenweib. Schneidet sie ihr ab.*

Als sie in ihrer Wohnung war und die Tür hinter sich abschloß, um sich sicher zu fühlen, schlugen ihre Verfolger die Fenster ein, kamen johlend hereingesprungen, und ihr blieb nichts anderes übrig, als durch die Hintertür in der Küche wieder hinauszustürzen und bei einer mehr oder minder entfernten Verwandten Zuflucht zu suchen.

Nachdem die Angreifer das Haus besetzt hatten, fanden sie heraus, daß ihre Vermutungen mehr als begründet waren. Das Haus war ein regelrechtes Lager. Es gab sie in allen Größen, Ausführungen und Farben. Überall. Nicht nur in Schränken und Kommoden, sondern sogar in der Küche und im Bad. Dutzende, Hunderte, Tausende. Das war der Palast der Büstenhalter. Der Alptraum der Busenschaukeln. Die Apokalypse der Tittenheber. Sie hatten recht gehabt. Es handelte sich um einen gefährlichen Fall. Der öffentliche Feind Nummer Eins aller anderen Titten. Sie mußte überwacht werden. Beobachtet. Kontrolliert. Angeklagt. Verurteilt. Und wenn nötig erschossen.

Gebührend getarnt mit den Kleidern, die ihr die erwähnte mehr oder minder entfernte Verwandte aus Mitleid geliehen hatte, verließ sie das Versteck in deren Haus. Es war einfach unmöglich, noch länger an einem Ort zu bleiben, wo man nicht alle erforderlichen Büstenhalter erwerben konnte. Jetzt hatte sie wirklich genug erduldet. Sie war rechtzeitig am Bahnhof. Und sie würde rechtzeitig an ihr Ziel kommen. Ohne rennen zu müssen oder Schuhe zu verlieren oder verunglimpft, angeschrien, mißhandelt zu werden. Frei, die erforderlichen, unverzichtbaren, begehrten, geliebten Wäschestücke zu erwerben. Nachdem sie so lange ständig herumgerannt war, sich hatte anhören müssen, wie man sie unter lautem Geheul mit den gräßlichsten Namen bedachte, umgeben von grölenden Menschenmassen, *Hexe, Hexe, Hexe.* Sie wollte nicht einmal mehr daran denken, ihr größter Wunsch war, neu anzufangen, ohne ständig aufgeschreckt zu werden. Deshalb litt sie kaum unter den üblichen Unannehmlichkeiten der Reise, nahm sie fast nicht wahr. Und seufzte erleichtert auf, als sie ihr Ziel erreichte. Rechtzeitig. Ihr Ziel. Jetzt würde sie erst richtig zu leben beginnen. Sie ging in die Stadt, nachdem sie mehr oder minder schnell und effizient die notwendigen Formalitäten mit der Hilfe einiger ebenfalls entfernter und noch etwas überraschter Verwandter erledigt hatte. Sie hatte sich schon häuslich eingerichtet, besaß jedoch nur noch den einen, den sie anhatte, und der war für ihre Anatomie nicht gerade der zweckmäßigste und vielleicht schon etwas alt und aus der Mode. Aber der Alptraum war ja nun zu Ende. Jetzt mußte sie nur noch das Wort Hexe aus ihrem Wortschatz verbannen, so wie sie es bereits mit Tittenweib, Titten, Hamstervettel getan hatte.

»Ich kann Ihnen nicht ganz folgen vielleicht versteh ich die Sprache nicht richtig aber sagen Sie mal ich bin es jetzt leid den lieben langen Tag in der Gegend rumzurennen und daß alle so erstaunt tun wo doch eigentlich eher ich staunen müßte weil das einfach zu erstaunlich ist ich weiß schon gar nicht mehr wie ich es sagen wie ich es verlangen wie ich mich ausdrücken soll schauen Sie hier haben Sie den Zettel da hab ich es draufgeschrieben ich hab im Wörterbuch nachgeschaut in mehreren Wörterbüchern ja sicher sogar in die Bibliothek bin ich gegangen damit es keine Irrtümer oder Verwechslungen gibt und ich hab die Größe und für alle Fälle auch die entsprechende andere denn in diesem Land weiß doch jeder auf was für Ideen die manchmal kommen und daß sie vielleicht irgendeine andere völlig unmögliche Numerierung verwenden und denken Sie doch nur mal an Zoll und Fuß obwohl ja für diese so intimen Wäschestücke Fuß viel zu groß sind und ganz zu schweigen von Litern und Gallonen und Pinten die ja nun wirklich damit nichts zu tun haben also dann kommen Sie mir doch nicht mit Acre kommen Sie mir doch nicht damit na also sehen Sie und wozu gibt es denn eigentlich das metrische Dezimalsystem aber lassen wir doch jetzt das ganze Drumherumgerede und versuchen Sie doch nicht mir weiszumachen Sie hätten nicht einmal einen einzigen da was heißt hier wo ich herkomme und nennen Sie mich nicht prähistorisch oder dinosaurisch junger Mann etwas mehr Respekt gefälligst ich hab ja schließlich weder Sie beleidigt noch die Erde auf der ich stehe und die Ihre Heimaterde ist ein Tittenweib ist vielleicht Ihre Mutter und Ihre Großmutter und Ihre Freundin wenn Sie überhaupt eine haben weil aha Sie haben also gar nicht gewußt worum es geht und jetzt beleidigen Sie mich das ist ein freies Land und außerdem was soll denn diese Unsitte mit heraushängenden Titten rumzulaufen na gut aber dafür hab ich sie ja nein dafür doch nicht damit ich sie schön beisammen halte nicht wie diese nein nein Hexe nicht nennen Sie mich nicht Hexe nicht Tittenweib ich hab genug genug genug von diesen Alpträumen alle verfolgen mich quälen mich beschwindeln mich.«

Doch es verfolgt sie oder quält sie oder beschwindelt sie niemand, wirklich niemand. Es gibt sie einfach nicht mehr, diese intimen Wäschestücke, sie haben keinen Sinn. Und sogar ihr Name ist verschwunden. Niemand erinnert sich daran. Sie mußte alles lang und breit erklären und sogar so weit gehen, es an ihrem Körper zu demonstrieren, damit sich ihre Gesprächspartner, Verkäufer, Filialleiter und Eigentümer der unterschiedlichsten Geschäfte, ungefähr vorstellen konnten, was sie haben wollte. Aber nichts, es war völlig aussichtslos. Sowohl die Büstenhalter als auch ihre Titten und sie selbst waren ein Anachronismus.

Es gab keinen anderen Ausweg. Keine andere Lösung. Sie kaufte Stoffe in verschiedenen Farben, Gummilitze, Nähgarn, Trägerband, Verschlüsse und machte sich daran, ihre eigenen Büstenhalter herzustellen. Der einzige, den sie noch mitgebracht hatte, war praktisch schon ruiniert, ausgebleicht, die Nähte aufgeplatzt, zerrissen, aus der Form geraten. Und dazu noch das Problem, ihn jeden Tag waschen und trocknen und fast noch feucht anziehen oder ihn zum Abschluß der Prozedur mit dem Bügeleisen oder am Ofen wärmen zu müssen. Ganz verzweifelt, weil sie befürchtete, daß in dem Maße, wie ihr einziger, ihr letzter sich in Wohlgefallen auflöste, ihre Titten wuchsen, immer größer wurden, in ihren gewaltigen Ausmaßen nach etwas verlangten, nach einem Obdach, das ihnen Unterschlupf gewähren könnte, wo sie gegen alle Eventualitäten gefeit wären. Sie machte sich unter großen Mühen und mit viel Hingabe an die Herstellung des ersten Exemplars, und es war der Beginn einer Serie, die nach und nach immer perfekter wurde und eine immer größere Vielfalt an Farbvariationen, Modellen und Stoffqualitäten entwickelte. Ihr Leben veränderte sich zusehends, und die Herstellung der Büstenhalter nahm immer mehr Zeit in Anspruch, ihre ganze Zeit.

Sie kaufte die Materialien, schaffte sie in immer größeren, ständig wachsenden Mengen herbei, ein ungeheurer Umtrieb, die Wäschestücke vermehrten sich, nahmen jeden verfügbaren Raum im Haus ein, auch den nicht verfügbaren, vermauerten die Fenster, versperrten die Türen, machten fast das Atmen unmöglich, und mit dem unablässigen Surren der Nähmaschine, dem ständigen Eintreffen von Paketen mit den verschiedenen Stoffen, dem eingebildeten oder tatsächlichen Größerwerden der Titten vergingen die Tage und wuchs das Mißtrauen der Nachbarschaft. Niemand konnte begreifen, was in diesem Haus ohne Besucher, ohne Verwandte, die alten entfernten und die anfänglich überraschten waren verschwunden, mit den verdunkelten Fenstern und den riesigen Paketen, die hineingetragen wurden, aber nie wieder heraus, eigentlich vor sich ging. Sie sah man nur von Zeit zu Zeit, und das genaugenommen auch nur am Anfang, als sie noch nicht entdeckt hatte, daß sie die Waren per Telephon bestellen konnte und sie dann von Boten an die Haustür gebracht wurden. Sie verließ das Haus nicht mehr, widmete sich nur noch den Büstenhaltern. Sie produzierte, probierte sie an, tauschte sie aus, machte einen neuen und noch einen und noch einen. Sie produzierte. Sie konnte nicht mehr in den Spiegel schauen. Sie produzierte. Von Grauen gepackt, produzierte sie weiter. Mit großem Getöse, ohne Luft, bei Hitze und Kälte. Sie fabrizierte nur ihre Büstenhalter.

Die Nachbarschaft wurde immer unruhiger, das Mißtrauen wuchs. Getuschel. Die Nachbarschaft rottete sich zusammen. Versammlungen. Man ergriff Maßnahmen. Zuerst sehr diskrete, Überwachung, Meldungen. Aufrufe. Bis sie schließlich, mit allem bewaffnet, was gerade zur Hand war, das Haus stürmten. Jemand fand sie, zu Tode erschrocken und fast plattgedrückt, unter einem riesigen Stapel von Büstenhaltern in sämtlichen Farben. Gelbe, rote, violette, grüne, schwarze Büstenhalter. Dem Ersticken nahe, in hellem Entsetzen. Inmitten der ohrenbetäubenden Schreie. *Hexe, Hexe, Hexe.* Sie stammelte mühsam ein paar zusammenhanglose Worte. Inmitten des Gekreisches und der Schlußfolgerungen. Die Büstenhalter als Waffen des Feindes betrachtet. Das alte Tittenweib beschuldigt, eine Spionin zu sein, Geheimsachen zwischen den Titten zu befördern, eine strategische Landkarte darauf eingezeichnet zu haben, komplizierte und ausgeklügelte Vorrichtungen in Gestalt von Büstenhaltern zu fabrizieren. Sie könnte der Ausgangspunkt einer gefährlichen Rebellion sein. Einer von fremden, geheimnisvollen ausländischen Mächten unterstützten und finanzierten Revolution. Einer Massenerhebung auf der Grundlage von Büstenhaltern. Die Anarchie der Busenschaukeln. Der Terror der Schnürmieder. Das Monstrum mit den Tittenhebern. *Was willst du mit so vielen, du alte Sau.*

»Warum verfolgt ihr mich und schreit mich an und rückt mir

auf die Pelle hab ich denn nicht genauso ein Recht ich kann ja schließlich nicht so auf der Straße rumlaufen und meine Titten raushängen lassen wie die andern wie ihr alle ihr Säue Nutten seid ihr Nutten Nutten Nutten...«

Laßt sie nicht hinaus. Man muß sie umbringen. Hexe, da ist die Hexe. Wieviele Titten hast du denn, du alte Sau.

Die Büstenhalterstapel stürzten nacheinander ein, und die Alte heulte herzzerreißend auf, wimmerte dann nur noch leise, atmete schwer, zitterte, hielt sich die Titten fest, klammerte sich an ihren Büstenhalter.

Da erst begriffen die Eindringlinge voll und ganz, wozu solche Wäschestücke gut waren, und staunend begannen sie, sich zu entkleiden, um sie anzuprobieren, zuerst ganz zaghaft, dann wie die Wahnsinnigen, ohne Rücksicht auf Alter und Geschlecht, entrissen sich gegenseitig die Büstenhalter, hielten sie vor ihre flache, leere, verkümmerte Brust. Manchmal wußten sie nicht einmal genau, auf welchen Körperteil sie gehörten. Alle zusammen stritten sich und zogen an einem Ende des Wäschestücks, das ein anderer festhielt, schwitzend, von Sinnen. Die Alte schaute zu, ohne zu begreifen, voller Entsetzen, von allen vergessen in einem Finale der Schreie und des Grauens. Mitten in den Flammen eines Brandes, der mit der Erstürmung des Hauses begonnen hatte. Die Alte allein. Mit einem riesigen Büstenhalter. Zu spät. Der Wahnwitz ging weiter.

Nélida Piñon

Finisterre

Ich umarmte ihn und sagte, ist das nun die verheißene Insel? Er nickte zustimmend. Lange schon war ich ihm diesen Besuch schuldig gewesen, hätte ich das Meer überqueren, mich den Umrissen der Insel nähern, hätten wir beide vom selben Brot essen sollen.

Er war jetzt siebzig. In sehr viel jüngeren Jahren hatte er mich in die Arme genommen und zum Taufbecken getragen. Ich hoffte, du würdest vor meinem Tod kommen, gestand er. Ich nahm seine Hand, laß uns spazierengehen. Seit vielen Jahren fühle ich mich zum erstenmal frei. Er hieß es gut, daß ich durch seine Weisheit, Klugheit und Wissen in das neue Land eintauchte. In ihm gab es Reste von Licht und auch einen Schatten, dem ich auswich, um nicht gegen die Bäume zu rennen.

Zu Haus ließ er mir Kaffee servieren. Ich schluckte, als wäre es Schweiß. Er fand es richtig, daß ich die Bitternis der großen Stadt, die Erschöpfung des Lebens von früher vergäße. Wenn du hier wenigstens zwei Tage bliebest, ich würde deine Seele reinwaschen. Ich dankte ihm, aber ich war gezwungen, das Meer wieder zu überqueren, die Insel zu verlassen, sie in Zukunft vielleicht sogar zu meiden.

Die Freunde kamen. Pepe, Juan, Antonio, wer noch? Fehlen noch viele? Viele, sagte er mir, alle auf der Insel sind Freunde, und die Feinde schlürfe ich mit meinem Greisenmund wie lauwarme Suppe herunter. Ich lachte über seinen Kampfesmut, der bewies, wie sehr er noch am Leben hing. Mit euch werde ich lernen, den Stürmen und Heimsuchungen zu widerstehen. Er lachte über das Lob, das wie ein Nachruf für ihn klang. Als du klein warst, ahnte ich schon, daß du mir zu schaffen machen würdest. Gerade weil ich dein Schicksal verfolgen wollte, wo immer du hingehen würdest. Auf diese Art liebe ich.

Ich bat den Paten, mich mir selbst zu erklären, ich wollte mich probieren, wie einen herben Wein. Ja, du bist blühend aufgewachsen, und ohne meinen Namen zu tragen. Aber bei allen Festtagen war ich nahe. Ich begleitete dich zur ersten Kommunion, bei Abschlußprüfungen und Vigilien, und stellte mir vor, wie du im Halbschatten zur Frau wurdest. Ich hatte keine Kinder, vielleicht mache ich dich zu meiner Tochter, um ein Gefühl zu erleben, das ich nur durch dich erahnte. Du warst meine zweite Liebe, die erste gab ich meiner Frau, die du auch liebst. Sie sieht uns jetzt von weitem naiv und kindlich zu. Sie scheint nicht gealtert zu sein. Ich bin es, der ihr die Jugend bewahrt. Sie liebt mich, ohne zu wissen, daß sie durch meine Fürsorge jünger wird. Ich biete ihrer Jugend Schutz. Und du, wie wirst du eines Tages jung werden, wenn ich nicht da sein werde, dich zu retten?

Ich sah ihn fest an, macht Euch keine Sorgen, Pate, ich werde mich retten durch das, was von mir selbst noch da ist. Um Kraft und Ursprung zu schöpfen, kam ich auf die Insel. Ich werde Leben für unbegrenzt lange Zeit haben. Er umarmte mich noch einmal. Ich führte dich in die Natur dieses Landes ein, in die Speisen der Vorfahren, auch die Meeresfrüchte lehrte ich dich kennen. Wohin soll ich dich sonst noch führen, damit du die verschwenderische Insel der Quellen verläßt? Ihr werdet sehen, wie ich bei meinen Leuten, aus der Erinnerung an diese Steine, diese Büsche Kraft schöpfen werde. Laß uns nun mittagessen, befahl er.

Zuerst die Krebse, bewegliche Beine, die drohten, mich auf rotem Rücken zum Cap Finisterre zu tragen. Aber ich ließ mich von ihnen nicht aus dem Zimmer treiben, nur weil sie zuerst die an der Insel befestigten Steine bewohnt hatten. Aus Rache zerdrückte ich ihre Beine und saugte ihre Tentakel aus. Doch waren sie klein und ungefährlich. Es würde mehr schmerzen, mich von den Seespinnen zu ernähren, die wie Riesen aus den Meeren Sindbads die spanische Küste bevölkern, um den Geist des Obskuranten und Magiers Ignatius zu beleben. Die Seespinnen nahmen die Mitte des Tisches ein. Ich überließ ihnen meinen

Platz und sagte zum kräftigsten Exemplar seiner Art, wenn du willst, lade ich dich ein, den Debütantinnenwalzer zu tanzen.

Das Tier riß das Maul auf, ich wußte nicht, ob es ein Geschlecht hatte, ob es mich verschlingen wollte oder ob ich einfach nur den Finger in sein Inneres stecken müßte, um in seinen Eingeweiden und Meeresströmungen zu baden. Wo würden die korallenfarbenen Eier, dieser weichste und köstlichste Teil ihres Körpers sein? Pate, hol diese Korallen für mich, sie sind zart, rot, leicht bitter, und wenn ich nicht aufpasse, verschlingen sie mich, aber ich will sie mit ängstlichem, zögerndem, stolzem Munde essen.

Mit der Gabel tauchte er mehrmals in das Innere des Schalentieres und brachte mir wie ein Schwammtaucher die begehrten Koralleneier. Ich kaute den zarten Happen mit geschlossenen Augen, machte Liebe mit einer Koralle, die in den Urwinkeln einer Schale geboren war, älter und kräftiger als meine Haut. Pate, mit welchem Recht preise ich dein Land und werde älter, während ich deine arglistigen Tiere esse, die das Wesen von Inselbewohnern haben, ohne Engländer, gebildete Kolonisatoren zu sein.

Der Pate belohnte mich mit Miesmuscheln, die sich, dumm und ehrgeizig, an Plattformen, die wie Land sind, fangen lassen. Dann die Herzmuscheln, die Kammuscheln, die die Kühnheit jakobinischer Pilgerfahrten mit sich schleppen. Wie weit werden wir mit so vielen kulturellen Anspielungen kommen, Pate. Für mich ist die Kammuschel immer noch die Pilgermuschel des Heiligen Jacobus. Die Pilger tauchten sie ins gute und ins schlechte Wasser. Während der langen Reise hing von ihr das Leben ab, sie half die vergifteten Brunnen und Bäche zu vermeiden. Oder sogar Glaubensfragen.

Er spürte im voraus, daß mich der Wein und die Tiere des Hauses verwirrten. Ganz anders als er, der auch bei meiner Abreise mit dem Schiff niemals die eigenen Wurzeln verlieren würde. Es lag also an ihm, dafür zu sorgen, daß ich nach Brasilien mit denselben Augen zurückkehrte wie bei meiner Ankunft. Ohne das eigene Nationalgefühl, diesen ins Herz geschlagenen Nagel, zu verlieren. Ich bin eine von der Welt eingeschüchterte Brasilianerin, Pate. Daher bedroht selbst eine Seespinne meine Zukunft, zwingt mich zu wachen und lehrt mich gleichzeitig Ehre und Ungewißheit.

Er brachte mir den in Mondlicht und Fett gebadeten Eintopf. Eben dieses Schwein hatte man weit entfernt von den Rückständen der Meere aufgezogen, die dem besten Fleisch eines Landtiers schaden können. Aber damit es auch die Insel genießen konnte, ließen sie das Schwein den Meeresduft und Seetanggeruch in sich aufnehmen, der sein Fleisch nicht verdarb. Unter der Woche ernährte es sich von Mais, aber samstags und sonntags verwöhnten sie es mit Kastanien und Kartoffeln. Probier etwas von dieser Köstlichkeit, Patentochter, selbst Gott verzeiht diesen sündigen Hochmut.

Mit geschlossenen Augen kaute ich das Fleisch und garantierte ihm sein Überleben in der Erinnerung. Für den Rest meines Lebens werde ich ein Loblied auf dieses Fleisch singen, Pate. Er wußte es zu schätzen, daß auch ich dazu erzogen worden war, die saftigen von ihnen kultivierten Einzelbestandteile zu identifizieren. Das Leben konnte nicht karg, schal, illusionslos sein. Das Leben, Patentochter, muß Exzesse zulassen. Vom Gefühl und dem Rotwein, der die Porzellanschale färbte, übermannt, küßte ich seine Hand. Meine Lippen brachten die Laute nur mühsam hervor, und trotz *galicischer* Lebensart rang ich um Worte.

Die Mahlzeit dehnte sich über zwei Stunden aus. Der Pate erläuterte die Schätze, die ich mir aneignete. Ihnen zugewandt, erkannte ich ihren Ursprung, ihren Geschmack, den Sinn ihres Daseins. Schließlich entstammte ich selbst dem Schoße dieser Bergbewohner. Ich hatte sie verlassen, von Meeresströmungen fortgerissen, und konnte daher, sooft ich es wollte, zu ihnen zurückkehren, vor allem weil jähe Gefühle die Iberer zur Seefahrt getrieben haben. Und da war auch noch der Schweißgeruch, kein unangenehmer Geruch des Fleisches, sondern ein Ausfluß der Sehnsucht – der mir erlaubte, ihn in mich aufzunehmen, mich mit seinem Abenteuergeist zu erfüllen.

Gelobt sei das Land, Pate. Welchem Land willst du huldigen, Patentochter? Das Land der Erde, den Boden, auf dem wir alle zusammen mit unseren Füßen stehen. Das Land, durch das man in den Träumen fliegt, wie es uns die Kelten, diese unglückseligen Iren, gelehrt haben, von denen wir abstammen. Ich will nur nicht wie die Druiden töten, trotz meiner Liebe zu den Bäumen, den Steinen, der Nacht, die uns ins Verderben stürzt. Er lächelte, nach dem Cognac werde ich dich über die Wege der Insel führen.

Wir ruhten uns eine halbe Stunde aus. Er versprach mir die Ewigkeit, wenn ich die Insel lebend verlassen würde. Du mußt die Waffe beherrschen, die sie in deinen Körper stoßen. Ich verpflichtete mich ihm gegenüber zum Überleben, der längsten Lehrzeit. Während des Spazierganges nahm mir die Brise der *galicischen* Fjorde den Atem. Ich mußte ganz natürlich Luft holen, um meines eigenen Körpers Herr zu werden, der mir nun neu erschien. Wen mußte ich nun noch kennenlernen, um alle zu kennen? Der Pate lachte, ich weiß um deine Sorge, aber denke an meine Fähigkeit, dich zu überraschen. Ich entschuldigte mich im Namen einer allgegenwärtigen Unersättlichkeit. Würde ich je lernen, mit ihr in Frieden zu leben?

Er ergriff meine Hand. Ich will dich nicht gelassen, auch wenn ich schon gestorben sein sollte. Du bist meine letzte Sicherheit. Und wenn du mich überlebst, werde ich mein Leben auf dieser Erde verlängert haben. Sollte er wirklich etwas über mein Leben wissen, wenn ich ihm doch immer die mit einem Schlaglicht erhellten Schatten verborgen hatte? Aber indem er mir die Erde schenkte, erkannte er einfach nur meine Berufung zum Leben. Ich sagte ihm, ich sei Himmel und Hölle in einem. Es schien ihm nichts auszumachen. Sieh diesen Fels, er zeigte mir den einzigen höhergelegenen Teil der Insel, eine verkohlte Vegetation.

Stimmt es, daß Ihr als Kind ein Vogel sein wolltet und davon träumtet, von dort aus in die Lüfte zu steigen? Er bejahte und beschleunigte dann seine Schritte. Trotz seines Alters hatte er die Angewohnheit, schnell zu gehen. Ich habe den Atlantik überquert, das kastilische Land, die Fjorde und was werde ich noch hinter mir lassen, um dich zu hören, Pate? Laß uns nun die besuchen, die sich zum Sterben bereit machen. Nervös stieß er den Rauch der Zigarette durch das Mundstück. Seit langem hatte er keinerlei Leben mehr eingeatmet.

Vor einem zweistöckigen Steinhaus, das einem Zweig der Familie mütterlicherseits gehörte, blieben wir stehen. Hier würde der Pate noch mehr Stolz auf mich empfinden. Ich war ein Teil Amerikas, wo er bestimmte Träume gezähmt, zwischen den Hemden, den Hosen, den Mänteln und Haushaltsgegenständen zusammengefaltet hatte, bis er sie wieder mit zurücknahm. Mein Gesicht sollte, obwohl er es ausgiebig geschildert hatte, sich erst wirklich formen, wenn er mich der allgemeinen Neugier aussetzte.

Er öffnete das Tor, jetzt ist es so weit, gestand er. Ich stieg hinter ihm die Treppe hoch außen am Haus. Vom zweiten Stock aus sah man das Meer die Insel in Kreisen umschließen. Eine Insel voll mit Pfirsichen, Fischen, Fischern, Netzen, wer weiß, vielleicht auch mit Harpunen. Seid willkommen, sagte Maruxa und erdrückte mich fast mit ihren Liebkosungen. Der Körper litt bald unter dem ununterbrochenen Händeschütteln, Gesichterabküssen, den wiedereingeübten Gesten, die die Vorfahren in der Hoffnung eingeführt hatten, daß wir sie übernehmen würden.

Am Tisch sitzend, in dessen Mitte eine Schale voller Früchte stand, gab ich mich so sehr der Illusion der Liebe hin, daß ich statt Früchte mit Bindfäden zusammengebundene Meerestiere zu sehen glaubte. Ich kaute Männer, Frauen, Kinder, um sie nicht zu vergessen. Ich war mit offensichtlichen Anzeichen von Menschenfresserei aus Amerika gekommen. Für Amerika war es jetzt der Augenblick, die Schätze wieder zurückzuholen und sie zu den Schiffen zu schleppen, die bereit zum Auslaufen waren. In allen Häfen verfügte ich über Schiffe.

Ich bedankte mich für den Kaffee mit höflichen Gesten, die sie verstehen würden. Es gibt übrigens selten jemanden, der die Signale der Höflichkeit versteht. Einige glauben sogar, daß sie der Ausdruck eines dekadenten Systems sind, andere halten sie für die Verkleidung einer Wahrheit, die nicht an die Oberfläche zu treten wagt. Während höflich sein bedeutet, sich für das auf einem Tablett dargereichte Obst zu bedanken, das dir vielleicht in Zukunft zu schaffen macht, das man sich aber nicht vorenthalten darf, wenn man wirklich das Leben ersehnt, den Mut, sich in die Sitten der Menschen einzufügen. Bedeutet nicht Höflichsein, den Tod eines anderen aus nichtigen Gründen zu verhindern, Pate?

Der Pate hatte diesbezüglich eine feste Haltung. Höflichkeit war für ihn der Beweis einer universalen Wertschätzung. Durch sie läßt man dem Nächsten die Ehre angedeihen, würdig zu leben. Als Gegenleistung erhält man dieselbe Ehre, die er uns gerade zugesichert hat. Genau das wären meine Worte gewesen, hätte ich schon über eine Sprache verfügt. Ausgerechnet ich, die auf der Suche nach meiner zukünftigen Ausdrucksform auf die Insel gekommen war. Und wenn ich nicht bald mit der Insel und ihrem von Schiffbrüchigen und Jod bedeckten Meeresgrund zurechtkäme, wäre ich der Sprache nicht würdig, die sich in mir wie eine alte Kultur herausbildete, deren Gesicht man immer zu enthüllen gefürchtet hatte. Ich bin gekommen, um Erfahrung zu sammeln, Pate. Nein, du bist gekommen, um dich zu erkennen. Und er teilte unter den Anwesenden frisches Maisbrot aus, probier von diesem mit Liebe gekneteten Brot.

Während ich mich bemühte, diesem Haus die Ehre zu erweisen, begann der Pate, mich zu photographieren. Er hielt mit unerwarteter Gier Augenblicke fest, für die ich mich schämen würde. Schämen, weil ich nicht stark genug gefühlt hatte, die Intensität jenes Sonntags auf einer Insel Galiciens nicht richtig eingeschätzt hatte. Ich wollte nicht, daß er mir einen Tag mit der Aussicht auf eine Vergangenheit ohne Seele schenkte. Was nützt die von vergilbten Photos bevölkerte Zukunft?

Um den Tisch herum wurde darüber diskutiert, in welche Richtung sich die Insel entwickelte. Das Segelboot hatten sie, versöhnt mit den neuen Zeiten, mit dem Dampfschiff vertauscht, ohne es zu merken. Ich hielt ihnen entgegen, daß der Fortschritt es uns häufig schwer macht zu beurteilen, wer wir waren, solange wir lebten. Willst du damit sagen, daß wir unserer Eigenart abgeschworen haben?, unterbrach mich Maruxa. Im Gegenteil, niemand hatte ein Bild verloren, daß nie wirklich geworden war. Was an seiner Stelle existierte, war eben nur eine armselige Skizze aus schwachen, kaum sichtbaren Linien, in der wir uns kaum wiedererkannten. Wer weiß, ob wir in einer näheren Zukunft anspruchsvollere, kräftigere Hände haben, mit denen wir die wirklichen Umrisse unseres inneren Gesichts zeichnen können. Maruxa bat, bleib noch einige Tage auf der Insel. Sie würden mir das Zimmer mit dem blumengeschmückten Balkon zum Meer hinaus geben, damit ich intensiv nachdenken könnte. Dort wirst du dich inspiriert fühlen, sie lockte mit schöpferischer Arbeit.

Leider würde ich am selben Abend abfahren. Die Insel war eine Gefahr, die ich meiden mußte. Vor allem die Gefahr eines warmen Schoßes, von Fisch und Erinnerung. Ich sah den Paten an und gab ihm das Wort. Er sollte uns doch die Geschichte von González erzählen. Außer sich vor Liebe hatte er in seiner Jugend sein Wort gegeben, der Insel Geschenke zu machen, die seinen Phantasien und seiner Leidenschaft entsprachen. Er hatte genau vierzig Jahre gebraucht, um sein Versprechen einzulösen. Aber, als er am Kai von Bord ging, ließ er seine kostbare Fracht stehen und ging in die Kneipe. Je mehr er vom dunkelroten Wein trank, desto mehr floh er das Haus der Geliebten, die jetzt alt war und den Gemüsegarten pflegte. Er blieb dort und sagte immer, wenn ich wieder in mein Geburtshaus oder in das Haus meiner Leidenschaft eintauche, werde ich meinen schwierigen Traum zerstören. In Wirklichkeit bin ich nie zur Insel zurückgekehrt.

Der Pate war stolz auf eine Insel, die Exzentriker hervorgebracht hatte. Wir sind alle so, Patentochter. Und er bat mich sanft, laß niemals ab von deinem Stolz. Maruxa sagte: Gehn wir ins Zimmer, die Großmutter wartet. Sie war in der Woche zuvor inmitten der ganzen Familie neunzig Jahre alt geworden und hatte nicht gewußt, ob sie ihren Geburtstag feierten oder ihre Beerdigung zelebrierten. Die Großmutter konnte jeden Augenblick sterben, und ihr Tod ließ sie nicht verzweifeln. Die Großmutter war wie der Baum im Garten. Wenn sie die trockenen Zweige, die toten Blätter, das begraben würden, was schließlich von ihm übrig geblieben war, würden die Wurzeln der Frau mitten unter ihnen bleiben, auf der Erde. Alles würde nach diesem Tod weiterwachsen.

Ich bat den Paten mit Blicken um Hilfe. Warum eine Frau besuchen, die in dem Augenblick sterben wollte, in dem wir in das Zimmer eindringen würden, aus Protest gegen meine Anwesenheit oder um mir ihre Sterbeszene als nette Erinnerung zu hinterlassen. Der Pate drängte mich, wir müßten alle am

Abschied teilnehmen. Ich gehorchte, ohne ihm zu gestehen, wie sehr ich fürchtete, im selben Augenblick das Schicksal der Alten zu erleiden. In jedem Menschen, der starb, erlebte ich meinen eigenen Tod.

Sie hatten mir die Großmutter als eine in ihren besten Jahren hochgewachsene Frau voll bäuerlicher Kraft beschrieben. Ebensogut fähig, Tiere auszuweiden, in ihren Gedärmen zu wühlen, wie sich für die Feste im August freudig vorzubereiten. Aber ich sollte mir jetzt über ihren Zustand keine Illusionen machen, das gegenwärtige Leben strafte das, was gewesen war, Lügen. Ich gewöhnte mich bald an das fahle Licht im Zimmer. Die Großmutter im Bett war mit einem weißen, spitzenbesetzten Nachthemd bekleidet, einem prächtigen Brautkleid, und man spürte den aus ihrem vertrockneten Körper kommenden Atem kaum.

Der Pate rief ihr ins Ohr, wie geht es, Dona Amparo, hübsch wie immer? Solche Worte schnitten mir ins Herz, ich verstand diese Rhetorik nicht, die die Jahrhunderte korrumpiert und Sklaven für die afrikanischen Minen bestimmt hatte. Es war absurd, sie wieder ins Leben zurückzuholen. Was berechtigte den Paten dazu, die menschliche Natur herauszufordern, sich eine letzte Ehrung zu verdienen. Hatte er denn nicht gesehen, daß Amparo gestorben war und ich zu spät kam, um sie zu retten. Oder sollten die Kräuter Amerikas auch zu den Träumen dieser Leute gehören?

Der Pate gab nicht auf, wollen Sie meine Patentochter nicht kennenlernen, Dona Amparo? Sehen Sie, sie hat den Atlantik eigens überquert, um Ihnen die Grüße eines neuen Landes zu überbringen. Ein Land, daß sich neu nennt, kann doch nicht so neu sein, nicht wahr? Er provozierte mich zweifellos. Und wenn ich die Erbin dieses Mannes war, mußte ich mich ihm genauso stellen, wie er mit dem Leben um das Recht stritt, es zu erneuern.

Der Alten ganz nah gekommen, prüfte ich ihren Atem. Sie lebte. Nur wußte ich nicht, ob ich ihr Leben gab, oder ob sie mich dazu ermutigte, an ihrer Seite zu leben. Die Gesten des Paten überwältigten mich jedoch. Er konnte genauso das Schwert ziehen, wie einfach nur über die Stirn Amparos streichen. In keinem Augenblick zeigte er, daß er unter der Gegenwart einer vor seinen Augen sterbenden Alten litt.

Beunruhigt dachte ich, vielleicht will er, daß ich dem Schauspiel einer Kultur Beifall zolle, der ich nicht angehören kann, und das, weil ich von weither gekommen war? Er kämpfte weiter, wollte die Alte zur Erde zurück haben. Er sagte ihren Namen und wartete, daß sie gehorchte. Schließlich öffnete sie die Augen, lächelte und sagte, damit ich es nie wieder vergäße, ach, mein Freund, das ist die Patentochter, die aus jenem Amerika gekommen ist, das unsere Männer verschlungen hat!

Die Familie feierte um das Bett herum die Rückkehr der Alten ins Leben. Sie hatten einen Tag besiegt. Deshalb vertagten sie die Beerdigungszeremonie auf den nächsten Morgen. Heute brauchten sie sich weiter keine Sorgen zu machen. Die Alte hatte über den Tod triumphiert. Und ich war Zeugin des historischen Augenblicks in einem Kampf, der vor neunzig Jahren begonnen hatte und dessen Ende für Montag vorgesehen war. Der Pate freute sich, seht, meine Patentochter hat uns Glück gebracht, das beweist, daß sie diesem Volk entstammt. Seht euch ihre Gesichtszüge an, die ich mit meinem Photoapparat festgehalten habe!

Daß er mich aus der Nähe bedrohte, machte mich verlegen. Es wurde feierlich Sherry gereicht. Die Toasts wurden alle auf die Alte ausgebracht, die an einem sonnigen Tag den Tod verweigert hatte. Ich genoß die süße Intensität des Weines. Und mit Blicken feierte ich die hinfällige Alte, deren zusammengekrümmter Körper dem eines Kindes glich. Ich hegte den Verdacht, daß man ihr einige Knochen herausgenommen hatte. Der Tod war ihr bester Freund, dachte ich, während ich mir den unsichtbaren, zerstörerischen Hauch als letzte Hilfe in menschlicher Gestalt vorstellte. Ich träumte schon davon, mich aus diesem Haus zu entfernen, als der Pate den Apparat nahm, jetzt, wo wir alle versammelt sind, möchte ich euch alle um Dona Amparo herum aufnehmen.

Man hielt mir sofort den Platz direkt bei der Alten frei. Ich sollte ihre ausgezehrte Hand halten, mit meiner Lebenskraft die Falten glätten und lächeln. Ich sah den Paten streng an, damit er zumindest verstand, wie sehr er mich beleidigte. Aber er beschäftigte sich mit der Entfernung, der Belichtung, mit der Zukunft. Maruxa war darum bemüht, die Alte zu kämmen, kämpfte mit den rebellischen Haarsträhnen, die ihr direkt aus der Jugend gekommen waren. Dona Amparo ihrerseits versuchte, die Augen zu öffnen, sie wollte nicht sterben, während man sie photographierte. Ohne zu wissen, was ich machen sollte, beugte ich mich nach unten, um ihre Hand zu ergreifen, und als ich sie zwischen meinen Fingern drückte, fürchtete ich, das Leben würde durch die Fingernägel entweichen. Ich verschloß sie schnell mit meiner Wärme, bemühte mich, das Leben durch eben die Kanäle wieder in sie einfließen zu lassen, die ihr Hoffnung und Blut entziehen wollten.

Meine heroische Tat besserte ihren Zustand. Der Pate hörte nicht auf, Lächeln zu fordern. Ich wußte nicht, ob ich ihm Zähne zeigte, die einst das Fleisch seinem hungrigen Flug heftig entrissen. Oder ich zeigte ihm verschlossene Lippen, eine ernste Mauer aus Schweigen. Ich mußte mich jedoch zwingen, so natürlich zu sein, wie jene, die den Saft von Orangen, Mandarinen, Bergamotten trinken. Allen Kummer mit der Gewißheit bekämpfen, das Leben in der Tasche zu haben.

Ich begann, mich an der Alten zu erfreuen, als wäre sie zwanzig Jahre alt. Sie erschien mit schwarzem Haar und schenkte mir einen Kamm. Das war der Kamm meiner Hochzeit, schau, die Haare winden sich noch um seine Perlmuttzähne. Soll ich auch den Kamm und deinen künftigen Tod mit nach Amerika nehmen, wollte ich sie fragen. Und bevor sie mir noch antwortete, verdammte mich der Pate zu anderen Aufnahmeperspektiven. Laßt euch bitte nicht stören. Ich überließ mich dieser Orgie, bereit, mein Leben zu verändern. Aber was für ein Leben denn eigentlich. Das Leben, das ich geerbt hatte, das Leben, das ich ausgedacht hatte, das Leben, das man mir aufgezwungen hatte, das Leben, das ich nicht haben werde, oder das verbotene Leben, das nicht in der Schale der Haut, sondern in der innersten Haut des Blutes liegt?

In seinem Bemühen, uns für die Ewigkeit festzuhalten, zwang mir der Pate die Erinnerung und den Glauben seines Volkes auf. Ich sah, wie er mein Blut und meine Gefühle eroberte. In meinen Händen lebte die Alte langsam wieder auf, so stolz war sie auf ihre letzten Photos. Aber ich konnte die Hand der Alten erst wieder auf die Decke legen, als der Pate genug hatte. Dann verließ ich das Zimmer, ohne mich umzusehen oder ihn zu fragen. Ich verlangte von ihm, mich zu retten, mich weit weg zu bringen. Weit entfernt von dort wollte er mich noch mit der Geschichte seines Traumfelsens bewegen. Ich protestierte entschieden, er sollte andere Erzählungen für mich erfinden, denn ich mag nur erfundene Geschichten, da unsere doch so arm sind, werde ich mich an die Festessen meiner Kindheit erinnern, die in allem dem Festessen heute mittag in Eurem Hause ähneln.

Schließlich würde ich erst in einigen Jahren zur Insel zurückkehren. Und die Briefe reisen nicht so geschwind wie die Blicke in diesem erhebenden Augenblick. Er umarmte mich und erzählte dann von den Kelten, den Iberern, den Westgoten, die sich dermaßen vermischt hatten, daß es heute schwierig wäre, sie zu trennen, denn ein einziges galicisches Gesicht hat viel von jedem von ihnen, und sie selbst könnten sich in diesem Gesicht niemals wiedererkennen oder angeben, von welchem Teil die Kraft ihres Blutes herrührt.

Zu Haus ruhten wir uns aus. Seine Schwester, die trotz ihres Alters den Gemüsegarten versorgte, versicherte, wenn du einige Tage bleibst, wirst du uns nur schwer verlassen. Das ist so, weil das Leben Legende ist und wir es als solches verschwenden. Hast du schon bemerkt, daß die Fischer in ihren Netzen mehr Geschichten als Fische fangen? Ein herrliches Versprechen. Die Menschheit schlägt die Armut in die Flucht. Immer überreiche Ernten und rebellische Worte. Ich zögerte einige Sekunden lang. Aber es gab einen Kontinent, der mich erwartete, nie würde ich ihn verlassen, in ihn war meine Erde eingefügt. Der Pate würde meine Treue gegenüber dem Land auf der anderen Seite des Atlantiks verstehen, besonders er, dessen Seele dort von der Zukunft befleckt worden war.

Pate, wer von uns wird eines Tages auf den Photos, die Ihr gemacht habt, lebendig sein? Er trank langsam seinen Kaffee, ich sah Tränen in seinen Augen. Da wußte ich, daß der Besuch zu Ende war. Auch wenn neue Freunde kämen und köstliche Früchte der Insel brächten.

Als die Glocke der Kirche zur neuntätigen Maiandacht läutete, nahm er ein Paket, darin war mein Geschenk. Er vertrieb mich mit der Gewißheit aus dem Haus, mich reich zu wissen. Das Schiff würde die Insel bald verlassen. Alle kamen zum Abschied an den Kai, einige würden sich zu Haus um das Abendessen kümmern. Vorn bahnte der Pate den Weg, und ich konnte die letzten Hindernisse überwinden. Ich küßte ihn mehrmals, ging zum Kopf der Mole. Dort vorn überraschte ich das Licht, den Leuchtturm, der das Wasser umschloß. Bis bald, Pate. Heute oder morgen, immer werden wir uns wiedersehen, sagte er bewegt. In der Erinnerung habe ich die Jahre deines Lebens vorbeiziehen lassen, um nicht zu vergessen. Wir gehören einer starken Rasse an, nicht wahr, Pate? Wir umarmten uns wieder, und dann hob mich der Matrose in das Boot, das sich schnell entfernte. Mir schien es, als hätte ich den Paten weinen gesehen, er überspielte es mit heftigem Winken. Auf Wiedersehen, rief ich. Das war also die verzauberte Insel, war mein letzter Gedanke, als uns die Entfernung auf immer trennte.

Ivan Ângelo
Bar

Das Mädchen kam herein, in kleinen, flachen Schuhen, kurzem Rock, das glatte, dunkle Haar zu einem Pferdeschwanz gebunden, mit einem Lächeln ganz kleiner, weißer Zähne, wie Milchzähne, und sagte auf eine geradezu unwiderstehliche Art: »Kann ich mal telephonieren?«

Der Mann an der Kasse beobachtete das Treiben in der Bar, überwachte alles mit einer gewissen Trägheit, ohne sonderlich darauf zu achten, was der Junge hinter der Theke den beiden schweigsamen Kunden schon serviert hatte, seine Augen waren eine Zeitlang auf den Betrunkenen gerichtet, der auf den Eingang der Kneipe zuwankte und Anstalten machte hereinzukommen, und schließlich blieb sein Blick haften auf dem, was sich unter der ärmellosen, schwarzen Bluse vor ihm abzeichnete, plötzlich war er hellwach und fragte: »Und Sie, was möchten Sie?«

Das Mädchen stellte verärgert fest, daß sie ihre erste Portion Charme vergeudet hatte, und zeigte erneut ihre kleinen Zähne, spielte das arme kleine Ding, das es eilig hat, und sagte: »Kann ich telephonieren?«, als hinge alles von der Zustimmung des Mannes ab.

Der Mann sagte »ja, bitte« und nahm seine dickliche Hand von den Tasten der Registrierkasse, ließ sie sinken, sah zu dem Betrunkenen hinüber, der die Stufe am Eingang heraufstolperte, zog aus einem Regal unter der Kasse ein schwarzes Telephon hervor, auf dessen Wählscheibe noch immer das Etikett der alten Brasilianischen Telephongesellschaft klebte, schob es dem Mädchen hin und sagte, aber nicht so lang, bitte, wir machen gleich zu.

Das Mädchen nahm den Hörer von der Gabel und murmelte

»Donnerwetter«, wog den Apparat demonstrativ in der Hand und sagte einschmeichelnd: »Ganz schön schwer, was?«

Der Mann lachte, der Schmeichelpfeil hatte ihn getroffen: »Jaaa, das ist noch eins von den alten.«

Das Mädchen hielt den Hörer ans Ohr und wählte 277281 mit einem gepflegten Finger, lila lackiertem Fingernagel.

Der Mann an der Kasse wandte die Augen von dem Finger ab, zog einen Bleistift hinter seinem rechten Ohr hervor, schrieb eine Zahl auf, erklärte »ist für das Tierlotto«, ohne sich darum zu kümmern, ob das Mädchen zuhörte oder nicht, und steckte den Bleistift wieder zurück, während er den Betrunkenen betrachtete, der jetzt an der Theke entlangruderte.

Das Mädchen sagte: »Kann ich bitte mit Otacilio sprechen?« und wartete.

Ein Mann trat neben sie, er roch nach Zigaretten, sagte zum Kassierer »eine Marlboro, bitte«, blickte ihr tief in die Augen und dann gleich auf ihre Brust.

Das Mädchen errötete und betastete sich hastig, auf der Suche nach einem offenen Knopf, den es nicht gab, und wie um sich zu schützen, atmete sie tief aus und schob die Schultern nach vorn, um die Rundungen ihrer Brust zu verdecken.

Die Kasse machte »tling«, ein Auto bremste mit quietschenden Reifen, und eine kräftige Stimme brüllte »Hurentochter« mit einem sehr langen u.

Der Mann an der Kasse gab dem Mann, der Zigaretten gekauft hatte, das Wechselgeld und sagte: »Tu so, als hättest du nichts gehört, Kleine, so ist das hier eben.«

Der Mann, der Zigaretten gekauft hatte, entfernte sich und ging zur Tür, um zu sehen, was auf der Straße los war.

Das Mädchen drehte sich freundlich zu dem Mann an der Kasse um, aber dann hielt sie inne, horchte aufmerksam in den Hörer, erst aufmerksam, dann enttäuscht, und sagte nach einer Weile: »Sag, es ist Julchen.«

Der Mann, der Zigaretten gekauft hatte, blieb an der Tür stehen, öffnete die Zigarettenschachtel, steckte sich eine an.

Der Mann an der Kasse sagte: »He, José, der da soll erstmal zahlen«, und der Junge an der Theke hörte auf, dem Betrunkenen Schnaps einzuschenken, und sagte irgend etwas zu ihm, während der Mann an der Kasse zur Erklärung hinzufügte: »Nachher zahlt er nicht, und außerdem verscheucht er die Kundschaft.«

Das Mädchen lächelte verständnisvoll.

Der Mann stand rauchend an der Tür und betrachtete ihre Beine.

Das Mädchen schob ein Bein vor das andere, halb wie zum Schutz, und sagte plötzlich fröhlich: »Hallo, hat aber gedauert, was?« und versuchte, sich ein bißchen zurückzuziehen, wandte sich ab und fragte: »Bist du mir böse?«

Der Mann an der Kasse gab sich zerstreut, aber er hörte, was sie sagte.

»Dachte ich mir, du hast nicht angerufen.«

Der Betrunkene umschiffte Klippen und kam bis zum Kassierer, einen Fünfhundert-Cruzeiro-Schein in der Hand.

»Nein, das ist es nicht, wirklich nicht.«

Der Mann an der Kasse sagte: »Kannst ihm einschenken, José.«

»Weiß ich nicht ... ich hatte einfach nur Angst.«

Der Betrunkene segelte torkelnd wieder zurück.

»Nein, ach was, hat nichts mit dir zu tun. Das ist eben so, nicht?«

Die Kasse machte »tling« und zeigte fünfhundert Cruzeiros an.

»Na hör mal, Otacilio, überleg doch mal. Was einem in so einem Augenblick alles einfällt. Ihr meint immer, alles wär so leicht.«

Das Gesicht des Mannes an der Kasse wurde etwas wacher und boshafter.

»Natürlich ist es schwierig. Versetz dich doch mal in meine Lage, Mensch.«

Der Junge an der Theke nahm das halbvolle Glas und dieselbe Flasche und schenkte dem Betrunkenen nach.

»Prima. Finde ich auch: Laß uns das von gestern vergessen. Einverstanden.«

Der Betrunkene betrachtete aufmerksam das Glas, als dächte er nach, aber in Wirklichkeit wartete er nur auf den richtigen Augenblick, um auf seinem schwankenden Schiff das

Glas zielsicher zum Mund zu führen, und als es ihm gelang, kippte er den ganzen Schnaps auf einmal hinunter, verzog sein Gesicht und schüttelte sich.

Das Mädchen hörte belustigt, was Otacilio sagte, lächelte, zeigte erregt seine weißen Zähnchen.

Der Mann an der Kasse sah zu dem Mann an der Tür, das stillschweigende Einverständnis zwischen Männern leuchtete in ihrem Blick auf.

»Nein, Samstag geht nicht. Dann ist es schon gelaufen. Na, wie denn. Dann ist es eben zu spät, Ota, geht nicht. Hier kann ich dir das nicht erklären. Du verstehst das nicht? Es gibt Tage, da geht es, und Tage, da geht es nicht, Mensch.«

Der Mann an der Kasse zwinkerte dem Mann, der an der Tür rauchte, zu, als wollte er sagen, du hattest recht.

»Erst in vierzehn Tagen. Natürlich hab ich mich erkundigt.«

Das Mädchen bemerkte den Blick des Mannes an der Tür und drehte ihm den Rücken zu.

»Heute? Spinnst du?«

Der Mann, der rauchte, betrachtete sie von hinten.

»Papa wird das nicht erlauben. Nur wenn... Nur wenn ich mit Mama spreche und sie redet mit ihm.«

Jemand trat heran, sagte: »Ich zahle zwei Bier und hier noch so ein Pfefferminzdrops möchte ich.«

»Na, was soll ich denn sagen. Weiß ich doch nicht, Mann. Werd ich schon hinkriegen. Laß mal, ich schaff das schon.«

Die Kasse machte »tling«, und der Mann ging fort, ohne daß sie ihn bemerkt hatte.

»Nein, ich komme. Auf jeden Fall komme ich. Jetzt habe ich richtig Lust gekriegt.«

Das Mädchen sah zu dem Mann an der Kasse hinüber, dann wich sie schnell dem geilen Gesicht aus.

»Also warte auf mich. Bis gleich. Tschau.«

Das Mädchen legte den Hörer auf und sah einen Augenblick zu Boden, um sich Mut zu machen, dann fragte sie den Mann: »Kann ich noch mal telephonieren, nur einmal noch?«

Der Mann an der Kasse antwortete »Ja, kannst du«, mit einem langen a, ganz freizügig, und er starrte von oben auf ihren vielversprechenden Ausschnitt.

Das Mädchen suchte mit den Augen einen unverfänglichen Punkt, ihr Blick fiel auf den Jungen, der hinter der Theke Gläser spülte, während sie auf das Signal im Telephon wartete, dann wählte sie 474729 und sah sich um.

Eine bläulich phosphoreszierende Falle, die Fliegen durch Elektroschock tötete, wartete auf Opfer.

Der Junge an der Theke sah sie verstohlen an und murmelte zwischen den Zähnen »zum Anbeißen«.

Der Betrunkene wartete auf einen günstigen Augenblick, um die Stufe zur Straße hinabzusteigen, einen Fuß auf dem Boden, den andern in der Luft, wie einer, der versucht, aus einer fahrenden Straßenbahn auszusteigen.

Der Mann an der Tür legte die fünf Finger seiner rechten Hand zu einem Kuß auf den Mund und teilte so dem Mann an der Kasse seine Ansicht über sie mit.

Der Mann an der Kasse faßte sich zur Antwort an sein rechtes Ohrläppchen, um zu sagen, zum Fressen.

Das Mädchen sagte wie zur Erklärung leise vor sich hin, »ob sie weggegangen sind?«

Die beiden schweigsamen Männer, die an der Theke gelehnt zwei Biere getrunken hatten, waren fort.

Das Mädchen drehte sich zur Seite, und der Mann an der Kasse reckte sich vor, um durch den Armausschnitt ihrer Bluse etwas mehr von ihrer kleinen Brust zu erhaschen.

Das Mädchen atmete erleichtert auf, »oh«, zog an der Telephonschnur, soweit sie reichte, wandte sich ab, ging fast in die Hocke und sagte »Mama? Ich bin's, Julia«, ihre Stimme war von Armen und Händen bedeckt, sie konzentrierte sich ganz auf das, was sie sagen wollte.

Der Mann an der Tür, der Junge an der Theke und der Mann an der Kasse tauschten rasch Blicke.

»Hör zu, ich habe hier in der Stadt mit Marilda gegessen. Mama, so hör doch, du kennst Marilda, sie hat sogar schon bei uns übernachtet. Ja, die. Hör mal: Jetzt gehen wir ins Kino, ja? Ach was, Mama, es ist nicht so spät, um halb elf gibt es eine Vorstellung. Wenn es sehr spät wird, schlafe ich bei ihr. Nur, weil es näher ist, Mama, sonst würden wir ja nach Hause kommen. Nein, du weißt doch, sie hat keins. Redest du mit Papa, tust du's für mich? Nein, ich nicht. Ist gut. Ich rufe nach dem Kino an. Nur, um dir Bescheid zu sagen, ja, es ist besser, wenn wir zu ihr gehen. Küßchen. Holst du die Katze rein, ja? Tschau.«

Das Mädchen richtete sich auf, legte den Hörer auf und fragte: »Was macht das?«

Der Mann an der Kasse war nicht mehr da, »für dich nichts, meine Süße«, sagte er direkt hinter ihr.

Das Mädchen drehte sich schnell um und sah, daß alle Türen der Bar geschlossen waren.

Die drei Männer, mit geweiteten Nüstern, bildeten einen Halbkreis um sie.

João Antônio

Eguns

Jetzt reicht's mit dem Gammeln in trüben Kaschemmen. Mit dem Wickel-Wackel und Gedrehe beim Guti-Guti-Tanzen in Hurenkneipen.

Und es reicht mit der Luftverschmutzung durch die Petrochemie.

Ich fahr auf die Insel Itaparica.

Die muß man sehen, bevor sie mit Hochhäusern vollgespickt ist.

Olivfarbene Haut, fast indianisch, eine resolute, tatkräftige Frau. Dety, aus der Provinz, Pensionsköchin, bis zu dem Tag, an dem sie einen Traum hatte. Da machte sie sich auf zu einem *Pai-de-Santo* in Cachoeira. Er sagte, sie solle sich auf eigene Beine stellen. Also machte sie das Ding da auf, ein kleines Lokal mit Hausmannskost, in Ponta de Areia.

Sie lebt. Gekämpft hat sie, und nicht wenig, um es so weit zu bringen. Als *Filha-de-Santo* kommt sie all ihren Kultpflichten nach.

Flávio kommt, ihr Mann, der mich zu den *Egós*, den Priestern der Ahnengeister, bringen wird. Ich habe Empfehlungen von vier *Obás*, aber ich brauche Glück. Mit etwas Glück und falls ihnen meine Nase gefällt, nehmen sie mich vielleicht zu dem hochbetagten Chef der Kultstätte in Ponta de Areia mit. Später dann werden mich seine Söhne übernehmen. Alt ist er, sehr alt, angeblich um die hundert.

Vielleicht kann ich dann ein *Egum*-Fest sehen. Was Seltenes. Am Ostersamstag, wenn überall sonst in Bahia die Trommeln schlagen und der Judas zerfetzt und verbrannt wird.

Am schneeweißen Strand von Ponta de Areia leuchtet der Mond taghell. Der *Ojé* in seinem Haus mustert mich gemächlich, abwartend, leicht reserviert, betrachtet meine Kleidung mit unerhörter Ruhe. Sagt nicht ja und auch nicht nein. Dann ruft er seine Gruppe. Breitschultrige Männer mit schmalen Hüften, ausgeprägtem Bizeps, stolzem Kinn.

Der *Ojé* trifft eine Entscheidung: »Gehn wir.«

Alle zusammen, etwa zehn. Männer und Frauen mit Stoffbeuteln. Und einer kleinen Taschenlampe.

Wir sind am Ende des weißen Sandstrands, betreten einen steinigen Pfad, den ich im Mondlicht sehen kann. Er führt uns zu der schmalen Straße, die den Berg hinaufgeht. Es wird ein langer Aufstieg. Der *Ojé* vorn schaltet die Taschenlampe ein.

»Komm, Compadre.«

Wie er auf das vertrauliche *Compadre* kommt, weiß ich nicht. Aber es freut mich schon. Ich bin anerkannt. Und in der Hand hält er einen langen, weißen Stock, bestimmt frisch geschältes Holz. Er holt etwas Buntes aus seinem Beutel und setzt es sich auf den Kopf. Eine prächtige Kappe. Leuchtend rot, in Weiß und Grün gemustert.

Die Straße beginnt sich zu schlängeln, dann, in einer Kurve, zwei riesige Männergestalten mit weißen Stöcken, so lang wie sie selbst, gleich Hirtenstäben in ihrer Hand.

Die Begegnung ist eine Umarmung, bei der die Köpfe sich kreuzen und die Schultern ebenso. In Schlüsselbeinhöhe kommt es zu einer leichten Berührung. Die *Ojés* sprechen Yoruba. Sie wissen nicht, daß ich dabei bin; dann sehen sie mich an. Sanft, aber bestimmt erkundigen sie sich, nun auf Portugiesisch: »Von welcher Nation ist der junge Mann?«

Weiß ich, von welcher Nation ich bin? Mist! Ich bin ertappt, wie ein kleiner Junge. Woher soll ich das wissen?

Der *Ojé*, der mich mitgenommen hat, scheint mich zu mögen.

»Sag es, Bruder. Bist du vom Volk der Umbanda aus dem Süden?«

Ich schweige. Aber von da an begegnen sie mir ohne Reserviertheit. Der *Ojé* schreitet aus und erklärt, warum er den weißen Stock – den *Ichan* – in der Hand hat. Heute ist eine Nacht der *Eguns*; da gehen sie um und werden tanzen. Sie treiben im Wald ihr Unwesen und greifen den Söhnen des Glaubens, die noch am Leben sind, an die Füße. Aber vor einem weißen Stock hat ein *Egum* Respekt. Davor schreckt er zurück. Sie sind geheimnisvoll, höchst launisch und eigenwillig und voller Zorn auf die Lebenden. Sie verlangen viel Beachtung, Gesang und Schmeicheleien. Das gefällt ihnen.

Aber nur die Aufmerksamkeiten, nicht jene, die sie ihnen schenken. Sie sind die Geister der Toten. Und für die Leute vom *Candomblé* gehen Tote und Lebende nicht gut zusammen. Obschon sie ihnen mit schmeichelnden Zeremonien, Huldigungen, Getrommel und vielen schönen Gesängen Freude machen.

Wir sind da. Eine große Lichtung, vollkommen umzäunt. Er sieht fast wie ein Festplatz aus, dieser weitläufige *Quilombo*.

Ich bin ein Fremdling und kann bei viel gutem Willen als *Oré*, als Freund, durchgehen. Das auch nur, weil die Leute der Ketu-Nation gesehen haben, daß mich ein *Ojé*, ein Priester, mitgebracht hat. Und dazu kommt, daß sie meinen, ich gehöre zur Umbanda-Gemeinde.

Auf einmal bricht rhythmisches Getrommel los, dröhnt über die Lichtung, daß der Wald erbebt. Die *Atabaques* schlagen. Es kommt aus dem Hintergrund, aus einer Baracke oder einem weißgekalkten Schuppen. Von dort klingt Gesang vieler Frauenstimmen herüber.

Der Vollmond wandert am Himmel.

Erst zwanzig Missas Lubas haben einen Gesang von solcher Schönheit möglich gemacht. Nicht ohne Grund kommen die Nigerianer über den Ozean, um sich dieses der Öffentlichkeit verschlossene Fest der *Eguns*, das letzte noch in Brasilien, der ganzen Welt erhaltene, anzuhören und anzusehen. Viermal im Jahr wird es abgehalten, in vollkommener Abgeschlossenheit. Häufiger nicht. Einige wenige, vom Glück gestreifte Auserwählte bekommen es zu sehen. Das Volk der Ketu bewahrt und pflegt es unbeirrbar. Und dies schon seit der Zeit, als Salvador da Bahia die erste Hauptstadt Brasiliens war.

Am Eingang zum *Terreiro* eine Kerze. Man muß sich vor ihr

verbeugen, denn die *Eguns* haben ihren wohlbegründeten Ritus. Wir setzen einen Fuß nach dem anderen vor die Kerze. Das ist alles. Man bedeutet mir: Ich habe den *Terreiro* betreten. Verlassen werde ich ihn erst, wenn es tagt und das Fest vorüber ist.

Die Söhne des *Terreiro*-Besitzers nehmen sich meiner an und belehren mich. Sie werden mich nur deshalb nicht durchsuchen, weil ich mit einem *Ojé* gekommen bin. Ich möge meine Notdurft verrichten, ehe ich die Baracke betrete, aus der das Trommeln der *Atabaques* kommt. Rufendes, mitreißendes, beglückendes Trommeln.

Drei *Ojés* führen mich zur Baracke, große, fast zwei Meter lange Männer, sie gehören hierher. Als ob sie ein Kind geleiteten, jeder mit einem weißen Stock in der Hand.

Die Tür wird geöffnet, und unversehens bin ich in einer Sklavenhütte. Zur Linken die Frauen und Mädchen; zur Rechten die Männer und Knaben. Dicht gedrängt, brechend voll, und was für schöne Menschen! Mein Blick gleitet zuerst zu der Frauenseite, wo die verschiedenen Typen von Schönheit in mehreren Altersstufen vertreten sind. Sie sitzen auf dem Boden, anmutige Frauen, Madonnen, Mädchen, sinnlich und singend.

Ich bekomme einen Platz auf der vorderen Bank, dicht bei den *Atabaques* und vor den *Ojés*. Etwa zehn von ihnen bilden mit ihren weißen Stöcken einen Schutzwall für die Gemeinde. *Eguns* mögen keine lebenden Menschen.

Vorne, dort, wo sie tanzen und singen werden, in einer Reihe verschiedene Sessel und Thronsitze, verwirrend die Vielfalt ihrer Größe, Verzierungen, Spiegel, Satinbezüge. Die *Eguns* werden sich einen aussuchen. Oder auch nicht. Sie sind anspruchsvoll.

Dieses Fest hat nichts mit *Orixás*, den Göttern, oder dem üblichen *Candomblé* zu tun. Es ist einzigartig.

Ich stehe vor dem Chef des *Terreiro*, alt, uralt, er trägt eine Pyjama-Jacke und eine Priesterkappe auf dem Kopf. Hager, nicht ganz so groß wie seine Söhne, den langen, weißen Stock in der Hand. Sein Blick wandert über den Gast, verweilt lange und stumm. Über hundert ist er, haben sie gesagt. Gut möglich.

Seine Söhne sagen ihm etwas auf Yoruba. Er streckt die Unterlippe vor, läßt eine Weile verstreichen. Die *Atabaques* und die *Agogôs* gehen ins Blut. Die Gesänge der Frauen sind hinreißend schön. Und es ist, als wäre dies Afrika. Die Schönheit der Stimmen und die Angst, der Chef könnte mich ablehnen, pressen mir das Herz zusammen.

Antônio Daniel de Paula erhebt sich, ich nähere mich ihm in Demut. Und er, der groß ist, muß sich zur Umarmung vorbeugen.

Das Herz wild klopfend, aufgewühlt, wohl zehn Minuten sitze ich da und weiß nicht, worauf den Blick heften, wohin die Aufmerksamkeit lenken. Die Thronsitze sind wunderschön, von den *Atabaques* sträuben sich die Haare auf dem Arm, die erregenden Frauen, ihre Gesänge sind unerhört wild, schmerzvoll und überströmend, vor Lebensfreude berstend. Immer wieder klatschen die Frauen zur Begleitung der Gesänge den Rhythmus, und die Männer fallen mit ein.

In einem an den Schuppen angrenzenden Raum sollen sich, in einer Kammer verborgen, die Kleider der *Eguns* befinden. Mehrere Tage lang vor der Feier werden ihnen Opfer dargebracht, Speisen und ein Hammel. In der Nacht, in der sie erscheinen, nehmen die Geister Körpergestalt in den Kleidern an.

Kein Mensch darf sich in die Nähe eines *Egum* wagen. Nicht einmal ein *Ojé*. Sie töten mit ihren scharfen Waffen, ihren Säbeln, ihren großen und kleinen Dolchen, ihren funkelnden Schwertern. Die Lebenden, nein, die mögen sie nicht. Deshalb bändigen die *Ojés* sie mit ihren weißen Stäben. Nein, bändigen ist falsch, sie machen ihnen vielmehr Angst und zügeln sie. Denn einen *Egum* bändigen kann keiner.

Eine Farbenpracht. Der erste *Egum* erscheint, stürmt zur Tür herein, mit vorgestrecktem Schwert und Dolch. Seine Hände sind nicht zu sehen. Aber die Arme sind da, und er hat eine vollkommen menschliche Gestalt. Das Ketu-Volk in der Baracke singt lauter. Eine Sklavenhütte beim Fest.

Der *Egum* wird ruhiger, paßt sich dem Rhythmus an und beginnt zu tanzen. Er singt auch, auf Yoruba, seine Stimme ist rauh und belegt, als käme sie aus irgendeiner geheimnisvollen

Tiefe. Jedenfalls nicht aus ihm heraus. Eine rauhe, getragene, monotone Stimme. Die Menschen sprechen in afrikanischer Sprache zu ihm. Der *Egum* läßt sich nicht irreführen, ständig versucht er, mit seinen blanken Waffen anzugreifen.

Ein zweiter *Egum* platzt in wilder Jagd und mit Getöse zur Tür herein. Dieser hat keine menschliche Gestalt, absolut nicht. Er ist auch nicht so farbig, noch ähnelt sein Gewand dem funkelnden Kunstwerk des ersten *Egum* mit all seinen Spiegeln, Glasperlen, Palmen, Bananen, Sonnen, Ockertönen und Karminrot, orange Monden, seinen kräftigen, warmen Farben, afrikanischen Farben. Er ist viereckig und riesig, bringt sich in Rage, ist erregt, fast wie von Sinnen. Schwarz auf der einen Seite, auf der anderen rot. Aber er hat weder Stirnseite noch Rücken. Er ist ein Quader. Ein noch lichtloser Geist, der im Raum umherirrt und nach der Entkörperung leidet.

Merkwürdiges geschieht. Es geschieht mir. Keinerlei Bedürfnis nach einem Beweis für die Glaubwürdigkeit dieser Mitteilungen, die sie singen und tanzen, so wie ich auch überhaupt keine Angst vor dem *Egum* empfinde, noch das Ambiente mir fremd vorkommt. Starr vor Staunen, ja, aber angenehm. Überflutet von Schönheit, Reinheit, Farben, Klängen, Gläubigkeit. In dieser Sklavenfreistatt bin ich ein *Oré*.

Denn so viel Schönheit rührt selbst einen wenig gläubigen Menschen an.

Diese hier haben vierhundert Jahre Widerstand geleistet und bewahrt, was sie aus Afrika mitbrachten. Sie mußten ihre Gesänge und Tänze verstohlen und heimlich erhalten, in Verstekken auf den Hügeln, Schlupfwinkeln in den Wäldern, in den Sklavenhütten. Als entflohene Sklaven. Sie haben der Peitsche, den Ketten, dem Pranger widerstanden und dem Irrsinn der Sklaverei. Und nun sind sie hier, voller Leben. Und da soll ich, ein Mestize oder heller Mulatte und frei geboren, Sohn von diesem mit jener, mich daranmachen, dem tieferen Wesen der *Eguns* auf den Grund zu gehen?

Vierhundert Jahre.

Und ich darf sogar zusehen, trotz all meiner Unwissenheit über den Kult, und bin in Ehren aufgenommen worden.

Drei oder vier *Eguns* auf einmal sind dort vorn. Die ganze

Nacht über. Sie kommen nicht nur in den *Terreiro*, sie streichen und geistern auch über die Lichtung, versuchen, die Lebenden durch die Fenster der Baracke mit ihren Waffen anzugreifen. Sie stiften Unruhe und Ärger. Die *Ojés* kommen nicht zur Ruhe, sind ständig auf Trab, sie zu vertreiben, auf Abstand zu halten. Die Stöcke schlagen auf den Boden, daß es knallt.

Eine beklommen herbeigesehnte, langerwartete und im Grunde doch freudige Begegnung zwischen der Ketu-Gemeinde und ihren *Eguns*, trotz aller Ängste. Frauen und Männer, Anhänger des Glaubens, blicken gefaßt auf die ihnen erscheinenden *Eguns*. Die ganze Sklavenhütte singt für sie, voller Harmonie und Freundschaft, wie bei einem Wiedersehen. Das ist Bahia, ganz nach außen gewandt, freimütig, hingebungsvoll.

Hier liebt man die Schönheit, den Rhythmus und alles, was Körperausdruck, Musik ist und von innen kommt.

Morgens, gegen vier Uhr.

Die *Eguns* sind erschienen und verschwunden. Sie sind zurückgekehrt, haben diskutiert, geschimpft, gesungen, Willkommensgrüße verlangt und erwidert. Manch einer, manch eine in dieser Sklavenhütte schläft, schlummert erschöpft. Aber es ist ein Fest, und die Frauen in den ersten beiden Reihen sind mit unverminderter Begeisterung dabei.

Die Sonne geht auf, und schon ist es Tag in Ponta de Areia. Die *Eguns* gehen. Erst nach neuen Huldigungen, Opfergaben und Bitten werden sie wieder erscheinen. Und das erst, wenn überhaupt, um Johanni.

Beim ersten Lichtstreif des Tages tragen die Frauen das Essen auf. Ich erhalte meinen Teller mit Reis, gesprenkelten Bohnen mit geröstetem Maniokmehl, Hühner- und Hammelfleisch. Und esse mit den Händen, lecke mir die Finger ab. So wie die anderen.

Draußen am Himmel ein letzter Schimmer des Mondes, der schon nicht mehr leuchtet. Da ist die Sonne; die Männer, die Frauen und die Hähne begrüßen die Sonne, die in Salvador über dem Kontinent aufgeht.

Und wir ziehen in kleinen Gruppen hinunter zum Strand.

Die Meeresbrise von Itaparica weht uns sanft und kühl ins Gesicht. Die Frauen haben einen rhythmischen Gang, und die Männer bewegen sich geschmeidig, ob sie es wollen oder nicht. Der *Ojé* hat noch immer seine Kappe auf dem Kopf, trägt aber nicht mehr seinen hirtenstabähnlichen Stock. Den *Ichan*. Jetzt ist er nicht mehr ein *Ojé* am Tag des der Öffentlichkeit verschlossenen, nur wenigen zugänglichen *Egum*-Festes voller Zauber und Schönheit. Es wird auch nicht mehr Yoruba gesprochen.

Ein gewiefter, flinker Mann, mit einer Zahnlücke im Oberkiefer, der mit seinem Lieferwagen auf Bestellung Transporte durchführt. Er sieht mich an und fragt, ob es mir gefallen hat.

Er hat ein Lächeln in den Augen, seinen tiefgründigen Negeraugen, die sehr wohl von meinem Staunen wissen.

Unten am Strand geht er voran, zeigt mir sein Haus mit Spitzdach und drei munteren Kindern und bietet mir Tapiokabrei an. Heiß, denn die Morgenstunde ist kalt, und ich habe einen Weg vor mir, einen langen. Oder Maisbrei, falls ich möchte. Schön heiß, wie er in dieser frühen Stunde gut tut.

Schon richtig entwickelt, wie bei einer Frau. Dort im *Quilombo*, fällt es mir wieder ein. In der weißen Bluse des Mädchens wippten frei zwei Brüste.

Anschließend setzt er mich in seinen Lieferwagen. Er stochert sich in den Zähnen. Und dann sagt er bedächtig: »Geh, und komm irgendwann wieder. *Oxalá* sei mit dir.«

Alfredo Bryce Echenique

Manchmal liebe ich dich sehr immer

Für meine Geschwister Eduardo, Elena und Nelson

Er hatte das Boot festgemacht, war aber auf dem kleinen Landesteg sitzengeblieben und sah von dort aus weiter nachdenklich auf das Haus im Abendlicht. Er merkte, daß der Hausdiener ihn störte, als er näher kam, um ihn zu fragen, ob er mit seinem Anglertag zufrieden sei und ob er wünsche, daß er die Sachen mitnähme. In letzter Zeit war ihm deutlich geworden, wie lästig es ihm war, daß Andrés ein so dienstfertiger Hausdiener war und ihm ständig seine Hilfe anbot. Und er haßte es, daß er sich dermaßen für das Ergebnis seiner Angeltage interessierte. Andrés' Vertraulichkeit, die er selbst anfangs gesucht hatte, begann ihn zu ärgern, aber was konnte der arme Mann dafür. Außerdem, sagte er sich, ist Andrés ein ausgezeichneter Koch, und heute abend kann ich wieder diese Fischsuppe essen, die niemand so gut zubereitet wie er. Er hob den Kopf und bemühte sich, ihn anzulächeln.

»Heute hatte ich nicht sehr viel Glück mit den Fischen«, sagte er zu ihm, »aber es sind genug für eine gute Suppe. Nimm alles mit außer den Flaschen und dem Eiskübel. Und schenk mir gleich noch einen Gin ein. Viel Gin, viel Eis und wenig Tonic.«

Andrés tat haargenau, was ihm gesagt worden war, fragte, ob er noch etwas wünschte, aber er gab ihm keine Antwort. Das geht nun schon tagelang so mit Don Felipe, dachte er, während er sich, beide Hände voll, auf dem Bootssteg entfernte und dabei feststellte, daß er heute die Sachen, die er ihm fürs Mittagessen ins Boot gelegt hatte, wieder nicht angerührt hatte. Seitdem er ihm befohlen hatte, jedem, der ihn anriefe, zu sagen, er sei für unbestimmte Zeit verreist, gab sich Don Felipe mit einem Kaffee zum Frühstück zufrieden und rührte bis zum Abend keinen einzigen Bissen an. Und abends aß er dann nur die Fischsuppe mit einer Flasche Weißwein dazu. Aber dafür Gin... Der Hausdiener schüttelte langsam und traurig den Kopf. Er durchquerte den riesigen Garten und verschwand in einer Seitentür des Hauses.

Felipe hatte ihn vom Bootssteg aus beobachtet. Ich frage mich, was für ein Gesicht der machen würde, wenn Alicia hier in Pollensa auftauchte, dachte er, er würde wahrscheinlich denken, es sei eine Tochter, die ich nie erwähnt habe. Er nahm einen großen Schluck und dachte, er hätte auf Alicia trinken können. Dann sagte er sich, daß Alicia doch ein wichtiger Name in seinem Leben sei. Mit siebzehn Jahren hatte er zum ersten Mal geliebt, er hatte sich während eines Sommers in Piura in ein Mädchen namens Alicia verknallt. Am Strand von Colán blieb bei Sonnenuntergängen, die er nie wiedersehen würde, die Zeit stehen, damit das Glück, sie zu küssen, diesen dreißigsten März verschlänge, an dem die Ferien zu Ende waren und der unwirkliche Tag der unmöglichen Rückkehr nach Lima und zur verhaßten Schule kam. Er erinnerte sich an Briefe Alicias aus Piura, aber jetzt, in seinem unglaublichen Haus in Bahia de Pollensa, fühlte er sich außerstande, sich daran zu erinnern, wie lange dieser Briefwechsel gedauert und was er mit den Photos gemacht hatte, die sie ihm häufig in den mit Papierbögen prall gefüllten Briefumschlägen geschickt hatte. Er erinnerte sich allerdings an die heisere Stimme eines Sängers namens Urquijo, den er sich gerade wegen dieser überaus heiseren und männlichen Stimme immer als einen Bordelltürsteher vorgestellt hatte. *Acuérdate de Alicia*, sang Urquijo eines Tages im Morgengrauen, im Radio von Rudys Bordell. Er tanzte gerade mit einem hübschen Halbblut und versuchte, den Preis herunterzuhandeln. Er dachte nicht mehr an Alicia und ließ sie das auf die einfachste Art wissen. Er beantwortete die Briefe der armen Alicia nicht mehr. So müßte Urquijo im wahren Leben sein, und mit so einer Stimme.

Ich war ein ganzer Mann, dachte sich Felipe lächelnd. Aber diesmal, da trank er auf Alicia, bevor er das Glas an die Lippen führte. Diese Alicia war nur drei Jahre älter als das Mädchen aus Colán und begann gerade ihr Kunststudium an der Universidad Católica. Und von Lima schrieb auch sie ihm dicke Briefe, die er, ohne recht zu wissen warum, beantwortete. Manchmal sah er die Geschichte im Zusammenhang mit seinem letzten Besuch in Peru, der recht angenehm gewesen war, dennoch gelang es ihm nicht, sich an den Namen des Cafés in Barranco zu erinnern, in dem Alicia sich ihm unter dem Vorwand genähert hatte, ihn am Abend zuvor im Fernsehen gesehen zu haben. Felipe lächelte, als sie sagte, daß sie aus seiner Ausstellung käme und Kunst in der Católica studierte, während sie die Gelegenheit wahrnahm, sich neben ihn zu setzen, ohne danach zu fragen, ob er auf jemand anderes wartete. Sie tranken mehrere Gläser, und Alicia hörte nicht auf, von seinen Bildern zu sprechen, seine Bilder immer mehr zu loben, bis sie schließlich zu ihm sagte, er sei ein ganz Großer, weil er in Paris, in Tokio und in New York ausstellte.

»Und du, woher weißt du soviel?« fragte Felipe sie.

»Ich weiß alles über dich, Felipe«, antwortete sie, während sie seine Hände ergriff und ihn unverwandt ansah.

»Dann weißt du viel mehr über mich als ich«, sagte er, von der nervösen, intensiven Beharrlichkeit belustigt, mit der sie ihm mit ihren schwarzen, feuchten Augen fest in die seinen blickte.

»Ich weiß alles, Felipe.«

»Sag bloß nicht, daß das das ganze Leben lang dauert...«

»Was wird ein ganzes Leben dauern?«

»Solche Augen.«

Alicia machte einen kleinen Satz auf ihrem Stuhl und kam ihm mit ihrem Gesicht noch näher. Felipe ließ sie im Glauben, daß sie gewonnen habe, und lud sie zum Essen in sein Hotel ein. Sie war für diesen Speisesaal nicht passend angezogen und mußte etwa dreißig Jahre jünger als er sein, aber gerade das machte die Sache noch amüsanter. Alicia in ihrer abgewetzten roten Samthose, ihrem roten Rollkragenpullover, der ihr viel zu groß war, und in einer Lederjacke, die ihrem älteren Bruder gehören mußte. Das lange, tiefschwarze, glatte Haar mischte sich ständig in die Unterhaltung ein, und sie warf es nervös über ihre Schultern nach hinten, während sie nach beiden Seiten schaute, als wollte sie sagen, nun haltet doch still, dort sollt ihr bleiben, ihr verfluchten Haare. Ihre Schönheit war nicht außergewöhnlich, konnte es aber bei gewissen Bewegungen werden, und ihre immer feuchteren schwarzen Augen waren wirklich von einer verrückten Beredsamkeit. Felipe fand es witzig, daß sie nicht einmal gemerkt hatte, wo sie waren, noch daß in diesem pompösen andalusischen Speisesaal so viele Leute saßen, die ihn kannten und daß es unmöglich war, mit dem Essen anzufangen, solange sie seine Hände hielt.

»Ich weiß alles über dich, Felipe.«

»Das scheint dein Lieblingssatz zu sein«, sagte er lächelnd. »Und wenn es dir nichts ausmacht, lassen wir jetzt die Händchen los und essen etwas.«

Sie blieben bis um drei Uhr morgens in der Bar, und der Pianist war mindestens so alt wie er, denn er spielte und sang auf Wunsch des Herrn *Acuérdate de Alicia*. Diese Alicia stammte aus Lima, und etwa um sechs Uhr morgens schwor sie ihm, daß sie eines Tages nach Mallorca in sein Haus in Bahia de Pollensa kommen würde, um ihn dort zu treffen und mit ihm zu leben. Felipe hatte bereut, sie mit auf sein Zimmer genommen zu haben, aber sie lagen noch nackt auf dem Bett, als er ihr sagte, es sei alles ein Fehler gewesen und sie sich mit ihrem ganzen Gewicht auf ihn warf, um ihn zu fragen, von welchem Fehler er spräche. Felipe legte sie sanft neben sich, sagte, sei ein braves Mädchen, sieh mal, es ist schon sechs Uhr. Alicia tat mächtig aufgeregt, und war mit einem Satz bei dem Stuhl, auf dem ihre Kleider lagen. Sie zog sich recht und schlecht an, küßte ihn und verschwand, ohne daß er erfuhr, wo sie wohnte. Und um zwei Uhr mittags, als Felipe aus seinem Zimmer nach unten kam, um mit seinem Bruder essen zu gehen, da sah er als erstes Alicia, die neben dem Empfang saß.

»Nun sag bloß nicht, daß du dich nicht erschreckt hast«, war Alicias Begrüßung.

Felipe tat ihr den Gefallen, zu gestehen, daß er tatsächlich befürchtet hatte, sie nicht wiederzusehen, und lud sie ein, mit seinem Bruder zu essen. Sie hatten sich in La Costa Verde verabredet. Wir sind sofort da, sagte ihm Alicia. Ich bin mit meinem Volkswagen gekommen, und wir sind im Nu da. Sie fuhr wie eine Wahnsinnige, aber er begnügte sich damit, sie von der Seite anzusehen, während er darüber nachdachte, wie er seinem Bruder das mit diesem Mädchen mit rotem Pullover und roten Hosen, schwarzer Lederjacke und überströmender Begeisterung erklären sollte. Er hatte Carlos gesagt, er wollte im Costa Verde essen, aber draußen auf der Terrasse, so nah wie möglich am Meer, obwohl es mitten im Winter war.

»Ich nehme an, das Mädchen ist ein Geschenk deiner Bohèmenächte«, sagte sein Bruder zu ihm, während sie sich umarmten.

»Carlos«, eröffnete er ihm, »Alicia ist meine offizielle Begleiterin.«

Dann stellte er sie einander vor und schwor, daß dies alles war, was er von Alicia wußte, während sie alles über ihn wußte. Der Oberkellner kam auf ihn zu, und Felipe sagte ihm, er wünschte sich nur reichlich Pisco Souer und Ceviche. Carlos fand die Idee ausgezeichnet und Alicia sagte, für mich auch, aber ich möchte einen kleinen chilenischen Weißwein, sei so lieb, Felipe, bitte.

»Und einen kleinen chilenischen Weißwein«, wiederholte Felipe dem Kellner.

Zwei Stunden später verabschiedete sich Carlos, mit der Bemerkung, er müsse nachdrücklich betonen, daß dieses Haus monströs sei, daß es die Bahia de Pollensa verschandelt habe, daß nur ein verrückter, verschwenderischer Maler auf die Idee kommen könnte, sich die Ruinen von Puruchuco auf Mallorca hinzustellen, und wieviel er wohl ausgegeben haben mußte, um die Behörden dafür zu bezahlen, daß sie ihm erlaubten, einen Inkatempel unter der balearischen Sonne zu errichten. Tatsache ist, sagte er, während er aufstand, Tatsache ist, daß ich mich geschämt habe, dort zu sein und zu wissen, daß mein Bruder ... Tatsache ist, daß ich Spanien nie wieder betreten werde, weil ich mich schäme ... Wie du hörst, Alicia, schäme ich mich wirklich bei dem Gedanken, es könnte jemand erfahren, daß ich der Bruder des Besitzers des balearischen Puruchuco bin. Und alles nur wegen eines Versprechens, das mein kleiner Bruder einem alten Spinner in Paris gegeben hat ... Aber das soll dir

Felipe erzählen. Komm, sag ihm, daß er es dir erzählen soll. Du wirst sehen, daß du plötzlich nicht mehr seine offizielle Begleiterin bist... Carlos zwinkerte Alicia zu und verschwand.

»Erzähl mir, wie es war, Felipe«, sagte sie, während sie ihm beide Hände fest drückte und mit ihrem Gesicht auf ihn zukam. Ihre Augen waren feuchter, glänzender, intensiver und nervöser denn je.

»Wieso, warst nicht du es, die alles über mich wußte?« spottete Felipe.

Alicia gab seine Hände frei und ließ sich auf die Rückenlehne ihres Stuhles zurückfallen. Felipe nahm die Gelegenheit wahr, das gleiche zu tun, und merkte plötzlich, daß er zu viel getrunken hatte. Er dachte an den alten Spinner, wie ihn Carlos genannt hatte, und er dachte an Charlie Sugar und an Mario. Er sah Alicia an, aber Alicia schaute aufs Meer. Da beschloß er, kein einziges Wort mehr zu sagen. Ich habe zu viel getrunken, sagte er sich immer wieder, und außerdem bin ich scheißsentimental. Der graue, traurige Tag der peruanischen Küste begann dunkelgrau zu werden, und Stunden später war das Meer nur ein gleichbleibender Klang, der aus diesem immensen Raum kam, in dem alles schwarz geworden war. Nur aufgrund dieses Klanges wußte man, daß das Meer sehr nah war. Alicia und Felipe saßen weiter stumm und stolz an ihrem Tisch. Ohne es zu wissen, hatten die zwei einander zur gleichen Zeit geschworen, nicht als erster wieder etwas zu sagen. Und so saßen sie weiter in der zu feuchten Nacht, in der es keinen Stern gab, den man hätte betrachten können, um so viel Kälte zu ertragen, ohne ein Wort zu sprechen, ohne zu sagen, ich komme um vor Kälte.

Grüne Lichter begannen zu leuchten, und die beiden drehten sich um, um ins Innere des Restaurants zu sehen. In wenigen Minuten würde alles fürs Abendessen bereit sein, und bald würden die ersten Leute kommen. Die Kellner warteten auf die Ankunft der ersten Gäste. Alicia gab sich geschlagen.

»Du hast recht, Felipe«, sagte sie, »es gibt vieles, was ich nicht über dich weiß.«

»Mehr oder weniger dreißig Jahre voller Dinge, wenngleich das nicht das Schlimmste ist. Das Schlimmste ist... Nein... das ist auch nicht das Schlimmste ... Das Schlimmste ist, daß man an einem einzigen Nachmittag nicht dreißig Jahre erzählen kann. Das Schlimmste ist, daß man nicht stundenlang so viel Kälte ertragen kann und alles nur, weil man nicht sprechen darf, wenn man einen über den Durst getrunken hat, und das aus einem ganz einfachen Grund: weil man die Lust am Reden verloren hat.«

»Das glaube ich dir nicht«, sagte Alicia.

»Ich habe mir bis vor einem Augenblick auch nicht geglaubt.«

»Dann wirst du nicht mehr wie bisher malen können.«

Felipe lachte auf, entschuldigte sich jedoch sofort. Eine Sache ist es, keine Lust zum Reden zu haben, dachte er, und etwas ganz anderes ist es, Alicia zu verletzen. Selbst wenn ich nicht weiß und es auch gar nicht wissen will, wer sie ist. Selbst wenn ich nicht weiß, wo sie lebt, noch woher sie kommt. Dann erinnerte er sich daran, wie Carlos sie scherzend ein Geschenk seiner Bohèmenächte genannt hatte. Und er lachte wieder und entschuldigte sich wieder sofort. Dann sagte er, er würde in seinem Leben nie mehr lachen, weil er nur aus Dummheit gelacht hätte, ohne recht zu wissen warum und worüber, sie sollten am besten im Hotel ein Glas trinken, falls sie dazu Lust hätte, und daß sie anschließend im andalusischen Speisesaal zusammen essen könnten, natürlich nur, wenn sie dazu Lust hätte.

Alicia fuhr wie eine Wahnsinnige zum Hotel, und er fand keinen triftigen Grund, sich zu beschweren. Drei Tage später war sie die einzige Person, die ihn zum Flughafen begleitete, und seither waren zwei Jahre vergangen, und sie schrieb ihm noch immer dicke Briefe, in denen sie immer von ihrem goldenen Traum sprach, zu kommen, um mit ihm auf Mallorca zu leben, für immer bei ihm im Haus von Bahia de Pollensa zu bleiben, von diesem Traum, der sich in jedem der Briefe wiederholte, die Felipe, ohne recht zu wissen warum, beantwortete.

Dieses Mal jedoch war alles anders, denn Alicia war im Begriff, nach Spanien zu kommen, und weil er diesmal genau wußte, warum er diesen Brief nicht beantworten konnte. Alicia träumt beharrlich, sagte er sich, während er daran dachte, daß er nun schon einen Monat lang nicht den Mut gehabt hatte, ihr zu schreiben, und daß sie ihn gebeten hatte, sofort, postwendend zu antworten, sei lieb, laß mich nicht warten, bitte, Felipe.

Im Haus hinten im Garten begannen die Lichter anzugehen, und Felipe beschloß, den Bootssteg zu verlassen. Er zog es vor, zurückzugehen, denn Andrés würde gleich kommen, um ihn zu rufen und zu fragen, um wieviel Uhr die Suppe fertig sein sollte. Jeden Tag war es das gleiche und jeden Tag kostete es ihn mehr Mühe, so viel Dienstfertigkeit zu ertragen. Seit der Brief gekommen war, hatte Felipe sich mehrfach vorgestellt, wie Alicia sich bei ihrer Ankunft in seinem unglaublichen Haus totlachen würde, wenn sie ihn mit einem Hausdiener vorfände, der begann, ihn wie einen alten Mann zu versorgen. Der Gedanke war ihm unerträglich, doch heute brachte er ihn zum ersten Mal mit den beiden Besuchern in Verbindung, die er zuletzt empfangen hatte. Er erinnerte sich an die Vorfreude, mit der er sie erwartet hatte, und wie ihre Anwesenheit durch irgendein lächerliches Detail wirklich unerträglich wurde. Er versuchte, an etwas anderes zu denken, und bat Andrés, als er ins Haus kam, ihm die Suppe zu servieren, sobald er fertig wäre.

Er war gerade mit dem Duschen fertig, als Andrés an die Tür seines Schlafzimmers klopfte. Er könne schon ins Eßzimmer kommen. Es kostete ihn viel Mühe, dem Hausdiener zu sagen, daß die Suppe so gut wie noch nie war, und daß er ihm jetzt bitte das Eis, Tonic Water und eine Flasche Gin ins Arbeitszimmer bringen möge.

Und stundenlang war er dort mit den dreißig Jahren eingeschlossen, die er Alicia erzählen wollte. Aber dann sagte er sich, daß man dreißig Jahre nicht so einfach in einen Briefumschlag stecken könnte und verweilte bei den Jahren mit dem alten Spinner, wie sein Bruder zwei Jahre zuvor Don Raúl de Verneuil in Alicias Gegenwart genannt hatte. Raúl, Mario und Charlie Sugar lernte ich 1960 in Paris kennen, Alicia, ich weiß nicht, ob du sie lustig gefunden, noch was für ein Gesicht du immer gemacht hättest, wenn Raúl angefangen hätte, vom Krieg zu erzählen, und wir ihm immer sagen mußten, bitte

Raúl, welchen Weltkrieg meinst du eigentlich. Er war sicher weit über achtzig Jahre alt, viel älter, und jeden Abend um Punkt elf Uhr bemühte sich ein Kellner darum, ihm seinen Tisch im Deux Magots freizumachen. Er war groß, dick, etwas mulattisch und äußerst elegant. Für uns war in Paris der Sommer gekommen, wenn Raúl in seinem weißen Leinenanzug, seiner blau-weiß gestreiften Fliege und einem Panamahut erschien, den er abnahm und dem Leben zulächelte. Jeden Abend erwarteten Mario, Charlie Sugar und ich ihn hingerissen am Eingang des Cafés, aber ich weiß nicht, ob du dich mit uns zusammen amüsiert und was für ein Gesicht du jedesmal gemacht hättest, wenn Raúl angefangen hätte, von César Vallejo zu sprechen, und wütend geworden wäre, weil er sein großer Freund gewesen war und nur acht Leute am Begräbnis des Cholo, dieses Mestizen, teilgenommen hatten und er mindestens dreißig Bücher besitzt, in denen irgendwelche Dummköpfe, die sich Kritiker nennen, haufenweise Blödsinn über das Leben und das Werk des Cholo geschrieben haben, und behaupteten, sie hätten an seinem Begräbnis teilgenommen. Also wirklich, Herr Bischof, rief Raúl und holte zum soundsovielten Mal das Photo vom Begräbnis Vallejos hervor, und es waren nur acht Personen anwesend, und der bin ich und der links von mir ist André Breton, ja das war ein Gentleman, also wirklich, Herr Bischof! Und Vallejo war kein trauriger Mensch gewesen, sondern flirtete gern und heftig, und die Tochter des Bäckers in seiner Straße hatte er erobert, und jeden Morgen ging er zu ihr, um sein Brot zu holen. Zudem war Vallejo noch ein Dandy und gab einem ständig Ratschläge. Man sollte nie aus der Metro steigen, bevor sie nicht vollkommen stehengeblieben wäre, denn sonst würde man unnötig die Schuhsohlen abnutzen. Und man sollte sich so wenig wie möglich setzen, da dies die Ränder der Hosenbeine zum Glänzen brachte. Und wißt ihr, wie Picasso die Zeichnungen von Vallejo gemacht hat? Die Zeichnungen, die im Museum in Barcelona sind? Die Leute sagen, sie seien Freunde gewesen, aber das stimmt nicht, sie waren niemals Freunde. In Wirklichkeit war es so, daß es zwei Stammtische in der Coupole gab, den der Lateinamerikaner und den der Spanier, aber damals war Picasso noch nicht

Picasso, und der Cholo war auch ein Niemand. Als der Cholo starb, bemerkte Picasso das Fehlen dieses Gesichts, denn so ein Gesicht war in Paris eine Seltenheit, und der Cholo hatte wirklich ganz besondere Züge. Ein Spanier vom anderen Tisch kam zu uns herüber und fragte nach dem mit dem besonderen Gesicht, das war der Cholo, und wir erklärten ihm, daß er ein peruanischer Dichter gewesen und gerade gestorben sei. Darauf ging der Spanier an seinen Tisch und erzählte dies seinen Landsleuten, die uns voll Sympathie und Zuneigung ansahen, und da zeichnete Picasso Vallejos Abwesenheit, also wirklich, Herr Bischof!

Ich weiß nicht, ob dich dies alles amüsiert hätte, Alicia. Ich kann mir nicht vorstellen, wie du Abend für Abend mit Raúl de Verneuil, mit Don Raúl de Verneuil, wie wir ihn nannten, im Café verbringst. Einem Mann, der nie in seinem Leben gearbeitet hat und der zuletzt 1946 in Peru gewesen ist. Er lebte seit Anfang des Jahrhunderts in Paris und war Sohn eines Franzosen, der in Lima die Börse gegründet und die Schwester von González Prada geheiratet hatte. Also wirklich, Herr Bischof! rief Raúl immer, wenn er von González Prada sprach, mein Onkel war der größte Antiklerikale der Welt, also wirklich, Herr Bischof! Und enger Freund des genialen Dichters Eguren, der sein ganzes Leben lang hinter einem kleinen Vorhang und von seinen alten frömmelnden Schwestern umgeben gelebt hatte. Die hättet ihr sehen sollen, wenn González Prada dort auftauchte. Die verschwanden im Handumdrehen, und sobald mein Onkel gegangen war, holten sie den Bischof, damit er dem armen Eguren die Beichte abnahm und im ganzen Haus Weihwasser sprengte, also wirklich, Herr Bischof!

Wenn du gesehen hättest, wie sehr Don Raúl das Jahr 46 verabscheute. Es war das Jahr, in dem er sich für immer von Lima, seinem Geburtsort, verabschiedete. Er war aus Buenos Aires gekommen, wo er den Krieg verbracht hatte, den Zweiten Weltkrieg, nun tut doch nicht so, als wäret ihr blöd, Leute. Er kam nach Lima, um seine erste Symphonie uraufzuführen. Raúl war Musiker, Alicia... Ich weiß... Es nervt dich, daß ich dir ständig alles erklären muß... Entweder kannte man Don Raúl de Verneuil, oder man kannte ihn nicht, verstehst du mich, Alicia? Außerdem weiß ich gar nicht, ob dich das alles interessiert. Im Jahre 46 träumtest du nicht einmal davon, geboren zu werden, und Don Raúl führte *Puruchuco*, seine erste Symphonie, im Teatro Municipal in Lima zum ersten Mal auf. Das Publikum verließ während des Konzerts allmählich den Saal, und am folgenden Tag schrieb ein Kritiker, man habe nicht gemerkt, wann das Orchester mit dem Stimmen aufgehört und wann die Symphonie angefangen habe. Wir lachten uns kaputt, Alicia, aber er wedelte mit den Armen und schrie, so ein Land von Analphabeten! Also wirklich, Herr Bischof! Nur eine kleine, dicke Schweizerin wußte, was meine Symphonie war, was Puruchuco war, und es tat mir leid, sie in diesem Analphabetenland zurückzulassen, und ich habe sie aus der Redaktion der Zeitung entführt, in der sie arbeitete, und habe sie geheiratet, Greta geheiratet, aber, meine Herren, Greta habe ich sehr bald in die Schweiz geschickt, denn sie umsorgte mich zu sehr. Gentlemen umsorgt man nicht, also wirklich, Herr Bischof!

Im übrigen war Don Raúl de Verneuil ein großer Koch, Alicia, und der größte Freßsack, der mir je begegnet ist. Es machte ihm großen Spaß, junge Leute einzuladen, und niemand durfte sein Haus vor dem Frühstück verlassen. Wer mein Haus betritt, geht erst am nächsten Morgen wieder, sagte Don Raúl zu seinen Gästen, und wehe dir, wenn du schon vor dem Frühstück gehen wolltest, Raúl hatte die Tür verschlossen und ließ dich auf einem Sofa schlafen, das er für die parat hatte, die nicht zu leben verstanden, also wirklich, Herr Bischof! Und jetzt fällt mir ein, wie er Chávez eins ausgewischt hat, einem engen Malerfreund, der in jenen Jahren in Paris lebte. Chávez begann sich über eine kleine afrikanische Kitschstatuette lustig zu machen, die Raúl besaß. Eine von jenen, die Tausende von Schwarzen in der Pariser Metro verkaufen. Wie kommen Sie zu so einem Dreck, Don Raúl?, fragte ihn Chávez. Haben Sie nichts Besseres, um Ihr Häuschen zu dekorieren? Hör mal, mein Junge, sagte Raúl, Don Raúl, wie wir ihn nannten, zu ihm, laß diese Statue in Frieden, meine Nachbarin, ein Mädchen von achtzehn Lenzen, hat sie mir geschenkt, und die muß man gesehen haben, also wirklich, Herr

Bischof! Aber Chávez machte sich weiter darüber lustig, und Don Raúl sagte zu ihm, er könnte ja ein großer surrealistischer Maler sein und was sonst noch, Junge, aber ich war Bretons Freund, und wenn du diese Statue anrührst, wirst du was erleben, dann werde ich dir beibringen, was Surrealismus ist. Und wenn ich dieses Scheißding kaputtmache, Don Raúl? Warum sagen Sie nicht, Sie werden traurig sein, wenn ich Ihnen diese Scheißstatuette kaputtmache? Chávez, die hat mir ein Mädchen von achtzehn Lenzen geschenkt, und die wird nicht angefaßt. So ging das eine Weile hin und her, Alicia, und schließlich zertrümmerte Chávez die Statuette in tausend Stücke. Da war was los. Don Raúl holte den Katalog der letzten Ausstellung von Chávez hervor, ein echtes Buch mit phantastischen Farbdrucken, und er zerfetzte es völlig, während der arme Chávez, aber nicht doch, Don Raúl, zu ihm sagte, aber das war doch ein Geschenk, das von ganzem Herzen kam. Ich habe dich gewarnt, Junge, sagte Don Raúl zu ihm, daß ich dir zeigen würde, was Surrealismus ist. Du hast meine Statuette kaputtgemacht und ich habe deinen Surrealismus in tausend Stücke gerissen. Ich habe dich gewarnt, ich habe dir gesagt, ich war ein enger Freund Bretons, von André Breton, also wirklich, Herr Bischof!

Don Raúl hatte in seinem Leben nie Probleme, Alicia. Er stand um zwölf Uhr mittags auf und ging nie vor vier Uhr ins Bett. Nichts war dringend. Nichts erstaunte ihn und er konnte sich nie vorstellen, daß einer von uns finanzielle Probleme haben könnte. Ich erinnere mich daran, wie Mario nachmittags in seine Wohung kam und sagte, Don Raúl, ich habe keinen Centavo mehr. Weißt du, was er ihm geantwortet hat? Beeil dich, Junge, beeil dich, die Banken schließen um fünf. Irrsinnig war auch, als zwei Argentinier Charlie Sugar und Mario mit jemandem verwechselten, mit dem sie in Paris Kontakt aufnehmen sollten. Charlie und Mario waren völlig pleite und warteten darauf, daß irgend jemand im Café vorbeikam, um ihnen das Glas Wein zu bezahlen, das sie bestellt hatten, als diese beiden Typen auftauchten, sie begrüßten, sich setzten und sie zu einem Whisky nach dem anderen einluden, und die beiden waren völlig glücklich, weil sie seit hundert Jahren keinen Whisky mehr getrunken hatten. Es stellte sich aber heraus, daß die Argentinier sich geirrt hatten, es stellte sich heraus, daß sie zwei andere Lateinamerikaner suchten, mit denen sie über die Ermordung von Perón verhandeln sollten, der damals in Madrid lebte und vorhatte, nach Argentinien zurückzukehren, und sich zu den Wahlen aufstellen lassen wollte. Am Anfang gingen Charlie und Mario bei all dem Gratiswhisky darauf ein, aber allmählich fanden sie die Sache nicht mehr so lustig. Schließlich entschoß sich Charlie, der wirklich Angst bekam, für eine neue Lüge und sagte ihnen, ihr Chef würde um elf Uhr kommen. Und um elf erschien in der Tat Raúl und fand sie halbtot vor Angst vor. Charlie erzählte ihm alles so, als wäre Raúl eingeweiht, und Raúl lud sie sofort dazu ein, den Tisch zu wechseln, da sein Tisch der in der Ecke war, gleich neben dem Fenster zum Boulevard, bitte, die Herren. Dort bat er sie, das bisher Gesagte zusammenzufassen, und als dann einer der Argentinier begann, einige Einzelheiten näher zu beschreiben, sagte ihm Don Raúl in aller Seelenruhe, er beschäftige sich nicht mit der technischen, sondern mit der intellektuellen Seite der Angelegenheit. Was die Panzerfaust betrifft, die sie erwähnt haben, so scheint mir das ein unbedeutendes Detail zu sein. Nichts ist einfacher, als eine Panzerfaust in ein anderes Land zu bringen. Charlie, sagte er darauf, erklär diesen Herren doch, wie ihr euch vorstellt, die Panzerfaust nach Spanien zu bringen. Nur aus Angst, Alicia, fiel Charlie ein, wie man die Panzerfaust nach Spanien schmuggeln könnte. Er bestellte noch einen Whisky, um Mut zu schöpfen, und sagte, er habe diese Operation schon mehrfach durchgeführt und das Beste wäre, die Panzerfaust unter ein Auto zu montieren, damit sie wie der Auspuff aussähe. Darauf fragte Don Raúl die Argentinier, wieviel Geld ihnen für diese Operation zur Verfügung stünde. Er hörte ruhig zu, als sie den Betrag nannten, bedankte sich für die großzügige Einladung und sagte ihnen, er würde ihnen am nächsten Abend um Punkt elf einen genauen Bericht über die Ausgaben vorlegen. Die Argentinier zahlten und verabschiedeten sich zufrieden, und kaum hatten sie sich entfernt, da stieß Raúl wieder sein unvermeidliches »Also wirklich, Herr Bischof« aus. Charlie und Mario fragten ihn, wie er das am nächsten Tag machen wollte, und Raúl sagte, sagt mal, seid ihr blöd oder was, seid ihr noch nicht darauf gekommen, wie schwer es ist, Perón zu töten, während nichts einfacher ist, als einen Plan zu machen, wie man diesen Herrn töten kann? Erstmal muß man eine Wohnung kaufen, die der Peróns gegenüber liegt. Und das, Leute, kann mehr kosten, als diese armen Teufel uns bieten können. Ist doch klar, Leute. Und in der Tat zerschlug sich der Kontakt, als die Argentinier am nächsten Abend um elf auftauchten und Don Raúl ihnen erklärte, es täte ihm für ihre Freunde sehr leid, die wirklich Geld brauchten, aber die Summe müßte, wie er die Sache auch wendete, doppelt so hoch sein oder nichts würde laufen. Ein Dollar weniger und die Aktion kann ein Riesenreinfall werden. Die Argentinier tauchten nie wieder im Café auf.

Nun, Alicia? Wie findest du das alles? Macht dich der Gedanke nicht traurig, daß Mario in El Salvador gestorben ist und daß Charlie sich vor die Metro geworfen hat und daß Don Raúl eines ihm gemäßen Todes gestorben ist, und niemand mehr etwas von Greta gehört hat? Und warum, zum Teufel, soll dich das traurig machen, wo du sie nicht gekannt hast? Und warum, zum Teufel, solltest du sie kennengelernt haben, wenn du noch ein Schulmädchen warst, als der letzte von ihnen gestorben ist? Weißt du, warum sich Charlie vor die Metro geworfen hat? Interessiert es dich, zu erfahren, wie Charlie war, und daß nur ein Typ wie er sich wegen so einer Sache vor die Metro werfen konnte? Weißt du vielleicht, daß er Chilene war und sagte, meine Herren, ich bin der einzige Arme auf der Welt, der eine Villa *on the French Riviera* besitzt? Weißt du vielleicht, daß er nie, auch nicht wenn er noch so betrunken war, erzählt hat, warum er die Villa *on the French Riviera* besaß? Weißt du, daß er sie, obwohl er sie hätte verkaufen können, nie betreten hat? Charlie... Mario hat mir von der Liebesaffäre erzählt, die er mit einer nordamerikanischen Millionärin gehabt hat, die sehr viel älter war als er und ihm, als sie starb, diese herrliche Villa vermachte. Sie überließ sie ihm unter der Bedingung, daß er täglich, solange er sie liebe, während der Messe um sieben Uhr früh für die Rettung ihrer Seele betete. Armer Charlie, manchmal war es vier Uhr, und er mit einem Whiskyglas, denn wie er sagte, nur er konnte es so sagen, ich bin ein Gentleman, meine Herren, und erkenne, daß ein Whiskyglas halten das einzige ist, was ich im Leben richtig kann. Und es wurde für den Armen oft vier Uhr, und wir wollten alle ins Bett gehen, er aber konnte nicht. Ich fürchte, meine Herren, ich komme nicht rechtzeitig zur Siebenuhrmesse. Und Charlie war der einzige, dem Raúl, Don Raúl, Alicia, bei jenen Freßgelagen mit Frühstück, die er organisierte, um Punkt halb sieben die Tür öffnete, damit er die Siebenuhrmesse nicht versäumte. Charlie...

...Soviel ich weiß, Alicia, ist er der einzige Mann auf der Welt, der sich wegen zwei Frauen das Leben genommen hat. Wegen der Nordamerikanerin von der Morgenmesse und wegen des Mädchens in deinem Alter, das ihn gezwungen hat, die Siebenuhrmesse einmal zu versäumen. Charlie... Erst als wir die Leiche identifizieren gingen, begriffen wir, warum er seit Wochen ständig dieselben Worte wiederholte. Meine Herren, sagte er, es ist mir wieder passiert, nur anders herum. Jetzt ist sie diejenige, die einundzwanzig Jahre alt ist und ich der mit sechzig. Ich gestehe, das ist mir nur einmal im Leben passiert, aber das ist auch schon zuviel. Also wirklich, Herr Bischof! rief Raúl aus.

Du fragst nie nach Greta, Alicia. Du siehst ja, wie sehr du dich auch bemühst, diese Geschichte wird dich nie interessieren können. Wie kannst du sie heute mit mir teilen, wenn du sie damals nicht mit mir geteilt hast. Greta war Raúls Frau, aber bislang hast du mich nicht gefragt, was Raúl sonst noch mit der Dicken gemacht hat, außer daß er sie in die Schweiz geschickt hat, da man Gentlemen nicht zu sehr umsorgen darf. Greta war Lehrerin in Zürich, und sie sahen sich nur zweimal im Jahr. Vierzehn Tage zu Weihnachten und Neujahr und im August, den sie zusammen auf Mallorca verbrachten. Durch Raúl habe ich Mallorca kennengelernt, Alicia, und für mich war Raúl der erste ausländische Feriengast, der nach Mallorca kam; er war auf jeden Fall der beste, der eleganteste und der kultivierteste. Das war 1921, und selbst 1975 wußten Raúl und Greta immer noch nicht, daß man mit dem Flugzeug nach Mallorca fliegen konnte. Die beiden armen Dicken ließen die schlimmsten

Strapazen über sich ergehen. Zuerst eine Nacht im Zug nach Barcelona, und dann ein ganzer Tag auf dem Schiff bis Mallorca. Eines Tages, als er sah, wie dick Greta war, denn sie war wirklich jedes Jahr, wenn sie kam, noch dicker und mußte schließlich im Café auf zwei Stühlen sitzen... unglaublich... Als wir sie so sahen, sagten Mario und ich, Madame, denn wir sagten immer Madame zu Greta, nie Greta, wir dachten, Madame, Sie und auch Raúl sollten mit dem Flugzeug nach Mallorca fliegen. Raúl protestierte, denn die Gentlemen seien immer im Zug oder mit dem Schiff gereist, aber schließlich gelang es uns mit Gretas Hilfe, beide zu überzeugen, und wir versprachen, uns um alles zu kümmern und sie zum Flughafen zu begleiten.

Hat man je einen häßlicheren Ort gesehen, rief Raúl aus, kaum waren wir am Flughafen angelangt, also wirklich, Herr Bischof! Dann sagte er uns, er wolle die Flugzeuge sehen, und wir begleiteten ihn und brachen in Gelächter aus, als er sagte, wie, zum Teufel, soll ich wissen, welches meins ist, wenn alle gleich aussehen. Wir erklärten ihm, daß die Passagiere über Lautsprecher aufgerufen würden und erst durch die Kontrolle gingen und dann zu einer Tür müßten, die jeweils zu dem Flugzeug führe, daß sie nehmen würden. Wir lachten uns bei dem Gedanken halbtot, Mario und ich, daß Raúl und Greta sich es sich auf den Sitzen bequem machten, als wir ihn schreien hörten, Leute, Leute! Aber was ist denn, Raúl? Er schnappte nach Luft, konnte kaum sprechen, denn er war im Laufschritt vom Flugzeug zurückgekommen und hatte dabei massenhaft Leute umgerempelt, er konnte kaum sprechen. Leute, fragte er uns, atemlos, und diesen hübschen, eleganten jungen Damen, die einem im Flugzeug bedienen, gibt man denen ein Trinkgeld?

Raúl... Greta und Raúl... Wir mochten Greta nie, weil sie ihn nicht in Ruhe essen und trinken ließ, weil sie ihn verrückt machte mit ihrer Fürsorglichkeit. Es war wirklich so, Alicia, daß wir, sobald Raúl uns Gretas Ankunft ankündigte, nur an einem Abend zum Kaffee vorbeischauten und das nur aus Höflichkeit. Mit Greta verlor Raúl fast seinen ganzen Charme, obwohl – wie Charlie sagte, ganz zu Recht, denn seit Raúls Vermögen zur Neige ging, unterstützte sie ihn von der Schweiz aus, und das bedeutete, daß sie ihn sehr liebte und wirklich an ihn als Musiker glaubte, denn Raúl hatte seit 1946 kein einziges Konzert mehr gegeben und keiner von uns hatte gesehen, daß er weiter komponierte, obwohl das Klavier in seiner Wohnung immer offenstand und ein Notenheft mit einigen zittrigen bleistiftgeschriebenen Noten darauf lag. Offen gestanden, Alicia, habe ich es erst nach seinem Tode geschafft, mir von Greta die Partitur von *Puruchuco* auszuleihen und den Leiter des Symphonieorchesters von Brüssel um Rat zu fragen. Sehen Sie, mein Herr, Ihr Freund hätte Beethoven heißen müssen, damit ein solches Werk hätte gespielt werden können. Für den letzten Satz, allein für den letzten Satz braucht man einen Chor aus fünfhundert Inkaprinzessinnen. Ich schickte Greta die Partitur mit der Post zurück und habe nie mehr was von ihr gehört.

Die arme Dicke, wie glücklich war sie, wie sie sich wie ein Wal treiben ließ. Sie liebte Mallorca, weil es, wie sie sagte, der beste Ort der Welt sei, um sich im Wasser treiben zu lassen. Sie hatte es 1921 entdeckt, als die zum ersten Mal im Meer badete, und ich stelle mir vor, daß sie das ganze Jahr hindurch in Zürich vom August träumte, der sie auf Mallorca erwartete. Während eines Sommers tauchten Charlie, Mario und ich auf, und täglich beobachteten wir die gleiche Szene. Ein Taxichauffeur, der Raúls Alter haben mußte, oder zumindest annähernd, holte sie seit jeher ab und verlangte immer denselben Preis wie im Jahr, als er sie kennengelernt hatte. Ein spanischer Caballero, sagte Raúl. Und er saß auf der Terrasse einer Bar am Meeresufer, trank sehr trockenen Weißwein, während sie sich glücklich treiben ließ und ihm ständig zuwinkte. Sie ist glücklich, sagte Raúl, obwohl er die Grüße, die ihm Greta aus dem Wasser sandte, nie erwiderte. Und sobald er Hunger verspürte, stand er auf, und wenngleich er sich auf einer Insel befand, war der Ruf immer der gleiche: »Greta, verlaß augenblicklich den Ozean und komm auf den Kontinent zurück!« Diese Szene wiederholte sich jeden August von 1921 bis 1977 exakt. Später kam der Taxichauffeur zurück und brachte sie zum selben alten Haus in Palma, das sie immer mieteten. Und immer für denselben Preis, erzählte uns Raúl eines Tages. Denn, Leute, auch hier handelt es sich um einen spanischen Caballero.

Raúl war zweiundneunzig Jahre alt, als er starb, Alicia.

Macht dir das etwas aus? Interessiert es dich, zu erfahren, wie schön und traurig es ist, wenn ein Mann eines ihm gemäßen Todes stirbt? Interessiert es dich, zu erfahren, wie Raúl gestorben ist und ich nicht glauben konnte, daß dieser Mensch tot war. Es nähert sich das Ende von allem und von allen, Alicia.

Das Ende begann an Marios Geburtstag. Er feierte ihn wie immer gewaltig, und wir betranken uns auch wie immer und dachten daran, daß uns Charlie vor zwei Jahren verlassen hatte. Ich fühlte zum ersten Mal, Alicia, daß es ungerecht war, daß ich viel jünger war als sie, ich haßte meinen Ruhm und das ganze Geld und all die Reisen nach New York und nach Tokio und nach Mailand und nach Antwerpen und nach Zürich und nach Frankfurt, und darüber betrank ich mich. Später begann ich mir zu sagen, daß ich nie geheiratet hatte und meine Wohnung zwölf Hotels in zwölf verschiedenen Städten waren. Und ich dachte zum ersten Mal an Selbstmord, als Raúl ausrief, also wirklich, Herr Bischof! Ich weiß nicht, wer vom Jahr 1946 in Lima gesprochen hatte, und Raúl war aufgestanden, um zu sagen, daß alle Limeños beschissene Maisbreifresser seien. Daß sie nur Maisbrei fressen könnten und es nicht verdienten, in der Nähe von Lima Ruinen wie die von Puruchuco zu haben, und daß sie nie wieder die Gelegenheit haben würden, eine seiner Symphonien zu hören, auf gar keinen Fall die mit dem Namen *Puruchuco*, denn das habe er in seinem Testament festgelegt. Und würdest du nach Lima zurückkehren, fragte ihn Mario plötzlich. Ich möchte es schon, Junge!, antwortete ihm Raúl. Aber nur um Puruchuco wiederzusehen. Dort habe ich als Kind gespielt. Ich weiß nicht, Alicia, ich weiß nicht wie ich dazu kam, ihm zu versprechen, Puruchuco exakt und ganz neu auf Mallorca zu bauen. Also wirklich, Herr Bischof! rief Raúl aus und drehte sich nach mir um. Es gibt einen Ort namens Bahia Pollensa. Bau, Junge, dazu hast du den Ruhm und das Geld. Aber ich will es einweihen! Mit einem Mordsbohnengericht. Die schwarzen Bohnen bestellen wir *chez Fochon*. Die sollen zusehen, wie sie die nach Bahia de Pollensa schaffen! Und ich, meine Herren, sorge für zwanzig Negerinnen von der Sorte, die einen auf dem Arsch spazieren tragen können. Und die waschen wir in

Puruchuco und mit dem Wasser kochen wir dann die Bohnen. Also wirklich, Herr Bischof!

Im September rief Greta alle Freunde Raúls an, um ihnen mitzuteilen, daß er gestorben sei und sie ihn auf Mallorca begraben habe, weil er das so in seinem Testament verfügt hatte. Mario und ich besuchten sie zusammen und schließlich tröstete sie uns. Scheißschweizerin, sagte Mario, kaum daß wir draußen waren, sie hatte uns nichts weiter zu erzählen, als daß er eines ihm angemessenen Todes gestorben sei, was für sie natürlich wieder eine Dreistigkeit Raúls gewesen ist. Er starb zwanzig Tage nach seinem Geburtstag, als er seine Entlassung aus der Klinik feierte. Ein Infarkt hatte ihn an seinem Geburtstag umgehauen, und während sie ihn in die Klinik brachten, öffnete er die Augen und sagte: Aber das Glas ist mir nicht kaputtgegangen, also wirklich, Herr Bischof! Zwanzig Tage später bestand er darauf, seine völlige Genesung zu feiern, und nannte Greta eine Scheißschweizerin, als sie sagte, das wäre völlig wahnsinnig. Laß dich treiben, wenn dir danach ist, aber ich feiere das oder ich heiße nicht Don Raúl de Verneuil. Ein Barbar, hatte Greta zu uns gesagt. Er wollte nicht, daß das Glas kaputtging, und hat seinen Willen durchgesetzt und das Lästigste war, ihn auf Mallorca begraben zu müssen. Don Raúl de Verneuil hinterließ als er starb, sechzig Symphonien, Alicia. Sie waren alle Madame Greta de Verneuil gewidmet.

Und vor vier Jahren rief mich Mario in meinem Hotel in New York an, Alicia, und sagte, wenn man bedenkt, daß wir in derselben Stadt sind und nicht einmal einen zusammen trinken können. Wieso denn nicht, fragte ich ihn. Weißt du, Alter, weshalb wohl. Die Sache ist die: ich bin am Ende und gehe nach El Salvador, um dort zu sterben. Aber Mario... Macht nichts, Felipe, ich werde schon für den Flug aufgerufen. Mit anderen Worten, Alicia, Puruchuco wurde nie eingeweiht und hier lebe und male und hier fische ich und hier kann ich die Vorzüge meines Hausdieners Andrés oder die Besuche meines Sekretärs und die Anrufe meines Kunsthändlers täglich weniger ertragen. Und jetzt werde ich dir etwas vorlesen, das ich am Tage geschrieben habe, als ich deinen Brief erhielt. Ich weiß nicht, warum ich es in der dritten Person verfaßt habe. Nun ja, vielleicht um mir vorzumachen, daß ich nicht dieser Typ bin, aber ich bin dieser Typ, paß auf, Alicia.

»Er war vorzeitig zu einem ungenießbaren Alten geworden, oder verwandelte sich ganz allmählich in einen solchen, obwohl er weiter so malte, als wäre er es nicht, vielleicht allein um sich vorzumachen, daß er es nicht wäre. Sein einziger edler Zug bestand darin, niemand anderen in seine Einzelgängerwütereien einzubeziehen, seine Arbeit zu machen, und in einer gewissen Feinfühligkeit, die ihn öfter dazu brachte, sehr höflich zu den Leuten zu sein, die ihn besuchten, und ihnen sogar eine geheime Zuneigung entgegenzubringen, die er sich erst eingestand, wenn es schon zu spät war, weil sie schon abgereist waren. Dann fühlte er sich einige Stunden lang wohl, und darin bestand seine Moral.«

Er legte das Papier zur Seite, nahm ein anderes Blatt und begann zu schreiben, »Liebe Alicia, ein Mädchen wie du hätte einen Ort wie diesen sicher genossen.« Er legte den Federhalter zur Seite und blickte lange auf das Meer in der sternklaren Nacht, die er durch das große Fenster seines Arbeitszimmers sehen konnte. Plötzlich nahm er den Federhalter wieder zur Hand und schrieb: »Manchmal liebe ich dich sehr immer.« Dann sprach er den Namen Alicias aus und beschloß, daß es besser wäre, den Brief bis zu dem Tag liegen zu lassen, an dem sein Sekretär käme. Er zog es vor, zu diktieren.

José Emilio Pacheco

Im tiefen Park

Jeden Nachmittag, wenn er aus der Schule kam, betrachtete er den zwischen Bäumen verborgenen Park, die weite grüne Fläche, die sich neben der Straße ausdehnte. Diesmal jedoch stieg er die Stufen hinunter, ging über die einsamen Lichtungen bis zum grünen, stillen Weiher.

Er stand am Rande des Teiches (den die Zeit mit Schlamm, kleinen Fischen und Fröschen bedeckt hatte) und hob die Augen, um den Himmel zu sehen: trüb und düster war er hinter der letzten Baumgruppe.

Plötzlich fühlte er sich einsam; er nahm seine Bücher unter den Arm und stieg das sanft abfallende Ufer hinauf. Dann rannte er wieder, pfiff, lief über den Asphalt und bemerkte die Nacht nicht, die sich langsam über den Park senkte.

»Wenn es dir nicht schmeckt, dann iß es nicht. Aber in der Nacht darfst du dann nichts aus dem Eisschrank holen.«

Tante Florencia zog den Teller weg, und Arturo trank ein paar Schlucke kalter Milch. Dann wischte er mit der Hand die Brotkrümel vom Tischtuch weg. Es gehörte dazu, die Verweise immer einzustecken.

Im Juni wurde Arturo neun Jahre alt. Bis zu dieser Zeit erinnerte er sich nur an die Tante Florencia, an das einstöckige Haus, in dem sie beide und die Katze wohnten (die graue, geschmeidige Katze, die sich nicht streicheln ließ, die ihre Jungen in den Ecken oder im Hof verschlang), an die Schule *Juan A. Mateos* und an Rafael Molina, seinen Banknachbarn, seinen Begleiter ins Kino und zum Froschfang im Teich des tiefen Parkes. (Ein paar Monate zuvor kam Arturo mit einer kleinen Kröte nach Hause, die sich unter einem feuchten Tuch regte.

Florencia schlug ihm die Kröte aus der Hand und warf sie ins Klosett. Später, er vergaß, wann, fraß die Katze das weiße Mäuschen, das Arturo nach der Schule gekauft hatte.)

Er kam in das Zimmer zurück, nahm sein Rechenheft und begann die Brüche aufzulösen. Dann legte er seinen Bleistift neben das Bild jenes Mannes, der ihn jeden Samstag besuchte, küßte und ihm etwas Geld gab. Der Mann, zu dem Arturo nicht »Papa« sagen wollte, wie dieser es gütig von ihm verlangte.

Eines Nachts hörte er durch die Tür einige Worte seiner Tante. Er war gerade im Einschlafen; Florencia saß am Tisch und schlug Karten für eine jener Frauen auf, die sie dafür, daß sie ihnen die Zukunft voraussagte, bezahlten.

»Seit sieben Jahren sieht sie ihn nicht mehr. Natürlich, wir würden es auch nicht zulassen. Ricardo hat eine neue Familie, was früher war, ist ausgelöscht. Das Kind stellt kein Problem dar. Seit damals ist es bei mir, und Sie sehen ja, ich erziehe es so, wie ich meinen Bruder aufzog. Das Schreckliche ist nur, Luisita, daß das Geld, das mir Ricardo zahlt, gar nicht ausreicht. Ich kann nicht mehr von ihm verlangen; seine Töchter kosten ihn viel. Aber ich muß mich überall umsehen, damit ich ein bißchen zusetzen kann...; mischen Sie siebenmal, dann teilen Sie die Karten in die Hälfte und heben ab...«

»Hast du schon gebetet?« Florencia kam näher, die Katze im Arm, die sie an ihre Brust, ans Gesicht drückte.

»Nein, noch nicht.«

»Knie nieder und bete, also vorwärts, beten wir zu zweit!«

Sie knieten neben dem Bett nieder. Die Katze sprang hinein und machte es sich in den Kissen bequem. Eine einzige Lampe tauchte das Zimmer in ein hartes Licht, das kaum durch den papierenen Schirm gemildert wurde.

Florencia sagte Amen, küßte Arturo und nahm, bevor sie hinausging, die Katze wieder liebevoll auf. Das Kind spürte einen Ekel, eine Furcht davor, daß die Haare – grau und glänzend auf dem weißen Tuch – in seinen Mund kämen und bis zu seiner Lunge gelangten. *(Die Katze ist schrecklich. Ich weiß nicht, wie Tante Florencia sie gern haben kann.)*

»Hast du ihr was gegeben?« fragte Rafael.

»Nein, was glaubst du denn! Sie ist von allein krank geworden. Seit drei Tagen frißt sie nichts und schreit die ganze Zeit. Meine Tante glaubt, sie sei von einem Auto angefahren worden, oder die Frau von nebenan habe ihr Gift gegeben.«

Sie saßen im Park und schauten, wie die Dunkelheit zunahm. Mit einem Zweig schrieb Arturo Zeichen auf den Boden. Rafael öffnete die Hand und rief aus: »Schau, ein vierblättriges Kleeblatt!«

»Stimmt nicht, es hat fünf.«

»Schade, es schien Glück zu bedeuten.«

»Hör zu, begleite mich nach Hause. Ich möchte dir mein Stierkämpferalbum zeigen.«

»Wird deine Tante nicht böse sein?«

»Nicht einmal bemerken wird sie uns. Sie ist sehr traurig wegen der Katze.«

Von der Straßenecke aus sahen die Knaben Florencia, die an der Tür wartete, die Augen voll Tränen (voll Tränen, die ihr stark geschminktes Gesicht durchfurchten). Sie zog ein Taschentuch hervor und putzte sich die Nase. Dann ging sie auf Arturo zu, legte die Hand auf seinen Kopf und fuhr ihm durch das schwarze Haar.

»Du mußt mir etwas zuliebe tun«, sagte sie weinend. »Dem armen Kätzchen kann nicht mehr geholfen werden. Ich habe mit einem Arzt gesprochen, der ihm eine Injektion geben wird, damit es nicht länger leidet. Da hast du die Adresse der Klinik. Sag, daß du von mir kommst, und liefere das arme Tierchen ab, dazu diese zwanzig Pesos. Halte dich nicht auf und schau nicht zu, wie sie ihm die Spritze geben.«

Die Katze bewegte sich nicht. Florencia küßte sie ab und hüllte sie in Liebkosungen und Tränen ein. Dann legte sie das Tier in einer mit Baumwolle ausgelegten geflochtenen Tasche zurecht. Ohne im Weinen innezuhalten, sah sie den Kindern nach, die sich entfernten.

»Wieviel hat sie dir gegeben?«

»Zwanzig Pesos. Hast du das nicht gehört?«

»Freilich! Aber soviel, um eine Katze zu töten?«

»Ich glaube, das kostet die Injektion.«
»Weißt du, was mir eben einfällt?«
»Nein, was denn?«
»Wir lassen die Katze irgendwo und behalten das Geld.«
»Aber, Rafael, stell dir vor, was meine Tante sagen wird, wenn die Katze sich erholt und heimfindet! Sie war schon einmal lange Zeit verschwunden und kam dann zurück. Vielleicht macht sie das wieder.«
»Dann bring sie um.«
»Nein, davor habe ich Angst.«
»Angst, warum? Ist es denn schwer?«
»Wenn meine Tante dahinterkommt...«
»Sie wird nichts erfahren. Sei nicht dumm. Es sind zwanzig Pesos, zwanzig Pesos!«
Sie gingen die Straße entlang, wo sie auf den Omnibus warten wollten. Arturo betastete den zerbrechlichen Körper, der unter dem Baumwollgewebe atmete. (Die Katze... die Kätzchen sterben, kaum daß sie geboren... das Fell, das Blut jener weißen Maus... *Meine Tante hat sie lieber als mich*...)
»Und was machen wir mit all dem Geld?«
»Tausenderlei Dinge. Baust du nicht gern Flugzeuge?«
»Ich habe nie welche gebastelt.«
»Na gut, dann kann man damit auch ins Kino gehen oder Fahrräder mieten, Zuckerwerk essen, Angelhaken kaufen oder auf dem See rudern gehen.«
»Ja, aber wie bringen wir sie um?«
»Hier fahren viele Autos vorbei. Mach die Tasche zu und stell sie mitten auf die Straße, niemand wird etwas merken.«
»Aber da muß sie viel leiden. Einmal sah ich einen Hund...«
»Du hast recht. Denk dir etwas anderes aus.«
»Sie jemandem schenken?«
»Wer wird sie denn schon wollen? Aber paß auf: vielleicht ins Wasser werfen?«
»Ich glaube, Katzen können schwimmen.«
»Schau, gehn wir in den Park. Dort ist niemand um diese Zeit, und wir werden weitersehen.«
(*Nein, nein, es darf nicht sein*, dachte Arturo und unterdrückte das Pochen seines Blutes und die Kälte, die ihm über

den Rücken kroch. *Rafael spürt nichts; ich darf keine Angst haben.*)

Tief drinnen im Park war niemand. Sie gingen bis zum breiten Weg hinunter. Die Feuchtigkeit stieg aus dem Weiher auf, breitete sich über den Rasen aus und legte sich wie Dunst über das Wäldchen.

Rafael sprang, um die tief herabhängenden Zweige zu erreichen. Er ahmte einen wilden Ritt nach.

»Hängen wir sie auf«, sagte er.

»Niemals, sie müßte sehr leiden«, wiederholte Arturo. Er wollte das Tier zwischen dem Gewebe der Tasche fassen. Man hörte das Miauen der Katze.

»Sie wird noch entkommen«, warnte Rafael.

»Nein, stell dir vor, sie entkommt...!«

»Jetzt ist es an der Zeit, etwas zu tun.«

Arturo schnalzte mit den Fingern, er zitterte vor Kälte. Inmitten der Bäume gab der Mond dem Dickicht den Umriß eines Steines.

Rafael entdeckte einen Stein, der fast von Gestrüpp überwuchert war. Er ging hin und konnte ihn glücklich aufheben.

»Halte die Katze. Ich gebe ihr eins mit diesem Stein.«

»Gibt es sonst keine Möglichkeit?«

»Nein; tu, was ich dir sage.«

Arturo zog die Katze aus der Tasche. Er hielt den schlaffen Körper fest und umklammerte ihn mit beiden Händen. Langsam, schrecklich langsam kam er Rafael näher.

»Mach schnell, der Stein ist sehr schwer.«

»Ja, schlag nur nicht auf mich!«

Rafael hob den Stein und hielt ihn über den Kopf.

»Ich zähle bis drei, und dann schlage ich zu. Eins... zwei...«

Irgendwie spürte die Katze die Gefahr. Ihr Körper wurde wieder elastisch; sie machte plötzlich einen Sprung, aus Arturos Händen entwischt, fiel zwei Meter weiter auf den Boden und verschwand im Dickicht.

»Wie dumm du bist, du hast sie nicht festgehalten.«

»Ich konnte nicht. Sie hat sich losgemacht.«

Rafael ließ den Stein fallen und setzte sich auf die Erde. Arturo wußte nicht, was er tun sollte. Nach einer Minute überlegte er schließlich: »Wir müssen sie suchen. Sie lebt, sie wird nach Hause zurückkommen.«

»Jetzt haben wir die Bescherung. Ruf sie. Vielleicht kommt sie.«

»Glaubst du, daß sie kommt?«

Er wußte nicht, wie lange sie suchten, riefen, jeden Strauch auseinanderbogen, alle Winkel des Parks durchkämmten. Sie suchten, riefen, bogen auseinander, kämmten durch, und nur die Grillen, Frösche und Vögel hörten zu ... alle Geräusche jener Nacht, die die Katze vermuten ließ und sie versteckte.

Aufgelöst und todmüde verabschiedete er sich von Rafael. Er ging nach Hause, Furcht im Herzen davor, die Katze wie immer im Lehnstuhl zu finden (die geschmeidige, elastische, unsterbliche Katze mit den sieben grauen Leben).

Florencia spielte Karten, als sie Arturo eintreten sah. Der Knabe erzählte ihr, daß viele Leute beim Tierarzt waren und er als letzter an die Reihe gekommen sei. Florencia schrieb Arturos Verzagtheit der schweren Aufgabe zu – eine Aufgabe, die doch sie hätte ausführen sollen.

Die Uhr an der Wand zählt die Stunden, die ihn wach, schlaflos, erstickt vor Schweißausbrüchen, in den zerwühlten Kissen finden. Jeden Augenblick dieser Stunden glaubt er, die Katze zurückkommen, ihren Tritt zu hören. Das kleinste Geräusch erinnert ihn an ihren Gang, an ihre Stille.

Er steht auf, nimmt die zwanzig Pesos, zerreißt sie und gibt sie der Nacht zurück, die draußen vor dem Fenster atmet; dem Wind der Nacht, der vier Papierfetzen fortträgt, nicht aber die Angst.

Er sitzt am Rande des Bettes, möchte gern Schlaf finden oder aus einem Traum erwachen ... In einem anderen Zimmer öffnet Florencia die Augen und sucht an ihrer Seite die Spur einer anderen Last, eines weichen und zähen Körpers, den ihre Liebkosungen glätten; träge, nutzlose Liebkosungen, in denen Florencia sich erschöpfte und die Tage vergaß.

Antonio Skármeta

Es herrscht Ruhe im Land

Der Gouverneur stand von seinem Schreibtisch auf und ließ alle Jalousien im Zimmer herunter. Er lockerte seine Krawatte und tätschelte die Rundungen des bequemen Ledersessels, bevor er sich in dessen Halbschatten sinken ließ. Der Wind schob ein paar Sonnenfasern durch die weichen Wölbungen der Jalousie, doch konnten sie das beinahe pflanzliche Dämmerlicht, das Dr. Mendoza mit übereinandergezogenen Vorhängen und Gardinen geschaffen hatte, nicht verletzen. In dieser seidigen Schläfrigkeit hüpfte sein Kehlkopf beim Schlucken des zähflüssigen Speichels und drückte seine Zunge gegen die Lippen. Nachdem er sie befeuchtet hatte, schob er seine Finger in die rechte Sesselspalte und brachte eine halbvolle Whiskyflasche zum Vorschein. Er genehmigte sich einen großzügigen Schluck, öffnete dann seinen Gürtel und den obersten Hosenknopf, preßte mit Daumen und Zeigefinger seufzend die Nasenflügel zusammen und machte sich bereit für seine Siesta. Da ertönten, wie auf ein Zeichen, vier Geräusche gleichzeitig: explodierende Tränengasgranaten in der Nähe, Polizeisirenen in der Ferne, das Klingeln des Telephons auf dem Boden, schrill und aufdringlich in der schattigen Stille. Das vierte Störgeräusch war das sanfteste: das Pochen schüchterner Fingerknöchel an der Tür seines Arbeitszimmers.

Der Gouverneur streckte seinen bestrumpften Fuß aus, versetzte dem Telephonhörer einen leichten Tritt, der ihn von der Gabel hob und auf den weichen Teppich rutschen ließ. Aus dem entnervenden Hörer drang noch die Stimme einer Frau (»Hallo? Ist dort das Büro des Gouverneurs? Hallo? Antworten Sie doch!«), bevor Dr. Mendoza seinen rechten großen Zeh auf die Gabel legte. Das Krachen der Tränengasgranaten hörte auf, und die Sirenentöne verloren sich in der Ferne. Nur das leise Klopfen an der Tür hielt unerbittlich an.

»Herein«, seufzte er und richtete automatisch den Knoten seiner Krawatte. Er rieb sich heftig die Augenlider, als er sah, daß es der alte Parra war, der sich da durch den Türspalt zwängte, auf Zehenspitzen fast, offenbar ganz unter dem Eindruck der feierlichen Kirchendämmerung, in die er eingedrungen war. Dieser Eindruck wurde durch den schweren, dämpfenden Teppich noch verstärkt.

Er kniff, in dem Bemühen, die Amtsperson hinter dem Schreibtisch zu erkennen, die Augen zusammen, und Dr. Mendoza genoß die kleine Rache und ließ ihn eine Sekunde lang in dieser beklemmenden Ungewißheit warten.

»Herr Gouverneur?« sagte der alte Parra zu einer Wand, den Kopf jedoch lauschend in die entgegengesetzte Richtung gestreckt.

»Was wollen Sie?«

»Ich bin's, der alte Parra.«

»Ja, das habe ich bereits gemerkt. Was wollen Sie?«

»Nichts, Señor. Nur daß Sie mir helfen, meinen Sohn ausfindig zu machen, den sie verhaftet haben. Nur daß Sie ihn da herausholen, wo er festgehalten wird. Darum möchte ich Sie ganz ergebenst bitten.«

Der Gouverneur griff zum *Mercurio*, zog einen pompösen Füllhalter aus seiner Jacke und tat, als notiere er etwas am Zeitungsrand, obwohl er in Wirklichkeit nur einen Kreis malte, den er dann mit Tinte ausfüllte.

»Wir werden tun, was in unserer Macht steht. Wie heißt Ihr Sohn?«

»Gustavo Parra.«

»Gu-sta-vo Par-ra. So, das haben wir. Wir werden sehen, was wir tun können.«

Der alte Parra räusperte sich und rieb sich das Kinn. »Herr Doktor«, sagte er. »Wenn es nicht zu viele Umstände macht, möchte ich Sie noch bitten, doch gleich anzurufen, damit sie ihn freilassen. Es heißt, im Stadion würden jetzt Leute erschossen.«

Der Gouverneur begann mit der Rundung eines zweiten Kreises, in den er dann einen dritten malte.

»Nein, nein. Diese Dinge regelt man nicht am Telephon. Gehen Sie ganz beruhigt nach Hause, ich kümmere mich um die Sache.«

Der alte Parra nickte verständnisvoll, machte jedoch keinerlei Anstalten zu gehen. Er stand da und blinzelte, als flattere ihm ein Vogel über die Pupillen.

»Herr Gouverneur«, sagte er, »wenn es nicht zuviel verlangt ist, möchte ich Sie auch noch bitten, meinen Enkel, den kleinen Arturo, aus dem Stadion herauszuholen, den sie auch verhaftet haben.«

»Vater und Sohn also«, sagte der Gouverneur.

»Ja. Gustavo Parra und Arturo Parra. Vater und Sohn.«

»Ar-tu-ro Par-ra«, buchstabierte der Gouverneur. Mit der rechten Hand füllte er den zweiten Kreis mit Tinte, und mit der linken nahm er noch einen Schluck aus der getreuen Flasche.

»Fertig«, sagte er und wölbte erschauernd den Nacken, als ihm der starke Schnaps durch die Kehle rann. »Wir werden tun, was wir können, nach besten Kräften.«

»Danke, Herr Gouverneur.«

»Keine Ursache, Mann. Keine Ursache.«

Dr. Mendoza gähnte mit bereits geschlossenen Augen, und nachdem er diesen großartigen Akt mit einem die Muskeln lokkernden Erzittern abgeschlossen hatte, legte er den Kopf zurück, bereit, endlich einzuschlafen. Er spürte, wie der Schlaf unwiderstehlich und zielstrebig wie eine Eidechse in ihm hochkroch. Selbst der ferne Knall einer explodierenden Tränengasgranate und sogar die Rufe »Allende, Allende, el pueblo te defiende« erreichten ihn nur noch undeutlich und schienen ihm natürliche Bestandteile dieser lauen Benommenheit zu sein, die er als sicheren Vorboten des Schlafs erkannte.

Da vernahm er ein Hüsteln, das selbst in seinem geräumigen Arbeitszimmer noch maßlos laut klang. Er beugte sich in seinem Sessel vor und sah den alten Parra lächelnd in der halboffenen Tür stehen, einen Finger erhoben, als sei ihm gerade noch etwas eingefallen.

»Herr Gouverneur«, sagte der Alte und rieb seine Handflächen aneinander, »wenn es Ihnen nicht zu aufdringlich erscheint, möchte ich Sie noch bitten, ob Sie nicht auch meine Schwiegertochter aus dem Gefängnis freibekommen könnten.«

Dem Gouverneur fiel der Füllhalter auf den Teppich. Der alte Parra, mittlerweile an das Dämmerlicht gewöhnt, trat hinzu, hob ihn auf und hielt ihm den schreibfertigen Füller hin. »Sie heißt Nina Cisneros«, sagte er. »Nina Cisneros de Parra.«

Jesús Díaz

Diosito

1

Um fünf Uhr morgens ist die Helligkeit nur ein Schrei. Ein Schrei, der den tiefsten Schlaf zerreißt, die Hängematten entfernt, sich die Augen auswischt und die Reihen formiert. Danach, ganz langsam, öffnen die Sonnenstrahlen, kreischend wie alte Scharniere, die Türangeln des Verstandes.

Der Weckruf hatte den Schlaf zerschnitten. Er hallte noch über dem Wipfel der alten Ceiba wider, als sich die Einheit bereits zum Frühsport aufgestellt hatte. Die Männer, die da ohne Hemden herumhüpften, glichen einer Ansammlung ruheloser Vogelscheuchen. Doch die Vögel entschlossen sich nicht, davonzufliegen, vielmehr schienen sie das Ganze lustig zu finden. Der Unteroffizier bestimmte mit kurzen Pfiffen den Rhythmus der Sprünge. Der Leutnant beobachtete die Übungen von der Tür des Ladens aus, in dem der Kommandostab untergebracht war. Als wenig später die Pfeife schwieg, bedeutete das Erholungspause.

»Haben Sie schon mit ihm gesprochen?«

»Ja.«

»Und...?«

»Nichts.«

»Wieso... nichts?«

»Eben nichts.«

»Dann versuchen Sie es noch einmal... Noch ein Versuch.«

»Leutnant, dieser Junge ist ein hoffnungsloser Fall.«

»Das ist unmöglich, er ist doch erst sechzehn. Unmöglich!«

»Aber er will keine Vernunft annehmen.«

»Sie müssen es noch einmal versuchen. Vielleicht klappt's beim zweiten Mal. Sie sind doch nicht ohne Grund Instrukteur der Revolutionsarmee, nicht wahr?«

»Leutnant, ich bin Instrukteur, aber kein Zauberer.«

2

... ich hab es dem Leutnant ja gesagt, das läßt sich nicht in Ordnung bringen, ich wußte es vorher, bevor ich noch einmal mit ihm gesprochen habe, wußte ich es, es gibt keine andere Lösung, als ihn nach Hause zu schicken, wirklich ein schwerer Brocken, wenn Machado nicht damit gekommen wäre, daß »der da« den Marxismus versteht, als wir zur Zweiunddreißigsten bis Vierunddreißigsten kamen, dann wäre ich noch bei den Studenteneinheiten, doch der schiebt mich immer vor, dort, ja, bei Macana und Barbitas kann jeder Instrukteur sein, aber sie haben mich hierhergeschickt, und hier ist dieser Diosito, Mann, ist das ein Brocken, niemand begreift, wie er hierhergeraten ist, wo sie diesmal nur welche gezogen haben, die auf Vaterland oder Tod schwören, niemand begreift das, aber der Leutnant will ihn nicht nach Hause schicken, wie ich es ihm gesagt habe, nachdem ich das erste Mal mit Diosito gesprochen hatte, »reden Sie mit ihm, diskutieren Sie, er ist sechzehn«, aber er ist, als wäre er sechzig, was für eine Art, einfach nicht sprechen zu wollen und nicht zuzuhören und überhaupt nichts, mich immer nur so entsetzlich mißtrauisch anzustarren und mich zu fragen, ob ich aus Havanna bin, und mir danach immer wieder zu sagen, daß das Kommunismus ist, daß er einen Glauben hat, daß er einen Glauben hat, daß das Kommunismus ist, ich habe ihm vom Eigentum erzählt, vom Boden, vom Geld, von der Ausbeutung – nichts!, er verkroch sich in sich selbst, und da kriegte ihn keiner raus, und dann über die Geschichte mit diesem ekelhaften weißen Vogel zu lachen, dieses kleine Biest ist das Häßlichste, was ich in meinem Leben gesehen habe, hier sieht man schon Sachen, wie ein Hengst die Stute bespringt, ein viehischer Anblick, da glaubte ich, ich würde verrückt, es ist schon wahr, bei den Frauen kann einer auch verrückt werden, aber auf jeden Fall ist das eine schlimme Sache, zum Fieberkriegen, wie Tajes sagen würde, der ist auch dort bei den anderen, bei den Hundertzwanzigern, das da ist etwas anderes, die Infanterie, das nimmt einen ganz schön mit, wie das Bein jetzt aussieht, weiß ich nicht, wie ich den Fußmarsch durchhalten soll, so was, in diesem Scheißdraht hängenzubleiben, das tut wie verrückt weh, aber ich muß mich anstrengen, ich muß mich anstrengen, weil ich doch nicht ohne Grund Kommisar bin und weil dann Diosito, der eine ganze Strecke marschieren kann, merkt, daß ich, so ist das, mich anstrengen muß, außerdem ist da noch Efrén, dieser furchtbare Kerl, der es auf mich abgesehen hat, so einen blöden Kerl habe ich noch nie gesehen, ich weiß nicht einmal, warum er Sergeant ist, es stimmt, er arbeitet viel, aber wie blöd er ist, die ganze Zeit hält er die Leute in Trab, ich verstehe nicht, warum sich der Leutnant so vor ihn stellt, fast immer gibt er ihm recht, er nimmt ihn in Schutz, wenn ich Leutnant wäre, hätte ich seine Versetzung längst verlangt, ein Glück, daß der Leutnant sich in dieser Geschichte mit Diosito nicht von ihm beeinflussen läßt, weil der Junge nicht schlecht ist, worum es hier geht, ich weiß nicht, aber das kann hier nicht gelöst werden, ich würde mich freuen, wenn Leutnant Dorta meinen Standpunkt versteht, bevor wir demobilisiert werden, denn sonst überzeugt ihn Efrén am Ende noch und...

3

Die Erde ist schrecklich widerspenstig. Sie schlägt mit ihren Steinen gegen die Hackenspitzen, während die Sonne über den Köpfen der Hackenden zerschmilzt. Man kann die Erde verwunden, schlagen, aufbrechen. Sie schreit nicht, weil sie störrisch ist. Aber ein Schützengraben kostet Schweiß und Blut, denn die Erde ist schrecklich widerspenstig.

Die Zugführer verteilten auf Befehl des Leutnants die Arbeit. Das ging schnell, denn man hatte hier schon am Vortag angefangen, und jeder kannte seine Aufgaben. An Pflöcken befestigte Schnüre markierten die Schlangenlinien der Stellung. Jede Gruppe hatte den Auftrag, ihren Graben und den Verbindungsgraben zur Nachbarstellung auszuheben.

Die Sonne stieg langsam am Himmel empor, und obwohl sie die Männer noch nicht frontal traf, war es schon unerträglich heiß. Der große Wasserkanister, den sie auf ein paar Stangen gestellt und auf ihren Schultern aus dem Lager hergebracht hatten, war fast leer. Nur noch etwas Bodensatz, der nach Rost schmeckte, war übrig.

»Wenn eine Wolke kommt und sich vor die Sonne schiebt, sind wir gerettet.«

»Wenn Gott will.«

»Hör dir bloß diesen Diosito an, hör bloß.«

»Diosito, wenn Gott befiehlt, daß es regnet, dann regnet es?«

»Diosito, und wenn Gott nun befiehlt, daß alle Mangos von den Bäumen fallen?«

»Diosito, bestell dem lieben Gott, daß er den Schützengraben für mich ausheben soll.«

»Diosito, hast du die Sprache verloren?«

»Diosito, Diosito.«

»An die Arbeit, 26, der Leutnant kommt!«

»26!«

»Hier!«

»Warum hängen Sie Ihren Compañeros Spitznamen an?«

»Leutnant! Ich?«

»Ja, Sie. Sie bekommen zwei schriftliche Verweise. Einen, weil Sie Spitznamen geben, und noch einen, weil Sie es abzustreiten versuchen.«

»Aber, Leutnant...«

»Ein dritter Verweis, weil Sie widersprechen. Wollen Sie noch mehr?«

»Nein, Leutnant.«

Der Offizier ging auf dem Erdhügel weiter, der am Rande der Gräben immer höher wuchs.

»Instrukteur!«
»Hier!«
»Rühren. Haben Sie noch einmal mit ihm gesprochen?«
»Hab ich, Leutnant. Aber ich habe nichts erreicht. Nichts zu machen, Leutnant. Er muß nach Hause geschickt werden.«
»Ich weiß nicht, warum dieser Junge hier ist, aber man muß etwas unternehmen. Man kann ihn nicht einfach so nach Hause schicken...«
»Überlassen Sie ihn mir, Leutnant, ich bringe ihn auf einer Granja unter...«
»Das werden Sie nicht tun, Sergeant, das ist nicht Ihr Problem.«
»Wieso nicht, Dorta?«
»Leutnant, sag Leutnant zu mir.«
»Gut, Leutnant, aber auf einer Granja...«
»Nichts, nichts, Sergeant, gehen Sie zu den Leuten in den Graben zurück. Sie müssen es noch einmal versuchen, Instrukteur, noch einmal.«
»Leutnant, dabei wird nichts herauskommen.«
»Das ist ein Befehl! Verstanden?«
»Jawohl, Leutnant.«

4

...denn schon mein Papo hat mir gesagt, daß diese Leute viel reden, und die reden wirklich verflixt viel, aber deshalb hat Papo auch mit mir gesprochen und mir ein kleines Kreuz mitgegeben und mir gesagt, ich soll nicht auf sie hören, und ich höre nicht auf sie, weil Papo Bescheid weiß, was ich nicht weiß, ist, wie dieser Leutnant mir das Kreuz abgenommen hat, dieser Leutnant, der genauso schreit, wie Papo gesagt hat, daß er schreien würde, deshalb habe ich es mir nicht um den Hals gehängt, dann ist es mir aus der Tasche gefallen, und als ich mich bückte, hat mich der Leutnant gefragt und ist ganz ernst geworden, und ich habe Angst bekommen und ihm gesagt, was Papo mir gesagt hat, daß ich es ihm sagen sollte, wenn sie mich schlagen wollten, daß ich einen Glauben habe, daß das Kommunismus ist, dann hat mich der Leutnant nicht geschlagen, wie Papo gesagt hat, er ist ganz ernst geworden und hat mich gefragt, wer mir das eingeredet hätte, und er hat seine Hand nach mir ausgestreckt, und ich bin ausgewichen, aber er hatte nichts in der Hand, und er schlug mich auch nicht und schickte mich auch nicht heim und buchtete mich auch nicht ein, wie Papo gesagt hat, daß sie es tun würden, ein Glück, daß es nicht Sergeant Efrén gewesen ist, Sergeant Efrén schreit mich ständig an und mustert mich mit bösen Augen, und dann ist dieser Politiker aus Havanna gekommen und hat angefangen, mir Lügen von irgendwelchem Boden und Geld zu erzählen, ich kenne das, ich habe mich nicht einwickeln lassen und Papo auch nicht, das sind Lügen, die einem den Kopf ganz wirr machen, ein Glück, daß ich den jungen Aura entdeckt habe und der Politiker Angst kriegte vor dem kleinen Geierbiest, er fing an, wie der Leibhaftige zu schreien, wegen eines Vogels, dann bekam er riesengroße Augen, als er das Pferd auf der Stute gesehen hat, da konnte man glauben, er hätte eine Erscheinung gehabt, er wurde richtig verrückt, als er die Tiere anstarrte, dann hat er sich ein Bein aufgerissen, als er über den Zaun springen wollte, er sah aus wie eine alte Stute, als er so herumhüpfte, alle haben gelacht, und er fing an, von dem Scheißdraht zu erzählen, ich habe auch gelacht, weil der 26 gesagt hat, daß der Draht nicht aus Scheiße ist, sondern aus Stacheln, wenn er aus Scheiße wäre, hätte er sich vollgeschmiert, aber das Bein wäre heil geblieben, dann hat der Leutnant gesagt, sie würden uns keinen Ausgang geben, wenn wir über den Politiker lachten, ich bin ganz ernst geworden, wegen des Leutnants und weil ich gern Ausgang bekommen möchte, damit ich meinen Papo sehen und ihm alles erzählen kann, ich weiß nicht, aber Papo hat gesagt, sie würden mich verprügeln und mich verhaften, und in Wahrheit haben sie es nicht getan, womöglich weiß Papo Bescheid, sie haben mir sieben Pesos gegeben, wo der Spinner Ezequiel gesagt hat, es wäre eine Lüge, daß sie sie geben, und dann hat Ezequiel gemeint, daß hier viele *gläubig* sein würden wie ich, aber hier gibt es außer mir keinen einzigen, und dann lachen sie über mich, und dann schenken sie mir wieder Sachen, Leutnant Dorta verteidigt mich, der Sergeant nicht, er hetzt sie auf, aber der Leutnant verteidigt mich und bestraft sie dann, es gefällt mir nicht, daß er sie bestraft, denn wenn sie viele Strafen haben, kann man ihnen den Urlaub sperren, den sich alle hier so sehnlich wünschen, weil sie schon vierunddreißig Tage keinen Ausgang hatten, dann fängt der Leutnant zu reden an, ich weiß genau, was er sagt, aber Papo hat mir gesagt, ich soll nicht auf ihn hören, aber ich weiß genau, was er sagt, Papo hat mir auch gesagt, ich soll mich nicht aufs Schießen einlassen, als Mama noch am Leben war, hat sie auch keine Schießerei gewollt, Papo machte es damals nichts aus, aber jetzt macht es ihm schon was aus, hier sind alle zufrieden, weil sie schießen werden, und das Schießeisen ist wirklich gut, das muß sogar ein Pferd umlegen, also auch einen Menschen, früher, wenn ich mit Toños' Schrotflinte Tauben jagte, hat Papo mir es auch nicht verboten, aber jetzt hat er gesagt, ich soll es nicht tun, weil Gott es nicht gefällt, wenn man schießt, ja, mit diesem Schießeisen zu jagen, das muß herrlich sein, Jagd auf große Tiere zu machen, nicht auf Tauben, sicher knallt das ganz toll, warum sagt Papo das mit Gott? – na, wenn ich »Gott« sage, treiben alle ihren Spott damit, dann lachen sie laut, dann sagen sie »Diosito« zu mir, aber mir macht das nichts aus, weil ich einen Glauben habe und weil der Leutnant mich verteidigt und...

5

Die tiefhängenden Wolken drücken auf die Nerven, als lägen sie auf deren Enden. Sie werden immer dichter, bis sie schließlich ein unwahrscheinliches Gleichgewicht bewahren. Später zerreißen sie über dem Erdboden, wirbeln Luftströme auf und lassen welkes Kraut wieder grünen.

Die Einheit befand sich im Lager, alle saßen auf der Erde und bildeten einen Halbkreis um den Leutnant, der niemals zuließ, daß jemand hinter ihm Platz nahm. Der Wind zerfaserte zu schnellen, kleinen Wirbeln aus Staub und Schmutz, die rastlos über das Gelände fegten. Da sich Regen ankündigte, versuchte der Offizier, das Unterrichtstempo zu beschleunigen. Die jungen Soldaten nahmen mit Augen und Ohren die Erklärungen rasch auf und beantworteten die Fragen, die ihnen der Leutnant stellte, manchmal mit Gegenfragen. Als »Achtung!« gerufen wurde, erwachte ein Soldat aus einem todesähnlichen Schlaf. Mit den ersten Tropfen des Wolkenbruchs war auch der Unterricht zu Ende.

»Diosito, warum ziehst du dir kein anderes Hemd an?«

»Ich habe nur eins. Das andere ist im Stammlager. Weil alles so schnell gehen mußte, habe ich es nicht mitnehmen können.«

»Ich habe noch ein trockenes Hemd, warte, ich hole es.«

»Mist, ist das ein blöder Regen. Wenn das so weitergeht, können wir nicht mehr schießen.«

»Halt deinen Mund, 26!«

»He, du, ist das ein blöder Regen.«

»Es soll regnen, es soll regnen, Heilige Jungfrau von der Grotte, laß es regnen.«

»Es soll aufhören, es soll aufhören, bei der Jungfrau, deiner Mutter, der jungfräulichen Mutter von Nummer 24.«

»Macht euch nicht über die Heilige Jungfrau lustig.«

»Ach, Diosito, sei bloß ruhig.«

»Ja, ja, so ein Schlamm und so ein Regen, und dann sind wir schon fünfunddreißig Tage hier.«

»Wenn es aufhört zu regnen, gehen wir am Nachmittag zum Schießen, wenn nicht, dann erst morgen. Wo ich so eine Lust habe, es endlich knallen zu hören.«

»Wollen wir ausprobieren, wer besser schießt, 26?«

»Einverstanden.«

»Du auch, Diosito?«

»Diosito kann das nicht, er hat beim Unterricht nicht aufgepaßt.«

»Und der Leutnant hat ihn nicht bestraft.«

»Ich aber, ich habe gut aufgepaßt, deshalb habe ich auch keinen Verweis bekommen.«

»Ja, du hast aufgepaßt...«

»Und ich, wenn Gott will, ich werde nicht schießen, glaube ich.«

»Was wirst du nicht?«

»Schießen.«

»So ein Blödmann. Hör dir das an, 26! Und dabei ist das Gewehr großartig.«

»Der wird schon schießen. Er will keinen Wettbewerb, weil er es nicht schafft, aber laß die Knallerei erst einmal losgehen. Da wirst du schon sehen, ob er schießt oder nicht.«

»Es heißt, nach dem Schießen geben sie uns Ausgang.«

»Hoffentlich!«

»So Gott will.«

»Was hat das mit Gott zu tun! Bestell Gott, daß er mir eine Ausgangserlaubnis verschaffen soll. Gib mir einen Urlaubsschein, gottverdammt! Gib mir Urlaub!«

6

...wenn sie mich nur machen ließen, aber ich weiß nicht, was mit Dorta los ist, mit dem »Leutnant«, wie ich jetzt zu ihm sagen muß, ich spreche mit ihm und rede und rede und nichts, immer kommt er damit, daß der noch jung ist und daß der Junge arbeitet, daß man sich die Augen von diesem Jungen ansehen soll, selbst wenn ich Hellseher wäre, wüßte ich nicht, auf welches Wunder er wartet, ihn überzeugen, was soll das, dieser Diosito ist ein heimtückischer Kerl, wo er hergekommen ist, haben sie ihm das alles beigebracht, das schlimmste ist, daß er nie etwas Schlimmes macht, daß er keine boshaften Antworten gibt, immer schweigt er und starrt einen an, so, mit Angst in den Augen, dem Leutnant hat er gesagt, daß er einen Glauben hat, daß er sich mit niemandem schlägt, und das ist Konterrevolution, ihn überzeugen!, wo er hergekommen ist, haben sie ihm das alles beigebracht, immer stellt er sich dumm, er hat beim Schießunterricht nicht ein einziges Mal aufgepaßt, in keiner einzigen Stunde, aber der wird sich die Finger verbrennen, weil er nicht weiß, daß Dorta mir das Kommando fürs Schießen übertragen hat, und ich werde ihn erwischen, wenn er versagt, ist zumindest sein Ausgang futsch, und auf den ist er am meisten versessen, ja, das ist Medizin, wenn ihm der Ausgang gesperrt wird, kein Gerede und keine Albernheiten, wenn man mir sagen würde, daß sie mir den Ausgang sperren, würde ich verrückt, wegen dieses Durchgangs und des letzten habe ich meine Leute fast acht Monate nicht gesehen, den Ausgang sperren, ja, das tut weh, nicht das Gerede von diesem Instrukteur, ich weiß nicht, warum Dorta ihm Diosito übertragen hat, vielleicht, weil er von der Universität kommt, aber er kann nicht über einen Zaun springen und weiß nicht, was ein junger Truthahngeier ist, und der kleine Bauernjunge hat keinen Respekt vor ihm, wie soll er ihn auch respektieren!, vor mir hat er Respekt und vor Dorta, besonders vor Dorta, weil Dorta ein ganzer Kerl ist, Dorta, das ist wirklich ein Draufgänger, nie werde ich vergessen, wie er mich in Ocujal halbtot aus dieser Hütte herausgeholt hat, mitten im Kugelregen der Batistasoldaten, wenn er nicht gewesen wäre, hätten sie mir den Rest gegeben, und jetzt muß ich »Leutnant« zu ihm sagen, ich rede ihn manchmal so an, manchmal nicht, weil es mir gegen den Strich geht, ich begreife das nicht, Dorta mit »Sie« anzureden, das ist jetzt eine Scheiße, in den Bergen, ja, wenn da Diosito unter meinen Befehl gekommen wäre, wahrhaftig!, dort wurden alle nach ihrem Mumm beurteilt, das mit der sauberen Uniform und dem ordentlichen Grüßen ist eine Scheiße, wenn sie mich machen lassen, dann schicke ich diesen Instrukteur zum Teufel, und Diosito, den überzeuge ich schon, mir mit kleinen Kreuzchen zu kommen!, daß er arbeitet, verdammt noch mal, davon stirbt niemand und am wenigsten Diosito, der an harte Arbeit gewöhnt ist, wenn er wirklich gut ist, wie Dorta immer sagt, dann nimmt er Vernunft an, wenn nicht, geht er vor die Hunde, aber die Sache wird geklärt, ich werde abwarten müssen, daß dieser kleine Instrukteur demobilisiert wird oder vielleicht auch nicht, vielleicht versagt Diosito beim Schießen, und ich sperre ihm den Ausgang und schicke ihn auf eine Granja, wenn sie mich nur machen ließen...

7

Die Sonne ist für die Männer manchmal ein kleiner schwarzer Punkt, der in die Augen sticht. Sie wandert am Himmel wie eine träge Glut. Sie sengt. Sie ermuntert dazu, angeschaut zu werden. Sie blinzelt. Ein Mützenschirm bewegt sich. Ein Gesicht leuchtet auf. Die Sonne wird dann zu einem kleinen schwarzen Punkt, der in die Augen sticht.

»Laden! Mit scharfer Munition.«

Dem Befehl des Sergeanten Efrén folgte das Klicken der Patronen, als sie in die Magazine geschoben wurden, und das Klikken der Magazine, als sie in die Gewehre geschoben wurden. Die Gewehrläufe schauten weiter nach oben und zielten in den Himmel.

Im geöffneten Auge des jungen Soldaten bildete sich etwas wie ein Tropfen und trübte es. Sein Zeigefinger berührte mehrmals den Abzug, danach erschlaffte er. Der Soldat begann zu weinen, und seine Stirn verschmolz mit der Erde, als hätte sein Hals nicht mehr die Kraft, den Kopf zu tragen.

Als der Befehl »Legt an!« kam und die Gewehrkolben gegen die Schulter gestemmt wurden, daß die Knochen knackten, trat Schweigen ein.

»Mit scharfer Munition: Feuer!!«

Die Salve prasselte los, sie erfüllte die Ohren mit einem dumpfen Sausen und die Umgebung mit aufreizendem Pulvergeruch.

»Feuer einstellen!«

Die Mündungen der Gewehre zeigten wieder nach oben. Der rechte Arm des Soldaten bewegte sich hastig, das Gewehr mußte mit beiden Händen festgehalten werden.

»Diosito, die Knarre ruckt ganz schön, aber der Klang ist toll.«

»Hat sie einen mächtigen Rückstoß, 26?«

»Nur ein bißchen, aber wenn man sie fest im Griff hat ... Du hast nicht geschossen.«

»Doch.«

»Lüge. Du weinst ja!«
»Nein.«
»Schieß beim nächsten Mal, du wirst sehn, wie toll das klingt.«
»Aber...«
»Laden!! Mit scharfer Munition.«
»Stell dich nicht so blöd an, schieß!«
Die Übung wurde jetzt schneller wiederholt. Einen Augenblick später waren die Gewehre wieder nach vorn gerichtet, die Kolben in die Schulter gezogen, die Nerven angespannt.
Der junge Soldat streichelte den Abzug.
»Mit scharfer Munition: Feuer!!«
Die Kugeln flogen aus den Läufen und bohrten sich in die Zielscheiben, dann in die Erde.
»Feuer einstellen!«
Der junge Soldat mußte sein Gewehr wieder mit beiden Händen festhalten. Etwas wie ein fernes Leuchten glänzte in seinen Augen, während die Tränen auf seinen Wangen zu trocknen begannen.
»Nun, wie war's, Diosito?«
»Gut, gut.«
»26, Diosito hat geschossen.«
»Habe ich es dir nicht gesagt?«
»Er findet allmählich Spaß an der Sache.«
»Laden!! Mit scharfer Munition.«
Beim Kommando des Unteroffiziers stemmten sich die Ellbogen wieder auf die Erde. Die linken Augen schlossen sich, während die rechten, die unbeweglich bleiben sollten, manchmal eine sonderbare Kreisbewegung ausführten.
»Mit scharfer Munition: Feuer!!«
Die Gewehre ruckten und schlugen gegen die Schultern.
»Feuer einstellen!«
Der junge Soldat hielt jetzt sein Gewehr fest, indem er es am Schaft packte; allein ein leichtes Schwanken vorn erinnerte noch an die vorherige Bewegung. Er konnte sich das Gesicht ein wenig mit der linken Hand säubern, und auf seinen Lippen lag ein Ausdruck, der etwas von einem Lächeln und etwas von einer Grimasse an sich hatte.

»26, hast du Diosito gesehen?«
»Er kommt auf den Geschmack.«
»Diosito, wollen wir um die Wette schießen?«
»Nein, 24, ich ...«
»Er hat beim Unterricht nicht aufgepaßt, Brüderchen.«
»Aber er schießt besser als du, 26.«
»Besser als wer?«
»Laden!! Mit scharfer Munition.«

Der junge Soldat handelte diesmal mit weniger Eile. Er preßte die Fersen auf die Erde und hielt den Atem an. Er legte den Finger an den Abzug, und zum erstenmal war an seinem Gewehr keine Bewegung zu bemerken.

»Mit scharfer Munition: Feuer!!«
»Diosito, du hast ins Schwarze getroffen!«
»Ja?«
»Schau nur, schau, ein Volltreffer! Gib acht auf die Signalflagge ... Schau! Großartig! Mittendurch, Diosito, und dabei hast du im Unterricht nie aufgepaßt.«

Der junge Soldat sah seine Zielscheibe lange an, er wischte sich von neuem die Augen aus und blickte weiter hin. Dann biß er sich auf die Zunge und wandte den Kopf seinem rechten Nachbarn zu.

»26,26!«
»Was denn?«
»Ich habe getroffen.«
»Schon gesehen. Wollen wir probieren, wer besser schießt?«
»Gut. In Ordnung.«
»Psst, der Unteroffizier schaut zu uns herüber.«
»Laden!! Mit scharfer Munition.«

Wieder wanderten die Patronen in die Magazine, die Magazine in die Gewehre, die Gewehre an die Schultern.

Linien, die so gerade waren, wie es die Nerven erlaubten, verliefen von den Augen zu den Zielscheiben.

»Mit scharfer Munition: Feuer!!«

Der junge Soldat drückte leicht auf den Abzug, aber er fand keinen Widerstand. Sein Gewehr ruckte auch nicht wie die der anderen. Er ließ den Abzug los und betätigte ihn abermals – mit dem gleichen Resultat. Er wiederholte den Vorgang mehrmals, immer hastiger. Der Abzug schnellte vor und zurück, und während ringsum der Lärm der anderen Schüsse zu hören war, wahrte sein Gewehr weiter ein aufreizendes Schweigen.

»Feuer einstellen!«

»Diosito, was war mit dir los?«

Der junge Soldat antwortete nicht. Er starrte nur mit weit aufgerissenen Augen sein Gewehr an.

»26, was war mit Diosito los?«

»Ich weiß nicht, vielleicht hat er Angst vor mir bekommen.«

»Was ist mit dir los?«

»Ich weiß nicht, ich weiß nicht, diese blöde Knarre ...«

»Laden!! Mit scharfer Munition.«

Der Befehl unterbrach das geflüsterte Gespräch. Der junge Soldat versuchte, seine schweißbedeckten Hände an der Hose abzuwischen, aber es gelang ihm nur, sie mit Erde zu beschmieren. Er spannte wieder den Abzug, und sein Gewehr antwortete nicht mit dem vertrauten Klang.

»Mit scharfer Munition: Feuer!!«

»Diosito, warum hast du nicht geschossen?«

»Feuer einstellen!«

»Dieses Schießeisen ... dieses blöde Biest ...«

»Es hat Ladehemmung.«

»Entspanne es!«

»Ich weiß nicht.«

»Aber du hast doch schon geschossen, sieh dir den Rauch an!«

»Ich weiß nicht, ich weiß nicht, ich verstehe das nicht, ich weiß nicht.«

»Melde es dem Diensthabenden.«

»Nein, das ist Efrén.«

»Na und?«

»Laden! Mit scharfer Munition.«

8

Wenn die Männer in ihren grünen Uniformen nicht oberhalb des Halses ein dauerhaftes, eigenartiges Etwas besäßen, wären sie nur lange Gräser. Die Männer laufen zwischen den Gräsern, sie nehmen deren Aussehen an. Aber oberhalb ihres Halses haben sie eine dauerhafte und schöne Gegenwart.

Im Eilschritt marschierte Sergeant Efrén auf dem schmalen Pfad. Hin und wieder blieben seine Hosen an den spitzen Dornen der Akazien hängen. Efrén stieß einen Fluch aus, aber er hielt sich nicht damit auf, die Hosen aus den Dornen zu befreien, und er kümmerte sich auch nicht darum, erst nachzusehen, ob der Dorn ins Fleisch eingedrungen war. Als er zu einem Kreuzweg kam, schaute er zurück. In der Ferne war die Einheit zu sehen, die von einem Gefreiten kommandiert wurde.

»Leutnant, Leutnant!«

»Was gibt es, Sergeant? Warum so eilig? Was? Ein Unfall?«

»Ja, ich meine nein, kein Unfall.«

»Wer hat das Kommando?«

»Der Gefreite Marcel.«

»Was ist los? Warum dann diese Eile?«

»Weil er nicht schießen wollte, er hat den Befehl verweigert.«

»Wer?«

»Sicher war es Diosito.«

»Wer hat den Befehl verweigert?«

»Der Instrukteur hat es schon gesagt.«

»Aber der Instrukteur war nicht dabei.«

»Nein, aber der einzige, der nicht schießen wollte, war Diosito.«

»Was wirst du tun?«

»Warum hat er nicht geschossen? Was hat er Ihnen gesagt?«

»Er hat mir nichts gesagt, er flüsterte bloß mit Nummer 26 und Nummer 24, und dabei tat er so, als würde er schießen, wie am Anfang.«

»Wieso wie am Anfang?«

»Er hat nicht geschossen, weil er nicht wollte, er ist unverbesserlich.«

»Instrukteur, reden Sie, wenn ich Sie etwas frage.«

»Ja, weil er am Anfang geschossen hat.«

»Wie oft?«

»Ich weiß nicht, drei- oder viermal, weil er immer so getan hat, als würde er schießen, er spielte den Dummen, um zu sehen, ob ich es merke. Das ist ein heimtückischer Kerl, man muß ihm den Ausgang sperren und ihn auf eine Granja schikken.«

»So ist das nicht. Man muß nachprüfen, den Fall untersuchen.«

»Er hat den Befehl verweigert, Leutnant.«

»Darauf kommt es nicht... ich meine, es kommt schon darauf an, aber man muß die Umstände untersuchen...«

»Leutnant, er hat den Befehl verweigert, man muß ihm den Ausgang sperren und...«

»Ihm den Ausgang sperren... Hier handelt es sich um einen besonderen Fall.«

»Aber es gibt ein anderes Problem.«

»Was für ein Problem?«

»Ich habe ihm schon den Ausgang gesperrt.«

»Was?«

»Ich... nun ja, ich... ich habe gedacht, daß... na, ich habe ihm den Ausgang gesperrt, und so ist es nun mal...«

»Und jetzt darf ich Ihre Autorität nicht in Frage stellen! Eine schöne Sache ist das! Ich habe es Ihnen tausendmal gesagt, Sie sollen sich auf keinen Fall mit diesem Soldaten einlassen! Ich habe es Ihnen gesagt!...«

»Sieh mal, Dorta.«

»Nennen Sie mich Leutnant! Nehmen Sie Haltung an!«

»...«

»Verdammt, Efrén. Was ist los? Was soll das heißen, Junge? Verdammt, das glaubt man nicht, Efrén, verdammt, wieso weinst du, Junge?«

»Sehen Sie, Leutnant...«

»Sie halten den Mund, Instrukteur! Und Sie bleiben hier,

bis der Urlaub vorüber ist, selbst wenn Sie inzwischen demobilisiert werden!«

»Aber, Leutnant.«

»Was heißt hier aber?! Sie bleiben hier! Und Sie, Efrén, du bleibst auch hier! Und ich und Diosito und alle anderen! Wir wollen sehen, ob wir zusammen etwas erreichen.«

Cristina Peri Rossi
Öffentliche Dienste

Der Minister rief mich an, und ich flog eilig durch die Korridore. In einem Basar hatte ich mir ein noch wenig gebrauchtes Paar Flügel gekauft, um es jedesmal zu benutzen, wenn mich der Minister mit zwei langen und einem kurzen Klingelzeichen rief. Ich konnte mir keine neuen kaufen, weil der Lohn kaum fürs Essen reichte, aber immerhin waren es zwei sehr nützliche Flügel, man sah, daß der vorige Besitzer, ein Vogel, sie wenig abgetragen hatte oder jung gestorben war, ich kann es nicht sagen; die durchschnittliche Lebenserwartung sinkt täglich infolge von Hunger, Krankheit und mangelnder Hygiene. Es gibt sehr schmutzige Leute. Mit den Flügeln kam ich ganz gut zurecht, wenn sie auch zu dem übrigen nicht besonders paßten: zu der Angestelltenuniform, die schon über dreißig Jahre alt war. Ich hätte sie umtauschen müssen, aber seit Jahrhunderten reicht das Budget nicht für Uniformen, so daß man die alten, wie diese, benutzen muß. Wenn ich schon die alte Uniform nicht in den Ruhestand versetzen kann, so mich selbst noch viel weniger: Die Beamtenlaufbahn umfaßt fünfundzwanzig Jahre, und da ich bereits sechzig bin, würde ich sterben, bevor ich die erste Zahlung kassieren könnte.

Als ich die Tür öffnete, erwartete mich der Minister schon, mit einem Blick auf die Uhr.

»Eine Minute und fünf Sekunden. Drei Sekunden länger als bei der vorigen Vorladung«, empfing er mich kalt.

»Señor«, murmelte ich beschämt, »die Korridore sind doch sehr dunkel, und ich sehe nicht gut. Zweimal stieß ich gegen die Vorhänge, als ich den Ausgang suchte, und im Hof schoß ein Wächter auf mich, da er mich für einen Feind hielt.«

Der Minister wurde sehr ärgerlich. Immer ist es das gleiche:

Je mehr man sich vorsieht und wenn man es am wenigsten erwartet, hat man etwas gesagt, was ihn reizt.

»Ich dulde keinerlei Kritik an den in meinen Diensten stehenden Polizeibeamten!« brüllte die Bestie. »Sie werden für Ihre Denunziation schwer bestraft!«

»Ich wollte ihn nicht denunzieren«, beeilte ich mich zu antworten. »Niemals würde ich etwas gegen diese sich aufopfernden Beamten sagen: den ganzen Tag dienen sie dem Vaterland und setzen ihr Leben aufs Spiel. Keiner weiß, was wir ihnen alles zu verdanken haben.«

»Das gefällt mir. Nun, ich werde Platz machen.«

Er setzte sich, wie das seine Gewohnheit war, an die Seite der Bajonette. Da gab es Bajonette sogar über dem Schreibtisch, wie Blumengebinde. Ich blieb stehen und wartete. Der Minister litt es nicht, daß sich ein anderer setzte, nachdem er sich niedergelassen hatte. Sofort machte er sich daran, Papiere durchzusehen. Es waren Rechnungen, die ihm das Militär übergeben hatte. Rechnungen von Festen, Empfängen und Banketten. Immer teurere Konditorwaren, Kapellen und Saalmieten, denn seit der Herr Minister die Regierung übernommen, um uns von der Unfähigkeit der Kammern zu befreien, war das Polizeikorps mächtig angewachsen, gab es so vieles zu schützen und zu betreuen, daher wurden alle Tage Hunderte von Polizeibeamten ernannt.

Stehend wartete ich fast zwei Stunden. Ich hatte die Flügel zusammengefaltet, da ich nicht zu fliegen brauchte, aber es juckte mich unter der rechten Achsel, und das war etwas lästig: ich bin alt, und beim Stehen tun mir die Beine weh, aber sicher hatte mich etwas unter dem Flügel gestochen, und es war unpassend, sich vor dem Minister für Nationale Verteidigung zu kratzen. Der Verkäufer hatte mich bereits gewarnt: Manchmal, wenn es keine Flügel aus erster Hand waren (die Flügel aus erster Hand kosteten viel mehr) und sie so lange aufbewahrt worden waren, hatte Ungeziefer sie ganz und gar durchlöchert, sogar die kleinen Federn, die am Körper festkleben, und man konnte dann einen leichten Juckreiz verspüren.

Der Minister saß immer noch und las in Papieren, ohne sich um mich zu kümmern. Ich stand vor ihm und blickte zu Boden, denn er duldet nicht, daß man ihn von vorn ansieht, viele Beamte hat er deswegen schon gerichtlich belangt.

Als er mit der Durchsicht der Rechnungen für die militärischen Ausgaben fertig war, hob er den Kopf und sah mich an ebender Stelle.

»Und Sie, was stehen Sie hier herum?« schrie er mich an. Er stellte die Frage so heftig, daß seinem Mund viel Luft entströmte, und die Luft bewegte ein wenig die Federn meines rechten Flügels, die schwarzen Federn, die sich schüttelten und mich kühlten.

Ich antwortete nicht sofort. Es machte ihn wütend, wenn seine Fragen beantwortet wurden. Ich ließ ein bißchen Zeit verstreichen, ohne den Kopf zu heben, und wich dann langsam zur Tür zurück: um seiner Wut zu entgehen, mußte man ganz allmählich verschwinden, so daß er es fast nicht merkte.

Das letzte Papier, das der Minister vor sich hatte, mußte eine fette Summe aufweisen, denn sie endete mit einer Menge Nullen. Es war die Rechung für die Panzerung seines Autos: Er hatte es in Nordamerika panzern lassen, wie der Präsident, um es gegen die Geschosse, die Beschimpfungen, die Spuckerei, die Steinwürfe und die Blicke des Publikums abzusichern. Diese Maßnahme hatte ihm der Beauftragte für lateinamerikanische Angelegenheiten nach seiner Rundreise empfohlen. Als ich, unauffällig, beinahe an der Tür angelangt war, hielt mich ein Ruf des Minister zurück.

»Warten Sie einen Augenblick!« befahl er. »Erklären Sie mir das hier«, und er warf mir eine Rechnung zu. Das Papier flatterte durch den Raum, und ich mußte hinter ihm herfliegen, vor den belustigten Blicken des Ministers. Ich bin alt, ich fliege nicht mehr wie früher. Das Papier war leicht und drehte sich; als es schließlich zu Boden gefallen war, konnte ich es aufheben. Es war ein Begräbnisschein: Im vorigen Monat war ein ehemaliger Beamter des Ministeriums nach mehr als vierzig Dienstjahren gestorben. Bei der Totenfeier war, um in den Zeitungen zu erscheinen, der Herr Minister anwesend, von zahllosen Polizisten umgeben. Unter dem Schutz seiner Leibwache und der Wache des Ministeriums hatte er sich sogar zehn Minuten bei dem Toten aufgehalten. Die Journalisten ergriffen die

Gelegenheit und führten mit dem Minister ein Fernsehinterview, in dem dieser die Dienste des toten Beamten pries und ankündigte, seine Regierung werde, um den Eifer und die Tüchtigkeit des Verstorbenen in bescheidenem Maße zu würdigen, den Sarg bezahlen.

Dies war nun die Rechnung. Ich selbst hatte nach den Anweisungen des Ministers die Kiste ausgewählt. »Wählen Sie einen billigen. Wir sind nicht dazu da, Geld zu verschleudern«, hatte er bei der Rückkehr von der Totenfeier zu mir gesagt. Die Familie des Verstorbenen war sehr arm, sie würde nicht auf diese Dinge achten. Man sah deutlich, das Holz war sehr schlecht und die Nägel saßen so locker, daß sie sofort herausfallen würden, aber wofür wollte der Arme aufbewahrt werden, der Tod ist in jedem Fall derselbe, und die Nägel sind unwichtig.

»Es ist der Beerdigungsschein vom vorigen Monat, Herr Minister«, erklärte ich demütig.

»Dann schicken Sie ihn unverzüglich den Angehörigen. Sie sollen bezahlen. Was haben Sie denn gedacht? Daß der Minister etwa keine Ausgaben hat? Daß mir diese Rechnung nicht wieder unter die Augen kommt!«

Sofort nahm ich die Rechnung, flog los und stellte sie in einem Briefumschlag auf dem Postweg der Familie des Beamten zu. Sie ist arm und so in ihr Schicksal ergeben, daß dies an dem gewohnten Kummer nichts ändern wird.

Was das Fernsehen und die Zeitungen anbelangt, so besteht keine Ursache zur Beunruhigung: sie ignorieren seit langem die Denunziationen der Armen.

Sergio Ramírez

Auch Charles Atlas muß sterben

Ich kann mich noch genau erinnern, wie Captain Hatfield USMC am Kai von Bluefields erschien, um mich zu verabschieden. Er gab mir Ratschläge mit auf den Weg nach New York und lieh mir seinen Wollmantel, denn dort sei jetzt Winter, sagte er. Er begleitete mich bis zum Landungssteg, von dem die Boote zum Dampfer ablegten, und dort drückte er mir die Hand. Während wir auf das Schiff zusteuerten, das draußen auf Reede lag, sah ich ihn noch einmal, wie er hager und leicht gebeugt in seinen Feldstiefeln und Kniehosen am Kai stand und mir mit seinem Käppi zuwinkte. Es war das letzte Mal, daß ich ihn sah, denn drei Tage später wurde er beim Angriff der Sandinisten auf Puerto Cabezas, wo er Garnisonskommandant war, erschossen.

Captain Hatfield USMC war mein Freund und Gönner: Mit seinen Cortina-Schallplatten, die er jeden Abend auf einem handgekurbelten Grammophon abspielte, brachte er mir Englisch bei, und durch ihn lernte ich amerikanische Zigaretten kennen. Das Wichtigste aber war, daß er mich in den Fernkurs von Charles Atlas einschreiben ließ und mir diese Reise nach New York vermittelte.

Ich traf Captain Hatfield USMC zum erstenmal im Jahre 1926 in San Fernando, einem Dorf in den Segovia-Bergen, wo ich Telegraphist war. Er kam an der Spitze der ersten Gruppe von Marinesoldaten mit dem Auftrag, Sandino aus seinen Stellungen am Chipote-Berg herauszulocken; ich hatte seine Botschaften an Sandino zu telegraphieren und empfing die Antworten. Unsere Freundschaft aber begann an jenem Tag, an dem er mir eine Liste aller Einwohner von San Fernando vorlegte und mich aufforderte, die Namen derjenigen anzukreuzen, die mit den Aufständischen kollaborierten oder die Verwandte in Sandinos Truppe hatten. Am nächsten Tag wurden sie verhaftet und zu Fuß, paarweise zusammengebunden, nach Ocotal geführt, wo die Amerikaner ihre Kaserne hatten. Am Abend schenkte er mir, um mir seine Dankbarkeit zu zeigen, ein Päckchen Camel-Zigaretten mit Photos von halbnackten Mädchen. In einer solchen Zeitschrift fand ich später die Anzeige, die mein Leben von Grund auf verändern und einen neuen Menschen aus mir machen sollte:

WIE DER SCHWÄCHLING,
DER NUR 44 KILO WOG, SICH IN
DEN BESTGEBAUTEN MANN DER WELT
VERWANDELTE

Von klein auf hatte ich darunter gelitten, daß ich ein Schwächling war. Einmal, als ich nach der Kirche mit meiner Freundin über die Plaza de San Fernando spazierte – ich war damals fünfzehn Jahre alt –, kamen uns zwei große, starke Burschen entgegen, die mich mit verächtlichen Blicken maßen; einer schleuderte mir mit dem Fuß Sand ins Gesicht. Ethel, meine Freundin, fragte mich: »Warum läßt du dir das gefallen?« Mir blieb nichts übrig, als ihr kleinlaut zu antworten: »Erstens war der Kerl verdammt groß, und zweitens kann man sich mit Sand in den Augen nicht wehren, oder?«

Ich bat Captain Hatfield USMC, mir zu helfen, an den Kurs, der in der Zeitschrift angeboten wurde, ranzukommen, und er schrieb für mich an Charles Atlas in New York, 115 East, 23rd Street, und bestellte die Unterlagen. Fast ein Jahr später – denn San Fernando liegt mitten in den Bergen, wo der Krieg am heftigsten wütete – erhielt ich einen gelben Umschlag mit einem illustrierten Prospekt und einem Brief, den Charles Atlas persönlich unterschrieben hatte: Ich biete Ihnen einen vollständigen Kurs in der von mir entwickelten Muskeltensionsdynamik. Teilen Sie mir nur mit, wo an Ihrem Körper Sie sich stählerne Muskeln wünschen. Sind Sie dick und schlapp? Dünn und schwach? Werden Sie leicht müde, geht Ihnen schnell die Luft aus? Sind Sie schüchtern und müssen mit ansehen, daß andere Ihnen die schönsten Mädchen und die besten Stellungen wegschnappen? Geben Sie mir sieben Tage, und ich werde einen richtigen Mann aus Ihnen machen, gesund, voller Kraft und Selbstvertrauen.

Mister Atlas erwähnte in seinem Brief auch, daß der Kurs dreißig Dollar kostete, ein Betrag, den ich nicht hatte und den ich in nächster Zeit auch nicht aufbringen würde. Ich wandte mich also an Captain Hatfield USMC, der mir eine zweite Liste vorlegte, auf der ich fast alle Namen ankreuzte. Auf diese Weise kam Charles Atlas zu dem Geld, und nach einem weiteren Jahr traf das Kursmaterial ein: vierzehn Lektionen mit zweiundvierzig Übungen.

Captain Hatfield USMC half mir, mich durchzufinden. Die Übungen nahmen nur fünfzehn Minuten täglich in Anspruch; die Muskeltensionsdynamik ist ein völlig natürliches System. Keinerlei mechanische Apparate, die Ihr Herz oder Ihre Organe angreifen könnten. Keine Pillen, keine Sonderernährung, keine künstlichen Hilfmittel. Täglich nur ein paar Minuten Ihrer Freizeit – das reinste Kinderspiel!

Da meine Freizeit jedoch reichlich bemessen war, konnte ich meinen Übungen nicht nur fünfzehn Minuten, sondern drei Stunden pro Tag widmen; abends lernte ich mit Captain Hatfield USMC Englisch. Schon nach einem Monat waren meine Fortschritte erstaunlich: Meine Schultern wurden breit, meine Hüften schmal, meine Beine stark. Eines Tages zeigte mir Ethel in einem Buch das Bild des sagenhaften Riesen Atlas. »Sieh mal«, sagte sie, »genau wie du.« Da wußte ich, daß ich den richtigen Weg eingeschlagen hatte. Vier Monate später war mein Englisch schon so gut, daß ich Mister Atlas einen Dankbrief schreiben konnte, alles okay. Ich war ein neuer Mensch mit einem Bizeps aus Stahl und ging mit Begeisterung auf den Vorschlag von Mister Captain Hatfield USMC ein, in Managua eine öffentliche Probe meiner Kraft zu geben: Nur mit einem Lendenschurz aus Tigerfell bekleidet, zog ich einen Eisenbahnwaggon voll lachender Schulmädchen über eine Strecke von zweihundert Metern. Ehrengäste bei diesem Akt waren der Präsident Moncada persönlich, der amerikanische Botschafter, Mister Hanna, und der Kommandant der »Marines« in Nicaragua, Colonel Friedmann USMC.

Diese Leistung, über die alle Zeitungen berichteten, brachte mich der Erfüllung meines sehnlichsten Wunsches näher, den ich Captain Hatfield USMC schon früher einmal vorgetragen hatte: eine Reise in die Vereinigten Staaten, um Charles Atlas persönlich kennenzulernen. Seine Vorgesetzten in Managua stellten einen förmlichen Antrag in Washington, dem nach mehr als einem Jahr stattgegeben wurde. In den Zeitungen jener Zeit, genauer gesagt, in *La Noticia* vom 18. September 1931, erschien ein Bild von mir zusammen mit dem Kulturattaché der amerikanischen Botschaft, einem Mister Fox. Es war die erste Kulturaustauschreise, die zwischen unseren Ländern stattfand und der noch viele folgen sollten. »Auf dem Weg zu Zentren der Körperkultur in den USA und zu Begegnungen mit prominenten Persönlichkeiten des Athletismus« stand unter dem Photo.

Nach einer ruhigen Überfahrt und einer Zwischenlandung in Veracruz kamen wir am 23. November 1931 in New York an. Obwohl ich durch die Schilderungen Captain Hatfields USMC, durch Photos und Bücher schon eine genaue Vorstellung von New York hatte, war ich bei der Ankunft überwältigt; mein Bild war ja nur statisch gewesen, und jetzt befand ich mich mitten im Strudel dieser unmöglichen, verletzenden Welt, der Himmel von zahllosen Schornsteinen verdüstert, in der Luft ein Geruch von Teer und Abwässern, das Heulen von Sirenen, der dichte Nebel und ein Brausen, das aus der Erde kam.

Ich wurde von einem Beamten des State Department abgeholt, der sich höchst zuvorkommend um meine Einreiseformalitäten kümmerte und mich zu meinem Hotel, einem riesigen Backsteingebäude in der 43rd Street – genauer gesagt, dem Hotel Lexington –, brachte. Der Beamte teilte mir mit, mein Besuch bei Mister Atlas würde am nächsten Morgen stattfinden, alles sei vorbereitet. Dann verabschiedete er sich, er mußte noch diese Nacht nach Washington zurück.

Ich war nun am Ziel meiner Reise, kurz vor der Erfüllung meines großen Traums. Bewegt blickte ich von meinem Hotelfenster auf das Lichtermeer der Wolkenkratzer. Irgendwo, sagte ich mir, hinter einem dieser Lichter, muß Charles Atlas sein; er liest vielleicht oder ißt oder schläft oder redet mit jemand. Vielleicht macht er auch seine Abendübungen, im Handbuch die Nummern 23 und 24 (Spannung der Halsmuskeln und Spannung der Handgelenke). Vielleicht lächelt er mit seinem frischen glatten Gesicht, oder er beantwortet die Briefe, die er täglich zu Tausenden erhält, oder macht die Umschläge fertig, in denen er morgen das Kursmaterial verschickt. Aber bei all diesen Beschäftigungen konnte ich mir Charles Atlas nicht im Anzug oder gar mit Hut vorstellen. Immer war er in der Badehose wie auf dem Photo, das er mir zum Abschluß des Kurses mit einer Widmung geschickt hatte und das ich mir jetzt wieder ansah: die Hände im Nacken verschränkt, den Körper leicht zur Seite geneigt, die prachtvollen Muskeln mühelos gespannt.

Um fünf Uhr früh war ich schon wach. Ich begann mit meinen Morgenübungen, im Handbuch die Nummern 1 und 2 (es war aufregend, das zum erstenmal in New York zu tun), und stellte mir vor, daß Charles Atlas in diesem Augenblick die seinen machte. Danach duschte ich und zog mich, um die Zeit totzuschlagen, ganz langsam an. Um sieben ging ich in die Hotelhalle und wartete, daß man mich abholte. (Obwohl es Charles Atlas nicht ausdrücklich verlangte, frühstückte ich nie.)

Um neun erschien der Angestellte der Charles Atlas Inc. Draußen wartete eine schwarze Limousine mit Samtvorhängen an den Fenstern. Der Angestellte sprach während der ganzen Fahrt kein Wort mit mir, und der Fahrer drehte sich nicht ein einziges Mal um. Eine halbe Stunde lang fuhren wir durch Straßenschluchten, die von immer gleichen Backsteingebäuden mit endlosen Fensterreihen gesäumt waren, bis der Wagen endlich vor der ersehnten 115 East, 23rd Street hielt. Es war eine triste Gegend mit Werkhallen und Lagerhäusern. Gegenüber der Charles Atlas Inc. war eine Regenschirmfabrik. Die Fenster der Gebäude hatten keine Scheiben, sondern waren mit Holzbrettern vernagelt.

Auf dem Treppenvorsprung vor dem Eingang zur Charles Atlas Inc. stand in natürlicher Größe eine Statue des Riesen Atlas, der die Erdkugel trug. Zu seinen Füßen die Inschrift »Mens sana in corpore sano«. Wir traten durch eine Drehtür in die Eingangshalle, an deren Wänden lebensgroße Bilder von Charles Atlas hingen, die ich alle hocherfreut wiedererkannte, darunter das Photo, das mir am meisten imponierte und auf dem er mit einem Pferdegeschirr um den Hals inmitten eines Konfettiregens zehn Autos zog. Einfach toll.

Man bat mich in das Büro von Mister William Rideout junior, dem Generaldirektor der Charles Atlas Inc. Er war ein Mann mittleren Alters, mit knochigem Gesicht und tiefliegenden Augen. Er reichte mir eine blasse, von bläulichen Adern überzogene Hand und nahm dann hinter einem einfachen kleinen Schreibtisch Platz, auf dem ein Berg Umschläge lag, die alle genauso aussahen wie der, den ich damals erhalten hatte. Ein großes Photo von Charles Atlas, das ich bisher noch nicht kannte und auf dem er stolz seinen Brustkorb wölbte, beherrschte die Wand hinter ihm. Mister Rideout junior bat mich, Platz zu nehmen, und begann, den Blick auf einen Briefbeschwerer geheftet und die Hände ineinander verschlungen, zu reden. Seinem Gesicht war deutlich anzusehen, daß ihn das Sprechen große Mühe kostete. Erst als er innehielt, um sich mit dem Taschentuch den Speichel aus den Mundwinkeln zu wischen, bemerkte ich, was mir in meiner Aufregung zunächst entgangen war: nämlich daß die Anstrengung, die er mit seinen Händen und der Haltung seines Kopfes machte, nichts anderes war als die Übung 18 der Muskeltensionsdynamik. Ich muß gestehen, daß mich diese Entdeckung so bewegte, daß ich fast in Tränen ausgebrochen wäre.

»Ich begrüße Sie sehr herzlich«, hatte Mister Rideout junior begonnen, »und wünsche Ihnen einen glücklichen Aufenthalt in der Stadt New York. Es tut mir leid, daß ich mich nicht in korrektem Spanisch ausdrücken kann, wie ich es gern wollte, aber ich kann leider nur ganz wenig.« Die letzten beiden Wörter sagte er auf spanisch und drückte das winzige Maß mit einer Geste zwischen Daumen und Zeigefinger seiner rechten Hand aus, worauf er zum ersten und einzigen Mal schallend lachte, als ob er etwas besonders Witziges gesagt hätte.

»Ich bin Generaldirektor der Charles Atlas Inc.«, fuhr er mit gezwungenem Lächeln fort, »und es ist eine große Ehre für meine Firma, Sie als offiziellen Gast des State Department der

Vereinigten Staaten willkommen zu heißen. Wir werden alles tun, Ihren Aufenthalt bei uns so angenehm wie möglich zu gestalten. Es freut mich, daß Sie diese weite Reise auf sich genommen haben, um Charles Atlas kennenzulernen, tatsächlich ist dies der erste Fall in der Geschichte der Firma.«

Mister Rideout junior holte tief Luft.

»Wie in jedem Geschäftsunternehmen gibt es auch bei uns Angelegenheiten, die wir intern halten müssen, weil unsere Interessen sonst Schaden leiden würden. Ich muß Sie deshalb bitten, zu schwören, daß Sie absolutes Schweigen über das bewahren, was ich Ihnen mitteilen werde.«

Die letzten Worte hatte Mister Rideout junior ganz ruhig, fast drohend gesprochen. Ich konnte nur schlucken und mit dem Kopf nicken.

»Schwören Sie laut«, forderte er mich auf.

»Ich schwöre«, brachte ich endlich hervor.

Obwohl wir allein im Zimmer waren, blickte sich Mister Rideout junior nach allen Seiten um. Dann beugte er sich über den Schreibtisch zu mir herüber und flüsterte: »Charles Atlas gibt es nicht.«

Er setzte sich in seinem Stuhl zurück und sah mich feierlich an.

»Ich weiß, daß das ein harter Schlag für Sie ist, aber es ist die Wahrheit. Wir haben dieses Produkt im letzten Jahrhundert erfunden, und Charles Atlas ist einfach ein Warenzeichen, wie der Fischer mit dem Kabeljau von Scott's Lebertran oder wie der Hund mit dem Grammophon von His Master's Voice. Er ist das Produkt, das wir verkaufen, das ist alles.«

Während unserer langen Gespräche in San Fernando, wenn die Englischstunden zu Ende waren, hatte mich Captain Hatfield USMC immer wieder auf Situationen wie diese vorbereitet. »Laß dich nie täuschen. Mach es wie die Boxer, behalt deine Deckung und geh zum Angriff über.«

»Gut«, sagte ich und stand auf. »Das muß ich Washington melden.«

»Was!« rief Mister Rideout junior und erhob sich ebenfalls.

»Jawohl, ich möchte Washington von diesem Zwischenfall in Kenntnis setzen.« (»Washington ist ein Zauberwort«, hatte mir

Captain Hatfield USMC beigebracht. »Und wenn du damit nicht weiterkommst, dann greif zu dem anderen, das wirklich unfehlbar ist: State Department. Das hilft dir aus jeder Klemme.«)

»Es stimmt, was ich gesagt habe, glauben Sie mir doch«, beschwor mich Mister Rideout junior.

»Ich will an das State Department telegraphieren.«

»Warten Sie«, sagte er und verschwand durch eine Nebentür.

Nach einer Weile kam Mister Rideout junior zurück. »Es ist gut«, sagte er mit einer wegwerfenden Handbewegung. »Die Gesellschaft ist einverstanden, daß Sie Mister Atlas sehen.«

Ich lächelte und dankte ihm mit einer leichten Verbeugung. (»Sei freundlich und höflich, wenn du weißt, daß du gewonnen hast«, hatte mir Captain Hatfield USMC eingeschärft.)

»Allerdings müssen Sie sich strikt an die Bedingungen halten, die ich Ihnen jetzt nennen werde und die mit dem State Department abgesprochen sind. Sie müssen diese Erklärung hier unterschreiben, in der Sie sich verpflichten, sofort nachdem Sie Mister Atlas gesehen haben, das Land zu verlassen. Eine Passage auf dem Dampfer Vermont, der um Mitternacht abgeht, ist bereits für Sie gebucht. Außerdem müssen Sie sich jeglicher öffentlichen oder privaten Äußerungen über Ihren Besuch, seine näheren Umstände und Ihre persönlichen Eindrücke enthalten. Nur unter diesen Bedingungen ist der Aufsichtsrat der Firma bereit, Ihren Besuch bei Mister Atlas zu gestatten.«

Mister Rideout junior schob mir ein Papier zu. »Unterschreiben Sie«, sagte er in befehlendem Ton. Ich unterschrieb, ohne zu zögern. (»Wenn du erreicht hast, was du wolltest, kannst du alles unterschreiben, ausgenommen dein Todesurteil«, hatte Captain Hatfield USMC gesagt.)

Mister Rideout junior nahm das Dokument, faltete es sorgfältig und verwahrte es in seinem Schreibtisch. Und ich wurde, bevor ich mich's versah, unter den Armen gefaßt; als ich den Blick hob, sah ich zwei schwarzgekleidete Männer, beide groß und muskulös, beide vollkommen gleich mit ihren geschorenen Köpfen und ausdruckslosen Gesichtern. Es bestand kein Zweifel, daß ihre Körper ebenfalls in der Disziplin der Muskeltensionsdynamik geschult waren.

»Diese beiden Herren werden Sie begleiten. Folgen Sie ihren Anweisungen.« Damit verschwand Mister Rideout junior wieder durch die Nebentür, ohne mir zum Abschied die Hand gereicht zu haben.

Die beiden Männer führten mich durch einen langen Gang zu einer Feuerleiter, über die wir in immer dichterem Nebel hinabstiegen. Unten an einer Zementmole lag ein mit stinkendem Abfall beladener Schlepper, auf dem wir bis zum Einbruch der Nacht den Fluß entlangfuhren.

Dann gingen wir unter Gaslaternen durch enge Gassen bis zu einem Platz, wo wir auf einen großen Häuserblock zusteuerten. Erst aus der Nähe sah ich, daß eine Kirche darin eingebaut war. Einer meiner Begleiter zündete ein Streichholz an, um den Türklopfer zu finden, und nach einigen hallenden Schlägen wurden wir eingelassen. Als ich durch das dunkle Hauptschiff geführt wurde, bereute ich fast, mich auf all das eingelassen zu haben, aber wieder gab mit die Stimme Captain Hatfields USMC neuen Mut: »Einmal unterwegs, mein Junge, darfst du nie umkehren!«

Hinter der nächsten Tür, zu seiten des Hauptaltars, erwartete mich eine stämmige Krankenschwester, die mich breit anlächelte und dabei ihr perfektes Pferdegebiß zeigte. »Kommen Sie. Mister Atlas erwartet Sie.«

Meine Begleiter sagten, daß ich genau eine halbe Stunde Zeit hätte, und blieben zurück.

Die Krankenschwester ging im kalten Neonlicht vor mir und trat in einen ganz weißen Raum voll von chirurgischen Apparaten, vernickelten Instrumenten und Wägelchen mit Watte, Gaze und Flaschen. Im Hintergrund dieses Zimmers stand auf einer Empore ein hohes, großes Bett, auf das ich, von dem starken Geruch nach Desinfektionsmitteln fast betäubt, langsam und ehrfurchtsvoll zutrat.

Auf dem Bett lag unbeweglich ein riesiger, muskulöser Körper. Der Kopf war unsichtbar zwischen den Kissen. Als sich die Frau vorbeugte und etwas flüsterte, richtete sich der Körper mühsam auf. Zwei Kissen fielen zu Boden.

»Willkommen«, sagte eine Stimme, die schnarrte, als ob sie durch ein Sprachrohr käme.

Die Kehle schnürte sich mir zu, und in diesem Augenblick wünschte ich von ganzer Seele, nicht auf diesem Besuch bestanden zu haben.

»Vielen Dank für Ihren Besuch«, hob der Mann von neuem an. »Ich freue mich sehr darüber, glauben Sie mir...«, und seine Stimme ebbte brodelnd ab, als ob sie in einem Meer von Speichel ertränke. Dann schwieg er und lehnte seinen massigen Körper wieder in die Kissen zurück.

Mein Schmerz war unbeschreiblich. Hätte ich doch lieber die Geschichte von dem erfundenen Charles Atlas geglaubt, statt nun dem echten Charles Atlas gegenüberzustehen! Er sprach hinter einer Gazemaske, und ich konnte erkennen, daß anstelle des Kiefers ein Metallapparat angeschraubt war.

»Knochenkrebs«, sagte er. »Die Krankheit hat schon auf die lebenswichtigen Organe übergegriffen. Bis zum Alter von fünfundneunzig Jahren war ich nicht ein einziges Mal krank, und kaum habe ich die Hundert überschritten, muß ich mich mit so was rumschlagen. Ich habe nie geraucht, wissen Sie, und Alkohol – höchstens mal einen Schluck Champagner zu Weihnachten oder Neujahr. Eine eiserne Gesundheit, sage ich Ihnen. Erst kürzlich hat mir mein Arzt gesagt, ich könnte noch Kinder haben, wenn ich wollte. Als ich 1843 zum bestgebauten Mann der Welt gewählt wurde... in Chicago...« Seine Stimme ging in ein klägliches Pfeifen über, und er schwieg eine längere Weile.

»1843 entdeckte ich die Muskeltensionsdynamik und fing an, den Fernkurs aufzubauen. Eine Bildhauerin, für die ich Modell stand, Miss Ethel Whitney, hatte mich auf die Idee gebracht.«

Charles Atlas hebt seine enormen Arme aus den Bettlaken, läßt seinen Bizeps spielen und führt die Arme hinter den Kopf; die Decken rutschen, und ich kann seinen Brustkorb sehen, der mit Ausnahme von ein paar weißen Haaren noch genau wie auf dem Photo ist. Die Anstrengung muß ihn große Kraft gekostet haben, denn er bricht in ein langes Stöhnen aus. Die Pflegerin kommt, deckt ihn zu und zieht die Schrauben an dem Apparat in seinem Gesicht fest.

»Als ich mit meiner Mutter Italien verließ, war ich erst vierzehn Jahre alt«, fährt er fort. »Damals hätte ich mir nicht träumen lassen, daß ich eines Tages mit meinen Kursen ein Vermögen machen würde. Ich wurde 1827 in Kalabrien geboren und hieß Angelo Siciliano, mein Vater war schon ein Jahr vor uns nach New York ausgewandert und ließ uns nachkommen. Als ich eines Tages mit meiner Freundin in Coney Island spazierenging, schleuderte mir ein großer Bursche mit dem Fuß Sand ins Gesicht. Da fing ich an...«

»Genau wie bei mir...«, versuchte ich ihn zu unterbrechen, aber er scheint mich nicht zu hören, sondern spricht, ohne Notiz von mir zu nehmen, weiter: »...meinen Körper zu trainieren. Ich bekam wunderbare Muskeln. Einmal zeigte mir meine Freundin eine Statue des sagenhaften Riesen Atlas an der Fassade eines Hotels und sagte: ›Sieh mal, genau wie du.‹«

»Hören Sie«, sage ich, »diese Statue...« Aber vergebens. Seine Stimme ist wie ein schlammiger Fluß, der alle Hindernisse aus seinem Weg räumt.

»Ich betrachtete die Statue und dachte: Nun ja, ein Name wie der meine ist hier nicht sehr beliebt, die Leute haben ihre Vorurteile. Warum nenne ich mich nicht einfach Atlas? Und aus Angelo machte ich Charles. Dann kam der Ruhm. Einmal habe ich einen Eisenbahnwaggon voll Tänzerinnen zweihundert Meter weit gezogen...«

»Caramba«, rufe ich aus, »genau wie ich.«

Doch seine Stimme folgt unaufhaltsam ihrem Lauf. »Haben Sie die Statue von Alexander Hamilton vor dem Schatzamt in Washington gesehen? Das bin ich.« Und wieder hebt er seine Arme und macht eine Bewegung, als ob er etwas Schweres zöge, einen Eisenbahnwaggon voll junger Mädchen. Doch jetzt scheint sein Schmerz viel tiefer zu gehen, denn er stöhnt lange vor sich hin und bleibt dann unbeweglich auf seinem Bett liegen.

Nach einer Weile fährt er fort: »Ich erinnere mich an Kalabrien...« Er bäumt sich auf.

Die Pflegerin versucht ihn zu beruhigen und geht dann zu dem Tisch mit Medikamenten, um ihm ein paar Tropfen zu geben.

»Kalabrien und meine Mutter, sie hatte ein ganz rotes Gesicht, weil sie immer am Ofen stand in der Küche, und dabei sang sie.« Dann lallt er etwas, was ich nicht verstehe; es ist, als ob seine Stimme mit dem Tode ringt. »Ein Lied...«

Ich hatte bereits jeden Sinn für die Wirklichkeit verloren, als mich plötzlich das Schrillen einer Klingel an meinen Platz neben dem Bett zurückbeförderte. Der Ton pflanzte sich durch die Flure des Gebäudes fort, um dann zu seinem Ausgangspunkt, dem Krankenzimmer, zurückzukehren. Ich sah, wie die Krankenschwester an einer Schnur über dem Bett zog und wie Charles Atlas rücklings auf dem Boden lag, vollkommen nackt und über und über mit Blut bedeckt, den Apparat von seinem Kiefer losgelöst. Im Nu war das Zimmer voller Schritte und Stimmen, voller Schatten. Ich fühlte, wie man mich von meinem Platz zerrte, es waren die gleichen Arme, die mich hierher geführt hatten, und im Hinausgehen, in einem Wirrwarr von Bildern und Geräuschen, hörte ich die Stimme der Pflegerin: »Mein Gott, er sollte doch keine Posen mehr machen!« und sah, wie sie den Körper auf eine Bahre legten und schnell aus dem Zimmer trugen.

Noch am selben Abend verließ ich New York. Ich war furchtbar niedergeschlagen und fühlte mich irgendwie mitschuldig an der Tragödie. Als ich schon am Hafen war und von meinen Wächtern zum Schiff geführt wurde, kam im strömenden Regen plötzlich Mister Rideout junior angerannt. In seiner Rechten schwenkte er ein paar Papiere, die ganz feucht waren. Er zog mich unter eine Straßenlaterne.

»Unterschreiben Sie hier«, sagte er und schlug auf die Papiere.

»Ich denke nicht daran, ich hab schon zuviel unterschrieben«, gab ich verdrossen zurück.

»Unterschreiben Sie, Sie haben's sich selber eingebrockt«, sagte er böse.

Die beiden Typen gaben mir mit einer drohenden Gebärde zu verstehen, daß ich gut daran täte, mich nicht länger zu widersetzen. Und so unterschrieb ich eben, ohne zu wissen, worum es sich handelte.

Damit war mein Leben besiegelt. Ich blieb in den Vereinigten Staaten, auf Lebenszeit als Charles Atlas engagiert, und keiner hat je etwas von dem Wechsel gemerkt.

Inzwischen sind viele Jahre vergangen, und ich fühle mich immer noch blendend. Dank der Muskeltensionsdynamik könnte ich sogar noch Kinder haben. Wenn ich wollte.

Reinaldo Arenas

Mit geschlossenen Augen

Ihnen kann ich's ja sagen, weil ich weiß, Sie lachen mich nicht aus, wenn ich's Ihnen erzähle, und schimpfen auch nicht mit mir. Aber meiner Mutter nicht. Wenn ich's meiner Mutter erzähl, schimpft und zankt die bestimmt mit mir. Und ich weiß zwar so ziemlich sicher, sie hat recht, aber ich will einfach keine guten Ratschläge und Ermahnungen hören.

Deswegen. Weil ich weiß, Sie sagen nichts zu mir, deswegen erzähl ich Ihnen alles.

Ich bin ja erst acht Jahre alt und geh deswegen jeden Tag zur Schule. Und damit geht das Trauerspiel auch schon los. Ich muß nämlich sehr früh aufstehen – wenn der Zwerghahn, den mir Tante Grande Angela geschenkt hat, zweimal gekräht hat –, weil die Schule weit weg ist.

So gegen sechs Uhr früh fängt meine Mutter an zu zanken, ich soll aufstehn, und um sieben sitz ich im Bett und reib mir die Augen. Darum muß ich dann auch bei allem hetzen: Ich muß beim Anziehen hetzen, ich muß zur Schule hetzen, und ich muß in die Bankreihe hetzen, weil es schon geklingelt hat und die Lehrerin in der Türe steht.

Nur gestern war es anders, weil Tante Grande Angela gestern nach Oriente fahren sollte und den Zug vor sieben kriegen mußte. Und bei uns zu Hause ging es drunter und drüber. Sämtliche Nachbarn kamen ihr auf Wiedersehen sagen, und meine Mutter regte sich so auf, daß ihr der Topf hinfiel, als sie gerade Kaffee filtern wollte, und sie sich mit dem heißen Wasser den Fuß verbrannte.

Da erhob sie ein so unerträgliches Geschrei, daß mir gar nichts anderes übrigblieb, als aufzuwachen. Und da ich schon einmal wach war, beschloß ich auch aufzustehen.

Endlich kam Tante Grande Angela nach vielem Geküsse und Geumarme von zu Hause weg. Und gleich danach bin auch ich ab in die Schule, obwohl es noch ziemlich früh war.

Heute muß ich nicht hetzen, hab ich fröhlich zu mir gesagt. Und so bin ich denn auch ziemlich gemächlich losgezogen. Und als ich über die Straße wollte, stieß ich gegen eine Katze, die im Rinnstein lag. – Da hast du dir aber einen schönen Platz zum Schlafen ausgesucht, sagte ich zu ihr, und stippte sie mit der Fußspitze an. Aber sie rührte sich nicht. Da bückte ich mich zu ihr runter und stellte fest, daß sie tot war. Die Arme, dachte ich, die ist bestimmt unter die Räder gekommen und von jemandem an den Rand geschmissen worden, damit sie nicht noch mehr zu Brei gefahren wird. Ein Jammer, denn es war eine große gelbe Katze, und die hatte bestimmt keine Lust zu sterben. Aber da war nun nichts mehr dran zu ändern. Und ich lief weiter.

Da es noch früh war, ging ich zur Konditorei. Die ist zwar weit von der Schule, dafür gibt's da aber auch immer frische leckere Kuchen. Außerdem stehen immer zwei alte Weiblein, jede mit ihrer Einkaufstasche, am Eingang zur Konditorei, und betteln mit ausgestreckten Händen. Einmal hab ich jeder von ihnen einen Nickel gegeben, und da sagten beide gleichzeitig zu mir: »Gott mache einen frommen Mann aus dir!« Da mußte ich unheimlich lachen und bin hin und hab jeder noch mal einen Nickel in ihre runzlige und gesprenkelte Hand gedrückt. Und da haben die beiden noch mal »Gott mache einen frommen Mann aus dir« gesagt, aber diesmal war mir schon nicht mehr nach Lachen zumute. Und seitdem gucken sie mich mit ihren schlauen Backpflaumengesichtern, wenn ich vorbeikomme, jedesmal so an, daß mir gar nichts anderes übrigbleibt, als jeder einen Nickel zu geben. Gestern allerdings konnte ich ihnen keinen geben, weil ich sogar den Zwanziger fürs Schulbrot für Schokoladentorte ausgab. Und deswegen bin ich zur Hintertür raus, damit die beiden alten Weiblein mich nicht sehen konnten.

Jetzt mußte ich nur noch über die Brücke und zwei Häuserblocks weiter laufen, dann war ich in der Schule. Auf der Brücke blieb ich kurz stehen, weil von unten, vom Flußufer her, ein unheimliches Geschrei zu hören war. Ich hängte mich übers Geländer und guckte: Da hatte eine Schar Jungen in allen Größen eine Wasserratte in die Enge getrieben und jagte ihr jetzt mit Gebrüll und Steinen Angst ein. Die Ratte hetzte von einem Winkel zum anderen, fand aber kein Schlupfloch und stieß dünne verzweifelte Pfiffe aus. Zuletzt nahm ein Junge einen Bambusstock und ließ ihn mit geballter Kraft auf den Rattenbuckel niedersausen und schlug die Ratte zu Brei. Da liefen die anderen auch alle zu dem Tier, nahmen es unter Gehüpfe und Siegesgebrüll hoch und warfen es in die Mitte des Flusses. Aber die tote Ratte ging nicht unter. Ihr Maul ragte aus dem Wasser, und sie schwamm weiter in der Strömung, bis sie nicht mehr zu sehen war.

Die Jungen zogen lärmend an eine andere Stelle des Flusses. Und ich machte mich auch auf den Weg.

Verdammt, sagte ich zu mir, es läuft sich ja käseleicht auf der Brücke! Man kann ja sogar die Augen dabei zumachen, weil auf der einen Seite das Gitter ist und man deswegen nicht ins Wasser fallen kann und auf der anderen Seite die Bordkante, so daß man vorher merkt, wenn man auf die Straße tappt. Und um das auszuprobieren, machte ich die Augen zu und lief weiter. Am Anfang hielt ich mich noch mit der Hand am Brückengeländer fest, aber dann brauchte ich das nicht mehr und lief nur noch mit geschlossenen Augen. Und erzählen Sie das ja meiner Mutter nicht, aber wenn man die Augen zu hat, sieht man unheimlich viel mehr und sogar besser, als wenn man sie offen hat... Als erstes sah ich eine gelbliche Wolke, die mal stärker, mal schwächer leuchtete, genau wie die Sonne, wenn sie zwischen den Bäumen untergeht. Dann kniff ich die Augen fest zusammen, und die Wolke wurde erst rötlich und dann blau. Aber nicht nur blau, sondern auch grün. Grün und violett. Knallviolett wie im Regenbogen, der manchmal rauskommt, wenn es stark geregnet hat und die Erde fast ersäuft.

Und während ich da mit geschlossenen Augen langging, dachte ich an die Straßen und an die Dinge und ging dabei immer weiter. Und ich sah meine Tante Grande Angela aus dem Haus gehen. Aber nicht in dem Kleid mit den roten Kreisen, das sie sich immer anzieht, wenn sie nach Oriente fährt, sondern in einem langen weißen Kleid. Und da sie so groß ist, sah sie darin aus wie eine in ein Laken gewickelte Telegraphenstange. Aber trotzdem sah sie gut aus.

Und ich lief weiter und stieß noch mal auf die Katze im Rinnstein. Nur machte sie diesmal einen Satz, als ich sie mit der Schuhspitze antippte, und fegte davon. Die knallgelbe Katze fegte davon, weil sie lebendig war und Angst bekam, als ich sie aufweckte. Und ich hatte allerhand zu lachen, als ich sie so einen Buckel machen und abzischen sah, daß es aussah, als ob sie Funken sprühte.

Ich lief natürlich mit fest geschlossenen Augen weiter. Und so kam ich noch mal an die Konditorei. Aber da ich mir keinen Kuchen mehr kaufen konnte, weil ich meinen letzten Zwanziger, der fürs Vesperbrot gedacht war, schon ausgegeben hatte, gab ich mich damit zufrieden, sie mir durchs Schaufenster anzusehen. Und während ich sie mir so ansehe, hör ich, wie mich vom Ladentisch her zwei Stimmen ansprechen: »Willst du keinen Kuchen?« Und als ich den Kopf heb, seh ich, da stehen die zwei alten Weiblein, die immer am Konditoreieingang gebettelt haben. Ich wußte nicht, was ich sagen sollte. Aber die beiden errieten scheinbar meine Wünsche und holten lächelnd eine große, fast rote Schokoladen- und Mandeltorte vor. Und legten sie mir auf die Hand.

Und ich schnappte fast über vor Freude über die Riesentorte und trat auf die Straße.

Als ich mit der Torte in den Händen über die Brücke kam, hörte ich wieder die Jungen lärmen. Ich guckte mit meinen geschlossenen Augen übers Geländer und sah sie da unten eilig zur Flußmitte schwimmen, um eine anscheinend kranke Wasserratte zu retten, denn die Ärmste konnte nicht schwimmen.

Die Jungen fischten die zitternde Ratte aus dem Wasser und legten sie zum Trocknen in die Sonne auf einen Stein im Sand. Da wollte ich nach ihnen rufen, damit sie kommen sollten und wir alle zusammen die Schokoladentorte essen konnten, denn allein wäre ich mit der Riesentorte sowieso nicht fertiggeworden.

Ehrenwort, ich wollte nach ihnen rufen. Ich hab sogar die Hände mit der Torte hochgehoben und mit all dem Zeug gewunken, damit sie sie sähen und nicht denken sollten, ich mache ihnen was vor, sondern sofort angerannt kämen. Aber da fuhr mich der Lastwagen – pusch! – mitten auf der Straße beinahe platt, denn dahin war ich, ohne es zu merken, gelaufen.

Und hier liege ich nun. Mit eingegipsten und zugepflasterten weißen Beinen. Mit Beinen, die so weiß sind wie die Wände in diesem Zimmer, wo immer nur weißgekleidete Frauen reinkommen, um mich zu pieken oder mir weiße Pillen zu geben.

Und meinen Sie bloß nicht, ich hab Ihnen was vorgeschwindelt. Denken Sie bloß nicht, weil ich ein bißchen Fieber hab und dauernd jammere, daß mir die Beine weh tun, schwindle ich, das stimmt nämlich nicht. Und wenn Sie es nachprüfen wollen, gehn Sie zur Brücke, da liegt sie bestimmt noch auf dem Pflaster, die Torte, zwar ganz zermatscht, aber riesig und fast rot und aus Mandeln und Schokolade, die mir die beiden alten Weiblein in der Konditorei mit einem Lächeln geschenkt haben.

Norberto Fuentes

Die Stute

Es war eine regnerische Nacht, und in diesen Nächten werden die Weibchen läufig und sind unruhig und verlangen mit ihrem Blick nach einem Männchen, und aus dem Körper strömt die Begierde wie der Tau am frühen Morgen.

Der Kommandant hatte seit dem Nachmittag die Operationen eingestellt, obwohl er die Einkreisung von zwanzig Kilometern aufrechterhalten hatte, weil er auf jeden Fall Juan Gerónimo einfangen wollte.

Auf dem Hof vom Venao fühlte man sich wohl, und wir, die Mayimbes, beschlossen, nicht allzu naß zu werden. Innerhalb des Hofes gab es ein Radio RCA und einen Altar mit vielen Kerzen, der uns Licht gab. Der Boden war aus Erde. Der Venao verteilte Kaffee, und der Kommandant wollte ein wenig vom Reisgericht, das noch auf dem Kesselboden übriggeblieben war, und der Venao reichte es ihm auf einem Kuchentellerchen. Danach kam der Jeep vom Sicherheitsdienst und nahm den Venao mit. Das Haus bestand aus guten Balken und hatte ein Zinkdach.

Bevor wir einschliefen, verteilte der Hauptmann Bayamo ein Dutzend Zigaretten und erzählte wieder die Geschichte von dem, der standrechtlich erschossen worden war und der geglaubt hatte, daß man ihn nur aus Quatsch mit diesen Kugeln, die im Film benutzt werden, erschießen würde und der ganz erstaunt war, als er das Blei in sich spürte.

Der Kommandant wollte die Operationen vom nächsten Morgen erläutern und sagte dem Topographen, daß er die Karte erklären solle. Der Topograph öffnete die Karte auf dem Boden, und die Pappe klang dick und schön. Wir umringten die Landkarte mit den Kerzen vom Altar; er hatte mit uns schon ganz schön kräftig gekämpft und hatte die Ñámpitis mit deflorierten Köpfen gesehen und die Hirnstücke, die wie Zwiebelscheiben nach draußen rieselten, nun gut, wir dachten, daß er genauso verwegen wie wir anderen sein würde.

Aber als er sich auf den Schemel setzte, und der Kommandant sprach, überkreuzte er die Beine und preßte sie eng zusammen, und ich schaute ihm auf die Nase, und er riß die Nasenlöcher weit auf, und ich dachte, was ist bloß mit diesem Topographen los, der so entgeistert aussieht?

Wir schliefen alle im Haus, und es stimmt, daß es sehr eng war. Um Mitternacht sagte der Hauptmann, daß man bei ihm die Kerzen hinstellen solle, weil man ihn am Hosenlatz gepackt habe.

Der Kommandant bekam einen Wutanfall und schlug zehnmal mit der Faust gegen die Wand und stampfte zehnmal mit dem Fuß auf den Boden und sagte, es sei unglaublich, daß man so vom Topographen denke, es sei nur eine Berührung, eine unwillkürliche Bewegung gewesen, wir seien eben viele auf engem Raum und alle dort Anwesenden seien bewährte, verwegene Kerle.

Aber es war eine regnerische Nacht, und das Weibchen war läufig. In der Nacht kam es nochmal zu einer dieser Berührungen, und der Hauptmann riß sich die Streifen von der Schulter und brüllte: »Dank dieser Streifen habe ich einen großen Buick, eine Zwanzig-Schuß-Pistole, ein Haus in Nuevo Vedado, eine blonde Frau, die nie wie ein Vieh stinkt!«, – und so sagte er eine ganze Reihe weiterer Sachen, und ich wußte nicht, daß man sie wegen drei Streifen haben könnte, und als er fertig war, packte er den Topographen am Kragen und atmete schwer, als er sagte: »Diese Stute ist heiß auf mich, ich gefalle ihr, so ein Unheil, sehen Sie, Kommandant, er hat mich schon wieder dahingepackt!«

Der Kommandant lief rot an, weil es das zweite Mal war, daß man ihn aufgeweckt hatte und weil er keine Stuten dort haben wollte. Ein schöner Morgen brach an, als ob kein Regen gefallen sei, obwohl es immer noch feucht war und die Zigaretten schwammig waren.

Das Ärgerlichste passierte drei Tage später, als die Mutter

und die Braut in Schwarz kamen, und ich nicht wußte, was ich ihnen sagen sollte, warum sich der Bursche den Maschinenpistolenlauf ins Ohr gesteckt und den ganzen Geschoßstreifen aufgebraucht hatte.

Luis Fayad

Das Lied des Feuers

Als sich das Dorf von der Dunkelheit löste, behutsam, fast verstohlen seine Gestalt zurückgewann, war sein Vater schon angezogen. Er trug das schwarze verwaschene Hemd und die weite Drillichhose, die ihm bis über seine Schuhe aus hartem Leder ging. Marcelo sah von seinem Zimmer aus, wie er ins Wohnzimmer trat, sich ans Fenster stellte, eine Zigarette zwischen die Lippen schob und anzündete, die Daumen in den Gürtel steckte und auf die Straße starrte. Später kam die Schwester und hielt ihm wortlos eine Tasse Kaffee hin. Der Vater nahm sie, ohne die Frau anzusehen, und zündete sich eine neue Zigarette an. Auf dem Weg zurück in ihr Zimmer kniete die Schwester nieder, betete den Rosenkranz und küßte die Bilder und kleinen Gipsheiligen, die, von mehreren Lämpchen erhellt, in einer Ecke des Raumes einen Altar bildeten. Marcelo beobachtete seinen Vater, wie er den Kaffee schlürfte, und als die Glocken zur Messe läuteten, hörte er ihn murmeln: »Jetzt treten die Heiligen zum Frühsport an.«

Da kam die Schwester und sagte: »Red nicht so gottlos, sonst wird der Junge noch enden wie der Sohn vom alten Gregorio.« Sie band sich ein Kopftuch um und ging aus dem Haus.

»Ja, zum Frühsport.« Der Vater lachte auf und drehte sich zu Marcelo um. Der Junge sah ihn schweigend an. Das Lachen war wie ein Anfang von Sterben. Er verstand nicht, wie der Vater überhaupt lachen konnte, mit diesem traurigen Glanz in den Augen, der in den fünfzehn Jahren, die der Mann am Fenster zugebracht hatte, immer härter geworden war. Damals, der Junge hatte gerade laufen gelernt, war seine Frau verschwunden.

Während die Sonne zu wärmen begann und die Dächer der

Häuser zum Leuchten brachte, ging Marcelo denselben Weg, den er auch am Tag zuvor und an den anderen Tagen gegangen war, als würde er sich von seinen eigenen Spuren leiten lassen. Er kam zum Haus des Alten, der ihm die Schlüssel gab und sagte: »Eines Tages wirst du dein eigenes Geschäft haben.«

Marcelo nickte.

Und wie immer fügte der Alte noch hinzu: »Eines Tages wirst du sehr reich sein.«

Marcelo verabschiedete sich und ging zum Laden, öffnete Tür und Fenster, nahm die Papierbögen weg, die er am Vortag über die Waren gebreitet hatte, und stellte sich hinter den Ladentisch. Den ganzen Vormittag lang holte er Hemden, Unterhosen, Handtücher aus den Regalen, klopfte den Staub ab, zog sie aus den Plastikhüllen, zeigte sie den Kunden und legte sie wieder zurück oder packte sie ein. Zu Mittag verriegelte er das Fenster, sperrte beide Türschlösser ab und ging nach Hause. Die Sonne stach jetzt senkrecht herab, und das Hemd klebte an seiner Haut. Mit jedem Schritt wühlte er Staub auf, Feuer fiel über seinen Körper her, und etwas seltsam Erwachsenes war in seinen Augen. Der Vater stand immer noch am Fenster, zwischen Zigarettenstummeln, und rauchte, eine Tasse Kaffee in der Hand. Die Schwester war in ihrem Zimmer, wo sie die Briefe eines wohlerzogenen, sittsamen Verehrers, der in ihrer Jugend um sie geworben hatte, wieder und wieder las. Als sie Marcelo kommen hörte, trug die Frau das Essen auf, und die drei setzten sich an den plumpen, zerkratzten Tisch.

»Eines Tages wirst du reich sein, dann kannst du deinem Nächsten Gutes tun«, sagte die Schwester.

Und der Vater: »Wenn du reich bist, kannst du weg von hier. Die Welt kennenlernen.« Die Schwester segnete die Speisen, und nach dem Essen ging Marcelo wieder zum Laden. Er sperrte die beiden Schlösser auf und nahm den Riegel vom Fenster, hängte eine kleine Vitrine mit der Musterkollektion an den Türstock und stellte sich hinter den Ladentisch. Drinnen roch es nach Tuch und Leder und nach frisch lackiertem Holz. Er setzte sich auf einen Schemel und begann mit gesenktem Kopf zu rauchen. Er bereute es, auf den Vorschlag seiner

Freunde eingegangen zu sein, und wußte nicht, ob er sein Versprechen halten sollte. Aber jetzt gab es kein Zurück mehr. Außerdem sagte er sich, daß er zu allem fähig war, wenn er dafür mit Laura allein sein konnte. Er traute sich nicht, mit ihr zu reden, wenn die anderen dabeistanden und seine Annäherungsversuche mitbekommen konnten; er ertrug es auch nicht, daß sie mit ihnen ausging und nicht mit ihm. Er wollte allein mit ihr sein, um ihr zu sagen, wie sehr er sich nach diesem Augenblick gesehnt hatte, und um sie zu bitten, mit keinem anderen mehr auszugehen und ab jetzt nur noch seine Freundin zu sein, und er wollte ihr auch sagen, daß er noch nie eine Freundin gehabt habe und daß sie ihm viel mehr bedeute als den anderen. Er sprang hoch, als er plötzlich seinen Namen hörte: »Marcelo Marcelón.«

Im Fenster tauchte Gabriels Kopf auf, dann der von Carlos. Beide grinsten. Sie kamen herein und sahen sich genau um.

»Nicht schlecht, dein Laden«, sagte Gabriel. »Du machst dich, Marcelito.«

»Er gehört nicht mir«, sagte Marcelo.

»Aber bald«, sagte Gabriel und schlug auf den Tisch. »Und wenn er erst dir gehört, dann lassen wir den Bären los.«

»Er wird mir nie gehören.«

»Natürlich, wenn der Alte abkratzt.«

»Dann kriegt ihn sein Sohn. Der kommt ihn manchmal besuchen.«

»Dem hauen wir eine über die Rübe, dann hat sich die Sache.«

Die drei schwiegen. Marcelo lehnte sich an den Ladentisch, und die anderen gingen herum, grinsten und ließen ihre Blicke über die Regale schweifen.

»Laura wartet um sechs vor dem Kino auf dich«, sagte Gabriel. Marcelo sah ihn wortlos an. »Und bis dahin wirst du alles vorbereitet haben.«

»Ich weiß nicht«, sagte Marcelo.

»Was heißt, ich weiß nicht! Hast du etwa Schiß gekriegt?«

»Sie werden dahinterkommen und mich einsperren.«

»Niemand wird dahinterkommen, die werden schwarz, bevor sie herausfinden, wie es gelaufen ist«, sagte Gabriel. »Du darfst mit Laura ausgehen, und außerdem kriegst du noch deinen Anteil. Du kannst also nur gewinnen.«

Marcelo setzte sich wieder, während die beiden anderen auf seine Antwort warteten. Lange Zeit war es im Laden vollkommen still.

»Es ist deine einzige Chance, an Laura ranzukommen.« Gabriel sah ihn an, ohne mit der Wimper zu zucken. Marcelo stand auf und zögerte einen Augenblick. Ihm war bang. Dann nickte er und sagte: »Geht jetzt, der Alte kann jeden Moment kommen.«

»Also vergiß nicht: heute abend!«

»Heute nicht, morgen, wenn das mit Laura vorbei ist. Aber geht jetzt.«

»Jeder von uns kriegt das, was er braucht.« Gabriel ging mit Carlos zur Tür. »Aber nur, wenn alle zusammenhalten, sonst kommst du zu nichts.«

Den ganzen Nachmittag ging Marcelo im Laden auf und ab, als brauchte er Platz, um einen klaren Gedanken fassen zu können. Er bediente zerstreut die Kunden, rauchte eine Zigarette nach der anderen und bereute es wieder, ja gesagt zu haben. Aber er sah ein, daß Gabriel recht hatte: es war die einzige Gelegenheit, um mit Laura auszugehen, keiner würde dahinterkommen, und obendrein würden sie ihm seinen Anteil geben, er würde also am meisten davon profitieren. Als es dämmerte, verließ Marcelo den Laden. Er vergewisserte sich, daß er gut abgesperrt hatte, und brachte dem Alten die Schlüssel und das Geld. Während er nervös und voller Freude, mit schweißnassem Gesicht, zum Kino hastete, dachte er daran, Laura einen Heiratsantrag zu machen und ihr zu sagen, es sei ihm egal, daß sie schon mit den anderen geschmust hatte. Er würde weiter arbeiten, aber nur für sie, nicht für den Vater und die Tante, für die wolle er sich nicht sein Leben lang abrackern. Laura stand neben dem Eingang. Marcelo ging langsam auf sie zu und schaute sie an, mit strahlenden Augen.

»Ich warte schon eine halbe Stunde«, sagte sie.

»Entschuldige, es ging nicht früher, ich bin so schnell wie möglich gekommen, ich hab mich so darauf gefreut, dich zu sehen«, fing Marcelo an. Er stockte, als er das Lächeln auf ihren Lippen sah, und bekam einen roten Kopf.

»Gehn wir rein«, sagte sie. Drinnen setzten sie sich wortlos. Laura lächelte immer noch.

»Manchmal bist du zum Lachen«, sagte sie. Als die Lichter erloschen und auf der Leinwand ein helles Viereck erschien, nahm Laura seine Hand, legte sie um ihre Schulter und drückte sie. Er dachte, jetzt sei der richtige Moment, ihr zu sagen, was er fühlte, aber die Worte blieben ihm in der Kehle stecken, und sein Gesicht brannte. Sie drückte wieder seine Hand und drehte den Kopf zu ihm.

»Hast du alles vorbereitet?« sagte sie. Marcelo zuckte zusammen. Er hatte nicht erwartet, daß sie von der Sache wußte. Sie sah ihn fragend an.

»Morgen«, stieß er hervor und sah weg. Dann begann der Film zu laufen, und Menschen und Buchstaben kamen undeutlich ins Bild. Laura führte Marcelos Hand zu ihren Brüsten. Das Bild blieb verschwommen; da wurden im Saal Stimmen laut und vereinzelte schrille Pfiffe, und ein rhythmisches Klatschen und Stampfen ging los, bis der Krach ohrenbetäubend war. Marcelos Hand glitt unter Lauras Bluse. An ihnen vorbei flogen glühende Zigarettenstummel, prallten gegen die Leinwand und glimmten am Boden weiter, wie ein roter Teppich. Die andere Hand tastete sich unter dem Rock hoch. Sie unterdrückten ein Stöhnen, indem sie die Gesichter aufeinanderpreßten. Dann wurde rundherum wieder geklatscht und protestiert. Sie fuhren auseinander, als die Lichter im Saal plötzlich angingen und die Sprünge an den Wänden, die abblätternde Farbe und das Zinkdach auf seinen Balken und Pfosten erhellten. Da trat, wie auf Befehl, Stille ein, die nur durch das Ächzen der Kinostühle unterbrochen wurde. Dann ging das Licht wieder aus, und der Film lief weiter, und seine Hände und ihre Hände fanden sich aufs neue unter dem Rock und der Bluse des Mädchens. Nach der Vorstellung tauchten die beiden in die Nacht, die sich sanft und lau um ihre Körper legte. Marcelo hielt den Augenblick für gekommen, Laura zu sagen, sie müßten sofort heiraten und es mache nichts, daß sie schon mit anderen Jungen gegangen sei. Aber er hatte gerade erst ihren Namen hervorgebracht, als ihn das Mädchen unterbrach: »Ich muß heim, meine Tante kommt mit dem Zehn-Uhr-Zug. Wenn ich da nicht zu Hause bin, prügelt sie mich tot.«

Marcelo sah ihr nach, bis er sie aus den Augen verlor. Eine ganze Weile blieb er stehen und starrte dorthin, wo sie verschwunden war, dann ging er in dieselbe Richtung, als wollte er sie noch einholen, aber er dachte, jetzt ist alles vorbei. Als er nach Hause kam, stand der Vater am Fenster und rauchte. Er roch das fremde Parfüm, lachte laut und rief: »Ein Hoch auf die Hurerei!« Marcelo ging ins Badezimmer. Jetzt konnte er nicht mehr anders. Er mußte sich die Geschichten vorstellen, die Gabriel ihm vorgeflunkert hatte, und sie durchspielen, als sei er selbst der Hauptakteur. Ihre Haut ist wie Samt, und ganz stramme Schenkel hat sie, und du mußt es ihr die ganze Nacht lang besorgen, sie kann einfach nicht genugkriegen, schwenkt die Hüften, leckt dich und beißt dich, und einmal sitzt sie oben und holt's aus dir raus und dann wieder unten, und so treibt sie's die ganze Nacht, bis zum Hellwerden. Marcelo lehnte sich an die Wand, entspannt, die Augen geschlossen. Er wollte an nichts denken. Ließ einen Waschkübel vollaufen und steckte den Kopf ins Wasser und rieb sich das Gesicht mit beiden Händen ab, dann schüttete er sich noch Wasser über den Nacken. Er ging in sein Zimmer und versuchte, an nichts zu denken, aber in der Nacht wälzte er sich die meiste Zeit im Bett. Er erwachte mit brennenden Augen und starken Kopfschmerzen. Mühsam, als würde sein Körper sich sträuben, stand er auf. Aber dann duschte er, zog sich rasch an und verließ das Haus, ohne nach dem Vater zu schielen und ohne auf die Tante zu achten. Den ganzen Tag dachte er an Laura, daran, daß er sie das nächste Mal nicht weggehen lassen würde, aber gleich sagte er sich, daß es dazu gar nicht mehr kommen würde. Es dunkelte, als er aus dem Laden kam, und er schlenderte durchs Dorf. Er wollte noch nicht heimgehen, weil er die schwüle, klebrige Luft nicht ertrug, die in sein Zimmer dringen, sich an den Wänden festsetzen und schließlich nach ihm greifen würde. Er hörte seinen Namen rufen, drehte sich um und blieb stehen, als er Gabriel und Carlos näherkommen sah.

»Na«, sagte Gabriel, »wohin willst du?«

Marcelo hob die Schultern und schwieg.
»Hast du alles vorbereitet?« fragte der andere.
»Nein«, erwiderte Marcelo, »gestern ist nichts gelaufen.«
»Wieso ist gestern nichts gelaufen?«
»Laura ist nach dem Kino gleich nach Hause.«
»Das ist egal, du warst mit ihr zusammen. Jetzt mußt auch du dein Wort halten.«
Marcelo wandte sich ab und ging weiter. Sie riefen wieder, und er blieb wieder stehen.
»Gehn wir woanders hin«, sagte Gabriel, »wo wir ungestört reden können.«
Sie gingen durch enge Gassen, in denen trockene Tamarindenblätter unter ihren Füßen raschelten. Etwas außerhalb des Dorfes hielten sie an. Marcelo war vorausgegangen, er verlor fast das Gleichgewicht, als ihm Gabriel einen Stoß versetzte.
»Jetzt erklär uns mal, wieso nichts gelaufen ist.«
»Wir waren nur im Kino«, sagte Marcelo. In diesem Augenblick tauchten auch noch Julio und Mario aus der Dunkelheit auf.
»Du wolltest sie wohl gleich beim ersten Mal aufs Kreuz legen.«
»Es ist deine Schuld, wenn sie abgehauen ist.«
»Das Ding da taugt sowieso nichts«, sagte Gabriel und trat Marcelo zwischen die Beine. Der Junge krümmte sich und versuchte, sich mit beiden Händen zu schützen. »Du bist zu überhaupt nichts gut«, und der andere stieß ihm das Knie ins Gesicht, so daß Marcelo nach hinten fiel. »So ein Schlappschwanz soll die Finger von den Weibern lassen!« Er wollte sich aufrappeln, aber jemand kniete auf seinem Magen. »Waschlappen verkaufen kannst du, sonst nichts« – ein Tritt in den Rücken, daß er sich nach hinten bog, dann raubte ihm ein Schlag auf den Kopf das Bewußtsein. Er hörte nur noch Fetzen von Worten, dumpfes Raunen und Grunzen, und die Schläge kamen ihm nicht mehr so hart vor. Als er zu sich kam, war es stockdunkel. Sein Gesicht brannte, die Augen waren verschwollen, der Mund ausgetrocknet. Eine Weile vermochte er an nichts zu denken, er starrte nur in den tiefen, schwarzen Himmel. Mühsam versuchte er sich zu erinnern, lächelte: die Ladentür

brauchte er nun nicht mehr offen zu lassen. Er versuchte aufzustehen, aber er konnte nicht vor Schmerzen. Also würde er hier schlafen, könnte den Himmel sehen und brauchte sich keine Sorgen mehr zu machen. Bei Sonnenaufgang würde ihn jemand finden und nach Hause bringen.

Memppo Giardinelli
Erntezeit

Für Erskine Caldwell, dessen Einfluß ich mich nicht entziehen konnte – vielleicht, weil sein Land und mein Land die unendlichen und unergründlichen Geheimnisse dieses Amerika teilen.

Jedesmal wenn Juan Gómez einen Bauernhof verließ, seufzte er tief, nachdem er das Gatter durchschritten hatte, zog die Schultern ein und marschierte gute hundert Meter. Er suchte sich ein schattiges Fleckchen, legte sich auf die Erde, die Hände im Nacken, pfiff ein paar Sekunden lang durch die Zähne, beobachtete den Flug eines Sittichschwarms und murmelte sanft: »Verdammte Hurenwirtschaft.«

Allmählich begriff er, daß das Leben noch bitterer war, als er schon immer gewußt hatte. Seit einer Woche war er auf Arbeitssuche. Mann hatte ihm gesagt, im Gebiet um Quitilipi würden Tagelöhner gebraucht, doch wie er jetzt sah, daß die Erntearbeit auf allen Kleingütern schon vorgerückt war, wurde ihm die Nutzlosigkeit seiner Pilgerschaft bewußt. Es war nicht mehr wie zu den Zeiten, die ihn an die Worte des Nepomuceno erinnerten, daß die beste Zeit die Erntezeit sei, wenn der Chaco wie in Weiß gekleidet erschien und jedermann sich aufs Baumwollpflücken stürzte. Jedes Jahr wurde weniger angepflanzt, auf den Kleingütern beklagten sich alle über die Regierung (die sich vor Krediten drückte und die Einfuhr jener Fasern zuließ, die die Preise verdarben, so hatte er gehört), und natürlich wurde weniger Land bebaut, es gab weniger zu ernten, weniger Arbeit, weniger Geld. Obendrein herrschten im einen Jahr Trockenheit und im nächsten Überschwemmungen. Alles war aus dem Lot.

Dann raffte er sich langsam auf, schüttelte den Staub von

seiner Hose und machte sich wieder auf den Weg, wobei er spürte, wie die sandige Erde durch die kleinen Löcher seiner Hanfschuhe zwischen seine Zehen kroch. Immer wieder überprüfte er besorgt sein kleines Bündel und stellte fest, daß ihm nur wenige Brote verblieben, obwohl er kaum davon aß; darauf schritt er wieder unbeirrt aus, um seine Dienste da und dort in der Hoffnung anzubieten, dank seiner Verschwiegenheit und Gefügigkeit werde jemand ihm irgendeine Arbeit auftragen, und begierig, ein paar Münzen zusammenzukratzen, bis er am Ende jedes Tagesmarschs sparsam an einem Kanten Brot knabberte und optimistisch dachte, alles werde sich ändern, weil Erntezeit war; und dann legte er sich unter einen Baum auf den Erdboden und schlief tief.

Gegen Ende des achten Vormittages verließ er – von neuem abgewiesen – ein Kleingut mit Namen La Rosita und legte eine halbe Legua nordwärts zurück, als lenke er seine Schritte zur Pampa del Indio, bis er in etwa hundert Metern Entfernung an der Landstraße einen Laden erblickte. Es war ein altes, rechteckiges Haus mit je einem riesigen Lapachobaum zu beiden Seiten, vor dem eine uralte klapprige Zapfsäule mit Handkurbel stand. Er verspürte Durst und beschleunigte den Schritt. In der vergangenen Nacht hatte er sich vorgenommen, nicht zu essen, damit sein geschrumpfter Proviant einen Tag länger ausreichte. Er beschloß, jetzt ein ganzes Brot zu essen, während er sich dem Laden näherte; dort wollte er eine Flasche Zuckerrohrschnaps kaufen, um sich damit Mut zum Weitermarschieren zu machen. Er würde sie in seinem Bündel mitnehmen; so könnte er sich, wenn er eine Rast einlegen wollte, in Gesellschaft fühlen. Der Einkauf würde ihn über die Hälfte seiner Barschaft kosten, doch schnell sagte er sich, daß ihm dieses Mindestmaß an Wohlleben zustehe; er war ziemlich abgemagert, und der Strick, den er als Gürtel benutzte, saß jetzt um mindestens zwei Zentimeter enger. Das Schlimmste war seine anhaltende Traurigkeit und daß sich keine Gelegenheitsarbeit ergab; vorläufig noch nicht der Hunger.

Er zog ein Brot hervor, das steinhart war, bespuckte und beleckte es, damit es etwas weicher würde, und vermochte dann ein Stück herauszubrechen. Die lotrecht fallende Sonne brannte ihm auf den Schädel, und er mußte sich mehrmals mit dem Ärmel das Gesicht abwischen; die vom Nordwind angewehten Sandkörner blieben auf seiner schweißnassen Haut kleben, und er mußte sie mitkauen. Er überlegte, daß der Regen jeden Augenblick herunterprasseln müßte, sobald die heißeren Windstöße nachließen und der Himmel ganz bedeckt wäre. Hinterher würde die Feuchtigkeit unerträglich sein, doch er dachte daran, daß er beim Marschieren den köstlichen Geruch von feuchter Erde atmen und das frische Grün des Waldlands sehen würde.

Während der letzten Meter vergegenwärtigte er sich alle Kleingüter, die er aufgesucht hatte und wo die Tagelöhner in der lastenden Stille des Chacosommers fieberhaft arbeiteten, mit ihren bis zu den Ohren heruntergezogenen Strohhüten und den unerläßlichen um den Hals geschlungenen feuchten Taschentüchern. Er besah seine Hände und spürte, wie verhärtet und begierig auf das Baumwollpflücken sie waren, während in ihm eine Woge von Neid und Wut anwuchs, wie ein Juckreiz, ein jäher Drang, mit den Fingern in die Kapseln zu fassen, um sie aufzubrechen und die Hornhaut seiner Fingerspitzen von neuem bluten zu sehen.

»'n Tag...« sagte er beim Eintreten.

Er wandte sich zur Theke, die etwa vier Meter von der Tür entfernt war, in einem trügerischen Halbdunkel, an das sich seine Augen nur mühsam gewöhnten. Der Fußboden war gefliest. Von den drei kleinen viereckigen Tischen waren zwei besetzt: an einem saß ein Dunkelhäutiger mit breiten Schultern und Armen, die einen Traktor stemmen konnten, und hielt ein Nickerchen oder schlief seinen Rausch aus; an dem anderen hockten drei Bauern, die wie Drillinge aussahen – mit ihren gleichen dünnen Bärtchen, kaum nasenbreit, und den tief in die Stirn gezogenen breitkrempigen Schlapphüten, unter denen buschiges Kraushaar hervorquoll – und unterhielten sich lustlos, wie Taubengekoller.

»Was willst du hier?« fragte die Frau, die mit aufgestützten Ellenbogen hinter den Theke stand. Sie mochte vierzig Jahre alt sein, mit Brüsten wie reife Papayas und Pranken, die zwei fetten Vogelspinnen glichen.

»Zuckerrohrschnaps«, antwortete Juan Gómez. »Eine Flasche.«

Die Frau drehte sich um und hielt dann die Flasche in der Hand als habe sie sie aus der Luft gegriffen.

»Macht dreihundert.«

»In Ordnung.« Juan Gómez kramte in seinen Taschen, zählte drei Scheine ab, glättete sie und legte sie auf die Theke. Sie nahm sie, ohne nachzuzählen, und steckte sie zwischen ihre Brüste.

Wenn Sie mir ein Glas leihen, würde ich gerne einen Schluck nehmen.«

Sie blickte ihn unverwandt an, als habe sie nicht gehört.

»Ein Glas«, wiederholte er. »Geben Sie mir ein Glas.«

»Nein, du gehst jetzt.«

»Aber leihen Sie mir doch ein Glas. Nur für einen Schluck.«

»Nein, hab ich gesagt. Nichts kriegst du. Wir wollen euch hier nicht.«

»Wer ist wir?«

»Ihr Tagelöhner von auswärts. Es gibt nicht mal Arbeit für uns, und ich weiß nicht, was ihr hier sucht. Völlig umsonst. Und drückt noch die Löhne.«

»Schon gut Frau Chefin, ich schau ja nur. Auf eigene Rechnung. Ich bin allein und falle niemand zur Last. Und ich bitte nur um ein Glas, um von dem Schnaps zu trinken, den Sie mir verkauft haben; dann gehe ich sofort.«

»Nein, du gehst gleich. Raus mit dir. Wir wollen euch hier nicht.«

»Ich bin allein unterwegs, Chefin, das habe ich eben doch schon gesagt. Und schmeißen Sie mich nicht so raus, ich bin kein Hund.«

»Raus, verdammt noch mal!«

Juan Gómez sah sie fest an und verengte die Augen, die sich in zwei kleine finstere, haßerfüllte Schlitze verwandelten. Er merkte, daß die Stammkunden stumm seinem Wortwechsel mit der Frau lauschten, während die Temperatur um ein paar Grad gestiegen zu sein schien. Bevor er antworten konnte – oder bevor er sich entschloß zu antworten, denn etwas in seinem Innern riet ihm, ruhig zu bleiben –, erschien ein Mann hinter der

Frau, größer als sie, halb kahl und rund wie ein Paloborrachostamm, mit einem so glanzlosen und kalten Blick wie ein Toter. Er fragte, was los sei, und sie antwortete ohne Zögern: »Der geht mir auf die Nerven, Pegro. Will nicht gehen, obwohl ich ihm gesagt habe, wir wollen hier keine Scheißtagelöhner.«

Der Dicke blickte Juan Gómez an.

»Was willst du? Prügel?«

»Nein, Chef, hab' nur um ein Glas gebeten, um von meinem Schnaps zu trinken. Ich habe Durst.«

»Kommst du aus Saespeña?«

»Aus Napenay.«

»Ist das gleiche. Wer schickt dich her?«

»Niemand.« Juan Gómez lächelte und zuckte mit den Schultern. »Ich bin allein.«

»Und wohin gehst du?«

»Wo ich Arbeit finde.«

Der Dicke betrachtete ihn geringschätzig mit seinem eiskalten Blick, und es war, als senke er ein dichtes, vernichtendes Schweigen auf die Stammkunden herab; dann murmelte er verächtlich etwas, während er fast zugleich aus dem Mundwinkel schwarzen zähen Schleim ausspuckte und eine verschwitzte Hand ausstreckte, die Juan Gómez' rechte Schulter berührte und ihn zurückweichen ließ.

»Schaut euch den Hurensohn an!« röchelte der Dicke heiser den anderen zu. »Sucht Arbeit, die er euch wegnimmt, einfach so, und fühlt sich nicht mal schuldig. Dafür schleppen sie die her, um die Leute zu verarschen! Verkaufen sich wie die Huren, drücken die Löhne und nehmen uns die Arbeit weg!«

»Nicht, da täuschen Sie sich«, erwiderte Juan Gómez, bemüht, den Dicken mit Gesten zu beschwichtigen. »Ich will niemand was wegnehmen. Jedem das Seine, der Kies, den er verdient hat. Niemand hat mich hergeschickt. Bin allein gekommen.«

»Dich hat der Ramíre hergeschickt, lüg doch nicht.«

»Welcher Ramíre? Kenne ich nicht.«

»Doch, der hat dich hergeschickt, um die Leute zu verarschen, um sie zu ärgern; genau deshalb.«

Der breitschultrige Dunkelhäutige war aufgestanden und trat auf Juan Gómez zu; mit beiden Händen packte er ihn am Hemd, das riß, und sagte leise, wobei er ihm seinen lauwarmen Atem ins Gesicht blies: »Du Hurensohn.«

Juan Gómez wich einen Schritt zurück, während er sein Blut ins Gesicht schießen fühlte. Er bekam Angst und verbiß sich seine Antwort. Sein Herz war aus dem Rhythmus geraten und hämmerte ungestüm gegen seine Rippen. Die drei Bauern am anderen Tisch standen gleichfalls auf und näherten sich der Theke. Juan Gómez wich noch einen Schritt zurück und stellte sich so hin, daß niemand hinter ihn treten konnte; er blickte verstohlen zur Tür, durch die ein warmer, breiter Lichtstrahl fiel, und bereute eingetreten zu sein.

»Ramíre hat dich im Lastwagen hergebracht«, behauptete der kleinste der Bauern. »Ich habe dich heute früh gesehen, als Ramíre einen Lastwagen voll Leute aus Quitilipi gebracht hat; Indios und dergleichen; und der hier war dabei.«

»Der will doch aus Napenay sein«, sagte ein anderer zweifelnd.

»Und wenn's so ist, kümmert's mich einen Scheißdreck«, warf der Dunkelhäutige ein und schlug Juan Gómez mit der flachen Hand heftig mitten ins Gesicht.

Dann versetzte er ihm einen ordentlichen Haken gegen die Kinnlade, der ihn durch die Luft und auf einen Tisch schleuderte, von dem er zu Boden stürzte. Er kam nicht dazu, sich hochzurappeln: ein Gewirr von Beinen trampelte auf seinem Körper herum, so daß er sich nur mit den Armen zu schützen vermochte, während er die eigene Stimme seinen Schmerz und seine Ohnmacht herausschreien hörte. Die aufgestachelte Frau spornte die Männer an. Juan Gómez, der im Mund eine klebrige, salzige Flüssigkeit spürte, rollte sich auf die Seite und sah sein eigenes Blut. Es gelang ihm, sich wegzuwälzen und auf die Füße zu kommen. Er empfing einen heftigen Schlag, als hätte man ihm einen Hieb mit einem Spaten versetzt, und stürzte zur Tür. Der Dicke, der Pegro hieß, versuchte ihn festzuhalten, indem er ihn am Hemd packte, aber Juan Gómez trat ihm mit aller Kraft in den Hoden und rannte auf die Straße hinaus, während der andere vor Schmerz aufheulte und zu Boden ging.

Er rannte in der Gewißheit, verfolgt zu werden. Augenblicke später blickte er zurück und konnte feststellen, daß ihm im Abstand von etwa hundert Metern der Dunkelhäutige und zwei der Bauern nachrannten; einer von ihnen hielt eine Flinte in der Faust. Juan Gómez bog instinktiv von der Landstraße ins Buschland ab und preßte die Schnapsflasche gegen die Brust. Verzweifelt schlug er den Flaschenhals gegen einen Johannisbrotbaum und hob die Flasche an den Mund; gierig trank er die Flüssigkeit, ohne darauf zu achten, ob das zersplitterte Glas ihm die Lippen zerschnitt, so als müsse er plötzlich sein eigenes Blut versüßen, und als er den Lauf wieder aufnahm, noch immer die Flasche in der Hand, merkte er, daß er weinte.

Er wußte nicht, wie lange er gelaufen war, doch als er sich erschöpft mit dem Gesicht zu Boden niederwarf, fühlte er, daß seine Beine zitterten und seine Hände nicht mehr den von seinem Gehirn gesandten Befehlen gehorchten. Er wußte, daß sein einziger Ausweg die Flucht war, doch sein entkräfteter Körper ließ sich nicht mehr aufrichten. Er hob den Kopf und sah, daß alles verschwamm. Sein Schweiß, sein Blut, das noch immer aus der linken Braue rann, und die süßen Reste des Zuckerrohrschnapses trübten seinen Blick. Er stellte die zerbrochene Flasche zur Seite und wischte sich mit dem Hemdsärmel über die Augen. Er weinte nicht mehr. Er richtete sich mühsam auf und stellte fest, daß er sich auf einer Lichtung befand; er stüzte sein ganzes Gewicht auf einen Ellenbogen und sah sich um, lauschte aufmerksam auf die Geräusche des Buschlands, bis er einen riesigen Guajakbaum erkennen konnte, doch schon vernebelte sein Blick sich wieder. Er hob eine Hand zu den Augen und fuhr erschreckt vor dem Anblick des Blutes daran zurück. Jetzt hörte er Hundegebell.

Mit einem Satz sprang er auf und rannte trotz Ermüdung und Schmerz wieder los; er verfing sich im Gestrüpp, stachelige Büsche zerkratzten ihm Arme und Gesicht und zerschlissen seine Hosenbeine und die Überreste seines Hemdes. Doch seine Angst wog mehr als all das – vielleicht weil die Angst ein stärkerer Schmerz ist als der Schmerz selber. Er kam nicht weit; das wütende, unerbittliche Hundegebell war immer deutlicher zu hören. Und er kannte die Hunde im Buschland, ihren Spürsinn, ihre Hartnäckigkeit.

Keuchend blieb er vor einem über einen Meter Durchmesser dicken Quebrachostamm stehen und sank schwerfällig zu Boden. Sein Herz erzeugte beim Pochen dumpfe Geräusche und betäubte ihn, und sein Schnaufen trocknete ihm den Mund aus; seine Beine waren wie Zigarrenasche, die der Wind fortwehen konnte; seine Kinnlade vollführte plötzlich ein verrücktes Kastagnettengeklapper, über das er keine Gewalt hatte, bis sie sich mit einemmal verkrampfte und seine Zunge lähmte.

Wieder erschreckte ihn beängstigend nahes Hundegebell, doch nun hatte er nicht mehr die Kraft, weiterzufliehen. Er versuchte nicht einmal, sich aufzuraffen; er hob die Flaschenhälfte, die sich wie eine Glaskrone öffnete, und schlürfte einen kurzen Schluck. Er leckte den letzten Tropfen ab, gleichgültig gegenüber den Verletzungen, die er sich dabei zufügte.

»Hierher!« schrie eine Stimme, so nah, daß sie in seinen Ohren widerzuhallen schien.

»Lauf dem Hund nach, Pegro!« drängte eine Stimme, die kaum weiter entfernt war.

Juan Gómez fuhr sich mit einer Hand über das Haar, während er unterdrückt aufschluchzte. Er schloß die Augen und lehnte sich an den Baum, während er sich fragte, wie er in diese Lage geraten konnte, ausgerechnet zur Erntezeit, wenn im ganzen Chaco alles besser wurde. Aber eine Sekunde später, als er die Hunde über sich herfallen sah, wußte er, daß er es nie erfahren würde.

Biobibliographische Hinweise

Ivan Ângelo, geb. 1936 in Barbacena (Minas Gerais, Brasilien), lebt seit 1965 als Journalist in São Paulo, seit 1984 Chefredakteur des *Jornal da Tarde*, wurde vor allem bekannt durch seinen gesellschaftskritischen, zunächst von der Militärdiktatur verbotenen Roman *A festa* (1976), Werke: *As duas faces* (1961 Erzählungen), *A casa de vidro* (1979, Erzählungen), *A face horrível* (1986, Erzählungen).
»Bar«: Übersetzt von Ray-Güde Mertin, aus: *A face horrível* (Editora Nova Fronteira, Rio de Janeiro 1986). © Ivan Ângelo, 1986.

João Antônio, geb. 1937 in São Paulo, aus einer Arbeiterfamilie, zunächst Bürogehilfe und Fabrikarbeiter, dann Journalist, lebt in Rio de Janeiro. Seine Geschichten behandeln, mit einer zunächst als schockierend empfundenen sprachlichen Unmittelbarkeit, die gesellschaftlichen Randgruppen in der brasilianischen Großstadt. Werke: *Malagueta, Perus e Bacanaço* (1963, Erzählungen), *Leão-de-Chácara* (1975, Erzählungen), *Malhação do Judas carioca* (1975, Erzählungen), *Casa de loucos* (1976, Erzählungen), *Dédo-duro*, (1982, Erzählungen), *Abraçado ao meu rancor* (1986, Erzählungen).
»Eguns«: Übersetzt von Karin von Schweder-Schreiner, aus: *Abraçado ao meu rancor* (Editora Guanabara, Rio de Janeiro 1986). © João Antônio, 1986.

Reinaldo Arenas, geb. 1943 in einem kleinen Ort in Ostkuba, studierte Literaturwissenschaften in Havanna, Mitarbeiter verschiedener Zeitschriften (»Orígines«, »Casa de las Américas«), ab 1970 Publikationsverbot, 1974 einjährige Gefängnishaft wegen »konterrevolutionären Verhaltens«, seit 1980 im Exil in New York, Herausgeber von exilkubanischen Zeitschriften. Werke: *Celestino antes del alba* (1967, Roman Neuveröffentlichung 1982 unter dem Titel *Cantando en el pozo*), *El mundo alucinante* (1968,

Roman; dt. *Wahnwitzige Welt*, Suhrkamp, Frankfurt/M. 1982), *Con los ojos cerrados* (1972, Erzählungen, erweiterte Fassung 1981 unter dem Titel *Termina el desfile*), *El palacio de las blanquísimas mofetas* (1975, Roman; dt. *Der Palast der blütenweißen Stinktiere*, Luchterhand, Darmstadt u. Neuwied 1977), *El central* (1981, Gedicht), *Otra vez el mar* (1982, Roman), *Persecución* (1986, 5 Theaterstücke).
»Mit geschlossenen Augen«: Übersetzt von Monika López, in: *L'80*. Heft 22 (1982). Der Originaltext erschien zuerst 1970 in »La Gaceta de Cuba«.

JUAN JOSÉ ARREOLA, geb. 1918 in Zapotlán (heute Ciudad Guzmán, Jalisco, Mexiko), gab mit Juan Rulfo und Antonio Alatorre die Zeitschrift »Pan« heraus, Studienaufenthalt in Frankreich, dann Lehrtätigkeit an der Universität von Mexico-City, großer Anreger und Förderer junger Talente. Meister der in Mexiko noch jungen Gattung der Kurzgeschichte. Werke: *Varia invención* (1949, Prosa u. Erzählungen), *Confabulario* (1952, Prosa u. Erzählungen; dt. *Confabularium*, Suhrkamp, Frankfurt/M. 1980) *La feria* (1963, Roman), *Obras* (Gesamtausgabe, 1971), *Mujeres, animales y fantasías mecánicas* (1972, Erzählungen).
»Dorfgeschichte«: Übersetzt von Kajo Niggestich, aus: *Confabularium* (Suhrkamp, Frankfurt/M. 1980).

MARIO BENEDETTI, geb. 1920 in Paso de los Toros (Uruguay), aufgewachsen in Montevideo, Mitarbeiter der Zeitschrift »Marcha« (1945–1974), 1968–1971 Mitarbeiter der Casa de las Américas in Havanna, 1971–1973 Lehrtätigkeit an der Universität von Montevideo, ging nach dem Militärputsch von 1973 ins Exil (Argentinien, Peru, Kuba, Spanien), lebt in Madrid und Montevideo. Sein umfangreiches lyrisches, erzählerisches und essayistisches Werk wurde in mehr als 20 Sprachen übersetzt. Werke: *Esta mañana* (1949, Erzählungen), *El último viaje y otros cuentos* (1951, Erzählungen), *Quien de nosotros* (1953, Roman), *Poemas de la oficina* (1956); *Montevideanos* (1959, Erzählungen), *La tregua* (1960, Roman; dt. *Die Gnadenfrist*, Lamuv, Bornheim 1984), *Gracias por el fuego* (1965, Roman; dt. *Danke für das Feuer*, rotpunktverlag, Zürich 1987), *La muerte y otras surpresas* (1968, Erzählungen), *Inventario 70* (1970, Lyrik), *El cumpleaños de Juan Angel* (1971, Versroman), *Con y sin nostalgia* (1977, Erzählungen). In dt. Übersetzung sind außerdem erschienen: *Die Sterne und du. Erzählungen aus Uruguay* (Hammer Verlag, Wuppertal 1984), *Verteidi-*

gung der Freude. Gedichte (Edition Con, Bremen 1985), *Literatur und Revolution* (rotpunktverlag, Zürich 1985), *Frühling im Schatten* (Roman, Hammer Verlag, Wuppertal 1986).
»Pequebú«: Übersetzt von Anneliese Schwarzer de Ruiz, aus: *Die Sterne und du* (Hammer Verlag, Wuppertal 1984). – Die Erzählung stammt aus dem Jahr 1976.

ADOLFO BIOY CASARES, geb. 1914 in Buenos Aires, enger Kontakt zu J. L. Borges, Mitherausgeber der Zeitschrift »Sur«, einer der Hauptvertreter der phantastischen Literatur in Lateinamerika. Werke: *La invención de Morel* (1940, Roman; dt. *Morels Erfindung*, Nymphenburger, München 1965; *dass.*, Suhrkamp, Frankfurt/M. 1975), *Plan de evasión* (1945, Roman; dt. *Fluchtplan*, Suhrkamp, Frankfurt/M. 1977), *La trama celeste* (1948, Erzählungen), *El sueño de los héroes* (1954, Roman; dt. *Der Traum der Helden*, Suhrkamp, Frankfurt/M. 1977), *Historia prodigiosa* (1956, Erzählungen), *Guirnalda con amores* (1959, Erzählungen), *El lado de la sombra* (1962, Erzählungen), *El gran Serafín* (1967, Erzählungen), *Diario de la guerra del cerdo* (1969, Roman; dt. *Der Schweinekrieg,* Nymphenburger, München 1971; *dass.*, unter dem Titel *Tagebuch des Schweinekriegs*, Suhrkamp, Frankfurt/M. 1978), *Dormir al sol* (1973, Roman; dt. *Schlaf in der Sonne*, Suhrkamp, Frankfurt/M. 1976), *El héroe de las mujeres* (1979, Erzählungen). Zusammen mit Jorge Luis Borges: *Seis problemas para Don Isidro Parodi* (1942; dt. *Sechs Aufgaben für Don Isidro Parodi*, Fischer, Frankfurt/M. 1969), *Dos fantasías memorables* (1946), *Un modelo para la muerte* (1946), *Crónicas de Bustos Domecq* (1967), *Historias fantásticas* (1972, Erzählungen; dt. in Auswahl *Die fremde Dienerin*, Suhrkamp, Frankfurt/M. 1983).
»Eine Reise oder Der unsterbliche Zauberer«: Übersetzt von Joachim A. Frank, aus: *Die fremde Dienerin* (Suhrkamp, Frankfurt/M. 1983). Der spanische Originaltext erschien zuerst in dem Erzählband *El lado de la sombra* (1962).

JORGE LUIS BORGES, geb. 1899 in Buenos Aires, gest. 1986 in Genf, lebte 1914–1920 mit seiner Familie in Europa, Abitur in Genf, 1921 Rückkehr nach Buenos Aires, 1931 Mitarbeiter der neugegründeten Zeitschrift »Sur«, 1938 bis zur Machtergreifung Peróns 1945 Arbeit als Bibliothekar in einem Vorort von Buenos Aires, 1950–1953 Präsident des argentinischen Schriftstellerverbands, 1955 nach dem Sturz Peróns Ernennung zum Direktor der Nationalbibliothek, 1956 Professor für englische Literatur an der

Universität von Buenos Aires. Seit 1963 fast erblindet, blieb Borges bis zuletzt produktiv und unternahm noch in hohem Alter ausgedehnte Reisen. Er gehört zu den großen Gestalten der modernen Weltliteratur, sein Einfluß auf die jüngeren Autoren in Lateinamerika ist immens. Werke: *Inquisiciones* (1925, Essays; dt. in: *Das Eine und die Vielen* [Teilsammlung], Hanser, München 1966), *Evaristo Carriego* (1930, Essay), *Historia universal de la infamia* (1935, Erzählungen; dt. *Der schwarze Spiegel*, Hanser, München 1961), *Historia de la eternidad* (1936, Essay, erw. Aufl. 1953; dt. *Geschichte der Ewigkeit*, Hanser, München 1965), *El jardín de senderos que se bifurcan*, (1941, Erzählungen), *Poemas*, 1922–1967 (1943, 1954, 1958, 1964, 1966, 1967; dt. *Ausgewählte Gedichte*, Auswahl aus den *Poemas*, 1923–1958, Limes, Wiesbaden 1963), *Ficciones* (1944, Erzählungen; dt. *Der Zahir und andere Erzählungen*), *El Aleph* (1949, Erzählungen, dt. *Labyrinthe*, gemeinsame Ausgabe von *Ficciones* und *El Aleph*, Hanser, München 1959), *La muerte y la brújula* (1951, Erzählungen), *Otras inquisiciones* (1952, Essays; dt. in: *Das Eine und die Vielen* [Teilsammlung] Hanser, München 1966), *El hacedor* (1960, Miszellen; dt. *Borges und ich*, Hanser, München 1963), *Elogio de la sombra* (1969, Gedichte; dt. *Lob des Schattens*, Hanser, München 1971), *El informe de Brodie* (1970, Erzählungen; dt. *David Brodies Bericht*, Hanser, München 1972), *El Congreso* (1971, Erzählung), *El oro de los tigres* (1972, Gedichte), *El libro de arena* (1975, Erzählungen; dt. *Das Sandbuch*, Hanser, München 1977). Bei Hanser erscheinen seit 1980 *Gesammelte Werke*.
»Mann von Esquina Rosada«: Nach der Übersetzung von Karl August Horst bearbeitet von Gisbert Haefs, aus: *Universalgeschichte der Niedertracht* (Gesammelte Werke, Erzählungen 1, Hanser, München 1961). Der spanische Originaltext erschien zuerst 1935 in dem Erzählband *Historia universal de la infamia.*

ALFREDO BRYCE ECHENIQUE, geb. 1939 in Lima, Literatur- und Jurastudium an der Universität von San Marcos in Lima, 1964 Studien an der Sorbonne in Paris, dann längere Aufenthalte in Italien, Griechenland und der Bundesrepublik Deutschland, lehrte ab 1968 Literaturwissenschaft an verschiedenen Pariser Universitäten und 1980–1984 in Montpellier. Für seinen Roman *Un mundo para Julius*, ein ironisches Porträt der Großbourgeoisie von Lima, erhielt er 1971 den peruanischen Nationalpreis. Werke: *Huerto cerrado* (1968, Erzählungen), *Un mundo para Julius* (1970, Roman), *La felicidad, ja, ja* (1974, Erzählungen), *Tantas veces Pedro*

(1978, Roman), *La vida exagerada de Martín Romaña* (1981, Roman), *Magdalena peruana y otros cuentos* (1986, Erzählungen).
»Manchmal liebe ich dich sehr immer«: Übersetzt von Maralde Meyer-Minnemann, aus: *Magdalena peruana y otros cuentos* (Plaza & Janes, Barcelona 1986) © Alfredo Bryce Echenique 1986.

GUILLERMO CABRERA INFANTE, geb. 1929 in Gibara, Kuba, lebte seit 1941 in Havanna, wo er zunächst als Journalist und Filmkritiker arbeitete, 1959–1961 Chefredakteur des Literaturmagazins »Lunes de Revolución«, dann Kulturattaché in Belgien, ging 1965 ins Exil nach London, wo er seitdem lebt. Werke: *Así en la paz como en la guerra* (1960, Erzählungen), *Tres tristes tigres* (1967, Roman; dt. Drei traurige Tiger, Suhrkamp, Frankfurt/M. 1987), *Vista del amanecer en el trópico* (1974, Erzählungen), *Arcadia todas las noches* (1978, Filmessays), *La Habana para un infante difunto* (1979, Roman), *Holy smoke* (1985; dt. *Rauchzeichen*, Suhrkamp, Frankfurt/M. 1987).
»Die feine Gesellschaft«: Übersetzt von Lene Klein, aus: *Ruderer in der Nacht. Kubanische Erzählungen.* Ausgewählt von Lene Klein (Volk und Welt, Berlin 1963). Die spanische Originalerzählung (Titel »Josefina, atiende a los señores«) stammt aus dem Jahr 1952.

ONELIO JORGE CARDOSO, geb. 1914 in Calabazar de Sagua (Las Villas, Kuba), gest. 1986 in Havanna, war nach der Schulzeit in Santa Clara als Volksschullehrer, Verkäufer und Rundfunkredakteur tätig, nach 1959 leitende Position im kubanischen Schriftstellerverband. Werke: *Taita, diga usted cómo* (1945, Erzählungen), *El cuentero* (1956, Erzählungen), *La otra muerte del gato* (1964, Erzählungen), *Cuentos completos* (1965, 1969, Erzählungen), *Caballito blanco* (1974, Kinderbuch).
»Ruderer in der Nacht«: Übersetzt von Lene Klein, Titelerzählung des gleichnamigen Erzählbands (Volk und Welt, Berlin 1963). Die spanische Originalerzählung (Titel »En la ciénaga») stammt aus dem Jahr 1961.

JULIO CORTÁZAR, geb. 1914 in Brüssel, gest. 1984 in Paris, Sohn argentinischer Eltern, die 1918 nach Buenos Aires zurückkehrten, Philosophie- und Literaturstudium, Gymnasiallehrer in der Provinz, 1944/45 Dozent für französische Literatur an der Universität von Mendoza, 1946–1951 wieder in Buenos Aires, als Übersetzer und Essayist tätig, seit 1951 in Paris, wo er als freier Übersetzer für die UNESCO arbeitete. Seit 1967 verstärktes politisches Engage-

ment, vor allem für das sozialistische Kuba, zuletzt auch für Nicaragua. Experimentierfreudiger Erzähler, der an die befreiende Kraft der Phantasie glaubte. Sein Roman *Rayuela* (1963) gehört zu den wichtigsten Texten der lateinamerikanischen Literatur von heute. Werke: *Bestiario* (1951 Erzählungen; dt. *Bestiarium*, Suhrkamp, Frankfurt/M. 1979), *Final del juego* (1956, Erzählungen; dt. *Ende des Spiels*, Suhrkamp, Frankfurt/M. 1977), *Las armas secretas* (1956, Erzählungen; dt. *Die geheimen Waffen*, Suhrkamp, Frankfurt/M. 1981), *Los premios* (1960, Roman; dt. *Die Gewinner*, Luchterhand, Darmstadt u. Neuwied 1966), *Rayuela* (1963, Roman; dt. *Rayuela. Himmel-und-Hölle*, Suhrkamp, Frankfurt/M. 1981), *Todos los fuegos el fuego* (1966, Erzählungen; dt. *Das Feuer aller Feuer*, Suhrkamp, Frankfurt/M. 1976), 62. *Modelo para armar* (1968, Roman), *Ultimo round* (1969, Miszellen, dt. *Letzte Runde*, Suhrkamp, Frankfurt/M. 1982), *Libro de Manuel* (1973, Roman; dt. *Album für Manuel*, Suhrkamp, Frankfurt/M. 1976), *Octaedro* (1974, Erzählungen), *Alguien que anda por ahí* (1977, Erzählungen; dt. *Passatwinde*, Suhrkamp, Frankfurt/M. 1987), *Queremos tanto a Glenda* (1980, Erzählungen), *El examen* (1987, früher, bislang unveröffentlichter Roman). Weitere deutsche Ausgaben: *Geschichten der Cronopien und Famen* (*Historias de cronopios y de famas*, 1962), Suhrkamp, Frankfurt/M. 1976; *Der Verfolger* (Erzählungen), Suhrkamp, Frankfurt/M. 1978; *Reise um den Tag in 80 Welten* (Miszellen, *La vuelta al día en ochenta mundos*, 1967), Suhrkamp, Frankfurt/M. 1980.
»Eine gelbe Blume«: Übersetzt von Wolfgang Promies, aus *Ende des Spiels* (Suhrkamp, Frankfurt/M. 1977).

Marco Denevi, geb. 1922 in Sáenz Peña (Provinz Buenos Aires), studierte Rechts- und Sozialwissenschaften, arbeitete jahrelang als Bankbeamter in seiner Heimatstadt, lebt seit 1980 in Buenos Aires: Werke: *Rosaura a las diez* (1955, Roman; dt. *Rosaura kam um zehn*, Kiepenheuer & Witsch, Köln 1961), *Ceremonia secreta* (1960), *Falsificaciones* (1966, Erzählungen) *Parque de diversiones* (1970, Erzählungen), *Asesinos de los días de fiesta* (1972, Roman), *Hierba del cielo* (1973, Erzählungen), *Manual de historia* (1985), *Enciclopedia de una familia argentina* (1986).
»Eintagsfliege, die Gelbe Gefahr«: Übersetzt von Sabine Ellerckmann-Gutierrez, aus: *Hierba del cielo* (Corregidor, Buenos Aires 1973) © Ediciones Corregidor.

Jesús Díaz, geb. 1941 in Havanna, gehörte 1959/60 zu den Anführern der studentischen Linken an der Universität von Havanna, Philosophiestudium, Lehrtätigkeit an der Universität (1963–1971), lebt als Journalist, Drehbuchautor und Filmemacher in Havanna. Sein autobiographisch gefärbter Roman *Las iniciales de la tierra* (1986), ein internationaler Erfolg, wird 1989 im Piper Verlag, München, erscheinen. Werke: *Los años duros* (1966, Erzählungen), *Canto de amor y de guerra* (1979, Erzählung), *De la Patria al exilio* (1980, Dokumentartext), *Las iniciales de la tierra* (1986, Roman).
»Diosito«: Übersetzt von Ulrich Kunzmann, aus: *Erkundungen. 33 kubanische Erzähler*, hrsg. v. Hans-Otto Dill (Volk und Welt, Berlin 1976). Die Erzählung stammt aus dem Erzählband *Los años duros*.

Antonio Di Benedetto, geb. 1922 in Mendoza (Argentinien), gest. 1987 in Buenos Aires, war nach abgebrochenem Jurastudium als Auslandskorrespondent tätig, dann Chefredakteur der Zeitung »Los Andes« in Mendoza, wurde 1976 inhaftiert, 1977–1984 Exil in Spanien. Einer der bedeutendsten zeitgenössischen Autoren Argentiniens, auch von Borges als Meister der phantastischen Literatur hochgeschätzt. Werke: *Mundo animal* (1953, Erzählungen), *El pentágono* (1955, Roman), *Zama* (1956, Roman; dt. *Und Zama wartet*, Erdmann, Tübingen u. Basel 1967), *El silenciero* (1964, Erzählung; dt. *Stille*, Suhrkamp, Frankfurt/M. 1968), *Los suicidas* (1969, Roman), *Cuentos del exilio* (1983, Erzählungen), *Sombras, nada más* (1985, Roman).
»Begegnung«: Übersetzt von Sabine Ellerckmann-Gutierrez, aus: *Cuentos del exilio* (Editorial Bruguera Argentina, Buenos Aires 1983).

Carlos Drummond de Andrade, geb. 1902 in Itabira (Minas Gerais, Brasilien), gest. 1987 in Rio de Janeiro. Studierte Pharmazie, dann Journalist und Beamter, zunächst im Erziehungsministerium, dann Leiter des Amts für Denkmalpflege, seit 1966 im Ruhestand. Einer der größten Lyriker Lateinamerikas, bis zuletzt auch als Journalist tätig. Lyrisches Werk: *Alguma poesia* (1930), *Brejo das almas* (1934), *Sentimento do mundo* (1940), *A rosa do povo* (1945), *Claro enigma* (1951), *Viola do bolso* (1952), Lição das coisas (1962), *Boitempo* (1968), *Menino antigo* (1973), *Esquecer para lembrar* (1979), *Corpo* (1984), *Amar se aprende amando* (1985). Prosa: *Confissões de Minas* (1944, Chroniken), *Contos de*

aprendiz (1951, Erzählungen), *Passeios na ilha* (1952, Chroniken), *Fala, amendoeira* (1957, Chroniken), *A bolsa e a vida* (1962, Chroniken), *Cadeira de balanço* (1966, Chroniken), *Caminhos de João Brandão* (1970, Chroniken), *De noticias e não-noticias faz-se a crônica* (1974), *Os dias lindos* (1977, Chroniken), *70 Historinhas* (1977, Erzählungen), *Contos plausíveis* (1981, Erzählungen), *Boca de luar* (1984, Chroniken), *O observador no escritório* (1985, Erzählungen).
»Mädchen, Blume, Telephon«: Übersetzt von Carl Heupel, aus: *Moderne brasilianische Erzähler*, hrsg. v. Carl Heupel (Walter Verlag, Olten u. Freiburg 1968). Die Erzählung stammt aus dem Band *Contos de aprendiz*.

Luis Fayad, geb. 1945 in Bogotá, Kolumbien. Nachfahre libanesischer Einwanderer, 1958–1962 Arbeit als Schauspieler und Drehbuchautor im Rundfunk, Theater und Fernsehen, dann freier Schriftsteller und Journalist. 1975 verließ er Kolumbien und lebt seitdem in Europa, (Paris, Stockholm, Barcelona, Kanarische Inseln), gegenwärtig in Berlin. Werke: *Los sonidos del fuego* (1968, Erzählungen), *Olor de lluvia* (1974, Erzählungen), *Los parientes de Ester* (1978, Roman; dt. *Auskunft über Esters Verwandte*, Lamuv, Bornheim 1987), *Una lección de la vida* (1984, Erzählungen); arbeitet zur Zeit an einem Roman über Bogotá mit dem Titel *Compañeros de viaje*.
»Das Lied des Feuers«: Übersetzt von Erich Hackl und Peter Schultze - Kraft. Titelgeschichte des Erzählbands *Los sonidos del fuego*.

Rubem Fonseca, geb. 1925 in Juiz de Fora (Minas Gerais, Brasilien), Sohn portugiesischer Einwanderer, in Rio de Janeiro aufgewachsen, nach Jurastudium kurze Zeit im Polizeidienst, dann führende Position in der Wirtschaft, lebt als freier Schriftsteller in Rio de Janeiro. Einer der großen Erzähler der brasilianischen Literatur, Meister der Kurzgeschichte, entwirft ein präzises, psychologisch komplexes Bild der modernen, großstädtischen Gesellschaft Brasiliens. Werke: *Os prisoneiros* (1963, Erzählungen), *A coleira do cão* (1965, Erzählungen), *Lúcia Mc Cartney* (1970, Erzählungen), *O caso Morel* (1973, Roman), *Feliz ano novo* (1975, Erzählungen), *O cobrador* (1979, Erzählungen), *A grande arte* (1983, Roman), *Bufo & Spallanzani* (1985, Roman; dt. *Bufo & Spallanzani*, Piper Verlag, München 1987). Ein Band mit Erzählungen ist im Piper Verlag in Vorbereitung.

»Die Bitte«: Übersetzt von Karin von Schweder-Schreiner, aus: *Feliz ano novo* (Editora artenova, Rio de Janeiro 1975) © Rubem Fonseca 1975.

Carlos Fuentes, geboren 1928 in Mexico City, Jurastudium, Begründer und Herausgeber mehrerer Literaturzeitschriften, so der »Revista mexicana de literatura« (1955–58), Tätigkeit im diplomatischen Dienst, ging aus Protest gegen die Unterdrückung der Studentenunruhen 1968 für drei Jahre nach Paris, 1975–1977 Botschafter Mexikos in Paris, lebt heute überwiegend in den USA, lehrt an der Harvard University vergleichende Literaturwissenschaft. Einer der berühmtesten Autoren des sogenannten »Boom« der lateinamerikanischen Literatur der 60er Jahre neben Vargas Llosa und García Márquez. Werke: *Los días enmascarados* (1954, Erzählungen), *La región más transparente* (1958, Roman; dt. *Landschaft in klarem Licht*, Deutsche Verlagsanstalt, Stuttgart 1974), *Las buenas conciencias* (1959, Roman), *Aura* (1962, Novelle; dt. *Aura*, Deutsche Verlagsanstalt, Stuttgart 1966), *La muerte de Artemio Cruz* (1962, Roman; dt. *Nichts als das Leben*, Deutsche Verlagsanstalt, Stuttgart 1964), *Cantar de ciegos* (1964, Erzählungen; dt. *Chac Mool*, Auswahl, Deutsche Verlagsanstalt, Stuttgart 1976), *Cambio de piel* (1967, Roman; dt. *Hautwechsel*, Deutsche Verlagsanstalt, Stuttgart 1969) *La nueva novela latinoamericana* (1969, Essays), *Tiempo mexicano* (1971, Essay), *Terra nostra* (1975, Roman; dt. *Terra nostra*, Deutsche Verlagsanstalt, Stuttgart 1979), *La cabeza de la hidra* (1978, Roman; dt. *Das Haupt der Hydra*, Deutsche Verlagsanstalt, Stuttgart 1983), *Una familia lejana* (1980, Roman; dt. *Die Heredias*, Deutsche Verlagsanstalt, Stuttgart 1981), *Agua quemada* (1981, Erzählungen; dt. *Verbranntes Wasser*, Deutsche Verlagsanstalt, Stuttgart 1987), *Gringo viejo* (1985, Roman; dt. *Der alte Gringo*, Deutsche Verlagsanstalt, Stuttgart 1986), *Cristóbal Nonato* (1987, Roman).
»Was das Leben kostet«: Übersetzt von Maria Bamberg, aus: *Chac Mool* (Deutsche Verlagsanstalt, Stuttgart 1976).

Norberto Fuentes, geb. 1943 in Havanna, arbeitete zunächst als Journalist und Karikaturist, 1962–1965 während der Bekämpfung der Konterrevolutionäre als Reporter in der Sierra del Escambray tätig. Diese Thematik behandelt dann der Erzählband *Condenados de Condado* (1968), für den er den Preis der »Casa de las Américas« erhielt, anschließend jedoch heftiger Kritik ausgesetzt war. Seit 1968 arbeitet er an einem großen Roman über den Einsatz

gegen die Rebellen. Werke: *Condenados de Condado* (1968, Erzählungen), *Hemingway en Cuba* (1984, Biographie; dt. *Ernest Hemingway. Jahre in Kuba*, Verlag am Galgenberg, Hamburg 1987).
»Die Stute«: Übersetzt von Sabine Ellerckmann-Gutierrez, aus: *Condenados de Condado* (Casa de las Américas, La Habana 1968) © Casa de las Américas.

GABRIEL GARCÍA MÁRQUEZ, geb. 1928 in Aracataca, Kolumbien, wo er seine Kindheit im Hause der Großeltern verbrachte, brach das Jurastudium in Bogotá ab und arbeitete zunächst dort, dann in Barranquilla an der Karibikküste als Journalist für verschiedene Tageszeitungen, kam schon früh mit der angelsächsischen Literatur (Faulkner, Virginia Woolf) in Kontakt. 1955 ging er als Korrespondent der Tageszeitung »El Espectador« nach Rom und studierte am dortigen »Centro Sperimentale Cinematografico«, anschließend, nach dem Vorbot der Zeitung, lebte er in sehr beengten Verhältnissen in Paris, 1961 war er für die kubanische Nachrichtenagentur »Prensa Latina« in Bogotá tätig, dann zog er nach Mexico City, wo er mehrere Drehbücher schrieb. Sein 1967 erschienener Roman *Hundert Jahre Einsamkeit* brachte ihm Weltruhm, 1967 Umzug nach Barcelona, wo er bis 1975 wohnte, danach in Mexico City. Ab 1975 verstärkte politische Aktivität, engere Freundschaft zu Fidel Castro. 1982 Verleihung des Nobelpreises, seit 1986 leitet er eine lateinamerikanische Filmhochschule in Havanna. Werke: *La hojarasca* (1955, Roman; dt. *Laubsturm*, Kiepenheuer & Witsch, Köln u. Berlin 1975), *El coronel no tiene quien le escriba* (1961, Roman; dt. *Kein Brief für den Oberst*, Aufbau Verlag, Berlin u. Weimar 1968; neu übersetzt unter dem Titel *Der Oberst hat niemand, der ihm schreibt*, Kiepenheuer & Witsch, Köln u. Berlin 1976), *La mala hora* (1962, Roman; dt. *Unter dem Stern des Bösen*, Aufbau Verlag, Berlin u. Weimar 1966; neu übersetzt unter dem Titel *Die böse Stunde*, Kiepenheuer & Witsch, Köln u. Berlin 1979), *Los funerales de la Mamá Grande* (1962, Erzählungen; dt. *Das Leichenbegängnis der Großen Mama und andere Erzählungen*, Kiepenheuer & Witsch, Köln u. Berlin 1974), *Cien años de soledad* (1967, Roman; dt. *Hundert Jahre Einsamkeit*, Kiepenheuer & Witsch, Köln u. Berlin 1970 u. 1979), *La increíble y triste historia de la cándida Eréndira y de su abuela desalmada* (1972, Erzählungen), *El otoño del patriarca* (1975, Roman; dt. *Der Herbst des Patriarchen*, Kiepenheuer & Witsch, Köln u. Berlin 1978), *Crónica de una muerte anunciada* (1981, Roman;

dt. *Chronik eines angekündigten Todes*, Kiepenheuer & Witsch, Köln u. Berlin 1981), *El amor en los tiempos de cólera* (1985, Roman; dt. *Die Liebe in den Zeiten der Cholera*, Kiepenheuer & Witsch 1987). Außerdem erschienen in deutscher Übertragung: Frühe Erzählungen aus: *Ojos de perro azul*, 1973 unter dem Titel *Die Nacht der Rohrdommeln* (Kiepenheuer & Witsch, Köln u. Berlin 1980, Neuausgabe unter dem Titel *Augen eines blauen Hundes*, Kiepenheuer & Witsch, Köln u. Berlin 1983), *Die Giraffe aus Barranquilla. Journalistische Arbeiten 1948–52* (Kiepenheuer & Witsch, Köln u. Berlin 1984), *Der Beobachter aus Bogotá. Journalistische Arbeiten 1954–1955* (Kiepenheuer & Witsch 1985), *Zwischen Karibik und Moskau. Journalistische Arbeiten 1955–1959* (Kiepenheuer & Witsch 1986).
»Dienstag mittag«: Übersetzt von Curt Meyer-Clason, aus: *Das Leichenbegängnis der Großen Mama und andere Erzählungen* (Kiepenheuer & Witsch, Köln u. Berlin 1974). Die Erzählung stammt aus dem Jahre 1963.

Salvador Garmendia, geb. in Barquisimeto (Lara, Venezuela), Gründungsmitglied der literarischen Gruppe »Sardio« und »El techo de la ballena«, war an der Universidad de los Andes tätig, setzt sich in seinen Werken mit der traditionellen Familie und dem entfremdeten Leben in der Millionenstadt Caracas auseinander. Werke: *Los pequeños seres* (1959, Roman), *Los habitantes* (1961, Roman), *Día de ceniza* (1963, Roman), *Doble fondo* (1966, Erzählungen), *La mala vida* (1968, Roman), *Difuntos, extraños y volátiles* (1970, Erzählungen), *Los pies de barro* (1973, Roman), *Memorias de Altagracia* (1974, Roman), *Un pueblo de paso en el mundo* (1974), *El inquieto anacobero y otros cuentos* (1976, Erzählungen) *El brujo hípico y otros relatos* (1979, Erzählungen), *Enmiendas y atropellos* (1979, Erzählungen) *El único lugar posible* (1981, Roman), *La casa del tiempo* (1986, Erzählungen).
»Onkel Lencho«: Übersetzt von Maralde Meyer-Minnemann, aus: *La casa del tiempo*.

Mempo Giardinelli, geb. 1947 in Resistencia (Chaco, Argentinien), Nachfahre italienischer Einwanderer. Nach dem Verbot seines ersten Romans *Toño tuerto, rey de ciegos* ging er 1976 ins Exil nach Mexiko, wo er 1983 für seinen Roman *Luna caliente* den mexikanischen Nationalpreis erhielt. Ende 1984 kehrte er nach Argentinien zurück, seit 1986 gibt er die Literaturzeitschrift »Puro Cuento« heraus und schreibt für die Tageszeitung »La Razón«.

Werke: *La revolución en bicicleta* (1980, Roman; dt. *Die Revolution auf dem Fahrrad*, in Vorbereitung im Piper Verlag, München), *El cielo con las manos* (1981, Roman), *Vidas ejemplares* (1982, Erzählungen; dt. *Leb wohl, Mariano, leb wohl*, Piper Verlag, München 1987), *Porque prohibieron el circo?* (1983, Roman), *Luna caliente* (1983, Roman; dt. *Heißer Mond*, Piper Verlag, München 1986), *El género negro* (1984, Studien zum Kriminalroman).
»Erntezeit«: Übersetzt von Curt Meyer-Clason, aus: *Leb wohl, Mariano, leb wohl* (Piper Verlag, München 1987).

Felisberto Hernández, geb. 1902, gest. 1964 in Montevideo. Konzertpianist und Erzähler, einer der Pioniere der phantastischen Literatur in Lateinamerika, erst nach seinem Tod in seiner Bedeutung gewürdigt. Werke: *Fulano de tal* (1925, Erzählungen), *Libro sin tapas* (1929, Erzählungen), *La cara de Ana* (1930, Erzählungen), *Por los tiempos de Clemente Colling* (1942, Erzählung), *El caballo perdido* (1943, Erzählung), *Nadie encendía las lámparas* (1947, Erzählungen), *Las hortensias* (1950, Erzählung), *La casa inundada* (1960, Erzählungen), *Las hortensias y otros relatos* (1966, Erzählungen), *El cocodrilo y otros cuentos* (1968, Erzählungen), *Obras completas* (1969–1974, 6 Bde.).
»Das Krokodil«: Übersetzt von Anneliese Botond, aus: *Hortensien* (Suhrkamp, Frankfurt/M. 1985). Die Erzählung erschien ursprünglich in Montevideo als Privatdruck (1962).

Clarice Lispector, geb. 1925 in Tschetschelnik, Ukraine, gest. 1977 in Rio de Janeiro, Tochter russischer Auswanderer. Verbrachte ihre Kindheit in Recife, Übersiedlung nach Rio de Janeiro, wo sie Jura studierte. 1944 erschien ihr erster Roman *Perto do coração selvagem* und sie erhielt den Graça Aranha-Preis. Im selben Jahr heiratete sie und begleitete ihren Mann, einen Diplomaten, nach Neapel, wo sie in einem brasilianischen Militärkrankenhaus arbeitete. Nach Jahren in der Schweiz und den USA ließ sie sich in Rio de Janeiro nieder. Eine der originellsten Erscheinungen der brasilianischen Literatur, neben Guimarães Rosa eine der wichtigsten Figuren der literarischen Avantgarde, Nähe zum Existenzialismus. Werke: *Perto do coração selvagem* (1944, Roman; dt. *Nahe dem wilden Herzen*, Suhrkamp, Frankfurt/M. 1981), *O lustre* (1946, Roman), *A cidade sitiada* (1949, Roman), *Alguns contos* (1952, Erzählungen), *Laços de familia* (1960, Erzählungen; dt. *Die Nachahmung der Rose*, Claasen, Hamburg 1966, erweiterte Neuausgabe, Suhrkamp, Frankfurt/M. 1982),

A paixão segundo G. H. (1964, Roman), *A legião estrangeira* (1964, Erzählungen und Chroniken), *Uma aprendizagem ou Livro dos prazeres* (1969, Roman), *A mulher que matou os peixes* (1969, Erzählungen), *Felicidade clandestina* (1971, Erzählungen), *Agua viva* (1972, Erzählung), *A via crucis do corpo* (1974, Erzählungen), *A hora da estrela* (1977, Erzählung; dt. *Die Sternstunde*, Suhrkamp, Frankfurt/M. 1985).
»Familienbande«: Übersetzt von Curt Meyer-Clason, aus: *Die Nachahmung der Rose* (Suhrkamp, Frankfurt/M. 1982).

César López, geb. 1933 in Santiago de Cuba, Medizinstudium in Havanna, Madrid und Salamanca, Anfang der 60er Jahre als Diplomat in Schottland und im Außenministerium in Havanna tätig, wurde Anfang der 70er Jahre wegen »ideologischer Unzuverlässigkeit« heftig kritisiert, arbeitet seit 1972 in der Academia de Ciencias de Cuba. Vor allem als Lyriker bekannt. Werke: *Circulando el cuadrado* (1963, Erzählungen, erweiterte Fassung 1986), *Primer libro de la ciudad* (1967, Gedichte), *Segundo libro de la ciudad* (1971, Gedichte), *Quiebra de la perfección* (1983, Gedichte), *Ambito de los espejos* (1986, Erzählungen).
»Wäschestücke«: Übersetzt von Wilfried Böhringer, aus: *Circulando el cuadrado* (Alfaguara, Madrid 1986) © César López 1986.

José Louzeiro, geb. 1932 in São Luis (Maranhão, Brasilien), zog 1954 nach Rio de Janeiro, wo er sich mit seinen Reportagen als kompromißloser Kritiker sozialer Mißstände bald einen Namen machte. Die Verfilmung seines Roman *Infância dos mortos* (Filmtitel: »Pixote«) wurde zu einem Welterfolg. Werke: *Lúcio Flávio, o passageiro da agonia* (1975, Roman), *Aracelli, meu amor* (1975, Roman), *Infância dos mortos* (1977, Roman), *Depois da luta* (1980, Erzählungen), *Judas arrependido* (1980, Erzählungen), *Devotos do odio* (1987, Roman).
»Nacht der Sturmwinde«: Übersetzt von Karin von Schweder-Schreiner, aus: *Judas arrependido* (Editora Record, Rio de Janeiro 1980). © José Louzeiro.

Machado de Assis, geb. 1839, gest. 1909 in Rio de Janeiro, Sohn eines Farbigen und einer Wäscherin, Autodidakt, arbeitete zunächst als Reporter, trat 1867 in den Staatsdienst ein. Gründungsmitglied und erster Präsident der Academia Brasileira das Letras. Galt schon zu Lebzeiten als Brasiliens größter Romancier. Sein pessimistisch gefärbter psychologischer Realismus erneuerte die

brasilianische Erzählkunst. Werke: *Contos fluminenses* (1870, Erzählungen), *Histórias de meia-noite* (1873, Erzählungen), *Memórias póstumas de Brás Cubas* (1881, Roman; dt. *Postume Erinnerungen des Brás Cubas*, Suhrkamp, Frankfurt/M. 1978), *Histórias sem data* (1884, Erzählungen), *Quincas Borba* (1892, Roman; dt. *Quincas Borba*, Suhrkamp, Frankfurt/M. 1982), *Varias histórias* (1896, Erzählungen), *Dom Casmurro* (1900, Roman; dt. *Dom Casmurro*, Suhrkamp, Frankfurt/M. 1980), *Esau e Jacó* (1904, Roman), *Reliquias da casa velha* (1906, Erzählungen), *Memorial de Aires* (1908, Roman).
»Lob des Durchschnittsmenschen«: Übersetzt von Curt Meyer-Clason, aus: *Meistererzählungen des Machado de Assis* (Christian Wegner Verlag, Hamburg 1964), ursprünglich erschienen in dem Erzählband *Papeis avulsos* (1882).

Augusto Monterroso, geb. 1921 in Guatemala-City, lebt seit 1944 in Mexico City, wo er für den Universitätsverlag der UNAM und für den Verlag »Fondo de Cultura Económica« arbeitet, Mitarbeiter verschiedener mexikanischer Zeitungen und Zeitschriften. Der hochgebildete Autodidakt gilt als bedeutendster Erzähler seiner Generation. Werke: Obras completas y otros cuentos (1959; dt. *Das gesamte Werk und andere Fabeln*, Diogenes, Zürich 1973), *La oveja negra y las demás fábulas* (1969), *Movimiento perpetuo* (1972), *Lo demás es silencio* (1978), *Viaje al centro de la fábula* (1981). Die genannten Titel enthalten Erzählungen, Kurzprosa, Satiren und Parodien.
»Huldigung an Dylan Thomas«: Übersetzt von Peter Schultze-Kraft, aus: *Das gesamte Werk und andere Fabeln* (Diogenes, Zürich 1973).

Guillermo Morón, geb. 1926 in Carora (Lara, Venezuela), Studium in Madrid, lehrt heute an der Universität Simón Bolívar in Caracas. Essayist und Erzähler (*El gallo de las espejuelas de oro*; Roman, 1986).
»Von Jelitzas Gewerbe ist die Rede«: Übersetzt von Sabine Ellerckmann-Gutierrez, aus: *Historias de Francisco y otros maravillas* (Erzählungen, Argos Vergara, Barcelona 1982).

Silvina Ocampo, geb. 1906 in Buenos Aires, Schwester von Victoria Ocampo, welche die Zeitschrift »Sur« leitete, Ehefrau von Bioy Casares, mit dem zusammen sie auch einen Kriminalroman schrieb (*Los que aman odian*, 1962). Werke: *Viaje olvidado* (1937, Erzäh-

lungen), *Enumeración de la patria* (1942, Lyrik), *Espacios métricos* (1945, Lyrik, *Los sonetos del jardín* (1947) *Autobiografía de Irene* (1948, Erzählungen), *Poemas de amor desesperado* (1949), *Los nombres* (1954, Lyrik), *La furia y otros cuentos* (1959, Erzählungen), *Las invitadas* (1961, Erzählungen), *La naranja maravillosa* (1977, Erzählungen), *Y así sucesivamente* (1987, Erzählungen).
»Die Symphonie«: Übersetzt von Hartmut Zahn, aus: *Y así sucesivamente*. © Silvina Ocampo 1987. © Übersetzung: Klett-Cotta Verlag, Stuttgart 1988.

Juan Carlos Onetti, geb. 1909 in Montevideo, Sohn eines Zollbeamten, lebte lange Zeit in Buenos Aires, arbeitete als Redaktionssekretär in der Wochenzeitung »Marcha« in Montevideo, dann als Redakteur der Nachrichtenagentur Reuter in Montevideo und Buenos Aires, seit 1975 lebt er in Madrid im Exil. Einer der größten zeitgenössischen Autoren Lateinamerikas, der die Sinnlosigkeit menschlichen Daseins, die Gewalt und die schicksalhafte Zerstörung aller menschlichen Bindungen in immer neuen Variationen darstellt. Werke: *El pozo* (1939, Kurzroman), *Tierra de nadie* (1941, Roman), *Para esta noche* (1943, Roman), *La vida breve* (1950, Roman; dt. *Das kurze Leben*, Suhrkamp, Frankfurt/M. 1978), *Un sueño realizado y otros cuentos* (1951, Erzählungen), *Los adioses* (1954, Kurzroman), *Una tumba sin nombre* (1959, Kurzroman; spätere Ausgaben unter dem Titel *Para una tumba sin nombre*), *El astillero* (1961, Roman; dt. *Die Werft*, Suhrkamp, Frankfurt/M. 1976), *El infierno tan temido* (1962, Erzählungen), *Juntacadáveres* (1964, Roman), *Cuentos completos* (1967), *La novia robada y otros cuentos* (1968), *Tan triste como ella y otros cuentos* (1976; dt. *So traurig wie sie*. Zwei Kurzromane und acht Erzählungen. Suhrkamp, Frankfurt/M. 1981), *Dejemos hablar al viento* (1979, Roman; dt. *Lassen wir den Wind sprechen*, Suhrkamp, Frankfurt/M. 1986), *Cuando entonces* (1987, Erzählung).
»Auch für den Hund kommt der Tag«: Übersetzt von Wilhelm Muster, aus: *So traurig wie sie* (Suhrkamp, Frankfurt/M. 1981).

José Emilio Pacheco, geb. 1939 in Mexico City, studierte Jura und Philologie an der Universität (UNAM), war Redakteur mehrerer Kulturzeitschriften (Kulturbeilage von »Siempre« etc.), übersetzte Baudelaire, Rimbaud, Eliot und Beckett, gilt als eines der größten Talente der jüngeren mexikanischen Literatur. Werke: *La sangre de Medusa* (1958, Erzählungen), *Los elementos*

de la noche (1963, Erzählungen), *El reposo del fuego* (1966, Gedichte), Morirás lejos (1967, Roman), *No me preguntes cómo pasa el tiempo* (1969, Gedichte), *Ayer es nunca más* (1978, Gedichte), *Desde entonces* (1980, Gedichte).
»Im tiefen Park«: Übersetzt von Huberta Schroeder, aus: *Llano Grande. Mexiko in Erzählungen seiner besten zeitgenössischen Autoren* (hrsg. v. W. A. Oerley, Horst Erdmann Verlag, Herrenalb 1962).

Cristina Peri Rossi, geb. 1941 in Montevideo, studierte dort Literaturwissenschaft, Mitarbeiterin der Wochenzeitung »Marcha« in Montevideo, ging 1972 ins Exil nach Barcelona, lebt dort als Übersetzerin. Werke: *Viviendo* (1963, Erzählungen), *Los museos abandonados* (1968, Erzählungen), *El libro de mis primos* (1969, Roman), *Indicios pánicos* (1970, Erzählungen), *Evohé (1971,* Gedichte), *Descripción de un naufragio* (1974, Gedichte), *Diáspora* (1976, Gedichte), *La tarde del dinosaurio* (1976, Erzählungen; dt. *Der Abend des Dinosauriers*, Fischer Verlag, Frankfurt/M. 1985), *Linguística General* (1979, Gedichte), *La rebelión de los niños* (1980, Erzählungen), *El deseo del bosque* (1980, Gedichte), *La nave de los locos* (1984, Roman).
»Öffentliche Dienste«: Übersetzt von Ursula Roth, aus: *Trauerfarbe grau – Name GmbH. Satire aus Lateinamerika* (Rütten & Loening, Berlin 1984). © Cristina Peri Rossi 1981.

Virgilio Piñera, geb. 1912 in Cárdenas, Kuba, gest. 1979 in Havanna. Verbrachte seine Jugend in Camaguey, 1940 Promotion in Literaturwissenschaft an der Universität von Havanna, lebte 1946–1958 in Buenos Aires als Angestellter des kubanischen Konsulats und später als Übersetzer, zahlreiche Reisen durch Lateinamerika und Europa, Mitarbeiter vieler bedeutender Zeitschriften, darunter »Lettres Nouvelles«, »Les Temps Modernes« und die für die kubanische Literatur so wichtigen Zeitschriften »Orígenes« und »Ciclón«, leitete 1960–1964 den Verlag »Ediciones R« in Havanna, erhielt 1968 den Theaterpreis der Casa de las Américas für sein Stück *Dos viejos pánicos*, geriet wie so viele andere kubanische Autoren während der Padilla-Affäre ins Kreuzfeuer der offiziellen Kritik. Werke: *Las furias* (1941, Gedichte), *El conflicto* (1942, Erzählung), *La carne de René* (1952, Roman), *Cuentos fríos* (1956, Erzählungen), *Teatro completo* (1960), *Cuentos* (1974, Erzählungen), *Presiones y diamantes* (1967, Roman), *Dos viejos pánicos* (1968, Theaterstück), *Cuentos* (1983), *Un fogonazo* (1987, Erzählungen).

»Angelegenheiten Einbeiniger«: Übersetzt von Sabine Ellerckmann-Gutierrez, aus: *Cuentos* (Alfaguara, Madrid 1983) © Virgilio Piñera 1970. Die Erzählung erschien ursprünglich in den *Cuentos fríos* (Buenos Aires 1956).

Nélida Piñon, geb. 1936 in Rio de Janeiro, studierte dort Zeitungswissenschaften, lebt in Rio de Janeiro. Sie erschloß der brasilianischen Literatur das Thema der Erotik; schreibt eine eigenwillige, vom Existenzialismus geprägte Prosa. Werke: *Guia-Mapa de Gabriel Arcanjo* (1961, Roman), *Madeira feita cruz* (1963, Roman), *Tempo das frutas* (1966, Erzählungen), *Fundador* (1968, Roman), *A casa da paixão* (1972, Roman), *Sala de armas* (1973, Erzählungen), *Tebas do meu coração* (1975, Roman), *A força do destino* (1977, Roman), *O calor das coisas* (1980, Erzählungen), *A república dos sonhos* (1984, Roman).
»Finisterre«: Übersetzt von Maralde Meyer-Minnemann, aus: *O calor das coisas* (Editora Nova Fronteira, Rio de Janeiro 1980).

Horacio Quiroga, geb. 1878 in Salto (Uruguay), gest. 1937 in Buenos Aires. 1899–1900 Mitarbeiter der »Revista del Salto« seiner Heimatstadt, 1900 Reise nach Paris, 1902–1906 Reisen durch die Urwälder der argentinischen Provinz Misiones. Ließ sich 1909 in dem Urwaldort San Ignacio nieder, 1917 Konsul in Buenos Aires, lebte später wieder in San Ignacio. Ein Meister der Schauergeschichte, der Poe, Maupassant, Kipling und Tschechow als Vorbilder moderner Erzählkunst verehrte. Werke: *Los arrecifes de coral* (1901, Gedichte), *El crimen del otro* (1904, Erzählungen), *Los perseguidos* (1905, Erzählungen), *Historia de un amor turbio* (1908, Roman), *Cuentos de amor, de locura y de muerte* (1917, Erzählungen; dt. *Geschichten von Liebe, Irrsinn und Tod*, Suhrkamp, Frankfurt/M. 1986), *Cuentos de la selva* (1918, Erzählungen), *Anaconda* (1921, Erzählung), *El desierto* (1924, Erzählungen), *Pasado amor* (1929, Roman).
»Wilder Honig«: Übersetzt von Hans-Otto Dill, aus: *Geschichten von Liebe, Irrsinn und Tod* (Suhrkamp, Frankfurt/M. 1986).

Sergio Ramírez, geb. 1942 in Masatepe (Nicaragua), studierte Jura an der Universidad Nacional de Nicaragua, ging 1964 ins Exil nach Costa Rica, leitete in der Hauptstadt San José die Universitätszeitschrift »Repertorio«. 1973–1975 als DAAD-Stipendiat in Berlin, kehrte nach dem Sturz Somozas nach Nicaragua zurück, Mitglied der Regierungsjunta. Werke: *Cuentos* (1963, Erzäh-

lungen), *Nuevos cuentos* (1969), *Tiempo de fulgor* (1969, Roman), *De tropeles y tropelías* (1971, Erzählungen; dt. *Vom Vergnügen des Präsidenten*, Hammer Verlag, Wuppertal 1981), *Te dió miedo la sangre*; dt. *Die Spur des Caballeros*, Verlag Autoren Edition, Königstein 1980).
»Auch Charles Atlas muß sterben«: Übersetzt von Anneliese Schwarzer de Ruiz, aus: *Vom Vergnügen des Präsidenten* (Hammer Verlag, Wuppertal 1981) © Editorial Joaquín Mortiz, México 1972.

JULIO RAMÓN RIBEYRO, geb. 1929 in Lima, studierte Jura und Literatur an der Universidad Católica, ging 1953 nach Spanien, wo er den Literaturpreis des Instituto de Cultura Hispánica erhielt, lebte 1956 als DAAD-Stipendiat in München, siedelte später nach Paris über, wo er zunächst als Übersetzer der Agence France Press, dann als Repräsentant seines Landes in der UNESCO arbeitete. Werke: *Los gallinazos sin plumas* (1955, Erzählungen), *Cuentos de circunstancias* (1958; dt. *Auf offener See*, Auswahl aus den bis dahin veröffentlichten Erzählungen, Nymphenburger, München 1961), *Crónica de San Gabriel* (1960, Roman; dt. *Im Tal von San Gabriel*, Hanser, München 1965), *Las botellas y los hombres* (1964, Erzählungen), *Tres historias sublevantes* (1964, Erzählungen), *Los geniecillos dominicales* (1965, Roman), *Vida y pasión de Santiago el pajarero* (1965, Theaterstück), *Teatro* (1972), *La juventud en la otra ribera* (1973, Erzählung), *La palabra del mudo* (dreibändige Sammlung seiner Erzählungen, Bd. 1 u. 2: 1973, Bd. 3: 1977), *Prosas apatridas* (1975, Prosa).
»Entfremdung«: Übersetzt von Hans-Martin Schönherr, aus: *L'80*, Heft 22 (1982). Die Erzählung stammt aus dem Jahr 1975.

JOSÉ REVUELTAS, geb. 1914 in Durango (Mexiko), gest. 1976 in Mexico City, Jugend in Mexico City, trat schon früh der Kommunistischen Partei bei, mehrfach wegen subversiver Tätigkeit inhaftiert, zuletzt 1968 im Anschluß an die Studentenmassaker. Werke: *Los muros del agua* (1941, Roman), *El luto humano* (1943, Roman, ausgezeichnet mit dem Premio Nacional), *Dios en la tierra* (1944, Erzählungen), *Los días terrenales* (1949, Roman), *En algun valle de lágrimas* (1956, Roman), *Los motivos de Caín* (1957, Roman), *Dormir en tierra* (1960, Erzählungen), *El apando* (1969, Roman).
»Grün ist die Farbe der Hoffnung«: Übersetzt von Sabine Ellerckmann-Gutierrez, aus: *Dios en la tierra* (1944).

AUGUSTO ROA BASTOS, geb. 1917 in Asunción (Paraguay), 1932 Teilnahme am Chaco-Krieg, studierte Volkswirtschaft und Naturwissenschaft in Asunción, Kriegsberichterstatter im 2. Weltkrieg, dann Diplomat. Emigrierte zu Beginn des Bürgerkriegs 1947 nach Argentinien, lebt seit Mitte der 70er Jahre in Frankreich und lehrt Literaturwissenschaft an der Universität von Toulouse. Der bedeutendste Erzähler seines Landes, dessen Geschichte und Mythen er literarisch verarbeitet. Werke: *El trueno entre las hojas* (1953, Erzählungen; dt. *Die Nacht der treibenden Feuer*, Hanser, München 1964), *Hijo de hombre* (1960, Roman; dt. *Menschensohn*, Hanser, München 1962), *El baldío* (1966, Erzählungen), *Los pies sobre el agua* (1967, Erzählungen), *Madera quemada* (1967, Erzählungen), *Moriencia* (1969, Erzählungen), *Cuerpo presente* (1972, Erzählungen), *Yo el Supremo* (1974, Roman; dt. *Ich der Allmächtige*, Deutsche Verlags-Anstalt, Stuttgart 1977).
»El Caruguá«: Übersetzt von Ulla de Herrera, aus: *Die Nacht der treibenden Feuer* (Hanser, München 1964).

JUAN RULFO, geb. 1918 in einem Dorf im Distrikt Sayula (Jalisco, Mexiko), gest. 1986 in Mexico City, erlebte als Kind die Cristero-Unruhen, wurde nach dem frühen Tod seiner Eltern in einem Internat in Guadalajara erzogen. In Mexico City lernte er Buchhaltung, 1935–1947 bereiste er als Kontrolleur der Einwanderungsbehörden das ganze Land. Seit 1962 arbeitete er am Instituto Nacional Indigenista, später als Beamter des mexikanischen Schriftstellerzentrums. Sein schmales erzählerisches Werk erreichte Millionenauflagen und hat die jüngere lateinamerikanische Literatur nachhaltig beeinflußt. Werke: *El llano en llamas* (1953, Erzählungen; dt. *Der Llano in Flammen*, Hanser, München 1964), *Pedro Páramo* (1955, Roman; dt. *Pedro Páramo*, Hanser, München 1958), *El gallo de oro* (1980, Filmtexte).
»Macario«: Übersetzt von Mariana Frenk, aus: *Der Llano in Flammen* (Hanser, München 1964).

ANTONIO SKÁRMETA, geb. 1940 in Antofagasta (Chile), war Dozent für lateinamerikanische Literatur an der Universidad de Chile in Santiago. Lebt heute im Exil in Westberlin. Schrieb die Drehbücher zu den Filmen *La Victoria, Es herrscht Ruhe im Land* und *Der Aufstand* von Peter Lilienthal, ferner zu *Aus der Ferne sehe ich dieses Land* von Christian Ziewer. Als Regisseur verfilmte er seine eigenen Stoffe (*Mit brennender Geduld* u. *Abschied in Berlin*). Werke: *El entusiasmo* (1967, Erzählungen), *Desnudo en el tejado*

(1969, Erzählungen), *El ciclista de San Cristóbal* (1973, Erzählungen; dt. *Der Radfahrer von San Cristóbal*, Piper Verlag, München 1986), *Tiro libre* (1973, Erzählungen), *Novios y solitarios* (1975, Erzählungen), *Soñé que la nieve ardía* (1975, Roman; dt. *Ich träumte, der Schnee brennt*, Luchterhand Verlag, Darmstadt u. Neuwied 1976), ein Auswahlband mit Erzählungen in deutscher Übersetzung erschien unter dem Titel *Alles verliebt, nur ich nicht*, Aufbau Verlag, Berlin u. Weimar 1976, *La insurrección* (1982, Roman; dt. *Der Aufstand*, Hammer Verlag, Wuppertal 1981 u. Piper Verlag, München 1987, Serie Piper 555), *Con ardiente paciencia* (1984, Roman; dt. *Mit brennender Geduld*, Piper Verlag, München 1985).
»Es herrscht Ruhe im Land«: Übersetzt von Willi Zurbrüggen, aus: *Der Radfahrer von San Cristóbal* (Piper Verlag, München 1986).

LYGIA FAGUNDES TELLES, geb. 1923 in São Paulo als Tochter eines Staatsanwalts, studierte Jura in São Paulo, schrieb dann im Feuilleton der Tageszeitung »A Manhã« in Rio de Janeiro. Reisen nach Frankreich, Italien, die UdSSR und China. Lebt heute in São Paulo. Werke: *Praia viva* (1944, Erzählungen), *O cacto vermelho* (1944, Erzählungen), *Ciranda de pedra* (1954, Roman), *Histórias do desencontro* (1958, Erzählungen), *Verão no aquário* (1963, Roman), *Histórias escolhidas* (1964, Erzählungen), *Gaby* (1964, Roman), *O jardim selvagem* (1965, Erzählungen), *Antes do baile verde* (1970, Erzählungen), *As meninas* (1972, Roman; dt. *Mädchen am blauen Fenster*, Volk und Welt, Berlin 1984), *Seminario dos ratos* (1977, Erzählungen), *Filhos pródigos* (1978, Erzählungen), *A disciplina do amor* (1980, Fragmente), *Mistérios* (1981, Erzählungen). In deutscher Übersetzung erschien außerdem eine Auswahl von Erzählungen: *Die Struktur der Seifenblase* (Suhrkamp, Frankfurt/M. 1983).
»Vor dem grünen Ball«: Übersetzt von Ray-Güde Mertin, aus: *L'80*, Heft 31 (Sept. 1984). Die Erzählung erschien ursprünglich in dem Band *O jardim selvagem* (São Paulo 1965).

ARTURO USLAR PIETRI, geb. 1906 in Caracas (Venezuela) als Sohn eines Generals, promovierte 1929 an der dortigen Universität in politischen Wissenschaften, 1929–1934 Botschaftssekretär in Paris, bekleidete anschließend hohe Staatsämter in seiner Heimat. 1946 Emigration in die USA, 1950 endgültige Rückkehr nach Caracas. Seit 1959 Senator im Nationalkongreß, dann Delegierter bei

der UNESCO in Paris. Sein umfangreiches erzählerisches Werk, das die komplexe Realität Venezuelas darstellt, ist trotz seines Ranges etwas in Vergessenheit geraten. Werke: *Barabás y otros relatos* (1928, Erzählungen), *Las lanzas coloradas* (1931, Roman; dt. *Die roten Lanzen. Roman aus der lateinamerikanischen Befreiungszeit*, Der Bücherkreis, Berlin 1932) *Red* (1936, Erzählungen), *El camino de El Dorado* (1947, Roman; dt. *Rauch über El Dorado*, Erdmann Verlag, Herrenalb 1966), *Treinta hombres y sus sombras* (1949, Erzählungen), *La mosca azul* (1952, Erzählungen), *Tiempo de contar* (1954, Erzählungen), *El laberinto de fortuna* (Romanzyklus, davon sind erschienen: *Un retrato en la geografía* [1962] u. *Estación de máscaras* [1964]), *Pasos y pasajeros* (1966, Erzählungen), *La lluvia y otros cuentos* (1968, Erzählungen), *Treinta cuentos* (1969, Erzählungen).
»Die blaue Fliege«: Übersetzt von Maralde Meyer-Minnemann, aus: *Treinta cuentos* (Monteavila Editores, Caracas 1969). Die Erzählung erschien zuerst im Jahr 1952.

Jorge Amado

Dona Flor und ihre zwei Ehemänner

Eine Geschichte von Moral und Liebe
Roman. Aus dem Brasilianischen von Curt Meyer-Clason.
Serie Piper 666

Dieses amüsante, phantastische Schelmenstück sprüht vor vitaler Sinnenfreude und barocker Lebensfülle.

»Ein großer humoristischer Roman, eine köstliche Mischung von Satire und Poesie.« Neue Zürcher Zeitung

Nächte in Bahia

Roman. Aus dem Brasilianischen von Curt Meyer-Clason.
443 Seiten. Serie Piper 411

Jorge Amado, der »brasilianische Boccaccio«, schildert in diesem Buch mit liebevollem Humor und phantastischem Realismus die Halb- und Unterwelt von Bahia, der Stadt mit den 365 Kirchen und den prächtigen Barockpalästen, den Hafenkneipen und Spielspelunken. Amado, der dank seiner Fabulierkunst und seines sozialen Engagements zum populärsten Autor Lateinamerikas wurde, nimmt sich auch in diesem Buch besonders der Ärmsten der Armen an, deren Vitalität und Lebensfreude über Armut und Not triumphiert.

Viva Teresa

Roman. Aus dem Brasilianischen von Ludwig Graf v. Schönfeldt.
452 Seiten. Serie Piper 454

»Jorge Amados epischer Belcanto hat mit dieser heißblütigen und blutigen, zärtlichen, sinnlichen Erzählung mehr als eine romantische Moritat geschaffen.« Westermanns Monatshefte

Piper 16/2b

PIPER

Miguel Delibes

Die heiligen Narren

Roman. Aus dem Spanischen von Curt Meyer-Clason.
1987. 173 Seiten. Geb.

»Miguel Delibes bewegt sich mit seinem Buch in einem seltsamen Kontinuum dichterischer Tradition, was um so verblüffender wirkt, als das künstlerische Ergebnis gleichzeitig vollendet klassisch und provozierend modern erscheint.
Es muß nicht unsere Wahrheit sein, die im Innern Spaniens wohnt, doch hat Miguel Delibes eine Parabel von dunkler Schönheit und mythischer Suggestivität gefunden, die uns zwingt, noch einmal nachzudenken über die Möglichkeit einer Welt, die ohne die Idee eines Fortschritts auskommen kann.« Frankfurter Allgemeine Zeitung

»Dieser kurze ›Roman‹, wie Autor und Verleger ihn nennen, ist schon allein wegen seiner Knappheit, wegen seiner kunstvollen Beschränkung bei der Charakterisierung der Figuren, wegen der Fähigkeit des Autors, den Stil zum Darstellungsmittel zu machen, die Lektüre wert.« Süddeutsche Zeitung

»Sechs Sätze, jeder ein Kapitel lang, braucht Miguel Delibes für einen der fesselndsten, der gelungensten spanischen Romane der vergangenen zehn Jahre.« Die Zeit

Vom selben Autor ist lieferbar:

Das rote Blatt

Roman. Aus dem Spanischen von Annelies Benda.
1988. 236 Seiten. Serie Piper 793

Piper 28/2d

PIPER

Rubem Fonseca
Bufo & Spallanzani

Roman
Aus dem brasilianischen Port. von Karin von Schweder-Schreiner.
1987. 283 Seiten. Geb.

Eine junge, reiche Frau wird ermordet. Ihr Geliebter, ein Erfolgsschriftsteller mit dem anspielungsreichen Namen Gustavo Flávio, muß befürchten, daß im Zuge der Ermittlungen auch jener folgenreiche Zeitabschnitt seiner Vergangenheit ans Licht gezerrt würde, in dem er als kleiner Versicherungsbeamter einen Versicherungsbetrug aufzudecken versuchte und dabei einen Friedhofswärter zu Tode erschreckte...
Der Roman, mit dem Rubem Fonseca bei der Kritik in Brasilien und Spanien enthusiastischen Beifall erzielte, bezieht seinen Titel von einem fiktiven Werk jenes Schriftstellers, in dem dieser sich mit dem italienischen Amphibienforscher Spallanzi und dessen Experimenten an Ochsenfröschen (Bufo) beschäftigt. Der Ochsenfrosch erscheint Flávio als Symbol seiner selbst: ein Wesen, bequem, selbstsüchtig, lüstern... Hinter allem Sarkasmus aber erweist sich Flávio, seinem Namenspatron angemessen, als intelligenter, empfindsamer und klarsichtig analysierender Beobachter seiner Zeit und Gesellschaft.
Daß er bis zum Ende des Romans nicht über die ersten Entwürfe des geplanten Großvorhabens hinauskommt, liegt denn auch nicht an den Schwächen seines Charakters, sondern an den Ereignissen, die sich grotesk zu überstürzen beginnen und schließlich einen empfindlich lädierten Helden zurücklassen, der, mühsam Atem schöpfend, das Geschehen, das ihm so übel mitgespielt hat, noch einmal vor seinem inneren Auge an sich vorüberziehen läßt.
Mit hinreißendem Witz, augenzwinkernder und dann wieder beißender Satire bedient sich Fonseca in meisterhafter Unbekümmertheit bei den klassischen Vorgaben des Kriminal- und Gesellschaftsromans. Er porträtiert die mondäne Bourgeoisie des heutigen Brasilien, doch bei aller Genauigkeit und Schärfe der Konturen entsteht dennoch ein Roman von so vergnüglicher Leichtfertigkeit, eine so glückliche Mischung aus inhaltlicher und formaler Virtuosität, daß man ihn nur mit Bedauern aus der Hand legt.

»Fonseca demaskiert den Magierglauben und den vermeintlichen Frohsinn, der inmitten des Elends bestehen soll, als Legende. Indem er das abgenutzte Lokalkolorit schonungslos anprangert, rührt Fonseca an den Nerv einer rachitischen und trägen Gesellschaft, der komplexen und widersprüchlichen Gesellschaft des heutigen Brasilien.«
El Pais

»Dieser Roman, den man auskosten muß wie einen Leckerbissen, spricht Phantasie und Sinne gleichermaßen an. Rubem Fonseca hat dieses Buch als ganz und gar uneigennütziger Hedonist geschrieben, der den Leser zum Komplizen seiner Vergnügen macht.«
Istoé/Brasilien

PIPER

Mempo Giardinelli

Heißer Mond

Luna caliente. Roman.
Aus dem argentinischen Spanisch von Curt Meyer-Clason.
130 Seiten. Geb.

»Er wußte, was geschehen würde, er hatte es gewußt, als er sie sah« – von Anfang an ist sich Ramiro, der nach acht Jahren Studium in Paris in seine Heimatstadt zurückkehrt, völlig bewußt, daß er in sein Verderben rennt und daß es nicht aufzuhalten ist. Die Begegnung mit Araceli, der dreizehnjährigen Tochter eines alten Freundes, steht unter dem Zeichen der unmäßigen Hitze des argentinischen Sommers, des weißglühenden Chacomondes. In derselben Nacht, in der er sie kennengelernt hat, dringt Ramiro in ihr Zimmer ein, vergewaltigt sie und erstickt – so glaubt er – die sich verzweifelt Wehrende schließlich in Panik und Raserei. Er will fliehen, doch Aracelis betrunkener Vater verstellt ihm den Weg.
Ramiro, der Intellektuelle, der Ehrenmann, dem eben noch eine glänzende Zukunft bevorstand und der sich nun mit einemmal als gehetzter Außenseiter fühlt, beseitigt den angeblichen Mitwisser des Verbrechens – wenn es denn ein Verbrechen gab: Am nächsten Morgen taucht Araceli bei ihm auf, strahlend und verführerisch.
Die Hemmungslosigkeit des jungen Mädchens, dem er immer mehr ausgeliefert ist, erregt ihn und ekelt ihn zugleich an, doch längst sind sie beide Komplizen, und er kann sie nicht mehr abschütteln, noch nicht einmal im Tode..

Leb wohl, Mariano, leb wohl

Exemplarische Lebensläufe
Aus dem argentinischen Spanisch von Curt Meyer-Clason.
181 Seiten. Geb.

»Randgestalten, Grenzsituationen, Sehnsucht nach Erfüllung, Angst vor dem Verlöschen, ohne gelebt zu haben: Das sind die Themen dieser Erzählungen. Hier ist Literatur Überraschung, erzeugt von einer Phantasie, die Meisterliches bietet und Kurzweil dazu. Immer halten sich äußeres und inneres Drama die Waage.«

Curt Meyer-Clason

Sten Nadolny

Die Entdeckung der Langsamkeit

Roman. 359 Seiten. Leinen
(Auch in der Serie Piper 700 lieferbar)

»Die Entdeckung der Langsamkeit« ist auf den ersten Blick zugleich ein Seefahrerroman, ein Roman über das Abenteuer und über die Sehnsucht danach, und ein Entwicklungsroman. Bei näherer Betrachtung erweist sich, daß dieser scheinbar unzeitgemäße Ansatz die Handlung nur äußerlich strukturiert, daß die inneren Abenteuer des Helden fast noch mehr zur Spannung beitragen.

»Was Nadolnys Schilderung zu einem literarischen Ereignis macht, ist eine Erzähltechnik, die konsequent aus der Perspektive verzerrter, das heißt hier: verlangsamter Wahrnehmung operiert... Diese Technik erzeugt bedrückendere, suggestivere Wirkungen als jeder erzählerische Illusionismus... Innere und äußere Vorgänge werden bei Nadolny nicht beredet, nicht analysierend umkreist und damit um ihre sinnlich-poetische Existenz gebracht, sondern durch eine genau kalkulierte Optik anvisiert.« Süddeutsche Zeitung

»›Die Entdeckung der Langsamkeit‹ ist insofern eine Rarität, als dies ein freundlicher, geschichtenreicher, unterhaltsamer Roman ist, fern jener narzißtischen Selbstbespiegelung und depressiven Psychologie, von der viele Autoren nicht loskommen.« Die Zeit

»Dieses Buch kommt, scheint's zur richtigen Zeit. Nadolnys heute ganz ungewöhnliche ruhige Gegenposition im gehetzten Betrieb der Politiker und Literaten hat etwas Haltgebendes und unangestrengt Humanes.« Der Tagesspiegel

Salman Rushdie

Mitternachtskinder
Roman. Aus dem Englischen von Karin Graf.
612 Seiten. Serie Piper 716

Scham und Schande
Roman. Aus dem Englischen von Karin Graf.
341 Seiten. Geb.

»Salman Rushdie verdient es, als einer der großen Geschichtenerzähler unserer Zeit bezeichnet zu werden, als magischer Realist in der Tradition von Grass, Calvino, Borges und vor allem García Márquez.« The Observer

»Wie Márquez und Kundera, deren Zeitgenosse er auf so natürliche Weise ist, zeigt uns Rushdie, mit was für einer Phantasie unsere heutige Geschichte geschrieben werden muß.« The Guardian

Vom selben Autor liegt außerdem vor:

Das Lächeln des Jaguars
Eine Reise durch Nicaragua.
Aus dem Englischen von Melanie Walz.
192 Seiten. Serie Piper 744

Salman Rushdie schildert eine Reise nach Nicaragua, die er im Juli 1986 unternahm, zu einer Zeit also, in der, wie Rushdie meint, das Land sich weder am Anfang noch am Ende seiner Revolution befand, sondern mittendrin. Der Inder, der seit vielen Jahren in London lebt, betrachtet die Zustände, die er vorfindet, teils mit den Augen des Westens, teils mit denen des Ostens. Dadurch ergibt sich ein Bild, das immer wieder in ein anderes Licht gerückt wird. Obwohl Rushdie seine Sympathien für die sandinistische Regierung nicht verhehlt, äußert er freimütig seine Kritik im persönlichen Gespräch mit Daniel Ortega, Sergio Ramirez, Ernesto Cardenal und anderen.

Antonio Skármeta

Der Aufstand

Roman. Aus dem Spanischen von Joco Dehmann.
1987. 218 Seiten. Serie Piper 555

Der Roman handelt vom Leben in der nicaraguanischen Stadt Léon wenige Wochen vor dem Sieg der Sandinistischen Befreiungsfront, von den Ängsten, Träumen und Heldentaten der Bevölkerung.

»Ein Buch ... über die kleinen Leute in Nicaragua für die kleinen Leute in Europa.« Rias Berlin

Mit brennender Geduld

Roman. Aus dem Spanischen von Willi Zurbrüggen.
1987. 150 Seiten. Serie Piper 768

Antonio Skármetas Roman lebt von der Liebe des Autors zu seinen Figuren, von der Verbundenheit eines Schriftstellers mit den Menschen seines Volkes, einer Gemeinschaft vitaler, skurriler und eigenwilliger Personen. »Mit brennender Geduld« ist ein blendend erzählter, unangestrengter, humorvoller Roman, ein Kleinod in unserer literarischen Landschaft.

»Skármetas Werk ist ein begeisternder Roman über Poesie, Politik und Leidenschaft. Gewisse Dialoge lesen sich wie ein glänzend geschriebener Lehrgang in Ästhetik. Diese Gespräche kreisen um Metaphern – Skármetas Werk ist voller Bilder, der ganze Roman ist metaphorisch zu lesen.«
Neue Zürcher Zeitung

Der Radfahrer vom San Cristóbal

Erzählungen. Aus dem Spanischen von Willi Zurbrüggen. 1986.
201 Seiten. Geb.

Skármetas Gestalten »kämpfen, um als Inidividuum, zu zweit oder in kleinen Gruppen, die Werte der Solidarität in einer Gesellschaft zu errichten, in der alle einander fremd sind, in der die Mächte der Unterdrückung die menschliche Würde zu verdrängen und zerstören trachten«.
Ariel Dorfman